20 世纪中国古代文化经典域外传播研究书系
张西平　　总主编

20 世纪中国古代文学在英国的传播与影响

葛桂录　主编

中原出版传媒集团
大地传媒

大象出版社
·郑州·

图书在版编目（CIP）数据

20世纪中国古代文学在英国的传播与影响/葛桂录主编.—郑州：大象出版社，2017.12
（20世纪中国古代文化经典域外传播研究书系）
ISBN 978-7-5347-9663-0

Ⅰ.①2… Ⅱ.①葛… Ⅲ.①中国文学—古典文学—大众传播—研究—英国—20世纪 Ⅳ.①I206.2

中国版本图书馆CIP数据核字（2017）第321284号

20世纪中国古代文化经典域外传播研究书系

20世纪中国古代文学在英国的传播与影响

20 SHIJI ZHONGGUO GUDAI WENXUE ZAI YINGGUO DE CHUANBO YU YINGXIANG

葛桂录　主编

出 版 人	王刘纯
项目统筹	张前进　刘东蓬
责任编辑	耿晓谕
责任校对	张迎娟　裴红燕　李婧慧　牛志远　毛　路
装帧设计	张　帆

出版发行	大象出版社（郑州市开元路16号　邮政编码450044）
	发行科　0371-63863551　总编室　0371-65597936
网　　址	www.daxiang.cn
印　　刷	郑州市毛庄印刷厂
经　　销	各地新华书店经销
开　　本	787mm×1092mm　1/16
印　　张	43.5
字　　数	728千字
版　　次	2017年12月第1版　2017年12月第1次印刷
定　　价	135.00元

若发现印、装质量问题，影响阅读，请与承印厂联系调换。

印厂地址　郑州市惠济区清华园路毛庄工业园
邮政编码　450044　　　电话　0371-63784396

总 序

张西平[①]

呈现在读者面前的这套"20世纪中国古代文化经典域外传播研究书系"是我2007年所申请的教育部哲学社会科学研究重大课题攻关项目的成果。

这套丛书的基本设计是:导论1卷,编年8卷,中国古代文化域外传播专题研究10卷,共计19卷。

中国古代文化经典在域外的传播和影响是一个崭新的研究领域,之前中外学术界从未对此进行过系统研究。它突破了以往将中国古代文化经典的研究局限于中国本土的研究方法,将研究视野扩展到世界主要国家,研究中国古代文化经典在那里的传播和影响,以此说明中国文化的世界性意义。

我在申请本课题时,曾在申请表上如此写道:

> 研究20世纪中国古代文化经典在域外的传播和影响,可以使我们走出"东方与西方""现代与传统"的二元思维,在世界文化的范围内考察中国文化的价值,以一种全球视角来重新审视中国古代文化的影响和现代价值,揭示中国文化的普世性意义。这样的研究对于消除当前中国学术界、文化界所存在的对待中国古代文化的焦虑和彷徨,对于整个社会文化转型中的中国重新

[①] 北京外国语大学中国海外汉学研究中心(现在已经更名为"国际中国文化研究院")原主任,中国文化走出去协同创新中心原副主任。

确立对自己传统文化的自信,树立文化自觉,都具有极其重要的思想文化意义。

通过了解20世纪中国古代文化经典在域外的传播与接受,我们也可以进一步了解世界各国的中国观,了解中国古代文化如何经过"变异",融合到世界各国的文化之中。通过对20世纪中国古代文化经典在域外传播和影响的研究,我们可以总结出中国文化向外部世界传播的基本规律、基本经验、基本方法,为国家制定全球文化战略做好前期的学术准备,为国家对外传播中国文化宏观政策的制定提供学术支持。

中国文化在海外的传播,域外汉学的形成和发展,昭示着中国文化的学术研究已经成为一个全球的学术事业。本课题的设立将打破国内学术界和域外汉学界的分隔与疏离,促进双方的学术互动。对中国学术来说,课题的重要意义在于:使国内学术界了解域外汉学界对中国古代文化研究的进展,以"它山之石"攻玉。通过本课题的研究,国内学术界了解了域外汉学界在20世纪关于中国古代文化经典的研究成果和方法,从而在观念上认识到:对中国古代文化经典的研究已经不再仅仅属于中国学术界本身,而应以更加开阔的学术视野展开对中国古代文化经典的研究与探索。

这样一个想法,在我们这项研究中基本实现了。但我们应该看到,对中国古代文化经典在域外的传播与影响的研究绝非我们这样一个课题就可以完成的。这是一个崭新的学术方向和领域,需要学术界长期关注与研究。基于这样的考虑,在课题设计的布局上我们的原则是:立足基础,面向未来,着眼长远。我们希望本课题的研究为今后学术的进一步发展打下坚实的基础。为此,在导论中,我们初步勾勒出中国古代文化经典在西方传播的轨迹,并从理论和文献两个角度对这个研究领域的方法论做了初步的探讨。在编年系列部分,我们从文献目录入手,系统整理出20世纪以来中国古代文化经典在世界主要国家的传播编年。编年体是中国传统记史的一个重要体裁,这样大规模的中国文化域外传播的编年研究在世界上是首次。专题研究则是从不同的角度对这个主题的深化。

为完成这个课题,30余位国内外学者奋斗了7年,到出版时几乎是用了10年时间。尽管我们取得了一定的成绩,这个研究还是刚刚开始,待继续努力的方向还很多。如:这里的中国古代文化经典主要侧重于以汉文化为主体,但中国古代文化是一个"多元一体"的文化,在其长期发展中,少数民族的古代文化经典已经逐步融合到汉文化的主干之中,成为中华文化充满活力、不断发展的动力和原因之一。由于时间和知识的限制,在本丛书中对中国古代少数民族的经典在域外的传播研究尚未全面展开,只是在个别卷中有所涉猎。在语言的广度上也待扩展,如在欧洲语言中尚未把西班牙语、瑞典语、荷兰语等包括进去,在亚洲语言中尚未把印地语、孟加拉语、僧伽罗语、乌尔都语、波斯语等包括进去。因此,我们只是迈开了第一步,我们希望在今后几年继续完成中国古代文化在使用以上语言的国家中传播的编年研究工作。希望在第二版时,我们能把编年卷做得更好,使其成为方便学术界使用的工具书。

中国文化是全球性的文化,它不仅在东亚文化圈、欧美文化圈产生过重要影响,在东南亚、南亚、阿拉伯世界也都产生过重要影响。因此,本丛书尽力将中国古代文化经典在多种文化区域传播的图景展现出来。或许这些研究仍待深化,但这样一个图景会使读者对中国文化的影响力有一个更为全面的认识。

中国古代文化经典的域外传播研究近年来逐步受到学术界的重视,据初步统计,目前出版的相关专著已经有十几本之多,相关博士论文已经有几十篇,国家社科基金课题及教育部课题中与此相关的也有十余个。随着国家"一带一路"倡议的提出,中国文化"走出去"战略也开始更加关注这个方向。应该说,这个领域的研究进步很大,成果显著。但由于这是一个跨学科的崭新研究领域,尚有不少问题需要我们深入思考。例如,如何更加深入地展开这一领域的研究? 如何从知识和学科上把握这个研究领域? 通过什么样的路径和方法展开这个领域的研究? 这个领域的研究在学术上的价值和意义何在? 对这些问题笔者在这里进行初步的探讨。

一、历史:展开中国典籍外译研究的基础

根据目前研究,中国古代文化典籍第一次被翻译为欧洲语言是在 1592 年,由来自西班牙的传教士高母羡(Juan Cobo,1546—1592)[1]第一次将元末明初的中国

---

[1] "'Juan Cobo',是他在 1590 年寄给危地马拉会友信末的落款签名,也是同时代的欧洲作家对他的称呼;'高母羡',是 1593 年马尼拉出版的中文著作《辩正教真传实录》一书扉页上的作者;'羡高茂',是 1592 年他在翻译菲律宾总督致丰臣秀吉的回信中使用的署名。"蒋薇:《1592 年高母羡(Fr.Juan Cobo)出使日本之行再议》,硕士论文抽样本,北京:北京外国语大学;方豪:《中国天主教史人物传》(上),北京:中华书局,1988 年,第 83—89 页。

文人范立本所编著的收录中国文化先贤格言的蒙学教材《明心宝鉴》翻译成西班牙文。《明心宝鉴》收入了孔子、孟子、庄子、老子、朱熹等先哲的格言,于洪武二十六年(1393)刊行。如此算来,欧洲人对中国古代文化典籍的翻译至今已有424年的历史。要想展开相关研究,对研究者最基本的要求就是熟知西方汉学的历史。

仅仅拿着一个译本,做单独的文本研究是远远不够的。这些译本是谁翻译的?他的身份是什么?他是哪个时期的汉学家?他翻译时的中国助手是谁?他所用的中文底本是哪个时代的刻本?……这些都涉及对汉学史及中国文化史的了解。例如,如果对《明心宝鉴》的西班牙译本进行研究,就要知道高母羡的身份,他是道明会的传教士,在菲律宾完成此书的翻译,此书当时为生活在菲律宾的道明会传教士学习汉语所用。他为何选择了《明心宝鉴》而不是其他儒家经典呢?因为这个本子是他从当时来到菲律宾的中国渔民那里得到的,这些侨民只是粗通文墨,不可能带有很经典的儒家本子,而《菜根谭》和《明心宝鉴》是晚明时期民间流传最为广泛的儒家伦理格言书籍。由于这是以闽南话为基础的西班牙译本,因此书名、人名及部分难以意译的地方,均采取音译方式,其所注字音当然也是闽南语音。我们对这个译本进行研究就必须熟悉闽南语。同时,由于译者是天主教传教士,因此研究者只有对欧洲天主教的历史发展和天主教神学思想有一定的了解,才能深入其文本的翻译研究之中。

又如,法国第一位专业汉学家雷慕沙(Jean Pierre Abel Rémusat, 1788—1832)的博士论文是关于中医研究的《论中医舌苔诊病》(*Dissertatio de glossosemeiotice sive de signis morborum quae è linguâ sumuntur, praesertim apud sinenses*, 1813, Thése, Paris)。论文中翻译了中医的一些基本文献,这是中医传向西方的一个重要环节。如果做雷慕沙这篇文献的研究,就必须熟悉西方汉学史,因为雷慕沙并未来过中国,他关于中医的知识是从哪里得来的呢?这些知识是从波兰传教士卜弥格(Michel Boym, 1612—1659)那里得来的。卜弥格的《中国植物志》"是西方研究中国动植物的第一部科学著作,曾于1656年在维也纳出版,还保存了原著中介绍的每一种动植物的中文名称和卜弥格为它们绘制的二十七幅图像。后来因为这部著作受到欧洲读者极大的欢迎,在1664年,又发表了它的法文译本,名为《耶稣会士卜弥格神父写的一篇论特别是来自中国的花、水果、植物和个别动物的论文》。……

荷兰东印度公司一位首席大夫阿德列亚斯·克莱耶尔(Andreas Clayer)……1682年在德国出版的一部《中医指南》中,便将他所得到的卜弥格的《中医处方大全》《通过舌头的颜色和外部状况诊断疾病》《一篇论脉的文章》和《医学的钥匙》的部分章节以他的名义发表了"①。这就是雷慕沙研究中医的基本材料的来源。如果对卜弥格没有研究,那就无法展开对雷慕沙的研究,更谈不上对中医西传的研究和翻译时的历史性把握。

  这说明研究者要熟悉从传教士汉学到专业汉学的发展历史,只有如此才能展开研究。西方汉学如果从游记汉学算起已经有七百多年的历史,如果从传教士汉学算起已经有四百多年的历史,如果从专业汉学算起也有近二百年的历史。在西方东方学的历史中,汉学作为一个独立学科存在的时间并不长,但学术的传统和人脉一直在延续。正像中国学者做研究必须熟悉本国学术史一样,做中国文化典籍在域外的传播研究首先也要熟悉域外各国的汉学史,因为绝大多数的中国古代文化典籍的译介是由汉学家们完成的。不熟悉汉学家的师承、流派和学术背景,自然就很难做好中国文化的海外传播研究。

  上面这两个例子还说明,虽然西方汉学从属于东方学,但它是在中西文化交流的历史中产生的。这就要求研究者不仅要熟悉西方汉学史,也要熟悉中西文化交流史。例如,如果不熟悉元代的中西文化交流史,那就无法读懂《马可·波罗游记》;如果不熟悉明清之际的中西文化交流史,也就无法了解以利玛窦为代表的传教士汉学家们的汉学著作,甚至完全可能如堕烟海,不知从何下手。上面讲的卜弥格是中医西传第一人,在中国古代文化典籍西传方面贡献很大,但他同时又是南明王朝派往梵蒂冈教廷的中国特使,在明清时期中西文化交流史上占有重要的地位。如果不熟悉明清之际的中西文化交流史,那就无法深入展开研究。即使一些没有来过中国的当代汉学家,在其进行中国典籍的翻译时,也会和中国当时的历史与人物发生联系并受到影响。例如20世纪中国古代文化经典最重要的翻译家阿瑟·韦利(Arthur David Waley,1889—1966)与中国作家萧乾、胡适的交往,都对他的翻译活动产生过影响。

  历史是进行一切人文学科研究的基础,做中国古代文化经典在域外的传播研

---

① 张振辉:《卜弥格与明清之际中学的西传》,《中国史研究》2011年第3期,第184—185页。

究尤其如此。

　　中国学术界对西方汉学的典籍翻译的研究起源于清末民初之际。辜鸿铭对西方汉学家的典籍翻译多有微词。那时的中国学术界对西方汉学界已经不陌生，不仅不陌生，实际上晚清时期对中国学问产生影响的西学中也包括汉学。① 近代以来，中国学术的发展是西方汉学界与中国学界互动的结果，我们只要提到伯希和、高本汉、葛兰言在民国时的影响就可以知道。② 但中国学术界自觉地将西方汉学作为一个学科对象加以研究和分梳的历史并不长，研究者大多是从自己的专业领域对西方汉学发表评论，对西方汉学的学术历史研究甚少。莫东言的《汉学发达史》到1936年才出版，实际上这本书中的绝大多数知识来源于日本学者石田干之助的《欧人之汉学研究》③。近30年来中国学术界对西方汉学的研究有了长足进展，个案研究、专书和专人研究及国别史研究都有了重大突破。像徐光华的《国外汉学史》、阎纯德主编的《列国汉学史》等都可以为我们的研究提供初步的线索。但应看到，对国别汉学史的研究才刚刚开始，每一位从事中国典籍外译研究的学者都要注意对汉学史的梳理。我们应承认，至今令学术界满意的中国典籍外译史的专著并不多见，即便是国别体的中国典籍外译的专题历史研究著作都尚未出现。④ 因为这涉及太多的语言和国家，绝非短期内可以完成。随着国家"一带一路"倡议的提出，了解沿路国家文化与中国文化之间的互动历史是学术研究的题中应有之义。但一旦我们翻阅学术史文献就会感到，在这个领域我们需要做的事情还有很多，尤其需要增强对沿路国家文化与中国文化互动的了解。百年以西为师，我们似乎忘记了家园和邻居，悲矣！学术的发展总是一步步向前的，愿我们沿着季羡林先生开辟的中国东方学之路，由历史而入，拓展中国学术发展的新空间。

---

① 罗志田：《西学冲击下近代中国学术分科的演变》，《社会科学研究》2003年第1期。
② 桑兵：《国学与汉学——近代中外学界交往录》，北京：中国人民大学出版社，2010年；李孝迁：《葛兰言在民国学界的反响》，《华东师范大学学报》（哲学社会科学版）2010年第4期。
③ ［日］石田干之助：《欧人之汉学研究》，朱滋萃译，北京：北平中法大学出版社，1934年。
④ 马祖毅、任荣珍：《汉籍外译史》，武汉：湖北教育出版社，1997年。这本书尽管是汉籍外译研究的开创性著作，但书中的错误颇多，注释方式也不规范，完全分不清资料的来源。关键在于作者对域外汉学史并未深入了解，仅在二手文献基础上展开研究。学术界对这本书提出了批评，见许冬平《〈汉籍外译史〉还是〈汉籍歪译史〉?》，光明网，2011年8月21日。

二、文献：西方汉学文献学亟待建立

张之洞在《书目答问》中开卷就说："诸生好学者来问应读何书,书以何本为善。偏举既嫌挂漏,志趣学业亦各不同,因录此以告初学。"①学问由目入,读书自识字始,这是做中国传统学问的基本方法。此法也同样适用于中国文化在域外的传播研究及中国典籍外译研究。因为19世纪以前中国典籍的翻译者以传教士为主,传教士的译本在欧洲呈现出非常复杂的情况。17世纪时传教士的一些译本是拉丁文的,例如柏应理和一些耶稣会士联合翻译的《中国哲学家孔子》,其中包括《论语》《大学》《中庸》。这本书的影响很大,很快就有了各种欧洲语言的译本,有些是节译,有些是改译。如果我们没有西方汉学文献学的知识,就搞不清这些译本之间的关系。

18世纪欧洲的流行语言是法语,会法语是上流社会成员的标志。恰好此时来华的传教士由以意大利籍为主转变为以法国籍的耶稣会士为主。这些法国来华的传教士学问基础好,翻译中国典籍极为勤奋。法国传教士的汉学著作中包含了大量的对中国古代文化典籍的介绍和翻译,例如来华耶稣会士李明返回法国后所写的《中国近事报道》(*Nouveaux mémoires sur l'état présent de la Chine*),1696年在巴黎出版。他在书中介绍了中国古代重要的典籍"五经",同时介绍了孔子的生平。李明所介绍的孔子的生平在当时欧洲出版的来华耶稣会士的汉学著作中是最详细的。这本书出版后在四年内竟然重印五次,并有了多种译本。如果我们对法语文本和其他文本之间的关系不了解,就很难做好翻译研究。

进入19世纪后,英语逐步取得霸主地位,英文版的中国典籍译作逐渐增加,版本之间的关系也更加复杂。美国诗人庞德在翻译《论语》时,既参照早年由英国汉学家柯大卫(David Collie)翻译的第一本英文版"四书"②,也参考理雅各的译本,如果只是从理雅各的译本来研究庞德的翻译肯定不全面。

20世纪以来对中国典籍的翻译一直在继续,翻译的范围不断扩大。学者研

---

① 〔清〕张之洞著,范希曾补正:《书目答问补正》,上海:上海古籍出版社,2001年,第3页。
② David Collie, *The Four Books*, Malacca: Printed at Mission Press, 1828.

究百年的《论语》译本的数量就很多,《道德经》的译本更是不计其数。有的学者说世界上译本数量极其巨大的文化经典文本有两种,一种是《圣经》,另一种就是《道德经》。

这说明我们在从事文明互鉴的研究时,尤其在从事中国古代文化经典在域外的翻译和传播研究时,一定要从文献学入手,从目录学入手,这样才会保证我们在做翻译研究时能够对版本之间的复杂关系了解清楚,为研究打下坚实的基础。中国学术传统中的"辨章学术,考镜源流"在我们致力于域外汉学研究时同样需要。

目前,国家对汉籍外译项目投入了大量的经费,国内学术界也有相当一批学者投入这项事业中。但我们在开始这项工作时应该摸清世界各国已经做了哪些工作,哪些译本是受欢迎的,哪些译本问题较大,哪些译本是节译,哪些译本是全译。只有清楚了这些以后,我们才能确定恰当的翻译策略。显然,由于目前我们在域外汉学的文献学上做得不够理想,对中国古代文化经典的翻译情况若明若暗。因而,国内现在确立的一些翻译计划不少是重复的,在学术上是一种浪费。即便国内学者对这些典籍重译,也需要以前人的工作为基础。

就西方汉学而言,其基础性书目中最重要的是两本目录,一本是法国汉学家考狄编写的《汉学书目》(*Bibliotheca sinica*),另一本是中国著名学者、中国近代图书馆的奠基人之一袁同礼1958年出版的《西文汉学书目》(*China in Western Literature: a Continuation of Cordier's Bibliotheca Sinica*)①。

从西方最早对中国的记载到1921年西方出版的关于研究中国的书籍,四卷本的考狄书目都收集了,其中包括大量关于中国古代文化典籍的译本目录。袁同礼的《西文汉学书目》则是"接着说",其书名就表明是接着考狄来做的。他编制了1921—1954年期间西方出版的关于中国研究的书目,其中包括数量可观的关于中国古代文化典籍的译本目录。袁同礼之后,西方再没有编出一本类似的书目。究其原因,一方面是中国研究的进展速度太快,另一方面是中国研究的范围在快速扩大,在传统的人文学科的思路下已经很难把握快速发展的中国研究。

当然,国外学者近50年来还是编制了一些非常重要的专科性汉学研究文献

---

① 书名翻译为《西方文学作品里的中国书目——续考狄之汉学书目》更为准确,《西文汉学书目》简洁些。

目录,特别是关于中国古代文化经典的翻译也有了专题性书目。例如,美国学者编写的《中国古典小说研究与欣赏论文书目指南》①是一本很重要的专题性书目,对于展开中国古典文学在西方的传播研究奠定了基础。日本学者所编的《东洋学文献类目》是当代较权威的中国研究书目,收录了部分亚洲研究的文献目录,但涵盖语言数量有限。当然中国学术界也同样取得了较大的进步,台湾学者王尔敏所编的《中国文献西译书目》②无疑是中国学术界较早的西方汉学书目。汪次昕所编的《英译中文诗词曲索引:五代至清末》③、王丽娜的《中国古典小说戏曲名著在国外》④是新时期第一批从目录文献学上研究西方汉学的著作。林舒俐、郭英德所编的《中国古典戏曲研究英文论著目录》⑤,顾钧、杨慧玲在美国汉学家卫三畏研究的基础上编制的《〈中国丛报〉篇名目录及分类索引》,王国强在其《〈中国评论〉(1872—1901)与西方汉学》中所附的《中国评论》目录和《中国评论》文章分类索引等,都代表了域外汉学和中国古代文化外译研究的最新进展。

  从学术的角度看,无论是海外汉学界还是中国学术界在汉学的文献学和目录学上都仍有继续展开基础性研究和学术建设的极大空间。例如,在17世纪和18世纪"礼仪之争"后来华传教士所写的关于在中国传教的未刊文献至今没有基础性书目,这里主要指出傅圣泽和白晋的有关文献就足以说明问题。⑥ 在罗马传信部档案馆、梵蒂冈档案馆、耶稣会档案馆有着大量未刊的耶稣会士关于"礼仪之争"的文献,这些文献多涉及中国典籍的翻译问题。在巴黎外方传教会、方济各传教会也有大量的"礼仪之争"期间关于中国历史文化研究的未刊文献。这些文献目录未整理出来以前,我们仍很难书写一部完整的中国古代文献西文翻译史。

  由于中国文化研究已经成为一个国际化的学术事业,无论是美国亚洲学会的

---

① Winston L.Y.Yang, Peter Li and Nathan K.Mao, *Classical Chinese Fiction: A Guide to Its Study and Appreciation—Essays and Bibliographies*, Boston: G.K.Hall & Co., 1978.
② 王尔敏编:《中国文献西译书目》,台北:台湾商务印书馆,1975年。
③ 汪次昕编:《英译中文诗词曲索引:五代至清末》,台北:汉学研究中心,2000年。
④ 王丽娜:《中国古典小说戏曲名著在国外》,上海:学林出版社,1988年。
⑤ 林舒俐、郭英德编:《中国古典戏曲研究英文论著目录》(上),《戏曲研究》2009年第3期;《中国古典戏曲研究英文论著目录》(下),《戏曲研究》2010年第1期。
⑥ [美]魏若望:《耶稣会士傅圣泽神甫传:索隐派思想在中国及欧洲》,吴莉苇译,郑州:大象出版社,2006年;[丹]龙伯格:《清代来华传教士马若瑟研究》,李真、骆洁译,郑州:大象出版社,2009年;[德]柯兰霓:《耶稣会士白晋的生平与著作》,李岩译,郑州:大象出版社,2009年;[法]维吉尔·毕诺:《中国对法国哲学思想形成的影响》,耿昇译,北京:商务印书馆,2000年。

中国学研究网站所编的目录,还是日本学者所编的目录,都已经不能满足学术发展的需要。我们希望了解伊朗的中国历史研究状况,希望了解孟加拉国对中国文学的翻译状况,但目前没有目录能提供这些。袁同礼先生当年主持北平图书馆工作时曾说过,中国国家图书馆应成为世界各国的中国研究文献的中心,编制世界的汉学研究书目应是我们的责任。先生身体力行,晚年依然坚持每天在美国国会图书馆的目录架旁抄录海外中国学研究目录,终于继考狄之后完成了《西文汉学书目》,开启了中国学者对域外中国研究文献学研究的先河。今日的中国国家图书馆的同人和中国文献学的同行们能否继承前辈之遗产,为飞出国门的中国文化研究提供一个新时期的文献学的阶梯,提供一个真正能涵盖多种语言,特别是非通用语的中国文化研究书目呢?我们期待着。正是基于这样的考虑,10年前我承担教育部重大攻关项目"20世纪中国古代文化经典在域外的传播与影响"时,决心接续袁先生的工作做一点尝试。我们中国海外汉学研究中心和北京外国语大学与其他院校学界的同人以10年之力,编写了一套10卷本的中国文化传播编年,它涵盖了22种语言,涉及20余个国家。据我了解,这或许是目前世界上第一次涉及如此多语言的中国文化外传文献编年。

尽管这些编年略显幼稚,多有不足,但中国的学者们是第一次把自己的语言能力与中国学术的基础性建设有机地结合起来。我们总算在袁同礼先生的事业上前进了一步。

学术界对于加强海外汉学文献学研究的呼声很高。李学勤当年主编的《国际汉学著作提要》就是希望从基础文献入手加强对西方汉学名著的了解。程章灿更是提出了十分具体的方案,他认为如果把欧美汉学作为学术资源,应该从以下四方面着手:"第一,从学术文献整理的角度,分学科、系统编纂中外文对照的专业论著索引。就欧美学者的中国文学研究而言,这一工作显得相当迫切。这些论著至少应该包括汉学专著、汉籍外译本及其附论(尤其是其前言、后记)、各种教材(包括文学史与作品选)、期刊论文、学位论文等几大项。其中,汉籍外译本与学位论文这两项比较容易被人忽略。这些论著中提出或涉及的学术问题林林总总,如果并没有广为中国学术界所知,当然也就谈不上批判或吸收。第二,从学术史角度清理学术积累,编纂重要论著的书目提要。从汉学史上已出版的研究中国文学的专著中,选取有价值的、有影响的,特别是有学术史意义的著作,每种写一篇两三千字的书目提要,述其内容大要、方法特点,并对其作学术史之源流梳理。对这些海外汉学文献的整理,就是学术史的建设,其道理与第一点是一样的。第三,从学术术语与话语沟通的角度,编纂一册中英文术语对照词典。就中国文学研究而言,目前在世界范围内,英语与汉语是两种最重要的工作语言。但是,对于同一个中国文学专有名词,往往有多种不同的英语表达法,国内学界英译中国文学术语时,词不达意、生拉硬扯的现象时或可见,极不利于中外学者的沟通和中外学术的交流。如有一册较好的中英文中国文学术语词典,不仅对于中国研究者,而且对于学习中国文学的外国人,都有很大的实用价值。第四,在系统清理研判的基础上,编写一部国际汉学史略。"①

历史期待着我们这一代学人,从基础做起,从文献做起,构建起国际中国文化研究的学术大厦。

三、语言:中译外翻译理论与实践有待探索

翻译研究是做中国古代文化对外传播研究的重要环节,没有这个环节,整个研究就不能建立在坚实的学术基础之上。在翻译研究中如何创造出切实可行的中译外理论是一个亟待解决的问题。如果翻译理论、翻译的指导观念不发生变革,一味依赖西方的理论,并将其套用在中译外的实践中,那么中国典籍的外译将不会有更大的发展。

外译中和中译外是两种翻译实践活动。前者说的是将外部世界的文化经典翻译成中文,后者说的是将中国古代文化的经典翻译成外文。几乎每一种有影响的文化都会面临这两方面的问题。

中国文化史告诉我们,我们有着悠久的外译中的历史,例如从汉代以来中国对佛经的翻译和近百年来中国对西学和日本学术著作的翻译。中国典籍的外译最早可以追溯到玄奘译老子的《道德经》,但真正形成规模则始于明清之际来华的传教士,即上面所讲的高母羡、利玛窦等人。中国人独立开展这项工作则应从晚清时期的陈季同和辜鸿铭算起。外译中和中译外作为不同语言之间的转换有

---

① 程章灿:《作为学术文献资源的欧美汉学研究》,《文学遗产》2012年第2期,第134—135页。

共同性,这是毋庸置疑的。但二者的区别也很明显,目的语和源语言在外译中和中译外中都发生了根本性置换,这种目的语和源语言的差别对译者提出了完全不同的要求。因此,将中译外作为一个独立的翻译实践来展开研究是必要的,正如刘宓庆所说:"实际上东方学术著作的外译如何解决文化问题还是一块丰腴的亟待开发的处女地。"①

由于在翻译目的、译本选择、语言转换等方面的不同,在研究中译外时完全照搬西方的翻译理论是有问题的。当然,并不是说西方的翻译理论不可用,而是这些理论的创造者的翻译实践大都是建立在西方语言之间的互译之上。在此基础上产生的翻译理论面对东方文化时,特别是面对以汉字为基础的汉语文化时会产生一些问题。潘文国认为,至今为止,西方的翻译理论基本上是对印欧语系内部翻译实践的总结和提升,那套理论是"西西互译"的结果,用到"中西互译"是有问题的,"西西互译"多在"均质印欧语"中发生,而"中西互译"则是在相距遥远的语言之间发生。因此他认为"只有把'西西互译'与'中西互译'看作是两种不同性质的翻译,因而需要不同的理论,才能以更为主动的态度来致力于中国译论的创新"②。

语言是存在的家园。语言具有本体论作用,而不仅仅是外在表达。刘勰在《文心雕龙·原道》中写道:"文之为德也大矣,与天地并生者何哉?夫玄黄色杂,方圆体分,日月叠璧,以垂丽天之象;山川焕绮,以铺理地之形:此盖道之文也。仰观吐曜,俯察含章,高卑定位,故两仪既生矣。惟人参之,性灵所钟,是谓三才。为五行之秀,实天地之心。心生而言立,言立而文明,自然之道也。傍及万品,动植皆文:龙凤以藻绘呈瑞,虎豹以炳蔚凝姿;云霞雕色,有逾画工之妙;草木贲华,无待锦匠之奇。夫岂外饰,盖自然耳。至于林籁结响,调如竽瑟;泉石激韵,和若球锽:故形立则章成矣,声发则文生矣。夫以无识之物,郁然有彩,有心之器,其无文欤?"③刘勰这段对语言和文字功能的论述绝不亚于海德格尔关于语言性质的论述,他强调"文"的本体意义和内涵。

---

① 刘宓庆:《中西翻译思想比较研究》,北京:中国对外翻译出版公司,2005年,第272页。
② 潘文国:《中籍外译,此其时也——关于中译外问题的宏观思考》,《杭州师范学院学报》(社会科学版)2007年第6期。
③ 〔南朝梁〕刘勰著,周振甫译注:《文心雕龙选译》,北京:中华书局,1980年,第19—20页。

中西两种语言,对应两种思维、两种逻辑。外译中是将抽象概念具象化的过程,将逻辑思维转换成伦理思维的过程;中译外是将具象思维的概念抽象化,将伦理思维转换成逻辑思维的过程。当代美国著名汉学家安乐哲(Roger T. Ames)与其合作者也有这样的思路:在中国典籍的翻译上反对用一般的西方哲学思想概念来表达中国的思想概念。因此,他在翻译中国典籍时着力揭示中国思想异于西方思想的特质。

语言是世界的边界,不同的思维方式、不同的语言特点决定了外译中和中译外具有不同的规律,由此,在翻译过程中就要注意其各自的特点。基于语言和哲学思维的不同所形成的中外互译是两种不同的翻译实践,我们应该重视对中译外理论的总结,现在流行的用"西西互译"的翻译理论来解释"中西互译"是有问题的,来解释中译外问题更大。这对中国翻译界来说应是一个新课题,因为在"中西互译"中,我们留下的学术遗产主要是外译中。尽管我们也有辜鸿铭、林语堂、陈季同、吴经熊、杨宪益、许渊冲等前辈的可贵实践,但中国学术界的翻译实践并未留下多少中译外的经验。所以,认真总结这些前辈的翻译实践经验,提炼中译外的理论是一个亟待努力开展的工作。同时,在比较语言学和比较哲学的研究上也应着力,以此为中译外的翻译理论打下坚实的基础。

在此意义上,许渊冲在翻译理论及实践方面的探索尤其值得我国学术界关注。许渊冲在20世纪中国翻译史上是一个奇迹,他在中译外和外译中两方面均有很深造诣,这十分少见。而且,在中国典籍外译过程中,他在英、法两个语种上同时展开,更是难能可贵。"书销中外五十本,诗译英法唯一人"的确是他的真实写照。从陈季同、辜鸿铭、林语堂等开始,中国学者在中译外道路上不断探索,到许渊冲这里达到一个高峰。他的中译外的翻译数量在中国学者中居于领先地位,在古典诗词的翻译水平上,更是成就卓著,即便和西方汉学家(例如英国汉学家韦利)相比也毫不逊色。他的翻译水平也得到了西方读者的认可,译著先后被英国和美国的出版社出版,这是目前中国学者中译外作品直接进入西方阅读市场最多的一位译者。

特别值得一提的是,许渊冲从中国文化本身出发总结出一套完整的翻译理论。这套理论目前是中国翻译界较为系统并获得翻译实践支撑的理论。面对铺天盖地而来的西方翻译理论,他坚持从中国翻译的实践出发,坚持走自己的学术道路,自成体系,面对指责和批评,他不为所动。他这种坚持文化本位的精神,这种坚持从实践出发探讨理论的风格,值得我们学习和发扬。

许渊冲把自己的翻译理论概括为"美化之艺术,创优似竞赛"。"实际上,这十个字是拆分开来解释的。'美'是许渊冲翻译理论的'三美'论,诗歌翻译应做到译文的'意美、音美和形美',这是许渊冲诗歌翻译的本体论;'化'是翻译诗歌时,可以采用'等化、浅化、深化'的具体方法,这是许氏诗歌翻译的方法论;'之'是许氏诗歌翻译的意图或最终想要达成的结果,使读者对译文能够'知之、乐之并好之',这是许氏译论的目的论;'艺术'是认识论,许渊冲认为文学翻译,尤其是诗词翻译是一种艺术,是一种研究'美'的艺术。'创'是许渊冲的'创造论',译文是译者在原诗规定范围内对原诗的再创造;'优'指的是翻译的'信达优'标准和许氏译论的'三势'(优势、劣势和均势)说,在诗歌翻译中应发挥译语优势,用最好的译语表达方式来翻译;'似'是'神似'说,许渊冲认为忠实并不等于形似,更重要的是神似;'竞赛'指文学翻译是原文和译文两种语言与两种文化的竞赛。"①

许渊冲的翻译理论不去套用当下时髦的西方语汇,而是从中国文化本身汲取智慧,并努力使理论的表述通俗化、汉语化和民族化。例如他的"三美"之说就来源于鲁迅,鲁迅在《汉文学史纲要》中指出:"诵习一字,当识形音义三:口诵耳闻其音,目察其形,心通其义,三识并用,一字之功乃全。其在文章,则写山曰峻嶒嵯峨,状水曰汪洋澎湃,蔽芾葱茏,恍逢丰木,鳟鲂鳗鲤,如见多鱼。故其所函,遂具三美:意美以感心,一也;音美以感耳,二也;形美以感目,三也。"②许渊冲的"三之"理论,即在翻译中做到"知之、乐之并好之",则来自孔子《论语·雍也》中的"知之者不如好之者,好之者不如乐之者"。他套用《道德经》中的语句所总结的翻译理论精练而完备,是近百年来中国学者对翻译理论最精彩的总结:

> 译可译,非常译。
>
> 忘其形,得其意。
>
> 得意,理解之始;
>
> 忘形,表达之母。

---

① 张进:《许渊冲唐诗英译研究》,硕士论文抽样本,西安:西北大学,2011 年,第 19 页;张智中:《许渊冲与翻译艺术》,武汉:湖北教育出版社,2006 年。
② 鲁迅:《鲁迅全集》(第九卷),北京:人民文学出版社,2005 年,第 354—355 页。

故应得意，以求其同；

故可忘形，以存其异。

两者同出，异名同理。

得意忘形，求同存异；

翻译之道。

2014年，在第二十二届世界翻译大会上，由中国翻译学会推荐，许渊冲获得了国际译学界的最高奖项"北极光"杰出文学翻译奖。他也是该奖项自1999年设立以来，第一个获此殊荣的亚洲翻译家。许渊冲为我们奠定了新时期中译外翻译理论与实践的坚实学术基础，这个事业有待后学发扬光大。

四、知识：跨学科的知识结构是对研究者的基本要求

中国古代文化经典在域外的翻译与传播研究属于跨学科研究领域，语言能力只是进入这个研究领域的一张门票，但能否坐在前排，能否登台演出则是另一回事。因为很显然，语言能力尽管重要，但它只是展开研究的基础条件，而非全部条件。

研究者还应该具备中国传统文化知识与修养。我们面对的研究对象是整个海外汉学界，汉学家们所翻译的中国典籍内容十分丰富，除了我们熟知的经、史、子、集，还有许多关于中国的专业知识。例如，俄罗斯汉学家阿列克谢耶夫对宋代历史文学极其关注，翻译宋代文学作品数量之大令人吃惊。如果研究他，仅仅俄语专业毕业是不够的，研究者还必须通晓中国古代文学，尤其是宋代文学。清中前期，来华的法国耶稣会士已经将中国的法医学著作《洗冤集录》翻译成法文，至今尚未有一个中国学者研究这个译本，因为这要求译者不仅要懂宋代历史，还要具备中国古代法医学知识。

中国典籍的外译相当大一部分产生于中外文化交流的历史之中，如果缺乏中西文化交流史的知识，常识性错误就会出现。研究18世纪的中国典籍外译要熟悉明末清初的中西文化交流史，研究19世纪的中国典籍外译要熟悉晚清时期的中西文化交流史，研究东亚之间文学交流要精通中日、中韩文化交流史。

同时，由于某些译者有国外学术背景，想对译者和文本展开研究就必须熟悉

译者国家的历史与文化、学术与传承,那么,知识面的扩展、知识储备的丰富必不可少。

目前,绝大多数中国古代文化外译的研究者是外语专业出身,这些学者的语言能力使其成为这个领域的主力军,但由于目前教育分科严重细化,全国外语类大学缺乏系统的中国历史文化的教育训练,因此目前的翻译及其研究在广度和深度上尚难以展开。有些译本作为国内外语系的阅读材料尚可,要拿到对象国出版还有很大的难度,因为这些译本大都无视对象国汉学界译本的存在。的确,研究中国文化在域外的传播和发展是一个崭新的领域,是青年学者成长的天堂。但同时,这也是一个有难度的跨学科研究领域,它对研究者的知识结构提出了新挑战。研究者必须走出单一学科的知识结构,全面了解中国文化的历史与文献,唯此才能对中国古代文化经典的域外传播和中国文化的域外发展进行更深入的研究。当然,术业有专攻,在当下的知识分工条件下,研究者已经不太可能系统地掌握中国全部传统文化知识,但掌握其中的一部分,领会其精神仍十分必要。这对中国外语类大学的教学体系改革提出了更高的要求,中国历史文化课程必须进入外语大学的必修课中,否则,未来的学子们很难承担起这一历史重任。

五、方法:比较文化理论是其基本的方法

从本质上讲,中国文化域外传播与发展研究是一种文化间关系的研究,是在跨语言、跨学科、跨文化、跨国别的背景下展开的,这和中国本土的国学研究有区别。关于这一点,严绍璗先生有过十分清楚的论述,他说:"国际中国学(汉学)就其学术研究的客体对象而言,是指中国的人文学术,诸如文学、历史、哲学、艺术、宗教、考古等等,实际上,这一学术研究本身就是中国人文学科在域外的延伸。所以,从这样的意义上说,国际中国学(汉学)的学术成果都可以归入中国的人文学术之中。但是,作为从事于这样的学术的研究者,却又是生活在与中国文化很不相同的文化语境中,他们所受到的教育,包括价值观念、人文意识、美学理念、道德伦理和意识形态等等,和我们中国本土很不相同。他们是以他们的文化为背景而从事中国文化的研究,通过这些研究所表现的价值观念,从根本上说,是他们的'母体文化'观念。所以,从这样的意义上说,国际中国学(汉学)的学术成果,其

实也是他们'母体文化'研究的一种。从这样的视角来考察国际中国学(汉学),那么,我们可以说,这是一门在国际文化中涉及双边或多边文化关系的近代边缘性的学术,它具有'比较文化研究'的性质。"①严先生的观点对于我们从事中国古代文化典籍外译和传播研究有重要的指导意义。有些学者认为西方汉学家翻译中的误读太多,因此,中国文化经典只有经中国人来翻译才忠实可信。显然,这样的看法缺乏比较文学和跨文化的视角。

"误读"是翻译中的常态,无论是外译中还是中译外,除了由于语言转换过程中知识储备不足产生的误读②,文化理解上的误读也比比皆是。有的译者甚至故意误译,完全按照自己的理解阐释中国典籍,最明显的例子就是美国诗人庞德。1937 年他译《论语》时只带着理雅各的译本,没有带词典,由于理雅各的译本有中文原文,他就盯着书中的汉字,从中理解《论语》,并称其为"注视字本身",看汉字三遍就有了新意,便可开始翻译。例如《论语·公冶长第五》,'子曰:道不行,乘桴浮于海。从我者,其由与?子路闻之喜。子曰:由也,好勇过我,无所取材。'最后四字,朱熹注:'不能裁度事理。'理雅各按朱注译。庞德不同意,因为他从'材'字中看到'一棵树加半棵树',马上想到孔子需要一个'桴'。于是庞德译成'Yu like danger better than I do. But he wouldn't bother about getting the logs.'(由比我喜欢危险,但他不屑去取树木。)庞德还指责理雅各译文'失去了林肯式的幽默'。后来他甚至把理雅各译本称为'丢脸'(an infamy)"③。庞德完全按自己的理解来翻译,谈不上忠实,但庞德的译文却在美国和其他西方国家产生了巨大影响。日本比较文学家大塚幸男说:"翻译文学,在对接受国文学的影响中,误解具有异乎寻常的力量。有时拙劣的译文意外地产生极大的影响。"④庞德就是这样的翻译家,他翻译《论语》《中庸》《孟子》《诗经》等中国典籍时,完全借助理雅各的译本,但又能超越理雅各的译本,在此基础上根据自己的想法来翻译。他把《中庸》翻

---

① 严绍璗:《我对国际中国学(汉学)的认识》,《国际汉学》(第五辑),郑州:大象出版社,2000 年,第 11 页。
② 英国著名汉学家阿瑟·韦利在翻译陶渊明的《责子》时将"阿舒已二八"翻译成"A-Shu is eighteen",显然是他不知在中文中"二八"是指 16 岁,而不是 18 岁。这样知识性的翻译错误是常有的。
③ 赵毅衡:《诗神远游:中国如何改变了美国现代诗》,成都:四川文艺出版社,2013 年,第 277—278 页。
④ [日]大塚幸男:《比较文学原理》,陈秋峰、杨国华译,西安:陕西人民出版社,1985 年,第 101 页。

译为 Unwobbling Pivot（不动摇的枢纽），将"君子而时中"翻译成"The master man's axis does not wobble"（君子的轴不摇动），这里的关键在于他认为"中"是"一个动作过程，一个某物围绕旋转的轴"①。只有具备比较文学和跨文化理论的视角，我们才能理解庞德这样的翻译。

从比较文学角度来看，文学著作一旦被翻译成不同的语言，它就成为各国文学历史的一部分，"在翻译中，创造性叛逆几乎是不可避免的"②。这种叛逆就是在翻译时对源语言文本的改写，任何译本只有在符合本国文化时，才会获得第二生命。正是在这个意义上，谢天振主张将近代以来的中国学者对外国文学的翻译作为中国近代文学的一部分，使它不再隶属于外国文学，为此，他专门撰写了《中国现代翻译文学史》③。他的观点向我们提供了理解被翻译成西方语言的中国古代文化典籍的新视角。

尽管中国学者也有在中国典籍外译上取得成功的先例，例如林语堂、许渊冲，但这毕竟不是主流。目前国内的许多译本并未在域外产生真正的影响。对此，王宏印指出："毋庸讳言，虽然我们取得的成就很大，但国内的翻译、出版的组织和质量良莠不齐，加之推广和运作方面的困难，使得外文形式的中国典籍的出版发行多数限于国内，难以进入世界文学的视野和教学研究领域。有些译作甚至成了名副其实的'出口转内销'产品，只供学外语的学生学习外语和翻译技巧，或者作为某些懂外语的人士的业余消遣了。在现有译作精品的评价研究方面，由于信息来源的局限和读者反应调查的费钱费力费时，大大地限制了这一方面的实证研究和有根有据的评论。一个突出的困难就是，很难得知外国读者对于中国典籍及其译本的阅读经验和评价情况，以至于影响了研究和评论的视野和效果，有些译作难免变成译者和学界自作自评和自我欣赏的对象。"④

王宏印这段话揭示了目前国内学术界中国典籍外译的现状。目前由政府各部门主导的中国文化、中国学术外译工程大多建立在依靠中国学者来完成的基本思路上，但此思路存在两个误区。第一，忽视了一个基本的语言学规律：外语再

---

① 赵毅衡：《诗神远游：中国如何改变了美国现代诗》，成都：四川文艺出版社，2013年，第278页。
② [美]乌尔利希·韦斯坦因：《比较文学与文学理论》，刘象愚译，沈阳：辽宁人民出版社，1987年，第36页。
③ 谢天振：《中国现代翻译文学史》，上海：上海外语教育出版社，2004年。
④ 王宏印：《中国文化典籍英译》，北京：外语教学与研究出版社，2009年，第6页。

好,也好不过母语,翻译时没有对象国汉学家的合作,在知识和语言上都会遇到不少问题。应该认识到林语堂、杨宪益、许渊冲毕竟是少数,中国学者不可能成为中国文化外译的主力。第二,这些项目的设计主要面向西方发达国家而忽视了发展中国家。中国"一带一路"倡议涉及60余个国家,其中大多数是发展中国家,非通用语是主要语言形态①。此时,如果完全依靠中国非通用语界学者们的努力是很难完成的②,因此,团结世界各国的汉学家具有重要性与迫切性。

莫言获诺贝尔文学奖后,相关部门开启了中国当代小说的翻译工程,这项工程的重要进步之一就是面向海外汉学家招标,而不是仅寄希望于中国外语界的学者来完成。小说的翻译和中国典籍文化的翻译有着重要区别,前者更多体现了跨文化研究的特点。

以上从历史、文献、语言、知识、方法五个方面探讨了开展中国古代文化典籍域外传播研究必备的学术修养。应该看到,中国文化的域外传播以及海外汉学界的学术研究标示着中国学术与国际学术接轨,这样一种学术形态揭示了中国文化发展的多样性和丰富性。在从事中国文化学术研究时,已经不能无视域外汉学家们的研究成果,我们必须与其对话,或者认同,或者批评,域外汉学已经成为中国学术与文化重建过程中一个不能忽视的对象。

在世界范围内开展中国文化研究,揭示中国典籍外译的世界性意义,并不是要求对象国家完全按照我们的意愿接受中国文化的精神,而是说,中国文化通过典籍翻译进入世界各国文化之中,开启他们对中国的全面认识,这种理解和接受已经构成了他们文化的一部分。尽管中国文化于不同时期在各国文化史中呈现出不同形态,但它们总是和真实的中国发生这样或那样的联系,都说明了中国文化作为他者存在的价值和意义。与此同时,必须承认已经融入世界各国的中国文化和中国自身的文化是两种形态,不能用对中国自身文化的理解来看待被西方塑形的中国文化;反之,也不能以变了形的中国文化作为标准来判断真实发展中的

---

① 在非通用语领域也有像林语堂、许渊冲这样的翻译大家,例如北京外国语大学亚非学院的泰语教授邱苏伦,她已经将《大唐西域记》《洛阳伽蓝记》等中国典籍翻译成泰文,受到泰国读者的欢迎,她也因此获得了泰国的最高翻译奖。
② 很高兴看到中华外译项目的语种大大扩展了,莫言获诺贝尔文学奖后,中国小说的翻译也开始面向全球招标,这是进步的开始。

中国文化。

在当代西方文化理论中,后殖民主义理论从批判的立场说明西方所持有的东方文化观的特点和产生的原因。赛义德的理论有其深刻性和批判性,但他不熟悉西方世界对中国文化理解和接受的全部历史,例如,18世纪的"中国热"实则是从肯定的方面说明中国对欧洲的影响。其实,无论是持批判立场还是持肯定立场,中国作为西方的他者,成为西方文化眼中的变色龙是注定的。这些变化并不能改变中国文化自身的价值和它在世界文化史中的地位,但西方在不同时期对中国持有不同认知这一事实,恰恰说明中国文化已成为塑造西方文化的一个重要外部因素,中国文化的世界性意义因而彰显出来。

从中国文化史角度来看,这种远游在外、已经进入世界文化史的中国古代文化并非和中国自身文化完全脱离关系。笔者不认同套用赛义德的"东方主义"的后现代理论对西方汉学和译本的解释,这种解释完全隔断了被误读的中国文化与真实的中国文化之间的精神关联。我们不能跟着后现代殖民主义思潮跑,将这种被误读的中国文化看成纯粹是西方人的幻觉,似乎这种中国形象和真实的中国没有任何关系。笔者认为,被误读的中国文化和真实的中国文化之间的关系,可被比拟为云端飞翔的风筝和牵动着它的放风筝者之间的关系。一只飞出去的风筝随风飘动,但线还在,只是细长的线已经无法解释风筝上下起舞的原因,因为那是风的作用。将风筝的飞翔说成完全是放风筝者的作用是片面的,但将飞翔的风筝说成是不受外力自由翱翔也是荒唐的。

正是在这个意义上,笔者对建立在19世纪实证主义哲学基础上的兰克史学理论持一种谨慎的接受态度,同时,对20世纪后现代主义的文化理论更是保持时刻的警觉,因为这两种理论都无法说明中国和世界之间复杂多变的文化关系,都无法说清世界上的中国形象。中国文化在世界的传播和影响及世界对中国文化的接受需要用一种全新的理论加以说明。长期以来,那种套用西方社会科学理论来解释中国与外部世界关系的研究方法应该结束了,中国学术界应该走出对西方学术顶礼膜拜的"学徒"心态,以从容、大度的文化态度吸收外来文化,自觉坚守自身文化立场。这点在当下的跨文化研究领域显得格外重要。

学术研究需要不断进步,不断完善。在10年内我们课题组不可能将这样一个丰富的研究领域做得尽善尽美。我们在做好导论研究、编年研究的基础性工作之外，还做了一些专题研究。它们以点的突破、个案的深入分析给我们展示了在跨文化视域下中国文化向外部的传播与发展。这是未来的研究路径，亟待后来者不断丰富与开拓。

这个课题由中外学者共同完成。意大利罗马智慧大学的马西尼教授指导中国青年学者王苏娜主编了《20世纪中国古代文化经典在意大利的传播编年》，法国汉学家何碧玉、安必诺和中国青年学者刘国敏、张明明一起主编了《20世纪中国古代文化经典在法国的传播编年》。他们的参与对于本项目的完成非常重要。对于这些汉学家的参与，作为丛书的主编，我表示十分的感谢。同时，本丛书也是国内学术界老中青学者合作的结果。北京大学的严绍璗先生是中国文化在域外传播和影响这个学术领域的开拓者，他带领弟子王广生完成了《20世纪中国古代文化经典在日本的传播编年》；福建师范大学的葛桂录教授是这个项目的重要参与者，他承担了本项目2卷的写作——《20世纪中国古代文学在英国的传播与影响》和《中国古典文学的英国之旅——英国三大汉学家年谱：翟理斯、韦利、霍克思》。正是由于中外学者的合作，老中青学者的合作，这个项目才得以完成，而且展示了中外学术界在这些研究领域中最新的研究成果。

这个课题也是北京外国语大学近年来第一个教育部社科司的重大攻关项目，学校领导高度重视，北京外国语大学的欧洲语言文化学院、亚非学院、阿拉伯语系、中国语言文学学院、哲学社会科学学院、英语学院、法语系等几十位老师参加了这个项目，使得这个项目的语种多达20余个。其中一些研究具有开创性，特别是关于中国古代文化在亚洲和东欧一些国家的传播研究，在国内更是首次展开。开创性的研究也就意味着需要不断完善，我希望在今后的一个时期，会有更为全面深入的文稿出现，能够体现出本课题作为学术孵化器的推动作用。

北京外国语大学中国海外汉学研究中心（现在已经更名为"国际中国文化研究院"）成立已经20年了，从一个人的研究所变成一所大学的重点研究院，它所取得的进步与学校领导的长期支持分不开，也与汉学中心各位同人的精诚合作分不开。一个重大项目的完成，团队的合作是关键，在这里我对参与这个项目的所有学者表示衷心的感谢。20世纪是动荡的世纪，是历史巨变的世纪，是世界大转机的世纪。

20世纪初，美国逐步接替英国坐上西方资本主义世界的头把交椅。苏联社会主义制度在20世纪初的胜利和世纪末苏联的解体成为本世纪最重要的事件，并影响了历史进程。目前，世界体系仍由西方主导，西方的话语权成为其资本与意识形态扩张的重要手段，全球化发展、跨国公司在全球更广泛地扩张和组织生产正是这种形势的真实写照。

20世纪后期，中国的崛起无疑是本世纪最重大的事件。中国不仅作为一个政治大国和经济大国跻身于世界舞台，也必将作为文化大国向世界展示自己的丰富性和多样性，展示中国古代文化的智慧。因此，正像中国的崛起必将改变已有的世界政治格局和经济格局一样，中国文化的海外传播、中国古代文化典籍的外译和传播，必将把中国思想和文化带到世界各地，这将从根本上逐渐改变19世纪以来形成的世界文化格局。

20世纪下半叶，随着中国实施改革开放政策和国力增强，西方汉学界加大了对中国典籍的翻译，其翻译的品种、数量都是前所未有的，中国古代文化的影响力进一步增强[①]。虽然至今我们尚不能将其放在一个学术框架中统一研究与考量，但大势已定，中国文化必将随中国的整体崛起而日益成为具有更大影响的文化，西方文化独霸世界的格局必将被打破。

世界仍在巨变之中，一切尚未清晰，意大利著名经济学家阿锐基从宏观经济与政治的角度对21世纪世界格局的发展做出了略带有悲观色彩的预测。他认为今后世界有三种结局：

第一，旧的中心有可能成功地终止资本主义历史的进程。在过去500多年时间里，资本主义历史的进程是一系列金融扩张。在此过程中，发生了资本主义世界经济制高点上卫士换岗的现象。在当今的金融扩张中，也存在着产生这种结果的倾向。但是，这种倾向被老卫士强大的立国和战争能力抵消了。他们很可能有能力通过武力、计谋或劝说占用积累在新的中心的剩余资本，从而通过组建一个真正全球意义上的世界帝国来结束资本主义历史。

第二，老卫士有可能无力终止资本主义历史的进程，东亚资本有可能渐

[①] 李国庆：《美国对中国古典及当代作品翻译概述》，载朱政惠、崔丕主编《北美中国学的历史与现状》，上海：上海辞书出版社，2013年，第126—141页；[美]张海惠主编：《北美中国学：研究概述与文献资源》，北京：中华书局，2010年；[德]马汉茂、[德]汉雅娜、张西平、李雪涛主编：《德国汉学：历史、发展、人物与视角》，郑州：大象出版社，2005年。

渐占据体系资本积累过程中的一个制高点。那样的话,资本主义历史将会继续下去,但是情况会跟自建立现代国际制度以来的情况截然不同。资本主义世界经济制高点上的新卫士可能缺少立国和战争能力,在历史上,这种能力始终跟世界经济的市场表层上面的资本主义表层的扩大再生产很有联系。亚当·斯密和布罗代尔认为,一旦失去这种联系,资本主义就不能存活。如果他们的看法是正确的,那么资本主义历史不会像第一种结果那样由于某个机构的有意识行动而被迫终止,而会由于世界市场形成过程中的无意识结果而自动终止。资本主义(那个"反市场"[anti-market])会跟发迹于当代的国家权力一起消亡,市场经济的底层会回到某种无政府主义状态。

最后,用熊彼特的话来说,人类在地狱般的(或天堂般的)后资本主义的世界帝国或后资本主义的世界市场社会里窒息(或享福)前,很可能会在伴随冷战世界秩序的瓦解而出现的不断升级的暴力恐怖(或荣光)中化为灰烬。如果出现这种情况的话,资本主义历史也会自动终止,不过是以永远回到体系混乱状态的方式来实现的。600年以前,资本主义历史就从这里开始,并且随着每次过渡而在越来越大的范围里获得新生。这将意味着什么?仅仅是资本主义历史的结束,还是整个人类历史的结束?我们无法说得清楚。①

就此而言,中国文化的世界影响力从根本上是与中国崛起后的世界秩序重塑紧密联系在一起的,是与中国的国家命运联系在一起的。国衰文化衰,国强文化强,千古恒理。20世纪已经结束,21世纪刚刚开始,一切尚在进程之中。我们处在"三千年未有之大变局之中",我们期盼一个以传统文化为底蕴的东方大国全面崛起,为多元的世界文化贡献出她的智慧。路曼曼其远矣,吾将上下求索。

张西平

2017年6月6日定稿于游心书屋

---

① [意]杰奥瓦尼·阿锐基:《漫长的20世纪——金钱、权力与我们社会的根源》,姚乃强等译,南京:江苏人民出版社,2001年,第418—419页。

目 录

总　论　中国古代文学西传英国的历史文化语境及价值意义　1

第一章　20世纪以前英国汉学的发展与中国文学在英国的传播　29
　　第一节　英国汉学的发端与中国文学西渐的开始　30
　　第二节　英国汉学的拓展与中国文学介绍的深入　38

第二章　翟理斯《中国文学史》：20世纪初英国汉学发展的阶段性总结　81
　　第一节　翟理斯《中国文学史》产生的历史条件　85
　　第二节　翟理斯之文学史建构　93
　　第三节　儒释道文化规训下的文学史书写　112

第三章　中国古代诗文在20世纪英国的翻译、评述及影响　129
　　第一节　20世纪中国古代诗文的英译概述　130
　　第二节　阿瑟·韦利对中国古代诗文的翻译与研究　178
　　第三节　大卫·霍克思对中国古代诗歌的翻译与研究　232

第四章　中国古代话本小说在 20 世纪英国的翻译、评述及影响　271

  第一节　中国古代话本小说的英译概述　272

  第二节　英国汉学家邓罗的《三国演义》英文全译本考察　294

  第三节　大卫·霍克思《红楼梦》英译全本考察　312

第五章　中国古代戏剧在 20 世纪英国的翻译、评述及影响　395

  第一节　中国古代戏剧在 20 世纪英国的翻译研究　396

  第二节　中国古代戏剧在 20 世纪英国的研究　436

  第三节　中国古代戏剧在 20 世纪英国的接受　494

附录一：

  《红楼梦》英语译文研究　520

附录二：

  20 世纪中国古典文学英译出版年表　573

参考书目　593

索　　引　637

后　　记　663

总　论

中国古代文学西传英国的历史文化语境及价值意义

一、跨文化交流与英国文化语境中的中国形象

文化的传播交流是人类社会向前发展的一种基本动力。诚如朱光潜先生所说:"文化交流是交通畅达的自然结果。人类心灵活动所遵循的理本来不能有很大的差别,《易经》所以有东圣西圣心同理同的名言。但是因为有地理上的阻隔,每个民族各囿于一个区域发展它的文化;又因为历史和自然环境的关系,每个文化倾向某方面发展,具有它所特有的个性,逐渐与其他文化不同。不同的文化如果不相接触,自然不能互相影响;如果相接触,则模仿出于人类的天性,彼此截长补短往往是不期然而然的。"[①]

这样一种跨文化之间的交流互动又必然引发对异国形象的认知与研判。也就是说,从特定文化视野中看异国形象,所涉及的是一种文化上的互识观念,即一种文化对另一种文化的体察和认知,它离不开异质文化交流这个基本前提。人类总是按照不同地域,组成一定的社会结构,并创造其文化的。正是由于各民族之

---

① 朱光潜:《文学与语文(下):文言、白话与欧化》,《朱光潜美学文集》第2卷,上海:上海文艺出版社,1982年,第330页。

间文化个性差异及其发展过程中存在的不平衡现象,文化体系之间相互交流与借鉴才有可能发生。然而,异质文化之间影响与交流的方向、程度、规模,总是与各民族文化发展的内在需要密切相关。文化交流史上的某一时期,一国对另一国的文化传统和成就兴趣更大,理解更深,借鉴更明显,在另一时期截然相反或充满敌意,其原因就是因为研究和汲取别国文化往往出于某种社会需要,有了这种需要才会产生动力。而且在文化交流中,吸收异质文化总有自己生存和发展的基点。那种在特定自然环境与历史条件中形成的具有恒常生命力,并成为该民族文化精神结晶的文化个性,普遍存在于这一民族思维活动、行为规范与文化传统之中。它们不仅是任何本土文化赖以存在和发展的根本保证,而且也是文化交流中对异质文化形象产生主客观印象的内在因素。

中英两国之间的文化、文学交流源远流长,精彩纷呈,至今已有六百余年的历史。英国对中国文化的认知大大早于中国对英国文化的认知。在此跨文化交往中,建构了英国知识界关于中国的文化形象,而这种历史形成的异域形象又会影响后世英国学者及普通民众对中国传统文化与文学的选择导向及吸收程度。

早期(14—16世纪)英国文学里的中国形象多半是传奇与历史的结合,人们心目中的东方(中国)世界是一个神秘、奇幻、瑰丽的乐土。这方面英国散文始祖曼德维尔(John Mandeville)的《曼德维尔游记》(*The Travels of Sir John Mandeville*,1357)最为典型。① 这部游记写成后辗转传抄,有识之士莫不人手一册,其风靡程度不让《马可·波罗游记》。虽然此书中所述关于蒙古和契丹②的知识,基本上从鄂多立克(Friar Odoric,1265—1331)的游记③脱胎而来,但欧洲文学里的中国赞歌实由此发轫。他对中国文化甚为景仰,以为大汗的政治、经济乃至礼貌诸方面,欧洲各国无可望其项背。可以说在地理大发现之前,马可·波罗写实的游记与曼

---

① 参见葛桂录:《雾外的远音——英国作家与中国文化》(银川:宁夏人民出版社,2002年)之"想象中的乌托邦——《曼德维尔游记》里的历史与传奇"一节内容。
② 契丹,本是中国北部的一个民族,10世纪初崛起后,创建了强大的辽王朝,英名远播,致使欧洲人以"契丹"(Cathay)来称呼中国北部,进而又以"契丹"称呼整个中国。中世纪晚期欧洲人对世俗欲望的热情,当然与古希腊罗马文化的复兴分不开,同样也有来自远东契丹的诱惑。在他们眼中,"契丹国幅员甚广,文化极高。世界上无一国,开化文明,人口繁盛,可与契丹比拟者"(拉施特:《史记·契丹国传》)。
③ 鄂多立克是中世纪四大游历家之一,其著记中国情况甚强,有些记述为其他书所无。中译本为何高济所译,中华书局2002年版。

德维尔虚构的游记,就是欧洲人拥有的世界知识百科全书。①曼德维尔把关于东方的诱人景象吹嘘得眼花缭乱:那世间珍奇无所不有的蛮子国,那世界上最强大的大汗君王,以及他那布满黄金珍石、香飘四溢的雄伟宫殿,还有那遥远东方的基督国王长老约翰……②在这般神奇斑斓的幻景里,历史与传奇难以分辨,想象与欲望紧密相连,共同构造出人们心目中的乌托邦世界。这种关于中国的乌托邦形象在19世纪以后的英国文学里也不断被重复,柯勒律治(Samuel Taylor Coleridge,1772—1834)的《忽必烈汗》(Kubla Khan,1797)是如此,詹姆斯·希尔顿(James Hilton,1900—1954)的《失去的地平线》(Lost Horizon,1933)更典型。

随着《马可·波罗游记》③在欧洲到处传播,有关鞑靼大汗的故事④也出现在"英国诗歌之父"乔叟(Geoffrey Chauer,1340—1400)的《坎特伯雷故事集》(The Canterbury Tales,1387—1400)之中。其中《侍从的故事》(The Squire's Tale)里讲到了鞑靼国王康巴汗(Cambuscan)——所指有成吉思汗、忽必烈汗、拔都汗诸说。故事说他勇敢、贤明、富有、守信、仁爱、公正、稳健,像大地的中心一般;年轻、活

---

① 但人们拒绝相信马可·波罗的描述,朋友们在他临终时请求他收回他传播的所谓谎言,以拯救他的灵魂。人们把他当作取笑对象与吹牛者的代名词,却丝毫不怀疑曼德维尔那本虚拟游记的真实性。直到17世纪,珀切斯还宣称曼德维尔是"最伟大的亚洲旅行家"。但他充其量是个乘上想象的翅膀、身在座椅上的旅行家。游记自然为面壁之作,人们对此也不是没有逐步察觉,关键是读者已经不在真伪问题上多费周折,倒宁愿不明就里地跟着作者到那些奇异的国度里遨游一番。
② Norman Denny and Josephine Filmer-Sankey,ed., *The Travels of Sir John Mandeville*;*an Abridged Version with Commentary*,London:William Collins Sons & Co.Ltd.,1973.
③ 《马可·波罗游记》被称为"世界一大奇书"。此书极大地丰富了中世纪欧洲对东方世界的认识。书中那个契丹(Cathay)国力之强盛、人口之众多、物产之丰富、工商与交通之发达、建筑与技术之进步,简直就是欧人理想中的奇境乐土。1502年《马可·波罗游记》葡萄牙文本出版时,出版者在前言里说:"向往东方的全部愿望都是来自想要前去中国,航向遥远的印度洋拨旺了对那片叫作中国(Syne Serica)的未知世界的向往。那就是要寻访契丹(Catayo)。"确实《马可·波罗游记》引起了许多航海家、探险家的注意,使之决意东游,寻找契丹。拉雷教授(Sir Walter Raleigh,1552—1618)在《英国16世纪的航海业》一书中说:"探寻契丹确是冒险家这首长诗的主旨,是数百年航海业的意志、灵魂。……西班牙人已执有西行航线,经过马加伦海峡,葡萄牙人执有东行航线,经过好望角;于是英国人只剩下一条航线可走——向西行。"(转引自方重:《英国诗文研究集》,上海:商务印书馆,1939年,第1~2页)
④ 自从《马可·波罗游记》等著述发表以后,鞑靼王国一直吸引着西方,同时也让西方感到惧怕:尤其这个民族长得很丑。曼德维尔在他那部充满想象的游记里说这个民族是"邪恶的民族和魔鬼之流"。因而在伊丽莎白时代的戏剧中,鞑靼人成了长相和道德丑陋的象征。他们"野蛮、恶毒、残忍",是"骗子、叛徒、不人道、大逆不道、蛮横无理、粗野、畜生一般"等,而且都是些盗贼。按照伊丽莎白时代戏剧的说法,行酷刑和吃人肉似乎是这些鞑靼人最喜爱的娱乐。参见艾田蒲:《中国之欧洲》(下卷),许钧、钱林森译,郑州:河南人民出版社,1994年,第100~103页。

泼、坚强、善战,如朝廷中任何一个武士。他有两个儿子,长子阿尔吉塞夫(Algarsyf),幼子康贝尔(Cambalo),还有一个最小的女儿加纳西(Canace)。有一天,来了一个武士,骑着一匹铜马,手中拿着一面宽大的玻璃镜,大指上戴着一只金戒指,身旁挂着剑。那武士带来的这四样法宝,件件神奇无比。人骑上那铜马能到任何地方去,玻璃镜能使你看到别人心里想些什么,戒指能使你懂得禽鸟的语言,那把剑能医治任何创伤。后来,阿尔吉塞夫骑着那匹铜马,立了不少战功。加纳西因为有了玻璃镜、戒指和明剑,发现了一只已被雄鹰抛弃而不欲生的苍鹰,把它医治好、养育好……这样的东方故事亦让英国人惊异非凡,心驰神往。

17—18世纪,来华耶稣会士各种报道风行欧洲,英国人对中国的认识和看法,赞美与抨击并存,欣羡与鄙视相共。虽然他们借鉴的材料基本上都来自这些耶稣会士的著述,①但由于各自的政治观点、宗教信仰和文化理想的差异,而呈现出两种不同的评判标准与价值取向,即文明之邦的中国形象与野蛮愚昧的中国形象。

耶稣会士的中国报道,展现在欧洲人面前的首先是一个令人向往的文明之邦,中国遂成为启蒙思想家们理想的天堂。受此种潮流影响,一些英国作家也把中国看作文明、理性、丰饶的国度,并对之神往和欣佩。在他们心目中,富庶强盛的中国无疑是上帝创造的一个新世界。

瓦尔特·拉雷爵士曾说:"关于一切事物的知识最早都来自东方,世界的东部是最早有文明的,有诺亚本人做导师,乃至今天也是愈往东去愈文明,越往西走越野蛮。"[《世界史》(*The Historie of the World*),1614]这种来自东方的文明之光最早展现在英国人面前是在1599年。这一年英国地理学家哈克卢特(Richard Hakluyt,1552—1616)得到了一件"装在一只香木匣子里的无价之宝",那遥远神奇的东方中国一下子直接呈现在英国人面前:中国人注重文学高于一切,把"一生大部分时间都花在那上面",孩子幼年就"请老师教读书",仅凭漂亮的文章就可以考

---

① 美国汉学家、耶鲁大学资深教授史景迁(Jonathan Spence,1936—)指出耶稣会士著述中的中国无一不是光明与黑暗并存的:"他们对中国的伦理纲常以及官僚队伍的理想赞美不绝。这些官员熟读诗书,以科举出身,受命于一位至高无上的皇帝,去统治宁静的乡村,爱民如子;但对于诸如佛教煞有介事的过分的素食主义,道教故作玄虚的法术,随处可见的溺婴现象,以及娼妓及男子同性恋现象之普遍,他们也有记述。"参见罗溥洛主编:《美国学者论中国文化》,包伟民、陈晓燕译,北京:中国广播电视出版社,1994年,第1~2页。

中做官。官员的升迁要靠他们的政绩,"而不管出身或血统",这就使得中国"国家太平"……哈克卢特这部被称为是英国人民和这个国家的"散文史诗"的《航海全书》①,问世后风靡一时,影响深远。有关中国的知识同样随着这部巨著一起流行。

在博学之士勃顿(Robert Burton,1577—1640)看来,世上所有政治、宗教、社会以及个人内心的种种矛盾都可以概括为一种病,即"忧郁"(melancholy)。他为诊治这些无处不在的流行病,开了不少"药方",其中就包括东方的中国文明。他认为繁荣富庶、文人当政、政治开明的中国正是医治欧洲忧郁症的灵丹妙药。②

另一位英国作家韦伯(John Webb,1611—1672)则以为中国人来自"上帝之城",并对中国的哲学、政府、孝道等大加赞美,特别是从中国发现了人类的初始语言(primitive language)。③ 在韦伯的书里,我们看到了17世纪英国人对中国和中国文化最恰如其分的赞美和钦佩。④

在17世纪的英国,被尊为英国散文大师之一的威廉·坦普尔(William Temple,1628—1699)对东方中国更有"高山仰止"之意。这位有声望的爵士旅居海牙时大概读过马可·波罗、纽霍夫(Johan Nieuhoff,1618—1672)、卫匡国(Martinus Martini,1614—1661)和基尔歇(Athanasius Kircher,1602—1680)等人有关中国的著述,因而对中国有了一定程度的了解,也许受了这些作者的感染,此后便成了这一世纪称颂中国最起劲的英国人。在他看来,中国的一切,无论是政治道德,还是艺术文化,抑或哲学医学等,都足以而且应该成为英国的楷模。他崇敬中国的孔子,称孔子具有"突出的天才、浩博的学问、可敬的道德、优越的天性",是"真的爱

---

① 该书全称为《英吉利民族的重大航海、航行、交通和发现全书》(*The Principal Navigations, Voyages, Traffiques, and Discoveries of the English Nation*, 1599),参见葛桂录:《雾外的远音——英国作家与中国文化》,第58~61页。
② 勃顿著有《忧郁的解剖》(*The Anatomy of Melancholy*)。关于这部不朽之作涉及中国文明的情况,可参见葛桂录:《雾外的远音——英国作家与中国文化》,第61~67页。
③ 1669年,韦伯在伦敦出版了《论中华帝国之语言可能即为初始语言之历史论文》(*An Historical Essay Endeavoring a Probability That the Language of the Empire of China Is the Primitive Language*),这是一本当时典型的关于初始语言的论著。书中推断:中华帝国的语言便是初始语言,是大洪水以前全世界通用的语言。
④ 钱锺书先生说,韦伯的书代表着当时所能达到的对中国的最好认识,书中强调的是"中国文化的各方面,而不是津津乐道中国风气的大杂烩",它注重的是"中国哲学、中国的政府制度和中国的语言,而不是中国的杂货和火炮"。参见钱锺书:《十七世纪英国文学里的中国》,见《中国文献目录学季刊》1940年12月号,第370~371页。

国者和爱人类者",是"最有学问、最有智慧、最有道德的中国人"。① 他还特别推崇中国的学者政府,并别具慧眼地发现了中国园林的不对称之美,不自觉地缔造出后世风靡英伦的造园规则。② 可以说英国人对中国的钦羡在他的身上亦臻于顶点,他甚至说中国的好处是"说之不尽"的,是"超越世界其他各国的",而这些无不出自他那独有的、世界性的眼光。③

抛开乡土观念和民族偏见,做一个世界公民,更是18世纪英国作家哥尔斯密(Oliver Goldsmith,1730—1774)的理想。他将最初刊登在《公簿》(Public Ledger)报上的"中国人信札",结集成一本厚厚的《世界公民》(Letters from a Citizen of the World, to His Friends in the East),成为18世纪利用中国材料的文学中最主要也是最有影响的作品。这部作品里涉及中国题材的地方不胜枚举,如果细加统计,可称得上是关于中国知识的百科全书。哥尔斯密在书中多方面称誉中国文明,并借那些中国的故事、寓言、圣人格言、哲理,去讽喻英国的政治、法律、宗教、道德、社会风尚,来对英国甚至欧洲社会状况进行"有益而有趣"的评论,企求中国的思想文物能对英国社会起一种借鉴作用。18世纪欧洲的不少作品采用的都是这样一种模式,即借"他者"(当然是理想化的)来对自身的社会状况等大发感慨与评论。这一传统在英国文学里延续到19世纪甚至20世纪。比如19世纪散文家兰陀(Walter Savage Landor,1775—1864)就假托中国皇帝与派往英伦视察的钦差庆蒂之间的对话,批评了英国社会现实的混乱与不协调。20世纪的英国作家迪金森(Lowes Dickinson,1862—1932)则写了《约翰中国佬的来信》(Letters from John Chinaman,1901)和《一个中国官员的来信》(Letters from a Chinese Official,1903),重现了18世纪欧洲人心目中的那种乌托邦中国的图像,以此批评西方文明。

与以上那种乌托邦中国形象相比,17、18世纪英国作家笔下的另一种中国形象则是批评否定性的。在他们看来,中国无异于一个野蛮、愚昧、异教的民族。威

---

① *The Works of Sir William Temple*,Vol.Ⅲ,London:J.Rivington,1814,p.334.
② 威廉·坦普尔在《论伊壁鸠鲁花园》(*Upon the Gardens of Epicurus*,1685)一文附加的段落中专门描写和赞美了中国园林,并引用了一个词:Sharawadgi。关于此词的意义,历来众说纷纭。范存忠先生认为就是一种不讲规则、不讲对称的而又使人感到美丽的东西。参见范存忠:《中国文化在启蒙时期的英国》,上海外语教育出版社,1991年,第18页。
③ 参见葛桂录:《雾外的远音——英国作家与中国文化》之"世界眼光的结晶——威廉·坦普尔对孔子学说与园林艺术的推崇"一节内容。

廉·沃顿(William Wotton, 1666—1722)认为中国的典章学术徒有虚名,何其幼稚,中国人与未开化的野蛮人差不多;威廉·匿克尔斯(William Nichols, 1655—1716)甚至伪造了一则荒诞不经的中国开天辟地的神话,攻击中国的宗教与道德;贝克莱(George Berkeley, 1685—1753)也对中国哲学及中国文化持有怀疑态度,不相信中国的历史有那么久,不相信中国科学有那么高明。①

颇有声誉的小说家笛福(Daniel Defoe, 1660—1731)在《鲁滨孙漂流记续编》及第三编《感想录》等作品里,更是对中国文明进行肆无忌惮的讽刺与攻击。在他眼里,所谓中国的光辉灿烂、强大昌盛等耶稣会士颂扬中国的言论,丝毫不值一提;而中国人的自傲简直到了无以复加的程度,事实上中国人连美洲的生蕃野人都比不上;中国的宗教则是最野蛮的,中国人在一些怪物的偶像面前弯腰致敬,而那些偶像是人类所能制造的最下流、最可鄙、最难看、最使人看了恶心反胃的东西……从而成为当时欧洲对中国一片赞扬声里最刺耳的声音。笛福从未到过中国,为何对中国的评价如此毫不留情、如此极端? 我们可以从他的宗教信仰、爱国热情、商业兴趣和报章文体诸方面做些分析。②

当然,笛福等人的中国观与坦普尔、哥尔斯密等人一样,批评中国或赞美中国都是出于他们自己的文化理想,均是为了改良他们自己的政治和社会,这就难免出现以偏概全的状况:赞美者把中国的情况过于理想化,而批评者则抓住一点,否定其余。

如果说18世纪初的笛福对中国的严厉批评基本上是出于一种商业需要与文化偏见,那么,到了18世纪后半期和19世纪,这种否定性评价则成为主导性潮流。其中,1793年具有历史意义,这一年法国进入大革命高潮,欧洲近代启蒙文化之自信亦随之达到高潮;同一年,英国马嘎尔尼爵士率领庞大使团满怀希望访

---

① 参见葛桂录:《雾外的远音——英国作家与中国文化》,第115~123页。
② 陈受颐先生在《鲁滨孙的中国文化观》(载《岭南学报》第1卷第3期,1930年6月)一文里对这几点原因做了分析。葛桂录:《雾外的远音——英国作家与中国文化》之"偏见比无知更可怕——笛福眼里的中国形象"一节,对此亦有详细的阐释。

华,因遭遇清朝封闭体制拒斥而失败。① 一年中发生的这两件大事,构成欧洲人对中国文化顶礼膜拜态度的历史性转折。马嘎尔尼使团回国以后发表有关中国的报道、书籍在英国纷纷出版,影响遍及整个欧洲。人们似乎恍然大悟,那由传教士和启蒙哲学家渲染的令人仰慕的"理想国"原来竟如此落后、野蛮、腐败,千百年来竟然毫无进步。

19世纪被称为中国文化的摒弃期。欧洲思想家越来越把包括中国在内的东方国家视为停滞不前、落后愚昧的,而且顽固抵制基督教和西方生活方式传播的国家。尤其是经过两次鸦片战争和一系列不平等条约的签订,彻底改变了西方世界与中国相互作用的整个基础。一个被打败的民族不会受人尊重。所以,19世纪的中国渐渐被人视为劣等民族、牺牲品和臣民,可以获取利润的源泉,蔑视和可怜的对象。这些带有负面性的主导观念也自觉或不自觉地融进了英国作家对中国的认知想象和形象塑造中。

总的来说,19世纪英国浪漫作家对东方中国的印象不佳。借助于鸦片、梦幻、想象力,柯勒律治在诗作残篇《忽必烈汗》里展示了神奇的东方异域风情。但在散文家德·昆西(Thomas De Quincey,1785—1859)那里,东方中国则是一场恐怖的噩梦。他说如果被迫离开英国住在中国,生活在中国的生活方式、礼节和景物之中,准会发疯。在他眼里,中国人非常低能,甚至就是原始的野蛮人。所以他不仅支持向中国贩运鸦片,而且主张靠军事力量去教训那些未开化的中国人。②在浪漫诗人笔下,中国及中国人的形象同样是消极的。拜伦眼中的中国人是受到

---

① 马嘎尔尼爵士率领的大英帝国使团1792年9月26日启航,一年以后,1793年9月17日,使团在热河觐见乾隆皇帝,1794年9月5日返回英国。马嘎尔尼使团的中国之行很不令人愉快。400人的使团近一半丧命。其中一个使团成员这样描述他们的出使经历:"我们的整个故事只有三句话:我们进入北京时像乞丐;在那里居留时像囚犯,离开时则像小偷。"使团的中国之行一无所成,中国拒绝了大英帝国的所有外交要求,并且在是否给中国皇帝叩头的礼仪问题上纠缠不休。就这样使团失望羞辱地回到英国。1797年,在马嘎尔尼的授意下,随行出使的斯当东编辑出版了《英使谒见乾隆纪实》。这本书与使团随行人员对新闻媒体发表的各种报道、谈话,彻底打破了传教士苦心经营的中国神话。越来越多的欧洲人相信笛福的诅咒、安森的谩骂、孟德斯鸠一针见血的批评。欧洲人如梦初醒,批判贬低中国成为一种报复。有关这段历史可看法国学者佩雷菲特的著述《停滞的帝国:两个世界的撞击》(王国卿等译,北京:生活·读书·新知三联书店,1993年版)。

② 详细论述可参见葛桂录:《雾外的远音——英国作家与中国文化》之"一个吸食鸦片者的自白——德·昆西笔下的梦魇中国"一节内容。

蔑视和嘲笑的。雪莱也把中国当作"未驯服"的"蛮族"看待。维多利亚女王登基后,英国很快走上了强盛与霸道之途,种族主义和种族优越论也逐渐在其国民中"深入人心",贬抑中国之风亦随之愈演愈烈。狄更斯借其笔下人物之口说:"中国怎么可能有哲学呢?"桂冠诗人丁尼生在一行诗里也说:"在欧洲住五十年也强似在中国过一世。"

当然,英国也有一些有识之士并非总是助长英帝国对中国的强盗行径。被视为英国浪漫主义时代古典作家的兰陀,在鸦片战争期间组织的一次宴会上曾大谈中国是世界上唯一的文明之邦。① 当时的文坛领袖卡莱尔(Thomas Carlyle, 1795—1881)也谴责英政府在中国的所作所为,他对中国文化颇感兴趣,中国皇帝在他心目中是勤劳的伟人,中国的科举取士则为他的文人英雄论作了注脚。② 还有维多利亚时代的重要小说家梅瑞狄斯(George Meredith, 1828—1909)从中国瓷盘上的柳景图案获得灵感启示,创作了其小说代表作《唯我主义者》(The Egoist, 1879),将自己个人的巨大精神创痛和哲学研究变形为艺术,以警诫世人,评价时代,并以此说明人类整个文明发展过程中父权主义(男权中心主义)的本质。

19世纪的唯美主义者试图在遥远的异国,在与西方文明迥异其趣的古老东方文明中找寻他们自己的艺术理想。王尔德(Oscar Wilde, 1854—1900)向往东方艺术,并从老庄学说中找到了思想共鸣。③ 然而,这种美好的艺术理想在19世纪末兴起的"黄祸论"中,显得非常脆弱。这里,颇值得一提的是1893年,也就是马嘎尔尼出使中国一百周年之时,英国历史学家皮尔逊(Charles Henry Pearson, 1830—1894)发表《民族生活与民族性》(National Life and Character, A Forecast)一书,反复论述有色人种,特别是中国人的"可怕",由此促成了一种席卷西方世界的"黄祸"谬论的出笼。其间,在英国甚至出现了一些描写中国人入侵英伦的小

---

① 兰陀的主要散文作品《想象的对话》(Imaginary Conversation, 1824—1829)中,有一篇是在中国皇帝与派到英国去的钦差庆蒂之间展开的,名为《中国皇帝与庆蒂之间想象的对话》(Imaginary Conversation between Emperor of China and Tsing Ti),能够让人们重温起往日那段乌托邦中国的美妙图景。
② 参见卡莱尔的《旧衣新裁》(Sartor Resartus)、《英雄与英雄崇拜》(On Heroes, Hero-worship and the Heroic in History)、《过去与现在》(Past and Present)等作品。卡莱尔的友人称他为"东方圣人",传记作者比之以孔子,对其推崇备至的梅光迪也将之称为"中国文化的一个西方知音"(梅光迪:《卡莱尔与中国》,载于1947年出版的《思想与时代月刊》第46期)。
③ 参见葛桂录:《他者的眼光——中英文学关系论稿》(银川:宁夏人民教育出版社,2003年)第2章"奥斯卡·王尔德对道家思想的心仪与认同"的相关论述。

说。几位出生在澳大利亚的英国作家,如盖伊·布思比(Guy Boothby,1867—1905)和威廉·卡尔顿·道(William Carlton Dawn,1865—1935)、玛丽·冈特(Mary Gaunt,1861—1942)等,涉及中国题材创作时,均怀着极深的种族主义偏见,对中国和中国人的否定性描写为其主导倾向。而另一个英国作家萨克斯·罗默(Sax Rohmer,1883—1959)以其13部傅满楚系列小说引人注目。他所塑造的阴险狡诈的"恶魔大天使"傅满楚博士是坏蛋的典型。傅满楚形象可以说是20世纪初英国对华恐惧的投射的产物,影响深远。这一人物还出现在影片、广播和电视节目中,在欧美世界可谓家喻户晓。①

不过,在19世纪末20世纪初英布战争与义和团事件的历史氛围中,英国作家迪金森则通过其作品表示了对西方文明的忧思和对中华文明的理想信念,从而再现了18世纪启蒙作家关于中国的理想景观,同时也喻示着20世纪的不少英国作家对中国(当然是文化的、历史的、美学的中国,而非现实的中国)的向往之情。

对东方中国的新一轮希望,以一战的爆发为标志逐渐得到证实。发生在1914至1918年的惨绝人寰的第一次世界大战,以血淋淋的事实暴露了西方资本主义近代文明的弊病,给人们带来难以弥补的精神创伤,对欧洲人的自信心和优越感是一个沉重的打击。这让一些对文明前途怀抱忧患意识的西方有识之士,在正视和反省自身文明缺陷的同时,将眼光情不自禁地投向东方尤其是中国文明,希望在东方文化,尤其是中国哲学文化中找寻拯救欧洲文化危机的出路。自20世纪20年代起,一些英国文学家、哲学思想家踏上中国土地,通过他们的眼睛看到了中国的现实,寻觅着他们理想中的中国印象。毛姆(William Somerset Maugham,1874—1965)来中国追寻古典的荣光、昔日的绚灿,渴求着那暮色里消逝的东方神奇与奥秘。② 迪金森有两个文化理想,一个是希腊,另一个是中国,他来中国后更深感中国之可爱,觉得中国是人类理想的定居之所。比之于以往的欧洲作家,他对中国的赞美有过之而无不及。至于为何如此袒佑中国,他自己也说不清道不明,只感到自己的血管里似乎流着中国人的血,或则上辈子就是一个中

---

① 参见葛桂录:《他者的眼光——中英文学关系论稿》(银川:宁夏人民教育出版社,2003年)第4章"'黄祸'恐惧与萨克斯·罗默笔下的傅满楚形象"的具体阐述。
② 参见葛桂录:《雾外的远音——英国作家与中国文化》之"'中国画屏'上的景象——试看毛姆的傲慢与偏见"一节内容。

国人。① 怀抱终身中国梦想的新批评家瑞恰慈（I.A.Richards，1893—1980）前后有七次中国之行，足迹遍及大半个中国，因为中国永远是他心目中的理想国。剑桥诗人燕卜荪（William Empson，1906—1984）感到中国每一个地方都好，叫人留恋不已。奥顿（W. H. Auden, 1907—1973）、依修伍德（Christopher Isherwood，1904—1986）结伴东来，亲赴中国抗日战场，写下了流芳百世的《战地行》（Journey to a War，1939），思考着人类文明史的进程。"中国文化迷"哈罗德·阿克顿（Sir Harold Acton，1904—1994）离开中国时觉得结束了"一生最美好的岁月"。② 另外，叶芝（William Bulter Yeats，1865—1939）、卡内蒂（Elias Canetti，1905—1994）等在中国文化里获得了某些启示，乔伊斯作品里也有中国文化的"碎片"。詹姆斯·希尔顿则第一次在小说《失去的地平线》中描绘了东方群山之中一个和平、安宁之地——香格里拉（Shangri-la），为西方世界在中国"找到"了一个"世外桃源"……

上述关于英国作家视野里中国形象的概述，为中国古代文学的英国之行提供了一幅对外传播的历史图景。而且，英国对中国古代文化的借鉴，并非纯然自发的活动，而是以其民族文化发展的主体需要为内在依据的。其原因正是由于研究和吸取别国文化往往出于某种社会需要，有了这种需要才会产生动力，才会排除困难和阻力去认识、钻研、介绍，进一步吸取异国文化对自己有用的部分。这种社会需要也不是任意的，它要以文化主体所处的历史地位、历史进程为客观内容，又要受各种外部条件如地理环境、自然环境、商业交通、政治形势等因素的限制。

不过无论如何，主体根据需求做出的文化选择，制约着交流的有无及其所取的方向、规模和程度。因而，文化的传播与影响是一个复杂的过程。我们探讨文化交流，要追究文化的影响是否和如何进入对方国家民族文化内部，最终转化或部分转化为该民族文化肌体的有机组成部分这一全过程的实际状况。这种影响遵循的是由外向内的转化路线，即在外来文化强烈刺激下，促进了本土文化发生质的蜕变，由此孕育和发展民族新文化。中国传统文化走向世界，既充分体现了中国文化的世界历史性意义，也是通过中外文化的对话交流与相互借鉴，进而促

---

① E.M.Forster, *Goldsworthy Lowes Dickinson*, New York: Harcourt, Brace and Company, 1934, p.142.
② 参见葛桂录：《他者的眼光——中英文学关系论稿》（银川：宁夏人民教育出版社，2003年）第5章 "哈罗德·阿克顿小说里的东方救助主题"的详细论述。

进自身文化变革发展的必由之路。

二、英国汉学的发展历程与中国古代文学西传英国的语境

一般认为,比之欧洲其他国家如法国,英国汉学起步较晚。不过英国汉学自《曼德维尔游记》所代表的游记汉学时代起,至今已有六百余年的历史。回顾这六百余年的汉学发展史,我们发现其中呈现出具有显著差异性特征的几个时间段,据此将其细分为四个特征鲜明的时代:游记汉学时代(14 至 17 世纪),传教士、外交官汉学时代(17 世纪末至 19 世纪初),学院式汉学时代(19 世纪上半叶至20 世纪中叶)和专业汉学时代(二战后至今)。

(一)游记汉学时代。13、14 世纪成吉思汗率大军西征,英王始听说中国。此后如《曼德维尔游记》《英吉利民族的重大航海、航行、交通和发现》等都是此时段的代表作。

(二)传教士、外交官汉学时代。从早期欧洲耶稣会士如利玛窦(Matteo Ricci,1552—1610)等人汉学研究著作的英译本出版到 19 世纪初英国新教传教士马礼逊(Robert Marrison,1782—1834)、米怜(William Milne,1785—1822)、麦都思(Walter Medhurst,1796—1857)、艾约瑟(Joseph Edkins,1823—1905)等英国本土传教士展开的中国语言研究、语言字典编撰及中国文学作品介绍,都属于此时期的汉学研究成果。19 世纪初,英国开始向中国派遣传教士。1807 年,新教教徒马礼逊被伦敦传教会派至中国传教。1824 年,马礼逊回英国休假,带回了他千方百计搜集到的一万余册汉文图书,后来这些书全部捐给了伦敦大学图书馆,为后来伦敦大学的汉学研究打下了基础。他沿用意大利耶稣会传教士利玛窦援儒入耶的传教策略,学汉文,读汉书,编纂《华英字典》,创办杂志。为培养在中国的传教人才,他还创建了英华书院,成为第一位中英文化交流中产生重大影响的传教士。马礼逊虽以传教为主旨,但他作为交流的媒介,必须熟悉交流双方的语言、文化。为此,他将许多中国典籍翻译成英文,推进了中国文学西传的速度,加深了英语世界读者对中国文学的了解。

马礼逊之后的米怜、毕尔(Samuel Beal,1825—1889)、韦廉臣(Alexander Williamson,1829—1890)、麦都思、艾约瑟、理雅各(James Legge,1814—1897)等人都

是以传教士的身份来华的,他们的使命都是在中国传播基督的福音。这些传教士虽然在中学西传上建立了不可磨灭的功勋,但囿于使命的约束,他们始终站在帝国强势的立场上,来审视中国文学。这一特点在外交官身份的汉学家身上也有体现。伦纳德·斯当东(George Leonard Staunton,1737—1801)、托马斯·斯当东(George Thomas Staunton,1781—1858)、德庇时(John Francis Davis,1795—1890)、威妥玛(Thomas Francis Wade,1818—1895)、梅辉立(William Mayers,1831—1878)、翟理斯(Herbert Allen Giles,1845—1935)等知名的汉学家都以外交官的身份在中国居住过。尽管他们在汉学界名噪一时,对中国文化的西传功勋卓著,但由于工作身份的特定性,其研究成果往往自觉不自觉地充当了殖民者借以进行海外侵略的工具。从对中国文学译介的策略看,传教士和外交官身份的汉学家尽管存在个体的差异,关注的对象也有所不同,但都表现出对英国主流文学意识的趋同。无论是马礼逊、理雅各、艾约瑟还是外交官出身的德庇时和翟理斯,他们的诗歌翻译都遵从维多利亚诗歌工整的韵律规则。

理雅各以对中国"四书五经"的翻译享誉汉学界。就《诗经》的译本来看,他曾出版三个译本,一个译本是1871年的散文体译本,由伦敦新教会香港分会出版。1876年理雅各和他人一起对原版译文予以修正,出版了《诗经》的韵体译文。该书由伦敦忒鲁布纳公司(Trübner & Co.)出版印行。1879年,理雅各应穆勒(Max Müller,1823—1900)的邀请,选取《诗经》中宗教意味较为明显的114首诗歌,出版了《诗经》的节译本。该书编入穆勒主编的《东方圣书》(The Sacred Books of the East)第三卷,牛津大学出版社(Oxford University Press)出版印行。穆勒是德裔英国的东方学家,牛津大学教授,其研究方向主要是印度的宗教与哲学,尤其是佛教,他翻译出版了大量佛教经文。理雅各《诗经》的第三个译本明显是对穆勒宗教热情的一种附和。就译文的质量来看,理雅各的散体译文明显高于韵体译文。理雅各的散体译文按照原文的字义逐句翻译,不仅保留了原文的叠韵的修辞格,意义的传达也明确、传神。韵体的译文则无这一特点,有些句子为了押韵,不得不用意译的方式进行处理,而且打乱了原文句子的顺序。李玉良认为:"(韵体)译文的准确性较首译本(散体译本)有所降低。"[1]参看理雅各的生平资料可

---

[1] 李玉良:《〈诗经〉英译研究》,济南:齐鲁书社,2007年,第57~58页。

以发现,1871年理雅各尚在香港,随后便经日本、美国返回英国,1875年被聘为牛津大学首任汉学教授。1871年版的《诗经》译本出版于中国,不必受英国诗学传统的羁绊,但1876年的理雅各作为基督圣体学院(Corpus Christi College)①的特聘教师,必须按照英国宗教文化的传统来行事,为此他用韵文翻译了《诗经》。韵体的使用与英国文坛维多利亚诗歌的主流传统相吻合,借此可以保证译文在精英文化界的传播。这是英国传教士时期汉学家的共性。

(三)学院式汉学时代。最早可追溯到1823年由英王乔治四世赞助,托马斯·斯当东等创立的学术研究机构——大不列颠和爱尔兰皇家亚洲学会(Royal Asiatic Society of Great Britain and Ireland),简称英国皇家亚洲学会,成为英国汉学学科研究起步的标志。② 1837年,伦敦大学在托马斯·斯当东③倡议下设立第一个中文讲座,这也是英国大学设立的第一个中文讲座。④ 1858年,皇家亚洲学会吸收在华英侨艾约瑟等18人所创办的上海文理学会(Shanghai Literary and Scientific Society)为皇家亚洲学会华北分会,联合在华人士更好地开展对中国的研究。虽然最初该会的主要研究对象为印度,但1824年发表的该会宪章声明中明确表

---

① 基督圣体学院为牛津大学的一个分院,理雅各被聘为汉学教授一职的薪金是由该院提供的。该院创办于1352年,由基督圣体会(Guild of Corpus Chrisi)和圣母玛利亚会(Guild of the Blessed Virgin Mary)创办,该院的任务主要是培养牧师。参看熊文华:《英国汉学史》,北京:学苑出版社,2007年,第56页。
② 托马斯·斯当东与科尔布鲁克(Henry Thomas Colebrooke)在英王乔治四世的赞助下,共同创立不列颠和爱尔兰皇家亚洲学会,其主要任务正如次年宪章所声明的那样:调查科学、文学、艺术和亚洲的关系。为了给亚洲学会建立一个图书馆,斯当东还捐献了3000卷图书,大致相当于250本图书。其所译《大清律例》(1810)是清朝刑法的删节译本,附有内容充实的前言,享誉学界。此外,还著有《中国丛说》(1822)、《1816年英国使节团赴北京活动记事》(伦敦,1824)等书,开了外交官研治汉学的先河。乔治·斯当东曾是马嘎尔尼爵士的见习侍童,印度公司在广州的专员,后升行长,英国早期汉学家,1816年随阿美士德使团到北京,1823年起为英国下院议员,在中英关系的发展中具有权威作用,1840年主战,留有随马嘎尔尼使华日记、随阿美士德使华日记及回忆录,皆未发表。
③ 托马斯·斯当东于1792年与其父随英国特使马嘎尔尼伯爵来华,托马斯·斯当东作为伯爵的侍从一同东来。来华途中,从华籍翻译学习汉语,后成为使团中唯一能操官话与乾隆对话的英国人。1816年,阿美士德勋爵来华时任副使。
④ 但1843年任课教授去世后即中止,1873年起正式恢复。在伦敦大学担任中文教授的先后有毕尔(Samuel Beal,1825—1889)、道格拉斯(Robert K. Douglas,1838—1913)、文书田(Geroge S. Owen)、禧在明(Walter Caine Hillier,1849—1927)、瑞思义(William Hopkn Rees,1859—1924)、卜道成(J.P. Bruce,1861—1934)等。

达此机构的研究目的为"调查科学、文学和艺术与亚洲的关系"①。1834年该会创办会刊《大不列颠和爱尔兰皇家亚洲学会会刊》(*The Journal of the Royal Asiatic Society of Great Britain and Ireland*),首刊上即有汤姆斯(Peter Perring Thoms,1790—1855)研究中国商代青铜器铭文的论文发表。此会刊在1900年提出的办刊方针中主张"对人类知识无明显贡献之文一概不予刊登"②。

除了学术机构,更为重要的事件是英国各大学在19世纪相继设立了汉学讲座教授教席,促使英国学院式汉学的进一步发展。1876年传教士理雅各(James Legge,1815—1897)在牛津大学就任首任汉学讲座教授(1876—1897),从此开创了牛津大学的汉学研究传统。③ 1877年传教士毕尔就任伦敦大学汉学讲座教授,1888年前外交官威妥玛④任剑桥大学首任汉学讲座教授,成为汉学学科在英国正式成立的标志。

汉学研究逐步进入学院教学,在学院学术传统的影响下汉学研究所做出的结论变得更为严谨、客观与理性。但此时期担任教职者均为曾经的传教士或外交官,多有来华工作或生活的经历,学院办学方向也还局限于培养宗教、外交或贸易方面的来华后继之人,真正对中国文化感兴趣并主动研究中国文化的学生并不多见。1899年继威妥玛任剑桥大学汉学教授的翟理斯,曾于他汉学教学满十年的1908年,这样回答英国财政委员会关于是否在伦敦组建另一所东方学院的调查问题:"我在剑桥十年,仅有一个学文字的学生,我教过许多学口语的学生,有商

---

① Stuart Simmonds & Simon Digby, *The Royal Asiatic Society: Its History and Treasures*, London: E.J. Brill, 1979, p.3.
② Stuart Simmonds & Simon Digby, *The Royal Asiatic Society: Its History and Treasures*, London: E.J. Brill, 1979, p.34.
③ 今天在牛津的中国研究图书馆里,仍然挂着王韬给理雅各的信,以及理雅各上课时的黑板手迹。牛津大学聘任的第四任汉学讲座教授是陈寅恪。可惜他取道香港时,适逢战争爆发,不能赴任,但牛津一直虚位以待到战争结束,又专门接陈赴英治疗眼疾,终因疗效不佳,而未能正式就任。
④ 剑桥大学威妥玛早年就学于剑桥大学,1841年随英国军队参加鸦片战争。先后任英国驻华使馆汉文副使、汉文正使。1817年起英国驻华公使。1883年退职回国。1888年任首任中文教授时,将掠得的大量汉文、满文图书赠剑桥大学。1867年他编著的汉语课本《语言自迩集》采用了1859年自己首创的,用拉丁字母拼写汉字的方法,为后人沿用,世称"威妥玛式拼音法"。翟理斯后来改进此法,用于自己所编的《华英字典》中,于1892年出版,世称"威妥玛—翟理斯拼音法"(Wad-Giles romanization)。

人、传教士等,但学文字的仅此一人,我怀疑牛津是否有过这么一个。"①历任伦敦大学、剑桥大学和普林斯顿大学汉学教授的杜希德(又名崔瑞德,Denis Twitchett,1925—2006)在其1961年就职伦敦大学汉学讲座教授的演说辞中也批评了此现象,他认为在19世纪占据英国汉学讲座教席的都是退休的传教士和外交官。他们不曾受过严格的学术训练,也不曾有过充分的时间来从事研究教育。杜希德举了伦敦大学前汉学教授毕尔和道格拉斯为例,中国佛教学专家毕尔教授,成就与同时期欧洲学者相比毫不逊色,但他同时是繁忙的教区祭司;道格拉斯教授,1903至1908年任伦敦大学汉学教授,是一位前驻华领事官,他从事工作繁多,暂不论其水平,但他的活动中心可以肯定是在兼职的大英博物馆。②

另外,要注意此阶段除了学院开展的汉学活动,还有一批业余从事汉学研究的汉学爱好者的研究成绩斐然。这一点德国汉学家傅海波(G. Herbert Franke,1914—2011)在《欧洲汉学史简评》一文中谈得很清楚,他提到一类非专业人士对汉学领域的冲击。他定义道:"非专业人士中的绅士—汉学家,即'不必为一份工资而工作,或仅在业余时间做汉学研究'的人员。"③傅海波认可并归于此列的有获得女王诗歌奖的阿瑟·韦利、第一个把《周礼》译为西方文字的毕欧(Edouard Biot,1803—1850)及译注两唐书的法国学者戴何都(Robert des Rotours,1891—1980)。此外,还有很多主要专业不是汉学,但为汉学做出不小贡献的学者如钦定的物理学家布雷特奈德(Emil Bretschneider, MD,1833—1901)、德国驻东京大使冯·居里克(Robert H. van Gulik,1910—1967)、英国生化学家李约瑟(Joseph Needham,1900—1995)等。汉学家傅海波的这一"绅士—汉学家"提法也为我们接下来的分段增强了合理性。韦利曾在他发表于1940年的《欠中国的一笔债》(*Our Debt to China*)一文中用"有闲"概括这一群体的特征(men of leisure),他说:"我们

---

① 受英国财政委员会委派研究在伦敦组建东方研究院的证词会议记录本,伦敦:皇家文书局,1909年,第142页,转引自[加拿大]许美德(Rufh Hayhoe):《英国的中国学》,《中国文化研究集刊》(第3辑),第473页。
② C.f.Denis Twitchett, *Land Tenure and the Social Order in T'ang and Sung China*, *an Inaugural Lecture in School of Oriental and African Studies*, *University of London in 1961*, London: Oxford University Press, 1962.
③ [德]傅海波:《欧洲汉学史简评》,胡志宏译,见张西平编:《欧美汉学研究的历史与现状》,郑州:大象出版社,2006年,第112页。

与中国的关系迎来了一个大转折:之前去中国的英国人都为政治目的,他们不是教士、士兵、海员、商人就是官员;但大约就在这个时候,出现了另一个访问中国的阶层——有闲阶层,他们的目的只是急于多了解一些这个世界,像诗人、教授或思想家。……到中国的目的并非传教、贸易、做官或打仗,而是老老实实地交友与学习。"①当然,需要指出的是此处讨论的"业余汉学爱好者"界定,只是汉学发展学术史上的划分,并不代表其汉学贡献与地位的评价。

传统汉学时期的汉学家主要是传教士和外交官,都有旅居中国多年的经历。他们谨遵欧洲的学术传统,努力用英帝国主流的文化美学观译介中国文学,旨在传播基督的福音或为大英帝国的殖民政策服务,带有较强的实用性,功利化色彩较为严重。刘正在《图说汉学史》中谈及英国早期汉学的发展状况时写道:"早期英国汉学的研究风气并不浓厚,自上而下以培养经商和外交的通中国话的实用汉学家或领事馆汉学家为基本走向。"②张弘在《国外汉学史》的英国汉学发展部分中也说:"19世纪英国的汉学研究,比之其他国家,商业和外交气息更为明显。"③急功近利的职业化追求约束了汉学研究者的视野,他们大多将自己的精力集中在语言的学习上,对其他学科的研究明显欠缺。多数译作谨遵当时盛行的维多利亚文学传统,注重文学的整饬,诗歌译介中严格要求押韵。

(四)专业汉学时代。二战后,英国出现了一批受过汉学专业训练的汉学家,他们没有传教士或是外交官的背景,他们学习汉学源于对东方的兴趣,他们研究汉学为的是了解世界文化遗产的一部分,他们从事汉学教学为的是开启求学者对中国文化的兴趣之门而不是简单培训求学者的口语使其能顺利在华出任外交官、传教士或是商人之职。这批汉学家我们称之为专业汉学家,他们有着汉学出身且毕生从事与汉学相关的研究与著译工作。霍古达(Gustav Haloun,1898—1951)出生于捷克,早年在德国,1938年后来到英国从事汉学研究。他1939年出任剑桥大

---

① Arthur Waley,"Our Debt to China,"*The Asiatic Review*,July 1940,36(127):554.原文如下:"A great turning-point in our relations with China had come.Hitherto all the English who visited that country had done so for political reasons,either as missionaries,soldiers,sailors,merchants or officials.About this time quite another class of visitor began to arrive—men of leisure merely anxious to know more of the world; poets,professors,thinkers....who had come not to convert,trade,rule or fight,but simply to make friends and learn..."
② 刘正:《图说汉学史》,桂林:广西师范大学出版社,2005年,第89页。
③ 何寅、许光华:《国外汉学史》,上海:上海外语教育出版社,2002年,第153页。

学第四任汉学教授,成为英国汉学史上第一位学者出身的汉学讲座教授受聘者①。他采用正规的中国学研究方法,致力于中国古代典籍如散佚的诸子著作的复原工作与中国哲学中的具有个人特性问题的研究。西门华德(Ernst Julius Walter Simon,1893—1981)是英国另一位外来的专业汉学家,他1936年开始在英国伦敦大学亚非学院任教,10多年后获得汉学讲座教席,他在中国文法、中国语言学、中国语音学、汉藏语比较研究及汉语学习工具书和教科书编写等方面为英国的汉学研究开辟了途径。

继这两位外来的专业汉学家之后,英国学院派汉学培养出来的青年学者葛瑞汉(Angus Charles Graham,1919—1991)、雷蒙·道森(Raymond Dawson,1923—2002)、杜希德、霍克思(David Hawkes,1923—2009)及后来的伊恩·麦克莫兰(Ian McMorran,1936—)、杜德桥(Glen Dudbridge,1938—)、伊懋可(Mark Elvin,1938—)也逐步成长起来,再加上来自莱顿但在英国从事汉学研究的龙彼得(Pier van der Loon,1920—2002)②,成为英国专业汉学家的杰出代表。可以说正是他们从理雅各、韦利等汉学前辈手中接过汉学薪火并将其引入专业汉学的殿堂,正是这批专业学者促成了"力求科学地重新认识中国的倾向日益增强"③。

可以说,20世纪下半叶,英国汉学家的身份结构出现了较大的变化,原先以传教士为主的汉学研究群中加入了一些对汉学感兴趣的学者,且逐渐成为英国汉学研究的主流。大学纷纷开设汉学课程,研究汉学的专刊数量与日俱增。汉学研究机构不再依附于教会或政府部门,出现了一批学养深厚的教师和学员,学科发展出现了规模化和专业化的特点。④ 这些现象的出现标志着英国汉学由传教士时期向学院派汉学的转变。现代知名的汉学家如大卫·霍克思、李约瑟、葛瑞汉、杜德桥等都是学院派汉学家的代表。学院派汉学家与前期汉学家不同,他们不再

---

① David Hawkes, "Chinese: Classical, Modern and Humane, An Inaugural Lecture Delivered before the University of Oxford on 25 May 1961," John Minford & Siu-kit Wong ed., *David Hawkes: Classical, Modern and Humane Essays in Chinese Literature*. Hong Kong: The Chinese University Press, 1989, p.7.
② 龙彼得虽然受业于莱顿大学中文系,不能算是英国学院派汉学自己培养出来的人才,但他毕业后大多数时间在英国从事汉学研究,1972—1987年更是牛津大学第七任汉学教授,故而将他列入英国的专业汉学家群体之内。与龙彼得情况相反的是青年时代受教于伦敦大学亚非学院的西里尔·白之(Cyril Birch),因其长年在美国工作,故此处无法列入。
③ 黄鸣奋:《近四世纪英语世界中国古典文学之流传》,《学术交流》1995年第3期,第128页。
④ 熊文华:《英国汉学史》,北京:学苑出版社,2007年,第113页。

依附于政治或宗教,在学术研究上具有相对的独立性。他们从事汉学不再受制于官方身份的约束,主要依赖自己的学术颐养。从学术的角度而不是从政治或宗教的角度入手,容易使中英间获得沟通和认知,使中英文化间的交往逐渐平等化、正常化。

学术界认为,英国汉学的转型时期应以1945年为界,原因是自本年伊始,英国官方对国内的中国研究先后进行了五次调研,形成了五个重要的报告。这些报告为中国学的发展指明了方向,推动了英国汉学的发展。第一个报告是1947年由斯卡伯勒爵士(Earl Scarborough)领导的东方、斯拉夫、东欧、非洲研究委员会(Inter-departmental Commission of Enquiry on Oriental, Slavonic, East European and African Studies)发表的《斯卡伯勒报告》(*The Scarborough Report*)。该报告促成英国政府于1947至1952年间为东方学和斯拉夫研究拨专款资助。1961年,威廉·海特爵士(William Hayter)负责的调查小组发表了著名的《海特报告》(*The Hayter Report*),该报告建议设立更多的教学职位,东方研究的领域也应该由语言扩展到经济、社会、法律等方面。1986年彼得·帕克(Peter Parker)发表了《帕克报告》(*The Parker Report*),霍德-威廉斯(Richard Hodder-Williams)起草了《霍德-威廉斯报告》)(*Hodder-Williams Report*),1999年英格兰高等教育资金委员会中国评估小组(HEFCE Review Group on Chinese Studies)发表了《中国学研究回顾》(*Review of Chinese Studies*)的报告。① 依据这些报告,可以看出官方对东方学研究的重视与资助,尤其是在汉学教育方面,这为学院派汉学家队伍的成长壮大提供了有利条件。这些报告成为英国传教士汉学向学院派汉学转型的标志。

英国汉学研究的学院化虽然出现在20世纪50年代,但汉学转型的萌芽早在20世纪初就出现了。阿瑟·韦利《欠中国的一笔债》一文中,即描述过这一新出

---

① 有关这五个报告的资料参看何培忠:《当代国外中国学研究》,北京:商务印书馆,2006年,第190~198页。

现的趋向。其中提到的那些人,如迪金森①、罗素(Bertrand Russell, 1872—1970)②、楚辅彦(Robert Travelyan, 1872—1951)③等,既非传教士,也非外交官,他们来中国没有官方使命,没有政治家的身份,完全以学者的姿态到中国交游、学习。他们是中英交流史上第一批与中国学人相处得较为融洽的学者。迪金森提携过许多中国学子,陈源(陈西滢)、张东荪、张君劢、徐志摩等都曾受惠于他。罗素初到上海,好客而急求救国之道的中国主人就深情地希望罗素做孔子第二,为中国指点迷津,谋治国安邦之大计。摒弃了帝国优越的霸权意识,这些学人开始用平和的眼光看待中国。韦利拜师于迪金森门下,是剑桥大学古典文学的高才生,他对中国的兴趣最早即源于迪金森的启蒙。

一部英国汉学史同时也是一部中英文学交流史。程裕祯曾言简意赅地概括:"我们研究海外汉学的目的,就是要充分利用历史的经验,促进这种人类间的相互交流。"④从词源学上分析,交流 communication 来源于拉丁语 commūnicāre,表示"分享,to share",其中的词根 commūnis 意即"共同,common"。communication 因而蕴含了人类对共有的物质或情感进行分享的一种良好愿望与交际冲动。汉学家承担的正是中英文学、文化交流的媒介角色,故而他们是比较文学与汉学领域研究者不可忽视的研究对象。

---

① 迪金森于 1912 年访问中国,在中国漫游了大半年,先后到过香港、上海(在上海还见到了孙中山)、宜昌、北京,还到山东登泰山、访孔庙,1913 年夏天从天津经海路回国。这次出访他还访问了日本和印度。参见葛桂录:《雾外的远音——英国作家与中国文化》之"约翰中国佬的来信——静观迪金森对中国文化的理想观念"一节内容,银川:宁夏人民出版社,2002 年,第 307~323 页。
② 1920 年 10 月 12 日,罗素应梁启超之邀来华。他先后到上海、杭州、南京、汉口、长沙、北京等地做讲演,赵元任任其翻译。从该年的 11 月至次年的 3 月,罗素在北大开设了五个系列讲座。1921 年 7 月罗素经日本回国。参见冯崇义:《罗素与中国——西方思想在中国的一次经历》,北京:生活·读书·新知三联书店,1994 年,第 91~158 页。
③ 楚辅彦,英国古典派诗人、翻译家,他和布卢姆斯伯里集团走得很近。1912 年随福斯特、迪金森一起访问中国、日本、印度。他是一个反战主义者,对后世影响较大。代表诗集有 *Mallow and Asphodel* (1898), *The Bride of Dionysus a Music-Drama and Other Poems* (1912), *The Death of Man* (1919) 等,译作有 *Translations from Latin Poetry* (1949), *Translations from Greek Poetry* (1950)。
④ 程裕祯:《汉学与人类间的文化交流》,任继愈主编:《国际汉学》(第 6 辑),郑州:大象出版社,2000 年,第 18 页。

三、研究中国古代文学西传英国的学术意义及基本内容

我们知道,海外汉学的历史是中国文化与异质文化相互碰撞交流的历史,也是西方学者认识、研究、理解、接受中国文明的历史。前文已提及,英国汉学自《曼德维尔游记》所代表的游记汉学时代起,至今已有六个多世纪的历史。参与其中的汉学家是西方世界借以了解中国与中国文学、文化的主要媒介,他们的汉学活动提供了中国文学、文化在英国传播的最基本资料。中英文学、文化交流的顺利开展无法绕过这一特殊的群体,"唯有汉学家才具备从深层次上与中国学术界打交道的资格"①。尤其随着二战后英国专业汉学时代的来临,英国学府自己培养的第一代专业汉学家成长起来,他们对中国文化的解读与接受趋于理性和准确,在中国文化较为真实地走向世界的过程中做出了特殊的贡献。他们是献身学术与友谊的专业使者,是中国学术与世界接轨的桥梁。其中有如著名汉学家大卫·霍克思,他把自己一生最美好的时光交付给了他终生热爱的汉学事业,他一生大部分时间都用于中国文学文化的研究、阐释与传播工作。即使到了晚年,他对中国与中国文化的热爱与探究之情也丝毫不减。2008年85岁高龄的他与牛津汉学院原主任杜德桥和现任卜正民(Timothy Brook,1951—)三人,一同专程从牛津乘火车赶到伦敦为中国明代传奇剧《牡丹亭》青春版的首演助阵。当晚的他非常兴奋,但回到牛津后就病倒了。2009年春,他拖着病体接待中国前驻英大使傅莹女士,傅莹送给他的一套唐诗茶具又立时引起了先生的探究之心。几天后,霍克思发去电邮指出这个"唐诗茶具"中的"唐"指的是明代唐寅而不是唐代的"唐",而茶具上所画是唐寅的《事茗》图,并就茶具所印诗作中几个不清楚的汉字向傅莹讨教。霍克思对中国文化的熟悉与研究为人折服!他是理性解读与力图准确传播中国文学与文化的英国第一代专业汉学家代表,是英国专业汉学的奠基人与中坚力量。

因此,海外汉学家是比较文学与汉学领域研究者不可忽视的研究对象,他们

---

① 方骏:《中国海外汉学研究现状之管见》,任继愈主编:《国际汉学》(第6辑),郑州:大象出版社,2000年,第14页。

在中国文化走向世界的过程中发挥着特殊的作用。季羡林早在为《汉学研究》杂志创刊号作序时就提醒世人注意西方汉学家的至关重要:"所幸在西方浑浑噩噩的芸芸众生中,还有一些人'世人皆醉,而我独醒',人数虽少,意义却大,这一小部分人就是西方的汉学家。……我现在敢于预言:到了21世纪,阴霾渐扫,光明再现,中国文化重放异彩的时候,西方的汉学家将是中坚人物,将是中流砥柱。"①季老还指出:"中国学术界对国外的汉学研究一向是重视的,但是,过去只限于论文的翻译,只限于对学术论文、学术水平的评价与借鉴。至于西方汉学家对中西文化交流所起的作用,他们对中国所怀有的特殊感情等则注意还不太够。"②近三十年后,海外汉学研究的著名学者张西平教授在其《在世界范围内考察中国文化的价值》一文中仍然强调这样一个事实:"从事中国典籍的翻译和外传工作的,主要是由各国的汉学家所完成的。"③

汉学家将中国文化作为自己的学术研究对象,并精心从事对中国文化的翻译、阐释和研究,而他们的研究在其本国学术界也相继产生了不小的影响,中国文化与中国文学在他们的刻苦努力下逐渐走向了异域他国。通常汉学家不仅对中国文化怀着极深的感情,而且具有深厚的汉学功底,是向西方大众正确解读与传播中国文化时最可依赖的力量。尤其是专业汉学家以学术本身为本位,其研究与译介中国文学与文化本着的也是一种美好的交流之心,最终致力的也是成就中英文学的交流事业。

本书正是试图立足于中英文学交流史的语境,研讨20世纪中国古代文学在英国的传播与影响,以凸显英国汉学的重要特征及主要成就。撰著本书所采纳的研究路径,即通过翔实的文献资料的搜罗梳理及分析,力图还原所讨论的研究对象生存的历史语境,对这些英国汉学家一生所从事的主要汉学活动进行客观历史性描述,旨在总体性把握与整体性评价在20世纪中国古代文学西传英国的进程中,汉学家们所做出的各种努力及其实际效果。

前文已述,英国汉学史也是一部中英文学交流史。文学交流史的研究,首先

---

① 季羡林:《重新认识西方汉学家的作用》,季羡林研究所编:《季羡林谈翻译》,北京:当代中国出版社,2007年,第60页。
② 同上,第60页。
③ 张西平:《在世界范围内考察中国文化的价值》,《中国图书评论》2009年第4期,第85~91页。

属于史的范畴,史料是一切历史研究的基础。坚实的史料基础决定了这一研究领域的成果意义与学术价值。傅斯年先生强调"史学的工作是整理史料",而翦伯赞则强调"史料不等于历史",即要对史料进行加工制造,这也是问题意识与研究观念或曰史识形成的过程。鲁迅也特别强调"史识"与"史料"的统一,史料需要史识的照亮,但史料的发掘与整理却是研究"入手"的基础。

因而,文献史料的发现与整理,不仅是重要的基础研究工作,同时也意味着学术创新的孕育与发动,其学术价值不容低估。应该说独立的文献准备,是独到的学术创见的基础,充分掌握并严肃运用文献,是每一个文学交流史研究者或汉学研究从业人员必须具备的基本素养。

而呈现20世纪中国古代文学在英国传播影响复杂性与丰富性的途径之一,是重视文献或者史料对文学传播史或汉学史研究和写作的意义。中英文学交流史或英国汉学史研究领域的发展、成熟与它的"文献学"相关,中英文学交流,汉学关系史料的挖掘、整理和研究,仍有许许多多的工作要做。本书在这方面做了诸多努力。

本书首先回顾了20世纪以前英国汉学的发展与中国文学在英国的传播状况,通过追溯英国汉学的发端与中国文学西渐的开始,以及英国汉学的拓展与中国文学介绍的深入,为20世纪中国古代文学在英国的传播与影响提供一个汉学史的参照系。

在此基础上,从总体上概述了中国古代诗文、话本小说在20世纪英国的翻译、评述及影响情况,对英国汉学史上某些重要的中国诗文、小说译本做了详尽的考辨与评述。同时重点关注英国汉学三大家翟理斯、阿瑟·韦利、大卫·霍克思在中国古代文学西传英国过程中所起到的巨大作用。

英国汉学家翟理斯所著的《中国文学史》是最早的中国文学史之一。该文学史初版于1901年,作为一部早期的文学史,从文学史写作角度而言,存在许多不足与缺陷,然与此同时,却也不乏闪光点,因此,呈现出了驳杂、参差不齐的面貌。在英语世界,翟氏《中国文学史》一版再版,直至20世纪70年代。事实上,翟理斯晓畅的文风不仅使他的作品在英语世界中成为畅销书,大量的关于中国的著作也使其影响力上达至官方政府。① 而对中国文学的见解则皆源于其所在汉学领域的成就。当然，当时欧洲文学史写作的大背景也是促成这部文学史诞生的主要机缘。因此，从总体着眼，可以说翟氏《中国文学史》是当时汉学领域的既有成果与欧洲文学史写作的总体环境下的产物。因此，从中英文学交流角度而言，该文学史具有重要的桥梁作用，是这一时期中英文学交流的阶段性总结。

我们将从三个方面讨论这部文学史的重要意义：其一主要阐释翟氏《中国文学史》产生的条件。19世纪以来英国乃至整个欧洲汉学的阶段性发展、翟理斯自身的经历及教育背景等皆成为了其文学史写作的影响因素。同时通过与草创期国人自著之文学史的相互参照，较为深入地揭示了其独特的面貌。其二深入翟氏《中国文学史》内部，从文学史写作的相关理论出发，从内在结构上揭示这一文学史中暗含的前瞻性因素。其三结合翟氏《中国文学史》写作的外部条件及其自身因素，进一步阐释翟理斯观照中国文学的角度，即立足于了解中国文化的目的来选择相应的中国文学，是英国汉学功利性特点与翟理斯自身兴趣相结合的产物。

作为当代知名的汉学家之一，阿瑟·韦利以其译述的宏富而著称于世。他的汉学研究涉猎文学、哲学、宗教等领域，中国古典文学的译介尤为突出。20世纪30年代，韦利的诗歌译文就以单行本的方式在中国出版，张元济称其为"吾国韵文西传之代表"。② 40年代初，吕叔湘在《中诗英译比录》一书中，就其迻译之文与诸位译家对照，详细分析其译法的得失。80年代后，韦利的译作越发受到国内译界的重视。但就学界的研究成果看，国内学界的研究多以单篇译本为研究对象，从翻译的视角入手分析其译文的优劣。诚然，译本是研究的基础，离开文本，研究就如无源之水、无本之木。但仅以某一文本为研究对象，忽视它与其他文本间的逻辑联系，忽视译者风格的发展变化，研究难免窥其一斑，有见树不见林之憾。再者，译本与文学创作相似，它是作家才情、胆识、判断能力的综合体现，时代发展、学科转型在文本中往往会留下鲜明的印迹，韦利的译本尤其如此。离开英国汉学转型的历史背景，研究不免流于表相，难以深入。

---

① 可为之证明的事件包括：蔡元培先生就庚子赔款一事至英国商谈时，便会见了翟理斯，试图通过翟氏的影响力促使英国政府允诺，见《蔡元培年谱长编》；又中华民国政府曾于1922年向翟理斯授"二等大绶嘉禾章"。
② Herbert A. Giles, Arthur Waley, *Select Chinese Verses*, Shanghai: The Commercial Press Ltd., 1934, p. III.

作为英国汉学转型期的代表，阿瑟·韦利是以传统汉学的颠覆者形象荣膺英国文坛的。初涉翻译，他便摒弃传统汉学韵律体译诗的传统，采用散体翻译法，语言带有明显的汉语痕迹。译文的选择也以中国古代文化典籍为重。《诗经》《楚辞》，以及唐前诗赋的翻译，都表现出他对中国道家哲学、佛教思想及民间巫术的倚重。此外，韦利还采用西方的叙事方法，为中国诗人李白、白居易、袁枚作传，打破了传统汉学以译介为主的单一研究模式。

对传统译介手法的扬弃，使韦利成为游离于当时主流汉学之外的一个边缘者，其犹太民族身份与性格的怪异加剧了他与英国传统汉学间的距离。为此他埋身于中日文学典籍的译介中，企图从中寻找心灵的皈依之所，尤其是中国古代文化虚静、隐逸的道家生活观对其影响至深，他甚至模仿中国文人弃官归隐的方式生活。在他心里，古代中国是令人心驰神往的心灵圣殿。为了进一步把脉中国文化之精髓，他利用一切机会结交中国学人。丁文江、徐志摩、胡适、萧乾等都是其私交甚密的挚友。

通过上述策略，韦利努力摆脱传统汉学研究者的欧洲中心主义偏见，借此寻求中英之间的平等对话。但其固有的文化身份使他与英国传统文化间始终保持着千丝万缕的联系。他虽然采用散体翻译的直译法，带有明显的异化倾向，但他注重译文的通畅，以此满足英国大众的阅读习惯，又表现出鲜明的归化意识。在其传记创作中，他沿用史传文学编年式叙事的模式来建构作品，但他以西方价值观为评判标准，对李白、白居易、袁枚存在诸多误读。

大卫·霍克思是英国现代最重要的汉学家之一，自上世纪40年代选择中文作为自己的专业那一刻起，他与汉学就结下了不解之缘。他的汉学翻译与汉学研究成果斐然，广涉中国诗歌、戏剧及小说各个文类。他所翻译的《楚辞》是欧洲首部完整的楚辞作品英译，出版当年即被列入"联合国教育科学文化协会中文翻译丛书"。他的《杜诗初阶》是西方读者学习汉语、了解中国诗歌及中国诗人杜甫的最好读本之一。他与闵福德（John Minford, 1946—　）合译的《石头记》更是英语世界第一部完整的《红楼梦》译本，一出版即受到广大读者的喜爱与拥戴。霍克思的译笔传神、流畅，不易企及，为中国古典名著在西方的传播做出了卓越的贡献。他晚年的《柳毅传书》英译则包含了改编、翻译与配乐工作，为中国戏剧的西传提供了宝贵的经验。他的汉学研究论文数量众多，散刊于《大不列颠及爱尔兰皇家亚洲学会会刊》《亚洲研究》《哈佛亚洲研究》《伦敦大学亚非学院学报》《美国东方学会会刊》《中国季刊》《太平洋事务》《中国文学》等各大重要的海外汉学研究刊物，从楚辞、汉赋、唐诗宋词到元杂剧、清代小说，再到近现代作家作品，他都有独到的见解，为英语世界深入了解中国与中国文化可谓是鞠躬尽瘁。此外，霍克思一生写下不少书评，重视海内外汉学研究学术前沿的把握，及时向西方世界评荐了解中国文化的优秀汉学著作，为促进中国文化的传播打开了另一个窗口。他的牛津生涯影响与启蒙了一代年轻人，引导不少后学走上了汉学研究之路，其中如闵福德、霍布恩(Brian Holton, 1949—)已是现代英国汉学中坚。闵福德的《孙子兵法》、《聊斋志异》、《红楼梦》(后四十回)英译，霍布恩的苏格兰版《水浒传》等都是汉学界知名的译本。霍克思毕生为传播中国文化而努力。目前，关于他的研究多局限于他20世纪80年代完成的《红楼梦》英译本。2009年,这位伟大的汉学家在牛津家中安然辞世,半个多世纪以来他孜孜不倦的汉学活动及其在中西跨文化交流中的巨大媒介作用,给我们留下了深深的思考。全面研究与评介霍克思,这项亟待开展的工作对我国古典文学的外传有极其重要的借鉴意义。

中国古代戏剧在20世纪英国的传播已成为一道文化风景呈现在中外文学、文化交流史上。不少来华英人、汉学家致力于戏剧作品翻译、戏剧理论研究,英国20世纪戏剧革新亦有不少中国古典戏剧因素,如彼得·谢弗尔(Peter Shaffer, 1926—)的《黑暗喜剧》运用灯光手法表现黑暗;英国戏剧革新代表戈登·克雷(Edward Gordon Craig, 1872—1966)与梅兰芳的交往也颇有渊源。本书在广泛搜集国内外史料基础上从比较文学角度进行挖掘阐释,以期对中国古代戏剧在20世纪英国的传播接受进行系统探讨。

我们将从三个方面予以具体探析。其一概述中国古代戏剧在20世纪英国翻译情况,思考本时期英国学人翻译动机,并以文本细读方式研究译文,从译文杂合度的变化视角来探讨其文化信息传递过程。其二通过利用英国学人研究中国古代戏剧的相关史料,从比较文学视角爬梳他们对中国古典戏剧的研究历程,梳理经验主义学术传统下英国学人对中国古典戏剧史研究、文类研究、主题学研究及中国古典戏剧理论研究的独特成就。其三则从中国古典戏剧与20世纪英国探索戏剧革新的契合因素和戈登·克雷对中国古典戏剧文化利用两个方面考察其接受情况。

  总之,我们力图站在比较文学跨文化交流的立场,论述中国古代戏剧在20世纪英国的译介、研究和接受等,呈现其传播和接受全貌,并试图挖掘其文化、社会、历史等根源。

  本书两个附录,亦有助于从广度(附录二:20世纪中国古典文学英译出版年表)和个案深度(附录一:《红楼梦》英语译文研究),了解中国文学在英国源远流长且精彩纷呈的传播历程。

第一章

20世纪以前英国汉学的发展与中国文学在英国的传播

第一节　英国汉学的发端与中国文学西渐的开始

一、中国知识论著的大量英译

英国地理学家萨缪尔·珀切斯（Samuel Purchas，1575—1626）搜集、编译的欧洲各国旅行家的东方游记，以《珀切斯游记》（*Purchas His Pilgrimage*）为书名，于1613年在伦敦出版。这部游记几乎收录了当时能搜集到的所有关于中国的东方旅行游记，从马可·波罗到利玛窦的书都收在其中，它使英国人得以对远东有较为精确的了解，同时也成为后世作家文学创作的一个重要素材来源。①

意大利传教士利玛窦在华期间，以其母语写下了大量介绍中国概况和记述在华传教事业的手记，名为《基督教远征中国史》②。此书是耶稣会士第一部详尽记述中国的重要著作，并记述了利玛窦在中国的亲身经历，呈现了当时中国的真实

---

① 引起浪漫大诗人柯勒律治遐思和勃发诗兴而写出千古名篇《忽必烈汗》的，就是这部游记中所收的马可·波罗的东方游记。《珀切斯游记》里有一处提及嗜食鸦片的危险："他们（在非洲和亚洲的游历者）以为我不知道火星和金星在那点上交合和发生作用。其实一旦使用，就会每天处在死亡的痛苦之中。"柯勒律治也是通过这本书，知道了鸦片和鸦片瘾。
② 意大利传教士利玛窦在华期间，以其母语写下了大量介绍中国概况和记述在华传教事业的手记，原来的意图是记述耶稣会传教团在中国创建的艰难历程，所以书名是《基督教远征中国史》（*De christiana expeditione apud Sinas suscepta ab Societate Jesu. Ex P. Matthaei Ricci*）。此书在利玛窦生前未获刊行机会，1614年，在华比利时籍耶稣会士金尼阁（Nicolas Trigault，1577—1628）奉命返欧时，随身带走了这部手稿，在漫长的航行途中将它转译成当时欧洲文人普遍掌握的拉丁文。此书是耶稣会士第一部详尽记述中国的重要著作，对于传教史和中西文化交流史研究十分重要。作者从各方面向欧洲读者介绍中国的地理位置、疆域和物产，描述了中国的百工技艺、文人学士、数学天文等。关于中国的政治制度和民情风俗，诸如科举选仕、政府机构、待人接物的礼仪程式、饮食衣着、婚丧嫁娶及种种迷信行为等，都一一加以介绍。

面貌,为欧洲人了解中国提供了极为珍贵的第一手资料。1622 年其英文本出版,英国作家涉及中国知识亦多出于此。

葡萄牙人平托(Fernando Mendez Pinto,1509—1583)的《游记》(*Pergrinacão*)于 1653 年在伦敦出版英译本。英国政治家、散文家威廉·坦普尔爵士(William Temple,1628—1699)的未婚妻奥斯本(Dorothy Osborne,1627—1695),在此英译本出版的第二年(1654),就向他提到过书中关于中国的报道:"你没有看过一个葡萄牙人关于中国的故事?我想他的名字叫平托。如果你还没有看过,你可以把那本书带走。那是我认为我所看过的一本饶有兴味的书,而且也写得漂亮。你必须承认他是个游历家,而且他也没有误用游历家的特权。他的花言巧语是有趣而无害,如果花言巧语能够做到这样的话,而且就他所涉及范围而言,他的花言巧语也不是太多的。……如果我这辈子能够看到那个国家,并能跑到那里,我在这些方面要好好地玩弄一番呢。"①平托自 1537 年起在东方游历,历时 21 年。他曾到过东南亚和中国、印度等地,1558 年返回故土。他所撰《游记》于 1614 年出版,书中对中国文明有较详细的介绍,半虚半实的描绘将中国理想化了,难怪欧人将信将疑。这可能是威廉·坦普尔最早接触到的关于中国的材料。

1655 年,葡萄牙人曾德昭(Alvarez Semedo,1585—1658)的《大中国志》(*Imperio de la China*)也出版了英文本:*The History of That and Renowned Monarchy of China*。② 作者在中国生活了二十余年,书中所述大多为他亲历、亲闻或采自中国的书籍。全书分两大部分。第一部分是对中国的详尽介绍,广泛涉及国名的由来、地理位置、疆域、土地、物产、工艺、科技、政府机构等。第二部分是 1638 年之前基督教传入中国的历史回顾,其中包括基督教传入中国的起始、南京教难及著名的中国教徒李之藻的传记等。此书对中国表示了由衷的称颂。

而《鞑靼征服中国史》的英译本 *The History of the Conquest of China by the Tartars*,也于 1671 年在伦敦出版。这是 17 世纪欧洲记叙明清易代的著作。原书系西班牙文,墨西哥奥斯与维西罗伊大主教帕拉福克斯(Bishop Palafox,1600—1659)所著。该书作者称赞清朝统治者仁慈公正,消除了宫廷的腐败,引进了受人

---

① 转引自范存忠:《中国文化在启蒙时期的英国》,上海:上海外语教育出版社,1991 年,第 12 页。
② 1998 年,中国学者何高济先生以英译本为据,并参考意大利文本和最新的葡萄牙文本,将此书译成中文,书名为《大中国志》,上海:上海古籍出版社,1998 年。

欢迎的改革。

葡萄牙籍传教士安文思(Gabriel de Magalhães,1609—1677)所著《中国新史》(*Nouvelle relation de la Chine Contenant la description des particularitez les plus considérables de ce grand empire*)的英文译本刊于1688年。此书共21章,用比较通俗的语调介绍了中国的历史、语言、政治、人民的习俗、北京和皇宫等。此书通俗易懂,可读性较强,所以在向欧洲的一般读者普及中国历史知识方面起到了重要的作用。

1691年,由英国人兰德尔·泰勒(Randal Taylor)在伦敦出版了比利时籍耶稣会士柏应理(Philippe Couplet,1623—1693)编译的《中国哲学家孔子》①的英译版 *The Morals of Confucius, A Chinese Philosopher*,在英译版本中孔子被描绘成一个自然理性的代表、传统文化的守护者。这样的孔子形象后成为英国启蒙作家的重要思想武器。

法国耶稣会传教士李明(Louis-Daniel Le Comte,1655—1728)所著《中国近事报道》(*Nouveaux mémoires sur l'etat présent de la Chine*)英译本,则于1697年在伦敦出版发行。李明在中国的逗留时间不足五年。在这短暂的数年中,他从宁波到北京,从北京到山西,再到西安,然后去广州。该书不以学术水平见长,而是以它对中国各方面生动而具体的描述和通俗流畅的语言赢得读者。全书共有12封长信,收信人无一不是实有其人的大人物。与其他耶稣会士的著作一样,该著对中国的基本态度是颂扬与钦慕,同时也不隐讳中国的某些阴暗面,甚至说了些很"难听"的话。李明的言论影响到了英国作家如丹尼尔·笛福等人对中国形象的看法。

---

① 1681年,比利时籍耶稣会士柏应理主持编译的《中国哲学家孔子》(*Confucius Sinarum Philosophus*)刊行,该书分四大部分:第一部分,柏应理上法王路易十四书;第二部分,论原书之历史及要旨;第三部分,孔子传;第四部分,《大学》《中庸》《论语》译本。本书既向西欧国家介绍了儒家的经籍,又略举其重要注疏,便于欧洲人士接受。柏应理为此书写了一篇很长的序言,对全书的重要内容做了介绍,并附了一份8页长的儒学书目和一张孔子的肖像。本书在欧洲产生了广泛的影响。丹麦学者龙伯格在谈到这部书的影响时说:"孔子的形象第一次被传到欧洲。此书把孔子描述成了一位全面的伦理学家,认为他的伦理和自然神学统治着中华帝国,从而支持了耶稣会士们在近期内归化中国人的希望。"(龙伯格《理学在欧洲的传播过程》,载《中国史动态》1988年第7期)

杜赫德（Jean-Baptiste Du Halde，1674—1743）重要著述《中华帝国全志》①（*Description geographique，historique，chronologàque，politique，et physique de l' Empire de La Chine et de la Tartarie chinoise*）的英文节译本于1736年12月在伦敦出版发行。此节译本由布鲁克斯（R.Brooks）翻译，瓦茨（John Watts）出版，八开四册，一刊行便在英国引起较大反响。《文学杂志》（*Literary Magazine*）为它作了长达十页的提要，《学术提要》（*The Works of the Learned*）的译述则长达一百多页。该书所载《赵氏孤儿》开始与英国读者见面，并引起一些作家改编或转译。

就在《中华帝国全志》英文节译本问世几年后，杜赫德这部巨著的英文全译本也终于出齐，这就是凯夫（Edward Cave）的《中华帝国全志》英译本［*A Description of the Empire of China & Chinese Tartary，together with the Kingdoms of Korea & Tibet：Containing the Geograghy and History（Natural as well as Civil）of Those Countries*，London，1738—1742］，各方面均优于瓦茨的上述节译本，并得到良好的反响。18世纪英国文豪约翰逊博士（Samuel Johnson，1709—1784）还写了一篇文章，刊登在《君子杂志》第12卷上。该文有三部分：第一部分除再次阐述《中华帝国全志》英译本的正确可靠以外，还叙述了中国的历史年历系统；第二部分是一篇孔子小传；第三部分则是《中华帝国全志》的篇目。其中，最有趣的是关于孔子的小传，可见他对孔子的态度。这个小传的根据是《中华帝国全志》，与作者后来所写的《诗人列传》一样，先叙写传主的生平，其次谈他的思想，最后论述他的著作，条理十分清楚。小传在字里行间，处处点缀着严肃而又不失幽默的案语。约翰逊在小传最后总结孔子的学说有这样一句话：他的整个学说的倾向是在于宣扬道德性，并使人性恢复到其原有的完善状态。约翰逊本人是个大道德家，他曾说过："在现今的风气里，唆使做坏比引导向善的事来得多，所以若有人能使一般人保持中立

---

① 杜赫德的《中华帝国全志》（又常译为《中国通志》）法文版于1735年出版，这是当时全面介绍孔子及其思想最为通俗易懂的读物。书中介绍了《易经》《尚书》《诗经》《春秋》《礼记》，第三卷以三百页篇幅全面介绍中国的礼仪、道德、哲学、习俗，说明儒学在中国社会的显要地位。杜赫德从未到过中国，却据28位在华耶稣会传教士的各种报告编撰了这本成功的《中国通志》，全书共四卷，是18世纪欧洲有关中国问题的百科全书。此书被译成英文后，就成为英国人的主要参考书，18世纪中叶的学识界谈到中国，莫不归宗于此。甚至还出现了一篇题为《读杜赫德〈中华帝国全志〉有感，除了这个1740年》（*An Irregular Dissertation，Occasioned by the Reading of Father Du Halde's Description of China which may be Read at any Time，except in the Present YEAR 1740*）的怪书，在伦敦由J.Roberts刊行面世。该文对中国发了好多的议论，但其实是在讽刺与议论英国的方方面面。

的状态,就可以算做了一件好事。"

另外,南京人沈福宗(Michel Shen Fo-Tsoung,教名米歇尔)①,于 1687 年到达英国。英国国王詹姆斯二世曾对这位中国人也表现出一定的兴趣。② 沈福宗在英国期间,和"牛津才子"海德(Thomas Hyde,1636—1703)相识,并多次与之晤谈,回答了许多有关中国的问题。海德问及汉语和汉字,表达了创建一种全欧洲均可使用的汉字注音体系的愿望,沈福宗则向他介绍了中国的辞书《海篇》和《字汇》。海德于 1688 年出版了《中国度量衡考》(*Epistola de mensuris et ponderibus Serum sive Sinensium*),而在《东方游艺》(*De Lubis Orientalibus libri duo*,1694)一书中,对中国的象棋做了相当详细的介绍,不仅绘有棋盘,用中文标出所有棋子,而且对下法和规则做了讲解。书中还介绍了围棋及其他游戏方式。这些知识显然是沈福宗提供的。他在该书第二卷的序言中称沈福宗为"亲爱的朋友",足见两人关系比较亲密。③ 沈福宗在英国期间曾被请到牛津大学博德利(Bodleian)图书馆④对中文书籍进行整理和编目。

二、英国早期汉学家编译中国文学作品

1761 年 11 月 14 日,托马斯·珀西(Thomas Percy,1729—1811)编译的英译本

---

① 沈福宗于 1684 年 8 月随耶稣会士柏应理(Philippe Couplet,1623—1693)来到法国巴黎,国王路易十四在凡尔赛宫亲自接见,设晚宴招待。席间国王请沈福宗用汉语诵读祷告词,还请他表演用筷子进食,饭后邀请他观赏了喷泉表演。沈福宗向法国人介绍中国的文房四宝、语言文字等。沈福宗在巴黎逗留了一个多月后,即赴罗马,后又去比利时,于 1687 年转赴英国。
② 詹姆斯二世曾与牛津大学东方学家托马斯·海德博士谈起过这位中国人:"好,海德,这位中国人还在吗?"海德回答说:"是的,如果陛下能对此高兴的话;而我从他那里学到很多东西。"然后,英王说了一句:"他是个有点眯缝眼的小伙子,是不是?"
③ 我们无法证实沈福宗是否会讲英语。但是收在海德《遗书》(*Syntagma*,1767)里的他的几封信及有关中国语言和娱乐的说明文字,大多用拉丁文写成。可见他能讲拉丁文,而拉丁文当时正是学术界的通用语。范存忠先生曾说,沈的大部分书信谈论的是生活杂事及非常粗浅的中国文字及口头用法等常识。若沈当时能向牛津展示自己民族更杰出的成就的话,他肯定会在英国更引人注目的。
④ 被钱锺书先生戏译为"饱蠹楼"的博德利图书馆,为欧洲最大的大学图书馆,也是收藏中国图书最多的图书馆之一。早在该馆建馆后的第三年(1604),就开始入藏第一本中文书。1635—1640 年,当时牛津大学校长威廉·兰德先生先后四次向该馆捐赠中文文献计 1151 册。

《好逑传》(四卷)在伦敦问世。① 该书 1774 年再版。这部英译中国小说,书面上写着:"《好逑传》,或者《快乐的故事》,从中文译出,书末附录:一、《中国戏提要》一本,二、《中文谚语集》,三、《中国诗选》共四册,加注释。"(*Hau Kiou Choaan or , The Pleasing History. A Translation from the Chinese Language. to which are Added ,* Ⅰ.*The Argument or Study of a Chinese Play ,* Ⅱ. *A Collection of Chinese Proverbs , and* Ⅲ.*Fragments of Chinese Poetry. In Four Volumes , with Notes.*)小说译本出版以后,风行一时,很快就被转译成法语、德语、荷兰语等文本。②

珀西在这个编译本后面加了三种附录:第一种《中国戏提要》是一出中国戏的本事;第二种选择了中国的一些谚语;第三种《中国诗选》里共有 20 首诗,大部分是从杜赫德《中华帝国全志》里转译过来的。这些格言和诗歌辗转译出,当然离原文很远,不过其中也展示出了珀西有关中国文学(中国诗歌)的观念。③

珀西在注释《好逑传》的过程中,广泛阅读欧洲人有关中国的著述,形成了自己的中国文化观。他虽借助于耶稣会士的著述和引用他们的话语,可是他全不接受耶稣会士颂扬中国文化的态度,④逐一撕破了耶稣会士们所精心绘制的那幅令

---

① 托马斯·珀西是欧洲第一个对中国的纯文学有比较深刻认识的人。他曾多方面关注中国文化,研究资料全都来自欧洲人的著述。他对于中国文明风俗的研究,曾经下过苦功夫,所以他了解中国的程度,远胜于同时代的英国人。
② 其实,这本小说的翻译者是一个名叫威尔金逊(James Wilkinson)的英国商人,曾在广东居住过多年。他想学中文,无意中拿起这本小说来翻译。1719 年,他把《好逑传》四分之三译成英文,但是其余的四分之一,却被译成葡萄牙文。珀西于是把译文加以润色,把第四部分就葡萄牙文重译成英文,然后将全书出版。
③ 关于中国诗歌的观念,珀西说,中国的诗歌越是费解、呆板,就越是受人推崇。就此一点来看,我们对中国诗歌已经不抱多大希望了。不过却也奇怪,中国自古以来是最尊重这门艺术的,无论道德、宗教、政治各方面,都以韵文为最高的传达工具。而中国的诗歌大都属于简短警句的体裁,是一种艰涩的小品,以我们欧洲最健全的批评眼光看去,觉得那种诗体没有价值可言。中国并无伟大的诗作:至少长篇史诗(epic)他们是没有的;至于戏剧体诗恐怕也没有可能作为例外。因为中国戏剧似乎是一种散文体的对话,中间夹些曲调,好像意大利的歌剧一样。他们的古体诗(odes)自然也有一种庄重的朴素精神,但从杜哈德所录几首看来,大都是严谨的教规,不是雄壮巍峨的作品。……很诚恳地研讨自然及自然的美,才能得到这种艺术品;但这样的研讨,中国人是最不讲究的。这些都是珀西用西方文学观念来看中国文学,当然得出的结论难免有点偏颇。
④ 比如,中国的贤人政治和科举取士一向为传教士们所仰慕,但珀西认为中国政治制度不见得真的那样开明。耶稣会士们褒扬中国完备的法律制度,珀西却认为中国法律有缺陷,全在于没有宗教根基的缘故。耶稣会士们对中国的道德赞誉有加,《好逑传》更被认为是提倡道德维持风化的杰作。珀西又两次批评《好逑传》的作者,以为未尽劝善的责任:描写铁中玉的粗衷和侮慢女性;描写水冰心的狡猾。珀西说,中国人之所以佩服水冰心的狡猾性情,是因为中国人自己也是狡猾的一族。

人神往的中国图画,似乎那里不再存在纯净的宗教、开明的政治、齐备的法律、优越的道德。当然他的这些看法我们也并不奇怪,因为他编译《好逑传》注释时虽然参考了耶稣会士李明、杜赫德的书,但主要的却是乔治·安森的《环球航海记》。随着《好逑传》英译本在欧洲大陆的重印,他的中国文化观也在不断传播着,并产生了一定的负面影响。

1762年,托马斯·珀西在伦敦出版两卷本《中国诗文杂著》(Miscellaneous Pieces Relating to the Chinese)。包括《中国语言文字论》(A Dissertation on the Language of the Chinese)、《一个中国作者的道德箴言》(Rules of Conduct by a Chinese Author,译自法国耶稣会士 P.Parrenin)、《赵氏孤儿本事》(The Little Orphan of the House of Chao:A Chinese Tragedy,据《中国通志》里马若瑟的原译)、《中国戏剧论》(On the Chinese Drama,据赫德《诗歌模仿论》另加发挥)、《中国的园林艺术》(Of the Art of Laying out Gardens among the Chinese,钱伯斯原著)、《北京附近的皇家园林》(A Description of the Emperor's Garden and Pleasure Houses near Peking,王致诚原著)等八篇文章。其中在《中国语言文字论》里珀西认为中国文字既然几千年来还保持着原有的形象,那最好把它抛弃,越早越好,改用希腊文字,只有如此,中国文学才会有所长进;《中国戏剧论》里是珀西转录赫德所作的一篇文章,文中将中国戏剧与希腊戏剧相比拟,而珀西自己则说赫德有些过奖中国戏剧了。

另外,珀西还将杜赫德《中华帝国全志》(凯夫的英译本)里的《庄子劈棺》的故事,经过一番润色收入他的《妇女篇》(The Matrons:Six Short Histories,London:Dodsley,1762)里。这一故事来源是《今古奇观》里的《庄子休鼓盆成大道》,欧洲作家除珀西外,还有伏尔泰(François-Marie Arouet Voltaire,1694—1778)、哥尔斯密等人均曾将之改编进自己的作品里,并呈现出不尽相同的结论。

另一位汉学家威廉·琼斯(Sir William Jones,1746—1794)①,于1774年出版了《东方情诗辑存》一书,并以独特的眼光剖析中国古典诗歌,认为"这位远游的诗神"对于更新欧洲诗风具有重要的意义。琼斯被范存忠先生称为"英国第一个

---

① 威廉·琼斯爵士是梵文学家、诗人和近代比较语言学的鼻祖。他的诗对拜伦、雪莱、丁尼生等颇有影响。他的翻译每次都有散文本、韵文本两种译本。实际上,琼斯的韵文译本是18世纪的英国作家在中国古诗的影响之下为18世纪的英国读者所写的诗,严格来讲,不是翻译。

研究过汉学的人"①。他学过汉语,钻研过中国典籍,也认真思考过有关中国文化的问题。早年在巴黎读到《诗经》,特别喜欢《卫风·淇奥》,即将其译成拉丁文交友人欣赏,并说这首诗足以证明诗歌是一种超越时空的存在,因为无论中西都可以在各自的诗里采用相同的意象。作为18世纪英国著名的东方学家,琼斯的主要兴趣点在印度、阿拉伯、波斯文学,虽然只发表过少量的汉学研究论文,但他的意义仍无法忽视,因为在他之前关注中国文化的一些英国人如约翰逊、钱伯斯(Willian Chambers,1723—1796)、珀西等人都不懂汉语,而他的出现预示着英国汉学新时代的来临。

1784年1月15日,威廉·琼斯爵士在印度加尔各答创办亚洲学会(Asiatick Society)②,目的是研究亚洲的历史、文物、艺术、科学和文学,并任第一任会长,为促进欧洲的东方研究做出了贡献。在担任英国亚洲学会会长期间,他曾想全译《诗经》,后因故导致此计划搁浅。但在1785年发表的主要讨论《诗经》(*Shi' King*)的一篇文章《论第二部中国经典》(*On the Second Classical Book of the Chinese*)里,就用直译和诗体意译这两种方式,节译了《淇奥》《桃夭》《节南山》等三首诗的各一小节。琼斯的译法即是现在所谓的"拟作",③先直译,后意译,前者是散文体,后者是韵文体。他认为东方各国的诗都不能直接译成英文,否则诗旨与诗趣均将荡然无存,因此需要两道工序。他的英文韵文本将原诗的九个句子扩充为六节民谣体的诗。琼斯在这篇文章中也谈到了《诗经》的古老以及风格的简洁等问题,同时还专门介绍并翻译了《论语》对《诗经》的三段议论。据研究者考察,这篇文章是英国学者第一次根据汉语原文研究中国文学,实乃英国汉学的滥觞。④

---

① 范存忠:《中国文化在启蒙时期的英国》,上海:上海外语教育出版社,1991年,第201页。
② Asiatick Society 是亚洲学会最早的用名,后来也陆续采用过以下名称:The Asiatic Society(1825—1832),The Asiatic Society of Bengal(1832—1935),The Royal Asiatic Society of Bengal(1936—1951)。而自1951年起重新恢复使用 The Asiatic Society 至今。
③ 17世纪的英国诗人兼批评家德莱顿曾将翻译分为直译、意译和拟作三类。十七八世纪的英国著名作家德莱顿、斯威夫特、蒲伯和约翰逊等都曾倡导拟作。琼斯关于《诗经》的"拟作"既为欧洲诗风输入了新的特质,同时又为一百多年以后美国意象派新诗运动的兴起提供了深刻的理论启示,因此,在中英乃至中西文学关系史上都占有重要的地位。
④ 于俊青:《英国汉学的滥觞——威廉·琼斯对〈诗经〉的译介》,《东方丛刊》2009年第4期。

第二节 英国汉学的拓展与中国文学介绍的深入

19世纪中英文化交流,包括中国文学向英国传播的重要媒介是英国的传教士与外交官,他们起到直接传播的作用。其中,理雅各、德庇时与翟理斯,合称为19世纪英国汉学的三大星座,也是推动中国文学走向英国的功臣元勋。

一、理雅各之《中国经典》和《中国圣书》译介

理雅各于1815年12月20日,出生于苏格兰的一个富商家庭,在校期间表现出众,获得多次奖学金。1835年从阿伯丁皇家学院毕业的时候,其所熟练掌握的科目范围广泛,包括希腊语、拉丁语、数学、哲学等。可以说,理雅各早年所受到的教育为他进入中国后的译经工作奠定了良好的基础。

作为英国19世纪著名的汉学家,理雅各最初是以一名基督教传教士的身份进入中国的。由一名传教士转变成为一位汉学家,也是当时汉学的主要特征之一。早在利玛窦时代,采取与中国文化相"妥协"的传教策略已经取得成效,理雅各在某种程度上可以说延续了利玛窦使用的策略并将之进一步发展,才深入到中国文化的核心。1840年,理雅各来到马六甲,在此除履行自己的传教事务外,也承担马六甲英华学院的教学任务,并管理其印刷厂。随着1842年中英《南京条约》的签订,香港被割让给英国,理雅各于1843年将英华学院迁移到了香港。也就是在这里,理雅各与多名华人合作,完成了其在英国汉学史上乃至欧洲汉学史上具有重要地位的关于中国经典的译介。此后,理雅各便一直不断修订完善中国经典的译介工作,直至其病逝前不久。

理雅各独特的经历，使其在多个领域卓有成就，当然最值得关注的还是他的译著事业。理雅各的译著以儒家经典为主，对佛、道经典亦有所涉及。在一些传教士，如湛约翰（John Chalmers, 1825—1899）、麦高温（John Macgowan, ？—1922）、史超活（Frederick Stewart, 1836—1889）、合信（Benjamin Hobson, 1816—1873）、谢扶利（Gelfery），以及中国人黄胜等人的协助下，理雅各将《论语》《大学》《中庸》译成英文，于1861年编成《中国经典》（The Chinese Classics）第一卷。其后，陆续出版其他各卷，至1872年推出第五卷。这部皇皇巨著囊括了《论语》、《大学》、《中庸》（第一卷）、《孟子》（第二卷）、《尚书》、《竹书纪年》（第三卷）、《诗经》（第四卷）、《春秋》、《左传》（第五卷）。《中国经典》为理雅各赢得了世界声誉。其中，1871年翻译出版的英文全译本《诗经》，为《诗经》在西方传播的第一块里程碑，也是中国文学在西方流传的重要标志。该书"序论"中，译者理雅各对《诗经》的采集、流传、版本、笺注、格律、音韵，以及《诗经》所涉及的地理、政治、宗教和人文环境、历史背景等，以一个西方学者的眼光做了全面深入的考证论析。

这些儒家经典此前虽然也有一些片段翻译，但是对其完整译介的则是理雅各。1873年，理雅各游历中国北方，对中国的现实状况有了进一步的了解，并于该年结束自己的在华传教生涯，返回英国。三年后，牛津大学设立汉学讲席，理雅各担任首任汉学教授（1876—1897），从此开创了牛津大学的汉学研究传统。牛津期间，理雅各笔耕不辍，不断修订完善已经出版的《中国经典》各卷，与此同时，还相继完成了由英国著名比较宗教学家穆勒主编的《东方圣书》（The Sacred Books of the East）中的六卷《中国圣书》（The Sacred Books of China）的内容，具体包括收录《东方圣书》第三卷的《尚书》（The Shoo King）、《诗经之宗教内容》（The Religious Portion of the Shih King）、《孝经》（The Hsiao King），第十六卷的《易经》（The Yi King or Books of Changes），第二十七卷、二十八卷的《礼记》（The Li Ki or Books of Rites）及第三十九、四十卷的《道家文本》（The Texts of Taoism）。除此之外，理雅各还有一系列关于中国宗教文化的批评性论著，如《中华帝国的儒教》（Imperial Confucianism）及佛教方面的典籍如《佛国记》（A Record of Buddhist Kingdoms, Being an Account by the Chinese Fa-Hien of His Travels in India and Cylon in Search of the Buddhist Books of Discipline, 1886），以及《孔子——中国的圣贤》《孟子——中国的哲学家》《中国文学中的爱情故事》《中国编年史》《中国的诗》《中国古代文明》等多种译著。直到 1897 年 12 月辞世前他还翻译了《离骚》(1895)①。

理雅各最重要的译著都收录在《中国经典》与《中国圣书》之中,这是其译介生涯中的两座丰碑,《中国经典》也使其获得了欧洲汉学界"儒莲奖"第一人的殊荣。

(一) 翻译动机

作为一名伦敦布道会的传教士,理雅各来华首要目的是传教。实际上,理雅各在其少年时代,便已有机会接触中国典籍,这些典籍主要是由传教士米怜寄自中国的一些著述。到达香港后,随着对中国文化的不断接触,理雅各逐渐产生出深入了解中国文学及文化的意愿,由此开始思考一些涉及中国文化的深层问题:"我不是作为一位哲学家看中国,而是以哲学的眼光看中国。中国对我来说是个伟大的故事,我渴望了解其语言、历史、文学、伦理与社会形态。""儒、释、道的真实目的是什么?"②选择从儒、释、道三教的角度来认识中国文化的本质无疑是了解中国社会状况与中国人性格的有效途径。基于理雅各的传教士身份,最先将目光锁定在孔子及其儒家(儒教)经典上便是理所当然的事情。

与利玛窦秉持的"适应性传教"策略一样,理雅各选择了在深入理解中国文化的前提下来拓展自己的传教事业。"此项工作是必要的,因为这样才能使世界上的其他地方的人们了解这个伟大的帝国,我们的传教士才能有充分的智慧获得长久可靠的结果。我认为将孔子的著作译文与注释全部出版会大大促进未来的传教工作。"③在理雅各看来,传教士理当学习儒家思想,因为儒家思想既不同于佛教,又不同于印度婆罗门教,可以加以利用而不是对抗。因而,"不要以为花了太多功夫去熟悉孔子的著作是不值得的。只有这样在华传教士方能真正理解他们所要从事的事业。如果他们能避免驾着马车在孔夫子的庙宇周围横冲直撞,他们就有可能在人们心中迅速竖立起耶稣的神殿"。"只有透彻地掌握中国的经书,亲自考察中国圣贤所建立的道德体系、社会和政治生活的基础,才能与自己所

---

① 1895 年出版的《皇家亚洲学会杂志》第 27 卷上,发表了理雅各的《〈离骚〉诗及其作者》一文。该文中有《离骚》全文的英译文,另还翻译了王逸《楚辞章句》中对这部长诗的注释。这样,《离骚》全文首次由理雅各译介。

② Lauren F. Pfister, Some New Dimensions in the Study of the Works of James Legge(1815–1897), *Sino-Western Cultural Relations Journal* (USA), 1990, pp.30–31.

③ Helen Edith Legge, *Missionary and Scholar*, London: The Religious Tract Society, 1905, p.32, p.38.

处的地位和承担的职责相称".①

的确,理雅各以传教为起点,然而却以译介中国经典为终点。不可否认,传教的热忱是其译介事业的原动力,然而将理雅各一生译介中国经典的热情完全归结为宗教原因,则又有些以偏概全。在传教以外,或者说在为了传教目的而译介中国经典的过程中,理雅各开始逐渐对中国文化,如儒、释、道文化等产生好感,借此窥探中国人的道德、文明等诸种状况。因此,理雅各的译书工作难以排除传教以外的窥探异域文化的因素。

(二) 译介特色

1.《中国经典》

理雅各英译儒教"四书五经"的成就,使其成为后世汉学家们无法逾越的一座高峰。他的英译具有忠实于原文经典的倾向,最大程度上传达出了原文的韵味。当然此译介倾向也导致了另外一种结果,即为了直译汉语原文,而牺牲英文本身的特性。这样在读者看来,理雅各的译文更符合中国人的口味,呈现出某种汉化的倾向,而在英语世界读者那里,陌生感则较为明显。

理雅各译文的汉化倾向主要表现在:(以收入《中国经典》中的《论语》为例②)

(1) 尊重古文句式

子曰:"朝闻道,夕死可矣。"(4.8)

The Master said, "If a man in the morning hears the right way, he may die in the evening without regret."

子曰:"父母在,不远游,游必有方。"(4.19)

The Master said, "While his parents are alive, the son may not go abroad to a distance. If he does go abroad, he must have a fixed place to which he goes."

子曰:"知者乐水,仁者乐山。知者动,仁者静。知者乐,仁者寿。"(6.23)

The Master said, "The wise find pleasure in water; the virtuous find pleasure in

---

① James Legge, *The Chinese Classics*, Vol.2, Taipei: Southern Materials Center, Inc.1985, pp.37-38, p.95.
② 以下译文内容皆选自[英]理雅各译,刘重德、罗志野校注:《汉英四书》,长沙:湖南出版社,1992年。

hills. The wise are active; the virtuous are tranquil. The wise are joyful; the virtuous are long-lived."

子在川上曰:"逝者如斯夫,不舍昼夜。"(9.17)

The Master said, standing by a stream, "It passes on just like this, not ceasing day or night."

孔子曰:"君子有三戒:少之时,血气未定,戒之在色;及其壮也,血气方刚,戒之在斗;及其老也,血气既衰,戒之在得。"(16.7)

Confucius said, "There are three things which the superior man guards against. In youth, when the physical powers are not yet settled, he guards against lust. When he is strong, and the physical powers are full of vigour, he guards against quarrelsomeness. When he is old, and the animal powers are decayed, he guards against covetousness."

从上述几个例子可以看出,在句式上,理雅各最大程度上保留了中文的表述特色。

(2)将原文分层次、分段翻译。如:

子曰:"学而时习之,不亦说乎?有朋自远方来,不亦乐乎?人不知而不愠,不亦君子乎?"

The Master said, "Is it not pleasant to learn with a constant perseverance and a application?

"Is it not delightful to have friends coming from distant quarters?

"Is he not a man of complete virtue, who feels no discomposure though men may take no note of him?"

(3)注释等译文之外的辅助手段

理雅各对中国经典的译介并不仅仅只是翻译其内容,在译本前言等内容中,皆有大量的研究性文字解释。如在《孟子》的译介中,译文之前,既有学术性的研究内容,也介绍了孟子的相关情况,包括孟子的著作(汉朝及其以前关于孟子的评价、赵岐对于孔子的评价、其他注释者、完整性、作者及在儒家经典中的位置);孟子及其观点(孟子的生平、孟子的观点及其影响、附录荀子等人对于人性善恶的观点);杨朱和墨翟(杨朱的观点、墨翟的观点)。而在收有《论语》《大学》《中庸》的《中国经典》第一卷中,理雅各也并不仅仅局限于翻译,而是在第一章中概述中国的经典、哪些书籍是经典、经典的权威性;第二章探讨《论语》,包括《论语》的作者、写作的时间及真伪,以及关于《论语》的相关研究状况,并在第五章介绍了孔子的弟子及孔子思想的影响等。《尚书》译文中则追溯了秦始皇"焚书坑儒"的历史事件,同时也论述了《尚书》的真伪与成书时间。而《春秋》(与《左传》合为《中国经典》第五卷)则主要由《春秋》的价值、《春秋》的编年及春秋时期的中国这几部分完成。同时,理雅各还善于比较儒教思想与基督教思想。如关于孟子,理雅各认为孟子作为道德教师与为政导师的不足之处在于:他不知上帝的启示,不探索未来,从未意识到人类的弱点(即基督教所说的罪),从未仰望上帝寻找真理,他很大的弱点就是自我满足。这就是东西方心态的不同。了解自我是学会谦卑的重要一步,但孟子没有做到。作为为政之师,孟子的弱点与孔子是一样的,只知道他那个时代的需求,而不知道这个世界上还有那么多独立的民族,而统治阶级却乐意接受他的观点,以至于时至晚清,清朝政府在外国人面前从未放弃"天朝大国"的优越感。即使被蒙古人和鞑靼人征服的历史也没有摧毁这种自大的感觉,也由于如此心态而拒绝基督教的传播。① 也正是理雅各以宗教作为译经的主要出发点,因此,其讨论的内容也总是牵涉到宗教,而忽视了经典的文学性,如对于《论语》的评价,理雅各并不重点介绍《论语》中孔子的主要思想,而是侧重于论述儒家思想缺乏宗教意识,而这些内容对于普通读者而言并不具有吸引力。但是,对于孔子,理雅各则怀着尊敬之心。由此可见理雅各从传教需要而译经到逐渐青睐中国经典这一演变过程中,对于经典的认识依旧是从宗教的角度出发的。对于《大学》,理雅各认为《大学》的论证过程并没有与其初衷协调一致。尽管如此,他还是对诸如"道得众则得国;失众则失国","以身作则"等思想表示好感。理雅各认为西方的政府管理忽略了这一点。② 而对于《中庸》,理雅各"有大量基于基督教教义的论述,认为作者滋长了国民的骄傲情绪,把圣贤上升到上帝的位置并大为崇拜,给民众灌输他们不需要上帝帮助的思想,这与基督教的思想是冲突的。这样的经典反而只能证明他们的先父既不知道上帝,也不了解自己"③。而对于

---

① 参见岳峰:《架设东西方的桥梁——英国汉学家理雅各研究》,福州:福建人民出版社,2004年,第179页。
② 同上,第177页。
③ 同上,第179页。

《春秋》这部史书,理雅各则"用了大量例子说明《春秋》失实的情况,包括忽视、隐瞒与歪曲三种。总体上认为孔子这部著作没有价值,对该书何以受到中国人如此推崇很疑惑。他提出:《春秋》有许多不实之处,《春秋》与《左传》有数以百计的矛盾之处",并且"《春秋》对其后的史书——《吕氏春秋》《楚汉春秋》《史记》《汉书》《资治通鉴》等直至晚清的史书——产生了恶劣的影响,都有失实的问题"。①

抛开这些宗教性的对比评述不论,理雅各对于这些经典的译介基本上谨从原文。前文已提及,这种尽量尊重原文的倾向对于那些不了解中国文化的英语读者来说,读来就显得比较晦涩难懂。为此理雅各在译文以外用了大量注释来说明,而且这些注释的容量往往大大超过译文本身。注释的内容包括:一是说明某事件发生的背景,也包括对于人物及作品等的说明。如关于《孟子》,理雅各便先解题,同时说明孟子是中国历史上的一位哲学家;又如关于《论语·雍也》所言"子见南子,子路不说",理雅各对此解释说:"南子是卫灵公的姬妾,她以淫荡著称,因此子路很不高兴。"②二是对经文做出自己的评价,如对于《论语》中孔子所言"父为子隐,子为父隐"的异议等。三是提供经文的其他解释,这种方法也为西方读者更好地了解儒家的经典提供了条件。这些注释所花费的精力超过了译介原文所需时间,凝结着理雅各大量的心血,也成为其译文的重要组成部分。仅从这点来看,理雅各的翻译称得上一种学者型的翻译,对有志于研究中国文学文化的读者,其针对性更强。相反,对于一般读者而言,这些注释会显得较为冗长。但理雅各认为:"我希望读者能够理解译者的一片苦心。对于那些长长的评注,或许会有百分之九十九的读者不屑一读,但在一百个中只要有一位读者不这么认为,我就为他做这些注释。"③由此可以看出理雅各作为一位传教士汉学家所具有的决心与毅力。以《孟子·梁惠王上》中"寡人之于国也"一则为例,理雅各将其分为了五段,在页下对相关段落进行注解,理雅各首先对这则从整体上进行说明④:

Half measures are of little use. If a prince carries out faithfully the great principles of

---

① 参见岳峰:《架设东西方的桥梁——英国汉学家理雅各研究》,福州:福建人民出版社,2004年,第180页。
② James Legge, *The Chinese Classics*, Vol.1, Taipei: Southern Materials Center, Inc., 1985, p.127.
③ Helen Edith Legge, *Missionary and Scholar*, London: The Religious Tract Society, 1905, p.42.
④ James Legge, *The Chinese Classics*, Vol.Ⅱ, London: Trubner & CO., 57 & 59, Ludgate Hill, 1875, p.127 以下《孟子》选文皆从该书,不再赘述。

royal government, the people will make him king.

如其中的第一段:

原文:梁惠王曰:"寡人之于国也,尽心焉耳矣。河内凶,则移其民于河东,移其粟于河内。河东凶亦然。察邻国之政,无如寡人之用心者。邻国之民不加少,寡人之民不加多,何也?"

译文:King Hwny of Leang said, "Small as my virtue is, in [the government of] my kingdom, I do indeed exert my mind to the utmost. If the year be bad inside the Ho, I remove [as many of] the people [as] I can to the east of it, and convey grain to the country inside. If the year be bad on the east of the river, I act on the same plan. On examining the governmental methods of the neighbouring kingdoms, I do not find there is any [ruler] who exerts his mind as I do. And yet the people of the neighbouring kings do not decrease, nor do my people increase; how is this?"

注释:A prince was wont to speak of himself as "the small or deficient man", and so King Hwny calls himself here. I have translated it by "small as my virtue is, I"; but hereafter I will generally translate the phrase simply by I. "Inside the Ho" and "East of the Ho" were the names of two tracts in Wei. The former remains in the district of Honny (meaning inside the Ho), in the department of Hwae-k'ing, Ho-nan. The latter, according to the geographers, should he found in the present Heae Chow, Shan-se; but this seems too far away from the other. (解释了"寡人"一词的由来及自己的翻译方法,并解释了"河东"与"河内"的位置)

又如其中的第三段:

原文:不违农时,谷不可胜食也;数罟不入洿池,鱼鳖不可胜食也;斧斤以时入山林,材木不可胜用,是使民养生丧死无憾也。养生丧死无憾,王道之始也。

译文:If the seasons of husbandry be not interfered with, the grain will be more than can be eaten. If close nets are not allowed to enter the pools and ponds, the fish and turtles will be more than can be consumed. If the axes and bills enter the hill-forests [only] at the proper times, the wood will be more than can be eaten, and there is more wood than can be used. This enables the people to nourish their living and do all offices for their dead, without any feeling against any. [But] this condition, in which [the people] nourish their living, and do all offices to their dead without having any feeling against any, is the first step in the Royal way.

注释:

Par. 3. contains the first principles of Royal government, in contrast with the king's expedients as detailed by him in Par. 1. The seasons of husbandry were spring, summer, and autumn. The government should undertake no military expeditions or public works in them. Close nets would take the small fish, whereas these, if left untouched, would grow and increase. Genenrally the time to take firewood from the forests was when the groth for the year was over; but there were many regulations on this point. (进一步解释孟子所提到的这些做法)

由上文的译介及其注释可以看到,译文中括号的内容主要用于使英文句子的表达更加流畅,这在一定程度上可以弥补理雅各以中文句式来译介的表述欠缺;其次,具体而翔实的注释涵盖了更多的信息量,这些信息主要涉及中国文化的方方面面,如上文所提到的"寡人"一词。正如理雅各自己所言:"(译者)没有改动的自由,除非原文直译出来会让人绝对看不懂。"①实际上,对于西方的读者而言,在对"中国"的了解不够深入的前提下,拥有大量关于中国文化信息量的注释更具价值。可以想象,与之相对应的是,理雅各在注释上所做的工作必定不会少于译文本身。因此,理雅各的译文也被认为是"从头到尾都是忠实的",也正是因为这点,"有的时候为了忠实,他的表达从英语角度来说可能不总是特别流畅完美"。②

2.《中国圣书》

《东方圣书》中关于中国部分的内容(以下简称《中国圣书》)主要收录于其中的第三、十六、二十七、二十八、三十九、四十卷。从初版的时间上来说,《中国圣书》的初版时间要晚于《中国经典》,也显示出了理雅各意欲从更大范围内来了解中国文化的丰富多彩,而不仅仅局限于儒家文化。因此,在《中国圣书》中不仅延续了理雅各长久以来的译介领域(即儒家文化经典),并且将自己的译介触角探

---

① James Legge, *The Chinese Classics*, Vol.1, "Prolegomena".
② Helen Edith Legge, *Missionary and Scholar*, London: The Religious Tract Society, 1905, pp.211-212.

到了儒家以外的道家文化与佛家文化,这方面的译介成果主要是《道家文本》(其中包括老子的《道德经》和《庄子》,1891)和《佛国记》(又名《法显游记》,1886)。除此之外,还完成了《楚辞》的部分译介。对于儒、释、道三家的简介及代表作品,理雅各在《东方圣书》第三卷的序言中有所介绍。

关于《周易》的译本,在理雅各之前已有一些汉学家迻译,如早期法国传教士金尼阁、比利时耶稣会士柏应理等,而法国传教士白晋(Joachim Bouvet,1656—1730)对《周易》的研究则对莱布尼茨产生了一定的影响。西方第一本完整的《周易》译本是由法国传教士雷孝思(Jean-Baptise Regis,1663—1738)用拉丁文翻译的《易经》。当时的英译本也由于种种原因而欠缺规范。理雅各完整翻译了《周易》的"经"与"传"部分,并指出《周易》"形式上的独特性使它在翻译成可理解的译文时成了所有儒家经典中最困难的"①,不仅其中文文本具有博大、艰深、难解的特点,而且由于理雅各在译介过程中力求达到"和中文原文一样简洁",又使其翻译更是难上加难。理雅各所译《周易》是当时英译本中最具权威的译本,在译介的过程中,译者也逐渐形成了对《周易》的独特见解。对于"经"与"传"的作者问题,理雅各在序言中强调说:"我现在认识到,关于'经'与'传',孔子只可能创作了后者,二者前后相差近700年,并且在主题关系上也并不一致。我正确理解的第一步是按照原文来研究经文,这样做很简单,因为1715年的官方版本就包括了所有的批评注释等,从而使'经''传'保持了分离状态。"②强调"经"与"传"的分离是理雅各译介《周易》的前提,这与他的思维习惯有一定关系。中国的学者将部分"传"文的内容与经文内容杂糅在一起的方法,在理雅各看来显得缺乏系统上的逻辑性,而逻辑性的缺乏在他看来主要是由于二者并非出于一人之手。因此,对于"传"的作者问题,理雅各更认同一种比较折中的观点:"当我们有足够的证据证明'传'的大部分并非出自孔子之手时,我们就不能说任何部分都出于他的笔下,除非那些编辑者介绍为'子曰'的段落。"③除了经传分离这一特点,理雅各还力求使其《周易》译本尽量与"中文一样简洁",但是这也仅仅是一种努力而

---

① [英]理雅各译,秦颖、秦穗校注:《周易》,长沙:湖南出版社,1993年。Legge's Preface and Introduction,pp.513-518.
② Ibid., p.513.
③ Ibid.

已。实际上,理雅各在翻译的过程中,总是"附加大量的插入语",希望借这样的一种译介方式可以"使译本对于读者而言是可理解的"①。

《东方圣书》第三卷是理雅各所翻译的《尚书》《诗经》《孝经》三经,与《中国经典》的模式一样,理雅各的译介并不只涉及原文,而是在译文之前首先对这些经书予以介绍。关于《尚书》,理雅各主要从其历史与性质、记载内容的可信度、其中的主要朝代与中国纪年三个方面来介绍,具体包括《尚书》名字的来历、孔子的编撰及秦始皇焚书后《尚书》的消失与保存。此外,理雅各还试图通过《尚书》来整理夏商周时期中国的断代细节问题,当然他并非没有意识到其中的难度:"从《尚书》中得出较为具体的编年系统几乎是不可能的。"②由此不难看出,理雅各在译介中国经典时,已表现出相当自觉的研究意识。关于夏商周的断代问题直到当代仍然存疑,而理雅各在其所处时代就对这一问题表现出了极大的兴趣与关注度。他在《尚书》的介绍中简述了中国历代学者在这一问题上所取得的成果,还介绍了虞、夏、商、周及尧、舜、禹等各个时代,同时列举了国外学者在这一问题上的相关研究成果,理雅各在末尾附上了中国地理位置图及历代年表。

从关于《诗经》的介绍来看,理雅各在很大程度上将《诗经》当作一部历史文献资料来看待,即从历史角度,而非文学角度,对《诗经》进行整体的观照。这种研究的视角与方法在理雅各那里是一以贯之的。理雅各首先介绍了"诗"一字的意义——"说到《诗》或《诗经》的时候指的是诗歌集"③,《诗经》的主要内容,《诗经》中所涉及的宗教题材;其后主要介绍了司马迁所记载的《诗经》、孔子编订的《诗经》及直至当代(理雅各时代)认可的版本的演化(主要介绍了秦始皇焚书事件对保存《诗经》的影响、"三家诗"的不同);此外也探讨了一些《诗经》内部的问题,如《诗经》中篇目小与不完整的特点、诗歌的作者、《诗经》的诠释等。

至于《孝经》,理雅各所采用的方法基本上与译介《尚书》《诗经》的做法类似:解释"孝"的由来、《孝经》的演变与流传及经学家们的相关研究成果等。可以说,理雅各译介的态度与他的文风相同,都具有平实的特点,亦有可能受到了中国经

---

① [英]理雅各译,秦颖、秦穗校注:《周易》,长沙:湖南出版社,1993年。Legge's Preface and Introduction, p.515.
② *The Sacred Books of the East*, Vol. Ⅲ, translated by James Legge, and edited by F. Max Müller, Oxford: Clarendon Press, 1899, p.20.
③ Ibid., p.275.

学特点的影响。就专业性而言,或从中国读者的角度来说,理雅各的译本达到了一个较高的水平,成为后世英国汉学家难以企及的范本。

除了儒家经典,道家经典也进入了理雅各的视野,标志着理雅各全面认识中国文化的开始。①《东方圣书》的第三十九卷与第四十卷集中展示了理雅各关于道家文化的认识水平,涉及其对于"道"的认知及道家两部经典《老子》(《道德经》或《太上感应篇》)与《庄子》(《南华经》)的译介。不仅如此,理雅各还考虑到了唐宋时期道家的发展,同样具有较开阔的学术视野。也就是说,理雅各在译介道家经典的同时,也大致梳理出了道家发展的一个基本脉络,因而具有学术史的价值。"行动报应论向我们呈现出了 11 世纪的道家在道德与伦理方面的某些特点;在早期的两部(道家)经典著作中,我们发现它(指道家——笔者注)在更大程度上是作为一部哲学思辨的著作而不是一部普通意义上的宗教著作。直到(我们的)1 世纪佛教进入中国后,道家才将自己组织成为一种宗教,拥有自己的寺院和僧侣、自己的偶像和章程。"②"在不同的阶段,它(指道家)处于不同的变化发展中,如今它是以一种佛教退化了的附属物,而不是以老子、庄子的哲学发展而吸引着我们的注意。"③对于道家的认识,理雅各的理解与认识并没有偏离其在中国的原意。这与理雅各和中国学者的合作是分不开的。理雅各在序言的最后也表示对于中国本土学者的感谢,认为他们帮助自己节约了许多时间,但结果却有可能使译本呈现出的变化不大。此外,从理雅各所介绍的内容来看,他在一定程度上也具有了"比较"的意识,对此,我们姑且将之称为"不自觉的比较意识"。这主要表现在除了对于中国儒、释、道三家的认识,还提到了中西交流的一些重要事件,如 7 世纪基督教的传入与在西安的墓碑④及 13 世纪罗马教会派遣教士到中国,但却没有留下文字的记载等事件。在理雅各看来,道家以两部代表作品出发,从而延伸出与之相关的注释、阐释等。《老子》一支的代表人物及研究著作包括司马迁、列子、韩非子及为《老子》做注的王弼;而《庄子》则是对道家的补充。当然

---

① 《东方圣书》第二十七、二十八卷也主要是儒家经典《礼记》,其译介情况此处从略。理雅各对当时中国存在的儒、释、道及基督教都有相关介绍。
② *The Sacred Books of the East*, Vol. XXXIX, translated by James Legge, and edited by F. Max Muller, Oxford:Clarendon Press,1891,Preface,pp.xi-xii.
③ Ibid., p.xii.
④ 也就是现在所说的景教,基督教的一种。

鉴于理雅各传教士的身份,其中也不乏宗教方面的内容,如对于"天"与"上帝"的讨论等。

与儒家经典的翻译一样,《老子》与《庄子》的译介也附有大量的注释。但是对于《庄子》,理雅各并没有像儒家经典那样全译,而是采用了节译的方式。而对于《庄子》中的内篇、外篇及杂篇中的共三十三篇则有分别的介绍,这种介绍方式主要以"段"(paragraph)为单位。①

《中国经典》与《东方圣书》里中国经典的部分是理雅各一生汉学成就的代表。在中国学者的帮助下,理雅各以尽量接近中文原文的方式译介了中国的许多经典。其范围不仅仅只在儒家经典领域,也涉及道家与佛家;在译文的风格上,理雅各的译文可称为学者型翻译的典型,大量的注释可以为证。学者型的风格还表现在理雅各在译介过程中加入了自己的研究,这主要体现在两个方面:一是梳理该问题在中国学术领域内的流变与发展;二是梳理既有的国外关于该问题的研究成果。而这些研究的视角主要是从历史的角度出发,因此,理雅各的著作便显得学术性十足,从而也就显得有些曲高和寡。② 当然,这主要针对的是那些一般的英语读者,而对于汉学家而言,理雅各的译著则是难能可贵的学术著作,翟林奈(Lionel Giles,1875—1958)曾经这么评价理雅各的译介:"五十余年来,使得英国读者皆能博览孔子经典者,吾人不能不感激理雅各氏不朽之作也。"③理雅各在经学译介上的成就成为后来欧洲汉学家无法跨越的里程碑,为那些从事汉学研究的汉学家们开启了一扇通往中国文化核心的大门。这种系统译介的影响之大,使紧随其后的另一位英国汉学家翟理斯,也将理雅各经学上既有的成果纳入了他所要挖掘的中国文学部分,由此可见一斑。

二、德庇时译介中国文学

出生于伦敦的德庇时,于1813年开始在广州东印度公司的一家商行工作,并

---

① 以上关于理雅各译介中国经典的部分,笔者指导的研究生徐静参与了讨论,并提供了初步的解读文字。
② 理雅各作品的再版次数远远不如翟理斯译作,这可以从侧面说明这一问题。
③ 转引自忻平:《王韬评传》,上海:华东师范大学出版社,1990年,第79页。

学习汉语。他作为阿美士德使团的汉文正使曾于 1816 年前往北京。使团使命失败后,他在澳门和广州居住,继续经商和学习中文。1828 年至 1829 年利用皇家亚洲学会创立的"东方翻译基金"(Oriental Translation Fund),先后翻译了《贤文书》《汉文诗解》《好逑传》《汉宫秋》等著作。1832 年,由于他精明能干又精通汉语,德庇时担任东印度公司在远东设置的最高职位——东印度公司广州特派员会主席。1833 年,英国政府取消了东印度公司的对华贸易特权后,任命德庇时为主营驻华第二商务监督;1834 年,升为商务监督。由于清政府拒绝承认商务监督的使命,德庇时本人不喜欢新的自由贸易制度和举止粗俗的外国投机商,于 1835 年 12 月离任回国。回国后,德庇时撰写了《中国人——中华帝国及其居民概述》(The Chinese: A General Description of the Empire of China and Its Inhabitants, 1836)、《中国见闻录》(Sketches of China; Partly during an Inland Journey of Four Months, between Peking, Nanking, and Canton; with Notices and Observations Relative to the Present War, 1841)等著述。1844 年,德庇时抵达香港,接替璞鼎查的职务,任英国驻华全权代表、商务监督和香港总督。

德庇时认为,英国人在诸多知识领域取得了巨大进步,唯独在与中华帝国(包括中国文学)有关的方面所取得的进展简直微不足道,而法国人差不多一个世纪以来就一直勤勉而成功地进行着研究。为此,他呼吁英国同胞即使从中英两国日益增强的商业联系方面考虑,也要重视中国文学。① 他说:"耶稣会士以及那些偏见更大的天主教传教士们,两个多世纪以来一直致力于英中两国之间有趣而有益的交流。他们努力用朦胧而概括的断言说服大家,中国是一个智者的民族,对文字的热爱是举世公认的,自觉的学习使他们通往富裕和崇高之路。政府的最高职位向社会地位最低的人开放。政府管理英明,一个极平常的事实是,如果不好好学习,王子们也会悄悄地沉沦为最无知的贫民。然而,那通往国家最高职位的一

---

① 见德庇时为其所编译的《中国小说选》(1822 年由伦敦约翰·默里公司刊行)而写的长篇序言。本书全名:*Chinese novels, translated from the originals; to which are added proverbs and moral maxims, collected from their classical books and other source. The whole prefaced by observations on the language and literature of China.* 目次为:Observations on the language and literature of China; The shadow in the water; The twin sister; The three dedicated chambers; Chinese proverbs.

纸考试文凭……是人类智慧的完美理想,是作为伟大的政治家不可缺少的资格。"①然而,德庇时指出,他们忽视了这个国家(中国)在诗词、戏剧舞台表现趣味方面所取得的非凡成就。加上去中国的旅行者如此稀少,使得英国对赫赫有名的中国纯美文学(belles lettres)浑然不知。英国人被那些传教士们偏激的思想所误导,只尊重那些过多褒扬上古尧舜美德的古代典籍,而无暇关注现代文学的总体状况②。

德庇时进一步认为,对中国文学的某些方面如有更详尽的了解,即能使英国人更精确地判断这个国家国民的真正性格,比如那些奇特的中国人在生活中是如何行动、如何思考的。被供奉在私人房间里、寺庙里,以及道路两旁等所有公共场所里的孔子,曾说过很多精细的道德情感,通过阅读中国文学,我们也可以了解他的这些情感在现实生活中的表现。③ 德庇时爵士对英国汉学所做的贡献,要比英国汉学家翟理斯早整整半个世纪。

(一) 德庇时对中国戏剧的译介

1817年,德庇时用英文翻译了元代戏曲家武汉臣的杂剧《散家财天赐老生儿》,他的标题为《老生儿:中国戏剧》(Laou-Sheng-Urh or An Heir in His Old Age),由伦敦约翰·默里(John Murray)出版公司刊行。④ 德庇时为此英译本写了长达42页的介绍,题为《中国戏剧及其舞台表现简介》,详尽介绍了戏班子的结构、演出的各种场合及表演手法等。

德庇时总结了自1692年至他撰著该书为止散见于各种报刊上的欧洲外交使官与旅行者涉及中国皇家戏曲的所见所闻。在这些欧洲人所见中国戏曲里,有令

---

① John Francis Davis, "Laou-Sheng-Urh, or An Heir in His Old Age," *The Quarterly Review*, January 1817, pp.396–397.
② John Francis Davis, "A Brief View of the Chinese Drama and of Their Theatrical Exhibition," *Laou-Sheng-Urh, or An Heir in His Old Age*, London:John Murray, 1817, pp.Ⅲ–Ⅳ.
③ 德庇时的《中国杂记》(*Chinese Miscellanies: A Collection of Essays and Notes*),其中第4章"19世纪上半叶英国汉学的产生与发展"(Chapter Four: Early Beginning and Development of Chinese Literature in Great Britain—the First Half of the 19th Century)已经由上海图书馆徐家汇藏书楼王仁芳馆员翻译成中文,刊于《海外中国学评论》第2期。
④ 德庇时在其《中国诗作》(*The Poetry of the Chinese*, 1870)一书里曾引用《老生儿》的八行曲文,作为对偶句的例证。另外,《老生儿》的又一英译本,由帕克斯·罗宾逊(Pax Robertson)选译,题名《刘员外》(*Lew Yuen Wae*)于1923年在伦敦切尔西(Chelsea)出版公司刊印。

人眼花缭乱的杂技、珠光宝气的戏曲服装,以及戏曲演员的优美指法;他们所见到的戏剧人物有穿黄袍的帝王、涂花脸的将军、从烟雾中走出的仙人鬼怪,以及插科打诨的小丑;他们所观剧目中有悲剧、喜剧、历史剧和生活剧;他们也注意到中国戏曲语言是有说有唱有朗诵的,而最使欧洲观众感兴趣的是体现在戏曲武打和模仿动物之中的虚拟程式动作。

德庇时也注意到中国很早以前就兴起了戏剧舞台表演,并在后来发展成为宫廷的公共娱乐。他说,一个中国戏班子在任何时候只要用两三个钟头就可搭成一个戏台,并介绍了搭建一个舞台所需要的全部物品:几根竹竿用来支撑席编台顶,舞台的台面由木板拼成,高于地面六七英尺,几块有图案的布幅用来遮盖舞台的三面,前面完全空出。同时,通过对比欧洲的现代舞台,德庇时指出中国的戏曲舞台并没有模拟现实的布景来配合故事的演出:这样,一位将军受命远征,他骑上一根细棍,或者挥动一根马鞭,或者牵动缰绳,在一阵锣鼓喇叭声中绕场走上三四圈,然后,他停下,告诉观众他走到了哪里;如果一堵城墙要被推翻,三四个士兵叠着躺在台上来表示那堵墙;如果有几位女士要去采花,你就要把舞台想象成一个花园,或者根据需要我们还得把舞台想象成一片废墟,一块岩石,一个岩洞;如果两支军队挺进了,我们又得把舞台想象成一个战场,而在欧洲,直到1605年移动布景才由琼斯(Jones Inigo,1573—1652)在牛津设计出来。

在序言中德庇时还提到了中国的戏剧演员难以受人尊敬的处境,同时又宣称世界上没有一个民族像中国人那样与自己所宣布的原则不相符合。他举了一个例子:乾隆皇帝后期便把一个演员迎入宫中立为妃子。而在希腊和罗马的戏剧中,是禁止女性出现的,但后来在中国的戏剧中出现了女演员,有时候由太监扮演。莎士比亚戏剧中温柔、细腻的女性在其有生之年也没有由女性扮演,直到1660年,伯特顿夫人(Mrs. Betterton,1637—1712)才第一次表演朱丽叶(Juliet)和奥菲莉亚(Ophelia)。德庇时说在中国任何一种法律中,都没有禁止女人登上舞台表演的规定,而在任何表演中,前代的皇帝、皇后、王侯将相永远是最常见的戏剧主题;中国的客栈常常为客人们准备戏剧表演,正如伊丽莎白时代的英格兰小旅店,也常常在院子里有戏剧表演一样。

德庇时对来华传教士们未能传达一些中国戏剧舞台的表演信息而表示遗憾,指出这使欧洲人不能了解中国的戏剧是一种尊贵的艺术,中国人是一个文雅的民族。同时,他还比较中国戏剧的开场或序幕与希腊戏剧特别是欧里庇得斯悲剧的开场,指出两者如此相似,都由主要人物上场宣布人物,以便使观众进入到故事情节中,戏剧对白均用通俗的口语。在中国戏剧中,爱恨情仇的感情都融合在唱词中,演员根据情感表达的需要或者自己的情势在柔和或者喧嚣的气氛中演唱。中国戏剧唱词的创作在悲剧中比在喜剧里更为流行,这也与古希腊悲剧中的合唱词相似。同样有如古希腊悲剧的合唱,中国戏剧中的唱词在演唱时也伴有音乐。剧本里的诗化唱词主要展示人物的悲喜爱恨等情绪,这在悲剧中又远比在喜剧里多得多,其形式亦像希腊悲剧里的合唱词。德庇时在译介过程中,觉得这些诗化唱词好像主要为取悦观众的听觉,当然也借此表达人物的内心世界。

从德庇时的简介来看,他似乎不了解中国有各种戏剧文体的存在,尽管他指出他所翻译的《老生儿》是出自《元人百种曲》。《老生儿》是第一部直接译成英文的中国戏剧,德庇时在译本中保持了诗体与对话体,但是去掉了原文他所认为的不雅之语及一些重复的叙述。1817 年,《评论季刊》(*Quarterly Review*)第 14 期 1 月号在第 396~416 页载文,对德庇时的这个译本《老生儿:中国戏剧》做了较高评价。1829 年,《亚洲杂志》第 28 卷,7~12 月号第 145~148 页也有涉及德庇时所译《老生儿》的评论文章。

德庇时还用英文出版了马致远的元杂剧《汉宫秋》(*Han Koong Tsew, or, The Sorrows of Han*),发表于他的英文著作 *The Fortune Union, a Romance* 第二卷,由伦敦东方翻译基金会于 1829 年刊行。虽然德庇时知道中国戏剧没有明确的悲喜剧的界限,他仍然称《汉宫秋》为悲剧,因为觉得该剧符合欧洲的悲剧的定义:"此剧行动的统一是完整的,比我们现时的舞台还要遵守时间与地点的统一。它的主题的庄严、人物的高贵、气氛的悲壮和场次的严密能满足古希腊三一律最顽固的敬慕者。"《汉宫秋》描写唐明皇与杨贵妃的爱情悲剧,本来就哀婉缠绵,加上译笔颇佳,因而出版后在英国引起巨大反响。英译本《汉宫秋》也被推许为德庇时译著中的代表作。此英译本的问世,纠正了利玛窦说"中国戏剧很少有动人的爱情故事"而给欧洲人造成的错误印象。在这一译本的序言中,德庇时没有提供有关中国戏曲演出的更详尽信息,只是注明所有的中国剧本都配有一种不规则的唱腔,有时强时弱的音乐伴奏。德庇时在介绍论述中常常将中国戏剧与古希腊及莎士比亚的戏剧进行比较,这使得他对中国戏剧的介绍更能被英语世界接受,可以说他为西方世界了解中国舞台表演传统做出了开创性的贡献。

(二) 德庇时对中国诗歌的译介

关于中国古诗的译介,德庇时也有所涉及。1830 年在伦敦出版的《皇家亚洲学会会议纪要》(*Transactions of the Royal Asiatic Society of Great Britain and Ireland*)第 2 卷第 393~461 页,刊载了德庇时于 1829 年 5 月 2 日在皇家亚洲学会会议上宣读的论文《汉文诗解》(*Poeseos Sinensis Commentatii*, XXI. *On the Poetry of the Chinse*)。该文分为两部分。第一部分详细介绍中国诗歌的韵律问题,包括六个方面:(1)中国语言的发音及其在韵律创作方面的适应性;(2)中国语言的声调、节奏,一些声调、口音在遵守创作规则时的变化;(3)中国各体诗歌的字数;(4)中国诗歌韵语中的词组与音步;(5)中国诗歌韵语的诸格律;(6)中国诗歌韵语的对仗。第二部分则从总体上把握中国诗歌的风格与精神(style and spirit)、想象与情感(imagery and sentiment)及其详细分类(precise classification)等。德庇时在文中以中文、拼音、英文译文三者对照的形式引用了相当多的中国诗歌为例子,既有从《诗经》《乐府诗集》到唐诗、清诗中的诗歌作品,也有《三国演义》《好逑传》《红楼梦》等明清小说中的诗歌和《长生殿》等清代戏曲中的唱词,以及《三字经》片段等,涉及广泛。① 其中,两首李白诗作《赠汪伦》(*The Inlet of Peach Blossoms*)和《晓晴》(*An Evening Shower in Spring*)及《红楼梦》第三回中两首《西江月》都是首次译成英文。

德庇时指出英国诗人认为在诗歌中一直出现单音节词(low words)是不合适的,尽管蒲伯在其诗歌里多次使用单音节词,而中国诗歌在一首诗中有时竟然有十个单音节词。中国诗歌中的每一个汉字,不仅仅被当作一个简单的音节,更应被看成是相当于其他语言中的音步。中国诗歌有很大部分是双音节的,吟诵时往往被重读或者拖长声调,然而在英语诗歌中非重读的部分,往往被模糊发音。

在他看来,中国诗歌中往往以最少的字数开头以形成一个可数的诗行,常常

---

① John Francis Davis, "Poeseos Sinensis Commentatii. XXI," *On the Poetry of the Chinse*. Transactions of the Royal Asiatic Society of Great Britain and Ireland, 1830, Vol. II, pp.393-461. 到 1834 年,该文由东印度公司印刷所在澳门出版单行本,题名改为《汉文诗解 *Poeseos Sinensis Commentarii. On the Poetry of the Chinese*, (From the Royal Asiatic Transactions) to which are added, Translations & Detached Pieces》。1870 年伦敦阿谢尔出版公司出版增订版。

以三字开头,像流行音乐中的叠歌一样一遍遍地重复。这种歌被称为"曲"。德庇时以《乐府诗集·卷五十·江南曲》为例,认为这种短行的诗也组成了一种像编钟发出的乐音一样的和谐格言来灌输道德规范,无疑可以增加记忆。

德庇时在该书中认识到,《诗经》作为中国最古老的诗歌总集是两千多年前由孔子(Confucius)编辑而成的,分为四个部分:《国风》(*Kwoh foong, or the Manner of Different States*)、《大雅》(*Ta-ya*)、《小雅》(*Seaon-ya*)和《颂》(*Soong*)。像其他国家最早的诗歌集一样,《诗经》也是由歌(songs)和长诗(odes)组成的。如果把中国诗歌的发展进步比作一棵在自然界中生长的树,他认为《诗经》相当于这棵树的树根,《楚辞》使这棵树发芽,到了秦汉时期就有了很多叶子,到唐代则形成了很多树荫,枝繁叶茂,硕果累累。他同样认识到,给予中国人这么多快乐的诗歌艺术,如果没有严格的诗律,没有经过历代诗人们辛勤的培育熏陶,就无法取得如此辉煌的成就。

关于诗歌吟诵时的停顿,德庇时指出在中国的七字诗(七言)中,往往是在第四个字后面停顿。如果是五字诗(五言),往往在第二个字后面停顿,并例举《好逑传》里的诗句、《莫愁诗》、欧阳修的《远山》诗和《文昌帝君孝经》等加以说明。他在用欧美方式标注汉语拼音时,其停顿部分用短横线表示出来,译文中也用短横线标出停顿。德庇时对中国诗歌里的偶句押韵亦有所介绍,指出中国诗歌一首通常是四行(指的是绝句)或者八行(指的是律诗):四行诗一般是二、四句押韵,八行诗一般是二、四、六句押韵。在句子末尾押韵,韵由第二句的末尾音节决定。他同时指出对仗在中国诗词中广泛出现,形成了中国文学的人工艺术之美,并举《好逑传》中的对仗句式"孤行不畏全凭胆,冷脸骄人要有才。胆似子龙重出世,才如李白再生来",以描述铁中玉的勇敢和能力。德庇时还分析了中国诗歌对仗的类型:同义对仗、反义对仗和复合对仗,并例举多个诗句逐一解释这三类对仗形式,而且进一步说中国诗歌创作结构上的对仗渐渐扩展到散文的创作之中,比如北宋时期邵康成《戒子孙》中"上品之人,不教而善;中品之人,教而后善;下品之人,教而不善"①。德庇时对中国文学里的这种对仗手法总体上是肯定的,认为它

---

① 德庇时认为这几句话与赫西俄德《工作与时日》中的几句诗意思相近:He indeed is the best of all men, who of himself is wise in all things; though he is good, who follows a good instructor: But he who is neither wise of himself, nor, in listening to another, remains mindful of advice—this is the worthless man.

提高了写作的难度,也增加了创作的价值,还对比法国悲剧里所运用的类似对仗手法,指出这使得法国悲剧的节奏性更持久,戏剧更严整。

德庇时认为,中国的唐代是中国诗歌发展最重要的时期,并特别介绍了李白的诗酒故事,并称中国的诗人性格与酒有着古老的联系,因为饮酒能够激发诗人的灵感。德庇时还举了一首关于桃花源的诗来说明唐代诗人想象力的丰富,并说虽然中国的诗歌形式很多,但没有一种诗歌形式与欧洲的诗歌相类似,而且中国诗歌中的道德或教诲色彩非常突出,中国的圣谕也是一种押韵的诗歌。

德庇时还发现在中国诗歌中有些对自然界风景或物体的描述拥有显著的特征,而这些特征对外国人来说,是很陌生的。比如春梦秋云(spring dreams and autumnal clouds)代表了快乐的飞翔的景色;水中倒映的月影(the moon's reflection in the wave)代表了得不到的好东西;浮云遮日(floating clouds obscuring the day)代表了杰出人物暂时受到诽谤的遮掩;路中乱草横生(the grass and tangle in one's path)意味着行动过程中的困难;娇艳的花(a fair flower)表示了女子的美貌;春天(spring)代表了快乐;秋天(autumn)代表了愁思;心花怒放(the heart's flowers being all full-blown)表示高兴;用"白色的宝石、纯水晶、冷冷的透明冰"(the white gem, the pure crystal, the cold and transparent ice)来形容女子的性格;桃花盛开的季节(the season when peach blossoms are in beauty)表示婚姻;花丛中蜂蝶簇拥(bees and butterflies among flowers)形容快乐的追求者;等等。而这些均增加了外国读者理解中国诗歌的难度。不仅如此,还有中国诗歌中典故的运用。德庇时说:"如果没有一位博学的中国人帮助,我们很难读懂中国文学中的一些暗示(hint)","这些暗示包含着一些特定的历史故事或浪漫故事",比如"凤求凰"(Foong kew hwang, or the bird foong in search of its mate)的歌曲(song)就包含着卓文君(Wun Keun)和司马相如(Sze Ma)的爱情故事。德庇时还发现中国诗歌有时依赖于神话的帮助,说自然界里的多种现象,中国人都有相应的守护神,如火王(the monarch of fire)、雷公(Luy koong)等,还有掌管人间男女爱情婚姻的月老(the old man of the moon)。

总之,德庇时对中国诗歌的介绍从诗歌的外部形式如字数、押韵、对仗等,到诗歌的内部,包括诗歌的内容、分类、典故运用等,内容相当广泛,而且理解得颇有深度,这些都有助于英国读者对中国古代诗歌艺术特征的全面把握。

除了以上对中国戏剧、中国古诗的译介,德庇时所译《好逑传》英文译本 The fortunate union, a romance; tr. from the Chinese original, with notes and illustrations, to which is added, a Chinese tragedy,于1829年由伦敦约翰·默里公司分为两卷刊行。其他还有如《中国人:中华帝国及其居民的概况》,于1836年由伦敦查尔斯·耐特(Charles Knight)公司出版,书中述及英国人对中国问题的看法,被认为是19世纪对中国最全面的报道,被译成其他文字。林则徐派人将其译成中文,编译进《华事夷言》。① 还有其所撰《中国见闻录》,于1841年由伦敦查尔斯·耐特公司出版刊行,对英国人了解中国提供了很多帮助。②

三、翟理斯的中国文学译介

翟理斯(Herbert Allen Giles,1845—1935)在英国汉学发展历程中,上承理雅各,而下启韦利(Arthur Waley,1889—1966)。尽管他与后两者在相关问题上颇有争议,但恰好表明了英国汉学家对中国某些问题关注度上的一致性及前后传承关系,这些特点也表现在其对中国文学的译介和研究上。

翟理斯的汉学著作颇丰,其所观照的中国问题既涉及民族、思想等大课题,也对中国的各种习俗,诸如女性裹脚等颇为用心。这也许在很大程度上得益于其童年及少年时代所受的教育。1845年,翟理斯出生于英国牛津北帕雷德(North Parade, Oxford)的一个具有浓厚学术氛围的家庭。在父亲的熏陶下,他涉猎了拉丁文、希腊文、罗马神话等,并接触到了历史、地理、文学艺术等各类学科。这种开阔的视野一直延续到了他与中国相遇之后,幼年时代的艺术熏陶及由此而形成的艺术品位与修养,使他很快与中国文学结缘并对此有了某种独到的鉴赏力。

---

① 林则徐早在鸦片战争前便设立译馆,派人译外文书报,搜集各国政治、经济、地理、历史等情况,编译成《华事夷言》。
② 另外,1852年,德庇时还在伦敦出版了《交战时期及媾和以来的中国》(China, during the war and since the peace)一书。书中大量翻译中国方面的谕折及公私文件,还引用了当时传诵一时的《林则徐与家人书》《王廷兰致曾望颜书》。书中又引用了琦善、奕山欺骗皇帝的奏折,以及皇帝免林则徐职的谕旨、琦善的供词及其他有关文件。书中对奕山的昏聩顽固,极为鄙视;于琦善等投降派,则誉为远见;对于坚持抗战的人物则敬、畏、恨皆有之。此书第一卷附录了《林则徐对于西方各国的著述》,介绍了林则徐在广州翻译西书的情况,为西方国家研究中国士大夫的思想特点提供了重要材料。

1867 年,年仅 22 岁的翟理斯首次开始中国之旅。此前他并未学习过汉语,抵达北京后便开始从事这方面的语言训练。在此研习过程中,欧洲汉学史上的经典成果为其学习提供了极大便利。翟理斯认真研读的著述包括理雅各的《中国经典》、雷慕沙(Jean Pierre Abel Rémusat,1788—1832)和儒莲(Stanislas Aignan Julien,1799—1873)的《玉娇梨》译本、儒莲的《雷峰塔》和《平山冷燕》译本、德庇时的《好逑传》译本等。同时,翟理斯也大量阅读中文著作,如《三字经》及一些戏曲、小说文本等。正是这一时期对中国书籍的广泛研读,为翟理斯日后在汉学领域的成就奠定了一个相当坚实的基础。

不仅如此,翟理斯还通过自己学习汉语的经历与体会,编写了一些关于外国人学习汉语的入门读物。《汉语无师自明》①就是针对在华英国人而编写的一部关于中国官话(即北京话)的学习指导书籍。在该书的扉页上,翟理斯便说明了该书的编撰意图:"给那些踏上中国土地的商旅之人以及各色团体的女士们和先生们。我曾听说他们中的许多人因为欠通一点汉语而备感遗憾,或者见了汉语词汇,却因博学的汉学家们繁复的解释而无所适从并灰心丧气。"②本书共有 60 页,主要介绍数字、商业用语、日常用语、家庭主妇、体育运动、买卖用语及简要的汉语语法和词汇等。翟理斯根据自己学习汉语的经验介绍了上述各方面词汇的汉语发音,认为汉语元音"ü"是英语中找不到对应的唯一一个音,但却相当于法语中的"u"或者是德语中的"ü"。

继《汉语无师自明》之后,翟理斯相继完成了一系列涉及语言学习类的书籍,包括《字学举隅》③、《汕头方言手册》(Handbook of the Swatow Dialect)、《关于远东

---

① H.A.Giles, *Chinese withtout a Teacher*, Shanghai:A.H.de Carvaliio, Printer & Stationer, 1872.
② Ibid.
③ H.A.Giles, *Synoptical Studies in Chinese Character*, Shanghai: printed by A.H.de Carvalho, and sold by Kelly & Co., 1874.该书针对初学汉语的外国人容易混淆形近字的问题而编撰。翟理斯以为这种问题并不仅仅是外国的初学者必然遇到的难题,即便中国本土人士同样会遭遇类似的困难,并通过大量的辨析形近字的书籍予以解决。但实际上,二者所遇到的"类似的困难"还是有很大不同的。本土学生混淆的主要是同义字,而对于外国初学者来说,音、形两方面都是他们会遇到的困难。因此,翟理斯将不同形近字分别组成一组,同时注释其音与义。如"土"与"士",其对应的英文意义分别为"the earth"和"a scholar"。

问题的参照词汇表》①等。如此日积月累,最终促使其完成《华英字典》这部重要汉学著述的编撰。

在中英文学交流史上,翟理斯译介中国文学方面的成就举足轻重。他的文学类译著主要包括《聊斋志异选》(Strange Stories from a Chinese Studio,1880)、《古文选珍》(Gems of Chinese Literature,1884)、《庄子》(Chuang Tzu, Mystic, Moralist and Social Reformer,1889)、《古今诗选》(Chinese Poetry in English Verse,1898)、《中国文学史》(A History of Chinese Literature,1901)、《中国文学瑰宝》(Gems of Chinese Literature,1923)等。除此以外,他的其余汉学著述,如《中国概览》(China Sketches,1875)、《佛国记》(A Record of the Buddhist Kingdoms,1877)、《翟理斯汕广纪行》[From Swatow to Canton(Overland,1882)]、《历史上的中国及其他概述》(Historic China and Other Sketches,1882)等,在内容上也涵盖了部分中国文学的内容。因此,在翟理斯的著作中,读者可以深深地感受到中国文化、文学的韵味。相对而言,英国汉学的功利色彩较强,翟理斯的汉学著述亦无法避免,不过那种流淌于其行文中的中国文学情趣则足以令人耳目一新。

《中国概览》是一本评介中国各种风俗、礼仪、习惯等方面的著作,涉及的问题非常广泛。在该书序言中,翟理斯反驳了这样一种在当时欧洲广为流行的观点,即认为"中华民族是个不道德的退化的民族,他们不诚实、残忍,以各种各样的方式来使自己堕落;比松子酒带来更多灾难的鸦片正在他们中间可怕地毁灭着他们,并且只有强制推行基督教义才能将这个帝国从惊人的毁灭中拯救出来"②,并且以自己身处中国八年的经历来说明中国人是一个勤劳、清醒并且快乐的种族。③ 翟理斯此后的许多创作皆延续了该书所关注的中国问题,并着力纠正当时西方负面的中国形象,这成为他撰著许多汉学著作的最重要出发点。在《中国概览》中,翟理斯已开始显现出对中国文学的兴趣。其讨论的话题中,便包括"文

---

① H.A.Giles, A Glossary of Reference, on Subjects Connected with the Far East, Shanghai & Yokohama:Messrs.Kelly & Walsh.London:Bernard Quaritch,1886.该书主要以专业中国术语的介绍为目的而编撰。其中也涉及少量日本及印度的词汇。1878年初版,1886年再版。在第2版的序言中,翟理斯也认为该书的初版十分成功,因此,在第1版基础上,对第2版的内容进行进一步增补与修订,"希望其能够成为关于'远东相关问题'的一本指导手册"。
② H.A.Giles, China Sketches (preface), London:Trübner & Co., Ludgate Hill.Shanghai:Kelly & Co., 1876.
③ Ibid.

学"(literature)和"反基督时代的抒情诗"(anti-Christian lyrics)。翟理斯以为当时的汉学家只是在诸如科学、历史及传记类著述中才稍微提及中国文学,这使得当时欧洲许多渴望了解中国文学的人失去了机会。① 正是基于对中国文学英译现状的不满,翟理斯于此方面用力最勤,这在其后来的汉学著作里有充分体现。

《历史上的中国及其他概述》分为三大部分,包括朝代概述、司法概述及其余各种概述。在叙述周、汉、唐、宋、明、清等六个朝代的历史演变中,加入了一些中国文学译介的片段。如在"唐"这一章节中,翟理斯插入了《镜花缘》(*A Visit to the Country of Gentlemen*)的片段节译。由是观之,《镜花缘》起初并非作为小说来向西方读者介绍,更倾向于其史料上的文献价值,目的是由此窥探唐代的中国。宋代则选译了欧阳修的《醉翁亭记》,明朝选译了蒲松龄《聊斋志异》中的一篇短篇故事。这些文学作品大都被翟理斯作为史料或作为史书的一种补充而出现,起了以诗证史的作用。

翟理斯的一些涉及中国的杂论也多将文学作为一种点缀,如《中国和中国人》(*China and the Chinese*, 1902)、《中国绘画史导论》(*An Introduction to the History of Chinese Pictorial Art*, 1905)、《中国之文明》(*The Civilization of China*, 1911)、《中国和满人》(*China and the Manchus*, 1912)等。这些著述涉及中国的宗教、哲学、文学、风俗习惯等的介绍,并将文学视为了解中国人性格、礼仪、习俗诸方面的一个路径。

1880年,翟理斯选译的《聊斋志异选》二卷在伦敦德纳罗(De Larue)出版公司刊行,以后一再重版,陆续增加篇目,总数多达160多篇故事。这是《聊斋志异》在英国最为详备的译本,也是翟理斯第一部真正意义上的中国文学译著。在初版的《聊斋志异选·说明》中,翟理斯指出自己的译本所依是但明伦刊本:"自他(指蒲松龄——笔者注)的孙子出版了他的著作(指《聊斋志异》)后,就有很多版本印行,其中最著名的是由清道光年间主持盐运的官员但明伦出资刊行的,这是一个极好的版本,刊印于1842年,全书共16卷,小八开本,每卷160页。"②翟理斯还提示:"各种各样的版本有时候会出现不同的解读,我要提醒那些将我的译本和但明

---

① H.A.Giles, *China Sketches*, London: Trübner & Co., Ludgate Hill, Shanghai: Kelly & Co., 1876, p.23.
② H.A.Giles, *Strange Stories from a Chinese Studio*, Vol I, London: Thos. De Larue & Co., 1880, Introduction xxiv.

伦本进行对比的中国学生,我的译本是从但明伦本译介过来,并用1766年出版的余集序本校对过的。"虽然余集序本现在已难寻觅,但仅从翟理斯个人叙述来看,其对《聊斋志异选》选译所依据的版本是经过挑选的。翟理斯选译了《聊斋志异》近五百篇中的164篇,但最初并非选译,而是将但明伦本共16卷一并译介。只不过后来他考虑到"里面(指《聊斋志异》)的一些故事不适合我们现在所生活的时代,并且让我们强烈地回想起上世纪(指18世纪——笔者注)那些作家们的拙劣小说。另外一些则完全不得要领,或仅仅是稍微改变一下形式而出现的对原故事的重复"①,而他最终所选译的164篇故事则是"最好的、最典型的"。这些短篇故事也最具有中国特色、最富有中国民间风俗趣味的气息,其他作品除了翟理斯所言"重复"的原因,也由于在观念、礼仪、生活习惯等方面的相似性而被排斥。

翟理斯译介《聊斋志异》的目的在于,"一方面,希望可以唤起某些兴趣,这将会比从中国一般著述中获得的更深刻;另一方面,至少可以纠正一些错误的观点,这些观点常常被那些无能而虚伪的人以欺骗的手段刊行,进而被当作事实迅速地被公众接受了"。他一再强调,"虽然已经出版了大量关于中国和中国人的书籍,但其中几乎没有第一手的资料在内",因而那些事关中国的著述就值得斟酌。他认为"中国的许多风俗习惯被人们轮流地嘲笑和责难,简单地说,是因为起传达作用的媒介制造出了一个扭曲的中国形象"。而试图纠正这种"扭曲"的中国形象,正是翟理斯诸多汉学著作产生的一个重要原因。为了说明这一点,他还引用泰勒②的《原始文化》一书,否定了那种荒唐的所谓"证据":"阐述一个原始部落的风俗习惯、神话和信仰须有依据,难道所凭借的就是一些旅游者或者是传教士所提供的证据吗?他们可能是一个肤浅的观察家,忽略了当地语言,也可能是出自一个粗心的、带有偏见的,并任意欺骗人的零售商的未经筛选过的话。"翟理斯进而指出自己所译《聊斋志异》包含了很多涉及中国社会里的宗教信仰及信念和行为的内容,并谈到自己的译文伴有注释,因而对欧洲的读者更具启发性,也更容易被接受。这就是说,翟理斯通过文本译介与注释说明两方面,来向英语世界的读

---

① H.A.Giles, *Strange Stories from a Chinese Studio* (preface), Introuduction xxix.以下翟理斯观点的引文皆出于此,不再另注。
② 爱德华·泰勒(Edward Tylor,1832—1917),英国最杰出的人类学家,英国文化人类学的创始人,代表作《原始文化》(*Primitive Culture*,1871)。

者展示他亟欲真正呈现的中国形象。如此处理使得《聊斋志异选》不仅展现了中国文学的重要成就，而且也具有了认识中国的文献史料价值。

确实，《聊斋志异选》译本的一个显著特色就是其中有大量注释。正如当时的一篇评述文章所说，"并非只有正文才对研究民俗的学人有帮助，译者的注释也都具有长久的价值，译者在注释中体现出的学识产生了很大的影响"①。在有些故事译介中，注释的篇幅比原文的篇幅还要长。这些注释内容涉及中国的各种习俗、宗教信仰、传说、礼仪等，称得上是一部关于中国的百科全书。注释内容具体而言分为四大类：一是对中国历史人物的介绍，如关公、张飞等；二是对佛教用语的解释，如"六道"、文殊菩萨等；三是对中国占卜形式的介绍，如"镜听""堪舆"等；四是对中国人做事习惯、性格的分析。这些注释对于西方人了解中国的各种知识信息具有很强的实用性，更重要的是，这种实用性与此前翟理斯所著之汉语实用手册一类的书籍已有所区别。翟理斯通过译介如《聊斋志异》这样的文学作品，承载着更多涉及中国文化的信息。读者既能享受阅读文学作品带来的情感趣味，又可获得大量关于中国的知性认识。

在《聊斋志异选》中，翟理斯全文翻译了蒲松龄的自序《聊斋自志》及一篇由唐梦赉撰写的序文。蒲松龄在《聊斋自志》一文中引经据典，即便是当代的中国读者，倘使没有注释的帮助也很难完全理解其中的含意。因此翟理斯关于《聊斋自志》的注释与其正文中的注释并不完全相同，《聊斋自志》中的注释看来更符合中国本土士大夫阶层的习惯，不把重点放在民风、民俗等习惯的介绍上，而是重点解释典故之由来。② 如对于《聊斋自志》中最后一句"知我者，其在青林黑塞间乎！"中的"青林黑塞"的注解如下："著名诗人杜甫梦见李白，'魂来枫林青，魂返关塞黑'③，即在晚上没有人可以看见他，意思就是说他再也不来了，而蒲松龄所说的'知我者'也相应地表示不存在。"④除此之外，仅在《聊斋自志》注释中所涉及的历史人物及相关作品就包括屈原⑤（其作品《离骚》，并不忘记提到一年一次

---

① Books on Folk-Lore Lately Published: Strange Stories from a Chinese Studio, Folk-Lore Record, Vol.4, 1881.
② 或许确实存在一位帮助翟理斯的中国学者，但目前并无这方面的明确记载。
③ 即杜甫的诗歌《梦李白》中的诗句。
④ H.A.Giles, Strange Stories from a Chinese Studio, Vol.I, London: Thos.De la Rue & Co., 1880, Introuduction xxii.
⑤ 对《离骚》书名的翻译显然是采用了东汉王逸的说法，即指"离开的忧愁"。

的龙舟节——端午节)、李贺(长指甲——长爪郎,能快速地写作①)、庄子②、嵇康(是魏晋时期的另一个奇才,是著名的音乐家、炼丹术士,并提及《灵鬼记》中关于嵇康的故事③)、干宝(提到他的《搜神记》)、苏东坡、王勃(有才华,28岁时被淹死)、刘义庆(《幽冥录》)、韩非子、孔子④、杜甫、李白、刘损⑤、达摩。此外,也有少量关于习俗传说的注释,如三生石、飞头国、断发之乡、古代孩子出生的习俗、六道等。可以说,这些注释皆有典可考,具有很深的文化底蕴。

事实上,翟理斯对《聊斋志异》的译介已经具备了研究性的特征。或许是受到了中国学者"知人论世"学术方法的影响,翟理斯在篇首便介绍了蒲松龄的生平,继而附上上文所提到的《聊斋自志》译文,并做出了详尽准确的注释。"为了使读者对这部非凡而不同寻常的作品能有一个较为准确的看法与观点,我从众多的序言中选择具有代表性的一篇。"⑥翟理斯所选择的这篇便是唐梦赉为《聊斋志异》所作的序,翟理斯认同了唐梦赉对于蒲松龄的文风的肯定,以及《聊斋志异》"赏善罚恶"的主旨。关于蒲松龄的文风,唐梦赉云:"留仙蒲子,幼而颖异,长而特达。下笔风起云涌,能为载记之言。于制艺举业之暇,凡所见闻,辄为笔记,大要多鬼狐怪异之事。"而翟理斯也认为在隐喻的价值和人物的塑造上只有卡莱尔

---

① 李商隐《李长吉小传》云"长吉细瘦,通眉。长指爪。能苦吟疾书",翟理斯之注释当参考此文。
② 翟理斯翻译了《庄子·齐物论》中的"女闻地籁而未闻天籁夫!"一句。依翟氏的译文为:你知道地上的音乐,却没听过天上的音乐。
③ 《太平广记》引《灵鬼记》载:嵇康灯下弹琴,忽有一人长丈余,着黑衣革带,熟视之。乃吹火灭之,曰:"耻与魑魅争光。"翟理斯注释的乃是此故事。
④ 翟理斯的注释提到了《论语·宪问》中"子曰:'莫我知也夫!'"一句。
⑤ 《南史·刘粹传》附《刘损传》:"损同郡宗人有刘伯龙者,少而贫薄。及长,历位尚书左丞、少府、武陵太守,贫窭尤甚。常在家慨然召左右,将营什一之方,忽见一鬼在傍抚掌大笑。伯龙叹曰:'贫穷固有命,乃复为鬼所笑也。'遂止。"翟理斯注释的即是此事。
⑥ H.A.Giles, *Strange Stories from a Chinese Studio*, Vol.I, London: Thos.De la Rue & Co., 1880, Introduction xxv.

可以与之相媲美①,他评述蒲松龄的文字"简洁被推到了极致""大量的暗示、隐喻涉及整个中国文学""如此丰富的隐喻与艺术性极强的人物塑造只有卡莱尔可与之相媲美""有时候,故事还在平缓地、平静地进行,但是在下一刻就可能进入到深奥的文本当中,其意思关联到对诗歌或过去三千年历史的引用与暗指,只有在努力熟读注释并且与其他作品相联系后才可以还原其本来的面貌"。②而关于第二点,唐梦赉的序中有云:"今观留仙所著,其论断大义,皆本于赏善罚淫与安义命之旨,足以开物而成务。"翟理斯对此亦表示赞成,"其中的故事除了在风格和情节上的优点,它们还包含着很杰出的道德。其中多数故事的目的——用唐梦赉的话来说——就是'赏善罚淫',而这一定是产生于中国人的意识,而不是根据欧洲人关于这个问题的解释而得到的"。翟理斯还强调了该作品的"文人化"特征,说他在中国从未看到一个受教育程度比较低的人手里拿着一本《聊斋志异》。他也不同意梅辉立的"看门的门房、歇晌的船夫、闲时的轿夫,都对《聊斋志异》中完美叙述的奇异故事津津乐道"③的论调。虽然《聊斋志异》的故事源于民间,但是经过蒲松龄的加工后,它并不是一本易懂的民间读物,而这一点恐怕也会成为英语世界的读者接受的障碍。因此,翟理斯一再表明:"作为对于中国民间文学知识的一种补充,以及作为对于中国人的风俗礼仪、习惯以及社会生活的一种指导,我所译的《聊斋志异》可能不是完全缺乏趣味的。"④

综上,翟理斯对于《聊斋志异》的译介主要立足于两个基点。一是通过这部

---

① 关于这个对比是否恰当的问题,张弘的相关论述可以参考:"中国读者恐怕很少人会把卡莱尔同蒲松龄联系在一起,因为一个是狂热歌颂英雄与英雄崇拜的历史学家,另一个是缱绻寄情于狐女花妖的骚人墨客;一个是严谨古板的苏格兰加尔文派长老信徒的后代,另一个是晚明个性解放思潮的余绪的薪传者;一个是生前就声名显赫被尊崇为'圣人'的大学者,另一个是屡试屡不中的科场失意人;一个是德意志唯心精神在英国的鼓吹手,另一个是古代志怪小说在人心复苏的历史条件下的复兴者。如果硬要寻找什么共同点,唯一的相通之处是两人都不用通俗的语言写作:卡莱尔有意识地破坏自然的语序,运用古代词汇,创造了一种奇特的散文风格;蒲松龄则在白话小说占据绝对优势的时候,重新操起文言文与骈文做工具。"参见张弘:《中国文学在英国》(广州:花城出版社,1992年),第211~212页。而王丽娜则说:"翟理斯把蒲松龄与卡莱尔相比,可见他对《聊斋志异》的深刻理解。"参见《中国古典小说戏曲名著在国外》(上海:学林出版社,1988年)第215页。
② H.A.Giles, *Strange Stories from a Chinese Studio*, Vol.I, London: Thos.De la Rue & Co., 1880, Introuduction xxi.
③ Ibid.
④ Ibid.

作品，大量介绍关于中国的风俗、礼仪、习惯；二是基于对《聊斋志异》"文人化"创作倾向的认同。① 正是这两点的结合，促使了翟理斯将其作为自己译介的对象。这样的立足点与当时欧洲读者对中国文化、文学了解的状况也恰好相对应，因此受到了读者的青睐。

1882 年，翟理斯在《中国评论》(*The China Review*)上发表了一篇题为《巴尔福先生的庄子》(*Mr. Balfour's "Chuang Tsze"*)的文章，评论当时著名汉学家巴尔福所翻译的《南华真经》(*The Divine Classic of Nan-hua*, 1881)②。开篇就说："《南华真经》被翻译成一些蹩脚的三流小说，而不是中国语言中非凡卓越的哲学论著之一，我应该很乐意将上述提到的翻译者和评论者默默放在一起。正由于如此，我冒昧地出现在备受争议的舞台上。……后世的汉学家们绝不会断言，巴尔福先生的《庄子》翻译被 1882 年头脑简单的学生温顺地接受了。"③翟理斯批评巴尔福对于庄子著作中的一些核心概念的翻译很拙劣，并针对一些句子的翻译，例举巴尔福的译文与中文原著，以及他自己认为正确的翻译。可以说，翟理斯通过对巴尔福翻译的考察与批评，初步尝试了对庄子著作的译介。因而，他才有文中如此一段表述："然而，尽管在这篇文章中提出了一些问题，但巴尔福先生翻译的准确性大体上是经得起检验的。我个人没有任何理由不感谢巴尔福先生翻译《南华真经》所做出的贡献。他的努力，也激发了我将从头到尾地去阅读庄子的著作，这是我在以前从来没有想过要这样做的。"④

1889 年，第一个英语全译本《庄子：神秘主义者、道德家、社会改革家》(*Chuang Tzu, Mystic, Moralist, and Social Reformer*)出版，正如翟理斯所说的那样，在理雅各博士的儒家经典之外，他发现了另一片天地。《庄子》一书可以看作翟理斯对于两个领域的重视，即道家思想与文学性。也就是说，《庄子》之所以受到

---

① 在 1908 年重版本的"序言"里，翟理斯有意识地将《聊斋志异》与西方文学作品相比较："蒲松龄的《聊斋志异》，正如英语社会中流行的《天方夜谭》，两个世纪来在中国社会里广泛流传，人所熟知。""蒲松龄的作品发展并丰富了中国的讽喻文学，在西方，唯有卡莱尔的风格可同蒲松龄相比较。""《聊斋志异》对于了解辽阔的天朝中国的社会生活、风俗习惯，是一种指南。"

② 巴尔福(Frederic Henry Balfour, 1846—1909)从 1879 年至 1881 年在《中国评论》第八、九、十期上发表了英译《太上感应篇》《清静经》《阴符经》等。其译著作为单行本在伦敦和上海出版的有《南华真经》和《道教经典》(1884)。

③ *The China Review*, or, *Notes and Queries on the Far East*, Vol.11, No.1, 1882, Jul., p.1.

④ Ibid., p.4.

翟理斯的推崇,主要是因为庄子瑰丽的文风及在这种文风中所体现出来的玄妙的哲学思想:"……但是庄子为子孙后代们留下了一部作品,由于其瑰丽奇谲的文字,因此占据了最重要的位置。"①

翟理斯专门邀请当时任教于牛津大学摩德林学院与基布尔学院的哲学导师奥布里·莫尔(Aubrey Moore,1848—1890),对《庄子》的一到七章即内篇进行哲学解读。奥布里·莫尔在自己的论文中提出:"试图在东西方之间找出思想与推理的类同,可能对于双方来说都是有用的。这种努力可以激发那些真正有能力在比较中理解两者概念的人们,来告诉我们哪些类同是真实存在的,哪些类同只是表面的。同时这种努力也可能帮助普通读者,习惯于去寻找和期待不同系统中的相似之处。而这两种系统在早年的人们看来,只有存在差异,没有类同。"②曾经有一段时间,希腊哲学的历史学者过去常常指出哪些东西可以被认定为希腊思想的特征,同时将那些不契合这些特征的任何思想,都贬低地称为"东方的影响"。翟理斯指出,这种西方固有的偏见,直到1861年理雅各向英国介绍一系列以孔子为主的儒家著作,才开始有所松动。

奥布里·莫尔在文章中也说"在不考虑两者之间是否有任何的盗版或抄袭他人作品的情况下,我们可以在庄子和一个伟大的希腊思想家之间,指出一些相似之处"③。他先是介绍了西方哲学传统中的"相对论"(relativity),接着说庄子的"对立面"(antithesis)包含于"一"(the One)之中,详细阐述庄子与赫拉克利特的比较:"庄子是一个理想主义者和神秘主义者,有着所有理想主义者对实用体系的憎恶,也有着神秘主义者对一种生活作为纯粹外在活动的蔑视。……我们接触到了庄子神秘主义所构成之物。赫拉克利特并非神秘主义者,但他却是一个悠久传统的创立者。这个神秘主义传统历经柏拉图,9世纪的艾罗帕齐特人狄奥尼西和苏格兰人约翰,13世纪的梅斯特·埃克哈特,16世纪的雅各布·伯麦,一直到黑格尔。"④

---

① H.A.Giles,*Chuang Tzu*,*Mystic*,*Moralist and Social Reformer*,London:Bernard Quaritch,1889.
② H.A.Giles,*Chuang Tzu*:*Taoist philosopher and Chinese mystic*,p.19.
③ Ibid., p.20.
④ H.A.Giles,*Chuang Tzu*:*Taoist philosopher and Chinese mystic*,p.23.王尔德正是借助翟理斯译本中奥布里·莫尔的论文,把握住了庄子思想的要旨,如其中的对立统一的辩证法思想,以及其中的理想主义与神秘主义色彩,而成为其唯美主义思想的域外资源。

在《庄子》一书的说明中,翟理斯全文翻译了司马迁《史记·老子韩非列传》中庄子的传记。为了说明庄子的思想,翟理斯简要介绍了老子的主要思想——"道"和"无为","老子的理想主义已经体现在他诗歌的灵魂中了,而且他试图阻止人类物欲横流的趋势。……但是,显然他失败了,'无为'的思想无法使主张实用性的中国人接受"①。辜鸿铭曾经评价翟理斯"拥有文学天赋;能写非常流畅的英文。但另一方面,翟理斯博士又缺乏哲学家的洞察力,有时甚至还缺乏普通常识。他能够翻译中国的句文,却不能理解和阐释中国思想"②。当然,不可否认的是,翟理斯在汉学造诣的深度上与法国的汉学家相比,的确存在不小差距,但他的重点在于向英国人或者英语世界的读者普及与中国相关的诸种文化知识。这是翟理斯汉学成果的主要特征,但却并不能因此否认其对于中国思想的理解力。事实上,辜鸿铭所做的评论乃是针对翟理斯关于《论语》中的一则翻译而言的。而据笔者考察其关于《庄子》的译介,可以发现,对于庄子的思想,翟理斯的理解存在误读的现象还是比较少的。除了对庄子文风的认同,翟理斯对于道家思想(如对于上文所述之老子思想)尤其是《庄子》中所体现出来的哲学思想已经有了较深入而准确的认识:"庄子尤其强调自然的情操而反对人为的东西。马和牛拥有四只脚,这是自然的。而将缰绳套在马的头上,用绳子牵着牛鼻子,这便是人为了。"③因此,在翟理斯看来,"《庄子》也是一部充满着原始思想的作品。作者似乎主要认同一位大师(指老子——笔者注)的主要思想,但他也设法进一步发展了这种思想,并且将自己的思考所得放进其中,他的这种思考是老子未曾考虑到的"④。翟理斯对于老子的《道德经》的真伪问题始终存在着疑问,但是对于《庄子》及道家在中国社会中所占的地位和所起的作用却认识得很到位:

> 庄子,在几个世纪以来,他的确已经被定位为一位异端作家了。他的工作就是反对孔子所提倡的物质主义并诉诸具体化的行动。在此过程中他一点都不吝惜自己的措词。……词语的华丽与活力已然是一种受到承认的事

---

① H.A.Giles, *Chuang Tzu*, *Mystic*, *Moralist and Social Reformer*, introduction, London: Bernard Quaritch, 1889.
② 辜鸿铭:《中国人的精神》,黄兴涛、宋小庆译,海口:海南出版社,1996年,第121~122页。
③ H.A.Giles, *China and Chinese*, New York and Landon: D.Appleton and company, 1923, p.60.
④ H.A.Giles, *Chuang Tzu*, *Mystic*, *Moralist and Social Reformer*, introduction ix, London: Bernard Quaritch, 1889.

实了。他也一直被收录于一本大规模的辞典《康熙字典》中。……但是,了解庄子哲学却无法帮助那些参加科考的读书人走上仕途。因此,主要是年纪稍大的人才学习庄子的哲学,他们往往已经赋闲或者是仕途受挫。他们都渴望一种可以超越死亡的宗教,希冀在书页中可以找到慰藉,用以反抗现存烦恼的世界,期望另一个新的更好的世界的到来。①

对于《庄子》的版本及《庄子》的注释,翟理斯在翻译过程中亦有所思考。因此,他引用了《世说新语》中的说法,认为"郭象窃取了向秀的成果。向秀的庄子注已有出版,因此与郭象的庄子注一起流通,但是后来,向秀的注释的本子失传了,而只剩下郭象的本子"②,并于众多的《庄子》注释中选出了六种供欧洲读者参考。对于那些各家注释不一的地方,翟理斯说自己则"返回庄子所说的'自然之光'"③,从原典中找寻其中所要表达的真实内涵。这就是说,在对《庄子》进行译介的过程中,翟理斯下了一番苦功夫,并介绍了中国学者关于《庄子》内外篇的说法,认为"内篇"相对而言比较神秘,而"外篇"则比较通俗易懂。和"杂篇"相比,"外篇"具有一个较为统一且易理解的思想内涵;而"杂篇"则包含了一连串截然相反且晦涩难懂的各种思想。"一般认为,'内篇'皆由庄子独立完成,但是,其他大多数章节显然都含有'他人'的迹象。"④翟理斯选取了《庄子》的三十三篇译成英语,并在英国颇受欢迎,成为当时英国人认识中国文学与文化的一个桥梁。王尔德正是通过翟理斯的译本得以了解道家思想并与之产生共鸣的。而毛姆在翟理斯的译本中也找寻到了自己的心灵契合点:

> 我拿起翟理斯教授的关于庄子的书。因为庄子是位个人主义者,僵硬的儒家学者对他皱眉,那个时候他们把中国可悲的衰微归咎于个人主义。他的书是很好的读物,尤其下雨天最为适宜。读他的书常常不需费很大的劲儿,即可达到思想的交流,你自己的思想也随着他遨游起来。⑤

虽然翟理斯对《庄子》瑰丽的文风赞赏有加,但这种青睐更多的是源于对中国社会"儒、释、道"三家思想的关注。正因如此,翟理斯在此后也完成了一系列

---

① H.A.Giles, *Chuang Tzu*, *Mystic*, *Moralist and Social Reformer*, introduction xiv-xv.
② Ibid., introduction xii.
③ Ibid., introduction xiii.
④ Ibid., introduction xiv.
⑤ W.S.Maugham, *On a Chinese Screen*, London: Heinemann, 1922, p.95.

介绍中国社会各种哲学思想（在某些时候这些哲学思想也被称为某种宗教）的书籍，这方面的著作除了上文所述及的《佛国记》，还有《中国古代宗教》(Religions of Ancient China,1905)、《儒教及其对手》(Confucianism and Its Rivals,1915)等。

总而言之，上述《聊斋志异选》与《庄子》选译本这两部著作，是翟理斯对于中国文学的译介中最具代表性的且较完整的两部文学作品。当然，从两部著作的具体译介情况看，翟理斯并非是完全基于两部作品的文学性而选译的。通过《聊斋志异选》的译介，英语读者可以从中了解大量的风俗礼仪；而《庄子》的译介也在很大程度上源于翟理斯对于中国社会各种思想的关注。也就是说，两部作品的文学价值与文献价值共同促成了翟理斯的选译。

1884 年，翟理斯译著的《古文选珍》由伦敦伯纳德·夸里奇出版公司与上海别发洋行分别出版，一卷本，1898 年重版。① 至此，翟理斯已经开始全面关注中国文学："对于英语读者来说，想要寻找可以借以了解中国总体文学的作品，哪怕只是一点点，都只是徒劳。理雅各博士确实使儒家经典变得唾手可得，但是作家作品领域却依旧是一块广袤的处女地，亟待得到充分的开发。"因此，翟理斯"选择了历史上最著名作家的一部分作品向英语读者来展示，这些作品得到了时间的认可"。这的确是"在新方向上的一次冒险"。② 在这部译著中，翟理斯基本上按照历史的时间顺序分别介绍了从先秦至明末的共 52 位作者及其 109 篇作品。此外，该书亦附有一篇中文的序，是由辜鸿铭介绍的一位福州举人粘云鼎撰写的：

> 余习中华语，因得纵观其古今书籍，于今盖十有六载矣。今不揣固陋，采古文数篇，译之英文，以使本国士人诵习。观斯集者，应亦恍然于中国文教之振兴，辞章之懿铄，迥非吾国往日之文身断发、茹毛饮血者所能仿佛其万一也。是为序。岁在癸未春孟翟理斯耀山氏识。

可以说，翟理斯是第一个对中国总体文学进行观照的英国汉学家。这里的总体文学更主要的是指一种纵向历史上的脉络。

如果说《古文选珍》是翟理斯对于中国文学散文的一种总体概述的话，那么

---

① 1922 至 1923 年，这两家出版商又分别出版了修订增补本，分上、下两卷。上卷为中国古典散文的选译与评介，与原一卷本的内容基本相同。下卷为中国古典诗词的选译与评介，乃新增部分。此二卷本 1965 年由美国纽约帕拉冈书局重印，在欧美有较大影响。

② H.A. Giles, *Gems of Chinese Literature*, London: Bernard Quaritch, 15, Piccadilly, Shanghai: Kelly & Walsh, 1884, preface.

1898年《古今诗选》(*Chinese Poetry in English Verse*)的出版则是他在诗歌领域的首次尝试。这部诗选影响很大,后来的英国汉学家克兰默·宾格(J. L. Cranmer-Byng)及阿瑟·韦利等人经常提起它,或用它作参照。该诗选所涉及的时间范围与《古文选珍》类似,上起先秦,下至清朝。既有《诗经》选译,亦包括清代赵翼等人的诗歌。在该书卷首附有作者自己所撰写的一首小诗:"花之国,请原谅我从你闪闪发亮诗歌宝库中撷取了这些片段,并且将它们改变后结集为一本书。"①这篇以诗代序的文字里,翟理斯表现得相当谦虚。他把中国称作鲜花之国度,而自己好比路人,采撷几朵攒成一书,带到遥远的异国他乡。他承认,这些花儿,在东方故土光艳夺目,也曾躲开俗人的耳目。但作为学生,他走进了迷宫,采到了劳动果实。虽然这些花儿不像在故土那般鲜艳,却也能让异域人士感受到原先诗人的脉动,领略和品味鲜花的芬芳与喜悦。同时,在这首小诗中,翟理斯表达了自己对于中国诗歌翻译现状的不满,诗歌这种体裁在中国像珍宝一样闪耀着光芒,但"庸俗的眼光"却遮挡了这种光芒,只有耐心的学人才可以在"迷宫般语言的引导中领会这种光彩"。② 选入这本集子中的诗人共有102人,其中包括被认为在中国传统文学史上占有重要地位的文人,如张籍、张九龄、韩愈、贺知章、黄庭坚、李白、李商隐、孟浩然、欧阳修、鲍照、白居易、蒲松龄、邵雍、苏轼、宋玉、岑参、杜甫、杜牧、王安石、王维、王勃、元稹、韦应物、袁枚、赵翼等。由此可见,翟理斯所选作家有较大的涵盖面,但所选译的诗作也并非完全为大家所公认的经典。编译者并没有详细说明自己的编选原则,所以我们也无从知晓好多诗歌入选的理由。另外,翟理斯为这本译诗集加注释55个,短长不一。第一个注释就介绍了《诗经》最初如何形成及现在的地位,其诗句特色及与后世诗歌的差异等,还用两段文字分别讲述中文诗音步的样式、诗行字数多少及中文的两个声调"平""仄"。

《古文选珍》与《古今诗选》两本译著的完成说明翟理斯对于中国文学的总体面貌已经有了较为全面的了解。事实上,在《古今诗选》完成之前,翟理斯先后完成了《华英字典》(*Chinese-English Dictionary*, 1892)、《古今姓氏族谱》(*A Chinese Biographical Dictionary*, 1898)、《剑桥大学图书馆威妥玛文库汉、满文书目录》

---

① H. A. Giles, *Chinese Poetry in English Verse*, London: Bernard Quaritch, Shanghai: Kelly & Walsh, 1898.
② Ibid.

(*Catalogue of the Wade Collection of Chinese and Manchu Books in the Library of the University of Cambridge*,1898)等三本具备工具书性质的著述,这对于学习汉学的欧洲读者来说具有很强的实用性。关于《华英字典》与《古今姓氏族谱》二书,翟理斯如是说:"从1867年算起,我主要有两大抱负:1.帮助人们更容易、更正确地掌握汉语(包括书面语和口语),并为此做出贡献;2.激发人们对中国文学、历史、宗教、艺术、哲学、习惯和风俗的更广泛和更深刻的兴趣。如果要说我为实现第一个抱负取得过什么成绩的话,那就是我所编撰的《华英字典》和《古今姓氏族谱》。"①的确,这两本字典性质的工具书在容量上可位居翟理斯所有著作之首,其中凝结着翟理斯的许多心血。虽然正如翟理斯自己所言,这两部书籍的目的是使人们掌握汉语,但《古今姓氏族谱》的性质与《华英字典》并不完全相同。在《古今姓氏族谱》中,翟理斯列举了中国历史及传说中的各类人物共2579条,其中不乏文学家,如屈原、曹植、嵇康、阮籍、王维、李白、杜甫、韩愈、白居易、欧阳修、黄庭坚、罗贯中、施耐庵、蒲松龄、曹雪芹等。此外,与文学相关的人物还包括一些古代的文学批评家如萧统等。凭借这部著作,翟理斯也获得了欧洲汉学界的"儒莲奖"。事实上,翟理斯主要选取了这些人物最为人所熟知的事迹进行介绍,这主要是一些脍炙人口的小故事等,这些故事或出于正史,或出于野史与民间传说,标准并不统一。

另外,1885年,翟理斯节译《红楼梦》(*The Hung Lou Meng,commonly called The Dream of the Red Chamber*),载于上海刊行的皇家亚洲学会华北分会会刊(*Journal of the North China Branch of the Royal Asiatic Society*)新卷20第1期。皇家亚洲学会华北分会为近代外侨在上海建立的一个重要文化机构,在中西文化交流过程中做出了突出贡献。② 上文已提及的《剑桥大学所藏汉文、满文书籍目录》则是翟理斯在继威妥玛任剑桥大学汉学教授之后所作。事实上,剑桥大学设置汉学教授这

---

① H.A.Giles,*Autobibliographical*,*etc.*,Add.MS.8964(1),Cambridge University Library,p.173.转引自王绍祥:《西方汉学界的"公敌"——翟理斯(1845—1935)研究》,福建师范大学2005年博士论文。
② 1857年9月24日,寓沪英美外侨裨治文(E.C.Bridgman,1801—1861)、艾约瑟、卫三畏(S.W.William,1812—1884)、雒魏林(William Lockhart,1811—1896)等人组建了上海文理学会。次年,加盟英国皇家亚洲文会,遂更名为"皇家亚洲文会北中国支会"。"所以名为北中国支会者,系立于香港的地位观之,上海居于北方故也。"(胡道静:《上海博物院史略》,《上海研究资料续集》,民国丛书第四编,第81辑,上海:上海书店出版社,1993年,第393页)

一职位的初衷主要是为了妥善管理威妥玛捐赠给剑桥大学的这批书籍,因此,翟理斯在接触到这些书籍后,便列出了这批书籍的目录。这些书目不论是对学习汉学的剑桥大学学生,还是对于国内学界而言,都具有很重要的文献价值,并且,对于了解这一时期的英国汉学水平也具有相当大的参考价值。

四、其他汉学家译介中国文学

除以上几位著名的汉学家外,英国其他汉学家也在译介中国文学方面贡献多多。兹简要例举如下：

1807 年 9 月,伦敦会传教士罗伯特·马礼逊到达广州,成为进入中国的第一位基督教新教传教士。马礼逊在中国从事的重要工作是用中文翻译《圣经》,使得基督教经典得以完整地介绍到中国。同时,马礼逊还编撰完成《华英字典》,收入汉字四万多个,是当时最完备的一部中西文字交流大典,对中英文化交流起了重大作用。马礼逊又编写了英文版的《汉语语法》和《广东省土话字汇》。1812 年,马礼逊翻译的《中国通俗文学选译》(*Horae Sinicae*:*Translations from the Popular Literature of the Chinese*)在伦敦刊行。其中包括《三字经》(*A Translation of San Tsi King*;*The Three-character Classic*)、《大学》(*Ta Hio*;*The First of the Four Books*)、《三教源流》(*Account of Foe*,*the Deified Founder of a Chinese Sect*)、《孝经》(*Extract from Ho-kiang.A Paraphrase on the Sun-yu*)、《太上老君》(*Account of the Sect Tao-szu.From "The Rise and Progress of the Three Sects"*)、《戒食牛肉歌》(*A Discourse Dehorting from Eating Beef*,*Delivered under the Person of an Ox*)及出处不详的 *Specimens of Epistolary Correspondence*,*from A Popular Chinese Collection* 等英文节译。1824 年,马礼逊回英国休假,带回了他千方百计搜集到的一万余册汉文图书,后来全部捐给伦敦大学图书馆,为后来伦敦大学的汉学研究打下了基础。1834 年,马礼逊病逝,留下遗嘱,将个人的图书捐赠给伦敦大学学院(University College,London),条件是对方五年内要设立汉学讲座。1837 年,伦敦大学学院请到了马六甲英华书院院长基德牧师(Samuel Kidd,1804—1843)为教授,开设汉学讲座(1837—1842)。

1821 年,伦敦约翰·默里公司出版托马斯·斯当东爵士翻译图理琛的《异域录》(Narrative of the Chinese Embassy to the Khan of the Tourgouth Tartars, in the years 1712,1713,1714,& 1715)。该书的附录二中收有《窦娥冤》(The Student's Daughter Renvenged)的梗概介绍、《刘备招亲》人物表、《王月英元夜留鞋记》(Leaving A Slipper, On the New Moon)的剧中人物表和剧本梗概、元代剧作家关汉卿的《望江亭》(Curing Fish on the Banks of the River in Autumn)的剧中人物表及其故事梗概。

1824年,澳门英国东印度公司印刷并于伦敦出版了汤姆斯(Peter Perring Thoms, fl.1814—1851)首次翻译的《花笺记》(Chinese Courtship)①。《花笺记》是明末时期岭南地区产生的说唱文学中的弹词作品,主要描写吴江县才子梁芳洲(字亦沧)和杨瑶仙(字淑姬)、刘玉卿之间的爱情故事,称得上中国古代优秀的描写爱情的长篇文学作品,时曰"第八才子书",与《西厢记》并列,艺术成就较高。汤姆斯译本②分为5卷60节,每页上半部为中文竖排原文,下半部对应横排英文翻译,语序皆为从左到右。另附序言一篇和《百美新咏》③中四首美人诗的翻译,另外还杂录了有关中国赋税、政府收入、军队分布等情报资料。汤姆斯在此译本的序言中,通过他翻译实践中的感受和他了解的中国文学知识,比较系统地论述了中国诗歌的风格特色、形式特征、发展历史和具有代表性的欧洲学者对中国诗歌的研究和翻译。序言的脚注部分则翻译了朱熹《诗经集传》的序言部分,作为对法国汉学家杜赫德译介《诗经》时一些错误评论的反驳。通过译本序言,我们可知汤姆斯翻译《花笺记》的一个重要原因是为了"尝试让欧洲人改变对中国诗歌的一些错误看法"(Chinese Courtship Ⅲ),因为"虽然我们写了很多有关中国的文章,但是他们的诗歌几乎无人理会",这与前述德庇时译介中国文学的动因相似。与其他汉学家一样,汤姆斯也有意识地采用了中西比较的方式从多方面解读中国

---

① Peter Perring Thoms, *Chinese Courtship: In Verse*, London: Published by Parbury, Allen, and Kingsbury, Leadenhall-street, Macao, China: Printed at The Honorable East Indian Company's Press, 1824.

② 汤姆斯译本一经出版立刻在西方引起了巨大的反响。德国著名文学家歌德1827年在他主办的《艺术与古代》第6卷第1册上发表了4首中国诗,标题分别为:《薛瑶英小姐》《梅妃小姐》《冯小怜小姐》和《开元》。据歌德自己的说明和国内外学者考证,这些诗是歌德读了汤姆斯英译的《花笺记》,依据附录的《百美新咏》仿作的。而且,歌德首次阐明"世界文学"概念恰恰就是在他从魏玛图书馆借出《花笺记》、接触到"中国女诗人"的前后。可以说,汤姆斯译本在中外文学交流史上有着其独特的贡献。

③ 《百美新咏》,全称《百美新咏图传》,乾隆三十二年(1767)版。广州中山图书馆现存版本为嘉庆十年(1805)刻本,封面印有"百美新咏图传,集腋轩藏版,袁简斋先生鉴定"。

诗歌的艺术形式,因而成为中西诗学比较研究的早期探索者之一。比如,汤姆斯初步解释了中国诗歌中缺失史诗的原因:一是"中国诗歌缺乏古希腊罗马式的崇高和西方对神灵(上帝)的尊崇"(*Chinese Courtship* Ⅲ);二是虽然中国人擅长写诗,在作诗时充分地发挥了才能和创造力,但是却拘泥于古时留下的规范。这个规范中"短句描写"的形式——"中国人写诗时喜欢对事物进行暗示,而不是详细的描写"限制了作品的篇幅(*Chinese Courtship* Ⅳ)。关于这两点汤姆斯在第四段的末尾再次进行了总结:"从叙述的角度来看,中国诗歌通常没有很长的篇幅,这样的篇幅使中国人通常沉湎于其中并尽情发挥了他们的天分。中国人不偏爱丰茂和崇高的理念(如《圣经》里表现的),但这却是其他民族拥有的。概括地说,其他民族和中国人相比创造力不足,但却拥有多样的意象、庄严的思想和大胆的隐喻。"(*Chinese Courtship* V)汤姆斯也分析了中国几类诗歌在形式上的差别,总结了中国诗歌的字数、押韵和对仗,汉语的四声和平仄。尽管汤姆斯的某些论说不够精确,但作为早期尝试着全面研究中国诗歌的西方学者,这些探索是弥足珍贵的直观感受。另外,汤姆斯还通过旁征博引中西方文献来说明中国诗歌的特点,清晰地勾勒出了中国诗歌的历史轨迹。对一些具有代表性的欧洲学者对中国诗歌的翻译,汤姆斯也做出了中肯的评价。比如在评价法国汉学家杜赫德对《诗经》进行的翻译时,认为"他的翻译风格过于散漫而不能传达出原作的生机"(*Chinese Courtship* Ⅻ-ⅩⅢ)。这些批评表现了汤姆斯在翻译中国诗歌时采用的翻译策略:在结构和内容上尽量忠于原作。就像他在序言结尾时强调的那样:"作为一本描写恋爱的作品(《花笺记》),翻译者希望在正文和注解中传达给读者的是尽量保留了原作意蕴的文本。"(*Chinese Courtship* ⅩⅢ)小而言之,汤姆斯的《花笺记》英译本在19世纪初的世界浪潮中,向海外读者详细地介绍了中国诗歌,而且对于塑造西方人心目中的中国形象亦发挥了重要作用。① 另外,汤姆斯还翻译了《今古奇观》中的《宋金郎团圆破毡笠》、《花笺记》、《三国志》中有关董卓和曹植的故事及《博古图》等,并完成了《中国皇帝和英国女王》《中国早期历史》和《孔子的生平和作品》等有关中国的文章。

1840年,英国《亚洲杂志》第二期(*Asiatic Journal*, Ser. Ⅱ)上刊登了题为《中国

---

① 以上可参见蔡乾:《初译〈花笺记〉序言研究》,《兰台世界》2013年第6期。

诗作:选自〈琵琶记〉》(Chinese Poetry:Extracts from the Pe Pa Ke)的文章,为我国元末明初著名戏曲家高则诚的《琵琶记》最早之英文选译本。

1842年,英国驻中国宁波领事馆领事罗伯聃(Robert Thom)所译《红楼梦》(The Dreams of the Red Chamber),载于宁波出版的《中国话》(The Chinese Speaker)上。将《红楼梦》第六回的片段文字译成英文,逐字逐句直译,是为在华外国人学习中文之用。此为《红楼梦》介绍给西文读者的最早节译本。

1849年,张国宾的元杂剧《合汗衫》被卫三畏译成英文(Compared Tunic. A Drama in Four Acts),发表于该年3月出版的英文杂志《中国丛报》(Chinese Repository)第18卷第3期,译文前附有介绍文字。

1852年,英国来华传教士艾约瑟所著的《汉语对话》(Chinese Conversations, translated from native)在上海出版,内收他本人节译的《琵琶记》之"借靴"一节,题名为 Borrowed Boots。

1867年,英国汉学家伟烈亚力(Alexander Wylie,1815—1887)所著的《中国文献纪略》(Notes on Chinese Literature)在上海出版,这是英国人编写的第一部中国图书目录学著作。该著收录约两千种中文著作,分为"经典""历史""哲学""纯文学"四门类。该著对中国文学发展史亦有简要叙述。

1868年,供职于中国海关的波拉(Edward Charles Bowra,1841—1874)将《红楼梦》前八回译成英文,书名译为 The Dreams of the Red Chamber,连载于上海出版的《中国杂志》(The China Magazine)1868年圣诞节号与1869年卷。

1869年,亚历山大·罗伯特(Alexander Robert)翻译的五幕戏《貂蝉:一出中国戏》(Teaou-Shin:A Drama from the Chinese)由伦敦兰肯公司(Ranken and Company)出版。

香港出版的《中国评论》(The China Review, or, Notes & Queries on the Far East)第1卷第1~4期(1872年7月、9月、11月,1873年2月)上连载了署名为H.S.的译者英译的《中国巨人历险记》(The Adventures of a Chinese Giant)。该译文一共分为21章,但其内容并非节译《水浒传》的前二十一回,而是《水浒传》从第二回"史大郎夜走华阴县　鲁提辖拳打镇关西"到第一百一十九回"鲁智深浙江坐化　宋公明衣锦还乡"之间与鲁达(鲁智深)相关的内容。为了保持故事的完整性,译者还自行增加了一些介绍与总结文字。

1876 年，英国汉学家司登得（又名斯坦特，G.C.Stent，1833—1884）节译的《孔明的一生》(Brief Sketches from the Life of Kung Ming)，相继连载于《中国评论》第 5 卷至第 8 卷。内容为《三国演义》中描写的诸葛亮一生的故事。译者在此译文之前附有序言：中国自古以来的官吏或将领很少有像孔明这样普遍被崇敬，他聪明、忠实、勇敢、机智，他的名字成为优良品德的代称，他的军事学一直到今天仍具有参考价值。

1879 年，《中国评论》第 2 卷发表了庄延龄翻译的《离骚》，英文意译的标题是《别离之忧》。译文对屈原这首最重要的长诗没有做任何介绍说明，也没有注解与评释。这是《楚辞》第一次被介绍到英国，译者运用了维多利亚式节奏性极强的格律诗形式。

1883 年，大英博物馆汉文藏书部专家道格拉斯（R.K.Douglus，1838—1913）翻译的《中国故事集》(Chinese Stories) 由爱丁堡与伦敦布莱克伍德父子公司（W. Black Wood and Sons）出版。该译本共 348 页，包含 1 篇序言，10 篇小说，2 首诗歌。其中有"三言二拍"中的 4 篇译文。在序言中，道格拉斯把中国的小说分成两类：历史小说和社会小说。反叛、战争和朝代更替把中国的悠久历史分成几个阶段，这就为历史小说提供了现成的故事情节，小说家引入对话的要素，运用想象力，使中国小说更精巧、更多样化。道格拉斯认为最成功的中国历史小说是罗贯中的《三国演义》，并指出罗贯中利用历史素材与无与伦比的写作技巧，为我们呈现了一幅色彩斑斓的奇迹与怪兆不断的画面。道格拉斯还在比较视野里谈及了中国人对战争的看法：像古巴比伦人一样，中国人也把战争看作是不文明的行为，西方作家却沉溺其中。西方国家的士兵可以成为深得人心的英雄，但在中国，军人的英勇并不能赢得人们的掌声。在中国人眼中，科举考试里中状元，能引经据典的人才是标准的英雄。道格拉斯原为驻华外交官，后任伦敦大学中文教授（1903—1908），对英国汉学目录学的建设有过突出贡献。

1889 年 11 月出版的《中国评论》第 18 卷第 3 期上就已经刊登了邓罗（Charles Henry Brewitt-Taylor，1857—1938）的 The Death of Sun Tse（中译为《孙策之死》）一文，经考证乃是译自《三国演义》第二十九回"小霸王怒斩于吉，碧眼儿坐领江东"中与孙策死亡相关的部分，译文与原文几乎一一对应，毫无遗漏。邓罗又在 1890 年 9 月出版的《中国评论》第 19 卷第 2 期的"Notes and Queries"栏目中发表了《变戏法》(Conjuring)一文,经考证乃是译自《三国演义》第六十八回"甘宁百骑劫魏营,左慈掷杯戏曹操"中与左慈相关的内容。再后,邓罗又在1890年11月出版的《中国评论》第19卷第3期上发表了《三国》(The San-Kuo)一文,简要介绍了《三国演义》的内容概要(Gist of the Narrative)、人物(the Characters)、军队与战争(Battles and Armies)、作战方法与战略(Methods of Warfare and Strategy)、《三国演义》的文体风格(the Style of the San Kuo)等。邓罗的译作《深谋的计策与爱情的一幕》(A Deep-laid Plot and a Love Scene from the San Kuo),乃是节译自《三国演义》第八回"王司徒巧使连环计,董太师大闹凤仪亭",发表在1892年出版的《中国评论》第20卷第1期第33~35页上。

1892年,英国驻澳门副领事裘里(H.Bencraft Joly)所译的《红楼梦》(Hung Lou Meng;or The Dream of the Red Chamber,A Chinese Novel)第一册,由香港别发洋行出版,共378页,附有1891年9月1日序。该译本第二册,共538页,由商务排印局于1893年在澳门出版,系将《红楼梦》前五十六回译为英文。裘里的译文并不出色,然而,他是第一个完整翻译《红楼梦》五十六回书的人。

1895年,上海华北捷报社(North China Herald)出版了吴板桥(Samuel I.Woodbridge,1856—1926)翻译的《金角龙王,皇帝游地府》(The Golden-Horned Dragon King;or the Emperor's Visit to the Spirit World),内容取自《西游记》第十回和第十一回:"老龙王拙计犯天条""游地府太宗还魂"。此书据卫三畏编集的汉语读本小册子译出,是《西游记》片段文字最早的英文文本。同一年,乔治·亚当斯(George Adams)的《中国戏曲》(The Chinese Drama)在《十九世纪》(The Nineteenth Century)上发表。

1899年,威廉·斯坦顿(William Stanton)出版《中国戏剧》(The Chinese Drama)一书,包括三出戏和两首诗的英文译本。三出戏是《柳丝琴》《金叶菊》和《附荐何文秀》,曾分别发表在英文期刊《中国评论》上。书前有19页长的对中国戏剧的论述,指出中国戏的舞台三面没有墙,都面对着观众,也说明了演员上场与下场的位置,另外桌椅的象征运用及虚拟动作也讲得很具体。"右面的通常用作上场;左面的用作下场。高山、关口、河流、桥梁、城墙、庙宇、坟墓、御座、龙床及其他物件均以桌椅的组合来代表。过河、骑马、开门(甚至没有一个屏障将客人与主人分开)、上山等其他无数动作都是用虚拟动作来体现的,观众能无误地看懂这些象征的虚拟动作。"威廉·斯坦顿还说:"通常来说,主要角色的演员一出场要唱一段或者朗诵一段来介绍自己,用浓缩的语言来介绍他们所饰人物的历史。在整场戏中,演员总是将自己的秘密告诉观众,有时直接对观众说话,这是我们所不熟悉的。"

第二章

翟理斯《中国文学史》：20世纪初英国汉学发展的阶段性总结

汉学家在中国文学及文化的西传过程中扮演着重要的角色。19世纪下半叶至20世纪初,随着第二次工业革命的兴起,西方国家对海外市场开拓的需求打破了以往"传教士汉学"时代以传教为目的而研究中国文化与文学的格局,经济上的实用目的由此亦成为主要驱动力之一,此种倾向尤以英国为甚。然而,这却又是一个英国汉学由"业余汉学"向"专业汉学"①转变的过渡时期,英国汉学在这一时期取得了较大的突破。不论是汉学家的人数抑或汉学著述的数量皆有很大的增长。继威妥玛后的第二任剑桥大学教授翟理斯便是这一时期最具代表性的汉学家之一。其在汉学领域的诸多研究成果与其所处的过渡期一样,上承既有的汉学成果,下启韦利等新一代专业汉学家之研究领域,在英国汉学史上的地位可谓举足轻重。

翟理斯在众多汉学领域中皆有建树,但在中国文学文化的译介与研究等方面的汉学成就,使其地位在当时的许多汉学家中显得格外引人注目。他的文学类译著主要包括《聊斋志异选》(1880)、《古文选珍》(1884)、《庄子》(1889)、《古今诗

---

① 这里的专业性仅就英国汉学自身而言,而并不包括同一时期的其他国家,如法国等。一般认为,就英国汉学总体研究水平而言,其专业性远远不如法国汉学。有些学者称这一时期的英国汉学为"后传教时期的英国汉学",实际上,这一术语所要表达的内涵也就是传教士汉学向专业汉学的过渡期,因为紧随其后的便是"国际化、专业化和团队化的现代英国汉学"。参见熊文华:《英国汉学史》,北京:学苑出版社,2007年。

选》(1898)、《中国文学史》(*A History of Chinese Literature*,1901)、《中国文学瑰宝》(*Gems of Chinese Literature*,1923)等。我们在前一章中已涉及前四部的内容,进入20世纪的后两部便成为本章的论述内容。从这几部书刊行的时间段可以看出,《中国文学史》在写作时间上处于其汉学译介生涯的中后期,稍晚于《中国文学史》的只有1923年的《中国文学瑰宝》。

在《古文选珍》《古今诗选》《中国文学史》《中国文学瑰宝》等几部关于中国文学的代表性著述中,前两部为翟理斯《中国文学史》的写作奠定了重要的基础。当然翟理斯在文学史料等方面的积累也在不断地向前推进,因此,在1923年出版的《中国文学瑰宝》(诗歌卷、散文卷)中,作家的数量较之于《古文选珍》与《古今诗选》已经有了大量的增加,其中许多在《中国文学史》中便已出现,在时间跨度上也从原来的明清时期延伸至民国。也就是说,《中国文学瑰宝》与之前的《古文选珍》及《古今诗选》是一脉相承的关系,前者只是在后者基础上的补充与修订。因此,《中国文学史》作为英语世界的第一部中国文学史,是翟理斯对中国文学进行整体观照的结果,是了解其中国文学、文化观的重要载体,也是当时汉学中的文学研究成果水平的重要体现。

翟理斯的《中国文学史》于1901年[①]由伦敦海涅曼公司(William Heinemann)出版社刊行。该书主要是应英国文学史家戈斯(Edmund W.Gosse,1849—1928)之邀而作为其《世界文学简史丛书》(*Short History of the Literature of the World*)中的一种而作的。作者接受友人戈斯的建议,在书中尽可能纳入作品的译文,以便让读者自己感受与评判,同时引证一些中国学者的评论,便于西方读者了解中国人自己如何理解、评析这些文学作品。原作翻译在书中占据不小的篇幅,而这些内容绝大多数是作者自己动手翻译的。翟理斯的英译以明白晓畅著称。他曾引托马斯·卡莱尔的话"还有什么工作,比移植外国的思想更高尚"(《中国文学瑰宝》

[①] 对于该书的初版时间存在的争议较多,主要集中在1900年与1901年之争上,王丽娜女士和熊文华的相关论著中认为是1900年,而后来的学者多认为是1901年。笔者并未见到1900年版的《中国文学史》,而1901年的版本则有,因此,此处暂时采用1901年为初版时间。该书随后于1909年、1923年和1928年由纽约与伦敦阿普尔顿出版社(New York & London D.Appleton and Company)再版,1958年、1967年由纽约丛树出版社(Grove Press;Friderick Ungar Publishing Co.)再版,1973年又由拉特兰郡查理斯·E.塔特尔出版社(Rutland,Vt:Charles E.Tuttle Co.)再版。该书一版再版也从侧面说明了该书受英语世界读者欢迎的程度,翟氏于1935年离世,而该书至今可看到的版本已是出版到了1973年,足见该书的生命力。

卷首引)来表明翻译异域知识的重要性,因而其译文颇能传达原作的神韵。①《中国文学史》是19世纪以来英国汉学界翻译、介绍与研究中国文学的一个总结,在某种程度上代表了整个西方对中国文学总体面貌的最初概观。在该书序言里,翟理斯批评中国的学者无休止地沉湎于对个别作家作品的评价与鉴赏之中,由于认为要在中国文学总体历史研究上取得相对的成就都是毫无指望的事,他们甚至连想也没有想过文学史这一类课题。翟氏《中国文学史》一书实际上是当时英国汉学发展过程中取得的一个阶段性成果的总结。翟理斯前承理雅各、威妥玛等人,后启韦利,在英国汉学的发展过程中起着重要的衔接作用;同时也对中国文学和文化在英语世界的传播有着举足轻重的地位。以"中国文学史"为题,在英语世界中属于开山之作,不论其所涉及的内容为何,此书的发行及其在英语世界的传播便向英语读者们传达了一个信息:中国文学的一个总体概貌在英语世界开始呈现了。

　　文学史作为文学研究的一个重要组成部分在欧洲已经有了较为成熟的发展,但是对于史学发达的中国来说,文学史却是舶来品。翟理斯的《中国文学史》是早期几本中国文学史之一,具有一定的代表性。这部中国文学史在西方一版再版,足见其受欢迎程度,并且在一定程度上影响了中国学者在文学史上的写作。

---

① 此书面世后,郑振铎曾撰写书评《评 Giles 的中国文学史》,指出它存在着疏漏、滥收、详略不均、编次非法等缺点;并认为其根本原因在于作者对中国文学没有做过系统的研究。由于作者"对于当时庸俗的文人太接近了,因此他所知道的中国文学恐除了被翻译过的四书、五经及老、庄以外,只有《聊斋》《唐诗三百首》以及当时书坊间通行的古文选本等等各书"(《中国文学论集》下册,开明书店,1934 年)。翟理斯的文学史将中国文人一向轻视的小说戏剧之类都加以叙述,并且能注意到佛教对于中国文学的影响,这两点可以纠正中国传统文人的尊儒和贱视正当作品的成见。

第一节　翟理斯《中国文学史》产生的历史条件

　　翟理斯《中国文学史》作为一部早期的中国文学史,其出现并非偶然,是当时各方面条件逐渐成熟后的产物。在翟理斯时代的英国汉学界甚至是整个欧洲汉学界,文学的译介与研究始终处于边缘位置,而翟理斯则是译介中国文学较早也是较多的传播者之一。正如他在1884年初版的《古文选珍》序言①中所说的那样:"对于英语读者来说,想要寻找可以借以了解中国总体文学的作品,哪怕只是一点点,都只是徒劳。理雅各博士确实使儒家经典变得唾手可得,但是作家作品领域却依旧是一片广袤的处女地,亟待得到充分的开发。"②当然,翟理斯对于中国文学的关注是随着对中国文化等各方面的了解而逐步形成的,此外在很大程度上也得益于其童年及少年时代所受到的教育。翟理斯在父亲的熏陶下,广泛涉猎拉丁文、希腊文、历史、地理、文学艺术等各类学科。这种开阔的视野对他汉学领域特点的形成具有重要影响。幼年时代的艺术熏陶及由此而形成的艺术品位与修养使他很快与中国文学结缘并对此有了一种独到的鉴赏力。1867年,年仅22岁的翟理斯首次踏上了中国的国土。在此之前,翟理斯并未学习过中文,初来乍到的他便在北京开始了汉语方面的训练。在其学习汉语的过程中,英国及欧洲汉学的成果成为了翟理斯的可鉴之资。其中便包括理雅各的《中国经典》、雷慕沙

---

① 这篇序言在1923年出版的《中国文学瑰宝》(散文卷)中也保留了。
② H. A. Giles, *Gems of Chinese Literature*, London: Bernard Quaritch, 15, Piccadilly, Shanghai: Kelly & Walsh, 1884, preface.

和儒莲的《玉娇梨》译本、儒莲翻译的《雷峰塔》和《平山冷燕》、德庇时翻译的《好逑传》等。另一方面翟理斯也大量阅读中文著作,以促进中文的学习,如《三字经》及一些戏曲、小说等。值得注意的是,这一时期对中国书籍的广泛阅读,为翟理斯日后在汉学领域的成就奠定了一个较为坚实的基础。

《古文选珍》《古今诗选》《中国文学史》《中国文学瑰宝》等几部关于中国文学的代表性著述中,前两部可以被认为是基础,而后两部则是从不同角度进行的总结,当然也有新的发展。

如果将《中国文学史》中提到的作家作品与《古文选珍》《古今诗选》涉及的作家作品做一简要对照,可发现其前后的传承关系非常明显。《中国文学史》中所提及的作家较之于此前的《古文选珍》与《古今诗选》在数量上增加了许多,但它们之间的前后传承关系却也显而易见。1923年的《中国文学瑰宝》(诗歌卷、散文卷)中,作家的数量较之于《古文选珍》与《古今诗选》已经有了大幅度增加,其中不少在《中国文学史》中亦已出现;在时间的跨度上也从原来的明清时期延长到了民国。翟理斯的许多著作皆于其结束在华外交官生涯回到英国后完成,这也表明即便回到英国,他也始终保持着对中国的历史与现状的高度关注。至于其对中国现状知悉的途径则较为复杂,但可以肯定的是翟理斯在回国后仍旧与某些中国人保持着一定的联系,"翟氏与中国的优秀人物,如曾纪泽、孙中山、蔡元培等过从颇密。他自退休并返国后一直被英国外交部视为不可或缺的'中国通';像鉴湖女侠秋瑾的《中国女报》、胡适的《尝试集》、落华生(许地山)在《小说月报》中的新诗《情书》,全都落入了远在英国的翟氏的眼帘,并经他的生花妙笔,传达给了英语读者"①。从《古今诗选》与《古文选珍》中所收录的作家来看,《古今诗选》的作家数远远大于《古文选珍》所收录的作家数。这表明翟理斯对于中国文学的认识总体上符合中国文学的实际,并且诗歌似乎更能引起他的共鸣。

翟理斯作为19世纪末20世纪初的英国汉学家,其在汉学领域的成就不仅推动了英国汉学的发展,同时也代表了这一时期英国汉学的主要特点。

---

① 翟理斯原著,黄秉炜编撰:《翟理斯汕广纪行》(注释本),上海:复旦大学出版社,2007年,引言第6页。该引言并未言明这些现代文学作品是如何进入"翟氏的眼帘"的,因此,笔者推测应是其在与中国优秀人物的交往中了解到了中国现状,其中中国的文学作品只是其中的一个小部分,因为从1923年《中国文学瑰宝》中可以看出,收入其中的作家多是与当时政治联系密切的,如梁启超、袁世凯、秋瑾等,真正属于纯文学的作品很少。这也是英国汉学功利性较强的体现。

19 世纪以来,随着英国海外殖民地的扩张,英国派往世界各地的传教士与外交官人数也在激增,其中派往中国的许多传教士与外交官便成为了这一时期的主要汉学家,从最初的马礼逊、理雅各到翟理斯,除此之外,尚有许多不知名的传教士汉学家或外交官汉学家。这些汉学家们的双重身份决定着他们拥有一定的在华经历,结束了在华的任职回国后,继续其汉学领域的研究。也就是说,他们的汉学研究地是在中国与英国本土两个地方进行的,因此,有些学者也将其称为"学院派汉学"与"侨居地汉学"。①

从地域角度对英国汉学进行区分是研究这一时期英国汉学家的途径之一。"侨居地汉学"除了以专著形式出版的汉学成果②,亦有另一种承载汉学的媒介即期刊③,这些期刊为汉学家们提供了一个平台,他们的汉学观点往往最早出现在这些期刊上,汉学家间关于中国问题的论争也往往出现在这类期刊上,因此具有很大的汉学研究价值。尚未返国的在华汉学家构成了"侨居地汉学"的重要组成部分,而"侨居地"也是他们从事汉学研究的开始。

"侨居地汉学"期刊的研究范围广泛,而与中国现状联系最密切的领域成为了汉学家们关注的重点,如方言、地方史等。④以最为典型的期刊《中国评论》为例,从现有的研究成果来看,《中国评论》中汉学家关于中国文学的研究具有一定的代表性,但从研究方法上来看,彼此间并无太大差异,这是该时期在华汉学家所共有的特点:"长期在中国生活和工作的特殊经历,身处中国的优势使他们不仅在语言学习上,在对中国的理解上,还在资料搜集和研究领域上实现了许多前所未有的突破。'侨居地汉学'的研究者不仅可以广泛地利用中国浩如烟海的各类文献,还可以搜求到诸如碑刻、地方志、征信录等这些在欧洲大陆的图书馆中难以见到的资料。再加上有了语言学、人类学和民俗学等学科理论的指导,这些汉学研究者还注重搜集各种口头传说和口碑资料,试图在与其研究对象的当事人进行面

---

① 王国强:《〈中国评论〉与西方汉学》,复旦大学博士学位论文,2007 年,第 13 页。
② 上海的英文出版业,如近代最为有名的上海别发洋行等。
③ 汉学类期刊已然成为了这一时期汉学的一个重要组成部分,国内关于这些期刊的研究也在逐步推进,其中《中国评论》(*The China Review , or , Notes and Queries on the Far East*)的研究成果最多,如王玲俐、段怀清《〈中国评论〉与晚清中英文学交流》、王国强《〈中国评论〉与西方汉学》;对《皇家亚洲学会华北分会会刊》《中国丛报》等汉学刊物也有了一定的研究。
④ 这种重视中国"地方性"的研究是欧洲汉学研究传统中的重要一支,这样的趋向一直延续到了 20 世纪的欧洲汉学中。

对面的交流的过程中获取有益于研究的信息。他们还致力于各地方言的记录、研究和比较。"①虽然翟理斯的汉学家身份最终是通过其在剑桥大学担任汉学教授一职得以实现的,但是其汉学的起点与基础却是在他的侨居地即中国,这也是他日后汉学发展的重要源泉。这种重视从"口头传说"及"面对面的交流"中获取信息的倾向,也在一定程度上决定了英国汉学的功利性与实用性或者说"业余性"与"非专业性"的特征。综观翟理斯的汉学著作,也具有通俗的特征,在他的语言学习类书籍中如较早的《汉语无师自明》,其在该书的扉页上便说明该书是"为那些在中国的商业性的、乘船的旅客、运动等团体的女士们和成员们准备的。我曾听说他们中的许多人因为不懂一点汉语词汇而感到遗憾,或者是看到了汉语的词汇,却因为难以理解那些渊博的汉学家们精致系统的研究著述而灰心丧气,因此,我提供了以下的内容"②。本书共有 60 页,主要介绍了数字、商业、一般用语、家庭主妇、运动员、买卖用语及语法和词汇等。这也是英国关于中国文化研究的主要特点之一,或者可以说,这是这一时期"侨居地汉学"的主要特点之一。"英国人对于中国文化语言的研究,最初起因于商业的发展,19 世纪英国东印度公司到东方后,英国商人发现语言成为贸易的主要障碍,而中国方面又禁止中国人向外人教授汉语。"③在这样的情况下,实用性决定着汉学的研习目标必然成为汉学家们所关注的重点之一,而这也往往是汉学家们进入汉学领域的最初阶段。但翟理斯并不是汉学家中的语言类专家,译介中国文学与文化仍然是其主攻领域,语言只不过是其进入汉学领域的一件工具而已。

事实上,翟理斯在华期间也为许多汉学期刊撰文,其中撰文最多的期刊是《中国评论》与《皇家亚洲学会华北分会会刊》。这些期刊的文章已然预示了翟理斯日后汉学研究的基本走向。翟理斯从 1867 年首次入华,先后在天津、台湾、宁波、汉口、广东、厦门等地担任领事馆助理、代领事等职务。对于翟理斯来说,在华的所见所闻给他带来了一些先入为主的观念,这种观念遂成为了决定其汉学研究起始方向的最重要因素之一。

翟理斯在《中国评论》上所发表的文章,主要有《镜花缘》(*A Visit to the Coun-*

---

① 王国强:《〈中国评论〉与西方汉学》,复旦大学博士学位论文,2007 年,第 78 页。
② H.A.Giles, *Chinese withtout a Teacher*, Shanghai: A.H.de Carvaliio, Printer & Stationer, 1872.
③ 王毅:《皇家亚洲文会北中国支会研究》,上海:上海书店出版社,2005 年,第 144 页。

try of Gentlemen)节选、《洗冤录》(The "His Yuan Lu") 及《道德经》等,这些也是日后《中国文学史》的重要内容,且占用了该书的不少篇幅。如果说将《镜花缘》纳入中国文学的范畴是一个明智抉择的话,那么,把宋慈《洗冤录》也收入其《中国文学史》且将其作为介绍的重点(所占页数为四至五页间)的做法,则为当代文学史编写者难以理解。但倘若从英国汉学史的角度来看,翟理斯此举则渊源有自。翟理斯在《洗冤录》中曾提到译介此书的契机:"1873 年我在宁波任职时第一次听说了《洗冤录》。我发现负责验尸的地方高级官员到达案发现场时总是带有一本我现在翻译的这本书,并且我发现他们在遇到一个受到严重伤害以至于奄奄一息的人的时候,也要像对待死者一样进行查检。在后一种情形中,任何在验尸官仔细观察和检查之前所进行的扰乱活动都将对公正地解释案件产生非常重要的影响。"①这样的经历促成了《洗冤录》译本的诞生。在翟理斯的汉学著作中,与《洗冤录》的译介初衷类似从而成为了翟理斯译介对象的作品并不少。1877 年出版的《翟理斯汕广纪行》[From Swatow to Canton (Overland)]便记录了翟理斯在广东等地视察时的所见所闻②。这部篇幅不大的著作,体现着翟理斯在汉学领域著作的主要特色。虽然是视察的游记,但整个游记却充满着浓厚的人文主义气息,或是清新的民风民俗之介绍,或是夹杂着关于文学家、文化名人的叙述,如韩文公、陆竹溪及蓝鼎元等,在很大程度上能够体现这一时期汉学的发展水平与状况。值得注意的是,该游记中所涉及的名人(包括文学界的、非文学界的)在其《中国文学史》中也成为了叙述的重点。这也说明了翟理斯在汉学领域的成就实际上是一个相对固定的整体。

《皇家亚洲学会华北分会会刊》也是 19 世纪下半叶至 20 世纪初期较为重要的"侨居地汉学"的代表期刊。翟理斯曾于 1884 年至 1885 年间,担任该会会长一职,而在 1880 年至 1934 年间,先后成为该机构的通信会员与名誉会员。在该会所举办的演讲中,翟理斯曾做过以"汉语的构成"及《红楼梦》一书"为题的演讲,并参与以"中国溺婴之盛行""什么是孝""中国的葬礼"等为题的多人讨论。

---

① H.A.Giles, The "His Yuan Lu" or "Instruction to Corners", London: John Bale, Sons & Danielsson, Ltd., 1924, p.1. 此处引用王国强的翻译,见其博士学位论文《〈中国评论〉与西方汉学》,第 77 页。
② 光绪元年(1875),英国翻译官马嘉理等人在云南边境被杀,翟理斯被派往视察当时处理这一事件布告的张贴情况。

仅从《中国评论》与《皇家亚洲文会北中国支会研究》所反映的当时的"侨居地汉学"整体状况而言,当时的汉学研究存在着研究面大、实用性强的特点,因此可谓"杂而不专"。这点也体现在翟理斯的汉学著作中。也就是说,翟理斯无法摆脱他所处时代的整体汉学特点的束缚,但由于其特立独行的性情,也在一定程度上突破了这种界限的限制。翟理斯在其汉学生涯中,与许多汉学家进行了关于中国问题的论争,如关于《道德经》一书真伪的论争、关于中诗英译问题的论争及一些中国古代词汇翻译问题的论争等。这些论争是了解这一时期汉学界焦点的指南,展现了该时期整体汉学所关注的对象并深化了汉学家们对该问题的认识。①

查阅《中国评论》的所有英译汉籍,其中囊括了翟氏《中国文学史》中的大量内容。与《中国评论》英译汉籍所涵盖的领域(文学、历史、法律等)一样,翟氏《中国文学史》中亦不乏这些领域的内容。此外,在具体作品上,即便《中国评论》中非翟理斯译介的汉籍亦有许多进入了翟氏《中国文学史》中,如《水浒传》《玉娇梨》《三国演义》《东周列国志》《佩文韵府》《穆天子传》《好逑传》等。②而在那些翟理斯有所研究的作品与领域,他则坚持自己既有之观点。

总之,翟理斯在华期间的"侨居地汉学"是其后来进入"学院派汉学"的起步阶段,并且在这一时期其观点已经大致形成。这一观点的形成与其"侨居"的经历有一定联系,进一步说,在以《中国评论》等期刊为代表的"侨居地汉学"的总体环境中,汉学家们所关注的汉学问题及论争都在不同程度上促成了其相对独特观点的形成。翟氏《中国文学史》的参考书目中便提及了这一时期"侨居地"的许多汉学刊物,包括《中国丛报》《皇家亚洲学会华北分会会刊》等,这些刊物的出版地都在中国内地或香港。

翟理斯于1893年返回英国,倘使从地域上来划分的话,其在剑桥大学任汉学

---

① 关于这些论争,许多论文专著中已有了很详细的论述与资料。如王绍祥:《西方汉学界的"公敌"——英国汉学家翟理斯(1845—1935)研究》,福建师范大学博士学位论文,2004年,第151~182页;王国强:《〈中国评论〉与西方汉学》,复旦大学博士学位论文,2007年,第90~100页;孙轶旻:《近代上海英文初版与中国古典文学的跨文化传播》,北京大学博士学位论文,2009年,第185~211页。
② 笔者于此处参考了王国强:《〈中国评论〉与西方汉学》一文中的"《中国评论》所刊发的关于翻译汉籍的主要论文一览"表,王国强:《〈中国评论〉与西方汉学》,复旦大学博士学位论文,2007年,第49~57页。

教授期间的汉学成果,则可归为"学院派汉学"了。

从理论上说,不论是在资料的搜集上,还是在实地的考察上,回国的汉学家们都失去了研究汉学的重要手段。对于他们而言,如果说了解中国的现状尚可通过与中国名人交往而实现的话,那么对于中国典籍的获取较之于在华时期则确是少了许多便利之处。①因此,所在地图书馆所藏的中国典籍便成为他们获取资料的重要途径。所幸的是,在翟理斯任剑桥大学教授之前,他见到了由威妥玛捐赠给剑桥大学的这批中国典籍。剑桥大学汉学教授这一职位的设立也与这批捐书密切相关。翟理斯继威妥玛后任剑桥大学汉学教授,这一职位的设立,在当时还有另外一个重要的原因,即为了保管好威妥玛捐赠给剑桥大学的这批藏书。在威妥玛去世后,翟理斯通过申请获得了这一职位。②1898年出版的《剑桥大学图书馆威妥玛文库汉、满文书目录》一书便是翟理斯看到威妥玛的这批藏书后所编写的目录,这批藏书对于翟氏后来著作的完成具有一定的意义。同时,不能否认的是,作为英国汉学重要组成部分的"学院派汉学"这一汉学家群体相互之间也有一定的影响。翟理斯回国后与许多汉学家继续展开论争便是最好的表现之一。

在《剑桥大学图书馆威妥玛文库汉、满文书目录》的编写中,翟理斯将中国的典籍分为经典类、历史类、地理学类、小说诗歌评论类、辞典类、宗教科学类及满文类。这一分类法与伟烈亚力在其《汉籍解题》(*Notes on Chinese Literature*:*with Introductory Remarks on the Progressive Advancement of the Art*, *and a List of Translation from the Chinese into Various European Languages*)中的分类方法有许多相似之处,即以中国传统的"经史子集"作为主要的划分标准。③

翟理斯返英后,其汉学著述仍旧不断,大量译著是在原有的基础上进行增删从而重新出版的。这些重新出版的论著在资料等方面更为丰富,但关于某些问题的观点则并未改变。翟理斯在汉学领域涉猎范围的广泛也使得他在回国后声誉

---

① 这种状况在理雅各身上亦有所体现,因此,理雅各在回国后,也邀请王韬与他同行,以便于自己的翻译典籍工作能顺利开展。
② 王绍祥:《西方汉学界的"公敌"——英国汉学家翟理斯(1845—1935)研究》,福建师范大学博士学位论文,2004年,第92~95页。
③ 伟烈亚力著述中"经史子集"所对应的英文为"classics, history, philosophers, belles-lettres",其中将集部与"纯文学"相对应最为引人注目。

日盛,时人称其为"中国通",并且其声誉跨越了英国汉学界,在英国文化界中也具有一定的影响力。①

---

① 蔡元培先生就庚子赔款一事至英国商谈时,便会见了翟理斯,试图通过翟氏的影响力促使英国政府允诺。见高平叔:《蔡元培年谱长编》,北京:人民教育出版社,1998年。又:中华民国政府曾于1922年向翟理斯授"二等大绶嘉禾章"。

第二节　翟理斯之文学史建构

一、翟理斯《中国文学史》之主要内容

众所周知,中国虽无"文学史"之名,而说有"文学史"之实却并不为过。正是"文学虽如视其重,而独无文学史"。①因此,写作中国文学史,实际上是运用外来之"新瓶"装传统之"旧酒"。

以当下之"文学"概念来观照传统典籍,不难发现,中国古代目录"经史子集"四部中的"集"部实际上与现今所谓之"文学"最为接近,"传统目录学之于文学史的影响,主要是它们在提供了文学史需要的基本资料的同时,又提供了现代人了解历史上'文学'的渊源所自以及繁衍变化的路径,但就文学史的编写而言,目录学给予它的启示是纲要性质的,是理论的概况、大格局,却还不是全部,更不是基本的细节乃至具体的章节,而对细节的填充、章节的规划,并非由想象所能致,也当有所依据有所本,这个依据和本,可以从中国古代史学的传统里找到"②。凌独见先生对早期文学史写作的批评最为生动且准确:"从来编文学史的人,都是叙述某时代有某某几个大作家?某大作家,某字某地人?做过什么官,有什么作品?作品怎样好坏。大概从二十四史的列传当中,去查他们的名、字、爵、里,从《艺文

---

① 黄人:《中国文学史·分论》,朱栋霖、范培松主编:《中国雅俗文学研究》(第一辑),上海:上海三联书店,2007年,第82页。
② 戴燕:《文学史的权力》,北京:北京大学出版社,2002年,第17页。

志》上去查他们作有几种作品,从评文——《文心雕龙》《典论》……评诗——各种诗话——以及序文当中,去引他们作品的评语。"① 这一倾向在翟氏《中国文学史》中也有一定体现,但由于各种条件所限,对其是否参照了《艺文志》等相关目录类的书籍已很难一一进行考证了。然在翟氏《中国文学史》中,翟理斯以朝代的基本时间为经、以文学的各种体裁为纬,共分为八卷,448页,每一卷下再分若干章:

第一卷题为"封建时期"(前600—前200)文学,即对先秦文学的总述,包括神话传说、以孔子为中心的"四书五经"、与儒家思想并存的其余各家及诗歌等。

第二卷题为"汉朝"(前200—200)文学,实际上包含了秦与汉两个时期的文学概况,作为文学史上的重要事件——"焚书坑儒"——翟理斯当然没有忽略,此外还涉及了史传文学(《战国策》《史记》《汉书》等);而李斯、李陵、晁错、路温舒、扬雄、王充、蔡邕、郑玄、刘向、刘歆等人的相关作品也有所涉及;还有贾谊、东方朔、司马相如、枚乘、汉武帝、班婕妤等人的诗赋也包含在内,另加上以辞书编撰与佛教传入中国为主题的两章,共同构成了翟氏《中国文学史》第二卷的主要内容。

题为"小朝代"(200—600)的第三卷涉及的主要时间段为魏晋南北朝时期。在这一卷中,翟理斯将这一时期的文学从文学(主要是诗歌)与学术(主要指经学)两方面来展开,前者为其介绍的重点,包括了当时的"建安七子"、陶渊明、鲍照、萧衍、王绩、隋朝的薛道衡等。

第四卷的唐代(600—900)文学,唐诗成为了翟理斯着重介绍的文学体裁,在对中国的成熟诗歌形式做了简要介绍之后,分别选择了王勃、陈子昂、宋之问、孟浩然、王维、崔颢、李白、杜甫、岑参、常建、王建、韩愈、白居易、张籍、李涉、徐安贞、杜秋娘、司空图等人的一些作品;此外,也从学术研究的角度出发简要介绍了魏征、李百药、孔颖达、杜佑等人,并介绍了诗歌以外的文学体裁,主要是散文,包括柳宗元、韩愈和李华的一些作品,这样就构成了翟理斯心目中唐代文学的整体面貌。

作为第五卷的宋朝(900—1200)文学,翟理斯将雕版印刷(主要是木版印刷)对文学的影响放在了首位;其次论述了宋朝的经学与总体文学,分别介绍了欧阳修、宋祁、司马光、周敦颐、程颢、王安石、苏轼、苏辙、黄庭坚、朱熹等人及其作品;

---

① 凌独见:《国语文学史纲》,上海:商务印书馆,1922年,"自序"。

而关于宋朝的诗歌则主要选取了陈抟、杨亿、邵雍、王安石、黄庭坚、程颢、叶适等人的一些作品;除此之外,翟理斯还介绍了宋朝时所编撰的一些字典,主要有《广韵》《事类赋》《太平御览》《太平广记》《文献通考》及宋慈的《洗冤录》等。宋代文学的叙述主要从上述四个方面展开。

第六卷的元代(1200—1368)文学,除了介绍传统的诗歌作品(主要有文天祥、王应麟、刘因、刘基等人的作品),翟理斯开始引入了文学中的新的体裁即戏曲和小说,并对戏曲小说的起源阐述了自己的看法,收入的戏曲作品主要包括纪君祥的《赵氏孤儿》、王实甫的《西厢记》及张国宾的《合汗衫》;小说则主要有《三国演义》《水浒传》,而以《西游记》收尾。

第七卷的明代(1368—1644)文学,翟氏将李时珍的《本草纲目》和徐光启的《农政全书》纳入了这一时期的总体文学之中,宋濂、方孝孺、杨继盛、沈束、宗臣、汪道昆等人的相关作品与上述的农政和医药方面的书籍一起做了相关的介绍。而小说和戏曲方面则选择了《金瓶梅》《玉娇梨》《列国传》《镜花缘》《今古奇观》《平山冷燕》,以及《二度梅》《琵琶记》等。诗歌选取了解缙、赵彩姬、赵丽华的一些作品。

最后一卷的清朝(1644—1900)文学,着重译介了蒲松龄《聊斋志异》中的一些篇目(包括《聊斋自志》《瞳人语》《崂山道士》《种梨》《婴宁》)及《红楼梦》的故事梗概;简要介绍了康熙王朝时所组织编写的百科全书,主要有《康熙字典》《佩文韵府》《骈字类编》《渊鉴类函》《图书集成》等五部,以及乾隆帝的一些作品;此外还介绍了顾炎武、朱用纯、蓝鼎元、张廷玉、陈宏谋、袁枚、陈扶摇、赵翼等人,并在该卷要结束时引入了新的文学式样——"墙壁文学"、"报刊文学"、幽默故事及谚语和格言警句等。

不难看出,翟氏《中国文学史》中选录的作家作品所呈现出的面貌甚为驳杂。相对于上千年浩瀚之中国文学史料而言,这些作家作品在数量上显得极其有限。因此,郑振铎先生将之归纳为四点:疏漏、滥收、详略不均、编次非法。①但就文学

---

① 见郑振铎:《评 Giles 的中国文学史》一文,收于郑振铎:《郑振铎古典文学论文集》,上海:上海古籍出版社,1984 年,第 31~34 页。对于郑振铎先生的观点,也有为翟理斯辩护的观点,具体可参看张弘:《中国文学在英国》,广州:花城出版社,1992 年;王绍祥:《西方汉学界的"公敌"——英国汉学家翟理斯(1845—1935)研究》,福建师范大学博士学位论文,2004 年。

史本身的写作而言,与文学的创作一样,皆随着时代的发展不断地发生变化。"一切历史皆是当代史"(克罗齐语),文学史的写作总不免带上该时代的特征(包括缺陷),因此也就难以做到尽善尽美。虽然翟理斯的《中国文学史》如郑振铎先生所言存在着诸多"谬误",但其却展现了那个时代的特征。

二、文类的划分及比较视野

翟氏《中国文学史》中的文学种类主要包括诗歌、散文、小说、戏曲等,以宋朝为分水岭,呈现出之前(包括宋朝)的文学史侧重诗文,宋之后的文学史侧重小说戏曲这样的面貌,并称"在元朝,小说和戏曲出现了"①。不难看出,这种文类的架构已呈现出了现代文学模式中所包含的几种主要体裁,即诗歌、散文、小说、戏剧。西方的文类发展正如艾布拉姆斯所说:"自柏拉图和亚里士多德起,根据作品中说话人的不同,倾向于把整个文学区分成三大类:诗歌类或叫抒情类(始终用第一人称叙述)、史诗类或叫叙事类(叙述者先用第一人称,后让其人物自己再叙述),以及戏剧类(全由剧中角色完成叙述)。"②中国文学史的书写在很长一段时期内所用的文学分类形式都是这种来源于西方的模式,而翟理斯的文学史可谓早期的尝试。

为了将翟氏《中国文学史》这一特征更加完整地体现出来,不妨将之与林传甲、黄人所著之文学史对于文类的处理方式做一比对。

在林传甲的《中国文学史》中,将"文章流别"简单比附为引进的"文学史"。其《中国文学史》的十六篇为:一、古文籀文小篆八分草书隶书北朝书唐以后正书;二、古今音韵之变迁;三、古今名义训诂之变迁;四、古以治化为文今以词章为文关于世运之升降;五、修辞立诚辞达而已二语为文章之本;六、古经言有物言有序言有章为作文之法;七、群经文体;八、周秦传记杂史文体;九、周秦诸子文体;十、史汉三国四史文体;十一、诸史文体;十二、汉魏文体;十三、南北朝至隋文体;

---

① Herbert A.Giles, *A History of Chinese Literature*, New York and London: D.Appleton and company, 1923, p.256.
② M.H.Abrams, *A Glossary of Literature Terms*(《文学术语汇编》第 7 版),北京:外语教学与研究出版社,2004 年,第 109 页。

十四、唐宋至今文体;十五、骈散古合今分之渐;十六、骈文又分汉魏六朝唐宋四体之别。这十六篇所述之内容严格说来只不过是一部散文史而已,至于散文以外的文类林传甲则一概不论,并且对于笹川种郎《中国文学史》选入小说与戏曲的做法大加批评。①这种倾向与当时经世致用的时代风气有很大关联。而黄人则以真善美作为衡量文学的标准,且以"美"为主要方面。在他看来,文学"自广义观之,则实为代表文明之要具,达审美之目的,而并以达求诚明善之目的者也"②。但这却并未妨碍黄人对文学自身美学价值的认识:"至若诗歌、小说,实文学之本色。"③又云:"凡诗歌、历史、小说评论等,皆包括于文学中,颇觉正确妥当,盖不以体制定文学,而以特质定文学者也。"④黄人比较重视域外因素,因而他的文学观念较之林传甲呈现出诸多先进之处。下文将着重以黄人之文学史作为翟理斯著作的参照物展开论述。

从总体上来说,翟理斯与黄人皆将诗歌、散文、小说、戏曲等纳入文学史的范畴。这也是二人与林传甲著作最大之区别。今日学者对于黄人《中国文学史》的肯定也主要是因为这一点。⑤而实际上,黄人《中国文学史》中所收录的文类甚为庞杂,除上述诗歌、小说之外,还有文、诗、诗余、词余等。"文"这一体裁则包括命、令、制、诏、敕、策、书、谕、谕告、玺书、赦文等。此外,还包括各时期所独有的文体,这些文体皆单独作为一节并题为"某朝之新文学(体)",如"明之新文学",包括"曲本""明人制艺"及"明人章回小说"等;又如,"唐新文体"则包括唐人小说"试律(试律赋、试律诗)""诗余"等。

所以,"驳杂"并不仅仅于翟氏《中国文学史》中有所体现,黄人之《中国文学史》亦不例外,就文类而言,可以说较之翟氏有过之而无不及,也就是说黄人在理

---

① 关于林传甲《中国文学史》的相关研究参看夏晓虹:《作为教科书的文学史——读林传甲〈中国文学史〉》,见陈国球等编:《书写文学的过去——文学史的思考》,台北:麦田出版社,1997年,第345~350页;戴燕:《中国文学史的早期写作》,见戴燕:《文学史的权力》,北京:北京大学出版社,2002年,第171~179页;陈国球:《"错体"文学史——林传甲的"京师大学堂国文讲义"》,北京:北京大学出版社,2004年,第45~63页。

② 黄人:《中国文学史·总论·文学之目的》,黄人著,江庆柏、曹培根整理:《黄人集》,上海:上海文化出版社,2001年,第323页。

③ 黄人:《中国文学史·分论》,朱栋霖、范培松主编:《中国雅俗文学研究》(第一辑),上海:上海三联书店,2007年,第83页。

④ 黄人著,江庆柏、曹培根整理:《黄人集》,上海:上海文化出版社,2001年,第354页。

⑤ 这与五四运动以来所构建的文学的范式及价值取向有一定关系。

论与实践之间实有脱节之处。二著类似的驳杂面貌并不只是偶然,这恰恰说明了当以西方文学之定义来规约中国文学史时他们遇到了类似的困难。

以诗歌这一文类为例,翟氏《中国文学史》中,诗歌贯穿于各章之中。由此可见翟理斯对于诗歌的重视程度,具体如下:

文学时期	发展状况	代表作品
尧舜、商汤	格律不规则、不押韵	铭文
封建时期	不规则的格律,格律服从于思想内容	以屈原为代表的"赋"
汉朝	五言律诗	《古诗十九首》及其后出现的规则体诗歌
小朝廷	无	建安七子
唐朝	平仄、押韵	唐诗(尤其推崇绝句)
宋朝	僵化、呆板	无
元朝	有"量"却无"质"	无
明朝	作家、作品减少	无
清朝	空洞、矫揉造作	无

可以看到,翟氏《中国文学史》中诗歌所包含的具体文类包括赋、五言诗、七言诗等。但遗憾的是,对于词这一在中国文学中有重要地位的文体,翟理斯却是只字未提。基于词在韵律方面的特点,将之划归于西方文体中的诗歌类应是较为妥当的一种方式。对于"词"的"缺场",张弘援用一位研究词的加拿大汉学家的观点,认为"关键是词比诗难懂得多。如果没有广博的背景知识,外国读者面对词里众多的意象将会一筹莫展"[1]。而程章灿则认为宋词由于"受格律形式的限制,译解难度比较大"[2],因此才被忽略。从欧洲文学传统来看,并无词这种文学体裁,在中国传统的文艺观中词则被视为"诗余",长期处于"失语"的状态,在这样

---

[1] 张弘:《中国文学在英国》,广州:花城出版社,1992年,第152页。
[2] 程章灿:《魏理眼中的中国诗歌史——一个英国汉学家与他的中国诗史研究》,朱栋霖、范培松主编:《中国雅俗文学研究》(第一辑),上海:上海三联书店,2007年,第51页。该文指出,魏理(即韦利)唯一翻译的一首词为李煜的《相见欢》。

的处境下,要进入翟理斯的视野并不容易。

对于诗歌,阿瑟·韦利与翟理斯一样,都极其重视。实际上,韦利与翟理斯在中国文学的许多观点上表现出了惊人的相似。除了对于词的忽略,二者在《诗经》为孔子选编、"离骚"的意思为"遭遇忧愁"、宋玉为屈原的侄子及对宋以后的诗歌评价较低(从上表可以看出)等一系列问题上,皆持相同意见。与其说这些是翟理斯与韦利的共同特点,不如说是英国汉学发展中前后承继的表现。

除了诗歌与散文,翟理斯与黄人对小说这一被传统视为"小道"的文体亦较为推崇,让其登上了文学史这一大雅之堂。

郑振铎先生的《评 Giles 的中国文学史》一文,就对翟理斯将小说纳入文学史中的写作方法表示认可。① 无独有偶,黄人也在其文学史中显示出了对小说的重视。在中国古代的文类中,诗、文处于绝对主流的地位,而小说、戏剧则不过为小道。但到了近代,尤其是随着梁启超"小说界革命"的提出,中国近代小说的地位陡然提升。这一时期小说期刊如同雨后春笋般大量涌现,黄人与徐念慈共同创办的《小说林》便是众多期刊中之一种。

无可否认,黄人的小说研究离不开"小说界革命"的推动,而时人对于小说功用的过度提倡,黄人也并未盲从。在《小说林》发刊词中黄人便提出"昔之视小说也太轻,而今之视小说又太重也",认为"小说者,文学之倾于美的方面之一种也"。② 黄人也形成了对于小说的独特见解,《小说小话》便是其对于中国小说的评论集。③ 其中许多观点很独到,对于历史小说、言情小说、侠义小说、军事小说等黄人皆有评议,注重小说在人物塑造等方面的艺术手法的使用。如"小说之描写人物,当如镜中取影,妍媸好丑,令观者自知,最忌搀入作者论断"④。因此,黄人对于小说的研究确实已经深入到了小说文本的内部了,加之其视野开阔,故心仪于

---

① 原文为:"全书中最可注意之处:(一)是能第一次把中国文人向来轻视的小说与戏剧之类列入文学史中;(二)能注意及佛教对于中国文学的影响。这两点足以矫正对于中国文人的尊儒与贱视正当作品的成见,实是这书的唯一的好处。"见郑振铎《评 Giles 的中国文学史》一文,收于郑振铎:《郑振铎古典文学论文集》,上海:上海古籍出版社,1984 年,第 31~34 页。
② 摩西:《〈小说林〉发刊词》,陈平原、夏晓虹编:《二十世纪中国小说理论资料》第一卷,北京:北京大学出版社,1989 年,第 234 页。
③ 这方面的研究有龚敏:《黄人及其〈小说小话〉之研究》,济南:齐鲁书社,2006 年。
④ 黄人:《小说小话》,陈平原、夏晓虹编:《二十世纪中国小说理论资料》第一卷,北京:北京大学出版社,1989 年,第 238 页。

中西小说:

> 语云:"南海北海,此心同,此理同。"小说为以理想整治实事之文字,虽东、西国俗攸殊,而必有相合之点。如希腊神话、阿拉伯夜谈之不经,与吾国各种神怪小说,设想相同。盖因天演程度相等,无足异者。①

一种文学接触到域外文学时,出现这样的比较是早期的常见现象。黄人列举了《夜叉夫人》与《谋夫奇案》、《画灵》与《鲍打滚冥画》、《海外轩渠录》与《无稽谰语》、《三洲游记》与《水浒》中相似的情节来证明其上述之观点。

但与黄人从文本内部进行研究不同,翟理斯对中国小说的着眼点却侧重于其外部因素,即更看重小说在文献方面的价值,而对于内部美学方面的价值则较少关注。这也是翟理斯时代即维多利亚时代英国汉学的一个总体特征。与翟理斯处于同时代但略早些的伟烈亚力(A. Wylie)曾经这样评价中国的小说:"中文小说和浪漫传奇故事,作为一个品种,是太重要了,其重要性是怎么说都不为过的。它们对于不同年龄者的民族风格方式和习惯的洞见,它们所保留下来的那些变化了的语言的样本,使得它成为人们学习历史,获得相当部分历史知识的唯一通道。而且,它们最终形成了那些人物,实际上这些并非毫无价值可言,而这些根本就不应该遭到那些学者们的偏见与轻视。""而且,那些阅读该类型中国小说的读者将会发现,尽管那些故事中充满幻想,但却常常是忠实于生活的。"②虽然翟理斯有注重文学性的倾向,但在这种总体汉学的氛围中,其突破也相当有限。中国典籍(包括小说)的价值更多地体现在文献价值上,这依然是这一时期欧洲汉学的主要倾向,③但不能否认的是同时也蕴藏着一股从美学角度观照小说的潜流。在这股潜流尚未发展为主流之前,翟理斯《中国文学史》中的小说部分只能体现当时汉学领域小说的研究水平。但将本土文学与异国文学进行比附则是翟理斯与黄人的共同点。蒲松龄的《聊斋志异》是翟理斯最为推崇的小说之一,认为其文风只有托马斯·卡莱尔可与之相比拟,④并认为"蒲松龄的《聊斋志异》正如在说英语的地区中流行的《天方夜谭》一样,两个世纪以来,它在中国社会里广泛流传,

---

① 黄人:《小说小话》,陈平原、夏晓虹编:《二十世纪中国小说理论资料》第一卷,北京:北京大学出版社,1989年,第247页。
② *The China Review, or, Notes and Queries on the Far East*, 1897, Vol.22, No.6, p.759.
③ 如翟理斯的《聊斋志异选》就被当作民间故事或者民俗研究的材料来看待。
④ 见本书第65页注①。

为人们所熟知。"①此外,在翟理斯的《聊斋志异选》译本中,中西主题故事的对比更是不胜枚举。如将其中《孙必振》的篇名译为《中国的约拿》;又如《婴宁》中某些细节的描写与吉尔伯特(W.S.Gilbert,1836—1911)《心上人》(Sweethearts)第一幕结尾处的相似,翟理斯认为吉尔伯特是"中国人的学生"。②翟理斯对中西文学进行总体的观照并不仅仅在小说中有所体现,对于诗歌,也在有意无意之间进行中西的比照。如将"平仄"与西方诗歌中的"抑扬"做类比,并向"欧洲的学生们"介绍说:"长诗对于中国人来说并没有吸引力,中文中也没有'史诗'(epic)这个词,但达到上百行的诗歌还是有一些的。"③不难推测,翟理斯对中国诗歌的观照是以西方传统的诗歌为参照对象的。

此外,在诗歌的创作手法上,翟理斯更是将中国诗歌的创作手法与华兹华斯的诗歌创作理论做比较:

> 中国人认为"诗言志"(emotion expressed in words),这个定义不如华兹华斯的"诗歌是强烈感情的流露"这一定义恰当。在中国人看来,诗歌没有定律;古代人认为好的诗歌要有言外之意,同时要使读诗的人有所领悟。④

毋庸置疑,中国的诗歌属于抒情性作品。孔子云:"小子何莫学夫诗!诗,可以兴,可以观,可以群,可以怨;迩之事父,远之事君;多识于鸟兽草木之名。"(《论语·阳货》)诗在孔子看来,"或以诗为足助德性之涵养,或以之为足资知识之广博;或以助社会伦理之实施,或以助政治应对的辞令"⑤。中国确实有"诗言志"的传统,然而这里的"志"与华兹华斯所说的"情感"之间存在着较大的差异。也就是说,翟理斯对于这个"志"的理解并不完全正确,翟理斯所用的"emotion"一词并无法指代中国诗人对于"志"这一词的理解。华兹华斯所主张的"诗歌是强烈感情的自然流露"与"诗言志"之间在表达情感的种类和方式等方面皆有不同之处。"西方文学批评所说的'情',是生理学上的'情感'……而中国传统文学观中的

---

① Herbert A. Giles, *Strange Stories from a Chinese Studio* (Vol.I), London: Thos.de La Rue & Co., 1880: introduction.
② Herbert A. Giles. *A History of Chinese Literature*, New York and London: D.Appleton and company, 1923, p.348.
③ Ibid., p.145.
④ Ibid., p.50.
⑤ 郭绍虞:《中国文学批评史》(上卷),天津:百花文艺出版社,1999年,第17页。

'情',却偏重于政治伦理学上的'情志'。①当然,翟理斯也认识到了二者之间的差异,因此,从言语中可以看出其更加认同华兹华斯的诗歌。由于翟理斯将"志"理解为"感情",因此,在他看来中国的诗论与华兹华斯的区别其实是在表达方式与情感程度上的区别:一为适度含蓄;一为热烈直接。

中西文学乃异质文学,当二者碰撞时,必然产生一定的龃龉,但这却是交流的前提。近代中国的积贫积弱使包括西方在内的多数知识分子皆认为西方文化优于中国文化。但不论是在翟理斯的《中国文学史》中,抑或是在黄人的《中国文学史》中,可以看到,对于中国文学,翟、黄二人皆情有独钟。黄人写作文学史的目的之一便是纠正国人"厌家鸡爱野鹜之风";而翟理斯在对中国文学史进行介绍时,亦没有贬他者而抬高自身的倾向,而是正好相反,通过他不乏赞美之词的介绍,通过他流畅的文风,欧洲读者得以领略中国文学之美。尽管其笔下的《中国文学史》之面貌甚为驳杂,但其桥梁作用是不可忽视的。

三、文学史结构探究

就内容而言,翟理斯的文学史面貌驳杂,"枝蔓旁及,犬牙错出"(郑振铎语),但在文学史写作本身的理论及实践方面,此时的西方确实走在了中国的前面。因此,剖析翟氏《中国文学史》一书的内部结构,探究其写作方式,就成为了研讨其内容以外的另一个切入点。

翟氏《中国文学史》中涵盖了许多日后发展日益成熟的文学史相关理论的因子,这并不是说翟理斯在文学史理论方面的造诣很高,只是强调当时文学史写作趋势对于翟理斯的影响,考察这种影响于翟氏《中国文学史》中表现出来的具体形态也有其时代的借鉴意义。

早在泰纳(Hippolyte Taine,1828—1893)的《英国文学史》(1864)之序言中就提出了其影响广泛的"民族、时代、环境"之于文学史影响的"三因素"说。而波斯纳特(Hutcheson M. Posnet,1855—1927)《比较文学》(1880)的发表则使文学史的书写在重视内在因素的前提下也要顾及外来因素的影响。因此,在朋克斯特的

---

① 孙景尧:《沟通——访美讲学论中西比较文学》,南宁:广西人民出版社,1991年,第216页。

《英国文学史》(1893—1894)中我们清晰地看到了这种倾向。①由此我们来研讨一下翟理斯《中国文学史》写作所展示出的文学史观念。

1.作家、作品与读者

随着文学理论的发展,当代对于文学作品的研究与文学史的写作主要是从世界、作家、作品、读者四个因素展开。这一范式的基本定型是在艾布拉姆斯《镜与灯》一书中,在该书中作者展示了一种"方便实用的模式",②即世界、作品、作家与读者之间的三角形关系。翟理斯在写作《中国文学史》时也考虑到了世界、作家、作品与读者这四大因素在文学史中所占的重要位置。

"文学结构的演化"既包括受文学自身内在特质的规约,同时也包括外界因素对于文学作品生成的影响。在翟理斯所著《中国文学史》中,我们很难见到中国文学演化运行的轨迹。只有在诗歌这种文类中,翟理斯显示出了其对于所谓"文学结构演化"的些许理解。正如前表所示,诗歌的发展在经历了几个阶段后,在唐朝达到了顶峰,达到了完满的状态。随后的宋元明清四个朝代在诗歌这一文学体裁的创作上已是"强弩之末"了。③这样的看法是反映了翟理斯在华时代国人(此处主要指知识分子)的真实观点,抑或翟理斯自己的总结,或者两个因素兼而有之? 实际上,正如翟理斯在其序言中所言要"尽量引用中国人自己的批评"那样,中国文学的传统批评,是翟理斯评价作品需要借鉴的资源之一。对于在唐朝达到顶峰的诗歌,翟理斯引用了一位中国"现代"批评家的话:"诗歌,产生于颂歌,④随着《离骚》而获得了发展,在唐代达到了诗歌的完美境地。"⑤除此之外,读者的确很难在其文学史中发现诗歌演化的蛛丝马迹了。从翟理斯的引文来看,他似乎也认同了《诗经》与《楚辞》是中国诗歌发展的源头与发展过程中的重要阶段,但是从具体内容来看,在其文学史中最早以诗歌之名出现的却是屈原及宋玉

---

① 在该部文学史中,朋克斯特甚至将英国文学史写成了英国与欧洲各国的关系史,一章即一个欧洲国家对英国文学的影响。
② [美]艾布拉姆斯:《镜与灯:浪漫主义文论及批评传统》,郦稚牛、张照进、童庆生译,北京:北京大学出版社,2004年,第5页。
③ 当下多数的文学史都给人一个总体印象,即诗歌在唐之后的宋元明清时已不再是"主流"了,但实际上,以宋诗为例,宋诗的创作及其对后世的影响皆不亚于为当下所推崇的词。
④ 此处应指《诗经》。
⑤ Herbert A.Giles, *A History of Chinese Literature*, New York and London: D.Appleton and company, 1923, p.143.

这些赋家和器皿上的"诗歌",而不是《诗经》。因此,可以说翟理斯对《诗经》这本中国第一部诗歌总集的定位并非十分明晰。

2.外部因素

文学发展的走向必然离不开文学以外的因素。"毕竟作品是人民的产品,它们是社会的实存之物,与其他文化生活的现象构成多方面的关系"①,也就是"他律"对于文学史的影响。而19世纪末的欧洲,文学史的研究也主要停留在文本的外部研究之上。泰纳"三因素"说的影响于此时并未消退,朋克斯特的《英国文学史》也是这种模式的体现。

翟理斯在其文学史第一章之第一节的"神话时代——早期中国文明——文字的起源"中简要介绍了中国的古代文明,其中追溯了中华民族的产生:

> 那时中国限于相对较小的一个范围之内,主要位于黄河北部与长江南部的大部分地区。没人知道中国人源于何地。有些人持有极有趣的观点,认为他们是巴比伦尼亚一个小镇的移民,也有些人认为他们是以色列的部分遗民。似乎没人认为他们可能起源于如今发现的这片肥沃的平原。②

虽然对于中华民族的认识有待提高,但至少可以看到翟理斯的一种姿态,即在文学史的写作中重视种族这一因素,这也是时代特征的体现。

与中国传统的"文苑传"等不同,翟氏《中国文学史》虽然在篇幅及内容上都极其有限,但其叙述却更加注重"文学作品的生成及作品与历史现实的关系"。具体则表现为侧重该时期政治因素对文学发展走向的引导与制约。

在这些政治因素中,一个朝代帝王及其文化政策又成为翟理斯所关注的重点。因此秦的统一与焚书坑儒、汉代"封建制度③的衰弱"、南北朝(翟理斯称之为小朝代)持续不断的战争、唐代政治经济的繁荣、五代十国的分裂等因素,便成为翟理斯介绍一个朝代文学的总体背景时所选择的内容。此外,从元朝起,翟理斯亦将目光锁定在君王所颁布的文学文化政策上。在英国早已有了这样的传统,如为人们所津津乐道的伊丽莎白时期的文学文化政策,以及维多利亚时代的文学文

---

① 陈国球:《文学史书写形态和文化政治》,北京:北京大学出版社,2004年,第334页。
② Herbert A.Giles, *A History of Chinese Literature*, New York and London: D.Appleton and company, 1923, p.4.
③ 此处的封建制度主要是指周朝的分封制,用的是"封建"一词在古汉语中的含义。封,守其制度也;建,立朝律也。见许慎:《说文解字》,徐铉校定,北京:社会科学文献出版社,2005年,第2页。

化政策等。而翟理斯所提及的忽必烈、朱元璋、康熙和乾隆等君王在文学文化等方面的政策对于文学的推动作用也就不足为奇了。实际上,翟理斯的这种叙述是极为粗糙的。他仅仅提及了帝王的文化政策,而政策的具体内容与文学走向之间的关系却显得讳莫如深。与黄人对于中国各朝文学的评论相比,翟理斯的文学史则显得文学专业性不够强。黄人在其《中国文学史》的略论之暧昧期中有这样的看法:

> 我国文学,有小劫一,次小劫三,大劫一,最大劫二。祖龙之焚坑,一小劫也。南北朝之分裂,五季之奴虏羼处,蒙古之陆沉中国,为三次小劫。汉武之排斥百家,为一大劫。夫昔之异族,入主中国,每喜假右文之名,以饰其左衽之陋。①

这样的看法不乏真知灼见,且较之于翟理斯之蜻蜓点水,更显难得。黄人之所以将汉武帝时代"罢黜百家,独尊儒术"视为比秦朝的"焚书坑儒"更大的劫难,主要是因为:"秦之坑儒坑其身,汉之坑儒坑其脑;秦之焚书,焚其现在之文字,汉之焚书,并焚其未来之思想。三千年来文学之不能进化,谁尸之咎乎?"②这样的认识实源于黄人对于文学之自由精神的提倡。"文学为言语思想自由之代表",并且由于一个时代之文学可以造就一个时代之风气,因此,文学具有怎样的品质决定了一个国家国民之品质及其余各方各面。对于"焚书坑儒",黄人以为"论起近因,固似与之反对;求其最后之果,则为诸家之功臣,其用情厚于汉武远矣"③!这样的见解实让人耳目为之一新。而翟理斯对秦皇汉武文治之功的评价则未逃离时人观点之樊笼,虽亦为国人所持之观点,但若以国人之眼光审视之,则中规中矩。翟理斯于其文学史中记载了秦始皇的"焚书坑儒"之举措,认为这一政策是伟大功业之名上的污点;而汉武帝则是那个时代文学的"守护神"。可以说,翟理斯主要通过直接援引中国史书上之记载来品评君王政策对于文学之影响;而黄人则是从内在本质上探讨文学的思想内涵,这主要与当时国人所面临的内外交困之环境,知识分子企望强国保种之目的,从而以文学来振兴一民族之精

---

① 黄人:《中国文学史》,朱栋霖、范培松主编:《中国雅俗文学研究》(第一辑),上海:上海三联书店,2007年,第92页。
② 同上,第93页。
③ 同上,第88页。

神有关。

　　对于康熙、乾隆二世之文学,翟理斯亦只简略介绍。也就是说翟理斯的文学史只停留在向欧洲读者介绍中国文学作品及文学总体概况的程度上,尚未达到对中国文学从整体上进行综述与评价。实际上,这个时期英国汉学的发展并不十分发达。与之相对的是,英语世界的读者及当时研习汉学的"欧洲学生",他们的汉学水平仍停留在企图全面了解的阶段。剑桥大学的第一位汉学教授威妥玛曾说:"我对中国只不过有些实际知识而已,在理论方面还差得很远。最起码的知识经验也没有,今年又已七十岁,无法再求深研。不过我估计目前我校教师和学生中曾翻阅过中文书的大概不过五名。若让他们听像已故法国大汉学家雷慕沙和儒莲生前那样博学深奥的演讲,真是对牛弹琴。我之所以建议应该教学生点基础汉语,向他们介绍世界上人口最多、历史最悠久的中华帝国的历史、政治、文化等概况,目的就是要引起我国人民对原来感到陌生而乏味的汉学的兴趣。我虽然不敢保证我能够完成这任务,却决心全力以赴。"①而翟理斯任教的三十余年中,所教授的学生总共也只有三个。②面对如此严峻的汉学发展形势,翟理斯必须尽量地考虑到读者的接受问题,正如林纾采用古文(更准确地说,应该是史传文学的文体)翻译域外小说受到了读者的热捧,而周氏兄弟采用白话文翻译的《域外小说集》却受到冷落,欢迎与冷遇其实并不遥远,有时仅仅只是历史的"邂逅"而已。而翟理斯恰恰实现了与时代至少是与他那个时代的"邂逅",他以流畅优美的译文向英语世界的读者展现了美轮美奂的中国文学,并力图将其串联成一幅优美的文学史画卷。他的《中国文学史》一版再版,阅读的群体已经超越了英国的大学生而指向英语世界的所有读者。关于《中国文学史》一书的初版时间见上文的注释,其后还再版了数次:"1909年、1923年和1928年纽约阿普尔顿出版公司连续再版。1958年和1967年纽约丛树出版社再版了该书。1973年佛蒙特州查尔斯·特尔出版公司又出版了修订版。"③这也充分证明了该书的生命力。

　　就是否重视最高统治阶层对文学的影响这点而言,其文学史便带有浓厚的官方文学的色彩。我们可以看到翟理斯在其文学史中所提及的许多文学书籍的版

---

① 张国刚:《剑桥大学中国学的历史与现状》,《中国史研究动态》1995年第3期,第2~8页。
② 此说法也从张国刚。
③ 熊文华:《英国汉学史》,北京:学苑出版社,2007年,第96页。

本,多数都是官方负责出版或者是由皇帝钦点编撰的。如各朝初建时期由皇帝命大臣编写的前朝之史书、百科全书①等。翟理斯提到的清代所编之丛书就包括《全唐诗》《康熙字典》《佩文韵府》《渊鉴类函》《古今图书集成》《骈字类编》等。其余各朝的则有《永乐大典》《太平广记》《资治通鉴》《太平御览》等。这些都是文学史研究中举足轻重的书籍。

翟理斯对于处于官方文学视野之外的、尚处于边缘的文学形式(主要是指小说与戏剧),也以欧洲的文学标准将其收录文学史之中,特别是在民间广泛流传的这一类的作品。郑振铎曾指斥翟理斯由于"对于中国文学没有系统研究"及"对于当时庸俗的文人太接近了"②,因此,才使其文学史出现了他所提到的那些缺陷。实际上,翟理斯作为外交官汉学家,在多数情况下,他所接触到的更多是当时为官的士大夫阶层。郑振铎称之为"庸俗的文人"确实苛刻了些。

3.文学运行机制

作家创作作品到作品与读者见面,这一过程中作家创作作品的手段、作品以何种面貌面世的问题,在近代成为读者与接受者以外的又一文学研究的重要切入点。近代中国报刊的兴起便是近代文学在运行机制上变革的重要表现之一。

在《中国文学史》中,翟理斯已经开始关注报刊文学。在清代文学的最后一节中,翟理斯介绍了"墙壁文学—报刊文学—智慧与幽默—谚语格言",实际上,在这节中除了标题所示之"文学种类",翟理斯亦涉猎了翻译文学。这样的文学史眼光若以当时英国国内之文学发展及文学史写作而论,也属稀疏平常。19世纪末的英国文坛,报刊杂志文学已是发展得较为成熟的一种文学类型了。"这也是一个政治性、文学性等各种期刊大量增加的时期,它们拥有读者之多和影响之大,使得一个外国观察者称之为'欧洲最强大的文学机器'。"③英国的报刊文学发端于18世纪,如《旁观者》及主持人艾迪生。而其进入19世纪时的状况则与我国晚清近代时期的状况有些相似。报刊杂志的大量涌现、出版印刷成本的下降及读

---

① 百科全书乃是现代知识体系中的词汇,若准确来说,应为"类书"。
② 郑振铎:《评Giles的中国文学史》,《郑振铎古典文学论文集》,上海:上海古籍出版社,1984年,第31~34页。
③ 王佐良:《英国文学史》,北京:商务印书馆,1996年,第312页。

者群体的迅速膨胀都使报刊文学在文学界中迅速站稳脚跟。①在这样的总体环境之中,翟理斯表示出了对于报刊文学的重视也就不足为奇了。较为可贵的是,翟理斯不仅仅停留在吸收英国文学界的既有成果,更重要的是他率先从文学文本的产生机制这一角度来考察文学史的方法。从这一角度出发,翟理斯对于中国历史上的每一次书写工具的变革都极其重视,具体如下：

朝代②	文学作品产生/传播的媒介
封建时期	结绳记事、文字产生(象形字)、竹简
汉朝	毛笔、丝绸、纸张
宋朝	雕版印刷(主要指木版印刷)
清朝	墙壁、报刊

冯道是官印儒家书籍的代表者,在此之后,经典便都以雕版印刷的形式出现了。翟理斯也认识到了冯道并非文学家,而是一名政客。但之所以在文学史中选入冯道,最主要的原因便是其对雕版印刷的普及之功。"另一方面,对于外国人而言,他将被认为是雕版印刷的发明者而为人们所记住。似乎早在唐朝时,雕版印刷便已为人所知晓,但直到冯道时期,雕版印刷才运用于书籍的生产。"③文本制作传播方式之更迭对文学史的发展有着很大的制约作用,甚至在某种程度上决定了文学史的走向。"随着(雕版印刷)这种新的印刷形式的出现,正如中国神话故事中所说的那样,我们进入了'另一番天地'。各种历史学、经学、总体文学、词典学及诗歌等领域在一系列开明君主的热切鼓舞下又重现了大量富于激情的作

---

① 1827年,在英国国内就有308种出版发行的报纸,其中有55种的出版地为伦敦。到了1887年,在英伦岛内出版的报纸达到了2125种,在伦敦发行的有435种。见Henry S. Pancoast, *An introduction to English literature*, New York: Henry Holt and Company, 1907, p.520。
② 此处的朝代依据翟氏《中国文学史》一书的划分标准。
③ Herbert A.Giles, *A History of Chinese Literature*, New York and London: D.Appleton and company, 1923, p.210.翟理斯这种说法并非空穴来风,沈括的《梦溪笔谈》中记载："板印书籍,唐人尚未盛为之。自冯瀛王始印五经,已后典籍皆为板本。"见《梦溪笔谈校证》,胡道静校证,上海：上海古籍出版社,1987年,第597页。

家。"①

事实上,翟理斯对于中国历史上所出现的文本生成传播方式②都给予了重视,而其中最后一次也是最剧烈的一次即晚清时期的报刊文学。《申报》作为中国现代报业的开端,在当下也愈加受到学界的关注。但早在翟理斯的文学史中,便已经有了《申报》的一席之地。翟理斯也向英语世界的读者介绍了报刊最初在中国出现时所受到的抵制。可以说,正是文学生成传播媒介的嬗变使文学从庙堂走向了民间,于是才会有了中华民族浩如烟海、汗牛充栋的各种书籍。

4.文学作品的接受

文学作品在每个时代的接受状况并不总是相同,最常为学界所提及的便是诗人陶渊明。陶渊明的诗歌直至宋代才受到了当时学人的大力推崇。这也就说明了一个问题:文学作品的接受实际上与一个时代的风气有着千丝万缕的联系,而这种"时代风气"也就是伏迪契卡理论中的"文学的基准",泛言之,即当时的学术水平。而一个时代的文学基准的最重要体现之一便是当时的文学批评。

我们很期待在翟理斯的文学史中,可以看到他在这方面的尝试,但结果并不尽如人意。在其文学史中,翟理斯只收录了萧统《文选》和司空图《诗品》,且只对《诗品》做出了详细的译介,当然他采用的也是诗体。翟理斯的文学史在理论及剖析上确实存在很大的缺陷,但其实在英国汉学发展的过程当中,都存在着重实用而轻理论的倾向。

这样,取代文学批评的便是作家的许多奇闻逸事了。"如王勃必须睡足打好腹稿方挥毫,陈子昂手刃杀父的仇家,宋之问赋诗得锦袍"③等。又如李白为杨贵妃作诗、让高力士为其脱靴及最终失足落水而亡等逸事。事实上,翟理斯曾编写了一本《古今姓氏族谱》,该书的出版时间略早于其《中国文学史》。通过比对,可以清晰地看到《中国文学史》中相关作家的事迹皆选自《古今姓氏族谱》,只是在内容上有所省略而已。而从翟理斯所选的这些故事来看,很显然都是一些令人感

---

① Herbert A. Giles, *A History of Chinese Literature*, New York and London: D. Appleton and company, 1923, p.210.
② 在中国的历史上,文本生产传播方式的变革主要有三次:第一次是文本由甲骨刻石钟鼎转为竹简木片帛书;第二次是纸和雕版印刷的发明;第三次是西方输入的机器印刷和书、报、刊的资本主义商业性经营方式。
③ 这里笔者采用张弘先生的译文概括。

兴趣的小故事。且不论翟理斯所选故事之来源，就这些故事本身而言，却更近于在民间所流传的名人逸事一类，如上述诗人之逸事。此外还可以韩愈为例。在翟理斯的行文过程中有一个值得关注的细节，翟理斯对韩愈的称呼并不像他对于其余作家一样直呼其名，而是称其谥号"韩文公"。究其原因，实与其经历有关。光绪元年(1875)英国翻译官马嘉理等人在云南边境被杀，翟理斯奉命到广东巡视："本人奉上级指示经由惠州府、潮州府，其中取道嘉应州，完成取证中国当局张贴'滇案告示'之任务。"①他写作了《翟理斯汕广纪行》，在1876年到1878年间，又分别担任了汕头、广州的英国领事。对于当地的民风民俗，翟理斯在其游记里有所体现。在广东潮州，翟理斯见到了"韩文公庙"和韩文公韩愈的画像。可以说在地方任领事的经历促使翟理斯最先接触到的是与当地关系较为密切的文人及其事迹，韩愈被贬潮州成为翟理斯认识他的契机。这种"先入为主"的观点形成了翟理斯对于中国文学的最初印象，很自然地也就成为了其中国文学史中最重要的组成部分。因此，翟理斯在自己的文学史中有大量关于韩愈的篇幅。入选的韩愈的作品主要有：诗歌《感春四首》之四(我恨不如江头人)、《杂诗四首》之一(朝蝇不须驱)、《同冠峡》；文则有《祭柳子厚文》、《原道》(节译)、《祭鳄鱼文》(节译)、《祭十二郎文》(节译)、《论佛骨表》。而且对于韩愈之生平与作品间关系的论述，是其所有有关文人的概括中拿捏得最为到位的一个。即便如此，韩愈的例子似乎可以说明翟理斯在其文学史写作中考虑到了作家作品的接受这一层面，而且这里的接受群体主要是民间大众。能说明这一点的不仅只有韩愈一人，另一位被郑振铎先生批评不该占用如此多篇幅的蓝鼎元也是一例。由于翟理斯曾任淡水领事，蓝鼎元又是一位在台湾有重大影响的学者，因此，将其作为与韩愈一样的写作重点也就不难理解了。

这样，在翟理斯的文学史中我们看到了其对于官方典籍与在民间受欢迎之作品的双重重视。"四书五经"的读者与通俗小说的读者并不相同，即便是喜好阅读通俗小说的文人，也只是私下作为自己的兴趣爱好，而登不上大雅之堂。也就是说，翟理斯只是记录下了当时他在中国所见到的大致的一个文学文化状貌，在

---

① Herbert A. Giles, *The Journey of Herbert A. Giles from Swatow to Canton*, 上海：复旦大学出版社, 2007年, "前言"。

其写作过程中,有意识地从作家作品的接受角度进行考察的可能性微乎其微。翟理斯耳濡目染为其了解中国文学提供了某个方向,因此他也在这个方向上走得比较远,在无意识中注意到了作品在民间的传播状况。

第三节　儒释道文化规训下的文学史书写

　　任何文学史的写作者都有其编写的"标准",作为在中国文学史草创期的翟氏《中国文学史》来说,其撰写"标准"与当下较为成熟的"文学审美"的标准实不可同日而语。这一标准是与当时英国甚至整个欧洲的汉学水平息息相关的。按照目前对汉学发展的划分阶段来说,翟理斯应当处于由业余汉学研究向专业汉学研究转变的过渡时期。作为庞杂汉学体系中的一个小部分,这一时期的文学译介与研究必然是建立在汉学既有的成果之上的。过渡期中各种因素相互制约而呈现出的驳杂面貌在翟氏《中国文学史》中也有所体现。不妨说,翟理斯借助《中国文学史》使欧洲读者对中国文化有了进一步的了解。或者说,翟理斯是通过"是否可以体现中国文化(传统的具有特色的)"为标准来筛选中国文学的。在这一过程中,翟理斯采用了西方文学史写作中常用的主题性的写法。

　　与中国的现实状况相适应,同时基于整个欧洲汉学的基础,儒释道三家思想及其影响下的文化成为了翟理斯介绍中国文学史时首要考虑的因素。正是已有的英国汉学研究成果及当时汉学家们的"兴趣"使得翟理斯在《中国文学史》中对儒释道思想格外重视。当然,就中国文学本身而言,中国文学的发展与儒释道三种思想是密切相关的,中国文人也多徘徊游离于其间,三种思想对他们的人生选择及创作都有很重要的影响。翟氏《中国文学史》很重视作家的"三教归属"问题,也格外青睐受"三教"影响的作家及此类作品。①虽然关于中国文学发展与儒释道间关系的阐释尚未深入,但读者从中不难领会到它们对中国文学发展的影响。

综观翟氏《中国文学史》,可以清晰地看到,翟理斯对三种思想既有整体上的概述,也有就其在文学方面的影响做出更具体的介绍的尝试。

一、受儒家思想制约表现之一——《诗经》的尴尬位置

正如上文所述,儒家思想从传入英国始至翟理斯时,相较于道家、佛家已远为当时的汉学家所熟知,尤其是理雅各对儒家思想的译介与阐释成为了所有英国汉学家乃至欧洲汉学家们所无法绕过的"拦路虎"。因此,当翟理斯涉猎儒家孔教这一领域时,除了引用借鉴,实无法出其右。但翟理斯"注重对文学作品本身的翻译"的倾向即便是在对儒家思想的迻译中也有所体现。这主要表现在对《诗经》的译介上。在"五经"的译介中,《诗经》是其引用理雅各译文最少的两部之一。②

《诗经》从汉武帝时代被定为"五经"之一始,便始终以儒家经典的面貌出现,至后世三家诗不传,仅传毛诗的现象也从侧面反映出《诗经》的社会道德功用远胜于其最初创作时的审美倾向。《诗经》只可能作为儒家的经典,不可能作为文学的经典,即在中国古代关于经典的分类体系中,不可能将《诗经》划归为除"经"部以外的其余任何一部。所以当理雅各在王韬的帮助下翻译《诗经》时便不能不受此种传统的影响,尤其是作为唯一传世的毛诗的影响。③此外,理雅各自身翻译所具有的特点也使得《诗经》的文学审美特性削弱不少,这也是理雅各译文受到批评的主要症结所在,"理雅各翻译中国经书的动机是为了让西方人了解中国文化,并不把文学性放在重要的位子上。他反对'以诗译诗'的操作方式,他关注的是要最大限度忠实地传达原诗的意思,不加不减,不带个人的主观色彩。他的精

---

① 包括"归隐""忠""勇"等各方面,下文将具体展开。
② 另一部为《春秋》,但《公羊传》《穀梁传》皆引理雅各的翻译,而《诗经》中仅有 2 篇(翟氏共译介了 14 篇,其中全文翻译的 1 篇,节译的 13 篇)采用理雅各的翻译。至于其余 3 部则全部引用理雅各的翻译。
③ 岳峰:《架设东西方的桥梁——英国汉学家理雅各研究》,福建师范大学博士学位论文,2003 年。

力多投在考证和内容上,而不是追求诗韵"①。鉴于《诗经》在中国学术界中及英国汉学界研究中的位置,翟理斯对《诗经》地位的界定始终游走于经学与文学之间。一方面,他对中国的将《诗经》与政治相附会的"解经"传统表示了不满:"早期的注释者,缺乏发现这些诗篇自然美的能力(这些诗篇为今天的语言提供了无止尽数的家喻户晓的词汇和大量的常用成语典故),同时也不可能忽略自己前辈对此做出的注释与判断,因此就动手把深刻的道德意义与政治意义硬塞进这些村野小调里。这样,不朽的'诗三百篇'的每一首都被迫产生了某些内在的含义和相应的道德训条。"②他试图将《诗经》从经学的束缚中解放出来,从而使其获得独立于经学之外的自己的品格,③以《郑风·将仲子》与《郑风·褰裳》为例,翟理斯认为这两首诗旨在表现女性对自己所爱之人的不同态度,然而《将仲子》却被注释为"一个封建贵族并不急于惩罚阴谋反叛自己的兄弟";④而《褰裳》一诗也无法表明"这些直白的语言表达了某个小国的国民希冀大国干预该国内政,并结束现有的统治家族的内部的矛盾"⑤这一事件。虽然翟理斯对这样的附会并未做出正面的否定的评价,但从他的叙述语气中不难看出他对此还是颇有异议的,他强调说:"欧洲的学生不会像中国本土的学者一样受到传统注释的约束,而将会在这些诗歌的范围内很好地找寻诗歌本身的意义。"⑥当然,翟理斯所提到的关于《诗经》的附会和曲解其实皆源于《毛诗正义》中的说法:"《将仲子》,刺庄公也。不胜其母,以害其弟。弟叔失道而公弗制,祭仲谏而公弗听,小不忍以致大乱焉。""《褰裳》,思见正也。狂童恣行,国人思大国之正己也。"⑦当然,他也认识到了这些注释对于中国典籍及中国学者的重要意义:"或许正是采用了这种谬论(指注疏——笔者注),从而有助于使这部作品保存至今,否则的话这部作品将会被认为

---

① 岳峰:《架设东西方的桥梁——英国汉学家理雅各研究》,福建师范大学博士学位论文,2003年,第221页。
② Herbert A. Giles, *A History of Chinese Literature*, New York and London: D. Appleton and company, 1923, p.13.
③ 当然也有些学者以为翟理斯的批评意见是针对理雅各而发的,可参阅张弘《中国文学在英国》一书。
④ Herbert A. Giles, *A History of Chinese Literature*, New York and London: D. Appleton and company, 1923, p.13.
⑤ Ibid.
⑥ Ibid., p.14.
⑦ 毛亨传,郑玄笺,孔颖达疏:《毛诗正义》,北京:中华书局,1957年。

太琐碎而无法引起学者们的注意。中国的上层知识分子皆背诵这部作品,而且对每一句进行仔细爬梳,直到无法再做出进一步的注释为止。"①可以说,翟理斯在一定程度上摆脱了《毛诗正义》观点的束缚,拨开了笼罩于《诗经》之上的上千年的迷雾,得以窥见其真貌。

但在另一方面,翟理斯却又无法做到像当代学者那样从源头上切断《诗经》与儒家经典的联系,而纯粹从文学的审美特性上对其进行解读。作为我国第一部诗歌总集的《诗经》在翟理斯的文学史叙述中依旧附属于"五经"的目录之下,未能将之纳入诗歌独立来译介。当然即便是西方后来的学者研究《诗经》,也并不局限于从文学的角度切入,而是形成了多角度的、立体的研究。②同时19世纪英国汉学发展的大环境也使当时《诗经》的研究难以达到专业化的水平,虽然在理雅各《中国经典》丛书的《诗经》卷中便有一些关于《诗经》的初步研究。③值得注意的是,理雅各在《诗经》卷第四章之后附录了一篇毕欧的题为《中国古人礼仪探》的论文,无独有偶,翟理斯在其《中国文学史》中也格外强调《诗经》对了解孔子之前时代中国人的行为习惯、信仰等方面的价值。这似乎预示着日后《诗经》在民俗学研究上所存在的进一步发展的方向与空间。

二、受儒家思想制约表现之二——"忠""勇"主题文学受到青睐

对中国文化的研究是业余汉学研究向专业汉学研究发展的必经阶段,对处于向专业汉学研究发展过渡期的英国汉学而言亦不例外。作为一名外交官,首先要面对的是与中国官员(在一定意义上也属于中国的上层知识分子)的接触,而与此同时,在各地担任公职时的经历也会促使其对自己置身之地的民俗风情有一定

---

① 关于这点,翟理斯还以《邶风·谷风》一诗中"泾以渭浊,湜湜其沚"一句为例,由于乾隆皇帝对泾水浑浊,渭水清澈的解释不满,遂派人实地考察,乃最终确定注释的意思应为泾水清澈,渭水浑浊。Herbert A. Giles, *A History of Chinese Literature*, New York and London: D. Appleton and company, 1923, p.14.
② 《诗经》在西方的研究,就有诗体研究、民俗学研究、语言学研究等,可参阅周发祥:《〈诗经〉在西方的传播和研究》,《文学评论》1993年第6期。而19世纪末的英国汉学离这样的"专业化"研究尚有距离。
③ 岳峰:《架设东西方的桥梁——英国汉学家理雅各研究》,福建师范大学博士学位论文,2003年。

的了解。①此外,在与中国官员的接触中必然牵涉到对"中国官员"的看法,对有限接触的古籍的阅读与亲身经历遂使他们对官方所记文学及在民间广泛流播的"文学"(有些甚至还谈不上文学)印象尤其深刻。

忠与勇的品质在不同国家与民族皆存在,但就中国而言,与儒家思想不无关系,忠与勇也确实是从中国儒家思想中衍生而来的。《礼记·大学》云:古之欲明明德于天下者,先治其国;欲治国者,先齐其家;欲齐其家者,先修其身;欲修其身者,先正其心;……心正而后身修,身修而后家齐,家齐而后国治,国治而后天下平。这段最为中国知识分子所熟知的话语也成为了翟理斯译介"四书"之一的《大学》时所选择的唯一的翻译对象。儒家、儒学的内涵无限丰富,带有浓厚功利色彩的英国汉学家无法对其进行深入解读,对他而言,像忠、勇这类与欧洲传统有一定关联的因素才能被他以"实用主义"的准则所涵盖。

"忠",或者说忠诚,无论是在哪个民族和国家皆为官方的主流意识形态所提倡,同时亦为普通民众所颂扬,而在中国还以各类奇闻逸事的方式在民间广泛流传。翟理斯对这类可以"耳濡目染"的文学最为提倡,也最为客观条件所允许。以其在担任外交官期间所形成的对中国人的总体的认识(包括中国现状)为基点,进而追溯中国历史及其历史上的人物,从而进一步认识中国。翟理斯认同理查德·杰布(Richard Jebb,1841—1905)的观点:"一种思想渗入一个人的意识之中并被吸收的最好的证明是:在他生命的最危急时刻,他重现了文学中所描述的伟大人物形象及其思想。他从文学中接受感染,并且找到支撑和鼓舞自己的东西,这种东西是一种慰藉,一种鼓舞,一种用以表达更深情感的言辞。"②以这样的观点来观照中国文学史中的作家(这些作家中的多数是古代社会中"学而优则仕"的历史人物),翟理斯大力渲染了文天祥的"忠诚"和崇祯皇帝自杀后留下的"遗书"。

翟理斯对文天祥的了解主要根据《宋史·文天祥传》中的相关记载,尤其对劝降的情节做了比较详细的介绍,并全文翻译了《正气歌》。与杰布的观点相结合,不难窥见翟理斯在此的选译标准,对文天祥《正气歌》的译介实际上是基于对

---

① 翟理斯曾在天津、汕头、淡水、厦门等地供职。1877年改驻广州任副领事,在这期间,翟理斯利用公务旅行之便写了《翟理斯汕广纪行》一书。
② Herbert A.Giles, *China and the Chinese*, New York: The Columbia University Press, 1912, p.112.

文天祥"忠诚"精神的认识上的:于生死关头表现出受儒家思想影响的品质。"中国历史上出现了大量崇高地活着而勇敢地死去的人物的名字,鼓舞他们的源泉没有比孔子思想更高级的了。"①

对于《明史·本纪第二十四·庄烈帝二》中的叙述,翟理斯选取了庄烈帝崇祯自尽前写于衣襟上的一段话:"朕凉德藐躬,上干天咎,然皆诸臣误朕。朕死无面目见祖宗,自去冠冕,以发覆面。任贼分裂,无伤百姓一人。"②翟理斯尤其推崇其中的最后一句。这个例子与文天祥的例子从不同的两个方面简要阐述了他所认为的君臣间的关系。同时,也可以说明,对于文学史料的选择,翟理斯于此处的标准并不是文学的审美性,而是是否能够代表中国文化(这里是儒家文化)。又如,翟理斯选取了明朝杨继盛的事迹及其妻的上诉文,着重译介了上诉文的内容。这样的例子在翟氏《中国文学史》中大量存在,从而也就给当下的中国读者(与英语世界读者不同,对中国文学显然要了解得多)在阅读时因无法产生统一标准带来了一定困惑。

当然,事实上不论是文天祥的"忠君爱国"抑或崇祯的"爱民"皆是在历史叙事中形成的。这样便会对翟理斯提出更高的要求,如:文天祥的"忠臣"身份是自主的选择还是当时历史与环境下被迫的选择？官方的主流叙述与民间对高尚品质的追求在这类事件的叙事中形成了一致的结果,而这恰恰是能被纳入翟氏《中国文学史》的主要原因所在。

因此,不妨说翟氏《中国文学史》中呈现出的儒家思想的面貌,是当时英国汉学中儒学研究领域既有成果和翟理斯个人兴趣两个因素共同所致,当然这两个因素间也并非毫无关联。

三、道家思想制约下之文学史

随着对中国及中国人认识的进一步深入,翟理斯必然发现儒家思想并非中国人所接受的唯一思想,于是儒家之外的佛道两家成为其关注的新对象。同时正如

---

① Herbert A. Giles, *China and the Chinese*, New York: The Columbia University Press, 1912, p.117.
② 张廷玉等:《明史·本纪第二十四·庄烈帝二》,北京:中华书局,1992年。

上文所述,儒家典籍译介的成果大大超过了此时的道家,这在一定程度上也促使翟理斯将精力投向了当时方兴未艾的道家典籍及其思想的译介上来。"儒家的作品已经很多了,佛家也同样是这样,所以我决定将自己(的研究范围)限制在道家这个并不受普通大众太多关注的领域。"①在他看来,中国的三教(即孔教、佛教和道教)中,"孔教从来就不是一种宗教,只不过是关于社会和政治道德的系统;佛教确实是一种宗教,但却是外来的;只有道教,至少可以知道它是土生土长的"②。因此,他对道家思想的关注胜过儒家并非完全出于偶然。

道家是三家中翟理斯用力最勤的一家。在撰著《中国文学史》之前,翟氏于1889年已经完成了《庄子:神秘主义者、道德家、社会改革家》一书,在当时广受欢迎,这主要是归功于他优美的译文。如果说翟理斯的《庄子》译本成为了当时西方许多知识分子借以了解中国儒家以外的另一种截然不同的思想的桥梁,或是对之加以利用并使之参与自己的理论主张建构的话,那么,他所译介的另一部道家经典——《道德经》在读者群中的反响则要逊色许多。翟理斯关于《道德经》的译介仍然采用了其1886年任淡水领事期间于《中国评论》上发表的《老子遗集:重译》一文。该文发表之后,立刻引起了一场影响极大的由多方汉学家共同参与讨论的关于《道德经》真伪问题的论争。在这场论争中,翟理斯所主张的观点主要包括两点:《道德经》是伪造的;不是伪造的部分的翻译大多是错的。③其后,在翟氏的所有著作中,凡涉及这个问题,他始终坚持这样的看法。在其《中国文学史》中,翟理斯仍旧持这样的观点,同时对参加这场论争的理雅各与湛约翰的译文表示了不满。因此,关于道家思想的介绍,他只是选取了《老子》中的个别篇章。④在《庄子》《列子》《韩非子·喻老》与《淮南子》等一系列著作中,最为翟理斯所推崇的无疑要数《庄子》了:

---

① Herbert A. Giles, *China and the Chinese*, New York: The Columbia University Press, 1912, p.145.
② Ibid., p.143.
③ 关于这场论争的具体情况,可参看王绍祥:《西方汉学界的"公敌"——英国汉学家翟理斯(1845—1935)研究》,福建师范大学博士学位论文,2004年;以及段怀清、周俐玲:《〈中国评论〉与晚清中英文学交流》,广州:广东人民出版社,2006年,第280~283页。按:在这二者的著作中分别介绍了双方针对对方提出的质疑做出的回应。而从翟理斯的相关著作中亦可进一步窥探其关于老子及其《道德经》的观点,他承认中国历史上确有老子其人,但老子却并未著有《道德经》,《道德经》乃是后人(汉代)以老子的名义伪造的,但他不否认其中的某些章句确系老子所述,而非所作。
④ 即以他的方法考证后认为确属老子所作的部分。

儒家击败道家的关键在于后者是理想主义的，而前者则是可为日常所用的实际的一个体系。而且庄子无法说服慎重的中华民族通过"无为"进而达到"有为"。但是他却留给后人一部作品，它以奇谲优美的文字，始终占有一个重要的位置。同时，它也是一部具有独创思想的作品。事实上，作者是以一位大师弟子的面貌出现的，但他却拓展了这个领域，并且加入了从未为老子所涉及领域内的自己的思考。①

不难看出，《庄子》受到翟理斯推崇的原因主要有两点：一是《庄子》中瑰丽的文风；二是《庄子》中的玄妙的哲学思想。辜鸿铭先生便认为："一方面，翟理斯博士具有以往和现在一切汉学家所没有的优势——他拥有文学天赋：能写非常流畅的英文。但另一方面，翟理斯博士又缺乏哲学家的洞察力，有时甚至还缺乏普通常识。他能够翻译中国的句文，却不能理解和阐释中国思想。从这点来看，翟理斯博士具有与中国文人相同的特征。孔子曰：'文胜质则史。'"②不得不承认，辜鸿铭对翟理斯的评价触及了翟理斯某些内在核心的东西。翟理斯的译文在当时汉学家中以晓畅著称，然他在原典的把握上相较于法国汉学而言的确显得"轻"了许多。但需要注意的是，辜鸿铭对19世纪末20世纪初（与翟理斯同时代）的汉学家亦多有微词，可见其要求之高。③况且这些批评主要是围绕着翟氏关于儒家思想的论述进行的。事实上，翟理斯对倾其全力的道家哲学思想（以《庄子》为重点）在一定程度上是有所认识的：

庄子尤其强调自然的情操而反对人为的东西。马和牛拥有四只脚，这是自然的。将缰绳套在马的头上，用绳子牵着牛鼻子，这便成了人为了。④

而对老子《道德经》真实性的否定判断也使《庄子》备受翟理斯青睐。其中《中国文学史》共选译了《庄子》中的六篇。

---

① Herbert A. Giles, *A History of Chinese Literature*, New York and London: D. Appleton and company, 1923, p.60.
② 辜鸿铭：《中国人的精神》，黄兴涛、宋小庆译，海口：海南出版社，1996年，第121~122页。
③ 黄兴涛：《文化怪杰辜鸿铭》，北京：中华书局，1995年。辜鸿铭对理雅各、巴尔福（Balfour）等人皆有批评，但批评最多最激烈的还是翟理斯。
④ Herbert A. Giles, *China and the Chinese*, New York: The Columbia University Press, 1912, p.156.

四、受道家思想制约之表现

由于在道家思想上用力最勤,又有当时欧洲汉学发展的基础,此时翟理斯对儒家的"经世致用"、道家的"清净无为"等核心思想已有了一定的认识。"在几个世纪以来,庄子都被划归为非正统作家。他的作品是为反对孔子的唯物主义做出的回应。"① 对当时知识分子受到儒道两家影响的状况,他则说:"但是即便那些通过科举考试入仕、光耀门楣的考生对庄子哲学一无所知,也不会影响他们参加科举考试。因此,庄子的研读者主要是一些告老还乡的年纪偏大的人及人生失意的人,也包括那些渴望获得比死亡更好的东西的人,他们在庄子的篇章中找到了安慰——许诺另一个更美好的世界的到来——以此来反对现存的充满烦恼的世界。"② 这样,与儒家的积极入世相对应,道家的出世在翟理斯的眼中成为不同于儒家的另一种价值选择。出世与归隐的主题也就与儒家积极入世的忠勇主题一起成为了翟理斯选择中国文学的出发点。虽然归隐与释家不无关系,但很难判断翟理斯对此是否亦有所认识,但有一点可以肯定的是,和早期西方许多汉学家一样,翟理斯对于佛教的译介主要集中于僧侣西行的游记上(如《佛国记》),而对汉文的佛教典籍反而关注较少,对于佛教的核心思想也未见有阐述。更不用说对佛教思想如何影响上层知识分子这一问题了。但基于对三教共存于中国这一现状的认识却也使翟理斯对作家学者于三教中倾向于哪一种显得尤为感兴趣。关于儒家正统的经学家,翟理斯特辟的"经学文学"的章节中皆有相对集中的介绍,因此,我们仅就分散于该书各章节中提及的爱好道家与释家的作家学者做一简单统计。

---

① Herbert A. Giles, *Chuang Tzu, Mystic, Moralist and Social Reformer*, London: Bernard Quaritch, 1889, p.xiv.
② Ibid., p.xiv.

道家		释家		隐士
反对道家	尊奉道家	反对释家	尊奉释家	
白居易(《读老子》不相信《道德经》)、张籍、陆元朗	向秀、刘伶、山涛、傅奕、郭象、郭璞、常建(《题破山寺后禅院》)、马自然、司空图、张志和、苏辙、陈抟(《归隐》)	傅奕、韩愈(《论佛骨表》)、陈子昂(《感遇之十九》)、张籍、朱熹(先佛后儒)	萧衍、王维、柳宗元、洪觉范	王维、常建、司空图、郑樵、刘因、方孝孺

上表所示乃是因喜好道家或佛家,从而对人生及创作产生了一定的影响的上层知识分子。或者更确切地说,是由于翟理斯致力于道家思想的译介从而使其热衷于那些与道家有关联的作家和作品。如果说道家之于上层知识分子的影响主要表现在"归隐"这一主题上的话,那么,道家之于民间、下层知识分子的影响,则主要表现为由追求长生不老药等炼丹术衍生出来的妖术、魔法等。对此,翟理斯认为这是老子、庄子道家思想的衰败,但与此同时却丰富了小说等的创作。①于此,有必要将翟氏对蒲松龄的《聊斋志异》的评价做一简要阐述。翟理斯曾选译了《聊斋志异》中的164篇,该译著初版于1880年,其内容也多为神魔妖怪及道士降妖除魔等。翟氏《中国文学史》中对蒲松龄《聊斋志异》的介绍占到了16页之多。与译介《庄子》一样,对《聊斋志异》的喜爱亦是其选译的初衷。翟氏《聊斋志异选》译本中有一个显著的特征,即拥有大量的注释,这些注释的内容可谓包罗万象,但有一大部分却是关于中国礼仪和风俗习惯的介绍,②这些风俗习惯中便有相当一部分属于道教的范畴。

  炼丹术与长生不老药很容易就转变为妖术(the black art)。道士们通过在炼丹术和长生不老药这两个领域所取得的"成就"来吸引公众的注意,从而被认为是可以控制黑暗世界力量的巫师。关于他们和邪恶精神之间斗争

---

① 最早翻译《道德经》的法国汉学家雷慕沙及其弟子儒莲便已经将道家与后来的道教区分开来了。翟理斯显然也认识到了这点,但他始终认为二者间有前后承承的关系。
② 关于这些注释可参看 H.A.Giles, *Strange Stories from a Chinese Studio*, London: Thos.De La Rue & Co. 1880。还可参看孙轶旻:《翟理斯译〈聊斋志异选〉的注释与译本的接受》,《明清小说研究》2007年第2期。

的描述可以在下层小说中看到,中国人对之很着迷,他们甚至经常请道士到他们家驱魔。①

瞿理斯曾以《聊斋志异》中的《画皮》为例来说明道士驱鬼这一与道教有关的主题在小说中的体现。对于《画皮》中女鬼化为一缕烟而被道士降伏的情节,瞿理斯认为这"情不自禁地让人想起《一千零一夜》中渔夫的故事"②。《聊斋志异》中许多类似遁天入地的奇异情节吸引着瞿理斯的目光。当然,这与瞿理斯对道家的专研有一定关系。又如由于《聊斋志异》中涉及大量与"十殿阎王"(Ten Courts of Purgatory)这一主题相关的篇目,因此,瞿理斯便"翻译了道教善书《玉历抄传》并将其置于附录之中"③。

由此,我们看到一条道家哲学转变为道教的轨迹,不论是受道家思想影响而归隐的上层知识分子,抑或是受道教影响下的下层民间的各种仪式风俗,都是瞿理斯亟欲向欧洲读者介绍的核心所在。因此,与归隐相关的学者与诗歌、涵盖大量丰富道教仪式的《聊斋志异》,在某种意义上来说不过是瞿理斯用以实现其目的的方式。但这并不意味着瞿理斯对这些作品的文学性的完全漠视。"小说和戏剧并不被中国人视为纯文学(pure literature)的范畴,而蒲松龄的《聊斋志异》则是对此种规则于实践层面上(如果不是在理论层面上的话)的一个显著例外。"④对蒲松龄的文风,瞿理斯认为只有卡莱尔可与之相媲美:"有时,故事进行得平稳流畅,但下一刻突然变成了难解的文字,这些文字的意思关联到对诗歌或过去三千年历史的引用与暗指,只有在勤勉熟读各类注解或大量研究其他参考书的情况下才能理解它们。"⑤同时,对梅辉立所持的"随处可见门口的搬运工、歇息的船夫,以及站着的轿夫等不少于《聊斋志异》一书中字数的人,都兴奋地熟读着叙述优美的《聊斋志异》这一书中奇闻逸事"的观点,表示了异议:"在我所到的中国的各

---

① Herbert A. Giles, *China and the Chinese*, New York:The Columbia University Press, 1912, pp.168-169.
② Herbert A. Giles, *China and the Chinese*, New York:The Columbia University Press, 1912, p.170.《画皮》中该情节原文为:身变作浓烟,匝地作堆。道士出一葫芦,拔其塞,置烟中,飗飗然如口吸气,瞬息烟尽。
③ 孙轶旻:《翟理斯译〈聊斋志异选〉的注释与译本的接受》,《明清小说研究》2007 年第 2 期。
④ Herbert A. Giles, *A History of Chinese Literature*, New York and London:D.Appleton and company, 1923, p.338.
⑤ Herbert A. Giles, *Strange Stories from a Chinese Studio*, London:Thos. De La Rue & Co.1880, preface.此处借用孙轶旻的译文。

个地方,可以肯定地说,我从来没有发现一个教育水平不高的人手中拿着《聊斋志异》。"①这些都说明了翟理斯认同的《聊斋志异》一书的文人化倾向。

不妨说,《聊斋志异》中富有中国特色文化的内容和高度文人化的形式吸引着翟理斯涉猎并驰骋其中。于此,这种本土的最富中国色彩的哲学思想(宗教)对中国上层知识分子的"精英文学"与下层百姓的"民间读物"的影响在翟氏《中国文学史》中大致得到了体现。而这或许恰恰是翟理斯的用意所在。因此,这种观照并非完全是一种文学上的审美观照,其中仍不乏一种"猎奇"的眼光,然而以之为镜,反思我国现存的文化现象,亦可发现不易为人发现的另一种价值。

五、佛道交融下之文学史

实际上,翟理斯对佛教思想研读远不如其对于道家思想来得深入,而仅局限于对僧侣西行游记的关注上。早在1863年法国汉学家慕雷沙教授就将法显的《佛国记》译成法文,书名为《法显佛国游记》。1869年,英国人萨缪·比尔又将此书译成英文。②其后翟理斯的《佛国记》也随之诞生。翟氏《中国文学史》在汉代文学一卷中介绍了佛教传入中国这一事件,由于此前他已经完成了《佛国记》的翻译,因此,法显游记的内容遂成为了该节的主体部分。此外,亦撮要地提及了禅宗创立的缘起及玄奘西行印度取经等事宜。虽然翟理斯在该节的开端便说明"现在我们必须要考虑佛教进入中国这一事件了,尤其是它在文学方面的意义"③,郑振铎先生对此也表示了他对于该部译著所有批评意见中唯一肯定的两点之一,即"能注意及佛教对于中国文学的影响"④,但是遗憾的是,在翟氏《中国文学史》中读者并未能见到这种影响是如何进行的——如同上述道家与道教对中国文学的影响一样。显然,翟理斯已经认识到佛教对于中国文学是有影响的,但其中的曲折却非其能力所能及。但既然郑振铎先生对其大加肯定,也从侧面说明了至少在

---

① Herbert A. Giles, *Strange Stories from a Chinese Studio*, London: Thos. De La Rue & Co., 1880, preface.
② 马祖毅、任荣珍:《汉籍外译史》,武汉:湖北教育出版社,1997年,第105页。
③ Herbert A. Giles, *A History of Chinese Literature*, New York and London: D. Appleton and company, 1923, p.110.
④ 郑振铎:《郑振铎古典文学论文集》,上海:上海古籍出版社,1984年,第34页。

郑振铎撰写这篇短评的时代,国内文学及文学史研究者尚未考虑到佛教对文学的影响。翟理斯虽未能对这一问题做具体展开,却也不乏敏锐的眼光。

佛教传入中国并与中国本土文化相适应,并最终发展形成自己的特色,不能不与中国当时已存在之儒教与道教相调剂,这才是佛教传入中国后最为翟理斯关心的问题之一。对于翟理斯这样的汉学家而言,佛教进入中国使他们很容易地联想到基督教在欧洲大陆的落地生根及与之相伴随的大量教派间的争斗及流血事件。但是,在中国,即便是下层民众,由于对待宗教的"哲学意味"(冯友兰语)的态度却使儒教、道教、佛教三教在中国并行不悖。而上层知识分子则更倾向于从三教的哲学层面来认识。翟理斯也认为佛教与道教在经过"一场长久而激烈的斗争"后,最终取得了互相的"妥协":

> 直到西元三世纪或四世纪,这种新的宗教才开始为人所略知。随之在道教信徒与佛教信徒之间发生了一场持久而激烈的斗争,最终,在占据上风与两败俱伤的交替中二者取得了现在的互相妥协的局面。①

有鉴于中国社会这种复杂的三教并存的局面,翟理斯特别选择了被认为是道教劝善书的《感应篇》,并借此阐明了佛道间的相互关系:

> 这部作品虽然名义上来源于道士,但却以非常明显的佛教信徒的背景来编纂,事实上,此时道教与佛教已相结合且无法分清了。正如朱熹说的那样:"佛教窃取了道教中最好的一面,道教则窃取了佛教中最差的一面;这好像是一个人盗取了另一人的珠宝,而被盗者却只被偿还以一块石头一样。"在《感应篇》的前言中可以看到阅读前洗漱一类的佛教礼仪程序。②

郑振铎以为此乃"滥收"的表现之一。③从现代文学的定义来看,《感应篇》与文学之间可谓风马牛不相及,但若是从翟理斯注重中国本土文化的角度出发,这样的做法也有其依据。

---

① Herbert A.Giles, *China and the Chinese*, New York: The Columbia University Press, 1912, p.172.
② Herbert A.Giles, *A History of Chinese Literature*, New York and London: D.Appleton and company, 1923, p.419.
③ 郑振铎先生说:"又如《感应篇》和《玉历抄传》二书,本为近代道士造作以愚庸夫庸妇的,不要说是要占文学史上的重要地位,恐怕还要与《三国演义》等通俗小说同等并列也都附攀不上呢。而 Giles 则直率不疑的费了七页的地位,来把他们详述了一下。"见其著《评 Giles 的中国文学史》一文,收于《郑振铎古典文学论文集》,上海:上海古籍出版社,1984 年,第 33 页。

被翟理斯选入文学史中的另一部道教书籍是《玉历抄传》。这部"善书"也包含有儒释道三家的内涵。此外,"十殿阎王"也会使人不自觉联想起但丁《神曲》中分为七层的炼狱,但翟理斯并未如此联想,因此,我们也就失去了审视又一次中西对话的契机。

总结翟理斯关于道家的阐释,可以发现,对道家与道教的平等关注程度却在另一层面上将中国文学中的高雅与俚俗置于同一平台上了。而蒲松龄的《聊斋志异》则正好是二者的最佳的结合点,这些故事来自民间,在最大程度上反映了民间生活的状貌,在经过蒲松龄的加工后,亦成为上层知识分子的案头读物。这也是翟理斯选译的原因之一。

除了儒释道三家文化制约下的文学,翟理斯所关注的文化领域可谓难以计数。在他的其他著作中可以看到他对于中国法律、医学、语言文字、礼仪,以及数不胜数的各种民俗的大量涉及。虽然在文学史题目的限制下,《中国文学史》所涉及的范畴已显著缩小,但由于既有研究成果所限,对文化的倚重依旧是其特点所在。由于这些文化表征未贯穿其文学史的始终,而只是作为零星的点缀,因而此处仅列出名目,而不做深入探究。较为重要的主要包括:酒文化、法医学(宋慈《洗冤录》)、司法(路温舒、蓝鼎元,并有专题介绍)、词典学、成语典故等。①

小而言之,这是一本由汉学家来完成的中国文学史著作,因而从整体上看,该书带有浓厚的汉学色彩,这主要体现在:

其一,受英国汉学水平及成果所限,收录《中国文学史》中的作家作品极其有限。加之该书仅有448页,在如此有限的篇幅内要容纳上起公元前600年下至19世纪末这一漫长时期的文学,实属不易。因此,郑振铎认为其存在"疏漏"的缺点。

其二,就翟氏《中国文学史》的具体内容而言,确有参差不齐等缺陷。翟理斯在中国的所见所闻成为了其写作的最重要依据。因此,民间最底层的文学与政府(皇帝钦定)官方色彩最浓重的文学同时出现,却忽略了许多士大夫的作品,这些士大夫从属于上层贵族阶层,然其作品上未能进入政治权力的核心,下未能达于

---

① 对于酒文化,翟理斯还是较为重视的,在《中国文学史》中他提到了许多嗜酒的文人及与酒有关的作品,如刘伶及其《酒德颂》、王绩及其《醉乡记》、崔颢及杜甫的作品《落日》(被译为 wine);禁酒的则有沈约。

民间广泛传诵，因而难以进入翟理斯之视野。这样，那些为官方与民间普遍接受的文学最为翟理斯所青睐，代表儒释道文化的文学作品遂成为其文学史内容的主导。此外，翟理斯自身对女性文化的兴趣亦成为其文学史内容重要的一方面，由此构成了翟氏《中国文学史》的主体部分。

其三，驳杂的文学。英国汉学界巨擘理雅各关于儒家经典作品的译介已然成为了英国汉学家们绕不过的一块"石头"，翟理斯作为继理雅各后的又一较有成就的汉学家，虽然对于理雅各的译介间或有批评，但不可否认在儒家经典的英语译介上，尚无人可以逾越理雅各。在如此强大汉学成果的影响下，翟理斯下意识地传承了这一成果，然而却又在另一层面上不自觉地企图超越这一成果，正如他在《古文选珍》中的序所说的那样：尚有一块广袤的处女地亟待开垦。正是在这两种思想力的共同作用下，《中国文学史》既大致呈现出了经学发展的脉络，又试图勾勒出中国文学发展的面貌。这样，中国文学便包括了"四书五经"、小说、戏剧、百科全书等。此外，对于自己既有的译介成果，翟理斯似乎也不忍舍弃，因此，诸如宋慈的《洗冤录》、蓝鼎元的审判案例等也收入了该部文学史之中。这也是郑振铎对之不满的重要原因，即"滥收"与"详略不均"。但是，翟理斯却相当注重外界因素对于文学发展的影响，除了郑振铎所提到的重视佛教对于中国文学的影响，翟理斯还强调了文学文本在产生过程中受生产方式的影响，如文字的发明、印刷术的发展及统治者的提倡与庇护等。

因此，这部20世纪初用英文写作的中国文学史若以现代眼光视之，确实存在诸多缺陷。但如考虑到当时汉学尤其是英国汉学的总体状况，此部著述的写作达到如此水平已属不易。

从《古文选珍》《古今诗选》到《中国文学史》，直至《中国文学瑰宝》，收录其中的作家作品逐步增加与完善。在1923年版的《中国文学瑰宝》中，翟理斯在诗歌卷中主要增加了几首白居易的诗，在散文卷中则主要增加了晚清时期的作品，如曾国藩、梁启超等人的作品。从《中国文学史》与《中国文学瑰宝》（诗歌卷、散文卷）两部著作来看，由于翟理斯置身于"文学史写作"较成熟的欧洲，因此，在译介中国文学的过程中具有一定的文学史意识，但由于受英国汉学成果所限，尤其是文学史料的缺乏使其文学观又呈现出驳杂的一面。

晚年的翟理斯还译介了《中国神话故事》（*Chinese Fairy Tales*，1911）、《中国笑话选》(*Quips from a Chinese Jest-book*,1925)。《中国笑话选》选译了《笑林广记》中的几则笑话,使英国人看到了中国人及中国社会的另一面。

总而言之,翟理斯是英国汉学史上乃至整个欧洲汉学界对中国文学进行总体观照的第一人。英国汉学的功利性虽然令其汉学研究无法像法国汉学那样精深,但却并不妨碍其对于中国文学的关注。或许也正是这种相对的业余性质使得英国汉学对于中国文学的关注较于欧洲其余国家更多些。由于受既有成果与条件所限,翟理斯并没有深入研究中国文学及作品,但是这种总体的观照与"总体文学"的提出,使英语世界的读者对于中国文学有了一个大致的了解,加之翟理斯流畅的文笔及大众化的倾向,遂使传播面更加广泛,在中英文学交流史上起到了非常重要的作用。

第三章

中国古代诗文在20世纪英国的翻译、评述及影响

第一节 20世纪中国古代诗文的英译概述

中国古代诗文在20世纪英国的翻译介绍比较丰富,出现了一批有影响的汉学家及其重要著述。其中,翟理斯已在前一章予以介绍,本章将重点介绍与评述阿瑟·韦利、大卫·霍克思涉及中国诗文翻译和研究的重要成就。本小节拟简单介绍一些主要的中国古诗文译本,以期读者对本世纪英国的中国古代诗文译介与评述有一个初步的认识。

一、克莱默-宾格《玉琵琶》(*A Lute of Jade*, 1909)

英国汉学家克莱默-宾格(L. Cranmer-Byng, 1872—1945)编译的《诗经》由伦敦约翰·默里出版公司于1904年刊行。他所翻译的《玉琵琶》(*A Lute of Jade*)① 也由约翰·默里公司于1909年出版。该书的副标题为"中国古诗选"(Selections

---

① 译者在该书封面书名下面补题了一句"With lutes of gold and lutes of jade: Li Po"(以金镶玉饰的琵琶——李白)。李白《江上吟》有"玉箫金管坐两头"之句,《江夏赠韦南陵冰》有"玉箫金管喧四筵"之句,《上崔相百忧章》有"金瑟玉壶"之句,译者的书名大概取意于此。

from the Classical Poets of China)。书的扉页上标有"献给 Herbert Giles 教授"。①这本集子称得上是精选,虽然书的题目很大,但实际收录的诗人与诗作并不多:《诗经》选了3首,屈原作品选了1首,其余绝大部分是唐诗,宋代的有几首。每个诗人的诗歌之前,一般都有简略介绍,而像李白、杜甫这样的诗人介绍则很长。宾格在长篇引言中提到了孔子编辑的《诗经》,但对其评价不高,认为这些诗歌过于浅显。但这些早期中国诗歌不同于世界上的大部分歌谣,最重要的一点是,其他歌谣描写战争,而这些中国歌谣大多吟诵和平。这些古代歌谣虽然稍嫌粗陋,但也有永久的艺术价值。宾格还讲到屈原的生平与《离骚》,简评了汉代诗歌,还有以后的陶渊明,不过对其评价不高,认为其诗歌仅仅是"诗画"(word pictures)而已,虽不乏魅力与色彩,但仅此而已。与译者编选诗集的篇幅相对应,译者给予唐代诗歌很高的评价,称中国为一个诗的国度。宾格还总结出中国诗歌的两大特点(主题集中与多用暗示),称中国找不到《奥德赛》那样的史诗,然而四行诗中意味无穷。好像茶水本身并不重要,茶的香味更重要。简单的笔触融汇深刻寓意,这就是诗歌技法中贯穿一致的东西。宾格又介绍了中国诗歌的形式:中国诗歌多为五言或七言,可以是四行、八行、十二行、十六行或更长,其中偶数行多为韵脚。他还简单说明了中国诗歌中的平仄韵律。

对于中国宗教在诗歌中的体现,宾格花了很多笔墨。他以为中国的儒道释三种宗教之中,儒学不能给予诗人灵感。而佛教和道教是很多诗人灵感的源泉。他举了许多例子证明这一点。西方读者不能理解中国诗歌中的"取静"(quietism),这主要源于东西方人社会行为方式与生活哲学的差异。

按照小宾格的说法,其父的译文是在翟理斯直译基础之上的演绎。我们拟选取李白的《静夜思》,看看这首简短的诗歌是如何被拉长的。

---

① 该书1959年重印版的编者是译者之子小宾格(J. L. Cranmer-Byng M. C.)。在该版前言中,小宾格声明父亲不懂中文,这些译文是在他的朋友翟理斯直译基础上修改而成的。虽然如此,这些译文却深受读者喜爱,尤其是托马斯·哈代很喜欢这些译诗。小宾格还谈到中国诗歌和文字的特点:由于中文极为简约,诗歌的直译文读起来像电报;而中文里多为单音节词,虽然中国人听起来很悦耳,但翻译成英文却非常困难。如果不妥善处理,就会给人单调乏味之感。为了让英文译诗更容易被接受,译者采取了英文诗的模式翻译,但内容上贴近原文,尽力再现原诗的特色与风格。小宾格的父亲这样做,也许比简单模拟原诗更成功。他着力之处是先抓住原诗的精髓,然后融入自己对中国文化的理解,最后用英语诗歌的形式让原诗复活。也许就是这些特色让这本诗集久享盛誉。

静夜思（李白）

床前明月光，疑是地上霜。

举头望明月，低头思故乡。

    Thoughts In A Tranquil Night

Athwart the bed

I watch the moonbeams cast a trail

So bright, so cold, so frail.

That for a space it gleams

Like hoar-frost on the margin of my dreams.

I raise my head—

The splendid moon I see：

Then droop my head,

And sink to dreams of thee—

My fatherland, of thee!

  这一首简洁明了的四行诗，被宾格延伸为长达十行的英语诗，可见形式对于他而言并不重要。床前的明月光本来没有什么修饰语，他却加上了"如此明亮，如此清冷，如此脆弱"（so bright, so cold, so frail）。而"低头思故乡"中的"故乡"被他具体化为"祖国"（my fatherland），加入了自己的解读。韵律方面宾格做得比较好，第二、三行一个韵，第四、五行同韵，第六、八行同韵，第七、九、十行同韵。中文诗主要是给予读者丰富的联想，而宾格的译文更细致，画面丰富，感情充沛，的确是一首优美的英语诗歌。

  宾格对《长恨歌》的处理也很有意思。他把这首长诗当作一个故事来翻译，分成八小节，译文长度远远超过原诗，添加了很多细节。八小节的标题分别是：一、倦怠；二、美人；三、狂欢；四、出逃；五、流放；六、回归；七、家园；八、天堂。这样一来，《长恨歌》真的变成一首西方风格的史诗了。

  但是宾格对于白居易的名诗《赋得古原草送别》的翻译则显示出他不足的一面。

赋得古原草送别（白居易）

离离原上草，一岁一枯荣。

野火烧不尽,春风吹又生。

远芳侵古道,晴翠接荒城。

又送王孙去,萋萋满别情。

The Grass

How beautiful and fresh the grass returns!

When golden days decline, the meadows burns;

Yet autumn suns no hidden root have slain,

The Spring winds blow, and there is grass again.

Green rioting on olden ways it falls;

The blue sky storms the ruined city walls;

Yet since Wang Sun departed long ago,

When the grass blooms both joy and fear I know.

宾格的这首译诗韵律和意境俱佳,但有两处理解错误:其一是"晴翠"描写青草,并非天空;其二"王孙"并非实指一个人,而是统称即将远游的人。也许是翟理斯的直译有误,责任不在宾格。但这种不应有的差错还是让译诗减色不少。

二、克莱默-宾格《花灯盛宴》(*A Feast of Lanterns*, 1916)

克莱默-宾格的另一种译著《花灯盛宴》(*A Feast of Lanterns*)也由伦敦约翰·默里出版公司于1916年刊行,被收入"东方智慧丛书",与《玉琵琶》一起,在西方产生了很大影响。在引言里,宾格一开头就引用了袁枚的几句话,说春天到了挂起灯笼,不是为了过节,纯粹为了快乐。这应该是给诗集《花灯盛宴》命名的缘由。

宾格提取出中国文化里的几个象征加以解释。首先是月亮,他认为月亮和月神嫦娥是中国诗歌永恒的主题。那些有名的诗人,无一例外,都吟诵过月亮,无论是喜是悲,是欢庆、饮宴、思友,或是思乡。月亮是纽带,连接着远隔山水的夫妻、兄弟、家乡、故园等它能照亮的一切。不仅如此,千秋不变的明月使得前朝、先人与今人有了沟通的渠道。第二个象征是鲜花。诸多诗人隐居乡里的安慰之一是种花种草,"采菊东篱下"是诗人们的理想与归宿。花草不是无生命的种植对象,而像活生生的人一样,也有着灵魂和思想,能与人对话,给诗人灵感。第三个象征是龙。宾格以为,龙是中国四大精神象征之一,其余三个为麒麟、凤凰与龟。宾格把中国龙的形象和功能与西方类似象征物做了比较,认为与它们相比,中国龙形式更多样,能力也更全面。宾格由此推论,中国的诗歌都着力于暗示,是为了给读者带来狂喜,是为了"言有尽而意无穷"。宾格在引言中还提到他编译的上一本书《玉琵琶》,称里面讲的中文多为单音节词不太准确,认为中文也有很多的双音节词。中文里大约只有400多种读音,为了相互区别,就产生了音调。宾格还简述了中国诗歌史,从春秋的《诗经》到清朝的袁枚。与编译《玉琵琶》时期相比,此时的作者对中国诗歌的认识显然前进了一步,历史感更明确,收录的诗歌也更全面,当然大多数为山水诗。因为宾格认为中国人对最深的感情的描述还是体现在对山川、河流、树木如画的描写中。当诗人乘舟而下,御风而行,那种天人合一的境界,从自然中体会永恒的思想,是最能代表中国诗歌之美的。这部诗集与《玉琵琶》体例相同,每个诗人都有一个简介,所选诗人与《玉琵琶》中的也有重复,但诗歌不同。《玉琵琶》所录诗人虽以唐代为多,但也兼录了唐代之前的诗作。而《花灯盛宴》则从唐代开始,一直收录到清代的袁枚,中间有宋代的王安石、苏东坡、陆游等诗人。唐代诗人收录了9位,唐以后诗人收录了11位。整部集子共收入55首诗,可以称作是《玉琵琶》的续集。笔者试以陆游的《三峡歌》及其译文为例,说明宾格的翻译风格。

三峡歌(陆游)

十二巫山见九峰,船头彩翠满秋空。
朝云暮雨浑虚语,一夜猿啼月明中。

我游南宾春暮时,蜀船曾系挂猿枝。
云迷江岸屈原塔,花落空山夏禹祠。

Song of the Three Gorges

From the twelve Hills of the Witches I see the Nine Peaks rise;
Beyond my prows a myriad tints flush autumn's empty skies.
Untrue the legend, "Morning clouds, and evening rain",
The howling of gibbons in bright moonlight fills the plain.

When long June days begin

I wander to Nan-pin,

And moor my boat to a little quay

Where monkeys swing from tree to tree.

Now shadows gloom Ch'u Yüan's grey memorial;

And by the tomb of Yü red roses fall.

不知为何,宾格把本来的两首诗合译为一首。第一首译文工整,第二首松散。第一首紧扣原文的译文似乎不符合宾格的风格,第二首原文四句,译文六句似乎才是宾格所擅长的。他的六句译文长短不一,但韵脚整齐。也许他是为了更好地押韵,才把原诗的四句演绎为六句。

从宾格偏于自由的译法可以推断,他似乎不满足于学者式的翻译,而更倾向于诗人式的翻译,所以就根据诗意或者译者的创作灵感,随意演绎原诗的形式,以求译诗更具诗的神韵,而不是亦步亦趋的学者式仿作。然而,译者自由创作的空间到底有多大?作为译者,他对原作又有一种什么样的责任呢?这个问题,是任何一位译者都不能回避的。

三、佛来遮《英译唐诗选》(Gems of Chinese Verse Translated into English Verse,1919)

1919年,英国人佛来遮(William John Bainbridge Fletcher,1871—1933)在上海商务印书馆(Commercial Press,Limited)出版其译著《英译唐诗选》(Gems of Chinese Verse Translated into English Verse),英汉对照附有注释,到1932年4月第六次重印,后来海外再版时删掉了中文原诗。

佛来遮(别名谪仙)为该书所写的引言不长。第一段谈到译诗的局限性,译文永远不能与原文等同。译文与原文的关系就像画中的鲜花与真实的鲜花那样,相距甚远。佛来遮翻译时尽量模仿原文的形式,保持原诗的音步,但不敢保证能传递原诗的种种微妙。译者对唐诗十分推崇。他提到唐代中国文明达到如此高度之时,欧洲人的祖先还在日耳曼野蛮人的统治之下,而苏格兰人还处在茹毛饮血的时代。佛来遮总结了唐诗的一些特点,比如这些诗篇都是描写自然的,诗人们对大自然都抱有深深的热爱,虽然中国当时也有战乱。诗文中,太阳、月亮、星星和风都充满了诗意。诗人们乘一叶小舟,泛舟水上,避开一切喧嚣,寻求和平宁静的境界。白云、鸥鸟、钟声、村落的炊烟,这一切都代表着中国人的理想——和平宁静。凡提到战争,皆描写其可憎之处。这里没有杀戮,没有破坏的激情,没有对财富的贪念,甚至没有等级观念。这些诗在描写自然的同时也描写了人类生活。春天代表爱情,秋天的落叶代表年华逝去、面容苍老。译者希望读者也能从中有所感悟。如果读者也能领略到诗中的那些山山水水,也许同样会体验到和平宁静。佛来遮以仰慕的姿态,诗一般的语言,向英语读者描绘了一幅美不胜收的山水画卷。《英译唐诗选》共收录唐诗180多首,重要诗人、重要诗作大都收入,而且有中文对照,应当算是相当全面的一个集子。其中收录诗歌最多的是李白、杜甫、王维3人(白居易只收了3首)。李白诗共收36首,杜甫45首,王维13首,这三位诗人的诗作几乎占据了全书的一半,而其余诗人一般只收录1至3首。所录诗作长短都有,相当典型。译者为重要诗人、重要诗作都加了长长的注释,以使读者对诗人、诗作有较深的了解。下面以佛来遮所译两首名诗为例,说明他的译诗特点。

望岳(杜甫)

岱宗夫如何,齐鲁青未了。

造化钟神秀,阴阳割昏晓。

荡胸生层云,决眦入归鸟。

会当凌绝顶,一览众山小。

T'ai Shan

Of T'ai Shan what can we say?

Here Lu and Ch'I for aye

Freshly their youth retain.

Here Heaven and Earth unite

Spiritual grace to form:

As a role of shade and light

It sunders the dusk and dawn.

Soaring through layers of cloud,

At sight of it swells the breast.

At a glance the eye can view

The birds coming home to rest.

But climb to the uttermost peak—

All other hills seem small

As the eye o'erlooks them all!

单纯看这一首诗,佛来遮的译文让人失望。原诗的形式五言八句,被他译为十四句。这倒无关紧要,重要的是,译者对原诗理解偏差较大。"齐鲁青未了"这句描写泰山之巍峨绵延广大,译者译为"永葆青春",可谓理解有误。"造化钟神秀"这句译文也不明不白,Heaven and Earth unite(天地融合)对应造化还说得过去,但用 spiritual grace to form 翻译"神秀"(神奇秀美)有点牵强。原诗"荡胸生层云"本意为"望着层层叠叠的云海,感觉胸襟开阔",译文的重心却是"泰山"([it] soaring through),描写对象变了。"决眦"的意思译文也错了,不是一瞥(at a glance),而应该是盯着看。最后两句的意思大致不差,但原诗的"会当"——"一定要"的意思被弱化了。佛来遮这首译诗,从形式到内容都有较大缺憾,并且理解与原文相差太远,只剩下音韵较整齐这个优点了。再看他翻译的白居易的《赋得古原草送别》:

离离原上草,一岁一枯荣。

野火烧不尽,春风吹又生。

远芳侵古道,晴翠接荒城。

又送王孙去,萋萋满别情。

The Grass

How densely thick the grass upon the plain?

Decay and splendour one year to it brings.

The corpse-fires burn it down—but all in vain—

With each new breath of Spring it lives again.

Its fragrance creeps across the Ancient ways,

Its sun-lit verdure o'er the ruin strays.

Its growth speeds Nature's lover on his ways.

With wild farewells its long luxuriance rings.

与其对《望岳》的翻译相比,佛来遮对这首诗的理解更加透彻准确,而且音步整齐,音韵和谐,堪称佳译。"野火烧不尽"译文处理得很好,尤其是"不尽"——but all in vain(野火无能为力),把野草旺盛的生命力展露无疑。"远芳侵古道,晴翠接荒城"译诗中动词使用得当,极为传神:creep 以及 stray,反映出野草无孔不入,让万象更新的强大力量。不过,"又送王孙去"译为 Its growth speeds Nature's lover on his ways(野草茂密地生长,让那些热爱自然的人加快了出行脚步),似乎与原文有点出入,但也是合理解读。"王孙"就是游人,称之为热爱自然的人未尝不可。佛来遮的翻译佳译与拙译并存。

四、佛来遮《英译唐诗选续集》(*More Gems of Chinese Verse Translated into English Verse*, 1919)

1919 年,商务印书馆又刊印佛来遮《英译唐诗选续集》(*More Gems of Chinese Verse Translated into English Verse*)第 1 版,1923 年刊印第 2 版,收录 105 首。诗人当中仍以李白、杜甫为主,李白 17 首,杜甫 30 首。王维的诗歌数量仍然排在第三位,录入 7 首,另外刘长卿 6 首,李商隐 6 首。号称"小李杜"之一的李商隐的诗首册里仅仅收录 1 首,续集篇幅有所增加。续集中白居易的诗依旧不多,仅录两首。其余诗人均为 1 至 3 首。佛来遮的两册《唐诗英译选》规模宏大,几乎囊括了唐代的好诗,也具有了 300 首唐诗的规模,为唐诗英译做出了很大贡献。让我们再来欣赏其中的两首:

无题(李商隐)

昨夜星辰昨夜风,画楼西畔桂堂东。
身无彩凤双飞翼,心有灵犀一点通。
隔座送钩春酒暖,分曹射覆蜡灯红。
嗟余听鼓应官去,走马兰台类转蓬。

Oh, ay! The stars of yesternight!

Oh, yesternight the wind!

Upon the left a painted hall,

And sweet abodes behind.

No phoenix I, nor mine the wings

Such mating birds sustain,

But in my heart the warning spirit

Rhinoceros horns contain.

Across the table flies the hook,

And warm the wine of Spring.

Beneath the purple lamps let each

His hidden forfeit fling.

But ah! For me, I hear the drum

Of solemn duty play.

These clinging creepers snare the steed

From his due course away.

李商隐的无题诗一向难解，因为他喜欢用典。但这一首诗中典故不算多，仅仅描写了男女在欢宴游戏中的一见钟情。不过对于西方译者而言，仍然有很多不易理解之处。"心有灵犀一点通"的译文是 But in my heart the warning spirit/Rhinoceros horns contain，意思是"我的心中犀牛角里有警示的精灵"，这与原文男女互相有意的意思相差甚远。虽然佛来遮加了注解，称犀牛角像西方的独角兽一样能检验有毒的东西，但这句译文仍然令人费解。至于"隔坐送钩"与"分曹射覆"的译文，这次作者使用的两个动词似不妥：fly 和 fling，因为"送钩"与"射覆"都属于猜谜类的游戏，不会出现杂物乱飞的场景。"走马兰台类转蓬"的译文是"这些依附别人的小人物引诱得骏马偏离了正道"，这和"鼓声已响，诗人身不由己应差去，像随风飘转的蓬草"之意相距太远。

登幽州台歌（陈子昂）

前不见古人，后不见来者。

念天地之悠悠，独怆然而涕下。

> Yu-Chou Tower
>
> By Ch'en Tze-ang
>
> Ah, none of the ancients before me I see.
>
> And no one is following on after me.
>
> From Heaven and from Earth how far distant am I,
>
> As lonely I sit here and mournfully cry!

陈子昂登上幽州台,想起燕昭王曾经广揽贤才,而自己却怀才不遇,感慨而作此诗。编者没有添加任何注释。第一句中,"古人"指古代贤明君主,而"来者"指未来明君,译文过于贴近字面,很难传达原意。"念天地之悠悠"一句的译文"天和地离我都多么远"似乎过于直译,不能完全表达作者对时光飞逝、宇宙无限,而自己很想有所作为却做不到的感慨。佛来遮翻译两卷《唐诗英译选》的工作很有意义和价值,但在翻译质量方面还有不少问题。

佛来遮曾任英国领事馆翻译、领事,对唐诗有一定的研究。佛来遮译唐诗继承理雅各与翟理斯译诗的风格,用格律诗体翻译原作,力求押韵,较能忠于原诗的意旨。其有些译诗做到了"信达而兼雅",但因是以诗体译诗,因此不免有"趁韵"(追求押韵)、"颠倒词语以求协律"之嫌①。

五、翟林奈《秦妇吟》(The Lament of the Lady of Ch'in, 1926)

《秦妇吟》英译本出版于 1926 年,由雷登(Leyden)出版社刊印,译者为翟林奈②。翟林奈在前言中介绍说,1919 年初,他在整理大英博物馆斯坦中文手稿(Stein Collection of Chinese Manuscripts)时发现了一本书,标注为《戏耍书一本》(A)。等他誊抄完全书,才发现那是一首长达 153 行却并不完整的诗歌,作者自称"妾",描述了黄巢 880—881 年攻陷长安的情形。几个月后,翟林奈又找到了手稿的另一本(B),共 198 页,其上注明"贞明五年乙卯岁四月十一日敦煌郡金光明寺学士郎安友盛写讫"。再后来,翟林奈又找到了第三个手抄本(C),比前

---

① 吕叔湘编:《中诗英译比录》,北京:中华书局,2002 年,第 10 页。
② 又称"小翟理斯",英国人,维多利亚时代的学者、翻译家,汉学家翟理斯之子,出生于中国。于 1900 年进入大英博物馆工作,后任东方图书与写本部部长,负责中文图书的管理工作。

两个更为完整。翟林奈把这三个手抄本进行了全面对比和分析。1923 年，翟林奈在皇家亚洲学会百年庆典上宣读了关于此诗的论文，并由此得知伯希和（Paul Pelliot, 1878—1945）教授曾在敦煌找到了《秦妇吟》的另两本，后来保存于巴黎的国家图书馆。其中编号 2700（D）的书上标有"右补阙韦庄撰"，而编号 3381（E）的书上注有"天复五年乙丑岁十三月十五日敦煌郡金光明寺学士张龟写"。

王国维曾经根据上述 A、B、E 本，校勘补全为一本，发表于 1924 年《国学季刊》第一卷上，注明作者为韦庄。但因王国维对另外版本无所知晓，所以全诗讹误颇多。同年，罗振玉收入《敦煌零拾》的此诗亦不完整。据此，翟林奈断言，他所整理过的全诗应该是最接近原诗的一种。

翟林奈详细描述了黄巢义军两次杀入长安洗城（881—883），最后撤军，兵败被砍头的过程。他还考证了黄巢进兵长安时，韦庄很可能正在京城应试，目睹了战乱。当时韦庄最多 20 出头，所以这首他两三年之后于洛阳写成的诗稍显稚嫩，风格失衡，偶有拙笔。但此诗富有活力，题材也吸引人，深受好评，让诗人自己 10 年后也觉惭愧。10 年后，即 894 年，韦庄才考上进士，入了仕途。最后 910 年死于成都花林坊。

翟林奈注意到了《秦妇吟》并非严格的律诗，而与《长恨歌》类似，但在自然天成与少有做作方面胜过《长恨歌》。全诗大体上四行成一节，双行押韵，但更加灵活。文字风格上，《秦妇吟》简洁明了，用典极少，对仗也不工整。

翟林奈的翻译宗旨是让译诗可读，且尽量直译。由于诗歌很长，是《长恨歌》的两倍，因此译者把全诗分为十四部分，并分别拟定其主题为：一、引言：诗人与妇人相逢；二、妇人的故事：反军进城；三、长安陷落；四、四个姑娘的命运；五、叛军营中的妇人；六、孤独的希望；七、暴风雨之后的荒城；八、荒郊之旅；九、金神之遇；十、洛阳途中；十一、老人变成了乞丐；十二、其他省份的音讯；十三、江南来客；十四、结尾。

翟林奈的译文不求格律严整、音韵和谐，最大的特点是达意：对原文的理解和英文表达都十分准确到位。译文节奏看上去松散，但细细读来也有诗歌的韵味于其中。相对于原文以叙事抒情见长的特点，译文铺陈达意的笔法倒也能传译原作十分之六以上的神韵。

请看原文与译文的第一小节文字：

秦妇吟一卷

右补阙韦庄撰

中和癸卯春三月

洛阳城外花如雪

东西南北路人绝

绿杨悄悄香尘灭

路旁忽见如花人

独向绿杨阴下歇

凤侧鸾欹鬓脚斜

红攒黛敛眉心折

借问女郎何处来

含嚬欲语声先咽

回头敛袂谢行人

丧乱漂沦何堪说

三年陷贼留秦地

依稀记得秦中事

君能为妾解金鞍

妾亦与君停玉趾

The Lament of the Lady of Ch'in

By the Right Pu-ch'üeh Wei Chuang

In the kuei-mao year of chung-ho, in the third month of spring,

Outside the city walls of Lo-yang, the blossom was like snow.

East and west, north and south, wayfarers were at rest;

The green willows were still, their fragrant scent was departed.

Suddenly, by the wayside I saw a flower-like lady

Reclining in solitude beneath the shade of the green willows.

Her phoenix head-dress was awry, and a lock of hair lay athwart her temples.

Her face showed traces of care, and there was a pucker between her eyebrows.

I made bold to question her, saying: "O Lady, whence do you come?"

Looking distressed, she was about to speak, when a sob choked her utterance.

Then, turning her head and gathering up her sleeves, she apologized to the traveller:

Tossed and engulfed in the waves of revolution, how can I find words to speak?

Three years back I fell into the hands of the rebels and was detained in the land of Ch'in,

And the things that happened in Ch'in seem engraved in my memory.

If you, Sir, can loosen your golden saddle to hear my story,

I for my part will stay my jade footsteps in your company.

从这一小节译文中，可以看出翟林奈译笔的两个特点：既敢于保留原诗的意象，又善于把解释融入译文中。保留原文意象的有："花如雪"译为 the blossom was like snow，"停玉趾"译为 stay my jade footsteps in your company。后者的"玉趾"实为女士如玉一样洁白的脚趾。翟林奈原可以把东西方文化内涵差异较大的"玉"的意象去掉，但他还是保留了，不过将"玉趾"译为"脚步"，还算勉强达意。

翟林奈融入解释的例子有"凤侧鸾敧"和"依稀记得"。"凤侧鸾敧"本是中国文化内涵不容易传译的词语，可是翟林奈将其巧妙译为 her phoenix head-dress was awry，这样凤的意象也保留了。至于原文"依稀记得秦中事"里的"依稀"本来指惊慌失措中记不太清楚往事，翟林奈大概觉得这样不够突出全诗主题，就将其译为 engraved in my memory，即"深深刻在脑海中"，这可算作是译者的改写吧。

翟林奈这本译介《秦妇吟》的著作共有 76 页，然而注释多达 30 页（第 46—76 页），非常详细地解释了相关词汇、人名、地名以及历史背景等，脚注里还有原文不同版本的文字的考证，一一注明，足见译者之用心。让人吃惊的一点是，此书 1926 年出版，竟然是英汉对照版，印刷的汉字都是漂亮的刻版繁体字，不像后来的有些著作使用手写字，或用拼音代替。在没有电子印刷术的当时，能印刷如此精美的双语书籍，实属难能可贵。总之，翟林奈的《秦妇吟》，从对原文考证整理到译文之达意，足可称得上学术性强、可读性强，而且双语对照印刷精美，让人爱不释手。

六、威特·宾纳《玉山》(*The Jade Mountain*, 1929)

"玉山"是译者为"唐诗三百首"所取的别名,也许是为了吸引读者之故。此书副标题是"中国文集,即唐诗三百首"(A Chinese Anthology, Being Three Hundred Poems of the Tang Dynasty, 618—906),译者为威特·宾纳(Witter Bynner, 1881—1968),注明译自江亢虎(King Kang-Hu, 1883—1954)编选的中文。全书精装印刷,每个诗人名字还对照有中文繁体字,每首诗都有详尽的注释。

译本前面有两篇介绍性文章,第一篇是宾纳的《诗歌与文化》,另一篇是江亢虎的文章《中国诗歌》。宾纳的文章不长,但很有启发意义。他提到在接触中国文化之前,他接触的文学有两个源头,即希腊文学和希伯来文学。希腊文学之美在于洁净、客观、对称与充满动感活力,希伯来文学之美在于华美、主观、畸变与繁富。然而东方文学之美,尤其是中国文学,又与前两者不同。自古至今,从孔子编撰的《诗三百》至近代文人诗集,中国的诗歌传统绵延不绝。凡中国的名胜古迹、宝刹名泉,都可见到镌刻于侧的诗文,它们与中国书法一起,传喻后人。所以有伟大的诗人,当有伟大的读者。对于中国识读诗文的人来说,在某种程度上,每个人都可以说是一个诗人。宾纳用饱含激情的叙述语言,给了中国诗歌极高评价。

宾纳还拿音乐、绘画、雕刻等艺术样式与诗歌相比较。前面几种虽不乏热衷者,但终属小众艺术。唯独诗歌,薄薄一册便可传世,可以说是属于每个人的,是与大众最为贴近的艺术形式。不仅如此,中国诗人们大多关心国家,反映民众疾苦,而不顾个人安危。当然,西方诗人中也不乏胸怀大众、为正义和人类崇高精神呐喊之士。西方诗人习惯于欣赏局部之美,而中国诗人意在全局。西方诗人往往把现实当作出发点,走向夸张与虚幻,而中国诗人面对现实,把摹写现实当作要务,即使用隐喻,那个隐喻也和主题密切相关。西方诗歌讲究表演性,而中国诗歌看上去平和,甚至不起眼,但它们描写的多为永恒重要的事物,充满了静谧之美。中国诗人把真善美、永恒的事物用简单、触手可及、平平常常和近在咫尺的文字表现出来。

宾纳在该文最后解释了自己的翻译策略:有些词语做了替换,例如 Hu、Bar-

barian 用 Tartar 取代，Han 用 China 替代；有些具体的地名用表示方位的词替代；某些诗人在家排行第几等省略不译；有些诗歌的题目甚至也做了改动。

这部诗集的编译由宾纳与江亢虎讨论合作完成，因此江亢虎的开篇文章《中国诗歌》也极为重要。全文共分八个小节，详细介绍了中国诗歌的重要方面：一、早期诗歌；二、古诗；三、汉代以后诗歌；四、唐诗；五、唐代以后诗歌；六、唐诗选；七、诗歌的格律形式；八、中国诗歌总论。在"唐诗选"小节里，江亢虎介绍了清代出现的两种唐诗版本——《全唐诗》与《唐诗三百首》，而这本译诗集所据蓝本就是脍炙人口的《唐诗三百首》，但译本中对诗歌的顺序又做了重新编排。第七节"诗歌的格律形式"篇幅最长，描述详尽，平仄、音韵都有介绍，专业性很强。最后一小节里，江亢虎阐述了中英文中"诗"的意义差别。英文里的"poetry"只相当于中文的"韵文"，而在中文里，"韵文"有多种，比如楚辞、赋、乐府、词、曲等，都应算作"韵文"。另外，还有一些奇异的形式，如"回文诗"等。江亢虎最后还强调，中国古诗形式多样，既有比西方自由体更自由的诗体，也有多达数千行的长诗，与西方的史诗类似。

我们选取李商隐《锦瑟》的译文，以体验威特·宾纳的译笔风格。

锦瑟（李商隐）

锦瑟无端五十弦，一弦一柱思华年。
庄生晓梦迷蝴蝶，望帝春心托杜鹃。
沧海月明珠有泪，蓝田日暖玉生烟。
此情可待成追忆，只是当时已惘然。

根据周汝昌先生的解读，首联第一、二句是作者感慨自己年近五十，事业无成。颔联、颈联即第三、四、五、六句，句句用典，令人十分费解。第三、四句表达自己对爱情与生命逐渐消逝的悲伤，第五、六句痛惜自己还算是人才，却无用武之地。尾联即末尾两句总括全文，说明这令人惆怅的感情已经迷惘，成为追忆。

宾纳的译文：

The Inlaid Harp

I wonder why my inlaid harp has fifty strings,
Each with its flower-like fret an interval of youth.
The sage Chuang-tzu is day-dreaming, bewitched by butterflies,

> The spring-heart of Emperor Wang is crying in a cuckoo,
>
> Mermen weep their pearly tears down a moon-green sea,
>
> Blue fields are breathing their jade to the sun.
>
> And a moment that ought to have lasted for ever
>
> Has come and gone before I knew.

可以看出,宾纳的译文保留了原诗的行数,基本上不押韵。第一、二句照原意译出,第三、五、六句的典故给了注释,简单介绍了庄子梦蝶与美人鱼洒泪成珠的故事,认为天堂的田地里只种植珍珠与玉石,它们在暖阳下发光。不得不说,除去原诗的意象之外,译诗很不容易让人读懂,且离较为通达的解释相距甚远。自然,该诗本就多重语义,不必强求。但由此也可以看出外国汉学家们确有不足之处。

七、克拉拉·坎德林《信风:宋代诗词歌赋选》(*The Herald Wind: Translations of Sung Dynasty Poems, Lyrics and Songs*, 1933)

1933年,英国著名宋代诗词翻译家克拉拉·坎德林(Clara M. Candlin, 1883—?)译著《信风:宋代诗词歌赋选》(*The Herald Wind: Translations of Sung Dynasty Poems, Lyrics and Songs*)①,由伦敦约翰·默里出版公司出版。此书有胡适和克莱默-宾格分别撰写的序及长篇导言。全书选宋代诗词歌赋共79篇,译著者为每位入选作家均写有小传,介绍作家的生平及创作特点。译文生动优美,可读性强。克莱默-宾格在导言中说,此书译著者的美好愿望是促进东西方之间的学术交流,使西方学者深入理解古老中国的伟大思想和崇高哲理,从而增进不同肤色、不同民族、不同信仰的人们相互间的博爱精神。克莱默-宾格对宋代诗词歌赋的创作情况、艺术特点以及宋代文学对西方文化的影响,做了系统而概括的论述。他认为宋代(906—1279)是中国文化与艺术史上最重要的历史时期,其后明代与

---

① 该译著的扉页上有献给编译者父亲的一段文字:"献给我的父亲:我还没有追上他的脚步,他就已经远逝……"下面还附上了他父亲乔治·坎德林(George T. Candlin)编选的《中国小说》(*Chinese Fiction*)里的一段话,十分耐人寻味:"而这些人(中国人)同样被赋予了丰富而神奇的想象力,他们天才展露,辉煌永存……这些诗文使他们,(也使我们)超越了平凡,使世人共享往日的馈赠,使他们在粗劣的实际生活之外建造了一个理想王国,那里浩瀚无边,到处是华贵与唯美。"由此可见,坎德林父子前赴后继,把中国文化的精华播撒向世界。

"康乾盛世"虽也有过辉煌,但终究不及宋代的鼎盛时期,宋代好像是盛夏,而其后只能算是秋冬了。中国历代虽皆曾为外族所侵,然而其核心文化却前后相承,不曾中断过。克莱默-宾格指出,宋代诗歌的整体成就虽然比不上盛唐,但也不乏伟大诗人,比如欧阳修、苏东坡、陆游等。宋代诗歌自然也体现出中国诗歌的一些共性,比如虚指和暗示,决不明言;比如对时光易逝、韶华易逝表露出的淡淡哀愁,但哀而不伤,没有绝望与悲观之情。不过宋代诗歌表现出了一种新的情愫,即悲悯之情,好比山崖上的枯松,面对狂风骤雨无可奈何,又如凡人面对苍穹,自觉宇宙无限而人力有限。胡适的序言着力介绍了宋词的三个特点:第一,与五言诗或七言诗不同,词每行可以从一个字到十一个字不等,更符合自然语言的节奏;第二,每首词都与一定的曲调相对,同一曲目可以有上千首词,但都必须符合曲目的特点;第三,词篇幅短小,适合抒情,不适合叙事和说教。胡适的序言很短,可谓言简意赅。

苏轼的《水调歌头·明月几时有》:

丙辰中秋,欢饮达旦,大醉,作此篇,兼怀子由。

明月几时有?把酒问青天。不知天上宫阙,今夕是何年?我欲乘风归去,又恐琼楼玉宇,高处不胜寒。起舞弄清影,何似在人间?

转朱阁,低绮户,照无眠。不应有恨,何事长向别时圆?人有悲欢离合,月有阴晴圆缺,此事古难全。但愿人长久,千里共婵娟。

坎德林的译文:

(Thinking of his brother Sh Chieh)

When comes the bright full moon?

I raise the wine cup and interrogate

The azure heavens.

What year is this

To dwellers in the Palace of the Skies?

I wish that I might, riding on the wind,

Return there now;

But this I fear:

I could not bear the cold

In that high marble tower.

I rise

And with my shadows dance.

I feel detached from earth.

The moon

Around

The Red Pavilion moves.

It stops and peeps in at the doors,

And shines on those who cannot sleep.

The moon should have no care;

Yet always does it seem that she is round

When friends are far apart.

But joys and sorrows, meetings, partings, all

To mortals come.

The moon has clear and cloudy nights:

She waxes and she wanes:

This never can be changed.

I would that men could live

For evermore,

And share

The moonlight, though a thousand miles

Divides.

坎德林没有保留词首的序,只在括号里加了一句解释。他的译文没有严格保留原词的形式,而是另外分行,长短句错落。坎德林的译文也不完全押韵,但从总体上看也有不少同韵的尾句。全诗抑扬顿挫,保有原诗节奏的味道,而且译文对原诗的解读准确,意思完整。总之,译文从内容到形式都能如实地传译原诗的大部分内容,称得上合格的译文。

八、弗洛伦斯·埃斯库《杜甫》(*Tu Fu*, 1929)、《中国诗人游记：杜甫，江湖客》(*Travels of A Chinese Poet：Tu Fu, Guest of Rivers and Lake*, 1934)

1934年，伦敦乔纳森·凯普(Jonathan Cape)公司出版了介绍杜甫生平与诗作的著作之下卷，该作以游记的形式，按照时间顺序，详尽地介绍了杜甫一生的履历和不同时期创作的诗歌，书题为《中国诗人游记：杜甫，江湖客》(*Travels of A Chinese Poet：Tu Fu, Guest of Rivers and Lakes*)。上卷书题为《杜甫》(*Tu Fu*)，1929年由该公司在伦敦和波士顿同时出版。上卷讲述712—759年的杜甫与诗作，下卷追踪759—770年的杜甫与作品。每卷厚达350页左右，配有很多精美的插图，可称为图文并茂、相当用心的一部著作。译者是弗洛伦斯·埃斯库(Florence Ayscough, 1878—1942)，她依据的原作是 *Tu Shih Ching Ch'üan—Mirror Which Reflects the Knowledge and Estimates the Quality of Tu's Poems*(《杜诗遗传》)，原书21卷，最后一卷收录散文，译者没有选入。

第1卷译文对应着中文原作的前5卷，尚能勉强容纳，而第2卷译文意欲再现原作后15卷的内容，只能压缩和删减。编译者的原则是，以诗叙事，让杜甫的诗歌讲述他自己的故事，着意选取有实事、实据和实地内容的诗歌，对那些主观性强的诗作只好割爱。原诗中典故很多，如若一一作注，则读者不胜其烦。因此译者把很多不必要的典故逐一略去，以便收录更多诗作。至于原诗的明喻、暗喻，译者统统保留。且译文尽量贴近中文，避免了很多不必要的冠词，其行数在译文中都一一对应，极少删节。原文里的人名和地名则使用威妥玛式拼法或邮政拼法翻译。

试读杜甫《剑门》一诗及其译文：

惟天有设险，剑门天下壮。

连山抱西南，石角皆北向。

两崖崇墉倚，刻画城郭状。

一夫怒临关，百万未可傍。

珠玉走中原，岷峨气凄怆。

三皇五帝前，鸡犬各相放。

后王尚柔远，职贡道已丧。

至今英雄人，高视见霸王。

并吞与割据，极力不想让。

吾将罪真宰，意欲铲叠嶂。

恐此复偶然，临风默惆怅。

Gateway of the Two-edged Sword（pp.69—70）

Thirty Li North of Chien Mên Hsien

Verily by Heaven is this danger set up,

Gateway to Two-edged Sword is greatest peril in All-Below-the Sky!

Linked hills wrap round West and South;

Rocky horns all slant towards the North.

Two crags are leaning;lofty fortified walls

Caved,formed,into pattern of precinct abutting on a city-gate.

Were one man to look down with anger on the Pass

A hundred ten thousands could not reach his Side.

Pearls,jade,treasures of the land,depart from here to Central Plain,

At Mount Min and Mount O feelings of annoyance,disappointment.

Before days of Three Sovereigns and Five Emperors

Chickens and dogs did not have intercourse.

Later,monarchs approved kindness to men from afar,

But ancient way of paying tribute is already lost.

Arrived at present,fierce men over-bearing in courage

Look high and see usurping Kings

Absorbing,swallowing territory by flinching what is not theirs,

Exerting strength,yielding not to one another.

I say the wrong is that of the Immortal Ruler,

Who should have smoothed over these folds and parts.

Perhaps events will again,and suddenly,be repeated;

Enveloped by the wind I stand silent:disappointed,distressed.

恰如编译者所言,译文严格遵从原作,在明确意义、保留形象的同时,竟然具有很好的节奏与韵脚,是难得的好译文。

再读一首五言诗《田舍》:

> 田舍清江曲,柴门古道旁。
> 草深迷市井,地僻懒衣裳。
> 榉柳枝枝弱,枇杷树树香。
> 鸬鹚西日照,晒翅满鱼梁。

>   Field Cottage（pp.84—85）
> Field cottage near clear river;
> Furze gate faces unused road.
> Deep grass hides market well,
> Place quiet, am reluctant to dress.
> Twigs, twigs of Chü willow droop;
> Trees, trees of p'i p'a breathe scent.
> Western sun reflects from fishing cormorants;
> Crowded on weir top they dry black wings.

译文在表情达意之外,还力求模拟原文的五言形式,说明译者的确下了一番功夫。请看"榉柳枝枝弱,枇杷树树香"的译文,译者故意重复使用词语 twigs 和 trees,虽然在英文中不是很常见,但这样重复修辞,能够再现原文叠词的手法。这样的翻译策略在另外一首诗《江村》中也可以看到。

> 清江一曲抱村流,长夏江村事事幽。
> 自来自去梁上燕,相亲相近水中鸥。
> 老妻画纸为棋局,稚子敲针作钓钩。
> 但有故人供禄米,微躯此外更何求?

这首诗不拘一格,用词非常有特色,不事雕琢而浑然天成,是杜甫诗中能够体现其老辣独到诗风的代表作。请看埃斯库的译文:

>   River Village
> Bright stream makes a turn, flows on, enfolds village;
> Long Summer in river village affairs, affairs are simple.

Of own accord they go, of own accord they come, do swallows from our beams;

Love each other, touch each other, do gulls on water.

Old wife draws on paper squares for a game of chess;

Little boys tap needles to make fishing hooks.

Many illnesses; therefore my only need medicinal things;

Unworthy body! Thus exiled! What further should it ask?

我们可以看到,原文使用叠词的地方,译文也使用了重复修辞手法,如将"事事幽"译为 affairs, affairs are simple,将"自来自去"和"相亲相近"译为 of own accord they go, of own accord they come 和 love each other, touch each other。这种处理手法,即译文极力模拟原文形式的做法,确实值得学习。一般而言,碰到这种地方,大多数译者会删繁就简,力求译文表意即可。但埃斯库不遗余力地传译原文的形式美,是在追求一种更高的翻译要求,这也是一种精益求精的翻译策略,知难而上,竭尽全力,也体现出译者对原文的喜爱和尊重。不过埃斯库对"但有故人供禄米"的翻译与原文不符,意为"全身多病,唯一需要的是药物",也许是参照的原文版本不同。从这些细节可以看出,埃斯库的译文是精心打造的作品,虽然瑕疵难以避免,但综观全书,译文质量算是上乘,其内容和形式并重的翻译策略,尤其值得后人研究学习。

九、索姆·詹宁斯《唐诗选》(Poems of the T'ang Dynasty, 1940)

该书由伦敦约翰·默里公司于 1940 年出版,封面的题目为《唐诗选》(Poems of the T'ang Dynasty),内封面的题目却不一样,字数更多——《唐诗三百首诗选》(Selections from the Three Hundred Poems of the T'ang Dynasty),是"东方智慧丛书"之一,总编辑为克莱默-宾格和阿兰·沃兹(Alan W. Watts),译者为索姆·詹宁斯(Soame Jenyns, 1904—1976)。译者的身份较为特殊,他是大英博物馆东方典藏部的助理管理员。

该编译本有一篇十几页的前言。开篇竟然是对唐诗的批评。译者引用翟理斯的话,认为唐诗既没有创新也不深刻,多为模拟前人之作,但远没有前人的生动有力和妙手天成,比如《诗经》与《楚辞》,而且唐诗用典过多。然而,写作唐诗的重要人物不容忽视,例如王维、杜甫和白居易。

这一译本参照的原作出自一位匿名学者,自称"莲池居士"(A retired scholar of the Lotus Pond),诗选乾隆元年(1736)出版,共收唐诗298首。译者概括了唐诗中常见的意象和主题。猿鸣代表着孤独,迁徙的大雁被看作信使。友谊、战争、神话、生命之易逝等主题与其他文化并无二致,但爱情诗少且多为佚名之作。中国文人把田园生活当作理想,然而隐居田园的人却梦想着去都城建功立业。

译者把唐都长安描绘成一个世界都市,各种人物从世界各地赶来,汇聚一堂,使得长安盛极一时,像阿瑟·韦利所言,"那时长安是世界首都,好比中世纪的罗马和今日的巴黎"。而唐代众位诗人就是在大唐盛世的背景下提笔耕耘的。

译者承认,诗歌翻译劳而无功,诗之美在于如何说而不是说了什么,诗之微妙很难被移植到另一种语言之上。俗话说,词典一摆上桌,缪斯就从窗口飞走了。因此,翻译诗歌的唯一借口就是能读到译诗毕竟比什么都读不到要好。

译者发现原作中298首诗主题多有重复,如若一一翻译显得单调,只好去粗取精。原书按字数编排,但译者为了迎合大众,将译文按主题重新排过。译者觉得前人的译作虽多,尚有改进的余地。一些中国或日本译者虽然理解准确,但英文欠火候,致使译文"乏味"(insipid)。他视为楷模的,是阿瑟·韦利、林语堂、佛来遮等人。译者知道,威特·宾纳编译过《玉山》,自己也借鉴了他的一些解读,但中文如此简洁含蓄,不同解读在所难免。

索姆·詹宁斯编选的唐诗共分十个主题,它们依次是:一、自然风光;二、饮酒;三、闺房;四、绘画、音乐、舞蹈;五、宫廷事务;六、分别与流放;七、战争;八、隐居;九、神话;十、往日传奇。詹宁斯编译的这本书开本小,薄薄的,只有120页,拿在手里,感觉小巧玲珑,翻翻看,却有这么多有趣的题材,名家名作光彩夺目,的确适合广泛传播。请看下面两首小诗及詹宁斯的译文:

枫桥夜泊(张继)

月落乌啼霜满天,江枫渔火对愁眠。

姑苏城外寒山寺,夜半钟声到客船。

At Anchor in the Evening by the Maple Bridge (p.26)

By CHANG CHI

The moon sets, the crows caw, hoar frost is in the air,

By the maples at the riverside twinkles the light of the fishermen's boats as I take my troubled rest.

Outside the city of Soochow stands the Han Shan Monastery

And at midnight there comes to me in my boat the tolling of the temple bell.

从这篇译文可以看出,詹宁斯前言里的感慨确实是有感而发。原诗是简单的文字,英语却是很长的一句话,仍然不能全部表达诗句含意,例如"江枫渔火对愁眠",译文句子很长,意思却不明晰,诗意也弱了好多。第二句、第四句的译文比第一句、第三句的译文长出很多,可见诗文内容尚可传译,然原诗的表达方式,却是很难再现的。

再看孟浩然的《春晓》:

春眠不觉晓,处处闻啼鸟。

夜来风雨声,花落知多少。

A Spring Morning (p.26)

By Mêng Hao-Jan

Asleep in the springtime one is not aware of the dawn

Till everywhere the birds are heard calling,

But last night I heard the sounds of wind and rain.

I wonder how many blossoms have broken away?

译诗准确无误地传译了原诗的意义,押韵与节奏方面也勉强合格。但谁能肯定地说,英语读者能够感受到原诗的美感呢？如果诗歌翻译仅仅做到了意义的传递,形式上不能尽量保留,译诗的味道还能剩下多少呢？对于诗歌翻译的研究,有诸多难以回答却不能回避的问题。总体上看,詹宁斯的译文并不出彩,没有很多过人之处。

十、索姆·詹宁斯《唐诗选续篇》(*A Further Selection from the Three Hundred Poems of the T'ang Dynasty*,1944)

继1940年的《唐诗选》之后,伦敦约翰·默里公司1944年又出版了《唐诗选续篇》(*A Further Selection from the Three Hundred Poems of the T'ang Dynasty*),主编仍为克莱默-宾格,译者依然是大英博物馆东方典藏部的助理管理员索姆·詹宁斯。《唐诗选》的前言比较长,但《唐诗选续篇》只有短短的译者说明。詹宁斯解释道,由于《唐诗选》的反响很大,所以他们决定把剩余的唐诗也翻译过来。原作里面的诗歌,他们觉得有价值的全都进行了翻译。这一卷没有延续上卷的编排体例,只是按照诗人的前后顺序作了排列。詹宁斯本来想给诗人们加一些生平介绍,但由于二战的影响,没有时间和精力去实现这些设想。如果读者对唐诗的背景感兴趣,可以参照《唐诗选》的前言。

这本《唐诗选续篇》共收译文147篇,如詹宁斯所言,能收入的全部收入。其中一些重要诗人收录篇目较多:韩愈8首,李白13首,刘长卿8首,李商隐7首,孟浩然7首,白居易7首,杜甫12首,王维12首,杜牧4首,韦应物6首,元稹4首。

下面选取白居易《长恨歌》第一节及詹宁斯的译文:

汉皇重色思倾国,御宇多年求不得。
杨家有女初长成,养在深闺人未识。
天生丽质难自弃,一朝选在君王侧。
回眸一笑百媚生,六宫粉黛无颜色。
春寒赐浴华清池,温泉水滑洗凝脂。
侍儿扶起娇无力,始是新承恩泽时。
云鬓花颜金步摇,芙蓉帐暖度春宵。
春宵苦短日高起,从此君王不早朝。
承欢侍宴无闲暇,春从春游夜专夜。
后宫佳丽三千人,三千宠爱在一身。
金屋妆成娇侍夜,玉楼宴罢醉和春。
姊妹兄弟皆列土,可怜光彩生门户。
遂令天下父母心,不重生男重生女。

The Song of Never-ending Grief

By Po Chu-I

The Chinese Emperor, obsessed by beauty longed for one

Who might subvert the kingdom

In the Imperial palace he sought for many years but could not find her

The Yang family had a daughter scarcely grown up

Brought up in the depths of the women's apartments,

Unknown to anyone outside.

Heaven had endowed her with graces that she herself could not disdain

One day she is chosen to stand by the Emperor's side,

At the turn of her eyes, at the flash of her smile a hundred compliments are born;

Who of the powdered and pencilled favourites of the six palaces

Can compete with such beauty?

At the Imperial behest in the cool springtime she washes in the Hua-ch'ing pool;

Smooth and warm the fountain water washes her alabaster skin

The attendant maid supports languid loveliness

From this time the new arrival enjoys Imperial favour

Her cloud front coiffure, her painted face

Her hair ornaments, which swing as she walks

She spends the warm spring night within the hibiscus bed curtains;

Ah! How far too fleeting was that spring night and how early the rising of the Sun,

From this time onwards the Emperor gives no early audience.

She receives his favours and she waits on him at his feasts without break

She is always chosen for the spring excursion; chosen for the nightly carouse

In the palace there are three thousand beauties,

But the favour that should have been extended to three thousand

Is concentrated on the person of one.

In her "Golden Home" she beauties herself to attend him in the evening

The feasts of the jade tower ended

>   She turns to him delirious with love.
>
>   Brothers and sisters, all are raised to noble rank;
>
>   Alas! For the ill-omened glories of the house in which she was born;
>
>   From this time onwards a parent's wish was not for the birth of sons, but of daughters.

詹宁斯的翻译风格十分明显。他最看重的首先是语义的传达，这一点他做得非常好，几乎没有错译。至于诗行、节奏、押韵方面，他没有刻意追求，当然原诗也不是很严格。我们可以看到全诗第一、二句他译为两行，但都很长，而接下来第三句译文很短，第四句译文竟然是两行：

>   杨家有女初长成，养在深闺人未识。
>
>   The Yang family had a daughter scarcely grown up
>
>   Brought up in the depths of the women's departments,
>
>   Unknown to anyone outside.

"云鬓花颜金步摇"也译为两行：

>   Her cloud front coiffure, her painted face
>
>   Her hair ornaments, which swing as she walks

"花颜"，花一样的容貌，译为"化妆后的脸"不太恰当。至于装饰品"金步摇"，詹宁斯译为"头发上的饰物"，还在注释里做了解释。

"三千宠爱在一身"的译文也很长，分为两行：

>   But the favour that should have been extended to three thousand
>
>   Is concentrated on the person of one.

这样翻译，达意是做到了，但显得不够简洁。"玉楼宴罢醉和春"一句中的"醉"字没有译出，delirious with love——"迷醉于爱情"和原文意思稍有不同。"可怜光彩生门户"中文解读应该是"真让人羡慕啊，一家门户尽生光彩"，译文是 Alas! For the ill-omened glories of the house in which she was born——"哎！她出生的家里获得了不详的荣耀"。这里译文意思不准确，也许是理解错了"可怜"，也许是把全文的意思融入了此句。"遂令天下父母心，不重生男重生女"本来两行，译文却出人意料地译为一行 From this time onwards a parent's wish was not for the birth of sons, but of daughters。本来英文语法严谨，中文简洁，中文一行对应英文一行有困难,所以英文行数多可以理解,但两行中文被译为一行英文则让人费解。由此可见,詹宁斯对译文形式的处理有些随意。

再看一首王维的《青溪》及译文:

言入黄花川,每逐青溪水。

随山将万转,趣途无百里。

声喧乱石中,色静深松里。

漾漾泛菱荇,澄澄映葭苇。

我心素已闲,清川澹如此。

请留盘石上,垂钓将已矣。

The Blue Mountain Torrent

By Wang Wei

It is said that those who make for the Yellow Flower River

Must pursue this blue mountain stream;

And follow a myriad twists and turns among the ravines

Although as the crow flies the distance is less than a hundred miles.

The stream bickers among the pebbles and (under) the deep tranquil green of the pines,

Hear broadening out to allow the water chestnut and water gentian to float on its surface,

And there glistening deep and bright among reeds and rushes

I am by temperament indolent and slothful

And how much more by this restful clear stream;

Leave me to ponder on the hermit's rock

For there dangling a fishing rod I am entirely content.

詹宁斯的这首诗也有一些问题。第一句应该指诗人自己每次来到黄花川,译者将其翻译为"那些来到黄花川的人",扩大了描述对象,这与"我心素已闲"不符。第四句"趣途无百里"不知为何翻译为"乌鸦飞了起来,距离不足百里"。"乌鸦"从何而来呢?也许是译者参照的原文不同。第五、六句"声喧乱石中,色静深松里"译文将其合为一句"溪流在碎石中和绿色寂静的松林中喧哗",意思和原文不符。原句描写青溪在不同环境中的情态，流经鹅卵石时清脆悦耳，穿越松林时则悄悄流过，一动一静，相互映衬，意境很美。译文破坏了这种效果。第十句"清川澹如此"译文是"在这样幽静的青溪边我也感到更加悠闲和随意"，其中 how much more 用得很好，能够把这一句和上一句紧密联系起来，并恰当地表达出作者欣喜的感情。"请留盘石上"译文加了一个"隐士之石"，有助于读者理解，不过"垂钓将已矣"中的"将已矣"，即愿意终老于此之意，译文没有翻译出来。

这首诗反映出来詹宁斯译诗的特色为：不拘形式，不在意诗行长短多少，力求有诗意，力求押韵，但理解方面仍存有不足。

十一、屈维廉《中国诗选》(*From the Chinese*, 1945)

英国诗人和翻译家屈维廉（R.C.Trevelyan, 1872—1951）编辑的这本《中国诗选》(*From the Chinese*)，1945 年由牛津大学出版社出版。屈维廉并没有亲自翻译这些诗歌，而是从已有的译诗集里编选而来。该诗集的来源如下：

阿克顿（Harold Acton）与陈世骧（Ch'en Shih-Hsiang）的《现代中国诗》(*Modern Chinese Poetry*)；

弗洛伦斯·埃斯库（Florence Ayscough）和艾米·洛威尔（Amy Lowell, 1874—1925）的《松花笺》(*Fir-Flower Tablets*)；

叶女士（E. D. Edwards）的《龙之书》(*The Dragon Book*)；

翟理斯（H. A. Giles）的《中国诗选》(*Chinese Poetry*)；

威特·宾纳（Witter Bynner）的《玉山》(*The Jade Mountain*)；

另外还有阿瑟·韦利的几本诗集《诗经》(*Book of Songs*)，《游悟真寺诗》(*The Temple*)，《中国诗选续篇》(*More Translations*)，《中国诗歌一百七十首》(*170 Chinese Poems*)等。

屈维廉的引言比较重要，能够让我们了解他为什么编选这一诗集，遴选的标准又是什么。引言开头，屈维廉指出，中国的很多诗歌达到了伟大诗篇的标准。他列举的伟大诗篇的标准为：直接（directness）、简单（simplicity）、真诚（sincerity）。他认为，中国最优秀的诗人足以和希腊、英国的诗人相媲美，虽然相对而言，中国诗歌的题材范围与思想深度有一定局限性。

在对诗人的评价方面,中国评论家与西方译者相差很大,不过对一些公认的大诗人仍能达成共识,如李白、杜甫、白居易等。中国古典诗歌的成就虽然很高,但有一大缺陷不可回避。中国古代社会里妇女居于从属地位,只能在家里操劳,养育子女。欧洲诗歌的主题往往是男女间的爱情,而中国诗歌里常见的却是男人之间的友情。唯有一些弃妇诗、怨妇诗里才能见到男女之爱。

屈维廉谈到了不同译者的翻译方法。节奏方面,他认为阿瑟·韦利做得最好,能用英语的重音表现中文的五言诗、七言诗等形式。但韵脚方面,似乎各位译者都采取了较为随意的态度,因为中文和英文的差异太大。

中国诗歌有一些明显的特点。首先,中国诗歌的语气十分冷静。诗中通常没有激动场面,没有狂喜情节,很少用修辞,具体指很少用形容词,很少用隐喻和明喻。诗人们只是把简单的事实与感受罗列出来,使得诗歌没有戏剧效果和叙述效果。其次,中国诗歌一大优点是能把自然美精妙地刻画出来,这与中国画一样。这些描写自然的诗歌渗透着一种淡淡的神秘的悲伤,与波斯或印度诗歌中的激情和狂喜截然不同。这或许与道教有关。因为道教主张远离世俗,寄情于山林。从中国诗歌里很难找到《伊利亚特》《奥德赛》那样的史诗,同样,要在欧洲诗歌里找到田园诗也极为不易。中国诗歌善于描写纯净的自然,所以不需要很长的篇幅,也不需要华丽的修辞。但在文学形式方面,中国诗歌做得极好。中国诗歌在形式美与音韵和谐方面都无可挑剔。

这本《中国诗选》共收诗歌62首,题材较为特别。开头收了几篇《诗经》中的古诗,然后是张衡与王延寿的汉赋,以及陶潜和陈子昂的诗,最多的仍然是唐诗,多达37首。

选集没有收录宋词,因为屈维廉对已有的宋词译文都不满意。令人惊讶的是,诗集最后收入了12首现代诗的译文,其中有何其芳、徐志摩、戴望舒等人的诗歌。

总而言之,牛津大学出版社的这一本《中国诗选》选材与译文都较为精当。唯一遗憾的是,译文都不是新译,而是从已有译文中编选而来。

十二、威廉·埃克《隐士陶潜：陶潜诗六十首》(T'ao the Hermit: Sixty Poems by T'ao Ch'ien, 1952)

这本专门研究陶潜诗歌的著作由威廉·埃克(William Acker)翻译、撰写引言和加注,泰晤士与哈德逊公司(Thames and Hudson)在伦敦与纽约同时出版。诗集全称为《隐士陶潜：陶潜诗六十首》(T'ao the Hermit: Sixty Poems by T'ao Ch'ien)。

埃克在致谢中提到,他引用了阿瑟·韦利的一些译文,分别出自《论语》(The Analects of Confucius)和《中国诗歌一百七十首》。同时他还参照了日语版的《陶潜诗选》,汉文(kambun)出版社出版,译者是 Matajiro Urushigama 先生。

埃克对中国历史的认识很有见地。他的叙述从周朝封建制度开始。周朝后期,战国中的秦国接受了法家思想,尚武好战,并统一全国。但统一战争耗尽了国力,秦国很快又消亡了。崇尚儒家的刘邦接下来建立了汉朝,开始了科举制度,派遣考中的文官到各省主政,并且实行轮换制。西汉、东汉之后是晋朝,延续时间从 265 年至 420 年,在陶潜去世七年之前也灭亡了。晋朝从来也没有强大过,与之并存的有北方几个少数民族政权。晋朝的制度沿袭汉朝,儒学是主流,但汉代时引进的佛教开始扎根,另外道教也有了自己的道观和神龛。

中国艺术史上,音乐多用于宫廷,地位不高。书法在汉晋之前主要的用途是记事,到晋朝时上升为艺术。绘画在周朝时很少被提及。即使是孔子编纂的《诗经》,主要目的也是教诲世人。虽然如此,陶潜仍然是《诗经》传统的继承者。

埃克对陶潜的评价极高,认为晋代陶潜之前的诗人当中,没有一个人能与他相比。在陶潜的诗作中,很少能看到同辈诗人的影响。他的诗作,更多体现了本人个性的率真。

埃克对陶潜诗中反复表现的主题也非常了解。他认为陶潜的"贫穷"只是相对而言的。最起码他还有地有房,所谓贫困不过是饥荒之年有所节制罢了。从一些诗文中还可以看出,除了院落附近的田地,他在远处还有农庄。亲自耕种,与其说是不得已,不如说是自愿为之。从身份地位上划分,陶潜至少是一位乡绅或地主,并非真正意义上的贫寒之士。

对于陶潜的"隐士"心理,埃克指出,我们也需要正确地理解。陶潜并没有断绝与外界的交往，相反，他那里常常高朋满座。他也不是极端反对为官，只是憎恨唯利是图、不择手段的佞臣。他为人清高，不谋私利，不同流合污。而对于家园、国家以及乡间生活，陶潜是深深喜爱的。

那么，陶潜的人生观如何呢？埃克认为，陶潜主要的思想仍然是儒家哲学。当时佛教盛行，奇怪的是，陶潜诗文对佛教只字未提。也许是因为陶潜反感其戒酒、戒肉等教义吧。对于道家思想，陶潜曾经提及，但保持着足够距离。他尤其不相信得道成仙等道家玄妙之事。不过陶潜显然读过《道德经》与《庄子》等道家著作，他所说的"道""真"等也和道家思想相通。但总体而言，陶潜之"道"乃《论语》之中的"道"，并非道家之"道"。陶潜诗文中经常引用的是《论语》，因为《论语》中强调"大道不行"之时，自重之人就可以退隐。陶潜的归隐其实是符合儒家思想的。

埃克这本著作专门研究陶潜，他的译文也参照了其他人的译著，想必质量会高于其他译者。阿瑟·韦利译过《归园田居》，拿埃克的译文与之相对照，会更加清楚地辨明埃克的风格。

On Returning to Dwell in the Country

In youth I had nothing

That matched the vulgar tone,

For my nature always

Loved the hills and mountains.

Inadvertently I fell into

Into the Dusty Net,

Once having gone

It was more than thirteen years.

The tame bird

Longs for his old forest—

The fish in the house-pond

Thinks of his ancient pool.

I too will break the soil

At the edge of the Southern moor,

I will guard simplicity

And return to my fields and garden.

My land and house—

A little more than ten acres,

In the thatched cottage—

Only eight or nine rooms.

Elms and willows

Shade the back veranda,

Peach and plum trees

In rows before the hall.

Hazy and dimly seen

A village in the distance,

Close in the foreground

The smoke of neighbours' houses,

A dog barks

Amidst the deep lanes,

A cock is crowing

Atop a mulberry tree.

No dust and confusion

Within my doors and courtyard;

In the empty rooms,

More than sufficient leisure.

Too long I was held

Within the barred cage.

Now I am able

To return again to Nature.

埃克译文与韦利译文还是有不小的差别,无论在理解还是在表达上。"一去三十年"埃克翻译为十三年,大概版本不同,或是笔误。"羁鸟"韦利译为 the migrant bird——候鸟,与原意笼中鸟不同,而埃克译为 the tame bird——驯服的鸟,语义上更准确。"故渊"韦利译文是 the tank——贮水池、鱼池,埃克译文是 the house-pond,意思更清楚。"方宅"韦利译为 my ground,埃克译为 my land and house,也更准确一点。不过韦利因为追求译文用重音表现原文的五言形式,不能多用词语,所受限制比较大。埃克"荫后檐"的译文是 Elms and willows/ Shade the back veranda,把房檐译成了游廊,与原意有差异。而韦利的 Elms and willows cluster by the eaves 也没有反映"后檐"之"后"。"户庭无尘杂"一句两者的译文差别也较大。韦利的是 At gate and courtyard-no murmur of the World's dust——没有俗世的喧嚣。埃克的是 No dust and confusion/ Within my doors and courtyard——没有灰尘与喧嚣。韦利译出了原文的隐含意义,而埃克的更接近原文,象征意义也包含在译文里面。

译文形式方面,两种译文都做得很好。韦利用重音表现五言,开创了先河。而埃克译文每句中文五言对应两行英文,头一行短,第二行长,也大致再现了原文节奏。两种译文都没有追求押韵,在韵脚处理上较为自然。

埃克在书后加了两个附录,有助于读者对陶潜以及译文的理解。附录一题目是"陶潜诗歌特色比较",里面简明扼要地概括了陶诗的几大特色,并且与李白诗做了对比。首先,埃克解释了为什么陶诗中没有爱情诗,没有对女人之爱或上帝之爱。中国传统上通常把男女之爱看作个人之事,极少将之写入诗文。即便是有,也仅仅是怨妇诗等少数。宗教方面,中国诗人追求的最多是体现个人的哲学态度而已。

陶诗另一大特点为自然而然以及少有矫揉造作。后人常用的典故,陶潜甚少使用。他也甚少使用拟人手法。虽然四季、明月、天与地有时被拟人化,但从来不像和平、希望、正义那些概念那样直接。陶诗主题大多围绕个人生活、个人思想、个人感受或者耳闻目睹的事件,有时也表现个人理想。

除了简洁朴素,陶诗还有一特点:语气平和以及克制恰到好处。同样写饮酒,但陶潜的饮酒诗不同于李白的饮酒诗。李白诗纵横捭阖,热情洋溢,而陶诗仍旧表现出淡泊与克制。接下来,埃克还列举了李白《月下独酌》前两首,让读者将其与陶潜的系列饮酒诗相对照。

附录二题目为"中国诗歌翻译中的难点",其中埃克列举了几条原因。其一为中国语言删繁就简,一些语法关系要靠上下文说明,文字本身不表示时态与属格等。有些诗句译为过去时合适，译为现在时也未尝不可。另外中文单个字作为一个音节，音步数目大多就是字数，要在英语中做到这一点根本不可能。当然最难的要属典故翻译，有时每个词都需要加注。幸运的是，陶潜诗当中用典甚少，即使有也不难懂。

十三、考特沃尔和史密斯《企鹅中国诗选》(*The Penguin Book of Chinese Verse*, 1962)

这本企鹅出版社出版的诗选(*The Penguin Book of Chinese Verse*)编译者是考特沃尔(Robert Kotewall)和史密斯(Norman L. Smith)。此书的编排与众不同，也许是企鹅出版社的特色。《企鹅中国诗选》的目录长达33页，极为罕见，因为编译者将诗人与诗作的简介放到了目录里。这样编排也有一个好处，就是能让读者一目了然，一打开书就知道相关诗人与作品的背景知识。

该书引言由悉尼大学的戴维斯(A. R. Davis)撰写，内容很详尽。他首先声明，该诗集的目的并非要展示中国的诗歌史，相反，两位译者的选择较为随意，他们一起工作多年，根据自己的意愿选择诗歌，最后合成一集出版。戴维斯认为，这一诗集的收录范围比大部分已有诗集收录的范围广，覆盖了2500多年的中国诗歌史。

戴维斯从中国近代史讲起，提到1917年以后的白话文运动，当时人们充满革命性的文学观有些偏激，对最近三个朝代(从13世纪到19世纪)的文学持有偏见，不够重视。对文学的研究过于关注其政治性，以致忽略了艺术性。他指出当代中国的文学研究有几个缺陷，其一是过于强调大众性(the popular literature)，其二是过于推崇"黄金时代"(the golden age)，忽略了其余时期的佳作。例如过于看重唐诗，忽略了其他时代的诗作。其三是过于强调形式。相对而言，西方读者的文学观有所不同，对于他们而言，最有吸引力的是诗作表现的作者个人情感，作品的特质远比诗人的生平重要。

戴维斯在梳理中国诗歌史的同时也表明了自己的观点。从《诗经》开始，孔子就赋予文学过多的功用，例如社会政治和教育功能。中国人对《离骚》的研究也是如此，政治譬喻也许是屈原的原意之一，但不应该是全部意义。中国对汉赋的文学意义过于漠视，其实汉赋在文学方面体现出来的进步毋庸置疑。汉代末期，政治动荡，民不聊生，但文学艺术却前进了一步。从《古诗十九首》可以看出，五言诗已经趋于成熟，能够与汉赋一较高下了。

汉代与唐代之间的400多年里，中国基本处于长期分裂状态。这一时期，中国文学发展的脉络很清晰，一些不足也显现出来。例如强调音乐效果，损害了内容；强调思想内容，忽视了情感描写；强调经典传统，而忽略了现实观察。后来，诗歌创作又受到绘画影响，以至于有些诗人仅仅着重于诗情画意而忘记了反映现实生活。

自汉代至唐代，可以看出一个规律，凡是政局不稳、社会动荡的时期，诗歌反而会得到解放，因为诗歌的社会政治功用被削弱了。这一段时间里，诗人之间的分离、应和等主题的诗作长足发展，而且短诗日益流行，成为诗歌的主要形式。这一时期内，中国还翻译了大量佛经。也许是这段时间的翻译活动起到了促进作用，诗人们开始关注诗歌的平仄与韵律，因此律诗与绝句等形式严格的诗作逐渐成熟。

之后，戴维斯又介绍了词的发展史，据说词起源于汉代乐府，受李白的影响也很大，而宋朝时词的发展达到了顶峰。戴维斯认为，曲很难翻译，因此诗集中选录不多。他还谈到20世纪20年代以后新诗的发展，抗日战争期间的抗日救亡文学，以及1949年以后新诗的发展与局限性。

《企鹅中国诗选》共收录诗歌170首，选材面广，上至《诗经》，下至民国时期的作品。为了弥补其他诗选只重视唐诗的局限性，该诗集收录唐代诗作并不多，每个诗人仅仅选择几首，如李白4首，杜甫3首，白居易5首，王维1首，其余诗人都只选1首代表作。对于唐代前后的诗人作品，这部集子反而尽量多收，比如收录了隋炀帝的1首诗，清代袁枚的诗收了8首，还收录了刘大白、胡适等人的诗作。

让我们看看下面几首诗以及考特沃尔与史密斯的译文：

赠汪伦（李白）

李白乘舟将欲行，忽闻岸上踏歌声。

桃花潭水深千尺，不及汪伦送我情。

To Wang Lun(Li Po)

I had gone aboard and was minded to depart,

When suddenly I heard from the shore your song with tap of foot.

The Peach-blossom Pool is a thousand feet deep,

But not so deep as the love in your farewell to me.

首先,两位译者的理解没有问题。当然,这首诗理解起来没有难度,单从字面理解也差不多。其次,译者保留了原文的诗行,没有增加或减少行数。但译文没有保留原文的节奏,比如第二句译文就长于其他三句。对于韵脚,译者倒是做出了努力,第一句末尾的 depart 与第二句的 foot 最后的辅音相同,第三句末尾的 deep 与第四句末尾的 me 押腹韵。

登乐游原(李商隐)

向晚意不适,驱车登古原。

夕阳无限好,只是近黄昏。

Lo-yu yüan(Li Shang-yin)

Towards evening my soul was disquieted,

And I urged my carriage up to this ancient plateau.

The setting sun has boundless beauty;

Only the yellow dusk is so near.

这首译诗的特点比上一首更为明显一些。译文近乎直译,如"向晚"译为 towards evening,"驱车"译为 I urged my carriage up,"无限好"译为 boundless beauty,"黄昏"译为 yellow dusk。这些英文表达都可以选择更加符合英文习惯的词语,但译者的选择是直译,保留了原诗的意象。该译文节奏自然,没有强求一致,韵脚上面也没有着力去拼凑。

宋词是这部集子的重点之一,我们不妨欣赏一下苏轼《水调歌头·明月几时有》的译文:

To "Water Song"

(At the Mid-autumn festival in the year of ping-ch'ên [1076] I enjoyed myself by drinking until dawn and became very drunk. I wrote this poem, thinking of Tzû-yu)

Bright moon, when was thou made?

Holding my cup, I ask of the blue sky.

I know not in heaven's palaces

What year it is this night.

I long to ride the wind and return;

Yet fear that marble towers and jade houses,

So high, are over-cold.

I rise and dance and sport with limpid shades

Better far to be among mankind.

Around the vermilion chamber,

Down in the silken windows,

She shines on the sleepless,

Surely with no ill-will.

Why then is the time of parting always at full moon?

Man has grief and joy, parting and reunion,

The moon has foul weather and fair, waxing and waning

In this since ever there has been no perfection.

All I can wish is that we may have long life.

That a thousand miles apart we may share her beauty.

考特沃尔与史密斯的译文非常好,第一节甚至再现了原诗的节奏与韵律。与王红公的译文相比,这两位的译文理解精确很多,表达上也再现了原文意象,原诗的诗行与节奏也最大程度地得到保留。仔细检视考特沃尔与史密斯的译文,我们很难找出大的瑕疵。只有一句译文"何似在人间"翻译为"最好到人间去",与原文的意义有点出入。总之,从内容理解、原文节奏与韵律、原诗意境传译等方面看,考特沃尔与史密斯的译文都达到了很高的境界,值得我们学习。一直致力于传播中国古典文学的企鹅出版社也许在其中起了很大的积极作用。

十四、伯顿·华兹生《中国韵文：汉代及六朝赋体诗》(Chinese Rhyme-Prose:Poems in the Fu Form from the Han and Six Dynasties Periods,1971)

该译诗集题目为《中国韵文：汉代及六朝赋体诗》(Chinese Rhyme-Prose:Poems in the Fu Form from the Han and Six Dynasties Periods)，重点是赋体诗译文。阿瑟·韦利等学者认为，中国国内以及外国汉学往往不重视赋体文学的价值，为此韦利也曾专门编选了《游悟真寺诗与其他》一书，主要介绍汉赋。这本译文集算是继承了韦利的做法，继续探索并发掘汉代以及六朝的赋体文学。该书1971年由哥伦比亚大学出版社出版，纽约与伦敦两地同时发行，编译者为伯顿·华兹生（Burton Watson）。

全书正文之前还有一篇简短的前言，作者是狄百瑞（William Theodore de Bary,1919—2017），其中有些信息很有价值。他说这本书是"东方经典丛书"之一，译文标准是以学术研究为基础，面向大众。他对华兹生评价很高，指出华兹生已经出版了好几本有关中国文学的专著。他对华兹生译文的评价是"译文优雅（graceful），评注简洁，其引言涉及面广，有助于读者理解和欣赏赋体文学"，并承认华兹生的译文广受赞誉，而且对中国文学研究做出的贡献也引人注目。

译文开始之前，有一篇华兹生撰写的长长的引言，以及译者注。在华兹生看来，司马相如可算作是汉赋的创始人，汉赋的很多题材如狩猎、宫殿、都城、江河、高山、飞鸟、走兽、花朵、树木、美女以及乐器、旅行或怀古等，都可以从司马相如的作品里找到出处。接下来，华兹生介绍了汉赋的形式：有散文，有韵文，韵文每行字数从三言、四言到六言、七言不等。赋追求音乐效果，头韵、腹韵很普遍，排比、用典、象声词、连绵词、长串的名词，尤其是稀有的动植物名称等应有尽有，可以让读者为之倾倒。

汉赋初期充满了虚幻色彩，描写夸张，有帝王乘车天上飞等场景。后来，班固和张衡等试图让汉赋回归现实主义，让赋承载更多社会教化作用。与此同时，汉赋描写对象也在悄然变化，由大场景、皇家活动转向描写个人，个人的情绪、困境、怀才不遇等。赋的形式也随着时代变迁不断演化。最初，赋的长度没有限制，可以很长。六朝时,赋家觉得长赋冗赘,于是倾向于创作形式更整齐紧凑的赋,直到唐朝产生了"律赋"。"律赋"过于严谨,因而到宋代又产生了"文赋",后者形式更自由,几乎与散文没有什么差别。

文学界对赋体文学向来有诸多批评。华兹生逐一加以评论。一种说法是赋作多源于上层社会,题材局限性大,多为皇室、贵族等狩猎、饮宴类内容。这一点无可否认,但华兹生反驳道,没有理由证明一个社会阶层的文学注定不如另一个阶层的文学有价值,社会阶层不能决定文学的艺术价值。另一种指责是赋体文学晦涩难解。诚然,用典过多、连绵词不绝、动植物名称生僻等现象的确是赋体文学的特点。不过这些手法的运用不是为了传递信息,而是为了让读者倾倒。多读一些赋体诗,就会找到规律,也会慢慢地深入理解。还有一种指责是赋体诗互相模仿,少有创新。可是中国的诗词等文学形式也是如此,借鉴与模仿前人的作品比比皆是,不单单赋体诗是这样。

其实写作赋诗对一个作者来说是很好的文学创作训练。他需要深入观察要描写的事物,无论是宏大场景抑或是花鸟虫鱼,都需要挖掘其内在价值,然后用严格的赋体形式表达出来。各类赋体文学为后人提供了文学描写的经验,对其他类型的文学影响深远。

在翻译注解中,华兹生谈到他处理翻译难题的策略。他发现,英语中很难找到和赋体对应的文体,只有体育播音与之类似。体育直播要求连绵不断,用词还不能重复。他翻译赋的时候,就努力再现原文的华美。原文的头韵或其他音乐效果也尽量在英文中有所表示。大多数情况下,原文的排比与典故也都照顾到。至于那些动植物名称,他只能找一些相近的英文词翻译,不能保证准确无误。原诗一句,英文里也基本上用一句对应。

由于赋体诗较长,全书共收录 13 个赋家的 13 首赋。在此,选录曹植的《洛神赋》的一部分,来分析华兹生译文的处理手法和风格。

洛神赋(并序)(第一节)

余告之曰:其形也,翩若惊鸿,婉若游龙,荣曜秋菊,华茂春松。仿佛兮若轻云之蔽月,飘飖兮若流风之回雪。远而望之,皎若太阳升朝霞;迫而察之,灼若芙蕖出渌波。秾纤得中,修短合度。肩若削成,腰如约素。延颈秀项,皓质呈露。芳泽无加,铅华弗御。云髻峨峨,修眉联娟。丹唇外朗,皓齿内鲜。

明眸善睐,靥辅承权。瑰姿艳逸,仪静体闲。柔情绰态,媚于语言。奇服旷世,骨像应图。披罗衣之璀粲兮,珥瑶碧之华琚。戴金翠之首饰,缀明珠以耀躯。践远游之文履,曳雾绡之轻裾。微幽兰之芳蔼兮,步踟蹰于山隅。于是忽焉纵体,以遨以嬉。左倚采旄,右荫桂旗。攘皓腕于神浒兮,采湍濑之玄芝。

And I answered:

Her body soars lightly like a startled swan,

Gracefully, like a dragon in flight,

In splendour brighter than the autumn chrysanthemum,

In bloom more flourishing than the pine in spring;

Dim as the moon mantled in filmy clouds,

Restless as snow whirled by the driving wind.

Gaze far off from a distance:

She sparkles like the sun rising from morning mists;

Press closer to examine:

She flames like the lotus flower topping the green wave.

In her a balance is struck between plump and frail,

A measured accord between diminutive and tall,

With shoulders shaped as if by carving,

Waist narrow as though bound with white cords;

At her slim throat and curving neck

The pale flesh lies open to view,

No scented ointments overlaying it,

No coat of leaden powder applied.

Cloud-bank coiffure rising steeply,

Long eyebrows delicately arched,

Red lips that shed their light abroad,

While teeth gleaming within,

Bright eyes skilled at glances,

A dimple to round off the base of the cheek—

Her rare form wonderfully enchanting,

Her manner quiet, her pose demure.

Gentle-hearted, broad of mind,

She entrances with every word she speaks;

Her robes are of a strangeness seldom seen,

Her face and figure live up to her paintings.

Wrapped in the soft rustle of silken garments,

She decks herself with flowery earrings of jasper and jade,

Gold and kingfisher hairpins adorning her head,

Strings of bright pearls to make her body shine.

She treads in figured slippers fashioned for distant wandering,

Airy trains of mist-like gauze in tow,

Dimmed by the odorous haze of unseen orchids,

Pacing uncertainly beside the corner of the hill.

Then suddenly she puts on a freer air,

Ready for rambling, for pleasant diversion.

To the left planting her coloured pennants,

To the right spreading the shade of cassia flags,

She dips pale wrists into the holy river's brink,

Plucks dark iris from the rippling shallows.

这第一部分的译文清楚地展现出华兹生的特点。译诗形式较为自由，虽然英文一句对应一句，但没有强求押韵。长短方面，他也没有像韦利那样追求重音与字数的一致。例如"明眸善睐，靥辅承权"——"晶亮动人的眼睛顾盼多姿，两个美丽的酒窝隐现脸颊"译文是 Bright eyes skilled at glances, A dimple to round off the base of the cheek, 第二句比第一句长出很多，很难谈得上对应。

细察华兹生译文，内容方面只有个别地方值得探讨。"皎若太阳升朝霞"——"明亮洁白像是朝霞中升起的太阳"——译为 She sparkles like the sun rising from morning mist, "朝霞"译为"晨雾"，两者显然不一样。"灼若芙蕖出渌波"——

"明丽耀眼如清澈池水中亭亭玉立的荷花"——译为 She flames like the lotus flower topping the green wave,"渌波"译成了"绿色的波浪"而不是清澈的池水,也许是疏忽吧。"媚于语言"——"情态柔顺宽和妩媚,用言语难以形容"——译为 She entrances with every word she speaks——她的每句话都让人着迷,这句译文不太准确。"骨像应图"——"相貌如画中的仙女"——译文是 Her face and figure live up to her paintings——"她的容貌身材恰如她的画像",如此一来,译文显得过于实在,因为图画中的仙女未必就是她。

综合来看,华兹生的译文理解较为准确,形式上能对应原文诗句,韵律上顺其自然,是各方面较为优秀的译作。

十五、其他诗文选的英译简介

1914 年,庞德(Ezra Pound,1885—1973)出版第一本意象诗集《意象派选集》(Des Imagistes)。其中,庞德的 6 首作品中,有 4 首取材于中国古典诗歌:《访屈原》,灵感来自《九歌》中的《山鬼》;《刘彻》是对汉武帝《落叶哀蝉》的改写;《秋扇怨》是对班婕妤《怨歌行》的模仿;最后一首出处不详。此时庞德的中国古典诗歌材料来源是翟理斯的《中国文学史》(1901)。1915 年,庞德经过对费诺罗萨(Ernest F. Fenollosa,1853—1908)遗留的 150 首中国古诗笔记的整理、选择、翻译、润色和再创作,在伦敦出版了由 18 首短诗歌组成的《神州集》(Cathay)。

1912 年,巴德(Charles Budd)译著《古今诗选》(Chinese Poems)于伦敦出版。英国汉学家德庇时的《汉文诗解》原载于英国《皇家亚洲学会会议纪要》第二卷,1929 年又在伦敦刊印了单行本。英文名为 On the Poetry of the Chinese,封面顶端有楷体"汉文诗解"四字,下有同义之拉丁文书名。文章分两个部分。第一部分讲解中国诗作诗法,指出西人应予关注:语音性质及其入诗的适用性,语调和重音的规律性变化,诗歌韵律的运用,尾韵的运用和对仗诗句的效果。第二部分讲解使上述表面形式充满生气的诗质、诗魂,并与西方诗人两相比较。文中选有《诗经》篇什、《三字经》片段、唐诗、清诗乃至小说(如《好逑传》)中的诗歌。此书流传甚广,影响颇大,曾多次重刊,考狄(Henry Cordier,1849—1925)《中国书目》均有著录。

1934年上海商务印书馆出版了《英译中国诗歌选》(Select Chinese Verses),该书由骆任廷(Sir James Lockhart,1858—1937)编选,著名出版家、商务印书馆的创始人之一张元济为其作序。该书分两部分,第一部分收录翟理斯的韵体译诗,第二部分收录韦利的散体译诗,取自翟理斯和阿瑟·韦利的旧作,即翟氏《中国文学瑰宝》、韦氏《中国诗歌一百七十首》《庙歌及其他》和《中诗英译续编》,系先秦至唐宋诗歌。张元济的序文虽只有短短一页,不足500字,但对此书出版的缘由分析较为详尽:骆君"旅华多年,精通汉学",喜欢介绍中国文化。他"归国后,悠游林下,尝以吟诵汉诗自娱。深知吾国诗歌,发源甚古。其体格之递嬗,与夫风调之变迁,凡不失兴观群怨之旨者,多足媲美西土。亦极思荟萃佳什,广其流传"。张元济还对韦利与翟理斯的译文予以简要的比较:"英译吾国诗歌向以英国翟理斯与韦利二君为最多而精。前者用韵,后者直译,文从字顺,各有所长。其有功于吾国韵文之西传者甚大。"①张元济的序言注意到二者所用翻译方法的区别在于翟理斯采用意译的韵体译文,韦利采用直译的散体翻译法。至于二者孰是孰非,张元济采取折中的态度,一并予以褒扬,没做进一步的分析。

1935年上海别发洋行出版的李高洁(Cyril Drummond Le Gross Clark)翻译、注释及评论著作《苏东坡的散文诗》(The Prose Poetry of Su Tung-Po),该译作由当时在上海光华大学任教的钱锺书(Ch'ien Chung-shu)作序,其名为《苏东坡的文学背景及其赋》(Su Tung-po's Literary Background and His Prose-Poetry)②。初大告(Chu Ta-Kao,1898—1987)所译《中国抒情诗选》(Chinese Lyrics)也于1937年由剑桥大学出版。

中国学者吴经熊(John C. H. Wu,1884—1986)曾用化名Teresa Li(李德兰)

---

① Herbert A Giles, Arthur Waley: Select Chinese Verses, Shanghai: The Commercial Press Ltd., 1934, p. Ⅲ.
② 关于钱锺书这篇文章请参看:张隆溪《论钱锺书的英文著作》,见其所著《走出文化的封闭圈》,北京:生活·读书·新知三联书店,2004年,第259~261页。林语堂盛赞李高洁作为西方学者对中文著作的翻译,敬佩他的个人思想和纯粹的勇气。这位汉学家就是凭借勇气和不屈不挠的勤奋,随着时间的推移,小小的贡献已经开始出现在这个领域中,从而为后一代的学者铺平道理,引导他们去发掘中国文学和思想的潜在矿藏。

翻译中国诗词共142首,于1938年1月至1939年10月分四批在《天下月刊》刊发。① 诗词选材从《诗经》的"静女""伐木"、项羽《垓下歌》、阮籍《咏梅》、唐诗宋词直至现代诗人的古体诗,不落窠臼,自成风格。在142首中国诗词中,数量所占比例上比较突出的有李煜17首,李商隐13首,纳兰性德11首,苏轼6首,辛弃疾5首,李白、杜甫、元稹、朱敦儒各4首。吴经熊这样说:"现在我的兴趣转到了中国诗歌上。除将许多中国诗歌翻译为英文外(是以李德兰为笔名发表的),我还写了一篇论《唐诗四季》(The Four Seasons of T'ang Poetry)的论文。此外,我还有份参加道家经典《道德经》的翻译。从文学的产量来看,也许这是我一生中最活跃的时期。"②

1964年,英国汉学家葛瑞汉(Angus Charles Graham, 1919—1991)的著作《晚唐诗》(The Late T'and Poetry)在伦敦出版,为"企鹅丛书"之一种。该书序言里谈到译诗问题。葛瑞汉说:"翻译中国诗很难进行完美的再创造。古汉语的力量在于简洁具体,某些用字最精练的中国作品被译成英文之后,反而显得特别啰嗦。最能流传广远的诗的因素当然是具体的形象,要做到形象的忠实就不能不完全抛开原诗的格律形式。严格的逐字对译既破坏英文句法,又不能使读者懂得汉语的句法;但在译文中保留原诗字字对应比照这种结构上的特点,却是完全必要的。"

关于中国古文在英国的译介,亦有进展。出生于中国的翟林奈,子承父业,也成为成绩卓著的汉学家。他编译的《老子语录》(The Sayings of Lao Tzu)由伦敦约翰·默里出版公司于1905年刊行,后多次再版。该书将老子之言分为十类,对一般英语读者了解老子思想十分有益。1912年,伦敦约翰·默里出版公司又刊行了翟林奈编译的《道家义旨:〈列子〉译注》(Taoist Teachings from the Book of Lieh Tzu)。该译本省去了原书中专论杨朱的内容。同年亦在伦敦出版的安顿·佛克(Anton Forke)译本《杨朱的乐园》(Yang Zhu's Garden of Pleasure),只译了《列子》里关于杨朱内容的部分,正好与翟林奈译本互为补充。后来,伦敦大学亚非学院

---

① 《天下月刊》,第一批(Fourteen Chinese Poems) 14首:Vol.Ⅵ,No.1, January 1938, pp.74-83;第二批(Poems from the Chinese) 22首,Vol.Ⅵ,No.3, March 1938, pp.231-254;第三批(Fifty-Six Poems From The Chinese) 56首,Vol.Ⅷ.No.1, January 1939, pp.61-98;第四批(Fifty Poems From The Chinese) 50首,Vol.Ⅸ,No.3, October 1939, pp.286-335。

② 吴经熊:《超越东西方》,周伟驰译,北京:社科文献出版社,2002年,第288页。

教授葛瑞汉完成了《列子》的第一部全译本(1950),又出版了《〈列子〉新译》(*The Book of Lieh-tzu:A New Translation*),也由约翰·默里出版公司于 1960 年刊行。1921 年,翟林奈译著《唐写本搜神记》(*A T'ang Manuscript of the Sou Shen Chi*)刊载于《中国新评论》1921 年第 3 期。1938 年翟林奈还译出了《三国演义》中的部分片段。1938 年,翟林奈的《仙人群像:中国列仙传记》(*A Gallery of Immortals:Selected Biographies Translated from Chinese Sources*)由伦敦约翰·默里公司出版发行。

老沃尔特·高尔恩(Walter Gorn Old,1864—1929)编译的《老童纯道》(*The Simple Way,Laotze,The "Old Boy":A New Translation of the Tao-Teh-King*)也于 1904 年在伦敦刊行,后又多次重印。此前高尔恩译有《道德经》(*The Book of the Path of Virtue,or a Version of the Too Teh King of Lao-tsze*,Madras:Theosophical Publishing House,1894),密尔斯(Isabella Mears)的《道德经》(*Too Teh King*)译本也于 1916 年由神智出版社(Theosophical Publishing House)刊行,并于 1922 年和 1949 年重印。另外,中国学者初大告的《道德经》(*Tao Te Ching*)于 1937 年由伦敦艾伦和昂温(Allen and Unwin)公司出版发行,后分别于 1939 年、1942 年、1945 年、1948 年、1959 年重印再版。吴经熊所著《老子〈道德经〉》(*Lao Tzu's The Tao and Its Virtue*)发表于 1939—1940 年的英文期刊《天下月刊》(*T'ien Hsia Monthly*)。林语堂的英文著述《老子的智慧》(*The Wisdom of Laotse*)也于 1949 年由伦敦蓝登书屋(Random House)出版。

林语堂在 1935 年与温源宁、吴经熊、姚莘农等人创办英文《天下月刊》,并出任编辑,同年他连续刊发英译《浮生六记》四章,并先后发表几篇专题论文与书评。他的《浮生六记》翻译既使用原汁原味的英文,又使用中国的术语。通常成语及习语的翻译存在一定的难度,在直译会造成误读的情况下,译者可以采用符合英语习惯的表达,使译文能够被读者正确地理解和接受。林语堂在翻译中用英语谚语替换汉语谚语,或用英语说法替换汉语说法,从而避免了赘语及误读。

1938 年,伦敦阿瑟·普洛普斯坦因(Arthur Probsthain)公司出版了爱德华兹

(Evangeline Dora Edwards,1888—1957)①编译的《中国唐代散文作品》(*Chinese Prose Literature of the Tang Period A.D.618—906*)。该书分两卷(共 236 页)。上卷介绍一般散文,下卷介绍传奇故事。下卷分三章:第一章"中国小说概况"设两节,介绍唐代以前和唐代小说的发展;第二章"小说——唐代丛书"设四节,除"导言"外,分别介绍"爱情故事""英雄故事"和"神怪故事";第三章是上卷译介的续篇,继续介绍《唐代丛书》中的作品。该书不仅在译介部分提供了较详的注释,而且在介绍部分提出了一些值得认真探索的重要问题,如中国小说发展的特殊历程、文言小说的类型及其特点、《唐代丛书》所辑作品的真实性(书末附录论及此旨)等。这部书以其大量译介和深入探索而独步于当时,影响较大,1974 年又再次刊行。爱德华兹后来还写有《柳宗元与中国最早的风景散文》(*Liu Tsung-yuan and the Earliest Chinese Essays on Scenery*,1949)等著述。

---

① 即叶女士,出生在中国,其父是来华传教士。她在中国接受教育,对中国文化和中国文学有所研究。1921 年被伦敦大学聘为汉学讲师,后接替退休的庄士敦,升任伦敦大学远东系主任和汉学教授。

第二节　阿瑟·韦利对中国古代诗文的翻译与研究

阿瑟·韦利出生于英国南部的肯特郡，是当代英国知名的汉学家之一。孩提时代，他便对东方文化产生了浓厚的兴趣。① 1903 年进入著名的拉格比公学（Rugby School）读书，奠定了深厚的古典文学基础。1906 年考入剑桥大学国王学院，师从当时知名的剑桥使徒迪金森（Goldsworthy Lowes Dickinson，1862—1932）、乔治·摩尔（G. E. Moore，1873—1958）等学习英国古典文学。他们开阔的视野，创新进取的人文精神对韦利影响很大。迪金森还是鼓动韦利接触中国文化的第一个人。1910 年，韦利因患眼疾左眼失明休学，到欧洲各地游历。1912 年，家人有意安排他到叔叔的出口公司从事外贸工作，因志趣不合，韦利没有到公司赴任。1913 年 2 月，在《不列颠百科全书》主编奥斯沃德·斯科特（Osward Sickert）的推荐下，韦利到大英博物馆竞聘绘画部岗位。6 月被分配至东方图片及绘画分部做该部负责人劳伦斯·宾扬（Laurence Binyon，1869—1943）的助手，负责馆藏中日绘画作品的整理与编目。为了工作的需要，韦利开始自学中、日文。工作之余，他迷上了绘画作品上的题画诗，并着手翻译这些诗歌。为此他阅读了馆藏中的许多中国诗歌读本，开始汉学研究的漫漫征程。

韦利一生著译颇丰。1916 年由伦敦洛文兄弟（Lowe Bros）出版社刊行的《中国诗选》（Chinese Poems）是韦利自费付梓的第一本翻译著作。1917 年 1 月，《一幅

---

① 韦利的弟弟胡伯特·韦利（Hubert Waley）在回忆儿时擦铜器的经历时说："古老铜器坚硬的朴素感深深吸引着他，记得当看到一块 17 世纪制作精细的浅层雕刻铜制纪念匾时，我倾向于嘲笑它的过分雕饰，而这恰是 Arthur 那时更喜欢的，这种倾向或许更早。" Hubert Waley："Recollections of a Younger Brother"，Ivan Morris，Madly Singing in the Mountains，An Appreciation and Anthology of Arthur Waley，George Allen & Unwin Ltd.，1970，p.124.

中国画》(A Chinese Picture)在《伯林顿杂志》(Burlington Magazine)上发表,这是他公开发表的第一篇论文。同年《伦敦大学东方学院学报》(Bulletin of the School of Oriental Studies)创刊号刊载了他的两篇译文,一篇为《唐前诗歌》(Pre. T' ang Poetry),一篇是《38首白居易诗》(Thirty-eight Poems by Po Chu-I)。1922年3月,韦利编制的《大英博物馆东方图片及绘画分部藏品之中国艺术家人名索引》(An Index of Chinese Artists Represented in the Sub-department of Oriental Prints and Drawings in the British Museum)由博物馆董事会出版。1923年9月伦敦欧内斯特·本出版公司(Ernest Benn Ltd.)出版了《中国画研究概论》(An Introduction to the Study of Chinese Painting)。绘画仅是韦利的职业,他的兴趣主要在东方古代文学的译介上。除中国文学外,韦利译介的另一主要对象是日本文学。1921年3月,译文《日本能剧》(The No Plays of Japan)由伦敦乔治·艾伦与昂温出版社刊行。1925年至1933年完成的《源氏物语》全本的翻译,是英语世界中第一个完整的译本。此外,他还翻译过日本古代和歌,撰写过日本文化入门等书籍。1929年12月底,为了潜心于汉学译介与研究,韦利以健康为由,辞掉了大英博物馆的工作。此后他笔耕不辍,出版了大量译述著作,直至1966年6月去世。

韦利最早涉足中诗英译是在1913年,该年他作为劳伦斯·宾扬的助手进入大英博物馆东方图片社负责馆藏东方绘画的编目与整理工作。由于语言知识的匮乏,韦利经常将一个艺术家当成两个,甚至当作仿造者。他读的第一首中国诗就是题在画上的。①

1916年,韦利自费出版了第一本中国诗译作《中国诗选》,该诗集包含52首诗,分别译自屈原、曹植、鲍照、谢朓、李白、杜甫、王绩、韩愈、王维、白居易等人的诗歌。该诗集仅出50本,分送与韦利的好友当圣诞节礼物,庞德也在受赠者行列。作为韦利的处女作,该书虽未得到友人的一致认同,但让韦利初尝了收获的喜悦。该译本深受庞德的赏识。韦利与庞德的关系也因旨趣的投合越来越近。1917年韦利在庞德主编的《小评论》(Little Critic)第六期(12月号)上发表《白居易诗八首》(Eight Poems by Po Chu-I)。《小评论》原是一份发行量不到几千份的小杂志,当时声名显赫的大杂志不愿意刊登自由体中国短诗,《小评论》便发表这

---

① Arthur Waley, *A Hundred and Seventy Chinese Poems*, 1962, p.5.

些诗与大杂志抗衡。这一现象在 1915 年前尤为明显。庞德、韦利、宾纳（Witter Bynner,1881—1968）等中国诗英译者是这一杂志的主要撰稿人。1915 年前后至 1921 年,庞德、韦利、艾略特（T. S. Eliot,1888—1965）、福特·马多克斯（Ford Madox,1873—1939）每个星期一晚上都在福斯街（Firth Street）的一家餐馆里聚餐,讨论诗学与诗歌创作技巧。庞德就译诗对韦利提出过一些建议,但韦利坚持自己的翻译原则。他认为庞德对作诗的看法,是他今生听过的最有见地的论述。① 尽管如此,韦利不承认自己受过庞德的影响②,但庞德和艾略特这些朋友的支持无疑是他继续从事翻译的动力。韦利所译的诗歌显然与庞德和艾略特的诗歌主张契合,就这一点看,韦利至少是意象派诗歌的同人。从韦利的译诗也能看出这一点,如韦利翻译杨广的《春江花月夜》。

> 春江花月夜
> 暮江平不动,春花满正开。
> 流波将月去,潮水带星来。

> Flower and Moonlight on the Spring River
> The evening river is level and motionless
> The spring colors just open to their full
> Suddenly a wave carries the moon away
> And the tidal water comes with its freight of stars.③

这是一首意象明朗的写景诗,全诗集中描写江水、春花、流波、明月、繁星等意象,勾勒出一幅春暖花开、月夜流波的春夜美景。意象派强调意象是瞬息呈现出的感情与理性的结合体,即情结,其内层的表现为意,外层的表现为象。意象的表达要用直接处理的方法,避免使用对表达没有作用的冗余文字。中国诗歌寓情于景,强调感情的隐藏,意向表述更为明朗化。韦利的这首译诗,紧抓原诗中暮江、

---

① Roy Fuller, "Arthur Waley in Conversation, BBC Interview with Roy Fuller," Ivan Morris: *Madly Singing in the Mountains, An Appreciation and Anthology of Arthur Waley*, p.140.

② 弗勒在 1963 年对韦利所做的采访中,问及韦利是否受庞德的影响,韦利回答说:"他给我提过一些建议,但我没采纳。"韦利认为他与庞德不同,庞德反对韦利将原诗中很长的句子保留下来,韦利则坚持这么做。Roy Fuller, "Arthur Waley in Conversation, BBC Interview with Roy Fuller," Ivan Morris: *Madly Singing in the Mountains, An Appreciation and Anthology of Arthur Waley*, pp.143-145.

③ Arthur Waley, *Translations from the Chinese*, New York: Alfred A.Knopt, 1941, p.108.

春花、流波、明月、潮水、繁星等意象,语言浅显直白,仅有几个必要的冠词和连词。唯一添加的就是 suddenly 一词,但这一词语的添加增强了画面的动态效果,使动静结合,蕴含了丰富的诗意。

韦利的译诗对英国的传统诗歌产生了很大的冲击作用。他与休姆、艾略特、叶芝等一起推动了英国现代诗的发展。就韦利在英国新诗中的地位,汉学家大卫·霍克思认为:"20世纪初,英美诗人才读到柔迪特·戈蒂耶(Judith Gautier, 1845—1917)的《玉书》(Le Live de Jade)①,中国诗在英语国家的接受与它对西方诗坛的影响是同时进行的,二者为不可分割的整体。事实上,直到20世纪20年代,庞德这位杰出的诗人与韦利这位伟大的学者出版他们的译作,中国诗才真正对英国产生了影响。"②英国BBC广播电台的知名主持劳埃·弗勒(Roy Fuller, 1912—1991)1963年曾对韦利有过一次专访,在这次专访中,弗勒坦言:"韦利先生,这次访谈重在谈论你对东方经典的翻译,尤其是中诗英译。说是译诗,我更乐于把它们当作英国诗歌。在我看来,尽管这些诗歌已经出名40多年了,在英国也没有得到重视,但它们还是一战前英国诗坛反驳丁尼生③抑扬格诗体改革运动的一部分。"④伊文·莫里斯认为没有韦利的翻译,远东的文学典籍就不可能成为英国文学遗产的一部分。⑤ 韦利的挚友哈罗德·阿克顿(Harold Acton, 1904—1994)则将韦利归入学者的范畴,强调其翻译的精确:"学者往往写不出好的散文,更不用说好诗,韦利以其学术的精确而震撼文坛。……就像白居易或紫式部的灵魂附着在他身上指导他创作一样。"⑥瓦尔特·德·格罗斯比(John Walter de Grucby)

---

① 《玉书》是柔迪特·戈蒂耶在1867年出版的一本中国诗法译读本,在欧洲早期的中诗译本中,该诗的影响很大,它以散体语言翻译而成,成为自由体式译法的典范。
② David Hawkes, "Chinese Poetry and the English Reader," Edited by John Minford Siu-kit Wong: Classical Modern and Humane, Hong Kong: The Chinese University Press, 1989, p.80.
③ 丁尼生(Alfred Tennyson Baron, 1809—1892),19世纪英国著名诗人之一,维多利亚诗风的主要代表人物之一,代表作有《轻骑兵进击》《抒情诗集》《亚瑟王之死》等,他的诗作题材面广,想象奇特,形式规整,辞藻华丽,且注意诗歌铿锵的节奏。
④ Roy Fuller, "Arthur Waley in Conversation, BBC Interview with Roy Fuller," Ivan Morris: Madly Singing in the Mountains, An Appreciation and Anthology of Arthur Waley, p.140.
⑤ Ivan Morris, "The Genius of Arthur Waley." Madly Singing in the Mountains, An Appreciation and Anthology of Arthur Waley, 1970, p.67.
⑥ Harold Acton, More Memoirs of an Aesthete, London: Hamish, 1986, p.26.

则断言韦利是通往远东文化及社会的一扇窗。①

一、阿瑟·韦利的中国诗学观

大量的翻译研究,使得阿瑟·韦利对部分中国文学的经典著作烂熟于心,在译著的前言、附录及发表的论文中,他逐渐对中国文学的发展形成了自己的看法。1946年,韦利在《中国诗集》的序言中甚至谈到想编写一本中国文学史的想法。②

英国汉学界最早编修《中国文学史》者,当属翟理斯。他编纂的《中国文学史》作为"世界文学简史丛书"(Short Histories of the Literature of the world)的第10种出版。该书成为英语世界中国文学发展史的教科书,对英语世界中国文学的传播产生了很大影响。

韦利对此书甚为熟悉,1918至1921年间韦利与翟理斯围绕中诗英译展开的论战中大多数批判的译文选自翟理斯的《中国文学史》。翟理斯的《中国文学史》以史来安排全书的逻辑顺序,每一章节分问题探讨文学创作的主要成就,摆脱了当时文坛盛行的局限于单个文本作家赏析的传统,按照时代的先后顺序粗略地罗列出中国文学的主要成果。但该书的疏漏和不足也非常明显,林语堂在陈受颐先生的《中国文学史》序言中谈道:"半世纪前,翟理斯完成的《中国文学史》在称谓上有诸多错误,它仅仅是一系列特定著作的描述,没能概括出文学发展的连续性特点。书中译介了一些重要诗人,对历史上一些有趣的文学现象予以研究,也参阅了相关的资料,但对中国文学整体发展的理解明显欠缺。"③韦利虽没有完成文学史的书写,但他在一些书的序言和后记中对中国文学发生、发展的见解明显弥补了翟理斯《中国文学史》上的不足,且具有一定的文学史观。

韦利谈论最多的是中国诗歌。就诗歌发展史而言,韦利认为可分为四大阶段,第一阶段指《诗经》产生并被修订的时期,大致等同于中国的西周及春秋时

---

① John Walter de Grucby, *Oriental Arthur Waley*, *Japonism*, *Orentalism and the Creation of Japanese Literature in English*, Honolulu: University of Hawaii Press, 2003, p.4.

② Arthur Waley, "Preface," *Chinese Poems*, London: George Allen & Unwin Ltd., 1946, p.6.

③ Lin Yutang, "Foreword," Ch'en Shou-yi: *Chinese Literature: A Historical Introduction*, New York: The Ronald Press Company, 1961, p.V.

期。《诗经》作为现存我国古代第一本诗歌总集,收录自西周初年至春秋时期的民间诗歌305篇,又称《诗三百》,由孔子增删而成。传统学者对《诗经》价值的考辨主要沿用孔子《论语》中"诗可以兴、可以观、可以群、可以怨"①的说法,关于"兴观群怨",孔颖达注疏曰:"诗可以兴者,又为说其学诗有益之理也。若能学诗,诗可以令人能引譬连类,以为比兴也;可以观者,诗有诸国之风俗盛衰,可以观览知之也;可以群者,诗有如切如磋,可以群居相切磋也;可以怨者,诗有君政不善则风刺之,言之者无罪,闻之者足矣戒,故可以怨刺上政。"②朱熹解释此四字为:"诗可以兴,感发志意。可以观,考见得失。可以群,和而不流。可以怨,怨而不怒。"③孔颖达和朱熹的解释都是从为人处世的角度出发审视《诗经》的价值的。为此韦利认为孔子所选诗篇其目的在于道德培养和社会教化,内容不是褒扬一些好的社会风尚、伦理秩序,就是贬抑那些坏的风气。④ 在《庙歌及其他》的译者序中,也有这类的论断:"中国搜集民歌是为了政治。通过这一方式,统治阶级可以了解民情,能够发现百姓的不满与期望。孔子之后解释《诗经》的人完全把它当作政治道德文件。情诗也被解释为诸侯王与其大臣之间的关系。这种解释方法与传教士解释《所罗门之歌》一样奇怪。"⑤这一时期的诗歌创作除《诗经》外,还有一些刻在石鼓上的石鼓诗,以及散见于历史哲学著作中的短歌。这一时期因为诗与音乐不分,故而诗歌的发展还处于原初阶段,真正意义上的文学诗还没出现。⑥

赋的出现标志着文学与音乐的分野,所以韦利认为中国文学诗的出现应该始于赋,韦利的这一说法有待商榷。中国诗歌产生之初,与音乐和舞蹈关系紧密。《尚书·舜典》⑦中记载:"'夔,命女典乐,教胄子,直而温,宽而栗,刚而无虐,简而无傲。诗言志,歌咏言,声依永,律和声。八音克谐,无相夺伦,神人以和。'夔

---

① 何晏注,邢昺疏:《论语注疏》,阮元校刻:《十三经注疏附校勘记》下,第2525页。
② 同上。
③ 朱熹撰,徐德明校点:《四书章句集注》,上海:上海古籍出版社,2001年,第209页。
④ Arthur Waley, "The Rise and Progress of Chinese Poetry," *A Hundred and Seventy Chinese Poems*, p.12.
⑤ Arthur Waley, "Introduction," *The Temple and other Poems*, London: George Allen & Unwin Ltd., 1923, p.10.
⑥ Ibid., p.12.
⑦ 在许多学者的著述中,引用此句时,均以为出自《尚书·尧典》,经笔者核查《十三经注疏附校勘记》,应为《尚书正义·舜典》。

曰：'于！予击石拊石,百兽率舞。'"①《吕氏春秋·仲夏纪第五·适音》②篇中讲道："昔葛天氏之乐,三人操牛尾,投足以歌八阕。"③诗、乐、舞之所以不分家,主要因为三者都强调节奏的重要。在文字尚未发明的时代,诗往往借音乐而得以传播,称作声诗,篇幅短小,易读易记。文字出现后,诗逐渐被记录下来,与声诗不同的是,声诗重在强调音乐,诗则重在意义的表达。前者诉诸听觉,后者则重想象。中国古代诗乐或分或合,一种诗体最初产生于民间时,总摆不脱与音乐的干系。重乐还是重意义的表达在《诗经》和《楚辞》中表现得更为明确一些,但文学诗却应该在《楚辞》之前便存在。《诗经》中有些诗歌的表意功能显然不是音乐可代替的,如《氓》便以表意为主。这样看来,中国文学诗的出现早于楚辞。

  韦利认为中国诗歌发展的第二阶段是秦汉至唐前,汉代的诗歌大多可配乐歌唱。以乐府诗为代表,韦利认为秦嘉与其妻子的问答诗是文字诗,其他的大多属于歌。④ 这一认识的缘起主要因为乐府诗,乐府本为搜罗民间流传的歌曲的一个机构,从《诗经》的采诗官发展而来。乐府歌曲大多可配乐歌唱,但与《诗经》中的只变化其中的一两个字、意义不变的表达法相异,乐府诗在表意方面的功能明显增强。韦利认为,声诗与文字诗重听觉和想象效果的差异,乐府诗的功能则更重表情达意。从这一点明显可看出韦利对声诗和文字诗区别标准的简单化。仅依据是否配乐歌唱断定其属于声诗还是文字诗,对诗歌价值的估量就会出现差错。对于晋代诗歌的成就,韦利归为两类:一类为吴歌,一类为玄言诗。吴歌是文学史上吴地民歌民谣的总称,兴盛于苏浙一带,内容以男女爱情为主。吴歌起源很早,顾颉刚在《吴歌小史》一文中谈道:"吴歌最早起于何时,我们不甚清楚,但也不会比《诗经》更迟。"⑤由此可知吴歌历史之久远。《诗经》中之所以没有搜集吴歌,

---

① 孔安国传,孔颖达疏:《尚书正义·舜典》,阮元校刻:《十三经注疏附校勘记》上册,第131页。
② 现世学者在论及诗、乐、舞三位一体的古诗特征时,一直引用"葛天氏之乐"为例,标注出处时往往认为该句出自《吕氏春秋·古乐》,经笔者查实,此句应出自《吕氏春秋·仲夏纪第五·适音》篇。
③ 高诱注:《吕氏春秋》,《诸子集成·吕氏春秋》第六卷,上海:上海书店,1986年,第51页。
④ Arthur Waley, "The Rise and Progress of Chinese Poetry," *A Hundred and Seventy Chinese Poems*, p.13.
⑤ 顾颉刚:《吴歌小史》,钱小伯编:《顾颉刚民俗学论文集》,上海:上海文艺出版社,1998年,第312~313页。

主要因为吴歌为蛮夷之语,不足以登中原文化大雅之堂。① 但文学史中极少将吴歌当作诗歌编入历史,韦利单独将其列出,可见其对中国诗歌的理解还是带有诗乐合一的意识在其中。以这种诗学评价观为出发点,韦利翻译了不少吴地的子夜歌,1919 年出版的《中国诗文选译》(Translations From the Chinese)中收有 5 首子夜歌的翻译。玄言诗表现出一种逍遥的出世精神,与儒家入世精神相对,强调人与自然的和谐。韦利认为陶渊明是这一类诗的代表,如《形影神》。南北朝时代诗坛风气以浮华绮靡为主,韦利也认识到这一点,称这一时代诗歌的主题为"风花雪月",只有鲍照除外。南北朝诗风的主要特征虽然如此,但谢朓、庾信等人的诗歌还是有价值的,这一点韦利的认识稍有欠缺。

这一时段是中国诗歌由古体向格律诗过渡的时期,韦利将之作为诗歌发展的一个时段还是有其合理性的。

韦利将唐代称为中国诗歌发展的第三个阶段。这一时代诗歌发展的价值主要在形式上,而不在内容上。他认为唐诗的内容主要承继汉魏,大多数诗作是用新形式改写旧内容,所谓新瓶装旧酒,且多用典故。以此为特点的唐诗不在以表达个人情感为目的,而是借此来彰显自己的古典文学修养。李白也没能脱此窠臼。这一点与中国学界的看法有明显的距离。明代胡应麟在《诗薮》中曾赞唐诗道:"甚矣,诗之盛于唐也:其体则三四五言、六七杂言、乐府歌行、近体绝句靡弗备矣;其格则高卑远近、浓淡浅深、巨细精粗、巧拙强弱靡弗具矣;其调则飘逸浑雄、沉深博大、绮丽幽闲、新奇猥琐靡弗诣矣;其人则帝王将相、朝士布衣、童子妇人、缁流羽客靡弗预矣。"②宋朝尤袤在《全唐诗话》一书的序言中称:"唐自贞观来,虽尚有六朝声病,而气韵雄深,骎骎古意。开元、元和之盛,遂可追配《风雅》。迨会昌而后,刻露华靡尽矣。"③如果说胡应麟的评价侧重从唐诗的体裁、风格、作者等角度做一横向的归总,尤袤的批评则侧重从历史的角度,对唐诗的发展做一纵向的梳理。韦利上述评价主要以盛唐及盛唐之前的古体诗写作的滥觞为依据,采

---

① 顾颉刚在《吴歌小史》中说:"《诗三百篇》的编者只收集了中原和江、汉的国风,江以南的吴、越、楚都没有在风雅中占得一席地位。这也许是因为他们蛮夷缺舌之音,还不足以登中原文化的大雅之堂的缘故。"顾颉刚:《吴歌小史》,钱小伯编:《顾颉刚民俗学论文集》,第 312~313 页。
② 胡应麟:《诗薮》,上海:上海古籍出版社,1979 年,第 163 页。
③ 尤袤:《全唐诗话》,北京:商务印书馆,2006 年,第 2 页。

用西方对文学评述的内容、形式体系,只看到内容的继承,对诗歌风格演化的逻辑阐述明显不足。盛唐诗歌的价值主要在风格的拓展上,至于内容的变化到中唐时才有反映现实生活的新乐府运动出现,这也是韦利看重白居易的原因之一。

诗歌发展的第四个阶段是宋元明清。韦利的诗学观与王国维先生的"一代有一代之文学"的看法①相似,认为唐以后的诗歌在逐渐衰落。"尽管宋诗在内容上不像唐代那样以汉魏为内容,但宋代诗人大多致力于创造严格的形式规范。"②韦利所谓严格的形式规范指的是宋词格律要求的严谨,诗歌方面宋代内容上的要求反而更多,众所周知的"点石成金""夺胎换骨"的说法就是北宋著名诗人黄庭坚提出的。该规则成为江西诗派创作的清规戒律,导致宋诗有哲理化、议论化倾向,离表达情感意趣的创作指归越来越远。宋以后的元明清时代,韦利认为"与我们所谈的诗歌发展话题关联不大"③。这一看法的偏颇极为明显,唐之后,除了袁枚,韦利几乎没有翻译过其他诗人的作品,从这一点就能看出他对中国诗歌的态度依然停留在唐代这一阶段。翻开中国文学史看看,其实宋及元、明、清还是有诸多成就颇高的诗人的。就金代著名诗人元好问而言,也是诗之骄子。韦利将自己对诗的情趣限定在唐及唐前,这一限定约束了其批评视野的拓展。

韦利对中国文学发展的研究,还表现在对赋体的研究上。他在《庙歌及其他》的前言中专节介绍了赋体的发展轨迹。赋作为诗歌形式的一种,以铺陈、藻饰、夸耀而见长。就赋的起源而言,韦利认为:"所有时代的赋体作品都在表达独特的自我同它的起源间的联系:赋源自于一种魔咒。"④韦利所谓的魔咒,指的是楚地祭祀神灵时所唱的歌,也即学术界所谓的"楚声""楚歌"。楚声指楚地的音乐、曲调,楚歌指楚地的民歌。春秋战国时期,称之为南风、南音。《汉书·地理志》记载道:"楚人信巫鬼,重淫祀。"⑤基于这种风俗,韦利得出"赋派生自楚地的巫师迫使众神下凡向他的崇拜者表白时,用来做记录的圣歌"⑥。在赋中,国君仅

---

① 王国维在《宋元戏剧史》序言中谈道:"凡一代有一代之文学:楚之骚,汉之赋,六代之骈语,唐之诗,宋之词,元之曲,皆所谓一代之文学,而后世莫能继焉者也。"王国维:《宋元戏剧史》,杨扬校订,上海:华东师范大学出版社,1995年,第1页。
② Arthur Waley, "The Rise and Progress of Chinese Poetry," *A Hundred and Seventy Chinese Poems*, p.17.
③ Ibid., p.18.
④ Arthur Waley, "Introduction," *The Temple and other Poems*, p.17.
⑤ 班固:《汉书·地理志》,颜师古注,北京:中华书局,1975年,第1666页。
⑥ Arthur Waley, "Introduction," *The Temple and other Poems*, p.17.

是诗人引诱下的一名特殊的崇拜者,这种引诱不是通过辩论,而仅仅是利用语言韵律上的协调给人的一种陶醉感,宋玉的《高唐赋》就是这类赋体的代表。该文主要通过语言的艺术魅力,说服楚襄王重新启用高唐庙,进而对统治者的世俗化事务施加影响。汉代一系列描写大城市的赋文都出自此。如班固的《两都赋》、张衡的《西京赋》《东京赋》等。

在这一篇序言中,韦利先后翻译介绍了屈原的《九歌》《天问》《九章》《远游》《卜居》《大招》《渔父》,宋玉的《招魂》《九辩》《讽赋》《大言赋》《小言赋》《登徒子好色赋》《风赋》《高唐赋》等,邹阳的《酒赋》《几赋》,枚乘的《七发》,司马相如的《子虚赋》《上林赋》,扬雄的《法言》《太玄经》《逐贫赋》,张衡的《西京赋》,王延寿的《鲁殿灵光赋》,陶潜的《归去来兮辞》《自祭文》,杜牧的《阿房宫赋》,欧阳修的《秋声赋》《鸣蝉赋》等。翟理斯在《中国文学史》中,虽然也提到赋这一文体,并翻译介绍了枚乘的《七发》,但翟理斯将赋与诗混同,他认为赋是诗歌由四言向五言、七言发展的标志。① 把赋作为一个单独的文体列出来,梳理其发展的脉络,韦利是英国汉学界的第一人。这一点是韦利对中国赋体文学西传的主要贡献。

尤为可贵的是韦利已经意识到赋与诗的区别。他说:"赋通常在文章之前有一短文描述创作该文的时代背景。这些前言不受赋体的局限。但规则诗歌的前言全部用散文体,赋的前言则选择与它较为接近的诗文形式。……赋的行数不像诗歌一样整齐划一,但赋也有固定的韵律,不是常人认为的那样,赋不押韵。开始或许是一段五音节的文字,然后是一行四音节的,后面还会有其他变化,但在每一行文字中,韵律都会保持足够的长度以此建立与诗文相关的段落。"② 赋作为中国文学中独有的一种体裁形式,介于诗歌和散文之间,赵义山、李修生主编的《中国分体文学史》中将赋归于散文类。韦利还是将赋归于诗类③,但在介绍中国诗歌发展史的《中国诗歌发展过程》(The Rise and Progress of Chinese Poetry)一文中,仅在汉代诗歌的发展介绍中说:"汉代出现了许多赋体文,但这些赋几乎都没被完整

---

① Herbert A.Giles, *A History of Chinese Literature*, New York and London:D.Appleton and Company,1923, p.97.
② Arthur Waley, "Introduction," *The Temple and other Poems*, p.14.
③ 韦利在《庙歌及其他》的序言中介绍赋的起源时说:"赋这一称谓是相对于颂词或颂歌而对文学性诗歌进行的命名。与所有形式的诗歌一样,赋起源于音乐和舞蹈。"这一表述,明显将赋归为诗类。参看 Arthur Waley, "Introduction," *The Temple and other Poems*, p.15.

地翻译过来,赋文风格精致绮靡,容易让人想起阿普列尤斯①和约翰·李利②。"③ 韦利对赋体研究的另一贡献是他将赋分为骚体赋和律体赋。赋严格意义上应分为文体赋、骚体赋、诗体赋、骈体赋和律体赋五种④,他的划分方法虽然不够严密,但毕竟是海外汉学对赋的第一次介绍。

韦利还在一些序言文章中就中国小说、散文、戏剧的发展有过一些论述⑤,但较为零散,不成体系,这里不再赘言。

二、翟理斯与韦利关于诗歌翻译的争论

韦利对传统汉学的颠覆还表现在他对翟理斯、理雅各等传统汉学家译本的反驳上。1918年,就诗歌翻译方法的运用,韦利与传统汉学家翟理斯开始了一场长达两年的笔战。事件起因于韦利《中国诗歌一百七十首》的出版。在该书的序言中,韦利就自己采用的翻译方法介绍道:"人们通常认为,诗歌如果直译的话,就不是诗歌了,这也是我没将喜欢的诗歌全部译出之原因所在。但我依旧乐意选择那些译文能够保持原作风格的诗歌来翻译。就翻译方法而论,我旨在直译,不在意译。"⑥该文旨在强调译文对原文的遵从。1918年11月22日翟理斯在《剑桥评论》(The Cambridge Review)上发表的书评中认为韦利此话言过其实,并非所有的译文都正确⑦;韦利坚持直译的方法,翟理斯却认为严格意义上的直译几乎不可

---

① 阿普列尤斯(Apuleius Lucius,124—170),古罗马著名诗人、小说家,著有小说《金驴记》,以想象奇特而著称文坛。
② 约翰·李利(John Lyly,1554—1606),英国大学才子派著名剧作家,代表作《恩底弥翁》以暗喻手法的运用而著称。
③ Arthur Waley,"The Rise and Progress of Chinese Poetry,"*A Hundred and Seventy Chinese Poems*,p.13.
④ 赵义山、李修生主编:《中国分体文学史·散文卷》中编,第二节:赋的分体特征,上海:上海古籍出版社,2001年,第216~226页。
⑤ 韦利曾为《金瓶梅》《红楼梦》《三言二拍》《封神演义》《水浒传》《儒林外史》等著作的英译本作序,在这些序言中对中国小说的发展做过一些粗略的论述,但不成体系。
⑥ Arthur Waley,*A Hundred and Seventy Chinese Poems*,London:Constable and Company Ltd.,1918,p.19.
⑦ Herbert Allen Giles,"Review of A Hundred and Seventy Chinese Poems,Translated by Arthur Waley," *The Cambridge Review*,22 Nov.,1918,p.130.

能①;韦利不用韵体译诗②,翟理斯坚持用韵体翻译,因为英国大众喜欢韵体诗,而且中国的诗歌都是押韵的,英文抒情诗若不押韵,是残缺不全的③。为了证明自己观点之正确,翟理斯对韦利翻译的《青青陵上柏》一诗进行了详细的批评,而且逐行予以重译。文末还将韦利翻译的错误罗列如下:汉文没有标点,韦利译诗每句都使用了标点;行文太过烦琐,原诗80字,韦利使用了129个单词168个音节;曲解原诗之处随处可见。④

对于翟理斯的指责,韦利颇为不满,为此以读者来信的方式对翟理斯的批评予以反驳,刊载于1918年12月6日的《剑桥评论》上。文中韦利借日本学者桂五十郎(Isoo Katsura,1868—1938)之言,为自己的译作一一辩护,并对翟理斯的《中国文学史》提出质疑。⑤

翟理斯随后将自己翻译枚乘的9首译诗发表在《新中国评论》1920年第2期上,文后附有韦利的译文。⑥ 随后又著文就韦利1919年5月31日发表在《政治家》(The Statement)上的《大招》一诗的译文提出质疑。⑦

韦利不满于翟理斯的挑剔,撰文以示回应。1920年,他就翟理斯《中国文学史》中白居易《琵琶行》一诗的翻译提出异议,以《〈琵琶行〉译注》(Note on "The Lute-Girl's Song")为题,发表在《新中国评论》1920年第6期上。翟理斯只翻译了《琵琶行》的诗文,没有翻译诗作的原序。在韦利看来,序言是理解诗文的一把钥匙。为此,他在此文中将原序全文翻译出来,并对翟理斯译文中的一些误译之处

---

① Herbert Allen Giles, "Review of A Hundred and Seventy Chinese Poems, Translated by Arthur Waley," *The Cambridge Review*, 22 Nov., 1918, p.131.

② 韦利在《中国诗歌一百七十首》的序言中说明他不用韵文翻译的原因是英文的韵律不可能产生与原文一样的效果。再者,严格的格律必然会伤害原作语言的鲜活性和文本的文学性。Arthur Waley, *A Hundred and Seventy Chinese Poems*, 1918, p.20.

③ Herbert Allen Giles, "Review of A Hundred and Seventy Chinese Poems, Translated by Arthur Waley," *The Cambridge Review*, 22 Nov., 1918, p.130.

④ Ibid., p.131.

⑤ Arthur Waley, "To the Editor of the Cambridge Review," *The Cambridge Review*, 6 Dec, 1918, p.162.

⑥ 此文名为《公元前二世纪的一名诗人》,Herbert A. Giles, "A Poet of the 2nd Cent B.C.," *The New China Review*, vol. II, No.1, Feb.1920, pp.25-36。

⑦ 此文名为《一次再译》,Herbert A. Giles, "A Re-Translation," *The New China Review*, Vol. II, No.4, August 1920, pp.319-340。

提出了自己的看法,对翟理斯文中的批评的不满之处予以辩驳。① 翟理斯认为《琵琶行》中的"客"指诗人自己,韦利根据该诗的序言、白居易的传记以及《旧唐书》及《新唐书》中相关的记载,认为诗中的主人是白居易,不是客;翟理斯认为翻译的过程叫"释义"更准确,但韦利觉得"释义"与自己的翻译工作相去甚远,尽管翻译不可能保留诗歌原有的特性,但他竭力把中国诗翻译成英国诗,而这点仅靠句末押韵是达不到的;翟理斯认为翻译应追求绝对准确,尤其是一些动植物的名字,韦利则认为鸟兽的名字不应过多追求一一对应,译者应该按照诗歌的风格来寻找合适的词语,因为诗人旨在译诗而不是编写自然史。②

翟理斯不甘示弱,于《新中国评论》1921年第4期刊载了他的反驳文章《韦利先生与〈琵琶行〉》(Mr. Waley and "The Lute Girl's Song")③。文中就韦利的批评建议提出自己的主张,具体观点笔者就不再赘言。

这场论争以《新中国评论》1921年第5期上韦利的文章《〈琵琶行〉:韦利先生答翟理斯教授》("The Lute Girl's Song": Mr. Waley's Reply to Prof. Giles)告一段落。对"行"一词的翻译,韦利坚持自己的看法:"翟理斯认为除这首著名的诗歌外,'行'与'歌'没有关联,那么他难道没读过魏武帝(曹操)的《短歌行》及李白同名的模仿之作吗?那么古代(当然是唐前)的'君子行''从军行''秋胡行''东门行''孤儿行'又是什么?李白的《猛虎行》《胡无人行》《怨歌行》,杜甫笔下无数的'行'呢?"④韦利为文的语气没有上篇文章平和,翻译问题的探讨处于次要的地位,文末的语言表现出韦利对翟理斯为人刻薄的不满,言辞有些过激。"这场论争显然是一场闹剧,如果我是翟理斯教授,会因上演这场剧而害羞,优势显然在他那一方,因为他享誉全球,而我一无所有。"⑤

这场争论前后持续4年之久。虽然主要围绕具体诗作翻译的不同方法展开,但它是两人就诗歌翻译所持不同译法的一场较量。翟理斯力倡韵体翻译,韦利则

---

① Arthur Waley, "Note on 'The Lute Girl's Song'," *The New China Review*, Vol. II, 1920, No.6, Dec., pp.591–597.
② Ibid., pp.596–597.
③ H. A. Giles, "Mr. Waley and 'The Lute Girl's Song'," *The New China Review*, Vol. III, 1921, No.4, pp. 281–288.
④ Arthur Waley, "The Lute Girl's Song," *The New China Review*, Vol. III, 1921, No.5, Oct., p.376.
⑤ Ibid., p.377.

认为散体翻译法效果更佳;翟理斯严格遵守英诗押韵的传统,韦利则对这一传统予以颠覆;翟理斯主张意译,韦利主张直译;翟理斯认为英国大众喜欢韵诗,韦利则认为散体诗才能保证诗歌的大众化。就两人争论的问题来看,不外乎直译与意译、散体与韵体翻译法。这一问题在译诗界一直争论不休。至今直译与意译、韵体翻译与散体翻译孰优孰劣依然难分高下。理论的争执仅是事情的表象,其实这场争论是传统汉学家与现代汉学家的一次对抗。翟理斯作为传统汉学的维护者,谨遵诗歌押韵的传统。韦利则以英美意象派为榜样,希望从中国诗歌的翻译中为英诗的发展寻找新的出路。但在传统汉学还占据主导地位的 20 世纪 20 年代,韦利的争论尽管已初现锋芒,但还是有些力不从心。韦利最后将翻译问题置之一边,就翟理斯仰仗自己名望之大与一后辈学人一争高下的为人态度予以批驳,显然是韦利无奈之下的一种自我保护,但其处于劣势的情形不言而喻。但韦利并没因论战的失利放弃自己的译诗主张,《中国诗歌一百七十首》的畅销就是对他译诗策略的极大肯定。传统汉学与现代汉学究竟孰好孰坏,笔者不做评论,因为汉学的发展是顺应时势的,不同的时代,对汉学有不同的要求,我们不必对现代的东西赞誉过度,对过去的东西过分鄙夷。英国传统汉学也不是瞬间退出历史舞台的,传统汉学与现代汉学的相克相长延续了几十年,直到 40 年代末,传统汉学才真正退出历史舞台。但老辈汉学家沿用的翻译法依然为许多后世汉学家所用。但在 20 世纪 20 年代,韦利在传统汉学家的眼里俨然是一个异类的形象。韦利对汉学传统的颠覆不仅表现在这场论争上,还表现在他对理雅各翻译立场的修正上。上文提到理雅各的《诗经》译本,就他 1871 年的散体译本,理雅各的翻译严格按照中国清代经学文本的格式翻译。韦利则认为《诗经》的价值不在经学分析上,而是它所反映的周代人们的日常生活,为此他对《诗经》原作按照自己的理解,从诗歌反映的内容方面予以重新编排。理雅各看重《诗经》的经学价值,韦利则从人类学视角对其进行解读。韦利的划分方法有明显的错误,首先类型划分没有在同一逻辑层次上进行,如祷祝诗、欢迎诗、宴饮诗与爱情诗、战争诗、农事诗的划分就不在一个逻辑层面,再者婚姻诗和爱情诗的界限不明确。

三、阿瑟·韦利诗歌英译举隅

韦利是从中国古代绘画的编目转入文学翻译的,他接触的第一首中国诗就是题写在画上的。之后中国诗歌翻译成为韦利一生挚爱的事业之一。在其50多年的出版生涯中,中国古典诗歌的译作就有10多本。

《中国诗选》(*Chinese Poems*),伦敦:High Holborn 出版,1916年。

《中国诗歌一百七十首》(*A Hundred and Seventy Chinese Poems*),伦敦:Constable and Company Ltd.,1918年。

《中国古诗选译续集》(*More Translations From the Chinese*),伦敦:George Allen & Unwin Ltd.,1919年。

《庙歌及其他》(*The Temple and Other Poems*),伦敦:George Allen & Unwin Ltd.,1923年。

《中国诗集》(*Poems From the Chinese*),伦敦:Ernest Benn Ltd.,1927年。

《诗经》(*The Book of Songs*),伦敦:George Allen & Unwin Ltd.,1937年。

《中国诗文选译》(*Translations from the Chinese*),纽约:Alfred A. Knopf,1941年。

《中国诗选》(*Chinese Poems*),伦敦:George Allen & Unwin Ltd.,1946年。

《大招》(*The Great Summons*),火奴鲁鲁:The White Knight Press,1949年。

《九歌》(*The Nine Songs*),伦敦:George Allen & Unwin Ltd.,1955年。

以上10本译作全为韦利所译,韦利与他人合译的著作不算在内。这里也不包括韦利在为李白、白居易、袁枚三人所作的传记中翻译的诗作,还有韦利在其他的文集中翻译的译作也不在上述作品中,发表在杂志上没有收录进上述书籍的译作笔者也无法做详尽的统计。单是上述10本译作,就可见其涉猎范围之广,兴趣之大。大卫·霍克思认为:"韦利的成就不仅表现在汉学领域,他还是一位赫赫有名的日本学专家。然而,中国诗译者的声望更大一些。……依据传记学研究的逻辑将其作品做一粗线条的勾勒,会发现1922至1931年出版的书籍,主要是关于中国艺术的;日文翻译主要出版在1919至1935年间,1934至1939年主要关注中国古代文学与哲学,1956至1958年重心主要在19世纪的中国文学。但中国诗歌翻译自 1918 年出版《中国诗歌一百七十首》后,一直利用其工作的间隙坚持翻译,直到他去世。"①这一点从罗列的上述译作中也可窥其一斑。在此,笔者拟从《诗经》《九歌》、唐前诗赋翻译几个角度对韦利的诗歌翻译特点做一分析。

(一) 唐前诗歌译介的文化视角

除《诗经》《九歌》外,韦利还翻译了大量的唐前诗歌。1916 年出版的《中国诗选》所收录的 52 首诗歌中,唐前诗歌有 21 首。其中有《诗经》中的《齐风·卢令》《魏风·陟岵》《陈风·东门之杨》,屈原的《国殇》,汉武帝刘彻的《秋风歌》,汉乐府中的《长歌行》,梁元帝萧绎的《咏梅》《戏作艳诗》,谢朓的《入朝曲》、南朝乐府中的《子夜四时歌》《夏歌·反覆华簟上》。其他诗歌因韦利没有标注题目、作者及创作时间,难以辨认他翻译的究竟是谁的诗作。1917 年韦利在《伦敦大学东方学院学报》的首刊版上,发表了《唐前诗歌》(*Pre-T'ang Poetry*)一文。该文翻译了 37 首诗,主要是汉代及魏晋南北朝诗人的诗作。包括汉乐府中的《孤儿行》《鸡鸣歌》《食举歌》《战城南》《东门行》,《古诗十九首》之《青青陵上柏》《今日良宴会》《回车驾言迈》《去者日以疏》《凛凛岁月暮》,苏武的《留别妻》,无名氏的《李陵》,秦嘉的《秦嘉》及秦嘉妻子徐淑的《答秦嘉诗》,程晓的《嘲热客诗》,曹植的《杂诗》二首、《送应氏二首》之一、《斗鸡篇》,阮籍的《咏怀诗》之"少年学击剑",嵇康的《代秋胡歌诗》,傅玄的《杂诗三首》之一,左思的《咏史》之一,张载的《七哀诗》,缪袭的《挽歌》,陶渊明的《移居诗》、《时运》、《形影神》、《读山海经诗十三首》之一、《子夜四时歌》之《含桃落花日》与《揽枕北窗外》,谢道韫的《泰山吟》,谢朓的《入朝曲》,鲍照的《拟古诗》《代苦热行》,梁简文帝萧纲的《洛阳道》,徐陵的《陇头水》。1918 年,韦利的《中国诗歌一百七十首》出版印行,除上述译诗外,唐前诗歌他还翻译了宋玉的《风赋》《登徒子好色赋》,汉乐府中的《病妇行》《十五从军征》《上山采蘼芜》《相逢行》《有所思》《隔谷歌》《上邪》《丧歌·薤露》,《古诗十九首》除上述五首外,还译了《行行重行行》《青青河畔草》《庭中有奇树》《迢迢牵牛星》《西北有高楼》《涉江采芙蓉》《明月皎夜光》《东城高且长》

---

① David Hawkes, "From the Chinese", Ivan Morris, *Madly Singing in the Mountains: An Appreciation and Anthology of Arthur Waley*, London: George Allen & Unwin Ltd., 1970, p.46.

《驱车上东门》《生年不满百》《孟冬寒气至》《明月何皎皎》,汉武帝刘彻的《李夫人》,卓文君的《白头吟》,细君公主的《细君怨》,宋子侯的《董娇饶》,曹丕的《短歌行》《代刘勋妻王氏杂诗》,曹植的《五游咏》,傅玄的《豫章行苦相篇》,左思的《咏史》之四,陆云的《失题六章之一》,陶渊明的《饮酒》之一、《饮酒》之二、《饮酒》之三、《停云诗》、《和郭主簿二首》之一、《咏贫士诗》、《责子》、《饮酒诗》、《归园田居》,湛方生的《还都帆诗》,南朝乐府诗《西洲曲》,《子夜四时歌》之《揽君未结带》《夜长不得眠》,《莫愁乐》之《闻欢下扬州》,梁武帝萧衍的《有所思》,梁元帝萧绎的《戏作艳诗》,梁简文帝萧纲的《乌栖曲》,无名氏的《催马跑》,隋炀帝的《春江花月夜》。另有 4 首的作者标注错误,笔者没能找出原诗。1925 年,韦利出版了《庙歌及其他》赋选,该书主要以翻译赋类作品为主,全文译出的有宋玉的《高唐赋》,邹阳的《酒赋》,杨雄的《逐贫赋》,张衡的《髑赋》《武赋》,王逸的《橘颂》,王延寿的《梦赋》《鲁灵光殿赋》,束皙的《饼赋》,欧阳修的《鸣蝉赋》。该书中还翻译了汉乐府叙事诗《孔雀东南飞》和北朝乐府《木兰辞》等,此外该书的序言中谈及中国赋体发展的脉络,中间节译了古代《石鼓文猎碣》第一,宋玉的《讽赋》《大言赋》《小言赋》,枚乘的《七发》,司马相如的《子虚赋》,陶渊明的《归去来兮辞》《自祭文》。除了散见于各刊物上笔者未掌握的材料以及韦利在《敦煌歌谣变文集》(*Ballads and Stories From Tun-Huang*)中对敦煌歌谣的翻译外,之后出版的其他诗集中,没有收录新的唐前诗歌译文。

就上述诗歌的译介情况统计可得,诗赋翻译总数有近 100 首。其中辞赋类文体翻译了 13 篇,乐府诗翻译了 16 首,陶渊明诗翻译了 17 首,三者加起来占总数的近一半。为此,笔者拟就韦利译诗中的倚重情况做一详细的分析。

上述诗歌翻译的统计不包括前文所述的《诗经》和《九歌》。从译作数量的多少来看,韦利关注的第一个重点是《诗经》,《诗经》305 首韦利全部翻译了出来,具体阐述可参见本节第一个问题。关注的第二个重点是楚辞。在《庙歌及其他》一书的前言中,韦利有一段对屈原的介绍和评价。

放逐期间,屈原完成了一首奇异的长诗,那就是《离骚》,或《罹难》。这就是我们通常说的文人放逐诗。该诗在歌颂他从中国神话中的帝王那里延续而来的血统后,沾沾自喜地记录了他自己正直高贵的性格,之后以爱情做比谈及他与楚怀王之间的关系。这位不听他建议的国王成了一位不值得信任的情人……

　　放弃结婚的计划后,屈原带着敬献的椒糈,专心寻找传说中的巫咸。巫咸建议他寻找一位志同道合的王妃。于是屈原又开始了一场新奇的神游。……但他依然没找到他的温柔故里。这首诗诗意隐晦,条理不清,然而却涌动着一股强烈的忧愤之情……①

韦利读《离骚》的最大感受是屈原在诗中蕴含了的强烈的激情,意识到抒情言志是诗歌的主要功能。但他不理解该诗背后,屈原报国无门且遭贬谪的忧愤是理解整首诗歌的基点。中国诗学的传统既强调"发乎情,止乎礼义""怨而不怒、哀而不伤"的创作传统,也主张发愤抒情,也即西汉史家司马迁所说的"发愤著书"说。屈原在《九章·惜诵》一文中就自己作诗的主旨说道:"惜诵以致愍兮,发愤以抒情。所非忠而言之兮,指苍天以为正。"②朱熹注曰:"惜者,爱而有忍之意。诵,言也。致,极也。愍,忧也。愤,懑。抒,挹而出之也。……言始者爱惜其言,忍而不发,以致极有忧愍之心。"③清代楚辞学者蒋骥在《山带阁注楚辞》中在对此句的解读中也提到:"盖原于怀王见疏之后,复乘间自陈,而益被谗致困,故深自痛惜,而发愤为此篇以白其情也。"④就《离骚》的创作初衷,司马迁在《史记·屈原贾生列传》中分析道:"《离骚》者,犹离忧也。夫天者,人之始也;父母者,人之本也。人穷则反本,故劳苦倦极,未尝不呼天也;疾痛惨怛,未尝不呼父母也。屈平正道直行,竭忠尽智以事其君,谗人间之,可谓穷矣。信而见疑,忠而被谤,能无怨乎？屈平之作《离骚》,盖自怨生也。"⑤由此可见,屈原的忧愤之情是作家创作前的心态储备,不仅仅是诗歌中表现出来的一种情感。诗源于情且可言情,韦利只认识到言情的一面。再者《诗经》中已经将诗歌的表达方式分为赋、比、兴三种。赋即铺陈,直言其事也;比即比喻,将此物喻作他物;兴即托物起兴,先言他物,再及此物,强调的是联想的作用。西方诗歌创作注重直陈其事和比喻的运用,对起兴的表达方式较为陌生。韦利对起兴了解的不足,影响了他对《离骚》中香草美

---

① Arthur Waley: "Introduction," *The Temple and Other Poems*, New York: Alfred. A. Knopf, 1925, pp.12-13.
② 屈原:《九章·惜诵》,金开诚、董洪利、高路明著:《屈原集校注》下册,北京:中华书局,1996年,第436页。
③ 朱熹:《楚辞集注》,第73页。
④ 蒋骥:《山带阁注楚辞》,上海:上海古籍出版社,1958年,第111页。
⑤ 司马迁:《史记》,裴骃集解、司马贞索隐、张守节正义,第2581页。

人意象的理解——他认为屈原将楚怀王喻作情人且提及许多神祇及香草有些不可思议。

韦利没有翻译屈原的《离骚》,但他对《九歌》情有独钟。本节已就《九歌》的译介做了详细的阐述。古人有云,知之者不如好之者,好之者不如乐之者。韦利选择《九歌》做屈原译介的主要对象,与他对英国当时盛行一时的文化人类学理论的兴趣有密切的关系。这一点在《离骚》的分析中,也表现得尤为明显。

  该诗不能完全翻译成可读性的文本主要是因为神话学与地形学的混杂。为这些神话和地形名词做注又会卷入大量冗长乏味的注脚,不解释这些又会使这首诗难以理解。①

《离骚》深奥的比喻与不断出现的稀奇的意象,加大了翻译的难度,没有注解的帮忙,很难将其翻译成直白晓畅的英文文本。再者,《离骚》涉及繁复的神祇与地名,这些神祇与地名不是现实生活中实有之物,而是古代神话传说的一部分,且该文提及神祇并非现实中的宗教祭祀,与祭神、娱神没有关系。由此可见,韦利仅侧重屈原作品中的民间信仰成分,对文本深层蕴含的作者的深刻思想和情感关注不多,这是韦利从文化人类学的层面对屈原的解读。这一点在《大招》的译介中也有表现。《大招》乃楚地为招魂所作之歌,大多数学者认为该文的作者不是屈原,而是景差。与《离骚》相比,《大招》的民俗性尤为明显。《大招》英译名为"The Great Summons",译文最早出现在 1919 年出版的《中国诗文选译续集》(*More Translations From the Chinese*),后收入 1946 年出版的《中国诗选》。1949 年,这篇长达 12 页的译文以单册的形式付梓,出版社为美国夏威夷火奴鲁鲁的白骑士出版社(The White Knight Press)。韦利将该作归于屈原名下显然是错误的,但他对《九歌》和《大招》的翻译充分体现出他译介作品的文化人类学视角。

韦利关注的另一位作家是陶渊明。陶渊明,字元亮,号五柳先生,东晋时期的著名诗人。现存诗作 125 首,包括 9 首四言诗、116 首五言诗,现存的文共 12 篇,辞赋 3 篇、韵文 5 篇、散文 4 篇。英语国家对陶渊明的译介较早,1897 年,翟理斯就在《中国文学史》一书中简要介绍了陶渊明的创作,翻译了他的《归去来兮辞》《桃花源记》以及《饮酒》二十首之五,还提到了他"不为五斗米折腰"的文人气节。

---

① Arthur Waley: "Introduction," *The Temple and Other Poems*, p.13.

1898年出版的《古今诗选》中翻译了陶渊明的三首诗:《拟古》九首之四《迢迢百尺楼》,《拟古》九首之五《东方有一士》,《归鸟》之《翼翼归鸟,晨去于林》。这三首诗都表达了陶渊明隐逸遁世的思想倾向。翟理斯的译介使西方读者开始认识这位田园诗人,但译介范围的圈囿使读者对陶渊明的理解仅限于隐士的层面。

韦利继翟理斯之后,对陶渊明及其作品做了较为详细的翻译。作为田园诗派的鼻祖,学界按照内容把现存的陶渊明的诗分为三类,一类为饮酒诗,一类为田园诗,一类为咏怀诗。韦利翻译的陶渊明的诗文共计19篇,其中饮酒诗翻译了4首,咏怀诗2首,田园诗10首,另有《形影神》诗3首。此外,在《庙歌及其他》一书的序言中还翻译了陶渊明的《自祭文》及《归去来兮辞》和《闲情赋》中的部分段落。他的译诗主要侧重陶渊明悠然自得的田园诗,饮酒诗表现的也是陶渊明的田园情怀。但他还注意到陶渊明诗歌中的哲学思辨精神,将一般人不太关注的《形影神》3首翻译成英文,这在英语世界尚属首次。就译诗数量在原作数量中所占的比例而言,陶渊明位列第一。韦利为何对陶渊明如此青睐?首先陶渊明诗风格质朴自然、平淡清新,但不失淳厚,虽通俗易懂,但意境幽远。苏轼赞曰:"初视若散缓,熟视之有奇趣。"[1]明代诗家胡应麟称陶渊明"开千古平淡之宗"[2]。平淡自然,通俗易懂是韦利译诗遵循的规则,陶渊明的创作与韦利译诗的旨趣是契合的。再者陶渊明诗作出现在诗风绮靡的东晋时期,当时文坛盛行精巧雕琢的骈俪文,陶诗的出现是对当时文风的一种背离与颠覆。20世纪初期英美意象派对维多利亚时期注重形式整严的传统也予以激烈的批驳。韦利深受意象派诗论的影响,注重用通俗畅达的语言勾勒诗作的意象,用鲜明的意象创作对抗传统诗歌对格律的遵守,陶渊明是韦利在中国传统文人中找到的第一个例证。当然,白居易对陶渊明诗作风格的认同也是韦利译介陶诗的原因之一,就诗作语言的朴实而言,白居易与陶渊明的相似性较为明显。但从诗趣角度看,白居易的诗歌以直白见长,陶渊明的诗作则在质朴的语言背后,蕴含着对生活的深刻理解,这当是韦利喜欢白居易远胜陶渊明的原因之一。

《形影神》的翻译与《诗经》《九歌》的翻译相似,体现出韦利对中国宗教文化

---

[1] 惠洪:《冷斋夜话》,慧洪、朱弁、吴沆撰:《冷斋夜话、风月堂诗话、环溪诗话》,陈新点校,北京:中华书局,1988年,第13页。
[2] 胡应麟:《诗薮》,上海:上海古籍出版社,1979年,第35页。

的迷恋。该诗的创作与当时佛教神学的广泛流行相关。陶渊明有一朋友慧远,在庐山东林寺出家,是当时赫赫有名的佛学大师。他曾著文《形尽神不灭论》《佛影铭》等宣扬人的灵魂可以脱离肉体和影子而独立存在。413年(义熙九年),慧远在庐山为《佛影铭》铭石立台。当时文人争而歌之。陶渊明不相信朋友的言论,故借形、影、神三者的对话,阐述形尽神灭,人应顺应自然的观点。韦利的译文前没有对陶渊明及该诗做相应的介绍与评述,但在1918年版的《中国诗歌一百七十首》的译者序中就陶渊明时代的文化背景及该诗的价值做了详细的分析。

  韦利认为晋代道家思想极为盛行,道家提倡自然无为,强调与自然的和谐相处,借此对抗儒家入仕兼济天下的主张。道家思想的尊奉者远离俗世,清心寡欲,追求形神的静养,因此当时隐逸之风盛行。① 与中国学界对陶渊明研究的方法不同,韦利没有从陶渊明出身低贱的角度探讨魏晋以来的门阀制度对他归隐田园的影响,而是从儒道思想的对立角度探讨陶渊明身上的隐逸情怀,为其生活态度寻找哲理依据。因此,他认为陶渊明是当时最伟大的隐士。② 这种分析方法从文化视角入手,虽然有一定的参考价值,但对生活方式选择的个体差异性缺乏逻辑的推衍力。其实陶渊明的思想中儒与道的成分都有,虽然"少无适俗韵,性本爱丘山",但他年少时依然"游好在六经""猛志逸四海",这一点在《形影神》中表现得尤为明显。形言所谓"我无腾化术,必尔不复疑。愿君取吾言,得酒莫苟辞"③,强调人生苦短,当及时行乐。而句中提及的腾化术就是黄老思想中得道成仙、长生不老之术,陶渊明虽然提倡道家无为的隐逸生活,但他反对修炼成仙,认为这是不切实际的幻想。及时行乐既不属于儒家思想,也不是道家思想的主张,而是陶渊明对时势失望后的一种人生感叹。影之言要求以立善为本,"立善有遗爱,胡为不自竭?"④所谓立善,乃孔子强调的"仁者爱人"思想,孟子亦有言:"君子莫大乎与人为善。"⑤影之言表达的明显是儒家的思想观点。神之言对形之言与影之言予

---

① Arthur Waley:"Introduction,"*A Hundred and Seventy Chinese Poems*,1918,p.14.
② Ibid.,p.14.
③ 陶渊明:《形影神》,袁行霈注:《陶渊明集笺注》,北京:中华书局,2003年,第59页。
④ 同上。
⑤ 孟子:《孟子·公孙丑上》,焦循:《孟子正义》,《诸子集成》第一册,上海:上海书店,1986年,第143页。

以反驳,强调"纵浪大化中,不喜亦不惧。应尽便须尽,无复独多虑"①,神的观点是顺应自然,带有明显的道家倾向。

虽然该诗是以神的观点为结语,但它依然表现出陶渊明思想的复杂性。因其复杂,学者对此诗的看法争议颇多。宋代叶梦得在《玉涧杂书》中认为该诗"极陈形影苦,而释以神之自然"。明代黄文焕在《陶诗析义》一书中认为"立善系神之责任"。近代学者逯钦立在《形影神诗与东晋佛道之关系》②一文中认为诗的主旨在否定影之立善说。李华认为形、影、神是陶渊明自身幻化的意象,该诗是他"饮酒自适、立善求名、归依自然的反省过程的形象化记录"③。笔者认为李华之言较为中肯,他人之论都是将形、影、神三者视为对立的层面,取其一而舍其他,李华的观点集三意象之长,结合陶渊明诗歌中表达出的对及时行乐及儒道思想的矛盾性,此说更为合理。韦利认为神之言表达的是陶渊明的观点。④ 这一说法是不全面的。韦利曾细心研读中国文化中的佛教思想。他不仅为斯坦因(Aurel Stein,1862—1943)盗回的敦煌文献做过详细的编目与注解,出版了《禅宗及其与中国艺术的关系》(Zen Buddhism and Its Relation to Art),还为僧人玄奘作传,在对中国诗人的研究中,也对他们与佛教的关系颇为重视。翻译此诗的缘起也主要是该诗对慧远的形灭神不灭思想的反驳,即对佛教思想的关注。这是韦利关于唐前诗歌翻译的一个主要倾向。

韦利关于唐前诗歌翻译的第二个倾向是对诗歌白描性特点的倚重。白描原指中国画的一种技法,要求用墨线勾勒事物。用在文学创作中,指用简练的笔墨勾勒人物形象的一种修辞手法。常用于小说中的人物描写。此处笔者借用白描这一词语,来分析韦利译诗中对叙事及平实描写的方法的重视。翻看韦利翻译的唐前诗歌,除屈原、陶渊明的诗文之外,他关注的重点一个是汉乐府和《古诗十九首》,一个是赋。韦利翻译了《古诗十九首》中的 17 首,只有《冉冉孤竹生》和《客从远方来》没有翻译,乐府诗翻译了 16 首。古诗与乐府诗都是民间流传的乐歌,

---

① 陶渊明:《形影神》,袁行霈注:《陶渊明集笺注》,第 59 页。
② 逯钦立的这篇文章原刊载于《历史语言研究所集刊》第十六本,后收录于逯钦立:《逯钦立遗著:汉魏六朝文学论集》,西安:陕西人民出版社,1984 年,第 218~246 页。
③ 李华:《陶渊明〈形影神〉诗探微》,《陶渊明新论》,北京:北京师范大学出版社,1992 年,第 108 页。
④ Arthur Waley, "Introduction," *A Hundred and Seventy Chinese Poems*, 1918, p.15.

乐府诗由乐府机构采录入乐，古诗则为那些没被收采、单独在民间流传的脱离乐曲之诗。不仅如此，诗作的内容、形式、笔法及音节也有差异。明代诗论家钟惺在《古诗归》中分析了二者的区别："乐府能著奇想，著奥辞，而古诗以雍穆平远为贵。乐府之妙，在能使人惊；古诗之妙，在能使人思。"①钟惺之言的关键在于古诗风格以平和见长，乐府诗则以深奥见长；古诗的价值在于引发人们思考社会、人生，乐府的价值则在于其诗歌的感染力令人震惊。民间流传的古诗重视诗歌的通俗性，官方搜集的乐府诗则重视诗歌的教化作用。虽然有种种区别，但在叙述风格上，二者都重视语言的白描和写实性。1917 年，韦利翻译过的古诗有《青青陵上柏》等，乐府诗有《战城南》等，这两首诗的原作为：

青青陵上柏

青青陵上柏，磊磊涧中石。

人生天地间，忽如远行客。

斗酒相娱乐，聊厚不为保。

驱车策驽马，游戏宛与洛。

洛中何郁郁，冠带自相索。

长衢罗夹巷，王侯多第宅。

两宫摇踵望，双阙百余尺。

极宴娱心意，戚戚何所迫？②

战城南

战城南，死郭北，野死不葬乌可食。

为我谓乌：且为客豪！

野死谅不葬，腐肉安能去子逃？

水深激激，蒲苇冥冥；

枭骑战斗死，驽马徘徊鸣。

梁筑室，何以南？何以北？

禾黍不获君何食？愿为忠臣安可得？

---

① 钟惺、谭元春：《古诗归·第六卷·乐府古辞》，《续修四库全书·集部·总集，一五八九》，明嘉靖刻本，上海：上海古籍出版社，1995 年（影印版），第 420 页。
② 逯钦立辑校：《先秦汉魏晋南北朝诗》上，北京：中华书局，1983 年，第 329~330 页。

思子良臣,良臣诚可思:

朝行出攻,暮不夜归!①

《青青陵上柏》首句以人生命之短暂与河谷中累累石块相比,哀叹人如世间的匆匆过客。为此应该饮酒娱乐,驱车策马,游戏于南都宛县与东都洛阳。后面几句描述洛阳的繁华之貌,最后一句表达了人生苦短,应该及时尽欢的人生观。该诗虽然表达诗人对人生短暂的感慨与及时行乐的观点,但诗作的语言朴实,没有复杂的暗指意义,手法着重白描,带有明显的叙述性。

《战城南》是《铙歌十八曲》之一。铙歌为中国古代军中的乐歌。汉乐府将其归入鼓吹曲,于马上演奏,用以鼓舞军队的气势。该诗第一句描写激战之后,将士阵亡,乌鸦徘徊于前,忙于啄食尸首的惨状。第二句,写战士对乌鸦的憎恶:战死沙场,又无人埋葬,尸首总归与你,又何必着急呢,不妨为我们先哭号哀悼一番。下两句描写战后的情形:凶悍的战马都战死了,剩下驽劣的马儿在那儿嘶鸣不已。后三句描写战争给人们生活带来的灾难,最后一句感叹战士朝行暮不归的悲惨遭际。全诗以激烈的抒情见长,但在描写手法上,依然运用白描的手法,叙述的成分较多。同样的特点也体现在韦利翻译的其他古诗和乐府诗中。这一点在对《孔雀东南飞》和《木兰辞》的翻译中表现得尤为明显。

从中国诗歌叙事性发展的轨迹可以看出,汉代辞赋上承《诗经》《楚辞》,下启后代诗歌铺陈的创作特色,是中国诗歌发展史上必不可少的一个重要环节。朱光潜在《诗论》中指出,赋的出现是中国诗歌表现手法转变的关键。② 汉赋的创作以丰富的辞藻与纯熟的描写技巧见长,它往往以对话的形式按照一定的逻辑顺序来状物叙事,对白描和铺叙的倚重也非常明显。韦利翻译的赋类作品都以这种描写风格见长,表现出他对中国诗歌中白描和叙述手法的重视。结合韦利翻译的唐代诗歌,以及他对原作选择中平实直白的标准,可以看出叙事性强是他所译诗的共性之一。叙事性强的诗歌,意象明朗,翻译时就可一一对应,直接用英语表达出来,这一特点与韦利对意象派创作理论的遵从是一致的。就上述两首诗的译文也可看出这一点。下面是韦利对《青青陵上柏》和《战城南》的翻译:

---

① 《战城南》,〔宋〕郭茂倩:《乐府诗集》第一册,北京:中华书局,1979年,第228页。
② 此处参看朱光潜:《中国诗如何走上"律"的路(上):赋对于诗的影响》,《诗论》,第169~186页。

Green, Green, The Cypress on the Mound

Green, green,

The crpress on the mound.

Firm, firm,

The boulder in the stream.

Man's life lived within this world,

Is like the sojourning of a hurried traveller.

A cup of wine together will make us glad,

And a little friendship is no little matter.

Yoking my chariot I urge my stubborn horses.

I wander about in the streets of Wan and Lo.

In Lo Town how fine everything is!

The "Caps and Belts" go seeking each other out.

The great boulevards are intersected by lanes,

Wherein are the town-houses of Royal Dukes

The two palaces stare at each other from afar,

The twin gates rise a hundred feet.

By prolonging the feast let us keep our hearts gay,

And leave no room for sadness to creep in.①

Fighting South of the Castle

They fought south of the Castle,

They died north of the wall,

They died in the moors and were not buried.

Their flesh was the food of crows.

"Tell the crows we are not afraid;

---

① Arthur Waley: *A Hundred and Seventy Chinese Poems*, 1918, p.40.

We have died in the moors and cannot be burie.

Crows, how can our bodies escape you?"

The waters flowed deep

And the ruthes in the pool were dark.

The riders fought and were slaim:

Their horses wander neighing.

By the bridge their there was a house.

Was it south, was it north?

The harvest was never gathered.

How can we give you your offerings?

You served your Prince faithfully,

Though all in vain.

I think of you, faithful soldiers;

Your service shall not be forgotten.

For in the morning you went out to battle

And at night you did not return.①

原诗中每一个清晰的意象在译诗中都能找到对应的单词,在不影响英语语法的前提下,语序的安排也尽量遵循原诗,这是韦利译诗的主要特点。当然韦利的翻译并非尽善尽美,由于对古代语法了解不足,一些词语的翻译具有明显的错误。如"青青陵上柏"中的"陵"字,原意指状如丘陵的古墓,在此句中它指人生如白驹过隙,很快便会成为一个小坟丘,借此暗喻人生短暂,中国古代常用这类说法表达对人生无常的感叹。"mound"一词有两个意思,一个意思指小土堆、小山岗,一个意思指王冠上的小球,象征王权的。这两个意思与坟墓没有关系,韦利也没有加注释来说明这一点,原文中以涧中之石的长久与人生短暂的强烈的对比在译诗中就没有表现出来。译诗前两句并列在一起,给读者的印象就如《诗经》中的起兴句一样,这明显是对原诗的误译。此诗中"双阙百余尺"中"阙"字的翻译也是错误的。"阙"指耸立在宫门两侧的望楼,不是"gate"。《战城南》中原诗中"且为客

---

① Arthur Waley, *A Hundred and Seventy Chinese Poems*, 1918, p.33.

豪"翻译成"We are not afraid"也是对原文意义的误读,"客"指战死者,"豪"指号哭,该句意思是要求乌鸦为这些战死者号哭一场,以示祭奠,表达对死者的哀悼之意。译文的意思则为"我们不害怕",与原文风马牛不相及。

对叙事的重视,明显表现出韦利对原诗的价值评价取向。他喜欢那些朴实的白描性诗歌,不喜欢意蕴深远、意象复杂的抒情诗,尤其是那些情感较为隐晦的诗歌。中国古诗审美既重辞采的卓绝,也重文外之旨的传达。忽略中国古诗中意蕴深奥的诗歌,是不公平的,这也是韦利的片面性所在。不仅如此,他的翻译中还有一些常识性错误。如将《古诗十九首》归在枚乘和傅毅的名下。韦利此说主要依据的是南朝梁刘勰的《文心雕龙·明诗》篇中讲到《古诗十九首》的作者时说:"或称枚叔(枚乘)。其孤竹一篇,则傅毅之词。"[1]南朝梁徐陵在《玉台新咏》中认为其中的八首是枚乘之作。最早辑录《古诗十九首》的南朝梁太子萧统认为作者不可考,同代的文人钟嵘在其《诗品》中则怀疑作者是建安中的曹操、王粲。[2] 现在学界一般认为这些诗歌产生于东汉桓帝、灵帝之间,作者不详。这一错误在于韦利借用刘勰的说法,却忽视了萧统的观点,因为萧统辑录在前,刘勰品评在后,萧统的说法应更为可信。韦利还将一些诗词的作者张冠李戴,如把曹植的《杂诗》之《仆夫早严驾》一诗归在曹丕的名下,将《莫愁乐》归于《子夜四时歌》,将曹丕所作的《代刘勋妻王氏杂诗》归在王氏名下,这也是错误的。

韦利唐前诗歌译介的另一贡献在于他注意到了中国唐前诗坛的许多女性诗人。这在中国文学史研究史上是罕见的。即使是近现代的文学史作家,罗列女性诗人也没有韦利详尽。韦利提及的唐前女诗人有西汉武帝时江都公主刘细君。皇上为结好乌孙国,让刘细君下嫁乌孙国王昆莫,成为和亲公主。由于语言不通,生活不习惯,刘细君非常思念故乡,曾作诗《悲愁歌》,又名《细君公主歌》或《黄鹄歌》。韦利翻译此诗名为《细君怨》。第二个女诗人是赫赫有名的卓文君,韦利在《庙歌及其他》的序言中,谈及司马相如的赋体创作时,曾详细介绍司马相如与卓文君的爱情故事。卓文君被司马相如抛弃后曾写《白头吟》一诗,表达对负心男子的哀怨。此外秦嘉妻子徐淑的《答秦嘉》、谢道韫的《泰山吟》、刘勋妻王氏请曹

---

[1] 刘勰:《文心雕龙·明诗》,周振甫:《文心雕龙今译》,北京:中华书局,1986年,第58页。
[2] 钟嵘在《诗品》的《古诗》中说:"旧疑是建安中曹、王所制。"吕德申注曰:"曹、王:曹植、王粲。"钟嵘:《诗品上·古诗》,〔清〕何文焕辑:《历代诗话》上,北京:中华书局,1981年,第6页。

丕代作的《代刘勋妻王氏杂诗》都被他翻译成英文。韦利对女性诗人的重视与当时英国文坛盛行的女权运动有密切的关系，尤其是与弗吉尼亚·伍尔夫和法国文学家波伏娃（Simone de Beauvoir，1908—1986）倡导的女权运动有关。反对男性霸权，为女性的合法权利而呐喊，梳理女性的历史，运用女性自己的语言创作，争取自己的一间屋子是20世纪四五十年代女权运动的主旨。韦利是伍尔夫的朋友，是伍尔夫的女权主张的支持者和奉行者。他在与德佐特相处的几十年间，始终尊重德佐特的选择，不结婚，不要孩子，彼此只做真正的朋友，互不干涉彼此的生活。韦利对女性权利的尊重明显影响了他对中国诗歌的翻译。在男性文化占主导地位的中国古代，女性不仅在生活上处于依附的地位，受教育的权利也被剥夺了，传世的女诗人非常少且大多不被列入各种文选或诗集中。韦利翻译的这几首诗除了徐淑、谢道韫和曹丕的代作收录于诗集中，其他的诗作散见于史书中。韦利从史籍中将这些诗歌抽离出来，与男性诗作一起予以翻译，着实是诗歌翻译史上的壮举。当时盛行的翟理斯的汉诗译本中没有收录一位女诗人的作品，就连宋代著名女词人李清照都没有一首译诗。韦利是英美汉学界第一个将如此之多的女诗人介绍给英国读者的汉学家。中国女性文学西传，韦利功不可没。

由此可见，韦利对中国唐朝之前的诗歌译介着重从三个方面切入：一为对中国宗教文化的热衷；一为诗歌中的叙事风格；一为女性创作的重视。韦利对中国文本所做的选择带有明显的异域文化审美意识。我们在肯定他为中国诗歌西传贡献时，也不可忽略他的异域立场具有明显的偏颇。这样才可更为公允地评价这一汉学家。

（二）《诗经》的人类学解读

韦利之前英国汉学家翻译《诗经》影响最大的是理雅各。理雅各是英国伦敦圣教公会派向中国的传教士，1839年动身来华。因清廷不许传教士入华，故暂住马六甲。其间在英华书院任职。为了宣扬基督教的教义，理雅各努力学习汉语及中国文化，开始《圣经》汉译及汉籍英译的工作。1843年英华书院从马六甲搬至香港，理雅各负责主持该校教务。1858年，理雅各在鸦片商人渣甸（William Jardine，1784—1843）和颠地（Lancelot Dent）的资助下，开始翻译"四书"与"五经"，1861—1886年间，陆续在香港和伦敦出版。作为第一个系统译介中国儒家典籍的英国汉学家,他在许多中国饱学之士①的帮助下,通读古代典籍,按照传统经学注释的方法来翻译,译文畅达,用语严谨,和法国的顾赛芬(Seraphin Couvreur,1835—1919)与德国的卫礼贤(Richard Wilhelm,1873—1930)并称三大汉籍翻译大师。理雅各的《诗经》译本先后有三个版本,一个是1871年出版的无韵体译本,一个是1876年出版的韵体译本,一个是1879年出版的选译本。作为一名传教士,传教是他的本职所在,其他的工作都围绕传教展开,翻译《诗经》也是理雅各的传教策略之一。基督教在中国传播的过程中,以利玛窦为首的一批基督教徒发现要想让中国人笃信基督教,必须采用援儒入教的策略,为此利玛窦穿汉服,行孔礼,拜孔子,熟读中国经典,拉近彼此的距离。理雅各秉承这一策略,为此才翻译中国经典。再者,理雅各在中国的时期恰是清代后期经学盛行的时代,理雅各紧遵经学之士的传统来译介《诗经》,把《诗经》当作中国政教伦理、社会文化的经典,翻译时特别注重经学研究的阐释。而且理雅各在这些经籍的翻译中发现了上帝存在的依据,1877年,理雅各在中国传教士大会上曾宣读过一篇文章,题为《儒教和基督教的联系》,文中说《易经》《论语》及《诗经》中有许多地方提到的"帝"或"上帝",指的就是基督教中的"God"。② 这种以宗教认同为终极目的的翻译途径,带有明显的功利化倾向。这种倾向成为19世纪中国古代文学英译的一大特点,也是英国早期汉学形成的主要传统。

上文中提到韦利对传统汉学的颠覆意识,这一点在《诗经》的翻译中表现得也非常明显。韦利一反理雅各、翟理斯从经学阐释的角度翻译《诗经》的传统,侧重展示《诗经》中蕴含的中国古代文化意识。当然,读者不同,对作品的理解自然有差异,正如鲁迅所言:"《红楼梦》……单是命意,就因读者的眼光而有种种:经学家看见《易》,道学家看见淫,才子看见缠绵,革命家看的是排满,流言家看的是宫闱秘事……"③但大多数读者会受当代文学欣赏习惯的影响。韦利却另辟蹊径,从文化人类学的角度解读《诗经》的意义。

---

① 理雅各先后结识的学界名宿有何进善、何启、吴文秀、李金麟、宋佛俭、黄宽、黄胜、洪仁玕、罗中番、王韬等,这些人是理雅各译介经书的得力助手。
② James Legge, *Confucianism in Relation to Christianity, A Paper Read Before the Missionary Conference in Shanghai, On May, 1877*. Shanghai: Kelly & Walsh, 1877, p.9.
③ 鲁迅:《〈绛花洞主〉小引》,《鲁迅选集·集外集拾遗补编》,北京:中国文史出版社,2005年,第87页。

这一特点首先表现在韦利译本的参考资料上。据韦利1937年《诗经》英译本附录,他参考过的书目有孙星衍的《尚书今古文注疏》,王引之的《经义述闻》,朱骏声的《说文通训定声》,陈奂的《诗毛诗传疏》,陈玉澍的《毛诗异文笺》,王先谦的《诗三家义集疏》,徐元浩的《中华大字典》,郭沫若的《两周今文辞大系考释》,高本汉的《殷周研究》,于省吾的《双剑誃诗经新证》等书。孙星衍、王引之、王先谦、陈奂、陈玉澍都是清代著名的经学研究家,陈奂师从段玉裁,与王引之交往最善,文学理路多承王念孙、段玉裁,专攻《毛诗》,主张从古音和今音的对比出发,考究《诗经》的意义所在。洪湛侯认为该书:"书中诠释词句,训诂一准《尔雅》,通释证之《说文》,专从文字、声韵、训诂、名物等方面阐发诗篇的本意,引据赅博,疏训详明,论者推为清代研究《毛诗》的集大成者。"①与孔颖达综合数家之言的《毛诗正义》相比,陈奂的《诗毛诗传疏》内容较为纯正。这当是韦利译文的文字训诂纯正准确的原因所在。王先谦的《诗三家义集疏》兼取齐、鲁、韩三家之长,折中异同,予以详细的考证说明。陈玉澍曾师从王先谦,就读于著名的南菁书院。故《诗三家义集疏》和《毛诗异文笺》为学理路较为接近,韦利参考此二书,实乃他保证自己译文准确的一个良策。从韦利与胡适的交往中不难看出,中国古代国学研究重考证校勘,点校古籍不能依据一个版本,而应参考相关的多个证据来证实,此法也是韦利保证自己译文科学性的上策。孙星衍、徐元浩、朱骏声的著作,韦利显然是作为工具书以备参考所用。

在《诗经》译文的序言中,韦利曾坦言自己对葛兰言(Marcel Granet,1884—1940)《古代中国的祭日和歌谣》(Fetes e Chansons Anciennes de la Chine)一书的推崇。该书发表于1919年,研究内容除古代中国的祭日和歌谣外,还有一部分是关于古代中国的婚姻制度和亲缘关系的。这些习俗的探讨都以《诗经》为研究对象,从人类学、神话学的角度揭示了中国远古时代祭祀的宗教学意义,对传统汉学研究者的经学阐释法及文献学研究中对《诗经》所反映历史生活的曲解予以有力的反驳,为《诗经》研究开辟了人类学研究的一条新路。在韦利看来:"葛兰言认识到《诗经》的真正本质。"②为此他继承葛兰言人类学研究的思路,为英译《诗

---

① 洪湛侯:《诗经学史》,北京:中华书局,2002年,第495页。
② Arthur Waley, "The Allegorical Interpretation," *The Book of Songs*, Boston and New York: Houghton Mifflin Company, 1937, p.337.

经》重新寻找一条自恰的研究思路。韦利的《诗经》译本还参考过法国神父顾赛芬的法文译本。他认为顾赛芬的译本是传统译本中最为忠实的版本,他主要按照朱熹的注解来翻译。理雅各的译本则将朱熹、汉代各家以及自己的理解混杂在一起,译本虽沿续中国经学研究的理路,但将这些观点混在一起,使人辨不清究竟是谁的观点,故而译本没有一点参考意义。① 就欧洲当时流行的《诗经》研究方法而言,韦利对葛兰言的研究方法情有独钟。

韦利研究《诗经》的人类学倾向还表现在对原文篇目的重新编排上。众所周知,《诗经》305 篇,原著按照音乐类别划分为风、雅、颂三大类。风与王畿相对,指周王朝直接管辖地区之外带有地方色彩的民间音乐,朱熹解释:"风者,民俗歌谣之诗也。"②风以各诸侯国的地域为界分为周南、召南、邶风、墉风、卫风、王风、郑风、魏风、唐风、齐风、秦风、陈风、桧风、曹风、豳风十五国风。雅指的是王畿之乐,也叫正声,朱熹分析雅道:"雅者,正也,正乐之歌也。……正小雅,燕飨之乐也;正大雅,朝会之乐,受厘陈戒之辞也。"③颂指专门用于宗庙祭祀的音乐,《毛诗序》中讲:"颂者,美盛德之形容,以其成功告于神明者也。"④朱熹认为:"颂者,宗庙之乐歌。"⑤由此看来,《诗经》原篇目是按照音乐进行分类的。韦利则另辟蹊径,按照描写的内容将《诗经》分为求爱诗、婚姻诗、勇士战争诗、农事诗、祷祝诗、欢迎诗、宴饮诗、族人宴饮诗、祭祀诗、歌舞诗、朝代歌、朝代传奇、建筑诗、田猎诗、友情诗、道德诗、哀怨诗、政治咏叹诗等 18 类。⑥

理雅各翻译注重诗歌的韵脚,虽然他出版过《诗经》的韵文及散体两种译本,但翻译风格主要秉承维多利亚时代的主流风尚,注重诗句的典雅匀称以及形式的规整,译诗时重视历代解经家对《诗经》的经学诠释,多从儒道传统的人生观角度

---

① Arthur Waley, "The Allegorical Interpretation," *The Book of Songs*, Boston and New York: Houghton Mifflin Company, 1937, p.337.
② 朱熹:《诗经集传》,《宋元人注·四书五经》中册,北京:中国书店,1985 年,第 1 页。
③ 同上,第 67 页。
④ 毛亨、毛苌:《毛诗大序》,郑玄注,孔颖达:《毛诗正义》,阮元校刻:《十三经注疏附校勘记》上册,第 272 页。
⑤ 朱熹:《诗经集传》,《宋元人注·四书五经》中册,第 152 页。
⑥ 韦利翻译的《诗经》中,只包括 290 首,另外 15 首政治咏叹诗被韦利删掉了,以《日蚀诗及其他》("The Eclipse Poems and Its Group")为题,发表在 1936 年 10 月份的《天下月刊》(*T'ien Hsia Monthly*)上。

入手。韦利译诗则以散体为主,注重《诗经》作为民歌通俗易懂的特点,突出意象的罗列,富有鲜明的生活情趣,且多从原生态生活的角度入手。

(三)《九歌》与萨满教

"九歌"一词据传说本是天乐,与韶舞相配,《离骚》中有"奏九歌而舞韶兮"的说法。为夏启偷至人间,是夏人的胜乐,一般只在郊祭上帝时才用。夏启曾奏此乐以享天帝,结果因有仍二女与太康父子发生冲突,导致五子之乱。在原始人生活中宗教与性爱不分,故音乐舞蹈的内容颇为猥亵。① 这也是《九歌》中为何多以夫妇之爱来谈巫神关系之缘故。《九歌》为《楚辞》的篇名,共十一篇:《东皇太一》《云中君》《湘君》《湘夫人》《大司命》《少司命》《东君》《河伯》《山鬼》《国殇》《礼魂》,乃屈原据民间祭神的乐歌改作加工而成。王逸在《楚辞章句序》中说屈原曾作九歌②。朱熹认为:"九歌者,屈原之所作也。"③但他们都认为《九歌》乃屈原被逐后所作,近代一些学者则认为作于被逐之前,仅为祭祀之用。因以民间祭歌为基础,《九歌》带有楚地巫歌的许多特点,如载歌载舞的形式,以巫觋为主唱的编排,都是楚地巫歌的典型特色,就内容而言,也以祭神为主。

"萨满"一词源自西伯利亚一代的通古斯族语 saman,sa 乃知道之意,萨满就是知者,指获得知识的一种方式,英文为 shaman。萨满教是在原始信仰基础上逐渐发展起来的一种民间信仰,曾长期盛行于我国北方各族。它没有既定的教条及信仰体系,是一种现象的统称。主要以崇奉氏族部落的祖灵及自然灵物为主,崇拜对象较为广泛。萨满后逐渐衍化为巫师或跳神之人的代名词,往往被视为氏族中萨满之神的代表,他可将人的祈求愿望转达给神,再将神的意志传达给人,是神人交流的中介。韦利就是运用萨满的这一意义来研究《九歌》的。"古代中国的天神祭祀中,神人沟通的中介称为巫,古文献将其刻画为驱邪的专家、预言者、呼风唤雨之人或解梦者。……他们经常运用巫术为人们治疗疾病,正如西伯利亚的

---

① 闻一多:《什么是九歌》,《闻一多全集·楚辞编·乐府诗编》,第五卷,武汉:湖北人民出版社,1993年,第338页。
② 王逸:《楚辞章句序》,黄霖、蒋凡:《中国历代文论选新编》先秦至唐五代卷,上海:上海教育出版社,2007年,第103页。
③ 朱熹:《九歌第二》,《楚辞集注》,上海:上海古籍出版社,1979年,第29页。

萨满教巫师一样,为此用萨满翻译巫非常顺口。"①显然他找到了二者之间功能及所用方式的共性特征。就翻译而言,从尊重原著的角度出发,为学术研究之便,一些关键的核心词应采用直译,甚至可以直接用拼音标出。韦利则以英国普通读者的阅读要求为标准,选用英语文化中人们熟稔的词语来解释,这是一种归化的翻译法。虽然该译法有用译语文化兼并原语文化之嫌②,但它还是将中国文化的很多信息带入英国读者的视野,为文化的西传做出了应有的贡献。韦利之前,也有学者译过《九歌》,早在1852年,奥地利知名汉学家奥古斯特·费茨梅尔(August Pfizmaier,1808—1887)就翻译过《九歌》③,该译文主要继承传教士汉学研究的精英化传统,译文注重韵律的规整及诗歌形式的要求。这是《九歌》最早的欧洲语译本,为此韦利认为:"如果考虑一下该书出版的时代及费茨梅尔对材料的搜罗,这确是一本杰出的译作。"④但谈及该书的翻译方法,他却不以为然。"我对这些译本(包括费茨梅尔及后来的几个节译本)的翻译并不满意,之所以译介此书,我的目的旨在对宗教史的发展提供借鉴,且有利于普通读者的阅读。"⑤言外之意,费茨梅尔的译本没有从宗教的角度切入,语言也过于呆板,不通俗。强调读者的接受是汉学大众化的传播策略,重视宗教史的勾勒,就带有鲜明的文化人类学倾向。从这一点看,韦利对《九歌》的翻译与《诗经》译介的趋向相似,侧重从文化角度对其展开阐释。

韦利解读《九歌》的文化学视角首先表现在对《九歌》中巫术宗教信息的重视上。中国古代楚辞学研究者如王逸、朱熹等都从儒学"达则兼济天下,穷则独善其身"的人格素养出发,强调《九歌》对诗人之志的暗示和隐喻功能。王逸在《楚辞章句》卷二《九歌》篇前有一序言:"《九歌》者,屈原之所作也。昔楚国南郢之邑,沅湘之间,其俗信鬼而好祠(一作祀),其祠必作歌乐鼓舞,以乐诸神,屈原放逐,

---

① Arthur Waley,"Introduction,"*The Nine Song:A Study of Shamanism in Ancient China*,London:George Allen and Unwin Ltd.,1955,p.9.
② 具体观点可参看陈永国主编:《翻译与后现代性》一书中埃德温·根茨坦的《翻译、后现代主义与权力》、加亚特里·斯皮瓦克的《翻译的政治》等相关篇目的观点。陈永国:《翻译与后现代性》,北京:中国人民大学出版社,2005年。
③ 参看August Pfizmaier,*Das Li-sao und die Neun Gesange*,Vienna:Akad.d.Wissenschafter,1852。
④ Arthur Waley,"Additional Notes,And References,"*The Nine Song:A Study of Shamanism in Ancient China*,1955,p.19.
⑤ Arthur Waley,"Introduction,"*The Nine Song:A Study of Shamanism in Ancient China*,1955.p.16.

窜伏其域,怀忧苦毒,愁思怫郁,出见俗人祭祀之礼,歌舞之乐,其词鄙陋。因为作《九歌》之曲。上陈事神之敬,下以见己之冤结,托之以风谏。"①在王逸看来陈事神之敬是假,见一己之冤结是真,强调的是《九歌》的讽谏意义。朱熹的看法亦是如此:"九歌者,屈原之所作也。昔楚南郢之邑,沅、湘之间,其俗信鬼而好祀,其祀必使巫觋作乐,歌舞以娱神。蛮荆陋俗,词既鄙俚,而其阴阳人鬼之间,又或不能无亵慢淫荒之杂。原既放逐,见而感之,故颇为更定其词,去其泰甚,而又因彼事神之心,以寄吾忠君爱国眷恋不忘之意。"②蒋天枢在《楚辞校释》中也认为:"《九歌》托为事神之词,以旧题抒新义,摘辞华而陈义隐,遂启后世纷纷之论也。"③这是中国重视诗歌教化功能传统的滥觞,但古今学者对《九歌》深受楚地巫风影响一说都持认可态度。王逸、朱熹自不必说,宋代学者洪兴祖也认可这一观点,他在《楚辞补注》中说:"《汉书》曰:楚地信巫鬼,重淫祀。《隋志》曰:荆州尤重祠祀。屈原制《九歌》,盖由此也。其祠,必作歌乐鼓舞以乐诸神。"④现代楚辞学家姜亮夫也认为:"故九歌者,实楚俗巫者演奏以祀神,以鼓舞其人民之乐。"⑤韦利认为《九歌》为巫风的依据也源于这一资料。此外韦利参考的书目还有闻一多关于楚辞的诸篇论文,如《什么是九歌》《九歌的结构》《东皇太一考》等。内容为巫风,是韦利的主要观点,为此,他在该书的序言中大谈巫术的相关知识,认为《九歌》的形式也是典型的宗教形式,"《九歌》典型的形式如下,神灵降临,萨满乘坐绘有各种奇异图案的马车出去迎神;最后部分以萨满与神的约会结束,神弃萨满而去,为此萨满因失恋而流连忘返,苦苦等待神的回归。中间部分往往插有萨满见神后欣喜若狂的舞蹈"⑥。

严格意义上讲,中国南方的巫文化并不属于萨满教,不能草率地将巫师等同于萨满,据林河先生的考证,"萨满"一词在中国的语源学意义指的是女真族语中的"巫妪",也即民族中通晓神职的女性,将萨满解释为祭神的癫狂者实为望文生

---

① 王逸:《楚辞章句》;金开诚、董洪利、高路明著:《屈原集校注》上册,第195页。
② 朱熹:《九歌第二》,《楚辞集注》,上海:上海古籍出版社,1979年版,第29页。
③ 蒋天枢:《九歌传第三》,《楚辞校释》,上海:上海古籍出版社,1989年,第125页。
④ 洪兴祖:《楚辞补注》,白化文、许德楠、李如鸾、方进点校,北京:中华书局,1983年,第55页。
⑤ 姜亮夫:《九歌第二》,《姜亮夫全集·六》,昆明:云南人民出版社,2002年,第129页。
⑥ Arthur Waley, "Introduction," *The Nine Song: A Study of Shamanism in Ancient China*, 1955. p. 14.

义。①韦利自己也谨慎强调自己仅是借用"萨满"一词指代"巫师",但即使是借用也会使欧洲读者产生概念上的混乱,这就是文化交流中不可避免的误读现象。韦利在解释《九歌》每一篇的注解时,依然使用萨满这一概念。如第一篇《东皇太一》,韦利认为"作为起始歌,它与其他章节不同,神与萨满间没有爱情。……我将祭礼上持长剑且受神灵感动者称为萨满"。他还引用王逸和朱熹的观点认为神就意味着萨满。②王逸在《楚辞章句》中对"灵偃蹇兮姣服"的注释说:"灵,谓巫也。"③王逸说的巫指的是原始神灵巫术,指涉的范围比萨满要宽得多,再者,古代中国信仰萨满教的主要以北方的游牧民族为主,用游牧族的萨满教信仰解释南方以农耕为主的巫文化,差错是不可避免的。

韦利《九歌》研究的文化人类学倾向还表现在他对中国古代巫文化发展史粗疏的整理上。韦利认为巫起源于中国古代的天神崇拜,与医术有一定关系。④这一说法较为笼统,严格地讲,巫术的产生主要由于原始时代,人们对大自然的认识及改造能力非常低下,对自然界不断变化的现象极为恐惧,为此便相信有一种超自然的神力支配着万事万物。为了生存,人们便依赖对自然界的一些神秘而虚幻的认识,创造出各种巫术,以此来寄托人们的某种愿望。其表现形态可分为三种,一种为超自然力巫术,一种为原始神灵巫术,一种为神仙鬼怪巫术。超自然力巫术不涉及神灵,凭借虚构的幻想来寄托理想;原始神灵巫术则往往将客体神化,向其敬拜祷告,祈求通过神灵来影响或控制自己面对的客体;神仙鬼怪巫术祭拜的神灵大多为宗教神。作为娱神的祭歌,《九歌》说的是原始神灵,且带有原始的宗教情结。这一点韦利的认识是模糊不清的,他笼统地将巫术与自然神祭拜联系起来,忽略了巫术的超自然力形态。至于巫术与医学的关系,高国藩先生认为:"医学自巫术中产生,中国原始人所具备的一定医药知识都与巫术活动有关。"⑤原始的医学往往和巫术交织在一起,《史记·三皇本纪》中有言:"(神农氏)于是作腊

---

① 林河:《中国巫傩史》,广州:花城出版社,2001年,第445页。
② Arthur Waley, "Commentary to The Great Unique," *The Nine Song: A Study of Shamanism in Ancient China*, 1955. p.24.
③ 王逸:《楚辞章句》,金开诚、董洪利、高路明著:《屈原集校注》上册,第195页。
④ Arthur Waley, "Introduction," *The Nine Song: A Study of Shamanism in Ancient China*, p9.
⑤ 高国藩:《中国巫术史》,上海:上海三联书店,1999年,第11页。

祭,以赭鞭鞭草木。始尝百草,始有医药。"①腊祭是古代中国的习俗之一,古人逢腊月就要围猎,然后以捕获的禽兽为"牺牲"来祭祀祖宗、祭祀众神。赭鞭是古代巫师使用的魔杖,此句话的意思是凡是神农氏鞭到的草木,便具备区分有无毒性的魔力。实际上,这是用巫术的方法区分植物药性的有毒无毒的一种原始方式。这一特点韦利虽然注意到了,但他仅以一句话草草带过:"巫师经常进行魔幻性的治疗,某种程度上这种治疗成为后来疗救病人的一种方法。"②至于中国古代传说中神农氏尝百草治病的经籍,韦利更未提及,这在立论的阐述上具有明显的欠缺。

  人如何成为巫师也是韦利关注的要点之一。他引用《汉书》第二十五《郊祀志第五上》所记"游水发根言上郡有巫,病而鬼下之。上召置祠之甘泉。及病,使人问神君,神君言曰:'天子无忧病。病少愈,强与我会甘泉。'于是上病愈,遂起,幸甘泉,病良已"③,此句原讲汉武帝会神君之事。神君原为长陵女子,她死后人们多往其所住之室祭拜,汉武帝多次前往祠堂祭拜,能闻其言,不见其形。"游水发根言上郡有巫,病而鬼下之",颜师古注曰:"本尝遇病,而鬼下之,故为巫也。"④此句指游水发根(人名)说上郡有一巫师,生病了,鬼便可附其体,于是成巫。依此韦利推论"一个女人生病了,神灵附体于其身,之后只要是她生病的时候便为巫"⑤,此种理解有一定的偏差。《汉书·郊祀志第五上》开篇便有"民之精爽不贰,齐肃聪明者,神或降之,在男曰觋,在女曰巫,使制神之处位,为之牲器"⑥的说法。此说法与生病没有关系。巫师一职主要以家族继承为主,但其通常为生理有缺陷者。在一般人看来,病态之人演绎虚幻之术,人们得到的满足感更为强烈,巫术的效果则更为逼真。同样,萨满的承继也主要由上一代萨满的神灵来选择。出生时胞衣未脱者、长久患病神经错乱、许愿当萨满即病愈者都可作为萨满的人选。这就是韦利所说的"萨满职业的一种公共状态"⑦。虽然此说不尽全面,但他抓住了巫术信仰与萨满信仰的共性特征,在《九歌》的研究中具有启发意义。

---

① 司马迁著、裴骃集解、司马贞索隐、张守节正义:《史记》第一册,第7页。
② Arthur Waley, "Introduction," *The Nine Song: A Study of Shamanism in Ancient China*, p.9.
③ 班固:《汉书·郊祀志上》,颜师古注,《汉书》第四册,第1220页。
④ 同上,第1220~1221页。
⑤ Arthur Waley, "Introduction," *The Nine Song: A Study of Shamanism in Ancient China*, p.9.
⑥ 班固:《汉书·郊祀志上》,颜师古注,《汉书》第四册,第1189页。
⑦ Arthur Waley, "Introduction," *The Nine Song: A Study of Shamanism in Ancient China*, p.9.

巫术信仰在古代中国具有重要的地位。但随着儒家思想的扩张,巫师逐渐被排除在公职以外。韦利认为"敬鬼神而远之"是儒家对巫术的一贯态度,公元前31—32年,萨满表演禁止在宫廷演出。汉武帝"罢黜百家,独尊儒术"后,统治者越发轻视巫术文化,巫师与乐师、艺人一样,被当作社会的下等人。1世纪后,与巫术相关联或是出身巫家的人,没有入选宫廷任职的资格。白居易被贬官降职就与巫术有关。① 在社会的发展中,巫术虽然曾一度居于高位,但它的流传、保存主要是在民间文化中。作为普通民众实现愿望的一种方式,它屡禁不止,成为人们心底刻骨铭心的信仰。韦利借用《晋书·卷九十四》《列传第六十四》中夏统的故事说明巫术的民间化特点。《夏统传》写到江浙一带有两个女子,长得非常漂亮。两个女子从事巫术活动时,常常身着奇装异服边舞边唱,还可隐身,除此以外,还能呼风唤雨、吞剑吐火或产生奇异的火焰。夏统不相信巫术,他的亲戚想借祭拜祖先之际捉弄他。夏统发现这两个女子绕院转圈,神巫间彼此谈话,彼此嘲笑,彼此交换杯盏,他非常害怕,不等仆人开门,便跳窗而逃。② 其实《晋书》的文意并非如此,原文为:"入门,忽见丹、珠在中庭,轻步佪舞,灵谈鬼笑,飞触挑桦,酬酢翩翻。统惊愕而走,不由门,破藩直出。"③结合前后文可知"惊愕"一词非指害怕,而是愤怒之意。夏统品行高洁,非常孝顺,见族人行巫术不仅纵侈淫之行,乱男女之礼,而且破贞高之节,自然十分不满。14世纪前期,《元史》中关于虞槃的记载,巫术虚妄的弊端一目了然。《元史·卷一百八十一·列传》虞槃任湘乡州判官时,巫师说神灵将要降临此地,并传该地将有火灾、水灾之事,百姓皆信。后又传将有兵乱,百姓恐慌。虞槃抓住放火的盗贼,方知巫师与盗贼串通,于是抓捕事件的相关者。在他为官期间,巫术活动曾一度被停止,巫师也不敢再妄为。④ 韦利引用此事说明了巫术的衰落之势。当然他在《九歌》译本序言中介绍的巫术史不是严格意义上的巫文化发展史,只是他所读到的史书中关于巫术的简要记载,无论是史料的丰富、线索的梳理,还是论证的翔实,都还远远谈不上,仅是为读者理解《九歌》做一背景的铺垫,为此我们不可将其作为巫术发展的资料来进行详尽的研究。

---

① Arthur Waley,"Introduction," *The Nine Song:A Study of Shamanism in Ancient China*,pp.11-12.
② Ibid., p.11.
③ 房玄龄等:《晋书》第八册,北京:中华书局,1974年,第2428页。
④ 宋濂等:《元史》第十四册,北京:中华书局,1976年,第4182页。

《九歌》既为祭神之歌，必然伴有祭祀的舞蹈，有歌有舞，形式类似于歌剧。韦利也认同此观点。闻一多曾将《九歌》改为古代歌舞剧①，韦利曾参看过这篇文章。与闻一多不同的是，韦利的论据不是依据《九歌》可归纳为演员的表演，而是依据戏剧表演必需的一些条件。首先，韦利认为《九歌》是在一个雄伟宏大的建筑物里进行表演的，且与皇宫有必然的联系。其次，韦利认为《九歌》中存在一些极富象征意义的描写，如以高台来比喻昆仑山，以一根有刻痕的竹竿表示对天神的敬仰。韦利认为，《九歌》是为神灵降临的赞歌，《国殇》和《礼魂》两篇显然不属于祭神系列，为此韦利在《九歌》译本中没有翻译这两篇。韦利借用西方戏剧场景的实景性布置来分析《九歌》，误读在所难免。中国古代歌舞剧的表演场地一般在宫廷和大家的厅堂上，尤其是唐以前的歌舞表演，少有完整的舞台剧，且背景的设置多为虚景，因而剧中所讲的建筑不能当作表演的场所。再者，《九歌》为祭祀所用，中国古代祭神的场面庄严、隆重，安排也非常谨严。《九歌》所祭的天神、星宿之神、河神等都是皇家望族祭祀的对象，不是一般百姓的普通祭神活动，所以《九歌》不能被当作一般的歌舞戏来解读，它是春秋战国时期，中国楚地贵族的信仰表征。至于文中所涉及的道具，韦利自己也说仅仅为猜想。作为萌芽状态的祭神歌舞，《九歌》并不具备情节的完整性，从其每一部分的内容中只能粗略地看到祭祀活动中娱乐和初步的扮演行为。既为祭神，为国捐躯的战士也在祭奠之列，《国殇》不应被排除在外，《礼魂》是送神曲，古代祭神开场为《迎神曲》，闭场有《送神曲》，有送有迎才构成完整的祭神活动，为此《礼魂》也不应被排除在外。

当然，从他者的视域出发来看中国古代的祭祀歌，理解往往会有所偏差。韦利译著的意义在于他为我国的楚辞研究提供了人类学研究的新角度，这在西方汉学史上具有开创意义。下文看看《云中君》及韦利的翻译：

  云中君

浴兰汤兮沐芳，华采衣兮若英；

灵连蜷兮既留，烂昭昭兮未央；

蹇将憺兮寿宫，与日月兮齐光；

龙驾兮帝服，聊翱游兮周章；

---

① 参看闻一多：《九歌古歌舞剧悬解》，《闻一多全集·楚辞编·乐府诗编》第五卷，第397~421页。

灵皇皇兮既降,猋远举兮云中;

览冀洲兮有余,横四海兮焉穷;

思夫君兮太息,极劳心兮忡忡。①

The Lord Amid the Clouds

I have washes in brew of orchid, bathed in sweet scents,

Many-coloured are my garments; I am like a flower.

Now in long curves the Spirit has come down

In a blaze of brightness unending.

Chien! He is coming to rest at the Abode of Life;

As a sun, as a moonbeam glows his light.

In dragon chariot and the vestment of a god.

Hither and thither a little while he moves.

The Spirit in great majesty came down;

Now he soars up swiftly amid the clouds.

He looks down on the province of Chi and far beyond;

He traverses to the Four Seas; endless his flight.

Longing for that Lord I heave a deep sigh;

My heart is greatly troubled; I am very sad.②

  云中君即云神,王逸在《楚辞章句·云中君》作注道:"云中君,云神,丰隆也,一曰屏翳。"③丰隆,据蒋天枢考证应为"雷神",雷发云中,故亦名云神。雷声声势浩大,所以文中的词义极为隐讳。④ 该诗以巫神对唱的形式来颂云神,由扮演主祭与云神的两位巫师表演,开头四句先是主祭唱来迎神,表现对神的虔诚。接下来四句为云神所唱,重在表现神的尊贵、排场与威严。最后六句又是主祭的唱词,再次表述云神的尊贵不凡及其高覆九州、广被四海的特点,末尾两句表现了人们

---

① 屈原:《九歌·云中君》,金开诚、董洪利、高路明著:《屈原集校注》上册,北京:中华书局,1996 年,第 196~201 页。

② Arthur Waley: "The Lord Amid the Clouds," *The Nine Song: A Study of Shamanism in Ancient China*, p.27.

③ 王逸:《楚辞章句》,金开诚、董洪利、高路明:《屈原集校注》上册,第 195 页。

④ 蒋天枢:《楚辞校释》,上海:上海古籍出版社,1989 年,第 130 页。

对云、雨的期盼之情,因为祭云神是为求雨,渴盼风调雨顺,有个好收成。韦利的翻译为直译,按照字句的意思翻译而成。误读之处在于韦利将主祭与神灵之间的崇拜敬慕表现为男女之间的爱情,将主祭当作女子,云神为其热恋的对象。故该诗末尾一节是失恋之歌。① 对神灵的崇拜之情,虽也有迷狂的特征,与爱情的迷狂相类似,但将敬神之意当作爱情,却是错误的,敬神是不分男女的,这种情感更接近于宗教信仰。

四、阿瑟·韦利的中国诗人传记评述

韦利于 1913 年进入大英博物馆东方图片社工作,开始接触中国诗歌,在他能搜罗到的资料中,对诗人生平的介绍仅限于各个朝代的史书中。英国汉学界,仅有翟理斯的《中国文学史》对一些重要的作家做过简要的介绍。在翻译诗歌的过程中,韦利切实感觉到有梳理传记史实的必要。为了让读者对中国经典的诗歌的认识更为清晰,韦利从 1917 年开始搜罗中国文人的传记材料,着手诗人传记的写作。

出版资料显示,韦利最早关注的传记材料是有关白居易的。早在 1916 年他翻译出版的 52 首《中国诗歌》中,就有白居易的《废琴》、《村居卧病》、《叹老三首》之《前年种桃核》三首诗。1917 年,韦利在《伦敦大学东方学院学报》(Bulletin of the school of Oriental Studies, London Institution)上发表《38 首白居易诗》(Thirty eight Poems by Po Chu-I)。该文开始部分坦言:"至于白居易的生平与创作,我想另著文来探讨,这里仅就这些诗歌创作的时间及相关的注释做一简要介绍,权当为这些诗作一序言。"②随后,韦利就白居易生平的重要年代做了一粗略的介绍。白居易,772 年出生,后接连任秘书省校书郎、翰林学士、左拾遗等职。815 年被贬江州司马,822 年担任杭州刺史、825 年任苏州刺史,846 年去世。③ 韦利尤其重视白居易与元稹的友谊,虽然此文的序言仅有短短 200 字左右,他却用三分之一的

---

① Arthur Waley,"Commentary to The Lord Amid the Clouds," *The Nine Song : A Study of Shamanism in Ancient China*, p.28.
② Arthur Waley, "Thirty eight Poems by Po Chu-I," *Bulletin of the school of Oriental Studies, London Institution*, London:The School of Oriental Studies London Institution, Finsbury Circus. E. C., 1917, p.53.
③ Ibid., p.53.

篇幅谈元稹①，这与他对中国诗歌内容以友情为主，不重爱情的看法是一致的。1918 年，韦利在《中国诗歌一百七十首》中对白居易的生平再次做了相关的介绍，该文不仅细致，而且以白居易的诗歌为史实来说明。这一尝试奠定了韦利的《白居易传》的雏形。1918 年他在《伦敦大学东方学院学报》上发表文章《白居易诗文续及唐代另外两名诗人的诗作》(Further Poems by Po Chu-I, and an Extract from His Prose Works, Together with Two Other T'ang Poems)。另两位诗人指李白、杜甫。韦利翻译他们的诗作，仅是为白居易做一参照。读者据此能发现白居易诗歌内容的广阔，就此而论他在唐代诗坛上的地位无人可比。② 韦利的说法显然有些言过其实，但不难看出他对白居易的偏爱，这也是韦利日后为其作传的主要原因所在。1949 年，韦利完成了《白居易生平及时代》(The Life and Times of Po Chu-I, 772—846)，这在西方汉学界白居易研究史上尚属首次。就该书的传记性质而言，韦利虽然自谦仅是一些生平资料的陈设，不是一部完整的传记③，但它作为历史传记当之无愧。该书以《旧唐书》《白居易传》中的相关事实为纲，大量使用白居易及其友人的诗词，弥补传记史料的不足。该书是从修史的立场出发，对相关史料所做的清理。就作品细节资料缺失，如何补足的问题，韦利认为他不会凭空捏造史实或观念，也不会根据自己的主观臆测对白居易表达不清的观点及动机予以推断。④ 这明显是史学传记的创作理路，不同于一般的文学传记创作。

　　除白居易外，韦利对其生平资料关注较多的诗人是李白。早在 1916 年自费出版的《中国诗集》中，韦利就翻译过李白的《春思》《越中览古》《乌栖曲》。初次翻译，不知韦利参看的是何种版本，他将《乌栖曲》与《金陵酒肆送别》中的诗句客串在一起，采用《金陵酒肆送别》的首句"风吹柳花满店香"，《乌栖曲》的四句"姑苏台上乌栖时，吴王宫里醉西施。吴歌楚舞欢未毕，东方渐高奈乐何"，中间丢掉

---

① 原文讲白居易在宫廷任职期间，与英俊的元稹相识，他们的友谊一直保持至 831 年元稹去世，对两人间友谊的描写是白居易诗歌的重要组成部分。见 Arthur Waley, "Thirty eight Poems by Po Chu-I", *Bulletin of the school of Oriental Studies, London Institution*, p.53。
② Arthur Waley, "Further Poems by Po Chu-I, and an Extract from His Prose Works, Together with Two Other T'ang Poems," *Bulletin of the school of Oriental Studies, London Institution*, 1918, p.96.
③ Arthur Waley, "Preface," *The Life and Times of Po Chu-I, 772—846*, London: George Allen & Unwin Ltd., 1949, p.5.
④ Ibid., p.5.

了"青山欲衔半边日。银箭金壶漏水多,起看秋月坠江波"三句。① 1918年11月21日,在伦敦大学东方学院举办的"中国社会"专题研讨会上,韦利宣读了《诗人李白》(The Poet Li Po)的论文。1919年,该论文结集成册,由伦敦东西方出版公司(East and West Ltd.)出版。该论文翻译了李白的25首诗歌,包括著名的《蜀道难》《将进酒》《金陵酒肆送别》《梦游天姥吟留别》《月下独酌》《长干行》《战城南》等。具有史传价值的是该文前面部分对李白生平及影响的介绍。韦利引白居易《与元九书》中对李白和杜甫的评价及元稹于元和八年所作的《唐故工部员外杜君墓系铭并序》,对李杜诗歌的特点做一简单的比较。而后引惠洪《冷斋夜话》、胡仔《苕溪渔隐丛话》中对李白的评述来阐述其对诗歌发展的影响。② 虽然韦利的研究与中国古代诗学研究重视考据的理路相似,但在这一异域学者的眼里,不可避免带有误读的成分,尤其是对李白嗜酒这一习性的阐述。韦利认为李白平生两大爱好,即酒与女人。嗜酒在中国文人眼里是狂放不羁的象征,但在韦利的眼里却是一大缺点,因为醉酒意味着对理性的抛弃,这与西方的理性观念不合。再者,李白以侠客自居,曾手刃数人。这一点在韦利看来,简直不可思议。滥杀生灵,法律怎能相容?诗歌风格上,李白狂放不羁,以气势取胜,杜甫的诗中多有写实之作,白居易以平实见长。为此,韦利将李白置于杜甫、白居易之下。③ 尽管如此,他在众多唐代诗人中,依然表现出对李白的偏爱。1950年,结合李白的诗歌创作,韦利完成了《李白生平及诗歌》(The Poetry and Career of Li Po)一书。该书紧承《白居易生平及时代》的写作风格,结合诗人大量的诗词,对其所经历的一些事件予以详尽的阐述。但这份传记并没消除韦利对李白的偏见,正如该书出版者在为书系写的序言中谈到的那样,韦利眼里的李白是一个自负、冷酷、放荡、

---

① Arthur Waley, *Chinese Poems*, London: Lowe Bros, 1916, pp.12-15.
② Arthur Waley, "Introduction," *The Poet Li Po*, London: East and West Ltd., 1919, pp.1-3.
③ 韦利在该论文前言中说:"中古时期的中国人一致认为李白是最伟大的诗人,很少有人将第一的位置给与同时代的杜甫,而是将杜甫置于其二。" Arthur Waley, "Introduction," *The Poet Li Po*, pp.1-3.另在《白居易诗文续及唐代另外两名诗人的诗作》一文中,韦利拿李白、杜甫与白居易相比,认为白居易是唐代独一无二的伟大诗人,这一说法明显将李杜置于白居易之下。参看 Arthur Waley, "Further Poems by Po Chu-I, and an Extract from His Prose Works, Together with Two Other T'ang Poems," *Bulletin of the school of Oriental Studies*, London Institution, 1918, p.96.

不负责任且不值得信任的人,尤其他酗酒。① 从西方文化的场域出发,韦利的观点与中国人的看法大相径庭。文化是决定人生活态度、生活方式乃至价值观的主导因素,不同的文化追求,就会产生不同的生活观,熟悉传统文化的中国人对李白的酒后吟诗推崇备至,西方读者却很难接受李白的这一行为。这是韦利误读李白的主要原因所在。

至于袁枚,韦利最早在1918出版的《中国诗歌一百七十首》的序言中,谈及中国诗歌的发展脉络时就提到过他。"十八世纪,多嘴多舌的袁枚完成《随园诗话》,该书的语言最为风趣,但书中包括大量糟糕的诗歌创作,多是其友人所作。他自己的诗风则多模仿白居易和苏东坡。"②这句断语明显表现出韦利对袁枚的不满:一是袁枚为多舌之人,喜欢闲聊;二是《随园诗话》中粗劣的作品过多。1956年,《十八世纪中国诗人袁枚》(*Yuan Mei, Eighteenth Century Chinese Poet*)由乔治·艾伦和昂温公司出版。既非兴之所然,韦利为何要为袁枚作传?原因之一,是为了向英国读者介绍较为全面的中国诗歌知识。韦利偏爱中国诗歌,中诗英译是其一生的爱好。面对西方读者在中国古代诗歌知识上的欠缺,韦利希望通过自己的努力向他们介绍诗歌发展的全貌。他的《中国诗歌一百七十首》《中国诗续集》《译自中国文》等书曾风靡英国,成为普通大众之至爱,但这些译作大部分都集中在唐及唐前的诗歌。有些读者据此认为只有唐及唐前有诗歌创作。这是一个巨大的误解。为此,韦利书中翻译了袁枚的许多诗词,借此向读者申明,诗歌创作并非唐及唐前的专利。再者,欧洲读者对中国晚清时期的历史知之甚少,除康熙、乾隆等几个曾与西方的传教士发生紧密联系的皇帝、大臣之外,其他一概不知。为此韦利将该书的读者群预设为对晚清知之甚少者,故而在书中只要谈及有关的术语、典故,他都做了详细的注解。这与前两部传记的形式有较大区别,前两部侧重生平事实的罗列,该作却注重事实关系的点校。该作虽为通俗性读本,但不失学术研究价值。此外,袁枚与唐代诗人不同,虽然年轻时也有兼济天下之心,积极入仕、为官,但中年以后,袁枚归隐随园,生活闲适,充满情趣,其隐逸之生活

---

① Arthur Waley, "Note by the General Editors," *The Poetry and Career of Li Po, 701—762*, London: George Allen and Unwin Ltd., 1950, p. X.
② Arthur Waley, "Introduction," *A Hundred and Seventy Chinese Poems*, New York: Alfred A. Knopf, 1918, p.18.

态度大有道家生活风尚。就诗歌创作主旨而言,他力倡"性灵说",认为传世诗歌,皆为抒写性灵之作。他说:"诗文之作意用笔,如美人之发肤巧笑,先天也;诗文之征文用典,如美人之衣裳首饰,后天也。"[1]袁枚主张一时有一时之文学,反对明清一些文人倡导的宗唐宗宋。与传统载道明道的诗歌相比,袁枚的创作是清代文坛的一股新风。因其创作多涉身边琐事,韦利认为其诗有一种常人的生活理趣,通俗易懂。[2] 这一点与韦利注重译本的通俗性相一致。在韦利看来,袁枚虽为一名饶舌者,但他聪明、慷慨、热情、重情义。[3]

传记方面,韦利还翻译了元代李志常的《长春真人西游记》(*The Travels of an Alchemist*:*The Journey of the Taoist Chang Chun from China to the Hindukush at the Summons of Chingiz Khan*)。该书主要记载全真教教徒长春真人丘处机于1221—1223年间西行与成吉思汗相见途中的所见所闻,王国维曾点校此书。从此书的翻译不难看出,韦利对中国文化的兴趣不仅表现在古代文学文化典籍上,还表现在中国宗教上。1952年,《真实的唐三藏及其他》(*The Real Tripitaka and Other Pieces*)出版,书中有一部分详细介绍了玄奘生平及西行取经的过程,也是史传性质的译作。此外他还著文介绍过唐代诗人韩愈、岑参,明朝话本作家冯梦龙,清代小说家刘鹗等人的生平事迹。1958年出版的《中国人眼中的鸦片战争》(*The Opium War Through Chinese Eyes*)也有史传性质。该书除几篇与鸦片战争相关的文章外,都是林则徐日记的英译。对传记的偏好,也深深影响了韦利文学作品的翻译。除中日诗歌翻译之外,翻看韦利译著的目录,他译介的作品如紫式部的《源氏物语》、吴承恩的《西游记》等,都是叙事文学的典范代表。就作品的结构而言,他选译的文本侧重人物经历的展示。小说与传记不同,以虚构为主,但主人公生平经历的展示在创作手法上明显借用了传记的叙事手段。这是韦利译著的一大特色。

---

[1] 袁枚:《随园诗话补遗》卷六,顾学颉校点:《随园诗话》下册,北京:人民文学出版社,2006年,第714页。

[2] Arthur Waley, "Preface," *Yuan Mei*, *Eighteenth Century Chinese Poet*, London: George Allen and Unwin Ltd., 1956, p.7.

[3] Ibid.

五、阿瑟·韦利《论语》《道德经》翻译评述

如果说早年的阿瑟·韦利主要集中在诗歌翻译上,那么自 1929 年韦利从大英博物馆东方图片社辞职后,他翻译研究的兴趣已由原来的诗歌转向中国古代文化典籍的英译和研究。《论语》自汉学肇始之初便是汉学家重视的主要经典。韦利之前已有马什曼(Joshua Marshman,1768—1837)的《孔子的著作》(*The Works of Confucius:The Original Texts with a Translation*,1809)、柯大卫(David Collie,1791—1828)的《四书译注》(*The Chinese Classical Work Commonly Called The Four Books: Translates, And Illustrated With Notes*,1828)、理雅各的《论语》(*The Analects of Confucius*,1861)、苏慧廉(William Soothill,1861—1935)的译本《论语》(*Confucius: The Analects*,1910)。此外还有一些耶稣会士的著述谈及孔子的生平,并对论语予以介绍。马什曼和柯大卫的译本仅是文本的字面英译,理雅各和苏慧廉的译本则添加了大量的注释和中文的副本。尤其是理雅各,他的译本主要参考清代著名的金石学家、校勘学家阮元校刻的《十三经注疏》,翻译时还将原本中大量的注疏也翻译过来。《论语》一页译文的原文翻译仅有几行,注疏的译文就占据了其余所有的篇幅。此外,译著前还有长篇的译者序言和大量的附录。附录涉猎字词训诂、名物考证、人名和地名的索引等。此翻译体例可谓开一代风气之先,译著出版后,其译介的体例成为当时欧洲汉学典籍翻译的标准范例,借此理雅各获得了他那个时代"最伟大的汉学家"之称号。苏慧廉的译本基本秉承理雅各的体例,其详尽的注释、核心词汇的介绍都可找到理雅各的遗风。苏慧廉译本与理雅各译本的明显区别在于参考的中国材料除理氏参看的材料外,还将朱熹《四书集注》中的一些注释加进来,并将当时学界有一定影响的译文如辜鸿铭的译本、理雅各的译本以及晁德莅(Angelo Zottoli,1826—1902)的译本同列在译文之下,便于读者进行比对。然而,无论是理氏译本还是苏氏译本,翻译研究的方法,尤其是对文献考据的重视,都明显带有中国清代经学研究的学术传统。这也从另一个侧面展示出这些传教士在中国居住多年,虽然对上帝的信仰不变,但其学术旨趣已慢慢呈现出中英文化交融的特征。

20 世纪初,随着西方考古学、人类学、语言学等学科的发展,汉学研究在诸多

因素的影响下,向现代化汉学时代转型。虽然古典文献的翻译依然是欧洲汉学研究的重心所在,但研究视域的拓展,研究路径的更新使汉学研究逐步由传统走向了现代化。韦利的《论语》译本就是这一转型期的代表。

韦利的译本初版于 1938 年,由伦敦乔治·艾伦与昂温出版社刊行。从译本的前言中可知译者参看了大量前辈汉学家的著作,其中就包括理雅各的译本。书名的翻译韦利沿用的就是理雅各的译法。文中大量的注解也体现出传统汉学对韦利产生的影响。此外,译本前言中对"仁""民""道""士""君子""孝""文""天""信""思""王"等关键词进行了学术性阐释。这也是理氏、苏氏译法承传的表现。

然而作为韦利少数的几本学术性汉学研究之作,《论语》的翻译更多地体现出 20 世纪上半叶汉学研究的现代化特征。首先,就参看的文献而言,理雅各的译本最重要的参考是阮元的《十三经注疏》。阮元的《十三经注疏》作为清代校勘学的代表性著作,是中国经学研究传统的集大成者,其中收录参看的大量注疏充分体现出清代注重纸上文献搜罗的研究理路。韦利的译本不仅参看了汉学家西蒙收藏的大量版本,还从伯希和处影印了敦煌本。显然,他关注到了出土文献对汉学研究的重要性。这是 20 世纪初学术界由传统向现代转型的一个明显标志。不仅如此,他还吸收当时中国国内学术界研究的最新成果来充实自己的译作,他参看了当时史学界的重要成果顾颉刚的《古史辨》,并在研究中注重人类学研究成果的吸收与方法的运用。

从《导言》中可以看出,韦利对于《论语》的研究也颇具 20 世纪初现代学术研究的风范。他根据自己对《论语》内容的理解,将其分为两部分,第一部分是第三章到第九章,这七章主要表现孔子的思想及观点。第一、二、十至二十章,内容和人物都较为庞杂,可视为第二部分。这种划分方法在之前的译作中很少见。这种划分以人物性格的凸显及人物形象的完整性为标准,而此划分方法为当时欧洲叙事文学创作的典型手段。为此,韦利是从英国当代文化的视角出发来解读《论语》的,体现了译者翻译的归化倾向。

《导论》中对与《论语》相关的古代礼仪、音乐、舞蹈的介绍,是欧洲人类学研究的新视域。葛兰言的研究成果对韦利尤其有影响。韦利还关注到《论语》开创的语录体文学传统。他以西方文学的古希腊传统做参照,在《论语》的语录体和西方的对话体文本中寻求文化发展的共通性。

传统汉学向现代汉学转型的另一标志是译本读者群的预设。传统汉学研究者主要为传教士或外交官。传教士翻译经典带有鲜明的目的论,他们始终把翻译视为传教的策略,企图在文化的了解和沟通中,让中国的民众认可上帝的威严,进而成为忠实的信徒。外交官虽然没有传教士那种强烈的使命感,部分外交官还对中国怀有一份忠实的热忱,但在译介读者的规约方面,他们不谋而合。传教士汉学家将后辈的继承者视为译本的主要读者。唯有让后辈的传教士懂得更多的中华传统,他们在传教时才可少些波折,少走些弯路。外交官则将自己著述的读者群限定在在中国居住的上层外国人和极少数的本国读者。因为生活在这个遥远的国度,能够读到本国文本的机会少之又少,而随着18世纪英国报刊业的发蒙,许多人将报纸、刊物、书籍当作了解社会、了解人生的重要参照。他们的翻译恰可弥补这个空白。另外,翻译中国经典中因文化差异而产生的隔阂会对身处异乡的读者形成一种精神导向:一方面可帮助他们了解中华文化,同时也可减少其融合的难度、缩短了解的时差;另一方面可以利用本民族语言的优势让这些读者产生共鸣,尽可能消解他们身处异域的文化孤独感。虽然外交官汉学的读者群比传教士汉学的范围略广一些,但离大众化的读者诉求还有较大的距离。这个距离在转型时期被逐渐消解,韦利的《论语》翻译就表现出以大众为主要读者群的鲜明意识。

韦利《论语》的翻译延承其诗歌翻译的传统,将语言的通俗易懂作为翻译的最高宗旨。"《论语》的文字似乎显得机械而枯燥,但在翻译中,我不想放弃《论语》的文学性,因为我不能忘记我的读者主要是普通的大众。"[1]这种读者群的预设成为韦利译文方法的指导,在译文中这一风格有鲜明的表现。如《论语》第一篇《学而》中的第一章:"子曰:学而时习之,不亦说乎?有朋自远方来,不亦说乎?人不知而不愠,不亦君子乎?"理雅各的译文为:The Master said, "Is it not pleasant to learn with a constant perseverance and application? Is it not delightful to have friends coming from distant quarters? Is he not a man of complete virtue, who feels no discomposure though men may take no note of him?"

---

[1] Arthur Waley, "Preface," *The Analects of Conucius*, London: George Allen & Unwin Ltd., 1938, p.11.

韦利的译文为：The Master said, To learn and at due times to repeat what one has learned, is that not after all a pleasure? That friends should come to one from afar, is this not after all delightful? To remain unsoured even though one's merits are unrecognized by others, is that not after all what is expected of a gentleman?

辜鸿铭的译本为：Confucius remarked, "It is indeed a pleasure to acquire knowledge and, as you go on acquiring, to put into practice what you have acquired. A greater pleasure still it is when friends of congenial minds come from afar to see you because of your attainments. But he is truly a wise and good man who feels no discomposure even when he is not noticed of men."

显然，理雅各与韦利的译文相近，注重字义的传达，且用否定疑问句的译法将原文"不亦说乎"的反问语气表达了出来。辜氏的译文则将原文的反问语气改为了陈述句，且用较为繁复的语句翻译原文的意义。如将"学而时习之，不亦说乎"拆成两句：学习知识是令人愉悦的，当你继续学习且将学过的知识付诸实践也是令人愉悦的。这种翻译降低了理解原文的难度，但古文简洁明了的风格荡然无存。与辜氏的译风相比，韦利与理雅各的翻译更能彰显原文的文风。在术语的翻译上，韦利沿用理雅各的译法，将《论语》中的"子曰"中的"子"译为 The Master，但在一些关键词的理解上，与理雅各还是有区别的。首先是对"习"的理解。理雅各将其理解为温习、运用，韦利则将字义限定为温习，杨伯峻认为"习"的古义主要是演习、实习的意思，温习是其今义。据此可知理雅各的理解相比韦利的理解更为准确。对于"知"的理解也存在同样的问题。理雅各将其翻译为"take note of"，意为"注意到"，韦利则强调"君子"的功绩没有被人认识到。在此章关于"不亦乐乎"中"亦"字译文的注解中，韦利强调"亦"字暗含着"即使没有入仕"的意思。韦利将"入仕"与"merit"对应，强调的是儒家推行的"达则兼济天下"的价值实现路径。按照当代知名《论语》阐释学者杨伯峻的观点，"知"在这里是一个多义词，理解为"了解"即可。

当然，关键词译介的失误并不影响韦利译本在英国大众中的影响。其译本与理雅各的主要区别不在译文上，而在翻译格式的编排上。理雅各谨遵清代训诂学的成果，将原文注疏的内容逐字译出，体现了清代经学研究的传统理路。韦利则将经文烦琐的注疏几乎全部删去，择其重要的信息置于该书的前言和附录中。这样读者阅读时不用做过多的停顿，可以一鼓作气地领略译文的风采。前言凸显译本的学术性，译文更重读者的大众化，这是韦利选择的一种翻译策略，因此，他的译本在英语世界具有广泛的读者群。

这一翻译理念也影响了韦利关于《道德经》和《中国古代的三种思维方式》的翻译。

《道德经》作为中国古代思想文化的重要经典，自汉朝以来，虽未获得儒家的至尊地位，但一直成为后世中外思想界阐释的重要典籍。早在唐朝开国之初，高祖李渊就曾派遣道学家在高句丽国讲授老子的《道德经》。欧洲接触《道德经》开始于明末西来的传教士，译介该书是他们传教的策略之一。英语世界译本的出现虽晚于拉丁文、法文、德文及俄语的译本，但翻译之初的译者主体，依然以传教士为主，译介带有明显的宗教归化意识。20世纪初，以英语为交际手段的文化圈空前扩张，结果之一是与华文文化圈之间的关系空前密切起来。此阶段《道德经》的译本迭出，据华人学者陈荣捷在1963年版的《老子之道》中统计，仅1943—1963年间，每隔一年几乎就有一个新译本问世。辛红娟在《〈道德经〉在英语世界：文本行旅与世界想像》一书中统计，仅1934—1963年间，《道德经》的英译本就有25种之多。显然，《道德经》不仅是中国人民的文化遗产，也是世界文化的重要组成部分。

据辛红娟在《〈道德经〉在英语世界：文本行旅与世界想像》中的研究，《道德经》的英译有三个高峰期，第一个高峰期为1868—1905年，该期重要的14个译本中，8个译本是从基督教的立场阐释的，剩余的6个译本也或多或少能看到基督教的影子。这种翻译带有明显的意识形态化的倾向。第二个高峰期为1934—1963年，该期出现的25个译本中，多数译本以阐释老子哲学中消弭冲动、反对战争、力倡和谐的世界观、生活观为要旨。在战争阴云笼罩下的欧陆译者，迫切希望改变痛苦的生存处境。异域的老子对恬淡生活的推崇对他们有如一剂良药。第三个高峰期始于长沙马王堆汉墓出土帛书《老子》甲、乙本前一年即1972年。该期《道德经》的英译摆脱了先前的功利化倾向，以纯学术化的追求为译介主旨，译本是中国经典作为学术遗产世界化的研究系列成果。①

辛红娟对《道德经》的分期参考了王剑凡 2001 年发表在《中外文学》第 3 期上的《中心与边缘:初探〈道德经〉早起英译概况》一文。不同的是,王剑凡将第二个翻译高峰的起点设置为 1943 年,辛红娟则将时间上溯至 1934 年。此种划分的依据就是该年阿瑟·韦利翻译出版了《道德经》的译本 *The Way and Its Power, Lao Tzu's Tao De Ching and Its Place in Chinese Thought*。该书由伦敦乔治·艾伦与昂温出版社刊行。译述内容包括前言、导论、附录的六篇短文、《道德经》译文、注释、文本介绍、目录七部分。前言部分韦利重申了自己为一般读者服务的宗旨,介绍了翻译的思路及该书的结构,还就西方汉学界对中国古代文化研究的情况做一简要的介绍。价值较大的是该书的《导论》部分,全文长达 80 多页,仅次于《道德经》译文的长度。该文以《史记·周本纪》中周公生病一段与《孟子·告子上》中关于"牛山之木尝美也"一段做比较,引出两种对待生活的态度,一种是前道德时期对天与地的顶礼膜拜,一种是孟子强调的人之初,性本善。然后详细介绍儒家学说的发展史,对照儒家积极入世的观点,韦利详细介绍了老庄的道家思想及哲学体系。就"无为""道""圣"等道家的基本哲学名词做了较为详尽的阐述。附录的六篇短文分别就老子与《道德经》创作的传说、《道德经》的各种中文注释本、阴阳五行的内涵、《道德经》对世界的影响等方面做了详细介绍。

辛红娟将此译本设为《道德经》英译第二个高峰期的理由是此译本出版后,每隔五六年就要重印一次,该译本是"《道德经》在英语世界行旅中有极大影响的译本"②。作为该时段肇始的界碑,辛红娟也将其视为救赎西方危机的路径之一。笔者认为,韦利译本影响之大是事实,但将其视为拯救西方危机的一种尝试则明显不妥。韦利在该书的序言中指出当时英伦关于人类史的重要著作如阿瑟·莫里斯(Arthur Maurice,1884—1939)的《人类的进化》(*The Progress of Man*)、詹姆斯(E. O. James,1888—1972)的《人类的起源》(*The Beginning of Man*)等享誉学界的名著大多忽视中国文化的存在,即使偶有提及,篇幅也不超过两小段。他翻译《道

---

① 辛红娟:《〈道德经〉在英语世界:文本行旅与世界想像》,上海:上海世纪出版股份有限公司,2008 年,第 19~27 页。
② 辛红娟:《〈道德经〉在英语世界:文本行旅与世界想像》,上海:上海世纪出版股份有限公司,2008 年,第 21 页。

德经》的主要目的是想给欧洲读者展示人类学家在中国调研的成就及其对学科发展的推进。虽然不少欧洲学者将远古的中国文化视为救赎西方危机的灵丹妙药，但中国的学问就如遥远的太空，不可能对欧洲的过去和现在提供任何参考。① 显然，韦利反对将《道德经》视为解决欧洲文化和信仰危机的路径。如果翻译失却了文化利用的意义，翻译的价值何在？韦利坦承自己的译本是为读者提供该文本原初的意义。基于此，韦利将自己的读者群预设为"普通的人类学学者"。这里的"人类学学者"与"人类学专家"不同，它包含试图理解周围世界，对人类何以会发展成今天这模样感兴趣的所有的知识人。虽然这里的知识人远非普通的大众，但与先前经典研究的对象仅限于少数专家学者相比，韦利读者群的预设明显地扩大了。

在这个意义上，韦利的翻译与传统汉学家有明显的区别。英语世界的知名汉学家中，与韦利同时代且享有盛誉的学者非翟林奈莫属。翟林奈秉承父辈的汉学译介传统，虽有突破，但传统的精英化翻译倾向依然明晰。传统的经典翻译注重内容的诠释，与诗歌的翻译不同，译者大多以散体的文风翻译。如《道德经》第一章："道可道，非常道；名可名，非常名。无名天地之始，有名万物之母。故常无欲，以观其妙；常有欲，以观其徼。此两者同出而异名，同谓之玄，玄之又玄，众妙之门。"

翟林奈的译文为：

> The Tao which can be expressed in words is not the eternal Tao; the name which can be uttered is not its eternal name. Without a name, it is the Beginning of Heaven and Earth; with a name, it is the Mother of all things. Only one who is ever free from desire can apprehend its spiritual essence; he who is ever a slave to desire can see no more than its outer fringe. These two things, the spiritual and the material, though we call them by different names, in their origin are one and the same. This sameness is a mystery, the mystery of mysteries. It is the gate of all wonders.

---

① Arthur Waley, "Preface," *The Way and Its Power, Lao Tzu's Tao De Ching and Its Place in Chinese Thought*, New York: Grove Press, 1958, pp.11-13.

韦利的译文为：

>The Way that can be told of is not an Unvarying Way;
>
>The names that can be named are not unvarying names.
>
>It was from the Nameless that Heaven and Earth sprang;
>
>The named is but the mother that rears the ten thousand creatures, each after its kind.
>
>Truly, "Only he that rids himself forever of desire can see the Secret Essences";
>
>He that has never rid himself of desire can see only the Outcomes.
>
>These two things issued from the same mould, but nevertheless are different in name.
>
>This "same mould" we can but call the Mystery.
>
>Or rather the "Darker than any Mystery",
>
>The Doorway whence issued all Secret Essences.

翟林奈的译文注重意义的忠实传达，韦利的译文则在追求意义对等的同时，注重译文的阅读节律。通过形式的规则排列以及句与句之间重音音节的对等，获得一种朗朗上口的阅读效果。这种方式有利于普通读者的阅读，既可强化译文的理解，也可辅助译文在读者间的传播，扩大读者群。

此种方式对后辈汉学家的翻译影响较大。后辈汉学家大多谨遵学术研究的宗旨，在追求译文意义忠实传达的同时，努力展示原文形式之美，同时注重对学界研究新成果的吸纳。故而他们将译文与原文意义的对等置于首位，尽可能将原文表述的深层内涵体现出来。刘殿爵的译本就是此类译文的一个典范。此章刘殿爵的译文为：

>The way can be spoken of,
>
>But it will not be the constant way;
>
>The name can be named,
>
>But it will not be the constant name.
>
>The nameless was the beginning of the myriad creatures;

> The named was the mother of the myriad creatures.
>
> Hence constantly rid yourself of desires in order to observe
>   its subtlety;
>
> But constantly allow yourself to have desires in order to
>   observe what it is after.
>
> These two have the same origin but differ in name.
>
>   They are both called dark,
>
>   Darkness upon darkness
>
>   The gateway to all that is subtle.

显然,刘殿爵的译本在注重节律的同时,还利用词语的重复体现原文中两句两句间的对偶效果。在一般的英文表述中,词语的重复乃词汇匮乏的表现,故而为了行文的流畅,作者往往采用不同的词语追求表达的丰富性。中文的表达方式则不同。古文讲究对仗,字词的重复较多。怎样让英语世界的读者感受中文表达的特点,刘殿爵的译法无疑是一种大胆的尝试。

当然,笔者的本意不在追问译本的优劣,也不对译者做过多的价值判断,笔者关注的是在翟林奈、韦利、刘殿爵三位译者的译文中语言的表述方式存有哪些差异。对比以上译文可知,是韦利首先开始关注译本的读者效应的,也是他最先将普通的大众纳入自己的翻译视野,并将大众作为自己的读者进行翻译工作的。在这个意义上,辛红娟将其视为《道德经》英译第二个高潮期的界标显然具有合理性。

除《论语》《道德经》外,韦利还翻译过《孟子》《庄子》《韩非子》《墨子》,这些译文主要集中在《古代中国的三种思维方式》中。《论语》译文虽然主要针对普通读者群,但文本的其他部分学术化倾向明显,一般读者不太愿意去读这一部分。为了让读者了解中国古代思想的大体概况,韦利于 1939 年出版了《古代中国的三种思维方式》,讨论了先秦时期对后世影响较大的几种学术流派——儒家、道家、法家和墨家。此书专门针对普通读者,视野开阔,在多种流派的比较中对中国古代的思想流派进行阐释。为了提高读者的理解力,韦利将原文的顺序打乱,以人物为线索对每一章节进行重组,以凸显人物鲜明的性格特征。该文《庄子》部分就以"庄子与惠子"为线,对原文的内容进行拼接。人物印象深刻了,作品的吸引力便增强了。该书语言流畅自如,内容深入浅出,成为英语世界中国先秦思想史的一部普及性著作。

翻译中国典籍是汉学家从事学术研究的主要路径,无论是早期的传教士、外交官,还是当代汉学学术性研究的精英学者,都对典籍的翻译情有独钟。在中华璀璨的古代文化中,不了解典籍,就不了解中国人的思想构成,也不了解其行事的准则。韦利也不例外。在他大量的译述著作中,典籍的翻译也是一个重要的组成部分。《论语》《道德经》《诗经》等的译介都是典籍英译的重要成果。

值得注意的是,韦利的翻译并没承续先辈汉学家的经学翻译传统,而是结合当时欧美人类学研究的最新成果,以大众化的审美诉求为译介的宗旨,努力展示经典的人类学、历史学等方面的意义。也是在这一层面上,韦利的翻译在中国古代文化经典的翻译史上确立了其里程碑的地位。翻译中文意转换的疏漏在所难免,后辈学者在对其译文进行仔细推敲时,会发现韦利的失误也是"随处可循"的。或许我们不应对他们的译文做过多的挑剔,他们的译述即使存在再多的不足,也已成为汉学史上的经典。尤为重要的是,这些译本给我们提供了一个历史的参照,顺着这些译本勾勒的脉络,我们可清晰地分辨汉学发展的艰难之路,也可从中管窥中国文学是沿着怎样的蜿蜒之路,一步步走向欧洲大众的视野的。

第三节　大卫·霍克思对中国古代诗歌的翻译与研究

大卫·霍克思是英国二战后成长起来的学院派汉学家代表，与葛瑞汉、龙彼得、雷蒙·道森、杜希德及后来的伊恩·麦克莫兰、杜德桥、伊懋可等共同组成了英国一代专业汉学家队伍。

霍克思对中国文学萌发最初的兴趣始于中学期间阅读林语堂《生活的艺术》(*The Importance of Living*, 1938)的经历。二战期间，他入伍服役，接受了短期的军事日语培训，一直在军中从事所截获的日军情报的解读工作及担任日语急训课程的初级教员直至战争结束。其间他阅读到汉学前辈韦利在战争空袭声中节译的《西游记》(*Monkey: Folk Novel of China*, 1942)，对东方产生了更为浓厚的兴趣。战后，霍克思返回牛津大学转入东方学系汉学科学习。如果说他选择东方学是逐渐加深的东方兴趣使然，那么他最终选择汉学却是出于偶然：当时的牛津大学东方学系还没有开设日语专业。这一偶然的选择却结下了霍克思与中国古典文学一生的不解之缘，自此他用毕生的精力从事中国古典文学的研究与译介工作，为二战后中国文学在英语世界的传播做出了极大的贡献。①

虽然他的译著与研究对于韦利等前辈汉学家来说数量实不为多，但霍克思以他的学术性与专业性在中国古典文学西传史上占有重要一席。中国史专家、汉学大师杜希德如是评价霍克思："我非常钦佩他对中国文学和文化的深刻了解。我认为他是我们这个领域目前健在的最好的翻译家，是为我们的事业增辉添色的优

---

① 有关霍克思较为详细的汉学经历可参看王丽耘：《大卫·霍克思汉学年谱简编》，《红楼梦学刊》2011 年第 4 期，第 74~117 页。

秀人物。"①

一、《楚辞》的开拓性翻译与研究

《楚辞》译研是霍克思一生汉学活动的起始。在他接受正式汉学训练的学士阶段,霍克思即选择了《离骚》作为研究课题,注册成为研究生后他选定的研究课题是《楚辞》,博士阶段的研究则是硕士课题的进一步深入,最终提交了考辨论文《楚辞创作日期及作者考订》(*On the Problem of Date and Authorship in Ch'u Tz'u*,1955)。1959 年此论文的《楚辞》英译部分以《楚辞,南方之歌——古代中国文学选集》(*Ch'u Tz'u*, *The Songs of the South:An Ancient Chinese Anthology*)为题由牛津克拉仑顿出版社公开出版,列入"联合国教育科学文化协会中文翻译丛书"。同年,霍克思接替德效骞担任牛津大学汉学讲座教授(Prof. of Chinese),霍克思的受聘与其在《楚辞》研究与翻译上所做出的成绩是分不开的。他是完整的《楚辞》十七卷的最早英译者,同时又是第一个全面考辨《楚辞》十七卷创作日期及其作者问题的西方学者。他以西方传统语言学的研究方法"对诗歌的词汇、押韵、典型结构特征等使用情况进行统计学式的研究"②,从内部证据出发,旁征博引中国古代典籍尤其是中国古代神话、传说或历史文献记载,通过缜密的分析与推理试图解答异域国度这部充满歧义的远古作品的身份问题。霍克思将《楚辞》提到与《诗经》一样重要的位置,使得《楚辞》作为中国文化的另一源头首次得到了英语世界的全面关注。英国汉学家鲁惟一(Michael Loewe,1922—)指出霍克思的《楚辞》英译全本"开了西方人的眼,让读者了解了一种当时除阿瑟·韦利之外还无人知晓的中国文化",他肯定霍克思的"开拓性工作使后来学人受益匪浅"③。1980 年由于此译本绝版多年,译完《红楼梦》的霍克思隐居威尔士山林,为企鹅出

---

① Denis Twitchett,"Notes on Contributors,"Rachel May & John Minford ed., *A Birthday Book for Brother Stone:For David Hawkes,at Eighty*,Hong Kong:The Chinese University Press,2003,p.364.
② David Hawkes, "The Quest of the Goddess," David Hawkes: *Classical, Modern and Humane Essays in Chinese Literature*,John Minford & Siu-kit Wong ed. Hong Kong:The Chinese University Press,1989,p.115.
③ Michael Loewe, "He Bo Count of the River, Feng Yi and Li Bing," *A Birthday Book for Brother Stone:For David Hawkes,at Eighty*,Hong Kong:The Chinese University Press,2003,p.197.

版社潜心修改此本,在尽力保持原貌的基础上,对确定不妥的译文加以删改。1985年,修改后的《南方之歌:屈原与中国古代其他诗人诗歌集》(*The Songs of the South: an Ancient Chinese Anthology of Poems by Qu Yuan and Other Poets*)由企鹅出版社刊行。至今,历经半个多世纪,霍克思这一汉学翻译道路上的处女之作仍是西方文学领域和汉学领域凡研究《楚辞》必加征引的作品。它所具有的蓬勃生命力和永恒经典性,主要得益于译本准确性与可读性的完美结合。

(一) 霍克思《楚辞》译本的准确性诉求

1.选择可信的翻译底本

霍克思曾在译本末明确说明他翻译《楚辞》选用的底本是《四部备要》中的《楚辞》本①。《四部备要》是由中华书局历16年时间(1920—1936)编印而成,书中专录古代文献中较有代表性的校本和注本,是学习和研究古代文献的常用书目。霍克思选用此本中所收(汉)王逸章句(宋)洪兴祖补注的《楚辞》十七卷作为底本,为高质量译文的产生奠定了基础。

2.倚重中外学者的前沿成果

霍克思注意吸收中西楚辞研究的前沿成果,英国有韦利的汉学著作、李约瑟的《剑桥中国科学技术史》有关章节及弗雷泽(James Frazer,1854—1941)的《金枝》(*The Golden Bough*),日本有青木正儿、竹治贞夫和小南一郎的著作,中国有闻一多、姜亮夫等的著作。在英译本《楚辞,南方之歌——古代中国文学选集》中霍克思提到最应感谢的两位著名学者中一位是西方的汉学前辈韦利,另一位是中国的闻一多。他向闻一多表达了最高的敬意,遗憾无缘相识,他写道:"任何看过本书'文本附注'(Textual Notes)的读者都能立刻明白他所给予我的恩惠。"②在1985年,该译本的修订版前言中,霍克思除了感谢英国人类学家弗雷泽的《金枝》,还提到中国学者陆侃如对他的学术启发。③

更重要的是,霍克思在关注中西方同行研究成果的同时,做好了收集与阅读

---

① David Hawkes, "Textual Notes," *Ch'u Tz'u, The Songs of the South: An Ancient Chinese Anthology*, London: Oxford University, 1959, p.183.

② David Hawkes, "Preface," *Ch'u Tz'u, The Songs of the South: An Ancient Chinese Anthology*, London: Oxford University, 1959, p.viii.

③ Ibid., p.viii.

大量中国清代名儒及民国初期学者扎实考证之作的工作。《楚辞》译文本身及其大量的注释文字不仅显示出译者对中国古代历史与神话了如指掌,旁征博引了不少中国古代典籍文字作为论证佐证,且显示出译者对楚辞研究各家了然于心。霍克思在翻译中明言参阅的集子有蒋骥注《三闾楚辞》(又名《山带阁注楚辞》)、朱熹《楚辞集注》、屈复《楚辞新集注》、王逸《楚辞章句》、洪兴祖《楚辞补注》、江有诰《楚辞韵读》、朱骏声《离骚赋补注》、刘盼遂《天问校笺》、牟廷相《楚辞疏方》、戴震《屈原赋注》、俞樾《读楚辞》、郭沫若《屈原》和《屈原赋今译》及闻一多《楚辞校补》。①

3. 全译展现原貌

为了能够更加保真地向西方读者展现南楚文化,霍克思采用了全译的方式。他改变以往译者的通例做法,不仅译出了《楚辞》前半部分那些所谓屈原及其同时代诗人所作的诗歌,还将后半部分历来被批为艺术价值微小的诗作也一并译出。译文包括《离骚》《九歌》《天问》《九章》《远游》《卜居》《渔夫》《九辩》《招魂》《大招》《惜誓》《招隐士》《七谏》《哀时命》《九怀》《九叹》和《九思》。他认为这对于深刻理解与全面把握楚辞文学本身以及透视此文学背后的楚地文化从而准确传译《楚辞》,大有裨益。

霍克思曾如是解释全译考虑:"部分是因为希望看看这样一种文类后来的发展演变情况,部分是因为这些诗中也仍有一些妙语和美感的闪现,部分是因为对于这样一种我们陌生和新异的诗体,要形成公允的评判,不阅读和比较大量的诗作是几乎不可能的。"②要真正了解一种文化,对其文学作品只能采取全译,这是避免出现窥树不见林、以偏概全现象的基本方法。这也正是霍克思为什么会从最初的《离骚》翻译走向《楚辞》十七卷全译的原因所在。

4. 做足辅助工作

两版《楚辞》译本,霍克思都撰写了书前总论:初版一万多字,论述简洁、扼要,点到为止;修订版两万多字,论述详尽、精彩,或修补前说或提出新见。此外,

---

① David Hawkes,"Textual Notes," *Ch'u Tz'u*,*The Songs of the South*:*An Ancient Chinese Anthology*,London:Oxford University,1959,p.183.

② David Hawkes,"General Introduction," David Hawkes tr.*Ch'u Tz'u*,*The Songs of the South*:*An Ancient Chinese Anthology*,London/Boston:Oxford University Press/Beacon Press,1959/1962,p.9.

霍克思还为这17卷译文分别配上了导读文字。译文以页下注的形式列出诗行所牵涉的中国古代地名、人名及对有关历史故事或神话传说进行勾勒。书后附有四个附录，包括：文本注释(Textual Notes)，主要指出原作中的一些误讹字词，或一些有争议性的词句的翻译问题，旨在让读者明了译者的看法；补注(Additional Notes)则是针对《离骚》若干难解专有词的梳理，含摄提、荃、灵修、女媭及兰椒；学术论文《〈楚辞〉的英译》(English translations of Ch'u Tz'u)，霍克思详细梳理了自庄延龄(E. H. Parker, 1849—1926) 1879年发表《离别的忧伤或离骚》译文至韦利1955年《九歌：中国古代巫术研究》译本共10种《楚辞》英语节译本的特点与不足，此文表明霍克思《楚辞》英译不是随意之举，而是长期酝酿的成熟之作；索引(Index)，凡译文中出现的人名、地名、国名或一些译者认为不易理解的字词如"白水"(white water)等，霍克思均作索引，解释其含义，并列出其在译文中对应的位置，以便读者回查。

5.恰当翻译策略的选择

霍克思的《楚辞》译文原是其为研究《楚辞》而译，故而准确传意最为重要。译文多以直译的方式对译，不主张省略。而当碰上直译无法产生有意义的句子时就采用意译的方式加以转化。以霍克思自己的话来说即"我认为我的译文介于直译和意译之间"①。此外，霍克思翻译中还遵循意义优先音韵的原则。《楚辞》诗篇均有押韵，有的是对句句尾相押，如《离骚》《天问》《九章》《远游》等；有的是一个诗节保持同一韵脚，如《九歌》中的11篇；还有的是混韵，杂合对句韵与诗节韵，如《卜居》《渔夫》《九辩》《招魂》《大招》等。面对这一表意上歧义重重而又韵律多变的远古异域作品，霍克思权衡再三最终放弃了句尾押韵的再现，采用无韵诗体，首先重在意义的正确解读与传译。这样关注意义传达的翻译重心，有效地保证了译文的准确性。

(二)霍克思《楚辞》译本的可读性努力

霍克思在出版《楚辞，南方之歌——古代中国文学选集》时希望它的读者既

---

① David Hawkes,"Preface," Ch'u Tz'u, The Songs of the South: An Ancient Chinese Anthology, London: Oxford University, 1959, p.vii.

能包括专业读者(specialist reader)也能包括非专业读者(non-specialist reader)。为此,霍克思翻译《楚辞》时在其可读性上做了诸多努力。

1. 注释和导论尽量简单明了

《楚辞,南方之歌——古代中国文学选集》原本属于霍克思博士论文的一部分,包括了大量的关于《楚辞》创作日期与作者考辨的研究内容,在准备出版时,霍克思做了大量删减,导论和注释尽量简单明了,"希望那些想要了解中国早期诗歌与神话的非专业读者也能对此译本有兴趣"①。但主张诗歌翻译保留其中意象与典故的霍克思,在面对《楚辞》这样充满典故及意象的作品中,不得不作注加以解释,为了避免出现洪业译著《中国最伟大的诗人杜甫》中那样庞杂得最终喧宾夺主的注解,霍克思在初版中采取的是以较为简洁的语言进行页下注,旨在简单解释诗句中所涉专有名词的典故,帮助读者及时扫清阅读与理解的障碍。至于翻译原作时碰到的误讹与争议性词句,霍克思则以附录的形式放在译本末的文本注释(textual notes)中讨论,便于对翻译问题感兴趣或有疑问的专业读者查询。不过,即便是属于译文结束后的附录部分,霍克思也强调自己"只列出了非注不可的一批注释,旨在向西方读者展示译者所理解的译本而不在于论证过程"②。修订版中霍克思又把原有的页下注移到了当篇译文后,以最大程度保持译文阅读的整体性。所有这些精简,均致力于减少读者在赏析译文过程中可能遭遇的阻碍。

2. 多种有效方式的综合运用

《楚辞》中有许多花草之名,尤其是《离骚》卷。霍克思感到这些花名如今已难确定其确切的所指,且即使找出,多数也为佶屈聱牙的植物学名称,但凡具有一些文学素养的译者均会弃之不用。针对此类情况,霍克思采取了五种花名英译的方法:有时照字面直译创造一个名字,如揭车译为 cart-halting flower/cart-halt、芰荷译为 lotus and water-chestnut;有时借用拉丁语词使其英语化,因为这也是英语中植物名的一种主要构成方式,如江离 Selinea、蕙 Melilotus;有时图方便也沿用一些已广为接受的问题译名;有时通过限定词加属类名词翻译花名,如辟芷 shady an-

---

① David Hawkes, "Preface," *Ch'u Tz'u*, *The Songs of the South: An Ancient Chinese Anthology*, London/Boston: Oxford University Press/Beacon Press, 1959/1962, p.vii.
② David Hawkes, "Textual Notes," *Ch'u Tz'u*, *The Songs of the South: An Ancient Chinese Anthology*, London/Boston: Oxford University Press/Beacon Press, 1959/1962, p.183.

gelica、申椒 spicy pepper-plant；甚至直接借用属类名词如宿莽 Sedges、胡绳 Ivy、薋 Thorns。

在度量单位的翻译上也能见出霍克思的可读性考虑，如《招魂》"（蝮蛇蓁蓁，）封狐千里些"句中"千里"的翻译，霍译：(There are coiling snakes there,) and the great fox that can run a hundred leagues/(There the venomous cobra abounds,) and the great fox that can run a hundred leagues①，杨译：There Foxes huge a thousand Miles hold Sway②，此处霍克思进行了英式计量单位的换算。以下列出其换算过程：1 里=500 米；1 千里=500 千米；1 千米≈0.6 英里；500 千米≈300 英里；1 里格≈3 英里。故而中国的长度 1 千里换算成西方的里格后就成了 100 里格。

又如《远游》中有一段王子乔讲道的文字，以"曰："开场，后为"道可受兮而不可传，其小无内兮，其大无垠；无滑而魂兮，彼将自然；一气孔神兮，于中夜存；虚以待之兮，无为之先；庶类以成兮，此德之门"。此一大段霍克思的译文稍微改变了一下排版也颇能增加译文的可读性。霍译：

> He said: "The Way can only be received, it cannot be given.
>
> "Small, it has no content; great, it has no bounds.
>
> "Keep your soul from confusion, and it will come naturally.
>
> "Unify the essence and control the spirit; preserve them inside you in the midnight hour.
>
> "Await it in emptiness, before even Inaction.
>
> "All other things proceed from this: this is the Door of Power."③

霍克思将原文普通排列的一段文字采用单独分行列出的特殊形式，且每句均重新起首，既醒目地突出了此段文字所蕴含的道教思想，也减轻了充满思辨性的道家思想混在文中带来的阅读困难。

---

① David Hawkes, Ch'u Tz'u, The Songs of the South: An Ancient Chinese Anthology, London: Oxford University, 1959, p.104; David Hawkes, The Songs of the South: An Ancient Chinese Anthology of Poems by Qu Yuan and Other Poets, Harmondsworth: Penguin, 1985, p.224.

② Yang Hsien-yi & Gladys Yang tr. The Li Sao and Other Poems of Ch'ü Yüan, Peking: Foreign Languages Press, 1953, p.147.

③ David Hawkes, Ch'u Tz'u, The Songs of the South: An Ancient Chinese Anthology, London: Oxford University, 1959, p.83; David Hawkes, The Songs of the South: An Ancient Chinese Anthology of Poems by Qu Yuan and Other Poets, Harmondsworth: Penguin, 1985, p.195.

3. 原作意象与典故尽力保留

霍克思在《楚辞》翻译期间曾撰写一篇书评批评汉学家洪业译诗"去掉了意象和典故,诗歌所剩就不多了"①。在《楚辞》的翻译中,霍克思采取直译加简注的形式尽力保留原作丰富的意象和典故。

试举《九章·惜往日》中"西施"一例说明:

《九章·惜往日》原文	霍克思译文(p.76,1959;p.177,1985)
虽有西施之美容兮,	But if you have Hsi Shih②'s lovely face,
谗妒入以自代。	The slanderer will get in and supplant you.

"西施"为中国古代越国的一个美女,如果直接译出人名西方读者会不知所云,霍克思直译后在译文当页作注:"传说中的美女,被越王勾践送给其对手吴王夫差,希图吴王对美女的迷恋和西施的奢侈会加速吴国的灭亡。"③这为西方读者提供了一次了解美女西施凄婉故事的机会,生动、具体的故事有助于读者记住西施这一人物。如此译文显然比杨宪益、戴乃迭译本中的省略人名意译的译文要好。而页下注由于是列于正文之下故而力图简洁,比较1985年的《楚辞》修订版,此注的简短更为明显。修订版中霍克思为西施所配注释为:"西施是一位具有绝色之美的乡村女孩,公元前5世纪初被收为越王勾践的宫妃。后勾践将其送给自己的敌人吴王夫差,希望夫差的迷恋和西施的奢侈能加速吴国的灭亡。西施的名字,就像特洛伊的海伦,成了'美女荡妇'的同义词,此类女人的美貌导致男人们失去理智,从而使得他们的城池或国家被毁。"④试比较杨戴译文:They envy those who true Distinction show,/And, ugly, still pretend that they are fair(*The Li Sao and Other Poems of Ch'ü Yüan*, p.117)。杨译本意译西施,使西方读者失去了一次了解美女西施凄婉故事的机会,且用抽象名词代译,读者易于淡忘,远不如一个具体故

---

① David Hawkes, "(Untitled Review) Tu Fu, China's Greatest Poet. By William Hung," *Journal of the Royal Asiatic Society of Great Britain and Ireland*, No.3/4(Oct., 1953), p.164.
② Legendary beauty sent by Kou Chien, king of Yüeh, to his hated rival King Fu Ch's of Wu, so that his infatuation and her extravagance might hasten Wu's destruction.
③ David Hawkes, "Chiu Chang," *Ch'u Tz'u, The Songs of the South: An Ancient Chinese Anthology*, London/Boston: Oxford University Press/Beacon Press, 1959/1962, p.76.
④ David Hawkes, "Jiu zhang 'Nine Pieces' Notes," *The Songs of the South: An Ancient Chinese Anthology of Poems by Qu Yuan and Other Poets*, Harmondsworth: Penguin, 1985, p.190.

事来得生动。

4. 利用节奏与谐音稍现原作音韵

《楚辞》译文诗行长短不一,最短的有 7 个音节,长的有 16 个音节。译文采用的是无韵诗体,放弃了脚韵,但却力图传达出原诗内在的节奏。以《离骚》第三节为例:

原文:日月忽其不淹兮,春与秋其代序。惟草木之零落兮,恐美人之迟暮。不抚壮而弃秽兮,何不改乎此度? 乘骐骥以驰骋兮,来吾道夫先路。

1. The dáys and mónths húrried on, néver deláying;
2. Spríngs and aútumns spéd by in éndless alternátion:
3. And I thóught how the trées and flówers were fáding and fálling,
4. And féared that my Fáirest's béauty would fáde too.
5. Gáther the flówer of yóuth and cást out the impúre!
6. Whý will you nót chánge the érror of your wáys?
7. I have hárnessed bráve cóursers for you to gállop fórth with:
8. Cóme, let me gó befóre and shów you the wáy! ①

此译文诗节共八句,第 1、4、6、8 句为 11 个音节,第 2 句 13 个音节,第 3 句和第 7 句 14 个音节,第 5 句 12 个音节。霍克思采用无韵诗体,虽然音节数不同,但各句重音均为 5 个,在抑扬格、扬抑格、抑抑扬格、扬抑抑格等错落不齐的音步中又有重读音节定时出现,从而形成了特有的句内节奏。句间也通过结构、语法与语义相连接,形成一个有机的诗节。如第 1、2 句结构对称,均用的是名词+动副词组+状语的结构。两句间成并列,故用分号相连。第 2 句末的冒号把第 3、4 句作为前二句的解释内容给连接了起来,即为什么说"日月不淹,春秋代序"呢? 因为"草木零落,美人迟暮"。3、4 两句严格说来是一句,并列的只是谓语动词部分,故而句间是用逗号相连。结构上上下两句大致都是动词+连词+宾语从句的类型,在上下音节不等中又保持了某种齐整。且此二句含有谐音词,"fading"和"falling"押头韵,两句连用了"flowers""fading""falling""feared""Fairest""fade"6 个以

---

① 诗句中重读音节标示由笔者所加。David Hawkes, Ch'u Tz'u, The Songs of the South: An Ancient Chinese Anthology, London: Oxford University, 1959, p.22; David Hawkes, The Songs of the South: An Ancient Chinese Anthology of Poems by Qu Yuan and Other Poets, Harmondsworth: Penguin, 1985, p.68.

"f"开头的单词,"f"音上齿咬下唇,发音不清晰,再加之重复出现的"fade"一词,从而营造出一种零落的悲伤之情。自第5句开始,霍译把其处理成了诗人向上句"恐迟暮"的"美人"的直言,故第5、6、7、8四句前均用单引,从而形成整体感。结构上第5、8句为祈使句,第6、7句为完整结构,一问句一陈述,规律中带变化。也许这就是霍克思在《楚辞》译文初版序言中所言的:"无论是否达到效果,我尽力运用节奏和谐音手段再现一些原文的音韵效果。"①这也是为什么看来是无韵体的译诗读来却无杂乱、松散感,一种内在的节奏在阅读中会油然而起的原因吧!

尤其是头韵,诗作中运用较频繁。如紧接着此诗节出现的"昔三后之纯粹兮,固众芳之所在;杂申椒与菌桂兮,岂维纫夫蕙茝?彼尧舜之耿介兮,既遵道而得路;何桀纣之猖披兮,夫唯捷径以窘步"一节,就用了不少头韵词增强表达的生动性。"纯粹"霍译选用"pure and perfect"的头韵词以加强纯粹的度,"众芳"用"fragrant flowers","所在"用"proper place"都有很好的语音效果与强调作用。再有"耿介"一译"glorious and great"两个响亮的头韵词较好地传达出诗人不落流俗的硬直性。

综上所述,《楚辞》译本在准确性与可读性上达到了最大程度的完美结合。英国汉学大师韦利赞叹道:"作为一项文学壮举,此译本的翻译达到了一个非常高的标准———一个在东方研究中很少有人达到的标准。前沿的学术研究和超凡的文学天赋很少能结合得如此完美。"②汉学家白之(Cyril Birch,1925—)是最早在选集中选录霍克思《楚辞》英译文的西方学者,从他为选集所定的选择标准我们可以一窥其对霍译本的评价。他同样肯定了霍译本在准确性与可读性上的完美结合:"在我们的《选集》中,我们尽力避免那些译笔无趣或没有真正学术含量的译文,不管之前它们是否已发表过。我们很遗憾地放弃了那些多年前译笔优美但如今风格已过时的译文,也放弃了那些只有借助大量脚注才能彰显其优势的学术译文。自然我们很希望选集能有代表性,但我们却不愿冒把一流的作家以枯燥

---

① David Hawkes, "Preface," *Ch'u Tz'u, The Songs of the South: An Ancient Chinese Anthology*, London: Oxford University, 1959, p.vii.
② Arthur Waley, "(Untitled) Review," *Journal of the Royal Asiatic Society of Great Britain and Ireland*, No. 1/2 (Apr.1960), p.65.

或不合适的形式加以展现的风险。"①

(三)《楚辞》考辨

自五四新文化运动以降,中国学界继激烈反对传统及传统文化后,随之又兴起了疑古之风。屈原作为历史人物和《楚辞》诗篇创作者的地位一度受到怀疑。1920年廖季平《楚辞新解》一书、1922年胡适《读〈楚辞〉》一文等率先抛出了中国历史上不存在屈原的怪论,1923年陆侃如《屈原评传》和谢无量《楚辞新论》为屈原的历史存在进行辩论,此后郭沫若《屈原研究》、何天行《楚辞作于汉代考》、朱东润《光明日报》上连载文,何其芳《人民文学》文,最终在学界挑起了一场关于屈原生平及其作品真伪的30年之争。1953年,随着世界和平理事会宣布屈原以诗人身份当选当年受纪念的世界四大文化名人之一才得以逐渐平息。

西方学者对这场源自中国学界内部的争辩也做出了回应,1928年鲍润生《屈原:他的生平和诗歌》针对胡适和陆侃如两文逐条批驳,肯定了《史记·屈原贾生列传》及其所记载人物的真实性。② 1931年孔好古发表《中国艺术史上最古老的文献——〈天问〉》,批驳中国所谓"质疑派"其论证证据的匮乏。海陶玮的研究论文《屈原研究》,在对当时数量众多的屈原研究论文做出总结性梳理与评价的基础上,回应了中国的《楚辞》作者之争:他主张在资料匮乏的情况下,与其假以想象把握完全不存在的事实,不如权且保持模糊;他提醒中国学者应更多地把屈原研究重心放在诗歌本身而不要把兴趣过多停留在形象复杂的传奇式人物身上。③

1948年8月至1950年末,霍克思正在中国学习,他可谓亲身感受到了中国学

---

① Cyril Birch, "Introduction," Cyril Birch ed. *Anthology of Chinese Literature*, Harmondsworth: Penguin Books, 1967, p.23.
② C.f. F.X.Bialias, "K'ü Yüan, His life and Poems," *Journal of the North China Branch of the Royal Asiatic Society*, (1928), pp.231—253.
③ 参看尹锡康、周发祥编:《楚辞资料海外编》,武汉:湖北人民出版社,1986年,第105页。

界围绕屈原问题所展开的辩驳①。回牛津后,霍克思积极参与这一场源自中国学界并波及西方汉学界的学术对话,为自己定下了详细考辨《楚辞》创作日期及其创作者的艰巨任务。五年后,他如期完成,运用文本内外证据及各种新学科新方法撰成优秀博士论文,就《楚辞》十七卷各自的创作时间及作者归属一一给出答案,并对各卷艺术特色试做评价。1980年他修订已绝版多年的英译初本时更是加重了考辨的学术含量,长长的书前总论加上译诗各卷前的导读文字,展现了他多年汉学译研的深厚积淀。

1.历史人物屈原考评

《离骚》的作者屈原作为骚体诗一代宗师,其身上有无数荣誉的光环,同时也笼罩着虚无论的阴影。霍克思结合传统语言学方法与现代人类学研究方法对屈原展开研究,既回答了其是否存在历史问题,也提出了一个与众说不同的有关屈原本质的看法。

首先,他肯定屈原作为历史人物的存在,肯定司马迁《史记》为屈原所作传记的总体可靠性,这不仅回应了中国国内盛行的屈原虚无论,同时也保证了海外屈原研究的顺利展开。"我的观点是屈原是一个历史人物。虽然传记在局部有些矛盾,但多少却是可信的,尽管它很有可能对屈原作为政治家有些夸张叙述。"②霍克思驳倒虚无论的两个重要论据如下:一、有学者认为司马迁《史记·屈原贾生列传》中的屈原部分内容有相互抵牾的文字故而提出此传不可信,霍克思运用西方语言学的扎实推理、利用文内证据说明这些抵牾更可能是由于司马迁为屈原作传时引用各方资料所致。如据霍克思查实《屈原传》③中除最明显的全文引用楚辞《渔父》卷外,还包含了好几段选自现已失传的淮南王刘安《离骚传》的内容,此外

---

① 霍克思在初版《楚辞》各卷考辨中已提及郭沫若等中国学者的观点,虽然有反驳也有赞同,但至少说明霍克思对当时中国屈原研究的主要观点是熟悉的。而1985年的楚辞英译修订版中,霍克思在《九歌》作者是否为屈原?"的讨论中直接提到20世纪40年代中国学者的看法:"20世纪40年代一些中国学者的确提倡此观点。"(David Hawkes,"Jiu ge",*The Songs of the South:An Ancient Chinese Anthology of Poems by Qu Yuan and Other Poets*,Harmondsworth:Penguin,1985,p.98.)虽然,霍克思撰写博士论文并未采纳中国学者观点,但他30年后修订《楚辞》英译本时会提起40多年前中国学者的看法,这也有力证明霍克思在写作博士论文之前是熟悉并有认真思考过当时中国学者的观点的。

② David Hawkes,"General Introduction",David Hawkes tr.*Ch'u Tz'u*,*The Songs of the South:An Ancient Chinese Anthology*,London/Boston:Oxford University Press/Beacon Press,1959/1962,p.18.

③ 为行文方便,以《屈原传》代指"《史记·屈原贾生列传》的屈原部分"。

还有《战国策》的文字及其他一些目前学者已无法判定其出处的引用文字。"因此,传记的大部分是由其他作品的片段拼凑而成的。"①二、《屈原传》临近末尾有一段文字广为学者引用作为说明此传非司马迁所作的证据。此段原文为"及孝文崩,孝武皇帝立,举贾生之孙二人至郡守,而贾嘉最好学,世其家,与余通书。至孝昭时,列为九卿"②。引用此段的学者指出其有以下疑点故而不足为信:一、孝文帝后实是景帝继位而不是武帝;二、"孝昭"是武帝之子刘弗的谥号,司马迁在昭帝之前过世,他何以能预先知道刘弗的谥号? 对于以上疑问,霍克思对比了司马迁《史记》的《屈原贾生列传》与班固《前汉书》的《贾谊传》相关文字并参照中国史书的记载,提出了一种可能的解释:司马迁《屈原贾生列传》中的"孝文崩"中的"文"可能是司马迁或抄写者的笔误,应写为"景";关于"至孝昭时,列为九卿"一句,班固《前汉书》中没有,霍克思认为此句不是司马迁所写而很可能是汉代的某位读者在发现某段历史中竟涉及自己所熟悉的人物时而欣然写下的话语。虽然霍克思此处的解释不免有臆想之嫌,但他坚持屈原是个历史人物及司马迁《屈原贾生列传》的有效性还是对国内外的屈原研究功不可没。

其次,在肯定司马迁《屈原贾生列传》传记价值的同时,霍克思也反对完全依赖此传来研究《楚辞》。他提醒中外学者,在推定屈原作品与数量上,司马迁并不比刘向或王逸更具可信度,且司马迁史书笔下的屈原形象与文学作品《离骚》里的屈原形象也不尽相同。两者最大的区别在于:《离骚》中的诗人是一位能驾龙车飞天巡游西土,令众神灵皆俯首听命的巫师,"无论《离骚》是否有深刻寓意,事实是,屈原诗中是以某种巫术为中心主题的,这表明他对巫术很熟悉,也许还是其中的专家"③,而史书中的屈原并不见巫师的一面。

最后,霍克思在屈原的评价问题上提出创见。屈原自汉代后被顶礼膜拜,他的自沉成了诗人们最爱发挥的一个文学主题,其中的原因霍克思认为在于屈原是一类诚实政治家的代表:他们为说出自己的思想而殉难,而更为重要的是事实证明他们的主张又是正确的;同时,屈原还是一位文笔优美的诗人,这使得汉代的作

---

① David Hawkes, "General Introduction," David Hawkes tr. Ch'u Tz'u, The Songs of the South: An Ancient Chinese Anthology, London/Boston: Oxford University Press/Beacon Press, 1959/1962, p.18.
② 司马迁:《史记·屈原贾生列传》。
③ David Hawkes, "Li Sao," David Hawkes tr. Ch'u Tz'u, The Songs of the South: An Ancient Chinese Anthology, London/Boston: Oxford University Press/Beacon Press, 1959/1962, p.21.

家们对他满怀感情。霍克思不同意美国汉学家施耐德(Laurence A. Schneider)用"狂人"一词来概括屈原①。霍克思定义屈原是一位"博学的宫廷贵族,他信巫,老式旧派,对自己的宗族有强烈的忠诚感,坦率而耿直,与新贵不相见容"②。这样的屈原形象是中国学者所陌生的,在中国学者的心目中屈原是被作为爱国诗人与人民诗人来纪念的,这一点异域的霍克思却不赞同,他说:"我认为实际上现代人试图将一位古代诗人做当代的诠释的努力存在时代错位的问题。"③霍克思分析道:屈原所生活的公元前4世纪是个战争频仍、崇尚开化的时代,屈原可以说比起他的同代人实际上是属于旧式的老派,是一位老式的贵族官吏,他与早他两个世纪的郑子产一样上知天文、下知地理,对人类的历史演变了然于心,对古老的巫术仪式十分熟稔。霍克思指出,这样的屈原无疑是属于旧政治和旧社会体制,他所怀有的"忠诚"是骑士式的贵族忠诚,所忠于的是他那高贵的血统与出身。这种忠诚也许郑子产能理解,但在屈原生活的公元前4世纪的开放世界里只能被看作为过时。所以,他的忠诚并非我们今人所冠之的"爱国主义"。他与早他两百年的郑子产之间的相同之处显然多于他与其同时代政治新贵们的共同点,这些政治新派著书关注的是经济与战术,他们四处游说质疑一切为的是推翻旧秩序。霍克思指出,"世俗",这个屈原在诗中不懈埋怨的对象,其内涵实与我们今天赋予它的道德内容完全无关。他"用'世俗'一词表示的是一种处理政事的新方法。世俗之法把他和他所代表的古雅骑风(quaint chivalry)与古老学识(antique lore)均束之高阁,以便为没有什么教养与天文知识储备的技术统治论者(technocrats)让路。"④从这样的分析中,霍克思让听众与读者看到了中国学者树屈原为"人民诗人"的不妥与滑稽,"他也许是一个文学上的创新者,但在政治上,我认为,我们应

---

① C.f.David Hawkes,"Myths of Qu Yuan,"John Minford & Siu-kit Wong ed.*Classic*,*Modern and Humane Essays in Chinese Literature*,Hong Kong:The Chinese University Press,1989,pp.299-303.
② David Hawkes,"Myths of Qu Yuan,"John Minford & Siu-kit Wong ed.*Classic*,*Modern and Humane Essays in Chinese Literature*,Hong Kong:The Chinese University Press,1989,p.301.
③ David Hawkes tr.*The Songs of the South*:*An Ancient Chinese Anthology of Poems by Qu Yuan and Other Poets*,Harmondsworth:Penguin,1985,p.64.
④ David Hawkes,"The Heirs of Gaoyang,"David Hawkes,*Classical*,*Modern and Humane Essays in Chinese Literature*,John Minford & Siu-kit Wong ed.Hong Kong:The Chinese University Press,1989,p.208.

该发现他身上更像德·迈斯特而不是马志尼"①。

霍克思进一步就中国民间出现的屈原崇拜从文学的角度给出了颇有创见的阐释。他认为原祭拜伍子胥的端午演变为纪念屈原的节日根本原因"在于屈原是中国的第一位诗人而伍子胥不是"②。"屈原的伟大正如曹雪芹的重要一样,他们都代表了一种真正伟大的艺术作品,从他们那里后人均能发现一些新的东西。"③西方汉学家将屈原放回历史语境,通过对那早已辽远的时代与历史演变的分析,为我们带来了一个不同的屈原,一个更加接近原貌的屈原。

2.《楚辞》与巫术的渊源

霍克思对"楚辞"二字进行了自己的解读。他认为"辞"最早指的不是文类而应是"言词",是各种艺术作品的汇集,无论此作品是韵体还是散体,是口头文学还是书面文学;他认为"楚辞"最早代表的是一种文学传统,包含了屈原及其流派所创作的作品,它们虽然在形式上各不相同,但都代表了把早期口头宗教文学世俗化的一种新的世俗文学传统。霍克思经过考订《楚辞》版本增订与流传情况把《楚辞》中确定为汉前的诗作分为两类。A 类用于公众祭祀等活动,包括《九歌》《招魂》《大招》与《天问》,因为这些诗作中带有明显的巫术特征,诗人自身情感即使有,也是隐匿性的。B 类则更趋个人化,诗人在诗中尽情坦露心迹或宣泄自我,这当中即使有巫文化,那也只是作为背景出现,这样的诗作有《离骚》《九辩》《九章》和《远游》等篇。霍克思从中概括出一条规律:"事实是大体上《楚辞》展现了一种早期口头宗教传统如何逐渐被一种世俗的文学传统影响并最终吞没的过程。"④《楚辞》中各种作品的共同之处并不像后期编者认为的那样,在于它们都由同一个作者屈原创作或在于它们都属于某一特定的文类或在于它们均由相似的诗作写就,而在于这些诗歌无论它们是传统的巫歌还是巫歌的仿作,或是由巫歌

---

① 德·迈斯特(Joseph De Maistre,1753—1821)是法国大革命最声嘶力竭的批判者,而马志尼(Giuseppe Mazzini,1805—1872)则是意大利的革命领袖。
② David Hawkes tr. *The Songs of the South:An Ancient Chinese Anthology of Poems by Qu Yuan and Other Poets*. Harmondsworth:Penguin,1985,p.302.
③ Ibid., p.301.
④ David Hawkes:"Li Sao," David Hawkes tr. *The Songs of the South:An Ancient Chinese Anthology of Poems by Qu Yuan and Other Poets*. Harmondsworth:Penguin,1985,p.39.

及其仿作发展而来的新的世俗诗歌,"都与巫文化有着千丝万缕的渊源关系"①。

霍克思认为A类口头文学和B类世俗文学两者韵律差别之大犹如古希腊叙事诗与抒情诗之别,这一客观事实决定了分类的必要。楚巫描述飞升行为采用的是一种戏剧性的语言,在表达时间的流逝上运用的是各种公式性套话(formulaic devices)。霍克思在属于B类世俗文学的《离骚》作品中发现了借用A类口头文学《九歌》《天问》的主题与套语的明显痕迹,这从另一方面显示了两者间的联系。譬如《离骚》《湘君》中时间上的套语有"朝……夕……",巡游路线的程式有"遵吾道兮……""弭节兮……";受祭后的套语"忘归"在《东君》《河伯》《山鬼》中都曾使用;离别时的套语"聊逍遥兮容与"在《湘君》《湘夫人》和《离骚》中都有。《九歌》从含义上说主要是宗教性的,而《离骚》在描写巫术与超自然的主题时,更多是一个世俗诗人的个人化表达。《离骚》充满寓意的求索情节,其灵感来自《湘君》中男巫对女神的苦苦求索。《云中君》《湘夫人》与《离骚》中出现了相似的天神降临套语:《云中君》中有"灵皇皇兮既降,猋远举兮云中",《湘夫人》中有"九疑缤兮并迎,灵之来兮如云",而《离骚》中使用的是"巫咸将夕降兮,怀椒糈而要之。百神翳其备降兮,九疑缤兮并迎。皇剡剡其扬灵兮,告余以吉故"。霍克思一针见血地指出,这些巫术仪式的惯用语,世俗诗人挪为己用,更多是出于仪式的要求而不是逻辑的需要。"《离骚》中那梦幻般的变换与焦点转换并非如有些学者所认为的文本讹误,而是源于巫术习俗"②,在霍克思看来,《离骚》的最杰出之处在于:"它让我们真正看到了这一过程即天才诗人如何能从某一古老的口头传统中成功地创造出一种完全崭新的诗歌类型。屈原那绝望之诉悖谬地——或者也许并不算太悖谬——标志着文学的诞生。"③

霍克思进一步从主题上深化论证,指出中国世俗诗歌继承巫术最有成效的是飞升活动即神灵的巡游。招魂诗、道家的关于得道成仙的叙述及几百年后诗人白居易的《长恨歌》中都有神灵巡游的描写。借助词源学,霍克思解析"靈"为"灵"的繁体字,在楚语中专指巫者,暗示了巫者飞天最原始的目的是祈雨。巫者通过

---

① David Hawkes,"Li Sao," David Hawkes tr. *The Songs of the South: An Ancient Chinese Anthology of Poems by Qu Yuan and Other Poets*. Harmondsworth: Penguin, 1985, p.39.
② Ibid., p.68.
③ Ibid., p.68.

空中巡游拜访各方神灵以获取神力用以控制风、雨等自然力。这种仪式性的多为环形的宇宙巡游,被认为是祈求神力的一种手段,不断流传,以各种形式在艺术、文学甚至是政治理论中再现。"随之而起的是宇宙对称观,即宇宙犹如曼陀罗式的祭坛,其各部分由不同的神灵管辖。"①霍克思从《墨子·贵义》《楚辞·远游》到公元前 1 世纪民间出现的铜镜背面图案再到秦统一时的五行说,均发现了其中所隐含的曼陀罗式宇宙观。中国世俗诗歌承自巫术的另一类创作是求索主题。《离骚》作为最早的世俗作品,诗中也有巡游,但它的巡游在两方面与后世历代帝王象征权力的巡游仪式不同:首先,它的主要目的是情爱,诗人抱怨的是自己没有女伴,《离骚》中相当一部分旨在寻求愿为其伴侣的女神或传说中的公主。其次,尽管诗人也能掌控小神,但他巡游中所进行的每一项活动包括寻求美丽的女神,均是一场失败,以悲伤、挫败与绝望作结。霍克思认为以上问题实与《九歌》及《九歌》背后那更为原始的巫文化有关:一面是对神灵情人式的想象与追求,一面是由于神灵不应召唤而致的深深失望或是对神灵即现倏离的浓浓哀怨。《离骚》作者屈原借用巫文化中这种交织的情绪来表达自己被弃之怨及对远祖的崇扬。自此中国浪漫诗人都转向这一古老的巫灵世界寻求意象,只是后期的骚体仿作出于一些灵感不多的练习者之手,失去了楚诗特有的悲愤哀怨,只剩单调与无味。

也正是通过巫术,霍克思在《九歌》缘何为 11 首而不是 9 首问题上发展了日本学者青木正儿的观点,做出了较好的回答。霍克思指出《九歌》应该是春秋两季祭祀活动时所用的巫歌,其中《湘君》和《湘夫人》同咏一神,但适用的祭祀季节不同,《湘君》用于春季,《湘夫人》用于秋季;同理,《大司命》为春季祭歌,《少司命》为秋季祀歌。其他 7 首则两季共用。应该说,借助文化人类学视域中关于巫术的研究,霍克思打开了阐释《楚辞》的又一扇大门。

3.超自然与文学的诞生

巫术的世界就是一个超自然的世界,霍克思在《离骚》中发现了"通过巡游超自然的世界以逃离人间痛苦"这一主题的运用。在那个超自然的世界里,诗人就像宇宙的主人,掌控星辰,以神为仆。这一方法后来成了中国诗人创作的惯用手

---

① David Hawkes,"Li Sao,"David Hawkes tr.*The Songs of the South*:*An Ancient Chinese Anthology of Poems by Qu Yuan and Other Poets*. Harmondsworth: Penguin,1985,p.47.

法,但《离骚》的创作者屈原却是第一个使用此主题并写出最早的传世长篇叙事诗的诗人。"屈原不仅是中国的第一位诗人,而且是比他的后继者都伟大的诗人。即使只有一首《离骚》诗确定为屈原的作品,他的伟大也不会有一丝一毫的减损,因为在这类诗作中没有任何作品的创新性与情感力能够超越它。"①

霍克思从超自然的视角提出了对《离骚》的独特解读,他批评西方对《楚辞》中以《离骚》为代表的骚体诗的理解存在较大偏差。西方读者通常"在读了大量骚体诗后,开始觉得仿佛漂浮在泪海,耳畔回旋的是诗人自怜的哀号"②。而在霍克思看来,这样的解读"对骚体诗是绝对不公平的,它忽略了骚体诗语言的优美以及那个迷人的超自然世界,在这个世界里诗人为我们展示了丰富的象征与梦幻一般的活动。最重要的是,这种解读忽略了此类诗作的全部意义所在"③。霍克思定义:"骚体诗人不是一个普通的神经过敏者,而是或者说他渴望是一名巫士。作为巫士,他自认为属于一个比世俗世界更为纯洁的超自然世界。在那个世界里,他只餐饮六气与沆瀣;在那个世界里,他能自由地在宇宙四方遨游,能召唤一切神灵为己服务。诗人的挫败,是那被责罚到人间的仙神的失败;他最终的失望来自这样一个事实:他逃向那个光明的另一世界的意图总难实现。"④霍克思相信这样一个超自然的世界对于《离骚》作者来说是真实存在的,屈原正是通过对那超自然世界仪式般的巡游而获得某种精神解脱。

诗人对超自然世界的笃信在骚体诗后期的仿作中则荡然无存,霍克思尖锐地指出很多后期诗人是否仍然相信他们笔下所创造的那个超自然世界存在的真实性是颇值怀疑的。对这些仿作诗人而言,这个超自然的世界更多的是诗歌中常用的巡游话题而不是他们笃信的精神世界。诗人随意使用大量的象征与寓言只是为了申斥时代的不公,表达他们在卑鄙的诽谤者和轻信的帝王之手所遭受的痛苦。正是这一信仰的失落造成了骚体诗的没落,"无疑也正因为后期仿作中那过

---

① David Hawkes tr. *The Songs of the South: An Ancient Chinese Anthology of Poems by Qu Yuan and Other Poets*, Harmondsworth: Penguin, 1985, p.51.
② David Hawkes, "General Introduction," David Hawkes tr. *Ch'u Tz'u, The Songs of the South: An Ancient Chinese Anthology*, London/Boston: Oxford University Press/Beacon Press, 1959/1962, p.8.
③ Ibid.
④ Ibid.

度的自怜与政治性,使得译者们也无意译出它们"①。从文化人类学中的远古巫术到超自然因素的挖掘②,霍克思借助西方世界熟悉的超自然话题对中国骚体诗的源起与没落、《离骚》的价值及屈原的伟大所进行的诠释颇为深刻,不失为《离骚》解读的一见。

4.楚辞与汉诗演变

霍克思把《楚辞》放在中国诗歌整体演进的过程中来说明它的文学史价值与意义。在音乐、诗歌文体及《楚辞》间,他认为存在内在的联系。"中国诗歌比之西方诗歌,一个最有趣的特征是其与音乐有着更为密切与持久的联系"③,汉诗的歌体与骚体之分均与音乐有关。歌体出现较早,每行字数相同,适合歌唱,霍克思以中国最早的诗集《诗经》为例,他发现其中以四字句居多,多为歌体。通过分析,霍克思指出《楚辞》中只有一部分歌体,且每行字数较《诗经》有所增加,中间以"兮"停顿。从《诗经》到《楚辞》,诗歌文体的变化背后是当时的历史语境:公元前5世纪左右中国音乐上的一番重大变革:当时原用作《诗经》演奏的敲击乐正为各类木管乐器演奏所代替。霍克思敏锐地感悟到长笛类的伴奏更为婉转曲折,正好适合《楚辞》那字数增多并总带有"兮"字的诗行演奏。而从字数较多的歌体再往前发展,汉诗必然走向骚体,"它无疑由歌体演变而来,主要用于长篇叙事诗的吟诵,无论它是否有配调吟唱,它都更为接近言语而不是歌唱"④,霍克思以《离骚》为例分析了骚体诗的特征。《楚辞》中歌体与骚体相杂,当之无愧为中国诗歌的一大源头,且"前三后二以'兮'作顿的歌体形式后来发展成了规则的五言——一种中国历代诗人最喜欢使用的形式;而骚体向押韵的带韵律的'赋'体演变也一点不令人感到奇怪"⑤。霍克思指出,骚体对中国赋体的发展所产生的影响正如歌体对中国诗歌所起的作用,而且骚体诗对后来诗歌的影响也相当大,而《楚

---

① David Hawkes, "General Introduction," David Hawkes tr. *Ch'u Tz'u*, *The Songs of the South:An Ancient Chinese Anthology*, London/Boston:Oxford University Press/Beacon Press, 1959/1962, p.9.
② 英语世界19世纪中期一度兴起超验主义(transcendentalism),"自然"在超验主义者眼中是上帝精神的象征,自然的世界充溢着无处不在的上帝,自然是神性的(divine),是一切善的源头,而人类社会是腐败之源。霍克思借之找到了理解异域诗歌中那个充满想象力的神奇世界的桥梁。
③ David Hawkes, "General Introduction," David Hawkes tr. *Ch'u Tz'u*, *The Songs of the South:An Ancient Chinese Anthology*, London/Boston:Oxford University Press/Beacon Press, 1959/1962, p.5.
④ Ibid., pp.6-7.
⑤ Ibid., p.7.

辞》的文学史价值与地位也就不言而喻了。

霍克思还进一步回溯历史语境,探究了中国诗歌由楚辞走向汉赋的因缘。他指出,随着楚国的灭亡,楚文化逐渐衰落,至汉武帝时期,人们对楚辞的兴趣已被其他文学形式所替代。在这一转变过程中,霍克思认为西汉宫廷诗人司马相如起到了相当的作用。楚辞后期的作品多为诉苦诗(plaint-poetry),诗作语调中多少带有推翻现世的不满情绪,完全不适合宫廷。可是,宫廷诗人司马相如却发现了《离骚》和《远游》中飞升及巡游主题向帝王神权礼赞转化的途径。他的《上林赋》、张衡的《羽猎赋》都包括了神化帝王狩猎场面的描写,飞升及巡游架起了楚辞与汉赋间的桥梁。

综上,霍克思30年间(1955—1985)孜孜不倦的《楚辞》译研使其成为西方《楚辞》研究的绝对权威,虽然他关于《楚辞》各卷的具体考辨结论有些尚待商榷,但他的论证方法与角度值得国内学者借鉴,他的诗歌鉴赏也非常值得我们参考。可以说霍克思既通过翻译向西方介绍与输入了中国古籍《楚辞》,又通过缜密的分析、夯实的研究完成了对《楚辞》的文化阐释,为《楚辞》在西方的传播做出了有效努力。

二、盛唐杜甫诗作的翻译与研究

杜甫作为盛唐诗人,历来在中国学者心目中有着至高的地位。南宋理学家朱熹在《朱子语类》中列出的中国历史上符合其严格理学道德标准的伟大人物只有五位,杜甫位居其中。中国近代著名学者闻一多先生称杜甫是"我们四千年文化中最庄严、最瑰丽、最永久的一道光彩"[①]。霍克思作为汉学家,继《楚辞》之后,关注的是唐诗,尤其对杜甫及其诗作多有留意。1965年霍克思完成了杜甫诗的翻译、评注工作,1967年以《杜诗初阶》(A Little Primer of Tu Fu)为书名由克拉仑顿出版社正式出版,题献给妻子琼。1987年和1990年作为《译丛》平装丛书系列(Renditions Paperbacks)由香港中文大学出版社两次再版。

[①] 闻一多:《杜甫》,《唐诗杂论》,上海:上海古籍出版社,1998年,第133—146页。

（一）早期对杜诗的关注

霍克思最早听说唐诗,应该是 1945 年至 1947 年于牛津大学学习期间。当时霍克思结交了一些中国朋友包括由于创作英文话剧《王宝钏》而在英成名的中国戏剧家熊式一一家。这些中国朋友听说牛津大学的汉学教学内容后,曾认为是个天大的笑话,他们向霍克思提起唐诗。① 当时的霍克思具体知道不知道唐代著名诗人杜甫难以判断,但毋庸置疑的事实是当时霍克思已经明白中国文学中除了"四书五经"还有唐诗。

1948 年 1 月 8 日,中国学者吴世昌在英国斯卡伯勒报告(Scarborough Report)的资助下到任牛津大学汉学科高级讲师一职。此时,已在牛津完成汉学科学习的霍克思正在积极准备前往遥远的中国,他抓住一切机会向这位来自中国的学者学习。霍克思"每天去吴世昌家中上课,两人一块儿阅读唐诗"②。霍克思有可能从那时接触到了杜甫的诗。1948—1950 年间,霍克思在北京大学曾听过俞平伯的杜甫讲座,这也许是霍克思最早接触到的关于杜甫的学术性研究讲座。只是俞平伯的口音对霍克思听课造成了很大的困难,据霍克思回忆,"他所说的每一个字我几乎都听不懂"③。故而,俞平伯先生的讲座对霍克思走上杜甫诗的翻译与研究之路有多大影响一时难以说清。不过,在北京大学期间,霍克思至少了解到杜甫在中国是一位很受学者重视的伟大诗人,中国的杜诗研究传统源远流长。

1953 年 10 月,霍克思在汉学专业刊物《大不列颠和爱尔兰皇家亚洲学会会刊》第 3/4 期上发表书评,评论华裔汉学家洪业的学术译著——《中国最伟大的诗人杜甫》(William Hung, *Tu Fu, China's Greatest Poet*)。这是霍克思就杜甫诗在西方的翻译问题发表的第一篇评论,当时霍克思已从中国回到牛津。霍克思在书评中提到了洪业译著存在的两大问题。第一大问题是"译诗平直(flatness of these

---

① Connie Chan,"Appendix:Interview with David Hawkes," *The Story of the Stone's Journey to the West:A Study in Chinese-English Translation History*, Conducted at 6 Addison Crescent, Oxford, Date:7 th December, 1998, p.303.
② Ibid., p.305.
③ Ibid., p.303.

translations),缺乏生趣(*loss of vividness*),兴许是过于追求诗作的有用性而造成的"①。而"对于只能完全依赖翻译来捕捉杜诗神妙的读者来说,洪业的译诗并不总能胜任其标题'中国最伟大的诗人'的要求。有时译文带有迂腐的公文体味道,有时接着精彩的译笔之后会突然出现一些平庸可笑的败笔或是不当的选词使得译作读来令人哂笑"②。霍克思举杜诗《奉赠韦左丞丈二十二韵》开首二句"纨袴不饿死,儒冠多误身"为例,称洪业将其译为"*Those who wear silk underwear never starve. An academic cap is apt to ruin a life*"③,其中"silk underwear"和"an academic cap"用词突兀而滑稽,与原诗的典雅和激愤的确不相符。霍克思作为读者,表达了自己的愿望:"哪怕为了洪业译著之题名副其实,也希望译本多在传达真正杜甫的声音和力量上下功夫。"④这是霍克思翻译杜诗的最初动因也是后来霍译杜诗的一个努力方向。

霍克思在书评中提到洪业译著存在的第二大问题是:译诗中原作大量典故与意象的丢失。霍克思认为"类似的问题几乎在洪业译著的每一首杜诗译文中都存在。去掉了意象和典故,诗歌所剩就不多了"⑤。华裔汉学家洪业对意象与典故的处理方式,霍克思极不认同,显然这是另一促使霍克思动手翻译杜诗的主要因素。

此外,此书评值得注意之处是霍克思并不排斥洪业"散文体"译诗的形式。洪业的译著是以其1946—1952年间在美国各大学讲授杜甫的演讲稿与教学材料整编而成,分上下两册:上册旨在向西方讲授杜甫,穿插其间的374首译诗起着佐证与贯穿上下文的作用;下册是厚厚的注解,专为汉学家研究之用。洪业译诗没有在韵律和形式上下多少功夫,他采用的是以释义为主的散文体翻译方式。在20世纪中叶,西方汉诗英译已在一代汉学家韦利等的倡导下从理雅各、翟理斯的韵体诗翻译走向了无韵诗体再现,但像洪业这样把结构齐整的中国诗译成完全没

---

① David Hawkes,"(Untitled Review) Tu Fu, China's Greatest Poet. By William Hung," *Journal of the Royal Asiatic Society of Great Britain and Ireland*, No.3/4(Oct.1953), p.164.

② 同上。

③ William Hung, *Tu Fu, China's Greatest Poet*, Cambridge: Harvard University Press, 1952, p.56.

④ David Hawkes,"(Untitled Review) Tu Fu, China's Greatest Poet. By William Hung," *Journal of the Royal Asiatic Society of Great Britain and Ireland*, No.3/4(Oct.1953), p.164.

⑤ Ibid., p.164.

有形式限制的散文的做法在当时并不多见或者说不为汉学界所普遍认可。这一点,我们看看与霍克思书评同年发表的韦利对洪业此部译著的书评——《中国诗人》(Chinese Poet)就能知晓一二。韦利也肯定了洪业在杜甫研究中所作的夯实工作,"此卷是至今为止无论用何种语言所写的关于杜甫最为博学与详细的论述"①。但谈到洪业的译诗质量时,韦利说了以下一段话:"洪业书中共英译有374首杜诗,用的是直截了当毫无韵律的散文形式翻译,只要可能就直译,偶尔也会采用释义的方式。它们的目的只在译出原作的内容,而没有想过吟诵的问题。……诗歌的意思是出来了,但却不是诗歌。……总的来说,英译文需要更多的修正。"②霍克思却没有直接批评这一形式,他批评译文平直时,也只是以"translations"这样的词眼泛指,而没有像韦利那样以"毫无韵律的散文形式翻译"(quite unrthythmical prose)直接概括洪业所采用的译介形式。洪业译著促使霍克思思考杜诗翻译中的一些问题,譬如如何在避免平直、避免注脚的同时又能保持原诗的一些美感?他认为"这是一个几乎无人能回答的问题"③。另外,汉诗典故与意象英译时如何处理为佳?书评显示霍克思并不排斥散文译诗这种多少有些冒险的做法。

霍克思对杜诗片段翻译及单首诗篇英译始自1961年。他当年3月的书评《中国诗文选译》中含有杜甫《王阆州筵奉酬十一舅惜别之作》"万壑树声满,千崖秋气高"一句的英译(A myriad valleys full of the soughing of treetops, A thousand heights round which the wind of autumn whistles shrill)④。同年4月发表的研究论文《中国诗歌中的超自然现象》(The Supernatural in Chinese Poetry)则有了杜甫名诗《春望》的全篇英译。这首译诗虽然大体用词与而后成书时一致,但当时霍克思采用的却不是散文体而是无韵诗体形式。具体如下:

---

① Arthur Waley,"Chinese Poet,"*The Times Literary Supplement*,1953,p.76.
② Ibid.,p.76.
③ David Hawkes,"(Untitled Review) Tu Fu, China's Greatest Poet. By William Hung," *Journal of the Royal Asiatic Society of Great Britain and Ireland*,No.3/4(Oct.1953),pp.163-164.
④ David Hawkes,"From the Chinese,"David Hawkes,*Classical, Modern and Humane Essays in Chinese Literature*,John Minford & Siu-kit Wong ed. Hong Kong:The Chinese University Press,1989,p.242.

1961 版 *Spring Scene*	1967 版 *Spring Scene*
The state may fall, the hills and streams remain; Spring in the city; trees and grass grow thick. The flowers shed tears for the sadness of the time; The birds are startled with shock of separation. The beacons have burned for three months continuously. A letter from home is worth ten thousand taels. I scratch my white poll; soon of my scanty hairs There will not be enough even to hold my hatpin!①	The state may fall, but the hills and streams remain. It is spring in the city: grass and leaves grow thick. The flowers shed tears of grief for the troubled times, and the birds seem startled, as if with the anguish of separation. For three months continuously the beacon-fires have been burning. A letter from home would be worth a fortune. My white hair is getting so scanty from worried scratching that soon there won't be enough to stick my hatpin in!②

从此诗的翻译来看,霍克思当时采取的还是汉学界普遍接受、在《楚辞》英译中已运用娴熟的无韵诗体翻译,他最终放弃无韵诗体走向散文诗体的时间显然不会很早,这说明霍克思是经过犹豫与深思而最后选择散文体的。另外,从《春望》的翻译,我们对即将出版的杜诗英译本面貌已能有一些预见,如翻译时不考虑韵脚的再现,再如注重诗歌背景的介绍。因为就在出现《春望》译诗的研究论文中,霍克思一再强调"《春望》诗中所含的惨痛之情至少有一半来自诗外,存在于诗人当时创作所处的境遇"(at least half the pathos lies outside the poem in the poet's situation)。③ 他相信只有了解了诗歌的写作背景才能真正体会到此诗的悲痛之情。

(二) 译介对象的选定

为什么在众多中国诗人中霍克思最终选定杜甫来出一本译介小集子呢？霍

---

① David Hawkes, "The Supernatural in Chinese Poetry," David Hawkes, *Classical, Modern and Humane Essays in Chinese Literature*, John Minford & Siu-kit Wong ed. Hong Kong: the Chinese University Press, 1989, p.44.
② David Hawkes, "Spring Scene," David Hawkes tr. *A Little Primer of Tu Fu*, Oxford: the Clarendon Press, 1967, p.48.
③ 葛晓音:《杜甫诗选评》,上海:上海古籍出版社,2002 年,第 44 页。

克思自己在《杜诗初阶》序言中这样解释:"部分是因为杜甫在中国被认为是最伟大的诗人,但他的诗作在国外却未得到很好译介与传播。部分是因为杜甫生活在一个动荡多事的年代,而杜诗中有很多体现,值得翻译。"①1962 年,世界和平理事会推选杜甫为世界文化名人以示纪念。这是继屈原后中国又一位被世界和平理事会确认为世界文化名人的诗人,而巧的是这两位也相继成为霍克思密切关注与深入研究的对象。1953 年屈原当选,1955 年霍克思就交出了令人满意的楚辞研究博士论文;1962 年杜甫当选,1965 年霍克思就完成了杜诗译注工作。这不由让我们再次想起霍克思在汉学讲座教授就职演说中所呼唤的理念:"将中国文学作为整个人类文化遗产的一部分来呈现(presenting Chinese literature as a part of our total human heritage)。"②总之,霍克思走近杜甫除了冥冥的缘分,还由于他对中国文学的热爱以及不满意于杜甫诗在英语世界的译介现状,同时杜甫诗的特色也使杜甫在众多诗人中脱颖而出。中国古人有句老话:不读万卷书,不行万里地,不可与言杜。杜甫诗歌中的中国文化容量巨大,所蕴诗意丰富,值得译研。

霍克思《杜诗初阶》译本以清蘅塘退士编的《唐诗三百首》中的杜诗为底本,共翻译杜诗 35 首。此数量有三点须说明,首先霍译本把原作中同题下的系列诗作分开处理,故而与蘅塘退士本相比数量上增多。这样处理的有《梦李白二首》和《咏怀古迹二首》,在霍克思译诗中分为 4 首排列。其次是《咏怀古迹》杜甫原有 5 首,现传世的《唐诗三百首》中《咏怀古迹》也是 5 首,但霍译杜诗中却只有两首。这并不是因为霍克思自行删减了 3 首,而是源于蘅塘退士。蘅塘退士编时只录《咏怀古迹》两首,1885 年四藤唫社主人刊刻时认为蘅塘退士只录两首"不免缺漏,今刻仍为补入,俾读者得窥全豹"③。再次是霍克思译杜诗没有收录蘅塘退士本中的《野望》一诗。这是霍译本杜诗与蘅塘退士本数量真正不同的地方。至于为何没有翻译此诗,从霍克思《杜诗初阶》序言中所交代的来看,这首诗很可能是不小心被漏译了。因为他很自信地向读者宣布:"为了写作这本书,我选取了大名

---

① David Hawkes,"Author's Introduction,"David Hawkes tr.*A Little Primer of Tu Fu*,Oxford:The Clarendon Press,1967,p.ix.
② David Hawkes,"Chinese:Classical,Modern and Humane,"*Classical,Modern and Humane Essays in Chinese Literature*,John Minford & Siu-kit Wong ed.Hong Kong:The Chinese University Press,1989,p.23.
③ 四藤唫社主人:《唐诗三百首·序一》,〔清〕蘅塘退士编,陈婉俊补注:《唐诗三百首》,北京:文学古籍刊行社,1956 年,第 1 页。

鼎鼎的中国诗歌集《唐诗三百首》中所有的杜甫诗。"①

杜甫一生创作诗歌 1400 多首,到底选择哪些杜甫诗来翻译为好? 选择标准是什么? 针对这一问题,霍克思思考的结果是只选《唐诗三百首》中收录的全部杜甫诗来译。原因之一是因为《唐诗三百首》的地位及其选诗的明智。霍克思指出"它是一代代中国孩童进入诗歌世界的启蒙读物,就如同我们这儿帕尔格雷夫②所编的《英诗金库》(Golden Treasury),且《唐诗三百首》中杜甫诗的挑选都很明智"③。蘅塘退士是如何挑选杜甫诗的呢? 他在《唐诗三百首·蘅塘退士原序》中这样解释:"世俗儿童就学,即授千家诗。……但其诗随手掇拾,工拙莫辨,且止五七律绝二体,而唐宋人又杂出其间,殊乖体制。因专就唐诗中脍炙人口之作,择其尤要者,每体得数十首……"④"择其尤要者"说的就是诗歌质量有保证,霍克思对此颇为认可。另外一个重要原因则是有关中国诗歌传播效果的考虑。在霍克思之前,英国已于 1940 年和 1944 年相继出版了詹宁斯(Roger Soame Jenyns,1904—1976)⑤翻译的《唐诗三百首诗选》及《唐诗选续编》(Selections from the Three Hundred Poems of the Tang Dynasty and Further Selections)。两部译著列于克莱默-宾格主持的"东方智慧丛书"系列,但出版后却没有引起关注,詹宁斯生平主要著作中也不见此二书⑥,甚至中国学人一度把编者误认为是詹宁斯两百多年前的同名祖先英国作家兼政治家詹宁斯(Soame Jenyns, 1704—1787)。但詹宁斯的唐诗译本在 20 世纪 60 年代的英国出版量不少,再加上早年中国学者江亢虎与美国诗人宾纳合作英译的《唐诗三百首》即《群玉山头》的助力,《唐诗三百首》在

---

① David Hawkes, "Author's Introduction," David Hawkes tr. *A Little Primer of Tu Fu*, Oxford: The Clarendon Press, 1967, p.ix.
② 帕尔格雷夫全名为 Francis Turner Palgrave(1824—1897),英国评论家兼诗人,曾于 1885—1895 年间任牛津大学诗歌教授。
③ David Hawkes, "Author's Introduction," David Hawkes tr. *A Little Primer of Tu Fu*, Oxford: the Clarendon Press, 1967, p.ix.
④ 蘅塘退士:《唐诗三百首·蘅塘退士原序》,〔清〕蘅塘退士编,陈婉俊补注:《唐诗三百首》,北京:文学古籍刊行社,1956 年,第 3 页。
⑤ 詹宁斯是英国艺术历史学家兼东亚瓷器专家,毕业于剑桥大学。1926—1931 年,曾供职于香港政府部门,同时担任《香港自然学家》的重要撰稿人。他的文章关注到中国华南地区动、植物的文化角色,是一位关心中国事务的学者。1931 年詹宁斯返回英国,后长年在大英博物馆担任东方古董收藏助理,从事中国绘画等艺术的研究工作。1935 年詹宁斯出版了他的著名书作《中国绘画背景论》(*A Background to Chinese Painting*),获得好评。
⑥ 参看 http://en.wikipedia.org/wiki/Soame_Jenyns_(art_historian)。

西方显然是不乏译本的,正如霍克思所说,"很容易就能得到一本"①,只是传播效果有待改善。

正是基于上述现状,霍克思"选择这个集子中的杜甫诗翻译,当读者学完这本集子后,一些天性好冒险的能极轻松地找到一部《唐诗三百首》英译本来继续学习,这时之前(在我集子里所读)的杜甫诗译文就成了学习这部诗集的熟悉路标"②。显然,霍克思将自己的译本定位在入门读物上,他希望帮助西方读者经由他的杜甫诗译介最终走进《唐诗三百首》的世界。"热切希望有耐心的读者读完此书后能对中国语言、中国诗歌及中国诗人杜甫有所了解"③,霍克思朴素的愿望让我们深深体悟到作为汉学家他孜孜不倦地传播中国文化的苦心。

(三)《杜诗初阶》的特色编排体例

在译著体例上霍克思学习中国典籍注本的编排方式,从注音、解题、释义、串文等方面入手,同时注意汉诗诗体分析与杜诗编年的问题。中国清代杜甫研究大家浦起龙与杨伦均有文字阐述支持杜诗研究中的编年体例。浦起龙在其《读杜心解》"发凡"中说:"编杜者,编年为上,古近分体次之,分门为类者乃最劣。盖杜诗非循年贯串,以地系年,以事系地,其解不的也。……变故、征途、庶务交关而互勘,而年月昭昭也矣。"④《杜诗镜铨》的笺注者杨伦在《凡例》中也称:"诗以编年为善,可以考年力之老壮,交游之聚散,世道之兴衰。"⑤霍克思译《杜诗初阶》寓分体于编年之中,是一种较好的杜诗介绍方式,这种体例也为《杜诗初阶》对中国文化的有效传播增添了不少便捷。华裔汉学家罗郁正在其1969年的书评中就指出"全书的编排体例是其最大的优点"⑥。

采用注本体例,译者可以将有助于诗歌理解的背景知识一一添入,这无疑是

---

① David Hawkes,"Author's Introduction," David Hawkes tr. *A Little Primer of Tu Fu*, Oxford: the Clarendon Press,1967,p.ix.
② Ibdi.,p.ix.
③ Ibid.,p.ix.
④ 杜甫著,浦起龙编著:《读杜心解·发凡》,北京:中华书局,1977年,第8~9页。
⑤ 杜甫著,杨伦笺注:《杜诗镜铨·凡例》,上海:上海古籍出版社,1980年,第11页。
⑥ Irving Yucheng Lo,"A Little Primer of Du Fu," *The Tsing Hua Journal of Chinese Studies*,Vol.7.2(Aug. 1969),p.239.

传播中国文化的最佳载体。我们发现很多汉学家在翻译中国典籍时都曾尝试过注本体例,它并非霍克思的独创,但霍克思译本却最为注重此载体的文化传播功效。美国汉学家罗伊(Roy Earl Teele,1919—1985)曾在他的《杜诗初阶》短评中提到霍克思杜诗译本编例与韦利日本诗歌短集《日本和歌集》(*Japanese Poetry: The Uta*)之间存在相似性。① 这也引起了我们欲将霍克思杜诗英译与韦利日诗英译对比的兴趣,从比较中我们不难看出霍克思《杜诗初阶》较之韦利注本在文化传播有效性上更胜一筹。

韦利《日本和歌集》出版于1919年,是一本薄薄的小册子,只有110页,不到霍克思杜译本(243页)的一半。内容包括导言、语法简介、书目、选诗与词汇表五方面,其中选诗属于正文部分,占85页,共译189首和歌,与霍译的212页只35首杜诗英译相比,其内容的繁简可想而知。从译诗这一主要部分来看,它和霍译杜诗的体例还是差别较大的。霍译此部分内容很丰富,前文已有详细分析,我们这里看看韦利译诗。韦利《日本和歌集》的此部分内容有两方面:一是呈左右排列的日文原文和英译文,二是文本下提供的字词解释,解释以小一号字体显示,有的文本下没有解释,最多的解释占11行,大多数为2~3行的短解,包括简单的日语语法分析、日语词义梳理,偶尔有诗句中所用技巧如双关的点拨,内容非常简略且几乎没有日本文化方面的介绍。而对中国文化的关注恰恰是霍克思翻译杜诗时所注重的。推究其中的原因,这与两位译者在翻译之初所预设的不同翻译目的有关。韦利译本早在20世纪初西方刚睁眼看东方之时,译者能够做到让西方人知道有东方文化的存在已是非常困难的任务,故而我们会看到韦利在他的译本序文中明确提到册中的英译文是"为了便利日语文本的学习,因为日本诗歌只有在原作中才能得到恰当的欣赏"②。也就是说,译本是为帮助日语原诗的学习。这看上去似乎与霍克思翻译《唐诗三百首》中杜诗的目的之一即帮助了解中国诗歌相似,其实两人的观念完全不同。在霍克思看来汉诗博大精深、内容丰富,杜诗背后总牵扯着复杂的时代背景,汉诗译介是与中国文化紧密联系在一起的,故而细细

---

① Roy E. Teele. "(Untitled Review) David Hawkes. A Little Primer of Tu Fu.," *Asia and Africa: China*, *Books Abroad*, Vol.43.1 (Winter 1969), p.151.

② Arthur Waley, "Introduction," Arthur Waley, *Japanese Poetry: The Uta*, Oxford: the Clarendon Press, 1919, p.8.

注释杜诗、翻译杜诗,希望通过学习汉诗、汉语了解中国诗人杜甫,连带了解杜甫所生活的唐朝及当时的文化。而在韦利看来,"古日语语法简单、词汇有限,掌握它只需要几个月的时间。读者如希望继续研究只需学习日语五十音图和大约600来个常见的汉字,他就能自己阅读原文了"①。韦利的和歌英译本更多起的是激起西方读者学习日语诗的兴趣及激起兴趣后在和歌学习过程中起一个对照解释的作用。换言之,韦利的重心在阅读和歌本身,这与霍克思将重心放在介绍汉语、汉诗及诗人杜甫这三方面是完全不同的。同样作为典籍导读的自学读物,通过与韦利《日本和歌集》的比照,霍克思《杜诗初阶》在体例编排上重视文化引介的特色变得更加鲜明。

再看与韦利齐名的英国另一重要汉学家翟理斯的《三字经》译本,也是可做对比的一例。《三字经》是如《唐诗三百首》一样的启迪蒙童的读物,翟理斯1873年出版的第一部汉英译作《两首中国诗》中其中一首就是指《三字经》②。当时翻译时,翟理斯没有提供中文原文和详细的注释。这一编排翟理斯自己也不满意,于1900年出版重译本,书的容量由原来的28页增至178页,这时的编排体例可与霍克思《杜诗初阶》做对比。三字一句的原文,每个汉字底下注威氏拼音,拼音的右上角用阿拉伯数字1~4标明其声调,威氏注音下是其对应的每个字的字面义直译,右边列出此句的流畅英译。最后是参考许慎《说文解字》对此句的三个汉字一一进行注释,解释其字形、用法及意义。诗文中所涉及的历史、文化、典故,翟理斯也会进行简单的分析与介绍。以翟理斯《三字经》译本的第一句为例:

1. 人　　之　　初
Jen^2　chih^1　ch'u^1 ⎫
　　　　　　　　　　　⎬ Men at their birth
Man　arrive　beginning ⎭

Jen is a picture of the object, Shakespeare's forked radish.
Like all Chinese characters, it is the expression of root idea,
humanity, collectively and individually; and its grammatical
functions vary in accordance with its position in a sentence

---

① Arthur Waley, "Introduction," Arthur Waley, *Japanese Poetry: The Uta*, Oxford: the Clarendon Press, 1919, p.8.
② 另一首为《千字文》。

and the exigence of logic.The context,lines 3 and 4,here calls for a plural. Chih originally meant to issue forth as grass from the ground; and by extension, to meet, to arrive at. It has come to be used conventionally as a sign of the possessive case, a particle of subtle influence, and a demonstrative pronoun; also, from its shape = zigzag.

Chu is composed of 刀 tao knife as radical, and 衣 i clothes (衤 in combination), and is said to derive its meaning from the application of a knife or scissors to a piece of new cloth.①

从以上所举例子我们可以直观地感受到翟理斯《三字经》译本的体例也是一种注本格式，只是由于译介对象所限以及翻译预设目标不同，翟理斯的注本与霍克思《杜诗初阶》相比无论在内容的广度还是深度上都要浅显得多。因为《三字经》是中国儿童启蒙读物，内容浅显，比起同为"俾童而习之"的《唐诗三百首》没有"白首亦莫废"的价值，更何况霍克思所选的是其中文化信息容量极大的杜诗。翟理斯在其译本序言中指出："对于希望掌握中国书面语，希望养成汉语思维习惯的外国人而言，《三字经》的重要性是不言而喻的。真正要想学习中国语言的外国学生，如果模仿中国孩子的做法把整本书背熟定能掌握好中文。"②显然，他的语言学习目的，使他的译著更多停留在语言阐释的层面，缺少灵活运用所掌握的中国文化为西方读者进行深入浅出的文化阐释的游刃有余感。正如翟理斯所指出的，原文文字洗练，"许多外国翻译者根本不理解《三字经》的意思"③，故而他首先要解决的是语言文字的理解问题。

美籍华裔汉学家刘若愚曾在其《语际批评家——中国古诗评析》(*The Interlingual Critic: Interpreting Chinese Poetry*, 1982)一书中用精辟的语言描述过"作为批评家的译者"(the critic-translator)，此处借用来形容从事杜甫诗选译阶段的霍

---

① Herbert A. Giles translated and annotated, *SAN TZU CHING* 三字经, *Elementary Chinese*, New York: Frederick Ungar Publishing Co., 1963 republished revised second edition, p.2.
② Herbert A. Giles, "Preface," Herbert A. Giles translated and annotated, *SAN TZU CHING* 三字经, *Elementary Chinese*, New York: Frederick Ungar Publishing Co., 1963 republished revised second edition, pp. v–vi.
③ Ibid., pp.v–vi.

克思,"由于批评家译者所定位的读者群大概是那些希望在译诗中求索知识而不仅仅是乐趣的读者,故而对批评家译者而言翻译中更重要的是教育读者而不是娱乐读者。在这样的译者看来,译文实际上不是结束,而只是阐释过程的一个部分"①。这其实从另一方面回应了阅读霍克思所译杜诗后读者的感觉——"自己尝试翻译的跃跃欲试感"(engage in a translation of his own)②。

(四)《杜诗初阶》的交流价值界定

译本的注本体例为《杜诗初阶》传播中国文化提供了便捷之道,译本中成功融入了极其丰富的中国文化知识。

1. 教习中国语言的优秀教材

《杜诗初阶》译本是中英文学交流语境下的一本教习汉语的优秀教材。书中每一个汉字的对应英译都有语义解释,一些有着特殊或丰富用法的词语还另行列出以进一步地解释,对于初学汉语者而言非常便利与实用。另外,译本还为汉语初学者提供了大量汉语语法知识。

书后则附有《杜诗汉语拼音词汇表》(Vocabulary),列出的是诗中出现的汉字的汉语拼音、词性、词义、序列(此诗在书中的顺序排列)及行数等内容,对于该字所构成的词组在同一条目末列出。整个词汇表以汉语拼音统领,按26个字母的顺序排列,共24页,可以说是学习汉语的一本简易小字典。试以索引首条"哀"为例,霍克思原文为"āi, v.to lament, grieve for 5.0, 7.0; s., sorrow 31.24; adj., mournful 33.1. āi-yín, āi-zāi"③。"āi"为读音,"v."为词性,"to lament, grieve for"为词义,"5.0, 7.0"表示出现在第五首标题和第七首标题中,最后的"āi-yín, āi-zāi"是杜诗中出现的有关"哀"的词组,在"哀"这个单字中先列出,具体解释则另列一条,格式与单字解释顺序同。附录二《杜诗中人名、地名及书名索引》(Index)是学习汉语专有名称的好帮手,它也以汉语拼音的形式出现,之后是对此名称的解释,然后

---

① James J.Y.Liu, *The Interlingual Critic: Interpreting Chinese Poetry*, Bloomington: Indiana University Press, 1982, p.49.
② Irving Yucheng Lo, "A Little Primer of Du Fu," *The Tsing Hua Journal of Chinese Studies*, Vol.7.2 (Aug. 1969), p.240.
③ David Hawkes, "Vocabulary," David Hawkes tr. *A Little Primer of Tu Fu*, Oxford: The Clarendon Press, 1967, p.214.

是此称在书中出现的页码,多次出现的则把所有页码均列出。以"安禄山"一名为例,"An Lu-shan,foreign mercenary favoured by Li Lin-fu and Hsüan-tsung who rebelled in 755,24,29,36,38,41,74,89,116,118,131,152,194,211"①。

英联邦国家诗歌奖获得者维克拉姆·赛思(Vikram Seth,1952—),诗体小说《金门》(The Golden Gate:A Novel in Verse)的创作者,1992年他曾出版译著《三个中国诗人》(Three Chinese Poets),英译李白、杜甫和王维三人的诗作。据赛思回忆,"他有关中国古典汉语的所有知识几乎都是依靠自学霍克思的《杜诗初阶》"②获得的。

2.学习中国诗歌的经典读本

《杜诗初阶》不仅翻译了杜甫35首诗歌,而且对中国诗歌基础知识,包括诗体形式及诗歌特征等进行了普及,是西方读者了解汉诗、学习汉诗的经典读本。

首先是有关诗体形式的介绍。如乐府诗与古诗:霍克思在《兵车行》的诗体部分创造了"中国歌谣体"(Chinese Ballad)一词来翻译中国诗歌中的一类特殊形式"乐府"诗。西方熟悉的歌谣体实际上是个比中国乐府诗范围更大的概念,霍克思概括了中国歌谣体的四点特征:允许一定的韵律变化。允许出现少量如"君不见""君不知""君不闻"一类的口语词,这些词通常不被计算在音步内,纵使要算入也被处理成音节。另外,如同世界其他地方的民歌,偏爱重复咏叹特别是顶针(linking iteration)一类在严肃诗歌中需回避的技巧。最后,与世上所有民谣一样,采用对话形式,或者说实际上是戏剧独白,由诗中一个读者充当诗人自身的虚拟角色比如科勒律治诗中"去赴婚宴的宾客"、杜甫诗中"道旁过者",由他们首先提起问题引出一场对话。有时诗人甚至懒得假设某种角色而是直接向诗中的主要人物提问。③《佳人》一诗中霍克思试图为西方读者简单区分乐府诗与古诗两种诗体。他提醒西方读者注意《佳人》形式上虽然与《哀王孙》《丽人行》《兵车

---

① David Hawkes,"Index,"David Hawkes tr.*A Little Primer of Tu Fu*,Oxford:the Clarendon Press,1967,p.239.

② Rachel May and John Minford,"Notes on Contributors:Vikram Seth,"Rachel May and John Minford ed. *A Birthday Book for Brother Stone for David Hawkes,at Eighty*,Hong Kong:The Chinese University Press,2003,p.363.

③ David Hawkes,"Ballad of the Army Cart,"David Hawkes tr.*A Little Primer of Tu Fu*,Oxford:The Clarendon Press,1967,pp.10-11.

行》《哀江头》四首相似,但它却不能归为歌谣体,原因在于"它比传统的歌谣体更为简洁与富于沉思性,实际上是对《古诗十九首》中那些早期五言诗的成功模仿与创新,故应属于五言古诗"①。从古诗的精练性入手,霍克思教给了西方读者一种辨别与掌握古诗与乐府差别的方法。《印第安那中国传统文学指南》(The Indiana Companion to Traditional Chinese Literature)中也认为"古体诗是汉乐府的发展"②。这也许就是萧涤非在《关于"乐府"》一文中所提到的"乐府通俗自然,常用方言口语,古诗则比较典雅,后来更趋雕琢"③的含义吧。再如,古诗与律诗的区分。借助《望岳》一诗,霍克思为读者区分了中国诗歌中五言古诗与五律。他指出《望岳》虽然中间两联皆有极好的对仗,但却不属于近体诗/律诗,原因在于它没有遵循格律诗繁复的平仄音律(the elaborate rules of euphony)。④ 到介绍《至德二载》这首五律时,霍克思正好利用它再次巩固律诗与古诗的诗体知识。霍克思指出,《至德二载》虽中间两联没有严格对仗却属于五律,而《望岳》一韵到底且中间两联对仗完美却被归为五言古诗,原因在于"对中国诗评家来说,区分诗体最关键的因素是(格律中的)声调模式(tonal pattern)"⑤。霍克思笔下的"声调模式"以通俗的话来说即近体诗必须严格遵循的平仄格式,关于这点,霍克思的说法是正确的。

其次,是关于汉诗特征的介绍。霍克思利用具体诗作所提供的例子向西方读者一一道出中国诗歌的一些典型特征。如通过对《佳人》"零落依草木"中"依"的分析,霍克思告诉西方读者要注意理解汉诗细腻的笔触,不能满足于粗读时所得到的那个简单印象。"依"有"fall back on, go to live with""follow, accord with"和"rely on"等含义,其丰富的含义使诗歌更具神秘与多义性。再如《蜀相》"映阶碧草自春色,隔叶黄鹂空好音"二句中"自"与"空"两字用得非常活,霍克思以此二

---

① David Hawkes, "A Fine Lady," David Hawkes tr. *A Little Primer of Tu Fu*, Oxford: The Clarendon Press, 1967, p.82.
② JR William H. Nienhauser, *The Indiana Companion to Traditional Chinese Literature*, Tai Pei: Southern Materials Centre, INC, 1986, second revised edition, p.59.
③ 萧涤非:《关于"乐府"》,《萧涤非说乐府》,上海:上海古籍出版社,2002年,第134页。
④ David Hawkes, "On a Prospect of T'ai-Shan," David Hawkes tr. *A Little Primer of Tu Fu*, Oxford: The Clarendon Press, 1967, p.3.
⑤ David Hawkes, "Sad Memories," David Hawkes tr. *A Little Primer of Tu Fu*, Oxford: The Clarendon Press, 1967, p.63.

字为例,向西方读者说明杜诗中每一字都负载着最大的信息量。他说:"'自'与'空'均作副词。黄鹂空有一副好嗓子,因为没有人在那儿听它歌唱;碧草独自碧绿,因为没有人在那儿关注它。杜甫以巧妙的手法运用这两个普通字眼却起到了暗示祠堂安静与偏僻的效果。"①在《登楼》一诗的译介中,霍克思则向西方读者介绍了中国文学中一大类——登临诗的创作特色。他首先提醒读者注意在他这部小小的集子中已有三首登临诗(《登楼》《登高》和《登岳阳楼》),并以《登楼》为例,指出"玉垒浮云变古今,北极朝廷终不改"表达了一种对自然与时空的思索,是杜甫登临诗的一大特色。杜甫常常会在思索大自然的神奇时获得一种神秘的体验,且他又总是能很快从景色的沉思中联想到家庭、政治或疾病缠身等现实事务。② 且这一创作特色甚至在杜甫的非登临诗中也有表现,霍克思在释译《古柏行》时为读者点明"云来气接巫峡长,月出寒通雪山白"又体现出了杜甫创作的上述特色:"云来气接巫峡长,月出寒通雪山白"表示的是东面巫山的云来与古柏之气相接,西面雪山之月出与古柏之寒相通。这样一种夜晚实境中难见的景象"不仅是一种夸张的写法,更是杜甫惯常在赏景或观物时常有的一种超越眼前事物的'视界'"③。

3.展示中国文化的上好书本

杜甫诗中有很多的典故与民俗,霍克思也从不漏过。这样的例子太多,此处限于篇幅,只略举一二。

《客至》"但见群鸥日日来"一句,霍克思把海鸥与中国传统文化中好"清""静""简""朴"相连。他批评大多数学者认为杜甫借此句抱怨被人忽略,只有海鸥来访的阐释。在霍克思看来,杜甫借此句在自豪地夸耀他的村舍有多么僻静、多么与世无争,而他与自然又多么接近。他犹如自然之子,能与海鸥为友。④ 同一首诗中"樽酒家贫只旧醅"一句的"旧醅"指的是旧时粗酿还没有过滤的酒,霍

---

① David Hawkes,"The Chancellor of Shu,"David Hawkes tr. *A Little Primer of Tu Fu*,Oxford:The Clarendon Press,1967,p.106.
② David Hawkes,"On the Tower,"David Hawkes tr. *A Little Primer of Tu Fu*,Oxford:The Clarendon Press,1967,pp.126-127.
③ David Hawkes,"Ballad of the Old Cypress,"David Hawkes tr. *A Little Primer of Tu Fu*,Oxford:The Clarendon Press,1967,p.161.
④ David Hawkes,"The Guest,"David Hawkes tr. *A Little Primer of Tu Fu*,Oxford:The Clarendon Press,1967,p.110.

克思对于诗中杜甫待客时的抱歉语气非常敏感,他发现此处东西方文化的差异,为读者解说道:"在欧洲,主人不会为陈酒道歉,但杜甫时代的中国人却喜欢新酒。"①霍克思确实说得不错,实际上,"酒越陈越好"为现代观念,最早始于制酒的蒸馏技术普及之后的宋代。古代中国人喜欢新酒,直到杜甫生活的唐代,中国还没有蒸馏酒,户户所饮皆为自酿的米酒,所存时间愈长,酒中的乙醇愈易氧化变味,故而陈酒自是不佳的。

又如《韦讽录事宅观曹将军画马图》一诗中霍克思对"(今之新图有二马,复令识者久叹嗟。)此皆战骑一敌万,缟素漠漠开风沙。其余七匹亦殊绝,迥若寒空杂霞雪"几句的解释也很精彩。此四句乍一看排列突兀,首句写马,次句却言背景,三句复写马,四句又回说背景。中国学者以混合手法(interweaving)来解释,霍克思却提供了一个新颖的视角。他认为这是长幅卷轴画展开时的独特现象。人们看巨幅卷轴画时通常一面用左手展开卷轴画,一面用右手卷起已看的部分②,这样自然是先看到两匹最前边的马即拳毛𬴊和狮子花,然后是背景。背景是因为中国画通常把主要物体用大片的空白背景隔开。接着观众又看到另外七匹马,然后是马匹所立的背景。为了证明拳毛𬴊和狮子花很有可能是此幅卷轴画的最头两匹,他又引用了确曾看过此幅画的苏东坡的言语为证。苏东坡在他的诗歌集序言中提到,赏观此幅画时谈到的是拳毛𬴊和狮子花,霍克思觉得这增加了该画由此两马居首的可能性。③ 就这样,霍克思在解释诗作四句的内在联系的同时成功地向西方读者介绍了中国卷轴画的观看方式及中国书画的创作特点。

4.传递翻译思想的宝贵集子

在《杜诗初阶》中,霍克思有几处具体谈到如何处理中英翻译中所遇到的实际问题的文字,这些实践性很强的建议对于指导汉学科的学生或汉诗的自学者很有意义。它们不仅能够帮助他们更好地理解霍克思的译文,而且能引起他们对中英互译话题的兴趣。

首先,中国诗歌题目的英译问题。霍克思指出中诗与英诗在取题上有很大差

---

① David Hawkes,"The Guest,"David Hawkes tr. *A Little Primer of Tu Fu*,Oxford:The Clarendon Press,1967,p.111.
② 霍克思这一想法显然得益于他曾亲眼见过中国卷轴画的经历。
③ David Hawkes,"On Seeing a Horse-painting by Ts'ao Pa In the House of the Recorder Wei Feng,"David Hawkes tr. *A Little Primer of Tu Fu*,Oxford:The Clarendon Press,1967,p.152.

别：中国诗歌的诗题通常是动词短语，正如"望岳"一题，而英语诗歌题目则是名词性短语，如《利西达斯》(Lycidas)、《海外乡思》(Home Thoughts From Abroad)、《卷发遇劫记》(The Rape of the Lock)。这些中文里通常会说成《哀利西达斯》(Mourning Lycidas)、《海外思乡》(Thinking of My Homeland While in a Foreign Country)和《劫发》(Raping the Lock)。霍克思主张尊重中英语言上的差异，中文动词诗题《望岳》英译时可放心译为名词短语"On a Prospect of Tai-Shan"。《哀王孙》霍克思不是直译为 Lamenting a Young Prince，而是译为 The Unfortunate Prince。霍克思的这一主张无疑是正确的，值得肯定与借鉴。

其次，中国诗歌中的反问语气翻译问题。中国诗歌中存在大量的反问句，霍克思认为它们与英语中的否定陈述句相当。他在译诗《兵车行》的注释部分写下了这样一段话："注意：汉语在我们英语用否定陈述的地方经常使用的是修辞疑问句。英语译文中出现大量古怪反问句的原因正在于译者没有考虑到上述事实。当我们想表达'我不敢告诉你'时，却用'我敢告诉你吗？'这类句式，就不是地道的英语。"①《哀江头》中，霍克思在解释"江草江花岂终极？"②时，又强调了地道汉语在英语该用否定陈述的地方出现的是反问句。"岂终极"相当于英语中的"will never come to an end"（将永不终止），故而《哀江头》英译文中此短语霍克思翻译为"go on for ever, unmoved"，用否定表达原作的反问语气。③《至德二载》"移官岂至尊"一句在译诗中就成了"I am sure my present removal was not the doing of his Sacred Majesty"（我确信我现在的贬职不是至尊之皇的本意）。《宿府》中"中天月色好谁看"一句，霍克思认为这又是一个反问表否定的句子，故译为"there is no one to watch the lovely moon riding in the midst of the sky"④。总体而言，霍克思以上分析在把握中国诗歌反问句意上是没有太大问题的，中式反问确实是某种程度

---

① David Hawkes, "Ballad of the Army Carts," David Hawkes tr. *A Little Primer of Tu Fu*, Oxford: The Clarendon Press, 1967, p.15.
② 霍克思《杜诗初阶》中此句不知为何写成了"江水江花岂终极"，不过译文中又是以江草而不是江水来译，无论哪种均不影响此处的讨论。David Hawkes tr. *A Little Primer of Tu Fu*, Oxford: The Clarendon Press, 1967, p.50.
③ David Hawkes, "By the Lake," David Hawkes tr. *A Little Primer of Tu Fu*, Oxford: The Clarendon Press, 1967, p.54.
④ David Hawkes, "A Night at Headquarters," David Hawkes tr. *A Little Primer of Tu Fu*, Oxford: The Clarendon Press, 1967, p.131.

的否定,但切忌绝对化。

　　再次,中国诗歌的断句问题。中国诗歌断句较为灵活,有时一行就是一句,有时两行合为一句,有时甚至几行才是一个完整的句子,这样灵活的断句给西方译者造成很大困惑。对于这个问题,霍克思的判断是:"中国诗歌通常是在对句末尾而不是每行结尾标有段落符号。"①他分析《哀王孙》开首两句"长安城头头白乌,夜飞延秋门上呼"就是一个典型的第一行为主语、谓语动词在第二行的例子。他认为"很多译者因为不理解这一简单规则而造成翻译行为失败"②。同时,霍克思不忘提醒西方读者这一规则也并不是随时有效,他发现在中国古体诗(the Old Style Verse)中就时有不符的情况,并以古体诗《哀王孙》"窃闻天子已传位,圣德北服南单于。花门剺面请雪耻,慎勿出口他人狙"四句为例,指出"窃闻"之后,从"天子已传位"到"花门剺面请雪耻"都是"窃闻"的宾语。正是因为中国诗歌有断句的问题,霍克思在开篇为西方读者列出杜甫诗作原文时,选择了在每行末不带任何标点符号的方式。应该说,霍克思以上对中国诗歌的判断也是基本正确的,但他在实际的翻译操作中却有把断句问题绝对化之嫌——即基本均处理成"对句末尾就是句号所在"的定式——这就有问题了!

　　最后,就改译问题进行说明。当霍克思译文与原作有不同时,他均向读者做了交代,真实呈现了译者在翻译过程中的思考原貌,对后来的译者及研究者颇具参考价值。如《哀王孙》中"窃闻"霍克思简单处理成了"I've heard that",原作的"窃"有自谦以表对听话人尊敬的作用,霍克思的处理自然会引起质疑。故而霍克思特此加入一段文字,解释自己的考虑,他认为汉语中存在大量的谦辞与敬语,"不需要照字面直译,除非译者有意营造一种异国气氛"③。再如《咏怀古迹》"一去紫台连朔漠"中"紫"的翻译,霍克思在评注的对译部分为汉语"紫"选的是其直接对应词 purple,但他在其下特意单列说明虽然在中英对照字典中"紫"的英文是

---

① David Hawkes,"The Unfortunate Prince,"David Hawkes tr. *A Little Primer of Tu Fu*,Oxford:The Clarendon Press,1967,p.38.
② Ibid.p.38.
③ David Hawkes,"The Unfortunate Prince,"David Hawkes tr. *A Little Primer of Tu Fu*,Oxford:The Clarendon Press,1967,p.42.

purple,但在翻译中国宫殿城墙的颜色时最好还是用 red 而不是 purple。① 故此,霍克思在最后的正式译诗中选用了 crimson terraces(绯红的楼台)来译紫台,显然他的考虑非常周全。

概而言之,霍克思《杜诗初阶》诞生在英国教育机构大量兴起的 20 世纪 60 年代,严格意义上定位属于入门教材类翻译。但霍克思在为汉学科学生或自学者编写汉学读本的目标下,预设了最大限度向这些中国诗歌的爱好者传播中国文化的宗旨。从早期对杜诗的零星关注与节译尝试到确定向西方世界译介杜甫并选定《唐诗三百首》中的所有杜诗作为译介内容,其中的决定性因素就有有效传播中国文化的考虑。霍克思选择杜诗是因为其中含有丰富的历史文化内涵,能够达到其传播中国文化的目标;而他选定中国诗歌启蒙读物《唐诗三百首》中的杜诗作为最终的译介内容不仅是因为《唐诗三百首》符合汉学入门教材的限定,而且是因为此集在西方已有较普遍的接受市场(即已有译集),他可专注于中国文化的传播而不是杜诗的英译。其次,为了达到文化传播的目的,霍克思在译本编排体例上采用了注本体例,从诗歌题目、诗歌主旨、诗歌形式、诗歌背景、诗句赏析、语言知识介绍、典故民俗阐析等给予入选的杜甫诗全方位的解说,西方读者在阅读中不仅能够了解诗人杜甫的诗歌而且能够学习到大量的中国文化知识。而从《杜诗初阶》译本的文本内部考察,我们能梳理出其中所包含的丰富的中国文化知识,因而它在中英文学交流语境中是教习中国语言的优秀教材、学习中国诗歌的经典读本、展示中国文化的上好书本和传递翻译思想的宝贵集子。《杜诗初阶》在西方激起了一定的反响,在中英文学、文化交流史上有一定的地位,英语世界自霍克思后也不再有类似的注本体例的杜诗入门教材。

---

① David Hawkes, "Thoughts on an Ancient Site(1)," David Hawkes tr. *A Little Primer of Tu Fu*, Oxford: The Clarendon Press, 1967, pp.176-177.

第四章 中国古代话本小说在20世纪英国的翻译、评述及影响

第一节　中国古代话本小说的英译概述

中国古代话本小说在20世纪英国的翻译与评述也有比较丰富的成果。考虑到篇幅所限，本节拟对相关的话本小说英译本做些基本介绍，而关于邓罗译《三国演义》与大卫·霍克思译《红楼梦》，将分别以专节评述。

一、关于话本小说的英译简介

1905年，上海别发洋行出版了豪厄尔（E. B. Howell）编译的《今古奇观：不坚定的庄夫人及其他故事》（*The Inconstancy of Madam Chuang and Other Stories from the Chinese*），书中收入了《今古奇观》中的六篇译文，译者力图使西方读者了解一点中国的哲学、文学等。该译本出版后，得到英国学界的注意，著名的欧洲汉学刊物《通报》24卷1号（1924年）就发表过汉学大师伯希和撰写的评论。该译本于1925年由伦敦托马斯·沃纳·劳里公司（Thomas Werner Laurie Ltd.）再版。

1929年，英国汉学家杰弗里·邓洛普（Geoffrey Dunlop）翻译的《水浒传》七十回本的英文节译本，取名《强盗与兵士》（*Robbers and Soldiers*），由伦敦的杰拉德·豪公司（Gerald Howe）与纽约的克诺普夫公司（Knopf）出版。该书由邓洛普转译自埃伦施泰因（Albert Ehrenstein, 1886—1950）的德文节译本。

1929年，王际真（Chi-chen Wang, 1899—2001）译《红楼之梦》（*The Dream of the Red Chamber*）于伦敦乔治·路特里奇父子公司（George Routledge & Sons, Ltd.）出版。系《红楼梦》一百二十回本的节译本，有阿瑟·韦利序及译者导言，371页。韦利序言里认为"《红楼梦》是世界文学的财富"。王际真曾为哥伦比亚大学教授,中、英文以及翻译均是第一流的。王际真在英译本序言里说:"《红楼之梦》是中国最伟大的小说,是全然独辟蹊径之小说中的第一部。"

1939年,由库恩的德文节译本①转译的英文节译本《金瓶梅:西门与其六妻妾奇情史》(*Chin Ping Mei: The Adventurous History of His Men and His Six Wives*),由伯纳德·米奥尔(Bernard Miall)翻译②,全书分49章,共两卷,863页,伦敦约翰·莱恩(John Lane)出版社于本年出版,汉学家阿瑟·韦利撰写的导言,论述了《金瓶梅》的文学价值、创作情况、时代背景、作者考证、版本鉴定等。同一年,克莱门特·埃杰顿(Clement Egerton,1907—1960)在老舍协助下③,据张竹坡评点本译出的《金瓶梅》由伦敦乔治·路特里奇公司出版,改题为《金莲》(*The Golden Lotus*)。该译本在西方是最早、最完全的《金瓶梅》译本,被评论家们称为"卓越的译本"。④ 该译本出版后,于1953年、1955年、1957年、1964年又重印4次。第一版译文对小说中的诗词部分作了简化或删节,把一些所谓淫秽的章节译成拉丁文。直到1972年才出版完全的译本,第一版中的拉丁文都译成英文。英译本出版时,埃杰顿专门在扉页上写上:"献给我的朋友舒庆春!"在"译者说明"中,第一句话就是:"在我开始翻译时,舒庆春先生是东方学院的华语讲师,没有他不懈的慷慨

---

① 弗朗茨·库恩根据张竹坡评点本节译的德文节译本《金瓶梅:西门与其六妻妾奇情史》(*Kin Ping Meh ; oder, die Abenteuerliche Geschichte von His Men und Seinen Sechs Frauen*),出版于1930年,出版者为莱比锡岛社(Leipzig Insel-Verlag),全书分49章,一册(920页)。库恩是欧洲著名的中国古典文学作品翻译家,他翻译的《红楼梦》《水浒传》等在西方很受推崇。《金瓶梅》的英、法、瑞典、芬兰、匈牙利等译本,多半是根据库恩的德文本转译的。
② Chang,Su-lee:《评伯纳德·米奥尔译〈金瓶梅〉》,《亚洲评论》36卷(1940年,第616~618页)。
③ 首先,老舍帮助埃杰顿打下了良好的中文基础;其次,老舍可能为埃杰顿提供了《金瓶梅》中文原本;再次,老舍最初是埃杰顿英译《金瓶梅》的合作者。理解原文是翻译过程中极其重要的第一步。不能正确理解原文,译者就不可能产出高质量的译文。老舍十分耐心地为埃杰顿提供帮助,正因为如此,埃杰顿才会在"译者说明"里首先感谢老舍。
④ 老舍曾与埃杰顿在伦敦圣詹姆斯广场31号同住一层楼。后者当时在伦敦大学东方学院学中文。埃杰顿是位知识广博的学者,对社会心理学很感兴趣。他了解到《金瓶梅》是一部描写众多人物和复杂社会关系的杰作,是研究社会心理和文化的资料宝库。大约在1924年,埃杰顿开始翻译《金瓶梅》。老舍一面教他中文,一面帮助他翻译《金瓶梅》。

的帮助,我永远也不敢进行这项工作。我将永远感谢他。"①

1941 年,伦敦金鸡(The Golden Cockerel)出版社印行了哈罗德·阿克顿与李义谢(Lee Yi-hsieh,音译)合译的故事集《胶与漆》(Glue & Lacquer),内含《醒世恒言》的四个话本小说。此书后经伦敦约翰·莱曼(John Lehmann)出版公司重印,改题为《四谕书》(Four Cautionary Tales,1947),书中附译者注释及著名汉学家韦利所撰导言。

林语堂将刘鹗所著《老残游记》译成英文 A Nun of Taishan & Other Translations,1935 年由商务印书馆出版,1936 年又出版 A Nun of Taishan and Other Translations(即《英译老残游记第二集及其他选译》),仍由商务印书馆出版。这是林语堂"百科全书式"文化译介工程的组成部分。1948 年,刘鹗的名篇《老残游记》由杨宪益、戴乃迭(Gladys Yang)夫妇翻译成英文,由伦敦乔治·艾伦和昂温出版社刊行。此前(1947 年)该英译本已由南京独立出版社出版。杨宪益、戴乃迭两位先生长期致力于中国文学作品及文化典籍的英译工作,成就卓著。在推动我国文学走向世界的过程中,杨、戴两位先生功不可没。

1958 年,阿瑟·韦利的学生白之编译的《明代话本小说选》(Stories from a Ming Collection)在伦敦印行,颇受欢迎,由此确立了白之在英美汉学界的地位。该译本选译了冯梦龙编选的《古今小说》里的七篇作品:《乞丐夫人》(The Lady Who was a Beggar,原名《金玉奴棒打薄情郎》)、《珍珠衫》(The Pearl-sewn Shirt,原名《蒋兴哥重会珍珠衫》)、《酒与燕饼》(Wine and Dumplings)、《魂游》(The Journey of the Corpse)、《负尸行》(The Story of Wu Pao-an,原名《吴保安弃家赎友》)、《金丝雀谋杀案》(The Canary Murders,原名《沈小官一鸟害七命》)、《仙女

---

① 埃杰顿在这篇短短的"译者说明"里感谢了为其译本的翻译出版提供帮助的五个人,其中第一个即为"C. C. SHU": Without the untiring and generously given help of Mr. C.C. Shu, who, when I made the first draft of this translation, was Lecturer in Chinese at the School of Oriental Studies, I should never have dared to undertake such a task. I shall always be grateful to him. (Clement Egerton, 1939, XI) 1946 年,老舍在《现代中国小说》一文中写道:"明代最杰出的白话小说是《金瓶梅》,由英国人克里门特·艾支顿(Clement Egerton)译成英语,译本书名是 The Golden Lotus。在我看来,《金瓶梅》是自有中国小说以来最伟大的作品之一。《金瓶梅》用山东方言写成,是一部十分严肃的作品,是大手笔。奇怪的是,英译本竟将其中的所谓淫秽的章节译成拉丁文,看来是有意让读者读不懂。"(《中国现代文学研究丛刊》1986 年第 3 期)

佑护》(*The Fairy's Rescue*,原名《张果老种瓜得文女》)。① 在《明代话本小说选》的"导言"部分,白之指出《古今小说》的内容异常丰富,它真切地反映了明代的社会现实和人民的某些理想,其中某些因果报应的故事,同样充满着对慈爱精神的颂扬和对邪恶事物的深恶痛绝。另外,他还引用《古今小说》的一段序言,借以说明话本小说作为通俗文学的性质及功能,并且详细介绍了冯梦龙的生平及其在江南作家群里的影响,使得英国读者对话本小说及其辛勤的搜集、加工、编订者——明代最重要的通俗文学家冯梦龙,有了一个全面的印象。②

1961 年,吴世昌(1908—1986)的英文著作《红楼梦探源》(*On the Red Chamber Dream: A Critical Study of Two Annotated Manuscripts of the 18th Century*)在牛津大学出版社出版。本著为吴世昌在牛津大学讲学期间用英文写作的专著,前三卷于1956 年完稿,后两卷写于 1957—1958 年,次年对前三卷作了一些修改。著名汉学家阿瑟·韦利作序,称吴著突破了当时中国流行的"对艺术作品与社会环境的关系的研究",而着重探讨"其他领域,诸如作者生平与作品的关系,作者的生活经验升华进入作品的过程等"。此书有较大国际影响,英、美许多报刊发表书评给予肯定,伦敦《泰晤士时报文学副刊》赞赏该书是"《红楼梦》研究上重大跃进"。据吴世昌讲,去英之前,对《红楼梦》"从未下过功夫",到英之后,"因为有的学生研究《红楼梦》,由我指导,使我不得不对此书前、后两部分的作者,著作过程和版本年代这些问题重新加以考虑"。此书写作的时候,国内红学家们热衷于探讨《红楼梦》的社会政治意义、作者的思想观点、文学成就等问题。吴世昌却另辟蹊径,在《红楼梦》文本清理工作方面取得较大收获,因而颇受海外学者关注,被认为是《红楼梦》在英国译介的重大突破。

---

① 1948—1960 年白之在伦敦大学东方学院教中文期间,曾集中研究话本小说。1955 年《东方学院通报》(*Bulletin of the School of Oriental & African Studies*)第 17 卷第 2 号上发表了他的论文《话本小说形式上的几个特点》,第二年欧洲著名的汉学刊物《通报》又发表了他第二篇论文《冯梦龙和〈古今小说〉》(第 18 卷第 1 号)。

② 白之的哲学博士论文《古今小说考评》(*Ku-chin hsiao-shuo: A Critical Examination*),1954 年发表于伦敦大学。其所著《冯梦龙与〈古今小说〉》(*Feng Meng-lung and the Ku-chin hsiao-shuo*)载《东方与非洲研究学院学报》(*Bulletin of the School of Oriental and African Studies*)第 18 期(1956 年)。此文着重探讨冯梦龙与《古今小说》所收四十篇作品的关系。

二、关于《西游记》的英译①

作为中国四大古典小说之一,《西游记》自问世以来,不仅在中国本土家喻户晓,还陆续远播海外各国。在其外译版本当中,尤以英译版本数量最多、影响最广。

(一)《西游记》的片段英译

中国四大古典小说当中,《西游记》英译历程的开启要比其他三种迟上多年。目前所见,《三国演义》的英译始于1820年,《红楼梦》的英译始于1830年,《水浒传》的英译始于1872年,而《西游记》的英译则直到1895年才正式开启。

1. 吴板桥与《西游记》的首个片段英译

1895年,美国来华传教士吴板桥以《西游记》通行本为底本,选译了第十回"老龙王拙计犯天条 魏丞相遗书托冥吏"与第十一回"游地府太宗还魂 进瓜果刘全续配"的部分内容,取题名为"The Golden-Horned Dragon King; or, The Emperor's Visit to the Spirit World"(中译为《金角龙王,或称唐皇游地府》),由北华捷报社刊印。吴板桥此译是目前所见《西游记》最早的片段英译。虽然它独立成册,但正文只有16页,只能算是一本小册子,所以通常并不被视为《西游记》的第一个英译单行本。此外,这本小册子流传极少,所以后人基本上只能从一些二手资料里看到它的身影,无法对其展开深入考察。

2. 翟理斯与《西游记》片段英译

到了1901年,英国著名汉学家翟理斯才再次将《西游记》的片段英译展现给读者。该年,翟理斯编写的英文版《中国文学史》由海涅曼出版公司(W. Heinemann)在伦敦、阿普尔顿出版公司(D. Appleton)在纽约同时出版,并被列为"世界文学简史"第10种。在该书第八卷第三章"蒙元文学·小说"里,翟理斯向读者译介了《西游记》的部分章节②。

---

① 本部分由泉州师范学院图书馆郑锦怀与福州大学外语学院吴永昇执笔。
② Herbert A. Giles, *A History of Chinese Literature*, New York and London: D. Appleton, 1927, pp.281-287.

我们可以发现,翟理斯采用"音译+意译"的方法,将《西游记》书名译成"The Hsi Yu Chi, or Record of Travels in the West"。他指出《西游记》源于玄奘取经故事,简要介绍了孙悟空出世、学艺、大闹天宫、护送唐僧西天取经等情节,更选译了《西游记》通行本第七回"八卦炉中逃大圣　五行山下定心猿"中如来佛祖与孙悟空赌赛本领的故事情节,以及第九十八回"猿熟马驯方脱壳　功成行满见真如"中接引佛祖送唐僧师徒渡过凌云仙渡的故事情节。这是《西游记》首次进入英语世界的中国文学史著作。

自其问世以来,翟理斯的这本英文版《中国文学史》风行多年。不仅阿普尔顿出版公司曾重印该书十数次,格罗夫出版社(Grove Press)、昂加尔出版公司(F. Ungar)等出版机构也曾多次翻印过该书。这使得英语读者对《西游记》的了解不断加深,也对《西游记》在英语世界的形象演变产生了积极影响。

3.詹姆斯·韦尔与《西游记》片段英译

《西游记》的第三种片段英译问世于1905年。是年,詹姆斯·韦尔(James Ware)在上海北华捷报社出版的《东亚杂志》(East of Asia Magazine)第四卷上分两部分发表了《中国的仙境》(The Fairyland of China)一文。其中,《中国的仙境(一)》(The Fairyland of China, Ⅰ)包括"引言"与"第一部分";《中国的仙境(二)》(The Fairyland of China, Ⅱ)包括"第二部分""第三部分"与"第四部分"。

在"引言"中,韦尔首先介绍了玄奘取经的故事梗概,并指出《西游记》乃是以玄奘取经故事为基础。随后,韦尔翻译了尤侗为陈士斌评点本《西游真诠》所写的"西游真诠序",可见他乃是以陈士斌评点本《西游真诠》作为翻译底本。再后,韦尔还对《西游记》全书的内容与思想展开了细致点评。他将《西游记》与班扬(John Bunyan, 1628—1688)所著《天路历程》(The Pilgrim's Progress)进行对比,认为玄奘就是一位朝圣者,代表着人类的良知与道德;孙悟空则代表着容易误入歧途的人性;猪八戒代表着人类那些更为复杂粗鄙的情感,他想挣脱一切束缚,但良心上总是斗争不已;沙悟净则相当于《天路历程》中的恐惧先生,性格脆弱,需要鼓励。①

在"第一部分"中,韦尔摘译了陈士斌评点本《西游真诠》第一回"灵根孕育源

---

① James Ware, "The Fairyland of China, Ⅰ," East of Asia Magazine, 1905, Vol.Ⅳ, pp.80-83.

流出　心性修持大道生"至第七回"八卦炉中逃大圣　五行山下定心猿"的内容梗概,从灵猴出世,到孙悟空逃出八卦炉①。在"第二部分"里,韦尔摘译了第九回"陈光蕊赴任逢灾　江流僧复仇报本"②。在"第三部分",韦尔摘译了第十回"老龙王拙计犯天条　魏丞相遗书托冥吏"与第十一回"游地府太宗还魂　进瓜果刘全续配"③。到了"第四部分",韦尔又摘译了第十二回"唐主选僧修大会　观音显像化金蝉"至第十五回"蛇盘山诸神暗佑　鹰愁涧意马收缰"的内容梗概④。

4.马顿斯与《西游记》片段英译

1921年,弗雷德里克·斯托克出版公司(Frederick A. Stokes)在纽约推出了马顿斯(Frederick Herman Martens)由德文转译而来的《中国神话故事集》(*Chinese Fairy Book*)。此书源本为德国著名汉学家卫礼贤的德文版《中国民间故事集》(*Chinesisch Volksmarchen*),后者由出版商欧根·狄特利希斯(Eugen Diederichs)于1914年在耶拿初版,又于1919年、1921年等再版。

我们发现,《中国神话故事集》含有四篇《西游记》故事,即第十七篇《杨二郎》(XVII, *Yang Oerlang*)⑤、第十八篇《哪吒》(XVIII, *Notscha*)⑥、第六十九篇《扬子江的和尚》(LXIX, *The Monk of the Yang Tze-Kiang*)⑦、第七十四篇《心猿孙悟空》(LXXIV, *The Ape Sun Wu Kung*)⑧,都是根据《西游记》相关章节编译而成。

5.倭纳与《西游记》片段英译

1922年10月,哈拉普出版公司(George G.Harrap & Co.Ltd.)在伦敦推出了倭纳(Edward Theodore Chalmers Werner,1864—1954)所著《中国神话与传说》(*Myths & Legends of China*)一书。很快,在1924年1月与1928年10月,哈拉普出版公司又两次重印了该书。

该书第十四章的标题为"猴子如何成神"(How the Monkey Became a God),即

---

① James Ware,"The Fairyland of China, I ,"*East of Asia Magazine*,1905,Vol.IV,pp.83-89.
② Ibid., pp.120-121.
③ James Ware," The Fairyland of China, II ,"*East of Asia Magazine*,1905,Vol.IV,pp.121-122.
④ Ibid., pp.122-127.
⑤ Frederick Herman Martens,tr.*Chinese Fairy Book*,New York:Frederick A. Stokes,1921,pp.42-44.
⑥ Ibid., pp.44-53.
⑦ Ibid., pp.243-251.
⑧ Ibid., pp.292-329.

为《西游记》中的孙悟空故事集成①。倭纳介绍了《西游记》一书,并分析了唐僧、孙悟空、猪八戒与沙悟净的象征意义,但其分析几乎跟韦尔所论雷同,似有抄袭之嫌②。随后,倭纳编译了《西游记》中与孙悟空相关的主要情节,其实几乎就是《西游记》全书的内容梗概。其间,他选译了原书若干文字,尤其是对话。他将这些编译内容分为若干小节,每个小节自取题名,如"A Rod of Iron"(中译为《金箍棒》)、"Grand Master of the Heavenly Stables"(中译为《弼马温》)等。此外,该章还收有两幅中国艺术家创作的插图,即《黑河妖孽擒僧去》(*The Demons of Blackwater River Carry Away the Master*)③与《五圣成真》(*The Return to China*)④。

6.华人与《西游记》片段英译

1946年,美国纽约的科沃德-麦卡恩出版社(Coward-McCann)出版了高克毅(George Kao)编辑、林语堂导读的 *Chinese Wit and Humor*(中译即《中国的智慧与幽默》)一书,内收美籍华人翻译家王际真完成的《西游记》前七回英译文。这是目前所见,由华人自己推出的第一种《西游记》片段英译,在中国文学英译史上具有里程碑意义。

王际真之后,杨宪益与戴乃迭夫妇合作发表过多种《西游记》片段英译,大多刊登在《中国文学》(*Chinese Literature*)上面,包括1961年1月号(第五十九回至第六十一回的英译文,并附导言)、1966年5月号(第二十七回内附插图《孙悟空三打白骨精》一幅)。到了1981年,中国文学出版社出版了杨氏夫妇合译的 *Excerpts from Three Classical Chinese Novels*：*The Tree Kingdoms*, *Pilgrimage to the West*, *Flowers in The Mirror*(《中国三大古典小说选译：〈三国演义〉〈西游记〉〈镜花缘〉》),并列入"熊猫丛书"(Panda Books)。该书第二部分"The Flaming Mountain"(中译为《火焰山》)即是译自《西游记》中孙悟空三借芭蕉扇帮助唐僧过火焰山的相关章节。

1972年,美籍华人学者夏志清(C.T.Hsia,1921—2013)和美国汉学家白之合

---

① E.T.C.Werner, *Myths & Legends of China*, London, Bombay, Sydney：George G.Harrap & Co.Ltd., 1928, p.325.
② Ibid., p.326.
③ Ibid., p.352.
④ Ibid., p.368.

作,将《西游记》第二十三回译成英文,载于白之主编的《中国文学选集·第二卷(14世纪至今)》(Anthology of Chinese Literature, Volume Ⅱ, From the Fourteenth Century to the Present Day),题为《八戒的诱惑》(The Temptation of Saint Pigsy)①。

(二)《西游记》的英译单行本

1.李提摩太与《西游记》的第一个英译单行本

尽管吴板桥所译《金角龙王,或称唐皇游地府》独立成册,但它只有16页,太薄,难以让人信服地认为它就是《西游记》的首个英译单行本。事实上,学界一般认为,《西游记》的第一个英译单行本是由晚清著名来华传教士李提摩太(Timothy Richard,1845—1919)完成的。该译本题为 A Mission to Heaven, A Great Chinese Epic and Allegory(中译即《天国之行,一首伟大的中国讽喻史诗》),由上海广学会于1913年刊印。

细看李提摩太译本的书名页,我们可以获取大量信息。比如,由"A Great Chinese Epic and Allegory"可以知道,李提摩太强调的是《西游记》讽古喻今的文学功能。又如,从"By Ch'iu Ch'ang Ch'un A Taoist Gamaliel who became a Nestorian Prophet and Advisor to the Chinese Court"可以知道,李提摩太所据底本乃是增加了"天历己巳翰林学士临川邵庵虞集撰"的"原序"及《丘长春真君传》等内容的清代刻本《西游证道书》。此外,该译本卷首附有李提摩太于1913年10月在上海撰写的"Dedication"(题词)。由此推断,其出版时间应当就是在1913年10月。②

1931年5月,上海北新书局出版了一本《三国志与西游记》(Romance of the Three Kingdoms and A Mission to Heaven),列为"英译中国文学选粹第一辑"。该书为汉英对照本,选注者署名"嘉华、影清",其实就是袁家骅与石民。我们发现,该书内收的《西游记》英译片段便是选自李提摩太译本,但只包括第一回"灵根育孕源流出　心性修持大道生"、第五回"乱蟠桃大圣偷丹　反天宫诸神捉怪"与第七回"八卦炉中逃大圣　五行山下定心猿"③。

---

① Cyril Birch, ed., Anthology of Chinese Literature, Volume Ⅱ, From the Fourteenth Century to the Present Day, New York: Grove Press, Inc., 1972, pp.67-85.
② Timothy Richard, A Mission to Heaven, Shanghai: Published at The Christian Literature Society Depot, 1913.
③ 嘉华、影清选注:《三国志与西游记》,上海:北新书局,1931年,第155~265页。

2. 海斯与《西游记》的第二个英译单行本

1930 年,约翰·默里出版公司在伦敦、达顿出版社(E.P.Dutton)在纽约分别出版了海斯(Helen M.Hayes)完成的《西游记》一百回英文选译本,书名为 *The Buddhist Pilgrim's Progress*(中译即《佛教徒的天路历程》),正文共 105 页,列入"东方智慧丛书"(Wisdom of the East Series)。我们可以发现,该书直接标明乃是"译自吴承恩著《西游记》"(From the Shi Yeu Ki,"*The Records of the Journey to the Western Paradise*"by Wu Ch'eng-en)。

3. 韦利的《西游记》经典英译单行本

1942 年,乔治·艾伦与昂温公司(George Allen & Unwin Ltd.)在伦敦出版了著名汉学家阿瑟·韦利完成的《西游记》节译本《猴子》(*Monkey*)。1943 年,约翰·戴公司(The John Day Company,或称"庄台公司")在纽约再版了该译本。其后,又有丛树出版社(Grove Press Inc.)等多家出版机构重印过该译本,并被转译成西班牙文、德文、瑞典文、比利时文、法文、意大利文、斯里兰卡文等多种文字,成为《西游记》英译本中影响最大的一个译本。①

《猴子》全书共三十章,内容相当于《西游记》的三十回,约为原书篇幅的三分之一。从该节译本内容来看,构成《西游记》故事的三大主干部分,有两大部分即孙悟空大闹天宫及玄奘和唐太宗故事,在韦利译笔下做了原原本本的介绍。这样,读者对西天取经的孙悟空和唐三藏以及取经的缘起,便留下了完整印象。对参加西天取经的猪八戒与沙僧,甚至白龙马,韦利同样译出了有关章回,交代了他们的由来与出处。韦利省略的是第三部分即赴西天取经途中的经历,只选择三个典型故事,借以显出唐僧师徒路途的艰难。可见,韦利的《猴子》基本上再现了《西游记》的原貌与神韵。韦利在该书的序言中谈道:"《西游记》作者的写作技艺精妙绝伦,包含了寓言、宗教、历史和民间传说的许多内容。含蓄蕴借,寓意深远……唐三藏坚忍不拔克服各种艰难困苦,是为拯救大众;孙悟空奋力与各种妖

---

① 此据上海亚东图书馆 1927 年排印本选译,选译的内容为原书的第 1~15、18~19、22、37~39、44~49、98~100 回,共 30 回。书前并译有胡适关于《西游记》的考证文章。韦利对《西游记》评价很高,他在译者序里说:"《西游记》是一部长篇神话小说,我的选译文大幅度缩减了它的长度,省略了原著插进的许多诗词,这些诗词是十分难译的。书中主角'猴'是无可匹敌的,它是荒诞与美的结合,猴所打乱的天宫世界,实际是反映着人间封建官僚的统治,这一点,在中国是一种公认的看法。"

魔斗争,是名渴望自由的天才;猪八戒强壮有力,象征肉体的欲望,同时还有一种厚重的耐心;沙和尚则不太好理解,有的学者认为他代表真诚,即全心全意为事业的执着精神。"①它虽是节译本,但译文较为准确地传达了原著的风格,尤其是该书明快畅达而略带幽默的语言,深受欧洲读者的喜爱。胡适对这种翻译语言也颇为欣赏。②

4.瑟内尔的《西游记》英译单行本

1964年,保罗·哈姆林出版社(Paul Hamlyn)在伦敦出版了瑟内尔(George Theiner)翻译的 Monkey King(中译为《猴王》)。该书乃是由兹德纳·诺弗特纳(Zdena Novotná)的《西游记》捷克文选译本 Opičí král(捷克 SNDK 出版社于 1961 年在布拉格出版)转译而来,主要以《西游记》中与孙悟空相关的内容为主,同时书中还附有兹德涅克·斯克雷纳(Zdeneěk Sklenár)所作插图。

5.华人推出的《西游记》英译单行本

1977—1983年间,芝加哥大学出版社分四卷陆续出版了美籍华人学者余国藩(Anthony C.Yu)完成的《西游记》英译单行本,书名为 The Journey to the West。这是《西游记》的第一个英文全译本,而且通常被认为是当前最好的《西游记》英译版本。2006 年,芝加哥大学出版社推出了余国藩译本的删节版,书名为 The Monkey and the Monk(中译为《神猴与圣僧》)。

1990年,香港大学教授谭力海翻译的《西游记》(The Journey to the West)由台北的汉光出版公司(Hilit Pub. Co.)与北京的中国展望出版社(Prospect Pub. House)分别出版,并列为全十册"中国十大古典名著画集"(Pictorial Series of the Ten Greatest Chinese Literature Classics)的第 7 种。

6.詹纳尔的《西游记》英文全译单行本

1982—1986年间,外文出版社(Foreign Languages Press)分四卷陆续出版了英国翻译家詹纳尔(W.J.F.Jenner)完成的《西游记》英文全译本,书名为 Journey to the West。这是《西游记》的第二个英文全译本,也是中国本土最为流行、影响最大

---

① Arthur Waley, Preface, *Monkey*, London: George Allen & Unwin Ltd., 1942, p10.
② 胡适在 1943 年为该书写的序言中说道:"在对话的翻译上,韦利在保留原作滑稽幽默的风格及丰富的俗语表达方式方面着实非常精通。只有仔细比照译文与原作,才能真正察觉出译者在这些方面的良苦用心。"参见 Hu Shih, "Introduction To the American Edition",周质平、韩荣芳整理:《胡适全集·英文著述五》,第 39 卷,合肥:安徽教育出版社,2003 年,第 7 页。

的《西游记》英译版本。

到了 1994 年,外文出版社与香港商务印书馆分别一次性推出了詹纳尔译本四卷。2000 年 2 月,外文出版社又将詹纳尔译本纳入"大中华文库",分 6 册出版了汉英对照版。到了 2003 年 1 月,外文出版社又将詹纳尔译本纳入"汉英经典文库"出版,同样分为 6 册。短短数年之内,詹纳尔译本多次再版,并被纳入不同丛书,可见其风行程度。

(三)针对儿童读者的《西游记》英文改编本

在《西游记》英译史上,还出现了不少专门以儿童为潜在读者的英文改编本。针对儿童的阅读特点,这些版本通常篇幅较短,而且附有众多插图,对儿童读者来说较有吸引力。

1.欧美出版的《西游记》英文改编本

1944 年,纽约约翰·戴(John Day)公司出版了《西游记》的儿童版——《猴子历险记》(The Adventures of Monkey),为韦利《猴子》(Monkey)译文的节略本。该书仅包括《西游记》前七回(主要就是"孙悟空大闹天宫"),因为这七回对中国儿童来说最具吸引力,就如同米老鼠十分受美国儿童喜爱一样。同时,书中附有插图名家库尔特·威斯(Kurt Wiese)所作插图,对儿童读者颇有吸引力。《西游记》在西游世界的行旅中,韦利功不可没。

同在 1944 年,惠特莱锡出版社(Whittlesey House)与麦格劳-希尔图书公司(McGraw-Hill Book Company)在纽约同时出版了美籍华人陈智诚(Plato Chan)与陈智龙女士(Christina Chan)完成的《西游记》的英文选译本 The Magic Monkey(中译即《神猴》),书名之后标明为"改编自一则中国古老神话"(Adapted from an old Chinese legend),正文共 50 页,内附插图。

1973 年,韦利的妻子艾利森·韦利(Alison Waley)将韦利的《神猴孙悟空》(Monkey)缩写为《美猴王》(Dear Monkey),内附乔吉物·博纳(Georgette Boner)所作插图,由英格兰格拉斯哥的布莱基出版社(Blackie Academic and Professional)出版。此后,伦敦的科林斯出版社(Collins)、东京的讲谈社(Kodansha International)等多家出版社陆续再版了该书。由此也可以间接地看出韦利译本风行一时的无穷魅力。

1979年，埃莉诺·哈扎德（Eleanor Hazard）编绘的《美猴王》（*Monkey: A Selection of Incidents from a 16th Century Chinese Novel*）由美国加利福尼亚州拉霍亚市的绿虎出版社（Green Tiger Press）出版。

2. 中国本土出版的《西游记》英文改编本

中华人民共和国成立之后，外文出版社出版了《西游记》的不少英文改编本，其中有不少是以儿童为目标读者，内附插图。1958年7月，该社出版了一种英文画集 *Flaming Mountain*（中译为《火焰山》），系《西游记》中孙悟空三借芭蕉扇故事的英文改编本，由良士与徐宏达编绘①。1964年，该社推出了王星北改编、赵宏本与钱笑呆绘制插图的 *Monkey Subdues the White-Bone Demon*（中译为《三打白骨精》），并在1973年与1982年两次重印。1977年，该社出版了詹纳尔编译的 *Havoc in Heaven: Adventures of The Monkey King*（中译为《大闹天宫——猴王历险记》）。该译本是以动画电影《大闹天宫》脚本为翻译底本，亦即其内容主要来自《西游记》第3~5章；书内亦附有擅长书籍装饰的画家李士伋所作插图。1985—1986年，该社隆重推出了一套据《西游记》改编的英文儿童读物"美猴王丛书"（Monkey Series），包括《大闹天宫》（*Monkey Makes Havoc in Heaven*）、《三借芭蕉扇》（*Borrowing the Plantain Fan*）、《真假猴王》（*True and False Monkey*）、《无底洞》（*The Bottomless Cave*）、《玉兔精》（*Monkey Defeats Jade Hare*）、《盘丝洞》（*Seven Spider Spirits*）、《红孩儿》（*Catching the Red Boy*）等，均附精美插图。到了2007年，该社又重印了"美猴王丛书"，可见其魅力犹存。

1983年，朝华出版社出版了 *The Real and the Fake Monkey*（中译为《真假猴王》），列入"插图版中国经典故事丛书"（Picture Stories from Chinese Classics）。在这之后，还有颇多针对儿童读者的《西游记》英文改编本陆续问世，此处就不再赘述。

（四）《西游记》百年英译之分析

1. 译者分析

如前所述，若不计《西游记》英文改编本的译者，从1895年到1994年，共有13

---

① 文化部出版事业管理局版本图书馆编：《全国总书目（1958）》，北京：中华书局，1958年，第1332页。

位独立译者与两对翻译组合加入了《西游记》的英译事业。两对翻译组合均由华人与外国人组成,或为夫妇(杨宪益与戴乃迭),或为至交好友(夏志清与白之)。而 13 位独立译者,若按国籍划分,大致可以分为美国籍译者与英国籍译者。其中,英国籍译者较多,约占到 70%,共有 9 人,分别为翟理斯、韦尔、倭纳、李提摩太、海斯、韦利、瑟内尔、詹纳尔与谭力海;而美国籍译者则仅占 30% 左右,只有 4 人,分别是吴板桥、马顿斯、王际真与余国藩。我们也可以看到,13 位独立译者当中便有 3 位华人,即王际真、余国藩与谭力海,几乎占到四分之一。也就是说,华人译者也为《西游记》英译事业做出了重大贡献。而若按其职业身份划分,13 位独立译者的构成相对复杂。他们当中,既有传教士(如吴板桥、李提摩太),也有职业汉学家(如翟理斯、倭纳、韦利);既有知名的大学教授(如王际真、余国藩、谭力海、詹纳尔),也有很少为中国读者所知之人(如韦尔、马顿斯、海斯、瑟内尔)。

2. 载体分析

在《西游记》的众多英译版本当中,不少是以儿童为目标读者的英文改编本,且都是以单行本的形式,由海内外出版社公开出版发行。至于《西游记》的其他英译版本,载体呈现多样化态势,包括小册子(如吴板桥的《金角龙王,或称唐皇游地府》)、报刊(如韦尔的《中国的仙境》载于《亚东杂志》,杨氏夫妇的多篇译文载于《中国文学》)、研究论著(如翟理斯的《中国文学史》与倭纳的《中国神话与传说》)、译文集[如马顿斯的《中国神话故事集》、乔志高编辑的《中国的智慧与幽默》、杨氏夫妇合译的《中国三大古典小说选译:〈三国演义〉〈西游记〉〈镜花缘〉》、白之主编的《中国文学选集·第二卷(14 世纪至今)》]与单行本(如李提摩太的《天国之行,一首伟大的中国讽喻史诗》、海斯的《佛教徒的天路历程》、韦利的《神猴孙悟空》、瑟内尔的《猴王》,以及余国藩、谭力海与詹纳尔三人各自完成的《西游记》英译本)。

3. 翻译形式分析

通过考察,我们可以发现,《西游记》的众多英译版本大多由中文直接译成英文,仅有两种是经由其他语言而转译成英文,即马顿斯由德文转译的《中国神话故事集》与瑟内尔由捷克文转译的《猴王》。另外,早期问世的《西游记》英译版本多以摘译、选译和编译等形式为主,间或夹杂内容介绍与评论。尽管上海广学会在 1913 年就推出了《西游记》的第一个英译单行本,即李提摩太所译《天国之行,一首伟大的中国讽喻史诗》,但直到20世纪80年代,由美籍华人学者余国藩和英籍翻译家詹纳尔分别完成的两种《西游记》英文全译本才正式问世,并使《西游记》英译事业达到了巅峰。然而,在余国藩与詹纳尔之后,至今已经过去了将近30年,却未见再有译者尝试推出自己的《西游记》英文全译本。《西游记》英译事业似乎陷入了停顿状态,前景不容乐观。

4.出版时间与出版地分析

将英文改编本排除在外,《西游记》的其他英译版本在时间分布上显得较为平衡。从19世纪90年代到20世纪90年代,基本上每个10年间(20世纪50年代除外)都有若干种《西游记》英译版本问世。这表明,在这大约百年内,《西游记》的英译事业发展得较为平稳。到了20世纪80年代,余国藩与詹纳尔二人各自推出了自己的《西游记》英文全译本,使得这项事业达到了巅峰。但是,由于后继译者与后继翻译版本的缺失,《西游记》英译事业很快又跌入了低谷,几乎陷入停顿。也就是说,我们有必要以当前英语世界读者的欣赏品位与阅读需求为导向,推出具备一定市场吸引力的全新的《西游记》英译版本,将《西游记》英译事业继续推向前进。

我们也可以看到,在这大约百年间,《西游记》的英译版本基本上是在三国四地发表或出版,即中国的上海与北京、英国的伦敦、美国的纽约。上海推出的《西游记》英译版本仅有1895年吴板桥的《西游记》英译小册子与1905年韦尔的《西游记》英译片段两种。北京推出的《西游记》英译版本当中,部分集中载于中华人民共和国成立之后新办的《中国文学》杂志上,而詹纳尔译本虽然是仅有的两种英文全译本之一,但它在英语世界的影响力相对于余国藩译本来说则要小很多。也就是说,上海与北京推出的《西游记》英译版本所产生的影响相对不是那么广泛、深远。伦敦与纽约推出的《西游记》英译版本多是以单行本的形式呈现,其中既有影响深远的翟理斯著英文版《中国文学史》,也有多次再版重印的韦利《西游记》英译单行本。由于伦敦与纽约在英语世界乃至全球的重要地位与示范效应,在这两大城市出版的《西游记》英译版本产生的影响要比在上海和北京推出的《西游记》英译版本大得多。从某种意义上来说,《西游记》的英译中心相对集中,而这也是中国古典文学英译史上的一个共通之处。因此,如果未来我们想要推动中国文学英译事业,应当瞄准伦敦与纽约两地的翻译出版力量与文化市场,而不应仅仅在国内自唱自和。

5.翻译目的分析

近百年间,译者们基于不同目的参与到《西游记》英译事业中来。他们的翻译目的随着个人身份与社会历史环境的不同而显示出一定的差异。有些译者看到了《西游记》的宗教色彩,将它与基督教色彩十分浓郁的《天路历程》一书相提并论,并进行比较。比如,韦尔在其文中对唐僧师徒四人的性格进行了深刻分析,认为玄奘就是一位朝圣者,沙悟净则象征着《天路历程》中的恐惧先生,等等。又如,从"The Buddhist Pilgrim's Progress"这个英文书名,我们可以尽览海斯对《西游记》的认识。

《西游记》源于话本,而话本就是说话人讲故事所用的底本。也就是说,《西游记》的原始功能在于为听众提供休闲娱乐的材料。有些译者恰恰看到了《西游记》的休闲价值。比如,马顿斯在其《中国神话故事集》"译序"(Preface)中提到,中国的神话故事与《一千零一夜》相类,充满异国风情,希望读者可以像他翻译此书时一样,从中获得诸多乐趣。①

但更多的译者关注的则是《西游记》的文学价值。比如,翟理斯将《西游记》视为中国文学的重要组成部分,因而在其英文版《中国文学史》中译介了《西游记》的部分章节。又如,尽管李提摩太身为传教士,但他对《西游记》的根本评价却是"一首伟大的中国讽喻史诗",强调其诗学价值。再如,韦利对《西游记》故事性的认识与移植最为成功,其英译本曾多次再版或重印,甚至改编为儿童文学读本,是迄今为止最为流行、最有影响的《西游记》英译版本。

至于几位华人译者(或译者组合),则大多着眼于向英语世界介绍中国文化。比如,乔志高编辑的《中国的智慧与幽默》着眼于介绍中国文化,而其中收录的王际真《西游记》英译片段自然也意在如此。又如,杨氏夫妇在《中国文学》上发表过多篇《西游记》英译文,而《中国文学》杂志恰恰是中华人民共和国成立之后对外传播的重要阵地。

简而言之,《西游记》的百年英译,是中国文学走向世界的重要组成部分,为我们提供了丰富的案例。考察《西游记》英译历程,有助于我们把握中国文学在

---

① Frederick Herman Martens, tr., *Chinese Fairy Book*, New York: Frederick A. Stokes, 1921, pp. v - vi.

海外译介与传播的诸多特点,从中吸取教训、总结经验,为今后的中国文学外译事业提供指导,加快中国文化走向世界的步伐。

三、关于《聊斋志异》的英译①

《聊斋志异》简称《聊斋》,俗名《鬼狐传》,是清代小说家蒲松龄(1640—1715)创作的文言短篇小说集,共含491篇故事。该书在康熙十九年(1680)便已经初具规模,但直到乾隆三十一年(1766)才由赵起杲在浙江严州首次刻印传播。《聊斋志异》的外文版本(包括译文与译本)在19世纪中叶之后才陆续问世,其中尤以英译版本为数最多、影响最广。

就目前所见资料可知,《聊斋志异》最早于1842年正式传入英语世界。该年4月,来华传教士在中国出版的英文期刊《中国丛报》第11卷第4期刊载了一篇评论文章《〈聊斋志异〉,或来自聊斋的非凡传奇》(*Liáu Chái I' Chi, or Extraordinary Legends from Liáu Chái*)。该文并无作者署名,仅仅注明是一篇"通讯员评论文章"(Reviewed by a Correspondent)。但据美国学者韩南考证,这位佚名通讯员其实是晚清来华的德国籍新教传教士郭实腊(Karl Friedrich August Gützlaff,1803—1851)。② 郭实腊在这篇评论文章中简要介绍了蒲松龄的相关信息,并转录了《聊斋志异》中的九篇故事梗概,分别是《聊斋志异》第二卷的《祝翁》与《张诚》、第十一卷的《曾友于》、第四卷的《续黄粱》、第一卷的《瞳人语》、第三卷的《宫梦弼》、第五卷的《章阿端》、第九卷的《云萝公主》与第五卷的《武孝廉》。③

其后,在1848年,美国新教来华传教士卫三畏所著两卷本《中国总论》(*The Middle Kingdom*)由威利-普特南公司(Wiley & Putnam)在纽约和伦敦同时出版。在该书第一卷中,卫三畏简要介绍了《聊斋志异》,并选译了《种梨》和《骂鸭》两篇故事。④

---

① 本部分由吴永昇与郑锦怀执笔完成。
② 韩南:《中国近代小说的兴起》,徐侠译,上海:上海教育出版社,2004年,第81页。
③ Correspondent, "Liáu Chái I' Chi, or Extraordinary Legends from Liáu Chái," *The Chinese Repository*, April 1842, Vol.XI.No.4, pp.204–210.
④ S.Wells Williams, *The Middle Kingdom*, Vol.I. New York & London: Wiley & Putnam, 1848, pp.561–562.

1867 年 3 月 31 日，在香港出版的英文期刊《中日释疑》(Notes and Queries on China and Japan)第 1 卷第 3 期第 24~26 页，刊登了英国驻华外交官梅辉立①撰写的《书籍解题：〈聊斋志异〉》(Bibliographical: The Record of Marvels)一文。梅辉立在文中向读者介绍了《聊斋志异》与蒲松龄的相关情况，并且选译了《酒友》(Boon Companion)这篇故事的前半部分作为全文结尾。梅辉立指出，按照欧洲的标准来评判，《聊斋志异》故事枯燥乏味(bald and prosaic in the extreme)，叙事破碎零乱(broken)，但公平而论，蒲松龄在中国文学界的声誉与地位更多地是建立在其写作方式而非其作品内容上。梅辉立认为，蒲松龄的作品简单(concise)而纯粹(pure)，令人想起中国古代史家的写作特点，但他又旁征博引，还加入了许多插图，独具特色。② 梅辉立还以《酒友》为例，对《聊斋志异》的狐仙故事进行了简要分析。梅辉立在文末甚至提到，马礼逊在其《华英词典》当中将中国的"妖"比作英国作家斯宾塞所说的"仙后"(the Faery Queene)，但这一比喻既奇怪又不合适，由此可以推断马礼逊从未看过《聊斋志异》。③ 其言下之意就是，《聊斋志异》值得英语读者一阅。因此，梅辉立完全是看到了《聊斋志异》的文学价值，所以才撰文加以评介。

1874 年 7 月，《中国评论》(The China Review, or, Notes & Queries on the Far East)在第 2 卷第 6 期、第 3 卷第 1、2、3、4、5 期与第 4 卷第 1 期上分 7 次连载英国驻华领事阿连壁(Clement Frencis Romilly Allen, 1844—1920)翻译的《聊斋志异故事选译》(Tales from the Liao Chai Chih Yi)共 18 篇聊斋故事。据考察，《中国评论》各期分别刊登的聊斋故事如下：《考城隍》(The Apotheosis of Sung Chow)、《狐嫁女》(The Fox's Marriages)、《娇娜》(The Fortunes of K'ung Hsüeh Li)、《细柳》(Hsi Liu)、《赵城虎》(The Pious Tiger of Chao-Ch'eng)、《长清僧》(The Metempsyhosis of the Priest)、《青蛙神》(The Frog God)、《崂山道士》(The Taoist

---

① 梅辉立出生在英国统治下的澳大利亚，但 11 岁(1842)起便返回英国本土接受教育。1859 年，梅辉立来华，历任英国驻华公使馆中文翻译学员、议务总参等职，直至他于 1878 年病逝。梅辉立还是一位出色的汉学家，著有《棉花传入中国记》(Introduction of Cotton into China)、《中国辞录》(The Chinese Reader's Manual)等书。
② Mayers, "W.F.Bibliographical: The Record of Marvels," Notes and Queries on China and Japan, March 31, 1867, Vol.1, No.3, p.25.
③ Ibid., p.26.

Priest of Lao-shan)、《云萝公主》(The An Family)、《偷桃》(The Theft of the Peaches)、《巩仙》(The Fairy K'ung)、《西湖主》(The Lord of the West Lake)、《夜叉国》(The Country of the Sea Demons)、《丐僧》(The Sturdy Beggar)、《宫梦弼》(Kung Ming Pi)、《画皮》(Painting Skins)、《仇大娘》(Ch'iu Ta Niang)、《张诚》(An Account of the Porcelain Tower)。同时,第2卷第6期还载有阿连壁自撰的"引言" (Introduction)。

英国外交官、汉学家翟理斯是《聊斋志异》英译史上的重要人物,其独立完成的两卷本《聊斋志异选》(1880)译本共164篇聊斋故事,在伦敦出版后多次修订再版。他希望通过自己的翻译,让英语读者了解更为真实的中国,从而改变英语读者心中的扭曲了的中国形象。我们在本书第一章第二节已有相关的评述。

我们发现,后来有不少人从翟理斯英译本里选录若干聊斋故事。比如,1922年,伦敦的哈拉普公司出版了倭纳编译的《中国神话与传说》一书。该书共分为十六章,第十五章题为"狐仙"(Fox Legends),其中收录了在翟理斯译本基础上改写的5篇聊斋故事,分别是《河间生》(Friendship with Foxes)、《毛狐》(The Marriage Lottery)、《侠女》(The Magnanimous Girl)、《酒友》(The Boon-companion)、《真生》(The Alchemist)。① 又如,1925年,Robert M.McBride & Co.推出了巴雷特·H.克拉克(Barrett H.Clark)与麦克西姆·莱伯(Maxim Lieber,1897—1993)编选的《世界短篇小说杰作选》(Great Short Stories of the World, a Collection of Complete Short Stories Chosen from the Literatures of All periods and Countries),其中的中国部分从翟理斯所译《〈聊斋志异〉英译选集》选录了《珊瑚》(The Virtuous Daughter-in-law)这篇聊斋故事。② 再后,1927年,麦克西姆·莱伯(Maxim Lieber)与布兰奇·科尔顿·威廉姆斯(Blanche Colton Williams)编选的《各国故事集》(Great Stories of All Nations: One Hundred and Fifty-eight Complete Short Stories from All Periods and Countries)由哈拉普公司(Harrap)在伦敦与布伦塔诺出版公司(Brentano's Publishers)在纽约同时推出初版,内收翟理斯英译的聊斋故事《钟生》(The Donkey's

---

① E.T.C.Werner, *Myths and Legends of China, with Thirty-two Illustrations in Colours by Chinese Artists*, London: George G.Harrap & Co., 1922.pp.212-218.
② Barrett H.Clark & Maxim Lieber, *Great Short Stories of the World, a Collection of Complete Short Stories Chosen from the Literatures of All periods and Countries*, New York: Boni & Liveright, 1925.pp.546-552.

Revenge)。以上这些事实无不证明了翟理斯译本的持续生命力与影响力,而这恰恰也是《聊斋志异》英译事业在 19 世纪七八十年代达到高潮期的重要证据。

进入 20 世纪,《聊斋志异》的英译事业步入了平衡发展期,又有不少欧美译者陆续参与其中。比如,1907 年,特吕布纳公司(K. Paul, Trench, Truübner & Co., Ltd.)在伦敦出版了英国外交官、汉学家禧在明(Walter Caine Hillier,1849—1927)编写的两卷本汉英对照汉语学习教材《华英文义津逮》(*The Chinese Language and How to Learn It:A Manual for Beginners*)。禧在明在书中选取了《聊斋志异》中的《义犬》这篇故事作为课文,英文译为"The Dog That Repaid a Kindness"①。

1933 年 4 月,潘子延(Z. Q. Parker)将聊斋故事《马介甫》译为"A Crow Wife",发表在《中国科学美术杂志》(*The China Journal of Science and Arts*)第 18 卷第 4 期。目前所见,这是中国本土译者完成的聊斋故事的第一种英译版本。我们无法查知潘子延的具体生平,仅知道他是上海邮政局(Postal Service, Shanghai)职员。此前,潘子延也曾在《中国科学美术杂志》上连载了《三国演义》第四十二回至第五十回故事的英文节译《三国演义之赤壁之战》(*The Story of the Three Kingdoms: The Battle of the Red Cliff*),还曾将明清之际冒襄的《影梅庵忆语》译成英文,书名为"The Reminiscences of Tung Hsiao-wan",由上海商务印书馆于 1931 年出版。

1937 年,特吕布纳公司在伦敦出版了中国英语专家、著名汉英翻译家初大告翻译的《中国故事集》(*Stories from China*)一书,内收《种梨》《三生》和《偷桃》三篇聊斋故事。1946 年,纽约万神殿图书公司(Pantheon Books Inc.)出版了澳大利亚华裔汉学家邝如丝(Rose Quong,1879—1972)翻译的《中国鬼怪与爱情故事》(*Chinese Ghost and Love Stories*),内含 40 篇聊斋故事,书前附有德国哲学家、语言学家、翻译家马丁·布贝尔(Martin Buber)教授为《聊斋志异》德文译本撰写的德文"导言"的英译文。

细察 20 世纪问世的《聊斋志异》的一些英译版本,很多译者均未明确说明自己到底有何翻译意图。但是,我们亦可根据发现的一些蛛丝马迹,推断出其大致

---

① Walter Caine Hillier, *The Chinese Language and How to Learn It:A Manual for Beginners*, London:K. Paul, Trench, Truübner & Co., 1907.pp.149–151.

的翻译目的。

第一种是为外国人学习汉语提供材料。无论是禧在明的《华英文义津逮》（1907），还是卜朗特的《汉文进阶》（Introduction to Literary Chinese）①，都明显是为外国人学习汉语而专门撰写的教材。为了方便初学汉语的外国读者，禧在明不仅为其《义犬》英译提供了注释，还附上他自己译成白话文的《义犬》故事内容（改名为《报恩狗》）。我们还发现，禧在明在选择课文时具有明显的基督化倾向，并且在文言转变为白话的过程中对原文的情节多有所增益。而在《汉文进阶》中，卜朗特按中文原文、词汇表（中文、拼音、英文）、注释难词解释、译名的顺序排列所译5篇聊斋故事，且其译文简洁忠实，中间偶尔杂有中文，有助于降低外国人学习汉语的难度，提高效率。

第二种是为西方读者提供休闲文本。比如，马顿斯在其《中国神话故事集》（The Chinese Fairy Book）②"译序"（Preface）中提到，中国的神话故事与《一千零一夜》相类，充满异国风情，老少皆宜；同时，他使用简洁明了的语言对原文进行重述，希望读者可以像他翻译此书时一样，从中获得诸多乐趣。又如，福纳罗（Carlo de Fornaro）将德莫朗（Georges Soulie de Morant, 1878—1955）的法文版 Lescontes galants de la Chine 一书译为《中国十日谈》（The Chinese Decameron），明显是要让英语读者联想起意大利著名作家薄伽丘的《十日谈》，吸引他们的注意力。又如，卡彭特（Frances Carpenter, 1890—1972）选编的《中国奶奶讲故事》（Tales of a Chinese

---

① 1927年，俄国汉学家卜朗特（J. Brandt, 1869—1946）编写了一本供外国人学习汉语之用的教材，书名为《汉文进阶》（Introduction to Literary Chinese），由北协和华语学校（North China Union Language School）在北京初版。1936年，魏智（H. Vetch）在北京推出该书第二版；1944年，Frederick Ungar Publishing Company 也在纽约重新修订并出版了该书。卜朗特在书中选择了《种梨》（Planting a Pear-tree，第184~185、195页）、《妖术》（Magical Art，第206~207、219~220、231~232页）、《崂山道士》（The Taoist Priest of Lao-shan，第241~262、250~251页）、《考城隍》（Examination for the Post of Guardian God，第274~275、287~288页）与《赵城虎》（The Tiger of Chao-Ch'eng，第299~300、311~312页）这5篇聊斋故事的英译文作为课文。

② 1921年，纽约的弗雷德里克·斯托克斯公司（Frederick A. Stokes Company）出版了德国汉学家卫礼贤德译、美国人马顿斯（Frederick Herman Martens, 1874—1932）英译的《中国神话故事集》（The Chinese Fairy Book），内收百余个中国民间故事，包括《种梨》（The Miserly Farmer，第88~89页）、《小猎犬》（The Little Hunting Dog，第127~129页）、《蛰龙》（The Dragon After His Winter Sleep，第130页）、《夜叉国》（The Kingdom of the Ogres，第189~195页）、《白莲教》（The Sorcerer of the White Lotus Lodge，第209~211页）、《娇娜》（Giauna The Beautiful，第265~275页）、《青蛙神》（The Frog Princess，第275~283页）、《晚霞》（Rose of Evening，第284~292页）等多篇聊斋故事。

Grandmother)①明显是以儿童为潜在读者,为他们提供休闲之用的阅读材料。

  第三种则纯粹是出于介绍中国文学文化的良好意愿。对于两位中国本土译者潘子延和初大告来说,这种翻译目的几乎不言自明。法国汉学家德莫朗也是因为类似的原因而推出了《聊斋故事选》(*Strange Stories from the Lodge of Leisures*)。他在该书的"译序"中指出,中国小说(如《三国演义》、神鬼小说之类)对中国人心灵的影响比"十三经"还要大,但这些经常为人们所忽视,所以他选译了 25 篇聊斋故事,并且希望英语读者阅读这些故事时所形成的印象跟汉语读者一样。②

---

① 1937 年,纽约 Doubleday & Company 出版了美国人弗朗西斯·卡彭特选编的《中国奶奶讲故事》(*Tales of a Chinese Grandmother*)一书。该书以中国老奶奶给孙子孙女讲故事的形式,向读者介绍 30 个中国故事,其中包括《种梨》(*The Wonderful Pear Tree*)、《促织》(*Cheng's Fighting Cricket*)和《凤仙》(*The Maid in the Mirror*)三个聊斋故事。
② Georges de Morant, *George Soulié. Strange Stories from the Lodge of Leisures*, London: Constable & Company Ltd., Boston & New York: Houghton Mifflin Company, 1913. preface.

第二节　英国汉学家邓罗的《三国演义》英文全译本考察[①]

一、《三国演义》早期英译史回顾

《三国演义》全名《三国志通俗演义》,是中国第一部长篇章回体小说,中国四大古典名著之一。该书乃是明代小说家、戏曲家罗贯中(约1330—约1400)根据民间流传的三国故事、戏曲与话本,以及陈寿所著《三国志》等史料,结合自己的人生阅历创作而成。目前所见,该书现存的最早刊本是刻印于明嘉靖年间的《三国志通俗演义》,共二十四卷二百四十则,卷首附有明弘治甲寅(1494)庸愚子序、嘉靖壬午(1522)修髯子引,共二十四卷二百四十则。清康熙年间,毛纶、毛宗岗父子二人又将其修改成今日通行的120回本《三国演义》。

《三国演义》不仅在中国国内家喻户晓,还被译成十数种外国文字,在海外各个国家与地区广泛流传。其中,当以英文译文、译本数量最多,影响最大。

早在19世纪20年代初,英国人汤姆斯便节译了《三国演义》第一回至第九回,取名为 The Death of the Celebrated Minister Tung-cho(中译为《著名丞相董卓之死》),发表在 Asiatic Journal(《亚洲杂志》)第1辑第10卷(1820年12月)第525~532页、第1辑第11卷(1821年2月)第109~114页与第1辑第12卷(1821年3

[①] 本节由泉州师范学院图书馆郑锦怀执笔完成。

月)第 233~242 页。①

1849 年,美国汉学家卫三畏选译了《三国演义》第一回,取名为 Oath taken by members of the Triad Society, and notices of its origin(中译为《三结义》),发表在同年 6 月出版的 The Chinese Repository(《中国丛报》)第 18 卷第 6 期(Vol. XVIII No.6)第 281~295 页。②

1875 年 1 月,《中国评论》第 3 卷第 4 期第 191~205 页刊登了署名"X.Z."的译者节译的 San Kuo Chih(中译为《三国志》)。该文首先简要介绍了《三国志》的作者陈寿与小说《三国演义》的作者罗贯中,以及汉末、三国时期的历史演变,然后才节译了《三国演义》第一回至第九回的故事内容。③

19 世纪 70 年代末,英国汉学家司登得(G.C.Stent,全名 George Carter Stent,1833—1884;或译"斯坦特")译述了《三国演义》中描写的诸葛亮生平故事,取名为 Brief Sketches from the Life of K'ung-ming(中译为《孔明生平概略》),连载于《中国评论》第 5 卷第 5~6 期(1876—1877),第 6 卷第 2、3、4、6 期(1877—1878),第 7 卷第 1、2、4、6 期(1878—1879),以及第 8 卷第 1、2 期(1879—1880)。

英国汉学家翟理斯曾数译《三国演义》。最初,他节译了《三国演义》第七十八回"治风疾神医身死,传遗命奸雄数终"中描写的神医华佗故事片段,收入他的 Historic China and Other Sketches(中译为《历史上的中国及其他》,伦敦 Thos.de la Rue & Co.于 1882 年出版)一书第 45~50 页。这一片段在目录中称为 The Death of Ts'ao Ts'ao(中译为《曹操之死》),但在正文中却写成 Extract from The Story of the Three States(中译为《三国演义片段》)。

1900 年,翟理斯撰成《中国文学史》一书,由伦敦威廉·海涅曼公司于 1901

---

① 王丽娜所撰《中国古典小说戏曲名著在国外》误称汤姆斯所译 The Death of the Celebrated Minister Tung-cho 一文载"1820 年版《亚洲杂志》(AJ)第一辑卷 10 及 1821 年版《亚洲杂志》第一辑卷 11"。具体参见王丽娜编著《中国古典小说戏曲名著在国外》,上海:学林出版社,1988 年,第 7~8 页。

② 王丽娜所撰《中国古典小说戏曲名著在国外》误以为卫三畏摘译的《三国演义》第一回译文题名为 Oath Taken by Members of the Triad Society,还误认为该译文"载《中国丛报》(Chinese Repository)1849 年版第 18 期"。具体参见王丽娜编著《中国古典小说戏曲名著在国外》,上海:学林出版社,1988 年,第 8 页。

③ 王丽娜所撰《中国古典小说戏曲名著在国外》认为 San Kuo Chih "前有译者小序,对陈寿《三国志》和小说《三国演义》及其作者罗贯中都作了简单介绍",但实际上译者的这些介绍文字跟他的译文合为一体,并无所谓"译者小序"(Preface 或 Foreword)之类的标识。具体参见王丽娜编著《中国古典小说戏曲名著在国外》,上海:学林出版社,1988 年,第 8 页。

年初版,并列为戈斯主编的"世界文学简史丛书"(Short Histories of the Literatures of the World)之第十种;同年,美国纽约的阿普尔顿出版公司(D.Appleton & Company)也出版了该书,此后又有不同出版社多次再版该书。翟理斯在书中重新译述了华佗故事,译文前还附有对《三国演义》的介绍文字,放在该书第六部分(元朝)第三章[Book the Sixth:The Mongol Dynasty(A.D.1200—1368),Chapter Ⅲ The Novel],而并非像有些学者所说的那样独立成文,题名为 Dr. Hua(中译为《华医生》)。①

后来,翟理斯还据《三国演义》第二、第三回中"十常侍"专权的故事摘译了 Eunuchs Kinap an Emperor(中译为《宦官挟持皇帝》),又据《三国演义》中描述的关羽故事摘译了 The God of War(中译为《战神》),均收入其译文集《古文选珍》。该书最早由上海别发洋行与伦敦伯纳德·夸里奇出版公司(B.Quaritch)于 1884 年分别出版一卷本,至 1898 年重版。此后,翟理斯对其加以修订增补,分为上、下两卷,由上海别发洋行于 1922 年、伦敦伯纳德·夸里奇出版公司于 1923 年先后出版,其后又不断重印。而需要注意的是,收录《宦官挟持皇帝》与《战神》这两篇译文的并非初版而是增订版《古文选珍》。

1886 年,由北京北堂出版社(Peking Pei-T'ang Press,即北京北堂天主教堂)出版的 Journal of the Peking Oriental Society(中译为《北京东方学会杂志》,简称 JPOS)第 1 卷第 2 期(Vol.1 No.2)上刊登了德国外交官、汉学家阿伦特(Carl Arendt,1838—1902)撰写的 Parallels in Greek and Chinese Literature(中译为《希腊与中国文学的相同之处》)一文。② 阿伦特在文中选译了《三国演义》第四十一回、第四十二回、第一百零八回。

1902 年,《东亚杂志》(East of Asia Magazine,简称 EAM)创刊号(第 1 期)上刊载了美国人传教士兼教育家卜舫济(Francis Lister Hawks Pott,1864—1947)所译 Selections from "The Three Kingdoms"(中译为《三国选》),其内容是《三国演义》第二十九回、第四十一回、第四十六回的节译,每段译文中附有一幅插图。

---

① 王丽娜:《中国古典小说戏曲名著在国外》,上海:学林出版社,1988 年,第 10 页。
② 王丽娜所撰《中国古典小说戏曲名著在国外》称此文"载《北京东方学会杂志》(JPOS)1886 年第 1 期及第 2 期",有误。具体参见王丽娜编著《中国古典小说戏曲名著在国外》,上海:学林出版社,1988 年,第 10 页。

德国汉学家卫礼贤用德文编译了 Chinesisch Volksmarchen（中译为《中国神话故事集》一书），由 Jena 出版社于 1914 年初版，后又于 1919 年、1921 年等多次再版。该书内收由第十一回糜竺遇见火德星君的故事译述而成的 Der Feuer Gott（中译为《火神》）与由《三国演义》第七十七回"玉泉山关公显圣"译述而成的 Der Kriegs Gott（中译为《战神》）。后来，马顿斯（Frederick Herman Martens, 1874—1932）将该书译成英文，书名为《中国神话故事集》（Chinese Fairy Book），于 1921 年由纽约弗雷德里克·斯托克公司（Frederick A. Stokes Company）出版，而上述两篇故事分别译为 The Fire God（《火神》）与 The God of War（《战神》）。

杰米森（C. A. Jamieson）摘译了《三国演义》中的"草船借箭"故事，取名为 Chu-goh Leang and the Arrows（中译为《诸葛亮与箭》），载 1923 年在上海出版的《皇家亚洲学会华北分会会刊》新第 54 卷（NS, 54）。

不过，上面提到的这些《三国演义》英文译文均属于选译、节译、摘译或编译性质，而且大多发表在一些英文期刊上，或是被收入一些译文集或论著中。目前所见，仅有斯悌尔（Rev. John Clendinning Steele）翻译的 The 43rd Chapter of the Three Kingdom Novel, "The Logomachy"（中译为《第一才子书三国演义第四十三回，"舌战"》）由上海美华书馆（Presbyterian Mission Press）于 1905 年推出过单行本，至 1907 年又改名为 The Logomachy, Being The 43rd Chapter of the Three Kingdom Novel 再版。该书是专供外国人学习中文之用的读本，因此书中收录了《三国演义》第四十三回"诸葛亮舌战群儒，鲁子敬力排众议"中文全文，并附出版导言、译者序、人物索引、地图，以及对人名、地名、朝代名等专有名词的注释等。不过，由于该书仅选译了《三国演义》的第四十三回，内容明显单薄，分量不足，使得它在《三国演义》英译史上的重要意义大打折扣。

直到 1925 年，英国翻译家邓罗独立将《三国演义》全书译成英文，书名为 San Kuo, or Romance of the Three Kingdoms，由别发洋行分为两卷在上海、香港与新加坡三地同时出版。这是世界历史上第一种《三国演义》120 回英文全译本。在此之后，过了将近六十年，美国学者罗慕士（Moss Roberts, 1946—　）才于 1983 年试图将《三国演义》全书译成英文，而其译本到了 1991 年由美国的哥伦比亚大学出版社（University of California Press）和中国的外文出版社（Foreign Language Press）在美国共同出版，到 1994 年又由外文出版社在中国大陆首次出版。

作为第一个将《三国演义》全书译成英文的翻译家，邓罗理应在中国乃至世界翻译史上占据一席之地。可惜的是，到目前为止，中国学界对于邓罗的生平事迹了解不多。比如，李盛平主编的《中国近现代人名大辞典》仅仅这样介绍邓罗："英国人。1880年来华，任福建船政学堂航行教授。1898年进中国海关，历任各埠帮办、副税务司、税务司。把中国的古典名著《三国演义》译成英文，并于1925年在上海出版发行。1938年死于英国。"①林煌天主编的《中国翻译词典》对邓罗的介绍也大同小异。② 这种介绍不仅过于粗略，而且也存在疏漏、错误。因此，我们有必要更为深入细致地考察邓罗的生平，并认真地分析其《三国演义》英文译文，以便更好地了解邓罗在中西文学交流中做出的贡献。

二、邓罗生平简介及其著译活动

关于邓罗的生平活动，可供查考的资料极少。幸好在香港工作多年的英籍学者伊西多·西里尔·伽农(Isidore Cyril Cannon)从邓罗的孙辈那里收集到一些信件、相片等零碎且不大准确的信息，综合其他资料，撰写了 Charles Henry Brewitt-Taylor, 1857 – 1938: Translator and Chinese Customs Commissioner［中译为《邓罗（1857—1938）：翻译家与中国海关税务司》］③一文，从而向我们勾勒出了邓罗的家庭背景、工作情况等概况。后来，伽农还进一步撰写了 Public Success, Private Sorrow: The Life and Times of Charles Henry Brewitt-Taylor (1857 – 1938), China Customs Commissioner and Pioneer Translator［中译为《事业的成功与生活的悲哀：邓罗(1857—1938)，一位中国海关税务司与翻译先驱的生平》］一书，由香港大学出版社于2009年出版。

根据伽农的介绍，我们可以知道，邓罗于1857年12月11日出生在英国苏塞克斯顿郡的金斯顿地区(Kingston, Sussex)。邓罗的祖父是靠制造马车车厢为生，而邓罗之父曾在海军服役，可能参加过克里米亚战争，后来成为海岸警卫队员，并因

---

① 李盛平主编：《中国近现代人名大辞典》，北京：中国国际广播出版社，1989年，第764页。
② 林煌天主编：《中国翻译词典》，武汉：湖北教育出版社，1997年，第131页。
③ Isidore Cyril Cannon, Charles Henry Brewitt-Taylor (1857—1938), "Translator and Chinese Customs Commissioner," *Journal of the Hong Kong Branch of the Royal Asiatic Society*, 2005, Vol.45, pp.153-172.

此获得过一枚奖章。邓罗之父在 40 多岁时就因为健康状况不佳而提前退休,并在 1868 年 48 岁时切喉自杀。这对年幼而敏感的邓罗来说是一段痛苦难忘的经历。但是,家庭贫苦、父亲身亡也使得邓罗下定决心要改变自己的命运。

邓罗可能在当时尚在英国伦敦格林尼治的皇家医学学校(Royal Hospital School)就读过。该校专为有海军背景的具有一定天资的孤儿而设,开设有与航海相关的课程。

福建船政学堂于 1877 年派遣第一批留学生到欧洲留学,其中包括严复、陈季同、罗丰禄、萨镇冰等人。[①] 严复等人曾到设在格林尼治的皇家海军学院(Royal Naval Academy in Greenwich)就读,因此邓罗可能就是在此阶段于格林尼治结识严复等人,甚或结识了福建船政学堂的带队官员,对福建船政学堂开始有所了解,知道那里需要外籍老师,便向福建船政学堂申请并成功获得了一份教职,于 1880 年 10 月 1 日正式到福建船政局附属的福建船政学堂就职。[②]

1880 年 8 月到 1881 年 4 月间,翟理斯署理英国驻厦门领事,其间也担任过英国驻福州副领事。在此期间,邓罗与翟理斯交好。1885 年,翟理斯成为皇家亚洲学会华北分会会长,可能正是在其提名之下,邓罗也加入了该会。也正是从 1885 年起,邓罗开始以作家兼中国学家的身份出现,在若干英文杂志上发表了许多译文,多为中国小说包括《三国演义》的节译或选译。

1891 年,在离开福建船政学堂之后,邓罗便赴天津,来到其同乡赫德(Robert Hart,1835—1911)控制下的中国海关工作。[③]

1896 年夏天,邓罗请假返回英国。从英国回到中国后,邓罗并未返回天津海关,而是来到福州海关工作了一年左右的时间。1898 年 6 月左右,邓罗离开福州,途经上海,于 7 月到达北京,开始担任北京总税务司署的二等帮办前班(Second Assistant A Grade),后又署襄办汉文(Assistant Chinese Secretary)。1899 年初,邓

---

① 沈岩:《船政学堂》,北京:科学出版社,2007 年,第 125~129 页。
② Isidore Cyril Cannon, Charles Henry Brewitt-Taylor (1857-1938), "Translator and Chinese Customs Commissioner," *Journal of the Hong Kong Branch of the Royal Asiatic Society*, 2005, Vol.45, pp.156-157.
③ 英国学者魏尔特(Stantey F.Wright)所著《赫德与中国海关》也提到邓罗于 1880 年 10 月 1 日至 1891 年 9 月 30 日间在福建船政学堂执教,1891 年 11 月 1 日起则担任天津海关三等帮办前班(Third Assistant A Grade)达五年之久。参见魏尔特著,陈羖才等译《赫德与中国海关(下)》,厦门:厦门大学出版社,1993 年,第 575 页。亦有一些工具书如李盛平主编的《中国近现代人名大辞典》与林煌天主编的《中国翻译词典》等称邓罗是在 1898 年才进入中国海关任职,但此说不可信。

罗升为副税务司,到 1900 年又被任命为汕头代理税务司(Acting Deputy Commissioner of Swatow)。在经历了庚子之乱后,邓罗夫妇于 1900 年 9 月 21 日到达汕头就职。1901 年 7 月,邓罗离开汕头,到英国跟两个儿子团聚。1903 年初,邓罗被调任当时中国海关下属的上海地区邮局局长(District Postmaster in Shanghai)。过了大约 3 年,在 1905 年底,邓罗又前往云南蒙自担任代理税务司,到 1907 年曾带其妻回英国看病。1908 年夏,邓罗携妻返回北京,升任税务司(Commissioner),其后不久转任新创办的海关税务学堂总办(Co-Director of Customs College)。1912 年 4 月至 1913 年 4 月间担任总税务司署的总理文案(Acting Chief Secretary)。1916 年 3 月,邓罗调任(盛京)沈阳税务司。1919 年,邓罗再次请假回英国处理家庭事务。1920 年 4 月,邓罗调任重庆税务司。①

1920 年 10 月 30 日,邓罗在重庆辞职。其后,他返回英国,四处游历,过着一种十分悠闲的生活,直到 1938 年 3 月 4 日逝世。② 其间,他曾于 1924 年 5 月乘船再回中国,那大概是为他翻译的《三国演义》英文译本寻求出版③。到了 1925 年 12 月,邓罗所译《三国演义》英文译本由别发洋行分为两卷同时在上海出版。

邓罗没有接受过完整的大学教育,但他聪明好学,乐于从事翻译与研究活动,并最终成长为一名有影响的翻译家与汉学家。

1.邓罗英译《三国演义》之历程

此前,不少学者都认为,在推出其《三国演义》英文全译本之前,邓罗就已经节译过《三国演义》的部分章节。比如,王丽娜指出,邓罗"译《深谋的计策与爱情的一幕》(*A Deep-laid Plot and a Love Scene from the San Kuo*),载《中国评论》第 20 卷"。④ 又如,王尔敏的《中国文献西译书目》亦录有邓罗的这篇英文译文,称其为

---

① 魏尔特著《赫德与中国海关》介绍了邓罗的升迁情况,这与伽农所论略有不同:1898 年 5 月,邓罗升任北京总税务司署的署襄办汉文,1900 年 6 月 1 日起任副税务司,1908 年 1 月 1 日起升为税务司,1908 年 4 月起担任海关税务学堂总办达四年之久,1912 年 4 月至 1913 年 4 月间担任总税务司署的总理文案,后来又担任过盛京(沈阳)和重庆的税务司,最后于 1920 年 10 月 30 日在重庆辞职。
② Isidore Cyril Cannon, *Public Success, Private Sorrow: The Life and Times of Charles Henry Brewitt-Taylor (1857–1938), China Customs Commissioner and Pioneer Translator*. Hong Kong: Hong Kong University Press, 2009, p.167.
③ Ibid., p.153.
④ 王丽娜:《中国古典小说戏曲名著在国外》,上海:学林出版社,1988 年,第 10 页。

"A Deep-laid Plot and a Love Scene from the San Kuo.tr.by C.H.Brewitt-Taylor",载香港《中国评论》第 20 卷(1892—1893)。① 但他们的介绍都不够具体。我们考察得知,邓罗的这篇译文乃是节译自《三国演义》第八回"王司徒巧使连环计,董太师大闹凤仪亭",发表在 1892 年出版的《中国评论》第 20 卷第 1 期第 33~35 页。

不过,邓罗开始英译《三国演义》的时间还要更早,因为 1889 年 11 月出版的《中国评论》第 18 卷第 3 期上就已经刊登了邓罗的 The Death of Sun Tse(中译为《孙策之死》)一文,经考察乃是译自《三国演义》第 29 回"小霸王怒斩于吉,碧眼儿坐领江东"中与孙策死亡相关的部分,译文与原文一一对应,毫无遗漏。

其后,邓罗又在 1890 年 9 月出版的《中国评论》第 19 卷第 2 期中发表了《变戏法》(Conjuring)一文,经考察乃是译自《三国演义》第六十八回"甘宁百骑劫魏营,左慈掷杯戏曹操"中与左慈相关的内容。

再后,邓罗又在 1890 年 11 月出版的《中国评论》第 19 卷第 3 期上发表了《三国》(The San-Kuo)一文,简要介绍了《三国演义》内容概要(Gist of The Narrative)、人物(The Characters)、军队与战争(Battles and Armies)、作战方法与战略(Methods of Warfare and Strategy)、《三国演义》的文体风格(The Style of the San-Kuo)等。

由上可见,在 1890 年或更早之前,尚在福建船政学堂执教的邓罗就已经开始了对《三国演义》的翻译与研究,并在英文刊物《中国评论》上发表了 3 篇译文与 1 篇研究论文。1891 年到天津海关工作之后,邓罗继续翻译《三国演义》。但 1900 年 6 月 13 日晚,义和团放火烧毁了邓罗的住处,而他辛辛苦苦十多年才完成的《三国演义》英文译稿毁于一旦。② 这对邓罗来说无疑是一大打击。

不过,邓罗终究还是没有放弃将《三国演义》全书译成英文的雄心壮志。其后,他默默从事着这项艰巨而伟大的翻译活动,最终完成了世界历史上第一种《三国演义》英文全译本,并由别发洋行分为两卷于 1925 年 12 月在上海、香港与新加坡三地同时出版发行。

后来,在盛京(沈阳)就与邓罗结识并长期保持密切关系的叶女士(Evangeline

---

① 王尔敏:《中国文献西译书目》,1975 年,第 183 页。
② Isidore Cyril Cannon, *Public Success, Private Sorrow: The Life and Times of Charles Henry Brewitt-Taylor (1857-1938), China Customs Commissioner and Pioneer Translator*. Hong Kong: Hong Kong University Press, 2009, p.167.

Dora Edwards,1888—1957)编译了一本中国文学选集 *The Dragon Books*(中译为《龙书》),由伦敦的威廉·霍奇公司(William Hodge and Company)于 1938 年出版,邓罗还有幸在过世之前阅读过该书。① 该书内收邓罗《三国演义》英文全译本中的八段译文,包括刘备托孤遗诏、孟获银坑洞蛮俗、张飞夜战马超、关公刮骨疗毒、华佗入狱身死、曹操传遗命等内容。

2.翻译《官话谈论新编》

据伽农所言,1900 年 6 月 13 日晚上住处被焚毁时,邓罗还损失了他的另一本译著《谈论新编》(*Chats in Chinese*)的部分内容。② 邓罗到汕头就职期间又将丢失的部分补译完全,并于 1901 年 4 月在汕头撰写了一篇序言,同年又将整个译稿交由北京北堂出版社出版。该书的英文全名为 *Chats in Chinese. A Translation of the T'an Lun Hsin Pien*,而且其书名页顶端明确标注着"谈论新编"四个汉字。

据考察,邓罗所说的"《谈论新编》"其实就是金国璞与平岩道知合编的《官话谈论新编》。该书是当时比较流行的一种北京官话会话课本,最初由日本东京的文求堂书店于明治三十一年(1898)十二月十一日初版,到昭和十五年(1940)十一月一日已经印到第二十五版,可见其风行程度之高。不过,*Chats in Chinese* 一书正文共 253 页,但《官话谈论新编》的英文译文仅占 118 页,其后则是两种词汇表,每行一词,均按"罗马拼音—汉字—英文译词"的形式安置。由此也可以看出该书显然是为方便外国人学习中文而编译的一本教材。

不过,通过比对这两本书的前面几章,我们发现,《谈论新编》(*Chats in Chinese*)一书前 118 页英文译文也并非全部译自《官话谈论新编》一书,而是掺杂了来源未知的其他内容。

例 1:

Chats in Chinese Ⅰ:

What have you been working at lately?

---

① Isidore Cyril Cannon,*Public Success, Private Sorrow : The Life and Times of Charles Henry Brewitt-Taylor (1857-1938) , China Customs Commissioner and Pioneer Translator*. Hong Kong:Hong Kong University Press,2009,p.158.
② Ibid., p.86.

For the present I am in a college studying English.①

《官话谈论新编》第一章：

阁下这一向用甚工功哪？我现在是在一个书院学英国话哪。②（原书使用繁体字，现改成简体字；原书采用的标点符号与当今所用略异，现据上下文意思改动，下同）

由上我们发现 Chats in Chinese 第一章与《官话谈论新编》第一章对应。

例 2：

Chats in Chinese Ⅱ：

I hear it said that the T'ungwen Kuan of Peking they have lately added a Japanese School; Is there really such a thing?③

《官话谈论新编》第二章：

在我想，两国往来交际，第一是彼此通晓言语是最要紧的。若是言语不能，不但两国的政治风俗不能尽知，就连朋友们交接往来、彼此的情意，终不免有些隔膜。④

由上我们发现 Chats in Chinese 第二章与《官话谈论新编》第二章却完全不相对应。

例 3：

Chats in Chinese Ⅲ：

As I think, in the relations between two countries, the first thing is knowing each other's language. This is very important. If they do not understand each other, not only the two countries' modes of government and morals cannot be thoroughly understood, but even in the intercourse and relationship of friends, and mutual good feelings, it will

---

① Charles Henry Brewitt-Taylor, tr. *Chats in Chinese. A Translation of the T'an Lun Hsin Pien*, Peking: The Pei-T'ang Press, MCMXXV, 1901, p.1.
② 金国璞、平岩道知：《官话谈论新编》，东京：文求堂书店，1898 年，第 1 页。
③ Charles Henry Brewitt-Taylor, tr. *Chats in Chinese. A Translation of the T'an Lun Hsin Pien*, Peking: The Pei-T'ang Press, MCMXXV, 1901, p.2.
④ 金国璞、平岩道知：《官话谈论新编》，东京：文求堂书店，1898 年，第 2 页。

be quite impossible to avoid some slight barriers.①

《官话谈论新编》第三章：

我请问您，北洋共总是几个通商口岸？通共是三个口岸。②

由上可见，Chats in Chinese 第三章反倒是与《官话谈论新编》第二章对应。

例4：

Chats in Chinese Ⅳ：

This year, in the spring, a friend who came here mentioned that you had gone up to Peking. Was it on official business that you went?

I did not go to Peking. I had a little private business and went to Tientsin.③

《官话谈论新编》第四章：

您是多咱到的？我是上礼拜五到的。您这回在上海住了几天？我这趟没到上海，是从天津坐轮船，一直到的神户。④

由上可见，Chats in Chinese 第四章与《官话谈论新编》第四章也不对应。

例5：

Chats in Chinese Ⅴ：

I beg to ask how many open ports there are on the Northern Ocean?

Three altogether.⑤

《官话谈论新编》第五章：

我请问您一句话，那交易两个字，不是以货换货的意思吗？不错，在古时候儿，那本来是以货换货的意思，可是如今，也不能一定按那么说了。……⑥

由上可见，Chats in Chinese 第五章倒是与《官话谈论新编》第三章相互对应。

综合前举5例，我们可以断定，Chats in Chinese 一书并非《官话谈论新编》的

---

① Charles Henry Brewitt-Taylor, tr. Chats in Chinese. A Translation of the T'an Lun Hsin Pien, Peking: The Pei-T'ang Press, MCMXXV, 1901, p.3.
② 金国璞、平岩道知：《官话谈论新编》，东京：文求堂书店，1898年，第4页。
③ Charles Henry Brewitt-Taylor, tr. Chats in Chinese. A Translation of the T'an Lun Hsin Pien, Peking: The Pei-T'ang Press, MCMXXV, 1901, p.3.
④ 金国璞、平岩道知：《官话谈论新编》，东京：文求堂书店，1898年，第5页。
⑤ Charles Henry Brewitt-Taylor, tr. Chats in Chinese. A Translation of the T'an Lun Hsin Pien, Peking: The Pei-T'ang Press, MCMXXV, 1901, p.4.
⑥ 金国璞、平岩道知：《官话谈论新编》，东京：文求堂书店，1898年，第7页。

英文全译本,其中也穿插着其他内容的对话,但其出处不详。

三、邓罗《三国演义》英文全译本之文本分析

(一)翻译目的

德国翻译理论家汉斯·弗米尔(Hans Vermeer,1930—2010)曾提出一种十分重要的翻译理论,即目的论(Skopostheorie)。该理论认为,翻译是基于源语文本的一种翻译行为,而任何行为都有一个目标或目的;决定翻译目的的最重要因素是译文的预期接受者,或称目标受众,而受众各有其不同的文化背景,对译文有着不同的期待。由于每种译文都指向一定的受众,故而译文就是在目的语境中为某种目的及目标受众而生产的语篇。①

从目的论的视角出发,如果我们要评价某一译文或译本,我们首先必须了解译者的翻译目的是什么,即他为什么要产出这一译文或译本,为谁而译,其目标受众是谁,预期达到什么效果,等等。

如果要从整体上来把握中国文学外译活动,那么我们可以说,几乎所有译者的目的都是为了将某种中国文学作品以某种形态(节选或完整)呈现在外国读者面前,使外国读者能领略中国文学及文化的风采。但就邓罗将《三国演义》全书译成英文之举这一个案来看,情况就有所不同了。

首先,尽管此前已有不少人节译、摘译或选译过《三国演义》的章节片段,但迟迟没有《三国演义》英文全译本问世。与此相对应的是,《三国演义》很早就有满文、日文等多种文字的全译本出版。比如,清朝初年,达海、祁充格等人奉敕将《三国演义》全书译成满文,在 1650 年就已经有抄本流传。再如,在 1689—1692 年间,湖南文山所译《三国演义》日文全译本就已经问世。邓罗认为《三国演义》是极具东方特色的作品,因此他可能是心中颇感不是滋味,就想将《三国演义》全书译成英文,以便填补一大空白。邓罗的这种心理在其自序中也有所反映:"此前《三国演义》已经有满文、日文、暹罗文或者其他语言文字的译本问世。不管成功

---

① [德]诺德(Christiane Nord):《译有所为——功能翻译理论阐释》,张美芳、王克非主译,北京:外语教学与研究出版社,2005 年,第 15 页。

与否,对于有能力将我的译本与源本进行比较的热爱求知的读者来说,我现在都已经为其增添了一种英文译本。"①

其次,尽管邓罗要将《三国演义》译成英文,但他心目中的目标受众并非英语世界乃至整个西方世界的读者。相反,他所预想的目标受众居然是《三国演义》的源语(汉语)读者,或者可以进一步限制为中国读者。这一点在其译本版权页上通过英文、中文对照的形式表达得清清楚楚:"Especially prepared for the use and education of the Chinese People"、"专备为中国人民之用"(原文由右及左)②。

邓罗在1880年10月1日至1891年9月30日间在福建船政学堂执教达十一年之久。福建船政学堂并非专门的外语学校,但该校聘用了大量外籍教师,而且大多使用外文原版教材,这使得该校的专业教学与外语教学融为一体。③ 在此意义上,邓罗在福建船政学堂其实也充当着一名英语教师的角色。可能他在教学过程中发觉学生缺乏英文课外读本,不利于他们提高英文水平。所以,他才决定将中国广为流行、妇孺皆知的《三国演义》译成英文,为中国学生提供一种英文读本,方便他们在课外自行阅读,提高自身英文水平。

此外,也正是因为邓罗将其《三国演义》英文译本定位成英文读本,别发洋行才会决定出版该书。别发洋行是英商于1870年在上海开设的印刷出版企业,主要经营西文书籍的印刷出版与销售。它销售的产品包括英文教材、外语工具书、文具等等,主要以在华的外国人及学习外文的中国人为销售对象。晚清以降,学习外文特别是英文的中国人越来越多,英文教材与读本市场很大,常常成为畅销书,一版再版。同时,《三国演义》还是一本通俗小说,可以满足部分外国人对中国文学与文化的猎奇心理。正是出于这种考虑,以营利为最高目的的别发洋行相信邓罗所译《三国演义》英文译本不会缺少市场,所以才决定出版、售卖该书。

(二) 回目翻译

对于中国传统的章回体小说来说,回目(章回目录)十分重要。它就相当于

---

① Charles Henry Brewitt-Taylor, tr. *San-Kuo, or Romance of the Three Kingdoms* Vol. Ⅰ. Shanghai, Hongkong, Singapore: Kelly & Walsh, Limited, 1925. preface.
② Ibid., copyright page.
③ 岳峰:《福建船政学堂——近代翻译人才的摇篮》,见林本椿主编:《福建翻译家研究》,福州:福建教育出版社,2005年,第441~442页。

各章的标题，起到了提纲挈领的作用，使读者对各章的内容一目了然。中国传统章回体小说多以联句作为回目，虽然不似对联那样讲究上句仄收、下句平收，但也极具特色。当前通行的《三国演义》一共有120回，要将120个回目译成英文，译者必须具备相当高的中、英文水平，既要传达清楚回目所蕴含的内容概要，也要讲究一定的文采。

下面，试比较一下《三国演义》的两个英文译本，即邓罗译本与罗慕士译本，看两位译者是如何翻译回目的，其译文各有何得失与长短。

例1：

第一回回目：

宴桃园豪杰三结义，斩黄巾英雄首立功

邓罗译文：

Feast in the Garden of Peaches: Brotherhood Sworn;

Slaughter of Rebels: The Brothers Heroes.

罗慕士译文：

The Bold Spirits Plight Mutual Faith in the Peach Garden;

Heroes and Champions Win First Honors Fighting Yellow Scarves.

例2：

第二回回目：

张翼德怒鞭督邮，何国舅谋诛宦竖

邓罗译文：

An Official is Thrashed;

Uncle Ho Plots to Kill the Eunuchs.

罗慕士译文：

Zhang Fei Whips the Government Inspector;

Imperials In-Law He Jin Plots Against the Eunuchs.

例3：

第三回回目：

议温明董卓叱丁原，馈金珠李肃说吕布

邓罗译文：

Tung Cho Silences Ting Yuan;

Li Su Bribes Lu Pu.

罗慕士译文：

In Wenming Garden, Dong Zhuo Denounces Ding Yuan;

With Gold and Pearls, Li Su Plies Lü Bu.

罗慕士将"黄巾"直译成"Yellow Scarves"，"督邮"译成"the Government Inspector"，"何国舅"译成"Imperials In-Law He Jin"，等等。这无不表明，罗慕士的英文译文具有更为强烈的直译色彩，更加忠实于中文原文，能够更好地将各个回目所暗含的内容概要传达出来，使得读者一看便能猜到正文的内容为何。

与此相反，邓罗的译文显然意译的成分更多，而且删减不译之处不在少数。比如，"宴桃园豪杰三结义"在故事展开之前就向读者强调刘备、关羽、张飞三人是英雄豪杰，但邓罗却未将"豪杰"一词译出，未能达到原文想要达到的预期目的。再如，"张翼德怒鞭督邮"本是一个主动句，动作是由张飞张翼德施动的，但邓罗的译文却使用了一个被动句，将动作的施动者张飞张翼德省略不译。

此外，邓罗的一些译词显得不够妥帖。比如，"督邮"是中国古代职官名，是郡一级的重要官吏，主要代表各郡太守巡行下属各县，督察各级官吏等。但邓罗所译"an official"相对平常化，无法将"督邮"一词蕴含的意义表达出来，倒是罗慕士所译"the Government Inspector"能够将督邮的督察属官之职责传达出来。

两相比较，罗慕士的译文显然要比邓罗所译更佳。不过，罗慕士的译文是面向英语国家的读者，而这些人不熟悉《三国演义》的内容及其中蕴含的中国历史文化。这就决定了罗慕士必须将原文的每词每句都解释得清清楚楚，以方便英美读者较好地理解其译文，进而理解《三国演义》的故事与内涵。

而邓罗的译文则是面向对《三国演义》十分了解的中国本土读者，在其预想当中，他的《三国演义》英文译本主要是充当一种英文读本的角色，供中国读者课外阅读之用。对这些中国读者来说，英语只是他们要辛苦学习的一门外语。他们希望阅读的是能够帮助他们增强语感的、比较地道的、语言精练的英文读本，而不是像罗慕士那种字斟句酌、翻译腔比较浓重的译本。从这点来说，邓罗所译回目无疑与他的翻译目的相符。我们应当要理解他的用心，不能因此苛责其译文对于原文不够忠实。

（三）正文翻译

《三国演义》长达120回，内容庞杂，我们无法对邓罗的全部译文都进行深入细致的分析。在此，我们仅以《三国演义》中文原文第一回与邓罗的英文译文第一章为对象，试看邓罗的译文如何。

1. 关于《三国演义》的话本小说特征

首先，我们发现，邓罗的英文译文一开始并无那首中国读者十分熟悉的词《调寄临江仙》，即"滚滚长江东逝水，浪花淘尽英雄……"。这可能是因为邓罗所采用的《三国演义》底本并无该词。

其次，邓罗一改《三国演义》的话本小说特征，将"话说"一词略过不译。他仅将"话说天下大势，分久必合，合久必分"译成"Empires wax and wane; states cleave asunder and coalesce"，"话说"一词已经从其英文译文中消失得无影无踪。

不过，邓罗还是保留了中国传统章回体小说各回结尾所用的"且听下文分解"。比如，《三国演义》第一回结尾是："毕竟董卓性命如何，且听下文分解。"邓罗将其译成："Tung Cho's fate will be unrolled in later Chapters."显而易见，邓罗将"且听下文分解"用英文表达得相当到位。

2. 专名翻译

所谓专名，即指人名、种族名、国名、朝代名、地名、机构名、官名等。《三国演义》里专名众多，邓罗又是如何翻译这些专名的呢？

先看人名翻译。邓罗显然采用音译之法，且正如他在其前言中所说的那样，采用威妥玛拼音系统（the Wade system of romanisation），如将"董卓"译成"Tung Cho"，将"张飞"译为"Chang Fei"等。

不过，邓罗在该著前言中指出，古代中国人在姓与名之外还有字，过于繁杂，对于外国读者来说是一个很大的负担，因此他在翻译人名时一般仅译姓，或姓与名，除非是非常出名之人，否则一般不译他的字。比如，刘备字玄德，当原文使用其字"玄德"时，邓罗直接将其音译为"Yüan-tê"，而不再是译为"Liu Pei"。

至于朝代名、年号、地名等，邓罗也多是采用音译之法。比如，他将"周"译为"Chou"，将"秦"译为"Ts'in"，将"楚"译成"Ch'u"，将"汉"译成"Han"，等等。又如，他将"建宁二年"译成"second year of the Period Chien-Ning"。再如，他将"洛阳"译成"Loyang","巨鹿"译成"Chülu",等等。

再看官名翻译。当英语中有对应的词汇时,邓罗采用直译之法,如将"大将军窦武"译成"the General Tou Wu"等。假如英语中没有与之对应的词汇,邓罗则采用意译之法。比如,在西汉以后,"太傅"又称"太子太傅",是辅导太子的东宫官,他就相当于一名教师(teacher 或 tutor),但却又跟普通的教师不同,还是一名重要官员。因此,邓罗就采用意译之法,将"太傅"译成"the Grand Tutor",比较到位。

3. 句子与段落的处理

《三国演义》中,一个段落通常都比较长,蕴含着许多信息。且看《三国演义》第一回第一段:

> 话说天下大势,分久必合,合久必分。周末七国分争,并入于秦。及秦灭之后,楚、汉分争,又并入于汉。//汉朝自高祖斩白蛇而起义,一统天下,后来光武中兴,传至献帝,遂分为三国。//推其致乱之由,殆始于桓、灵二帝。桓帝禁锢善类,崇信宦官。及桓帝崩,灵帝即位,大将军窦武、太傅陈蕃共相辅佐。时有宦官曹节等弄权,窦武、陈蕃谋诛之,机事不密,反为所害,中涓自此愈横。

这一段大致可以分为三部分,即从周到汉的历史演变,从汉高祖统一天下到三国分立的演变过程,以及汉末动乱的原因(引文已用"//"分成三部分)。对于英语读者来说,这三部分合为一段,显得有点过于纷繁复杂。如果邓罗在翻译时还是用一个段落,那么其译文显然不符合英语读者的写作与阅读习惯。正因为如此,邓罗将其译文分成了三段,使得各部分内容独立成段,不至于堆积在一起,显得过于冗繁。同样地,由于有时候《三国演义》中的某个句子信息过于丰富,邓罗也会根据需要,将原文一句分成若干句,以使其译文句子显得比较短小精悍,而非过于冗长。

如上引"汉朝自高祖斩白蛇而起义,一统天下,后来光武中兴,传至献帝,遂分为三国"这一句,邓罗的英文译文如下:

> The rise of the fortunes of Han began with the slaughter of the White Serpent. In a short time the whole Empire was theirs and their magnificent heritage was handed down in successive generations till the days of Kuang-Wu, whose name stands in the middle of the long time of Han. This was in the first century of the western era and the dynasty had then already passed its zenith. A century later came to the Throne the Emperor Hsien, doomed to see the beginning of the division

into three parts, known to history as The Three Kingdoms.①

由上可见,中文原文仅为一句,而邓罗的译文则化成了四句。实际上,这种情况在汉籍外译中常常出现,是中英双语差异而导致的必然结果。像罗慕士在其英文译本中就是将上引这段中文分成了两段。②

不过,邓罗并非简单地化一为多,而是根据上下文语境及其掌握的中国历史文化背景知识,往其译文中添加了许多信息。比如,汉高祖刘邦统一天下之后,中国在很长一段时间内都是由刘氏家族统治,代代相传。邓罗因此就在其译文中添加了"their magnificent heritage was handed down in successive generations"这些原文所没有的内容。再如,光武帝于更始三年称帝,而更始三年正好是公元25年。于是邓罗又往其译文中添加了"This was in the first century of the western era and the dynasty had then already passed its zenith"这些原文中根本不存在的内容,以方便读者更好地阅读与理解。罗慕士在其译文中也同样添加了一些信息,比如在"Two hundred years later, after Wang Mang's usurpation, Emperor Guang Wu restored the dynasty"③这一句中,罗慕士就增添了王莽篡权的内容。

此外,邓罗的译文中也存在一些错误之处。比如,"光武中兴"是指光武帝刘秀采取种种措施,使得社会安定、经济恢复、人口增长,而不是说他的名字载入了汉朝史册(whose name stands in the middle of the long time of Han)。

不过,从总体来讲,邓罗所译《三国演义》英文译本的流畅性与可读性还是比较高的。

综上所述,邓罗之所以翻译《三国演义》,是要为中国读者提供一种英文读本,方便他们在课余阅读,以提高英文水平。由这种翻译目的出发,邓罗在英译《三国演义》的过程中,并不字对句比地完全忠实于原文,而是根据需要灵活地处理原文字句与段落,或增或删,使得他翻译的《三国演义》英文全译本显得比较精练、流畅,可读性较高。尽管其译文中也存在一些误译之处,但这个译本毕竟是有史以来《三国演义》的第一种英文全译本,邓罗的首译之功不容忽视。

---

① Charles Henry Brewitt-Taylor, tr. *San Kuo, or Romance of the Three Kingdoms Vol. I*. Shanghai, Hongkong, Singapore: Kelly & Walsh, Limited, 1925, p.1.
② Moss Roberts, *Three Kingdoms Vol. I*. Beijing: Foreign Languages Press, 1995, pp.1-2.
③ Ibid., p.1.

第三节 大卫·霍克思《红楼梦》英译全本考察

一、娱乐读者的文学翻译

从20世纪四五十年代的英译楚辞开始,霍克思走上了翻译中国文学作品的道路。初始的楚辞英译缘于其汉学研究的需要,是为汉学研究而作的翻译,译本在准确性与可读性之间强调了准确性,并基于楚辞这一中国文学瑰宝具有极强文学性的考虑,也力图兼顾可读性。杜诗英译完成于60年代,霍克思是为汉学教学而译,作为教材译本在准确性与可读性之间自然偏向了准确性,并考虑到汉诗英译时押韵与形式较难再现而放弃了可读性的努力,霍克思最终选择以散文的形式译出原汉诗的内容。不过霍克思译文的流畅是没有问题的,有时还胜于一些同时代或之前译者所译成的韵体诗及无韵诗。60年代末至整个70年代,霍克思尝试进行另一种翻译即注重可读性的文学翻译。华裔学者孔慧怡(Eva Hung)在《牛津英语翻译文学指南》(*The Oxford Guide to Literature in English Translation*)一书中这样描述霍克思那一代的译者:"战后一代译者接受的是与前辈完全不同的教育,他们的学术生涯为他们提供了与前辈完全不同的翻译条件。这些客观因素一定会对文学翻译造成影响。总的来说,当今的学院派译者(academic translators)缺乏理雅各那样的扎实古典底子、翟理斯那样的高超韵律感和韦利那样的文学独创性。"①在这样的时代大背景下，霍克思没有甘心只做一位中国文学作品的学院派译者，因为他明白战后的教育趋势及学院机构的建设所催生的这些教材类翻译对于中国文学作品在海外的真正繁荣收效甚微。他继《杜诗初阶》的教材式翻译尝试后，毅然转向了娱乐读者的文学翻译，凭借二十多年的汉学积淀向中国古典名著《红楼梦》英语全译发起了挑战。这一逆时代潮流的举动使他最终自愿结束了那种"正常"的学院生涯而专心致志于《红楼梦》的文学全译，也最终迎来了他汉学翻译生涯中最丰硕的成果。

（一）《红楼梦》的翻译渊源

霍克思最早接触《红楼梦》②还是缘于20世纪40年代他在牛津大学的同学、中国留学生裘克安③的介绍，当时裘克安给霍克思看过一册用极差的草纸印刷的中国古典名著《红楼梦》，字体很小也很不清晰。在牛津攻读汉学文学士学位（Chinese Honours School）的霍克思是第一次听说《红楼梦》，但因不懂中国白话文只勉强读了首回第一页就无法坚持。来到中国后，他发现中国学生都爱谈论《红楼梦》，故而决心读懂它，同时也希望通过它来加强自己的白话文学习。霍克思请燕卜荪（William Empson, 1906—1984）夫妇帮忙为自己请了位失业的中国老先生做家教，又通过一位中国朋友为自己买了套《红楼梦》，此后他几乎每天请老先生来与自己同读《红楼梦》。这位终年穿长袍的老先生与霍克思并排坐着，老先生一边大声朗读《红楼梦》，一边解释。开始时霍克思既无法跟读，又听不懂老先生的解释，只知道先生讲到了哪里。但慢慢地这种教学方法开始生效，霍克思逐渐读懂了这部伟大的著作。这样的学习至少持续了一年，为霍克思最终透彻理解与

---

① Eva Hung, "Chinese Poetry," Peter France ed. *The Oxford Guide to Literature in English Translation*, Oxford: Oxford University Press, 2000, p.227.
② 为了行文方便，本文凡直接称《红楼梦》指代的是作为中国古典名著本身的《红楼梦》，如要表示霍克思翻译的本子则用"霍克思《红楼梦》英译本"，另因霍克思的译本英文名称为 *The Story of the Stone*（也称为 *The Dream of the Red Chamber*），故霍克思译本在本文也用"（霍克思的）《石头记》"表示，而原中文语境中的《石头记》则用《红楼梦》前80回本或脂砚斋本表示，特此说明。
③ 裘克安曾于1945—1947年在牛津大学学习英语，获牛津大学文学士学位。牛津大学最著名的伯德雷恩图书馆曾邀请裘克安协助其中文部进行编目工作。1948年六七月间学成回国，结伴同行的有一心前往中国学习的霍克思。1986年，裘克安写作《牛津大学》一书，为中国青年介绍世界著名学府之一的牛津大学，此书附有霍克思就任牛津大学汉学讲座教授的演说辞，由裘克安英译。

出色翻译《红楼梦》打下了扎实的基础。

在北京的这段时间,霍克思动手译出了《红楼梦》的个别篇章。据《霍克思访谈录》可知,有《红楼梦》(第二十三回)宝黛悄看《西厢记》的片段①,他1961年5月的牛津大学汉学教授教席就职演说中还口头引用了此段译文。另据其友人柯大卫回忆,1950年时霍克思曾向他称赞《红楼梦》,并给他看过香菱学诗一段的英文译文。② 这些译好的片段霍克思一直保存着,以后用进了整部《红楼梦》译本中。③ 在就职辞中霍克思称《红楼梦》为 Honglou Meng("the Dream in the Red Chamber")④。

回国后,在牛津学习与工作的霍克思一度忙于撰写博士论文,1955年论文提交后他开始关注杜诗,同时也在"关注《红楼梦》"⑤。1961年,霍克思发表书评《译自中文》,评论韦利1960年出版的译作《敦煌变文故事选》(Ballads and Stories from Tun-huang: An Anthology)。此文引用韦利自己的话语谈到韦利婉拒《红楼梦》译事的原因,并对韦利最终没有找到合适的状态接译《红楼梦》一事表达了深深的遗憾。书评中霍克思对《红楼梦》有极高评价,"这是一部真正伟大的中国小说,目前已有的两部英译本虽然不错,但在为英语读者提供鲜活的译文方面仍做得相当不够"⑥。这一观点在其15年后撰写的书评《宝玉的幻灭》(The Disillusionment of Precious Jade, 1976)中再次被重申,只不过说得更为具体与明确。霍克思明确肯定了《红楼梦》的伟大及其全译的必要。他指出《红楼梦》自出版以来一

---

① C. f. Connie Chan, "Appendix: Interview with David Hawkes," *The Story of the Stone's Journey to the West: a Study in Chinese-English Translation History*, Conducted at 6 Addison Crescent, Oxford, Date: 7th December, 1998, p.322.
② 参见柯大卫:《评霍克思英译〈红楼梦〉前八十回》,《北方论丛》1981年第5期,第26页。另见刘恒:《关于"金罍彝"》,《红楼梦学刊》1983年第2期,第174页。
③ C. f. Connie Chan, "Appendix: Interview with David Hawkes," *The Story of the Stone's Journey to the West: a Study in Chinese-English Translation History*, Conducted at 6 Addison Crescent, Oxford, Date: 7th December, 1998, p.322.
④ C. f. David Hawkes, "Chinese: Classical, Modern and Humane, An Inaugural Lecture delivered before the University of Oxford on 25 May 1961," David Hawkes, *Classical, Modern and Humane Essays in Chinese Literature*, John Minford & Siu-kit Wong ed., Hong Kong: the Chinese University Press, 1989, p.17.
⑤ C. f. Liu Ts'un-yan, "Green-stone and Quince," Rachel May and John Minford ed., *A Birthday Book for Brother Stone for David Hawkes, at Eighty*, Hong Kong: The Chinese University Press, 2003, p.44.
⑥ David Hawkes, "From the Chinese," John Minford & Siu-kit Wong ed. *Classical, Modern and Human: Essays in Chinese Literature*, Hong Kong: The Chinese University Press, p.246.

直深受读者喜爱。《红楼梦》是"一部从某种意义上说可以象征整个中国文化的作品"①,大多数中国人当要求说出其文学中最伟大的作品时均会提到该作。"它在中国被一遍遍地阅读,犹如我们不断重读莎士比亚"②,他明确肯定了全译《红楼梦》的必要:"如果英语读者不得不不加深究地相信此部小说的伟大,那是因为至今还没有可供使用的英语全译本出现。"③在此书评中,霍克思也提到了哥伦比亚大学华裔汉学家王际真的《红楼梦》节译本,"是最出色的,但节译使原作由令人愉悦的漫步变成了令人上气不接下气的慢跑,破坏了后半部不紧不慢、慢条斯理的节奏。只会使(读了节译本的)英语读者琢磨中国人对这部小说的赞美是否真的恰如其分"④。两段话彼此参看,我们能了然正是《红楼梦》的伟大及对现有译文的不满促成了霍克思俟后下决心翻译《红楼梦》。

1998年的访谈中,霍克思曾谈到在他全译本之前的其他几个译本,从中我们也能发现他着手全译前的考虑。库恩译本是当时一个重要的节译本,霍克思评价"译本比译者所宣称的要删节得厉害"⑤。王际真本正如前文所提到的是霍克思最喜爱的本子,他说:"王际真本我喜欢,我喜欢读它,我阅读时很享受。但我的印象是开头还是全文翻译,大约是累了(笑),后来就开始飞跑——因此最后一部分就压缩得很厉害。因此我觉得这部小说真的值得好好翻译,有人应该来完成这项全译工作。"⑥实际上在王际真节译本出版前后,英国已出现了一个《红楼梦》全译本⑦,由循道会传教士(Wesleyan Methodist missionary)班索尔(Reverend Bramwell Seaton Bonsall,1886—1968)完成。牛津大学出版社接到此份译稿时曾请霍克思

---

① David Hawkes, "The Disillusionment of Precious Jade," John Minford & Siu-kit Wong ed., *Classical Modern and Humane: Essays in Chinese Literature*, Hong Kong: The Chinese University Press, p.268.
② Ibid., p.268.
③ Ibid., p.268.
④ Ibid., p.268.
⑤ Connie Chan, "Appendix: Interview with David Hawkes," *The Story of the Stone's Journey to the West: a Study in Chinese-English Translation History*, Conducted at 6 Addison Crescent, Oxford, Date: 7th December, 1998, p.323.
⑥ Ibid., p.323.
⑦ Geoffrey Weatherill Bonsall, "Introduction," B.S.Bonsall tr., *The Red Chamber Dream (Hung Lou Meng)* in digital format. Hong Kong: the University of Hong Kong Main Library, 2004, p. ⅰ. & B. S. Bonsall, "Translator's Foreword," B.S.Bonsall tr. *The Red Chamber Dream (Hunglou Meng)* in digital format, Hong Kong: The Hong Kong University Press, 2004, p.ⅳ.

过目,霍克思在访谈录中回忆到此事,并说自己"对此译本评价不高"①。班索尔之子在其父《红楼梦》英译本②导论中这样叙述:"此译稿后来纽约亚洲协会(The Asia Society of New York)答应出版,但当企鹅出版社宣布即将出版由霍克思教授和闵福德联手翻译的《红楼梦》译本时,此计划破产。"③

为什么这个先出的英语全译本没有出版社愿意接受?为什么那么期待全译本的霍克思会对其评价不高?阅读译本本身说明了一切问题。以第一回甄士隐听到贾雨村对月寓怀口占一绝后所言之语为例:

原文:士隐听了大叫:"妙极!弟每谓兄必非久居人下者,今所吟之句,飞腾之兆已见,不日可接履于云霄之上了。可贺,可贺!"乃亲斟一斗为贺。

班译:When Shih-yin heard this he **exclaimed in a loud voice**:"Excellent! **I, your younger brother**, often say that **you**, **elder brother**, are one who will certainly not long **dwell below other men**. Now this verse which you have recited—**the omen of your lofty flight** is already manifest. Any day you may be **received to walk above the fleecy clouds. Congratulations! Congratulations**!" Whereupon he himself poured out a cup **by way of congratulation**.(Bonsall, Book1, p.8)

霍译:"Bravo!" said Shi-yin loudly."I have always insisted that you were a young fellow who would go up in the world, and now, in these verses you have just recited, I see an augury of your ascent. In no time at all we shall see you up among the clouds! This calls for a drink!" And, saying this, he poured Yu-cun a large cup of wine.(Hawkes, Vol.1, p.60)

两段译文相比,霍克思译文的流利与畅快及原作神采的再现都是一流的,而班索尔的译文却读来拗口,亦步亦趋地跟着原作翻译,原作中的"弟""兄"是中国文人说话的一种尊人抑己之法,班索尔把其坐实一五一十译出,还有诸如"大叫""久居人下""飞腾之兆""接履于云霄之上""可贺,可贺"及"亲斟……为贺"等,

---

① Connie Chan, "Appendix:Interview with David Hawkes," *The Story of the Stone's Journey to the West:a Study in Chinese-English Translation History*, Conducted at 6 Addison Crescent, Oxford, Date:7th December, 1998, p.322.
② 此英译本为香港大学2004年公开电子版。
③ Geoffrey Weatherill Bonsall, "Introduction," B.S.Bonsall tr. *The Red Chamber Dream(Hunglou Meng)* in digital format. Hong Kong:the University of Hong Kong Main Library, 2004, p. i .

班索尔都是直译,读来生硬,没有任何文学性可言。更为糟糕的是班索尔这样了无生趣的译文前还有多页冗长的内容,列有《红楼梦》中"大爷""太太""奶奶"等人称的英文解释、译者前言、120 回回目翻译和难解字词英文解释,尤其是最后一部分字词解释内容过多,参考翟理斯所编的《华英字典》密密麻麻一回回开列过去直到第一百二十回共占 43 页篇幅。拿到这样一部没有多少可读性的全译本,读者实难提起阅读的兴趣,换句话说,它的付印面世对当时的《红楼梦》传播现状不会有多大改善。这一切表明霍克思动手英译《红楼梦》基于两点考虑:一是出一个全译本,二是出一个具有高度可读性的本子。

1961 年,霍克思曾经的师长、如今的同事吴世昌《红楼梦探源》(*On The Red Chamber Dream*) 以英文写就在英国出版将中国国内掀起的《红楼梦》研究大潮在英国推涌。霍克思 1958 年 9 月前往美国哈佛大学远东系任客座讲师(Visiting Lecturer in Chinese Literature)之前已初阅了此书的前 11 章,并提供了修改意见。① 应该说,吴世昌对《红楼梦》的研究与重视客观上促成霍克思对《红楼梦》的关注日益增长。

1963 年 3 月 21 日,霍克思在巴黎中国学院(Institut des Hautes Etudes Chinoises)发表题为《石头记:一部象征主义的小说》(*The Story of the Stone: A Symbolist Novel*)的法语演讲。此文是霍克思最早的《红楼梦》研究论文,文中出现了大量的《红楼梦》片段法译,英法同属印欧语系,法译为英译打下了基础。法译片段有第七回惜春见周瑞家的送来的宫花所说的文字、第三十六回宝玉论"文死谏""武死战"的文字、第五十二回晴雯病中惩治偷镯的坠儿的文字、第三十回宝玉、黛玉言和的一番关于做和尚的言语。另外,第一回太虚幻境的对联、第五回探春的判词及《红楼梦》第四曲、第二十二回探春所设的元宵灯谜、第二十八回蒋玉函"花气袭人"一语和第三十回金钏儿安慰宝玉时所说的谚语等霍克思都做了法译。而且这篇论文处理了不少名称,人名方面如王熙凤、宝玉、平儿、鸳鸯、王夫人、贾政、贾琏、尤氏、贾蓉、贾瑞、贾母、袭人、霍启、警幻、周瑞家的都有了法译;茶名、酒名、建筑名如千红一窟、万艳同杯、怡红院与大观园等,以及《红楼梦》这一书名的所有

---

① C.f.Wu Shih-chang, "Introduction," *On the Red Chamber Dream*. Oxford: the Clarendon Press, 1961, p. X.

曾用名,霍克思也一一进行了法译。① 从此篇论文,我们可以看出霍克思对《红楼梦》已有了较深的研究,也动手译出了不少内容。而且,后来《红楼梦》全译本的书名也在此文标题中有了预示。霍克思对前 80 回的重视也预示了他日后会坚持自己一个人译完前 80 回。

在霍克思 1959—1971 年任牛津汉学教授期间,他一直兼任牛津东亚文学丛书(Oxford Library of East Asian Literatures)的主编。在这套受到美国同行启发编印的东亚文学全译系列中,霍克思列出的必译书单(a list of desiderata)中已纳入了他翻译《红楼梦》的计划。虽然具体何年难定,但我们至少可以明确 20 世纪 60 年代霍克思已做出了全译中国古典名著《红楼梦》的决定,并做了不少前期工作。

(二)《红楼梦》的翻译初衷

霍克思在 1998 年的访谈中告诉 Connie Chan(陈康妮)"翻译《红楼梦》最大的问题是我一开始就以一种完全不同的方式来处理它"②。正如此节开首所言,《楚辞·南方之歌》作为他为汉学研究所作的翻译,他在准确性与可读性之间,选择了两者兼顾,但当两者冲突时以准确性为先;《杜诗初阶》作为汉学教材,则更多偏向准确性的传递;到了《红楼梦》,作为文学作品,霍克思满心希望向读者传达的是他在阅读中所感受到的快乐,此时,他看重的是可读性,旨在给西方读者讲述一个生动的故事。

霍克思试译的第一回为什么能打动企鹅出版社的编委雷迪斯女士呢? 或者说,他的这回译文有什么独特之处,能从其他早已先行存在的译本中脱颖而出呢? 闵福德曾肯定地说:"无论是霍克思还是我本人,在着手翻译时,都不是把它作为一项学术活动。我们是出于对原作本身的热爱之情而翻译的,它是促使我们工作

---

① David Hawkes, "The Story of the Stone: A Symbolist Novel," *Classical, Modern and Humane Essays in Chinese Literature*, John Minford & Siu-kit Wong ed. Hong Kong: the Chinese University Press, 1989, pp. 57–68.

② Connie Chan, "Appendix: Interview with David Hawkes," *The Story of the Stone's Journey to the West: a Study in Chinese-English Translation History*, Conducted at 6 Addison Crescent, Oxford, Date: 7th December, 1998, p.322.

下去的动力。"①霍克思也认为"所有《红楼梦》译者都是首先被它的魅力所感染,然后才着手翻译它的,祈望能把他们所感受到的小说的魅力传达一些给别人"②。故而,霍克思在翻译中始终想把《红楼梦》作为生动的故事讲给西方读者听,他希望通过自己的翻译"能够让英国读者也能体会到我阅读时所感受到的哪怕一丝快乐,那我就没有虚度此生"③。他的《红楼梦》译本犹如学术研究范围外的兴趣之译。霍克思二三十年后回忆起当年那段翻译时光仍充满怀念:"当年翻译《红楼梦》是我人生中一段快乐的时光。我译速很慢,但很幸运的是,当时能够从容不迫、从心所欲地展开这项翻译工作。也许,有些人会认为从心所欲是一种不负责任,但我却于此中寻到了灵感。……我能确信一点,如果我的译本还有一些可取之处的话,那它一定部分地归于我下笔翻译时的那种精神。对这种精神,我无法分析,也无法解说。"④

在霍克思看来,"译者处理原作大致有两种方式:一种是译者选择他所认为的最佳版本然后一直遵从它,另一种是创造一个译者自己的折中的版本,即在不同的版本间选择以构成一个生动的故事(make the best story)"⑤。第一种霍克思认为是更具学术性的,也是他翻译《楚辞》时所选用的方法,而他翻译《红楼梦》一开始就采取了另一种方式,他指出:"对于文本问题我没有以符合学术规范的方式来处理……我只是折中,旨在讲述一个生动的故事(made a good story)"⑥,并自道"这是一种与我翻译《楚辞》时完全不同的方式,处理译作方式、对待译作态度都与《楚辞》英译不同"⑦。

---

① John Minford, "Letter from John Minford,"刘士聪编:《红楼译评——〈红楼梦〉翻译研究论文集》,天津:南开大学出版社,2004年,第10~11页。

② 同上,第7~8页。

③ David Hawkes, "Introduction," David Hawkes tr. *The Story of the Stone*, Harmondsworth: Penguin Books, Vol.1, 1973, p.46.

④ David Hawkes, "Letter from David Hawkes,"刘士聪编:《红楼译评——〈红楼梦〉翻译研究论文集》,天津:南开大学出版社,2004年,第8页。

⑤ David Hawkes, "The Translator, the Mirror and the Dream: Some Observations on a New Theory," *Classic, Modern and Humane Essays in Chinese Literature*, John Minford & Siu-kit Wong ed., Hong Kong: the Chinese University Press, 1989, p.159.

⑥ Connie Chan, "Appendix: Interview with David Hawkes," *The Story of the Stone's Journey to the West: a Study in Chinese-English Translation History*, Conducted at 6 Addison Crescent, Oxford, Date: 7th December, 1998, pp.327-328.

⑦ Ibid., p.326.

我们注意到,在上述两段出处不同的引文中,霍克思以相似的话语重复强调了自己旨在"讲一个生动的故事"的初衷。前段引文中"make the best story"出现在1980年霍克思发表在香港《译丛》(Renditions)杂志第13期上的学术论文《译者、宝鉴与梦:谈对某一新理论的看法》(The Translator, the Mirror and the Dream: Some Observations on a New Theory)中。而再一次提到则是将近20年后在牛津接受香港理工大学哲学硕士 Conniee Chan Oi-sum 访谈时,霍克思回忆起当时的情景,75岁的他再一次清晰地表明自己30年前翻译《红楼梦》的初衷——讲一个生动的故事。

(三) 签约翻译《红楼梦》

1.关于企鹅出版社

企鹅出版社由埃伦·雷恩(Allen Lane, 1902—1970)爵士1935年创建,目前已成为世界最著名的英语图书出版商之一,在世界媒体业排行第10位。创办人"雷恩的理念是以低廉的价格、高雅的内容及优质的印刷和大众营销来打造企鹅出版社的品牌独特性"[1]。企鹅出版社始终遵行雷恩创办书局时坚守的一项原则:"公众会欢迎以一个可接受的价格出售的高质量的书籍,甚至是平装本。"[2]企鹅古典丛书首任主编为里欧(Emile V. Rieu, 1887—1972),一位英国古典文学学者,此前曾在牛津大学出版社和爱尔·梅休出版社等出版行业担任过重要职位。1951年里欧兼任维吉尔研究社(Virgil Society)主席,1958年又成为英国皇家文学社(Royal Society of Literature)的副主席。里欧的古典文学功底扎实,他的《奥德赛》(Odyssey)散文体翻译工作始于1940年底,1945年出版时为企鹅古典丛书的首印带来了巨大成功。对于里欧的《伊利亚特》(Iliad)英译,我国译者曹鸿昭这样评价:"读 E. V. Rieu 的翻译,也觉得它的行文,像一江流水,浩浩荡荡,奔腾而去,没有板滞之处。它以诗的语言绘出壮阔的画面,传达出了荷马的高贵气质。"[3]

---

[1] Jonathan Rose & Patricia J. Anderson eds. Dictionary of Literary Biography Vol. 112: British Literary Publishing Houses, 1881-1965, Detroit, London: Gale Research Inc., 1991, p.252.
[2] Ibid., p.261.
[3] 曹鸿昭:《译者序》,《伊利亚特》(西方正典),长春:吉林出版集团有限责任公司,2010年,第1页。

第四章 中国古代话本小说在 20 世纪英国的翻译、评述及影响　　321

　　里欧热情拥抱翻译时代的革新,在为 1958 年版《卡斯尔文学百科全书》写的"翻译"词条中他兴奋地宣布"今天英美的文学翻译已经'再度接近伊丽莎白时代的水平了'"。① 他主张翻译作品应该面向更大的读者市场,他希望当代无专业知识的读者也能欣赏荷马(planning to put Homer into an idiom approachable by the contemporary lay reader)②。安乐尼·皮姆(Anthony Pym)评价里欧:"他总是坚持用纯正的英语(plain English)写出措辞巧妙的词语。"③中国学者王佐良说:"对译者他只提出了两个字的要求:Write English! 这是以'顺'为主的翻译原则,但是这个'顺'必须用现代地道英语表现出来,Rieu 自己就以荷马史诗的新译实践了这个主张。"④

　　里欧在 1953 年 12 月 3 日接受访谈时,谈到他翻译中坚持的一个总原则或者以他的话叫"译者艺术的北极星"(the lodestar of the translator's art, I call it)是"'效果对等原则'(the same effect),即译本能够对现代读者产生原作带给其第一批读者的同样效果,最为接近原作效果的译本就是最好的译本"⑤。里欧此处提到的"现代读者"和"第一批读者"是针对其《奥德赛》翻译而言,他把数学上的"等值"概念引入了翻译领域。显然,里欧是即将于 20 世纪六七十年代在西方盛行的德国功能翻译理论⑥及美国学者尤金·奈达(Eugene Nida)的动态对等理论⑦的先行者。他作为翻译家,站在实践的前沿,进行了可贵的探索。

---

① E.V.Rieu,"Translation,"S.H.Steinberg ed.*Cassell's Encyclopedia of Literature* Vol.1,London,1958.
② Jonathan Rose & Patricia J.Anderson eds,*Dictionary of Literary Biography Vol.112:British Literary Publishing Houses, 1881–1965*,Detroit,London:Gale Research Inc.,1991.p.258.
③ Anthony Pym,"Late Victorian to the Present,"Peter France ed.*The Oxford Guide to Literature in English Translation*,Oxford:Oxford University Press,2000,p.75.
④ 王佐良:《英语文体学论文集》,北京:外语教学与研究出版社,1980 年,第 5 页。
⑤ Rev.E.H.Robertson ed."Translating the Gospels:A Discussion Between Dr.E.V.Rieu and the Rev.J.B.Phillips,"*The Bible Translator*,Vol.6.4(October 1955),p.153.
⑥ 德国翻译理论家凯瑟林娜·赖斯(Katharina Reiss)在《翻译批评的可能性与局限》(1971)一书中把源语文本分为以内容为重的文本(content-focused text)、以形式为重的文本(form-focused text)、以诉请为重的文本(appeal-focused text)和以声音为媒介的文本(audio-media text),并主张根据不同的源语文本类别和读者群体的类别来进行翻译批评。其学生汉斯·弗米尔(Hans Vermeer)在此基础上创立了翻译的目的论。
⑦ 尤金·奈达(1936——　　),美国翻译家,长期在美国圣经学会翻译部主持工作,他在圣经翻译的实践基础上创作《翻译理论与实践》(*The Theory and Practice of Translation*,1969),提出了动态对等理论。

2.选择企鹅出版社

霍克思为什么会放弃牛津大学出版社而要选择更晚联系的企鹅出版社呢？因为霍克思的翻译理想在企鹅出版社找到了知音。

在1998年的访谈中他明确表示："我曾有过出一个完整系列译作的想法。我的想法是——最初的想法是——我并没有要求译本成为文学作品——当时我所想的是与我谈论《红楼梦》翻译时完全不同的方式。"①这里所指的完整系列译作就是霍克思任主编的牛津东亚文学丛书，在霍克思看来"那种能为想要了解原作原貌的读者服务的译本而不是那种专业性很强的学术研究译本，展现原貌的全译本值得一试"②。针对"展现原貌"和"专业性不强"这两大特征，我们可以设想列于牛津东亚文学丛书的《红楼梦》译本的面貌应该是类似于霍克思几年前完成的忠实原作的《楚辞，南方之歌》的模式。译者对原作的负责态度能够使这一全译本成为不懂汉语的研究学者放心依赖并在自己研究中加以征引的参考读本。读译本的学者不会有译本歪曲原作从而影响研究结论的担心，这是此类为汉学研究服务的译本最理想的状态。但显然随着时间推移，尤其是零碎进行的一些《红楼梦》片段翻译，霍克思心目中的《红楼梦》译本面貌越来越清晰，那是一个偏离牛津大学东亚丛书汉学译本理想的译本。牛津大学出版社与企鹅出版社何去何从？在艰难的取舍中，霍克思本人的一段话特别能说明他选择企鹅出版社的态度："我想的是以一种与譬如说《楚辞》翻译完全不同的方式来翻译它。我想的是我想做的是那种不需要有学术考虑的翻译。我只想把这本书——毕竟这是为企鹅出版社而译——以这样一种方式译出：如果可能的话，全译的同时保持趣味性。读者能从我的译作中获得一些我在阅读原作时所得到的乐趣。因此这是一种与我翻译《楚辞》时完全不同的方式，处理译作的方式，对待译作的态度都与《楚辞》英译不同。"③

---

① Connie Chan, "Appendix: Interview with David Hawkes," *The Story of the Stone's Journey to the West: a Study in Chinese-English Translation History*, Conducted at 6 Addison Crescent, Oxford, Date: 7th December, 1998, p.320.
② Ibid., p.323.
③ Connie Chan, "Appendix: Interview with David Hawkes," *The Story of the Stone's Journey to the West: a Study in Chinese-English Translation History*, Conducted at 6 Addison Crescent, Oxford, Date: 7th December, 1998, p.326.

霍克思在20世纪60年代初中期学院派翻译还未风行时就已出版了汉学入门教材类的翻译书籍。之后当很多汉学家走上这条翻译之路时,霍克思已经跳出了学院派翻译的圈子,他的译作对象从教育读者转向了娱乐读者。1973年他评华兹生《中国韵文》时,表达了翻译应重在传达原作带给译者的快乐的翻译观点。他说:"当然,当把汉语翻译成英文时,无论是何种文体,都无法在形式上做到与原作相像。跳韵五重音(five-stressed verses in sprung rhythm)并不比抑扬格五音步或普通音步的诗行更像中国五言诗。译者只能选择或创造某种形式,并借助这种形式令己满意地把原作带给他的感觉(feeling)尽力表达出来。成功与否与原作、译作间形式上有多少相似之处没有多大关系。"①。这篇发表于《石头记》一卷翻译刚结束之时的书评清晰地传达了霍克思翻译《红楼梦》的主导思想:向读者传达原作带给译者的情感体验。虽然不为当时学院派翻译所认同,但霍克思认为这是最重要的。

企鹅出版社与霍克思真正洽谈《红楼梦》翻译事宜的是古典丛书编委雷迪斯(Betty Radice,1912—1985)②和企鹅精装本发行部负责编辑普赖斯(James Price)。雷迪斯与企鹅出版社古典丛书创办人兼主编的里欧一样也是一位古典文学学者兼翻译家,她曾翻译过小普林尼的《书信》(Little Pliny's Letters)、泰伦斯的《喜剧》(Terence's Comedies)、伊拉斯谟的《愚人颂》(Erasmus's In Praise of Folly)、《爱洛绮斯和阿贝拉书信集》(The Letters of Abelard and Heloise)和提图斯·李维的《罗马与意大利》(Livy's Rome and Italy)。她为企鹅古典丛书写过关于贺拉斯(Horace)和普罗佩提乌斯(Propertius)的阅读导言,为企鹅英语丛书编辑过吉本的自传《我的生平与创作》(Gibbon's Memoirs of My Life and Writings)。她还曾做过拉丁语、希腊语及意大利语的翻译工作,如与人合译《伊拉斯谟集》(Collected Works of Erasmus),也是参考书《古代名人传》(Who's Who in the Ancient World)的

---

① David Hawkes,"(Untitled Review) Chinese Rhyme-prose by Burton Watson", *Asia Major*, Vol.18 Pt.2 (1973), p.253.
② 雷迪斯,牛津大学圣希尔达学院(St.Hilda College,Oxford)的荣休研究员,曾任英国最大的古典研究组织古典协会(The Classical Association)的副主席。早年在圣希尔达学院学习,1935—1958年担任教师,讲授古典学、哲学和英语等课程。1959年雷迪斯加入企鹅书局,成为企鹅出版社古典丛书创办人兼主编里欧的代理人。1964年里欧谢世,雷迪斯承担起了企鹅出版社工作,直至1985年去世。

作者。霍克思称赞雷迪斯是"一个非常好的人""一名非常优秀的古典文学学者"及"一位特别特别优秀的编辑"①。普赖斯则作为直接负责人与霍克思接触,他对霍克思的翻译抱着极大的热情。当霍克思因牛津大学出版社的抗议而烦恼不已时,是普赖斯代表企鹅出版社与牛津大学出版社从中进行协商②;而当霍克思希望修改与企鹅出版社间的原订计划,改由弟子闵福德与自己合作完成《红楼梦》的全译工作时,普赖斯也表示支持,"听说这一想法他很高兴"③。

雷迪斯与普赖斯秉执里欧的翻译理念,正如思果所言,"英国企鹅翻译丛书主编里欧和别的译界权威都重视译文的通畅"④。可以说,这与霍克思的《红楼梦》翻译理念有着惊人的契合,故而霍克思在牛津大学出版社提出异议的情况下,坚持选择了与企鹅出版社合作。

3.签约

1968年末,霍克思在朋友阿瑟·库柏(Arthur Cooper)的引荐下认识了企鹅出版社古典丛书编委雷迪斯女士。库柏已与企鹅出版社签约翻译李白和杜甫的诗歌,他同时向雷迪斯建议:"如果你们要编企鹅古典丛书,远东作品就必不可少。"⑤库柏主张让霍克思来译《红楼梦》,霍克思当时怀着自娱的心态已译出了《好了歌》及甄士隐的解诗,自我感觉不错。因此,当雷迪斯写信来商谈《红楼梦》英译时,霍克思"非常感兴趣,答应了下来"⑥。他很快译出了《红楼梦》第一回的完整内容并请雷迪斯过目。雷迪斯看过译文后很感兴趣,她从伦敦图书馆借来其他译本进行对比后更坚定了合作的信心。

正当企鹅出版社与霍克思商议签约英译《红楼梦》全本时,发生了两件事情。一件事是霍克思的学生闵福德的加入。他刚巧回到牛津大学向老师提出了打算

---

① Connie Chan, "Appendix:Interview with David Hawkes," *The Story of the Stone's Journey to the West:a Study in Chinese-English Translation History*, Conducted at 6 Addison Crescent, Oxford, Date:7th December,1998,p.325.
② Ibid., p.326.
③ Ibid., p.335.
④ 思果:《序言》,《翻译新究》,北京:中国对外翻译出版公司,2001年,第1页。
⑤ Connie Chan, "Appendix:Interview with David Hawkes," *The Story of the Stone's Journey to the West:a Study in Chinese-English Translation History*, Conducted at 6 Addison Crescent, Oxford, Date:7th December,1998,p.325.
⑥ Ibid., p.325.

翻译《红楼梦》的宏愿,他对霍克思说:"噢,我终于决定了我这生想干的事——我要翻译《红楼梦》。"①霍克思首先考虑到《红楼梦》前80回与后40回确实存在差异,由两人译出效果更佳,而且他的身体也不一定能胜任全译《红楼梦》120回的任务;再者,如果他在译前80回时有人同时进行后40回的翻译,那么还有五卷同时完成的可能;最后,这也可以给学生一个完成心愿的机会。最终经与企鹅出版社当时具体负责签约事务的普赖斯商议,改由师生共同签约合作完成中国古典名著《红楼梦》的翻译工作。翻译工作自此开始,霍克思致力于译出前三卷而闵福德投入后两卷的翻译工作。翻译中师生二人分头进行,完全独立自主。只有当闵福德需要了解霍克思及关于一些名称或问题的处理对策时才联系。② 霍克思完成的译稿总寄一份给闵福德参考,既方便闵福德熟悉一些相同内容霍克思的处理办法,也便于闵福德尽快进入翻译状态。

另一件事是正欲签约之时,牛津大学出版社提出了抗议。由该社负责出版的牛津东亚文学丛书,其必译书单中霍克思亲自列入了《红楼梦》的翻译计划。霍克思应该为他们翻译《红楼梦》而不是为企鹅出版社。这一纠纷两家出版社曾试图协商,包括提出一家出平装本,一家同时出精装本的建议,但最终还是未能达成共识,霍克思面临艰难的抉择。③ 此时的霍克思已动手译了几回《红楼梦》,他非常享受翻译的过程,很希望能把全部的时间投入到翻译中;而且翻译工作使他觉得找到了自己的专长,他此生应该从事翻译而不是当教授。基于上述原因,为了最终解决牛津大学出版社与企鹅出版社的争议,1971年霍克思做出了辞去牛津大学汉学讲座教授之席的惊人之举,专心投入翻译工作。他从1970年11月10日开始把翻译过程中的点点滴滴以日记的形式记载,坚持到1979年6月1日,这也就是我们如今看到的《〈红楼梦〉英译笔记》。1973年《石头记》第一卷《金色年华》(*The Golden Days*)(前26回)与读者见面,四年后第二卷《海棠诗社》(*The Crab-flower Club*)(第二十七—第五十三回)顺利完成,第三卷《哀世之音》(*The Warning Voice*)(第五十四—第八十回)在1980年出版。最后两卷《还泪情史》

---

① Connie Chan,"Appendix:Interview with David Hawkes,"*The Story of the Stone's Journey to the West:a Study in Chinese-English Translation History*,Conducted at 6 Addison Crescent,Oxford,Date:7th December,1998,p.335.
② Ibid., p.335.
③ Ibid., p.326.

(The Debt of Tears)和《如梦方醒》(The Dreamer Wakes)由弟子兼女婿闵福德分别于1982年和1986年完成出版。至1986年《红楼梦》在英语世界又有了一个全译本①,而且是一个备受欢迎的全译本。

二、《红楼梦》的翻译底本

《红楼梦》是部未完的手稿,迄今为止发现的《红楼梦》早期抄本共有12种,有的以《石头记》为名,有的以《脂砚斋重评石头记》为名,有的名为《红楼梦》。如题有"脂砚斋重评石头记"的按时间先后就有甲戌本(1754)、己卯本(1759)和庚辰本(1760),另还有各名家收藏的抄本,如由戚廖生所藏并作序的戚序本、清蒙古王府所藏的蒙府本或王府本、梦觉主人收藏于甲辰年(1784)并作序的甲辰本。1791年最早的刻本——萃文书屋刻程甲本问世,1792年萃文书屋再次印刷《红楼梦》称程乙本,此后刊刻本日多,另抄本影印也不少。翻译底本的选择是译本成就其经典的关键,也凸显译者翻译之目的。为讲述一个生动的故事,霍克思《石头记》译本在底本的选择上颇费心思。

(一) 以程高本为主

曾经的老师兼同事吴世昌回忆霍克思翻译《红楼梦》所用版本时说:"译者霍克思曾任牛津大学中文系主任。据译者自己说,译本基本上根据脂评本,但有时参用程高删改本。"②这实际上与事实不符。霍克思最早提到翻译底本是在1972年写成的《石头记》卷一的导论中,他说:"在翻译这部小说时,我发觉无法忠实遵照任何一个文本。翻译第一章时,我主要依从的是高鹗本,因为它虽然没有其他本子有趣味,但却更为前后一致。在随后的章回翻译中,我经常遵从一个抄本,并且偶尔也会做点自己的修订。"③1975年4月18日霍克思在致港台红楼梦研究学者潘重规教授的信函中针对评论者对其《石头记》卷一底本问题的批评之声有个

---

① 世界上第一个《红楼梦》英语全译本由我国翻译家杨宪益和戴乃迭完成,以有正本为底本,参照庚辰本校正讹误,外文出版社1980年出版。
② 吴世昌著,吴令华编:《吴世昌全集》(第八卷),石家庄:河北教育出版社,2002年,第302~303页。
③ David Hawkes, "Introduction," David Hawkes tr. *The Story of the Stone*, Harmondsworth: Penguin Books Vol.1, 1973, pp.45-46.

简单回应,虽未直接谈到底本,但对俞平伯校本和高鹗本有个评价。他说:"我觉得那种认为你选择了俞校本之后就必须在翻译中严格依照的说法是错误的,因为很多时候是两种本子都有问题。而且在我看来似乎高鹗经常是因抄本有问题才改动它,但问题是他又时有改错。……不过,似乎俞校本中也同样有很多前后不一致或相互抵牾的地方,有些还是高鹗改对了!"①到《石头记》前三卷完工出版的那年,霍克思又一次谈到翻译底本:"最初以最通用的120回本为底本,当脂砚斋评批本提供了更好的文字时就依脂本。"②1998年访谈是霍克思第三次提到版本问题,也谈得最清楚。他说:"我开始时没有太考虑版本问题,我以人民文学出版社的四卷本《红楼梦》着手翻译,但那时手中也有俞平伯的《红楼梦八十回校本》。"③把以上四段霍克思不同时期关于同一话题的说法放在一起考察,我们就能明白,霍克思在翻译中依从最多或者叫做翻译底本的就是人民文学出版社的四卷本即霍克思所谓的高(鹗)本,参阅最多的是俞平伯的八十回校本即霍克思所谓的脂本或抄本。这一点他的弟子兼女婿及《红楼梦》后40回译者闵福德说得更为清楚:"霍克思的书架上当然有俞平伯八十回校本、甲戌本、庚辰本和新近出版的程高影印本,但他工作的脚本一直是人民文学出版社由启功注释的四卷本。他做过记号的书目前还保存在岭南大学的图书馆。"④

查1964年人民文学出版社出版的《红楼梦》本子,从"关于本书的整理情况"章节中,我们找到了此版本的底本——"本书整理,系以程伟元乾隆壬子(1792)活字本(校记中简称'乙'本)作底本",并在解释选择取舍原则时说:"附带说明一句,所谓选择取舍,有一个大致的原则,就是这个普及本既然属于百二十回本系统,校改时自以百二十回本的异文为尽先选取的对象。至于八十回本的文字,差

---

① David Hawkes:《霍克思教授致潘重规教授函》,《红楼梦研究专刊》附录,Vol.12(1976),p.2.
② David Hawkes, "The Translator, the Mirror and the Dream: Some Observations on a New Theory," David Hawkes, *Classical, Modern and Humane Essays in Chinese Literature*, John Minford & Siu-kit Wong ed., Hong Kong: the Chinese University Press, 1989, p.159.
③ Connie Chan, "Appendix: Interview with David Hawkes," *The Story of the Stone's Journey to the West: a Study in Chinese-English Translation History*, Conducted at 6 Addison Crescent, Oxford, Date: 7th December, 1998, p.327.
④ 转引自范圣宇:《〈红楼梦〉管窥——英译、语言与文化》,北京:中国社会科学出版社,2004年,第27页。

别较大,除非个别实有必要时,是不加采取的。"①上引文字说明霍克思翻译时所依据的这个人民文学出版社本(后简称人民本)大致就是程乙本。在霍克思英译笔记中前半部分多以人民本称之,后半部分多称之为程本。

而参阅本根据《霍克思文库》(*The David Hawkes Collection*)则是俞平伯校订、王惜时参校的1958年由人民文学出版社出版的本子。查该校本《校改红楼梦凡例》,其首条即言明此本"以戚本为底本,以脂庚本为主要校本,定为新本"②。此本的底本为戚序本,与杨、戴《红楼梦》全译本前80回的翻译底本相同,霍克思在英译笔记中简称为俞本或脂本。据洪涛的考察,这个俞本不完全是脂本系统,它不仅少数字句有脂本和程本混用的现象,而且第六十七回整回及第六十八回的一大段文字选用了程本。③霍克思在《译者、宝鉴和梦:谈对某一新理论的看法》论文中评说"高鹗的第六十七回文字事实上无疑是现存的各版本中最好的"④,显然是极具专家眼光的。

他力图讲一个生动故事的初衷也使他在高鹗的120回本和各种80回手抄本中偏向前者。他认为"高鹗的120回本是目前所能得到的最好版本"⑤,即使可以对前80回中高鹗的一些改动表示不满并不时找到机会改进,但在一些基本事实上譬如柳儿这件事上最好还是遵从高鹗本。他对杨、戴本和美国评论家对版本问题的处理颇为不解。他说:"我不大理解这样一种逻辑,一面要求北京方面的译者必须译出全部的120回,一面又要求前两卷的翻译必须严格遵从抄本系统的某个版本。我同样也不很理解那些美国评论家的立场,他们一面基于完整的120回版来展开对这部小说的批评研究,一面又声称自己不知道、不确定或是决定不了高

---

① 曹雪芹、高鹗著,启功注释:《红楼梦》(共四册),北京:人民文学出版社,1957年初版,1964年第3版,1974年重印,第1~2页。
② 俞平伯:《校改红楼梦凡例》,曹雪芹著,俞平伯校订,王惜时参校:《红楼梦八十回校本》,北京:人民文学出版社,1958年,第1页。
③ 参见洪涛:《女体和国族:从〈红楼梦〉翻译看跨文化移殖与学术知识障》,北京:国家图书馆出版社,2010年,第131~132页。
④ David Hawkes, "The Translator, the Mirror and the Dream—Some Observations on a New Theory," David Hawkes, *Classical, Modern and Humane Essays in Chinese Literature*, John Minford & Siu-kit Wong ed. Hong Kong: the Chinese University Press, 1989, p.170.
⑤ Ibid., p.160.

鹗增补的问题。"①在霍克思看来,"这一问题似乎是不能含糊其辞的"②。霍克思在这个问题上的答案是明确的,他认为《红楼梦》后 40 回应该也是曹雪芹的手笔,只不过是他早期的一个本子,曹雪芹后来有修改,但高鹗和程伟元拿到的是他重写前的稿子。高鹗所做的是调和而不是创作工作。③ 西方学者闵福德、卢先·米勒、多尔·利维等是此观点的支持者,尤其是闵氏,其博士论文即旨在证明《红楼梦》后 40 回为曹雪芹之作;华裔学者中夏志清、余国藩也赞同此见,旅美小说家张爱玲在其《红楼梦魇》序言中也指出 20 世纪 70 年代"西方当时仍是厌闻考据,多以程本为原著"④。

因而,人民本或者说程本如果没有明显的败笔或逻辑叙述上的大漏洞时,霍克思均径直依此本译出。这一点我们还可以通过文本内考据来进一步论证。

1.回目异文的英译

在前 80 回中,回目上有好几回人民本与俞本各不相同,有的还相差很大。这些回目的霍译文无一例外均显示霍克思翻译时依据的底本为人民本。兹列于下:

(1)俞本:薄命女偏逢薄命郎　葫芦僧乱判葫芦案

　　人民本:薄命女偏逢薄命郎　葫芦僧判断葫芦案

　　霍译:The Bottle-gourd girl meets an unfortunate young man,

　　　　And the Bottle-gourd monk settles a protracted lawsuit.

一个"乱判",一个"判断",包含着对贾雨村不同的看法,故而两词应属两本的异文。

(2)俞本:游幻境指迷十二钗　饮仙醪曲演红楼梦

　　人民本:贾宝玉神游太虚境　警幻仙曲演红楼梦

　　霍译:Jia Bao-yu visits the Land of Illusion,

---

① David Hawkes, "The Translator, the Mirror and the Dream—Some Observations on a New Theory," David Hawkes, *Classical, Modern and Humane Essays in Chinese Literature*, John Minford & Siu-kit Wong ed., Hong Kong: the Chinese University Press, 1989, p.170.

② Ibid.

③ Connie Chan, "Appendix: Interview with David Hawkes," *The Story of the Stone's Journey to the West: a Study in Chinese-English Translation History*, Conducted at 6 Addison Crescent, Oxford, Date: 7th December, 1998, p.332.

④ 张爱玲:《红楼梦魇》自序,《张爱玲典藏全集(10)——文学评论:红楼梦魇》,哈尔滨:哈尔滨出版社,2003 年,第 1~2 页。

and the fairy Disenchantment performs the "Dream of Golden Days".

(3)俞本:比通灵金莺微露意　探宝钗黛玉半含酸

　　人民本:贾宝玉奇缘识金锁　薛宝钗巧合认通灵

霍译:Jia Bao-yu is allowed to see the strangely corresponding golden lockets,

　　　and Xue Bao-chai has a predestined encounter with the Magic Jade.

(4)俞本:恋风流情友入家塾　起嫌疑顽童闹学堂

　　人民本:训劣子李贵承申饬　嗔顽童茗烟闹书房

霍译:A son is admonished and Li Gui receives an alarming warning,

　　　a pupil is abused and Tealeaf throws the classroom in uproar.

(5)俞本:第十七、十八回　大观园试才题对额　荣国府归省庆元宵

　　人民本:第十七回　大观园试才题对额　荣国府归省庆元宵

　　　　　第十八回　皇恩重元妃省父母　天伦乐宝玉呈才藻

霍译:Chapter 17　The inspection of the new garden becomes a test of talent,

　　　　　　　and Rong-guo House makes itself ready for an important visitor.

　　　Chapter 18　A brief family reunion is permitted by the magnanimity of a gracious Emperor,

　　　　　　　and an Imperial Concubine takes pleasure in the literary progress of a younger brother.

这里霍克思依据人民本,不过修改了人民本的重复之处,比原人民本回目叙述逻辑更为清晰。

(6)俞本:魇魔法叔嫂逢五鬼　红楼梦通灵遇双真

　　人民本:魇魔法叔嫂逢五鬼　通灵玉蒙蔽遇双真

霍译:Two cousins are subjected by witchcraft to the assaults of demons,

　　　and the Magic Jade meets an old acquaintance while rather the worse for wear.

(7)俞本:宝钗借扇机带双敲　龄官划蔷痴及局外

　　人民本:宝钗借扇机带双敲　椿龄画蔷痴及局外

霍译:Bao-chai speaks of a fan and castigates her deriders,

Charmante scratches a "qiang" and mystifies a beholder.

霍克思注意到了"椿龄"的问题,在《〈红楼梦〉英译笔记》中有讨论:他指出"椿龄"是祝人寿考之辞,也许是"龄官"的字？那么 Charmante 严格意义上来说是个"误译",但译者最终认为保留 Charmante 一译为好。① 可见他的讨论是围绕着人民本展开的。

2.正文中异文的英译

正文中最有说服力的一个例子是凤姐与贾蓉关系的英译处理。人民本与俞本关于贾蓉与凤姐关系描写的文字有很大出入,人民本中有 5 处刻意暧昧两人的关系。

第六回:

人民本第 77 页:那凤姐只管慢慢吃茶,出了半日的神,忽然把脸一红,笑道:……

俞本第 68 页:那凤姐只管慢慢的吃茶,出了半日的神,方笑道:……

霍译:Xi-feng, however, sipped very intently from her teacup and mused for a while, saying nothing. **Suddenly her face flushed** and she gave a little laugh:… (Hawkes, Vol.1, p.163)

第七回:

人民本第 88 页:贾蓉溜湫着眼儿笑道:"何苦婶子又使厉害,我们带了来就是了。"——凤姐也笑了——说着出去,……

俞本第 76 页:贾蓉笑嘻嘻的说:"我不敢强,就带他来。"说着,……

霍译:Jia Rong **cringed in mock alarm**./ "Yes, Autie! No need to get so fierce! We'll bring him in straight away."/ **They both laughed**, and … (Hawkes, Vol.1, p.177)

第十六回:

人民本第 183 页:贾蓉在灯影儿后头悄悄的拉凤姐儿的衣裳襟儿,凤姐会意,**也悄悄的摆手儿佯作不知**。因笑道:……

---

① David Hawkes, *The Story of the Stone: A Translator's Notebooks*, Hong Kong: Centre for Literature and Translation, Ling Nan University, 2000, p.105.

俞本第 157 页：贾蓉在身旁灯影下悄拉凤姐的衣襟，凤姐会意，因笑道：……

霍译：Jia Rong, who was standing somewhat away from the light, availed himself of the shadow's concealment to give Xi-feng's dress a surreptitious tug. She understood perfectly well what his meaning was, **but pretended not to, dismissing him with a curt wave of the hand** and addressing herself instead to Jia Lian:…(Hawkes, Vol.1, p.316)

第六十八回：

人民本第 890 页：凤姐儿**见了贾蓉这般，心里早软了**，只是碍着众人面前，又难改过口来，……

俞本第 766 页：凤姐见他母子这般，也再难往前施展了，只得又转过一副形容言谈来，……

霍译：**His pathetic abjectness soon melted Xi-feng**; but she could not change her tune too abruptly when there were so many pairs of eyes watching her.(Hawkes, Vol.3, p.348)

最后，也是最严重的一处在第六十八回末，俞本对于凤姐与贾蓉的关系描写简洁、干净利落；人民本刻意在凤姐与贾蓉的关系上暧昧，多出了一页多的篇幅，添了诸如"又指着贾蓉道：'今日我才知道你了！'说着，把脸却一红，眼圈儿也红了，似有多少委屈的光景"这样的话语。内容过长，此处无法赘引，正是这里大段大段的文字不同引起了霍克思的注意，他在《〈红楼梦〉英译笔记》中写道："此段表明王熙凤和贾蓉的特殊关系全是后来添加的（参看全抄）。曹雪芹过世之后的事？"①如果说之前霍克思依据人民本来译，是因为未注意到人民本与俞本的差异的话，那么到第六十八回末，他已清楚发现了人民本的添加问题，他在译文中仍然依照人民本来翻译就是经过了慎重考虑的。

以下还有一些小例子：

第十八回末元妃赐物时关于宝玉所得礼物，两本文字不同，抄本第 400 页在钗、黛众姊妹礼物后有"宝玉亦同此"一句，并且此句后有脂批"此中忽夹上宝玉

---

① David Hawkes, *The Story of the Stone: A Translator's Notebooks*, Hong Kong: Centre for Literature and Translation, Ling Nan University, 2000, p.229.

可思",霍克思翻译时依据人民本。

第十九回宝玉撞见茗烟和万儿时,人民本有宝玉话语"等我明儿说了给你作媳妇,好不好?"及"茗烟也笑了"两句,抄本没有,从译文来看霍克思依据的仍是人民本。

第二十一回,两本凤姐所说的话文字上有差异,霍克思依人民本译出。

人民本第247页:"这十几天,难保干净,或者有相好的丢下什么**戒指儿、汗巾儿,也未可定**?"

俞本第215页:"这半个月难保干净,或者有相好的丢失下的东西。——**戒指、汗巾、香袋儿,再至于头发、指甲,都是东西**。"

霍译:"He was nearly a fortnight outside. I wouldn't bank on his having kept himself clean all that time. There might have been something left behind by one of his little friends: **a ring or a sash or something**."(Hawkes, Vol.1, pp.427-428)

第二十二回,众姊妹所作灯谜,人民本与俞本数量与文字上均有较大差别,霍克思依据人民本来译,其深为人责的如略去惜春所作灯谜、把宝钗所作谜译为黛玉所作谜、为宝玉与宝钗重添灯谜等举动实为人民本所为,霍克思只是照此译出而已。稍有不同的是他在凤姐的话里多添了个"more"以消除叙述逻辑上的漏洞。

人民本第261页①:(凤姐儿自里间屋里出来,插口说道:"你这个人,就该老爷每日合你寸步儿不离才好。)刚才我忘了,为什么不当着老爷,**撺掇着叫你作诗谜儿**?"

霍译:...we ought to have got Uncle to make him compose **some more riddles** for us.(Hawkes, Vol.1, pp.450-451)

第二十五回,以下一段文字人民本和俞本差异非常明显,文字表达水平高低也很不相同。俞本有效地体现出了宝、黛间的深情厚意,而人民本则过简。查霍克思《〈红楼梦〉英译笔记》没有关于此段文字的任何讨论,显然人民本的文字因其没有任何逻辑叙述错误,读来也很流畅,故而霍克思没有注意到俞本此段文字更佳,依然照人民本译出。

---

① 引用《红楼梦》原作中的语句时人民本和俞本如文字不同则两本摘列,如文字相同则只列人民本页码。

人民本第291页：……知道烫了，便亲自赶过来，只瞧见宝玉自己拿镜子照呢。左边脸上满满的敷了一脸药。黛玉只当十分烫的利害，忙近前瞧瞧，宝玉却把脸遮了，摇手叫他出去：知他素性好洁，故不肯叫他瞧。**黛玉也就罢了**，但问他："疼的怎样？"宝玉道："也不很疼。养一两日就好了。"黛玉**坐了一会**回去了。

俞本第253页：林黛玉只当烫的十分利害，忙上来问怎么烫了，要瞧瞧。宝玉见他来了，忙把脸遮着，摇手叫他出去，不肯叫他看。——**知道他的癖性喜洁，见不得这些东西。林黛玉自己也知道自己也有这件癖性，知道宝玉的心内怕他嫌脏，因笑道："我瞧瞧烫了那里了。有什么遮着藏着的。"一面说，一面就凑上来，强搬着脖子瞧了一瞧**，问他疼的怎么样。宝玉道："也不很疼，养一两日就好了。"林黛玉坐了一会，**闷闷**的回房去了。

霍译：She found him with a mirror in his hand, examining the extent of the damage. The entire left side of his face was thickly plastered with ointment, from which she deduced that the injury must be a serious one. But when she approached him to look closer, he averted his head and waved her away. He knew how squeamish she was, and feared that the sight of it would upset her. Dai-yu for her part was sufficiently aware of her own weakness **not to insist on looking**. She merely asked him "whether it hurt very badly".

"Not so bad as all that," said Bao-yu. "A couple of days and it will probably be all right again."

Dai-yu sat **with him a little longer** and then went back to her room. (Hawkes, Vol. 1, p.492)

第五十回，贾母所说的话最后一句两本有些差异，虽然人民本与俞本的差异并不对上下文造成什么大的影响，但这类例子恰恰说明霍克思在人民本语意不存在逻辑问题时无意修改它。

人民本第625页：贾母来至室中，先笑道："好俊梅花！你们也会乐，**我也不饶你们**！"

俞本第541页：贾母来至室中，先笑道："好俊梅花！你们也会乐，**我来着了**！"

霍译："What pretty plum-blossom!" she said as they entered it. "You children certainly know how to enjoy yourselves. **I feel quite angry with you for not inviting** me!"(Hawkes,Vol.2,p.501)

第七十二回有两处俞本有、人民本无的文字,霍译本中也缺译。这也说明霍译一般依据的是人民本,当人民本前后逻辑出现问题或有叙述漏洞时才对照俞本进行编译。

俞本 805 页:从此凡晚间便不大往园中来。因思园中尚有这样奇事,何况别处,因连别处也不大轻走动了。

俞本 806 页:平儿笑道:"你知道,我竟也忘了。"

第七十四回十锦春意香袋的出现使得凤姐建议打发些丫头出院,俞本王夫人有一段话忆起当年黛玉母亲未出阁前所用丫头数量,人民本无,霍译也缺。另外第七十四回还有两处异文,霍译依据的是人民本,尤其是后一例两本文字几乎可以说是相反的语意。

人民本第 960 页:王夫人点头道:"跟姑娘们的丫头比别的娇贵些,这也是常情。"

俞本第 831 页:王夫人道:"这也有的常情,跟姑娘们的丫头原比别的娇贵些。**你们该劝他们。连主子们的姑娘不教导,尚且不是,何况他们**。"

霍译:Lady Wang nodded."Yes,I suppose the girls who wait on the young mistresses are inclined to be a bit spoiled."(Hawkes,Vol.3,p.462)

人民本第 971 页:惜春道:"**我也不是什么参悟。我看如今人一概也都是入画一般,没有什么大说头儿!**"

俞本第 841 页:惜春道:"**我不了悟,我也舍不得入画了。**"

霍译:"**I lay no claim to enlightenment**,"said Xi-chun,"**though I can see that most people are no better than Picture—and that they are as little worth bothering about.**"(Hawkes,Vol.3,p.481)

综上可知,霍克思在翻译时还是有个底本的,在底本没有逻辑问题或其他叙述漏洞会影响到故事的正常发展时,霍克思通常不改动这个底本。他在《石头记》卷二的序言中曾有这样一段话谈到自己如何处理异文问题,值得研究者特别注意:"经验告诉我,最好把高鹗本与各抄本不一致的地方看做一个信号,它促使译者探寻高鹗改动的症结所在,等弄清楚后在必要时努力找出自己的解决方法。"①宋淇曾批评霍克思"至少应同时参阅俞平伯根据各种版本考究的校订本,可以避免许多妄改和节删"②。其实,更有可能是霍克思在翻译中如未发现所依底本有抵牾之处或难解文字时,他就会很自然地依此本直接翻译下去,因为越译到后面,他越"意识到在这部特定的小说中,几乎任何一个关于文本不同版本的选择都要求译者对于一系列相当根本的问题做出决定,诸如小说的作者问题、小说的演变史、小说评论者的身份鉴别、早期编者的可靠性以及他们编辑的性质等等"③。我们明白了霍克思关于翻译底本的态度,范圣宇在其《〈红楼梦〉管窥——英译、语言与文化》一文中所纳闷的问题即"有些地方脂本文字比程本高明的,霍克思却没有选脂本的文字"④也就迎刃而解了。

(二) 综合其他版本文字

说清了底本问题,我们还要注意,霍克思在翻译中还参阅了不少其他版本,正如他自己在访谈中所说:"仔细阅读各大抄本,包括脂砚斋评批本及其他,然后尽力加以明智运用,但我没有做编辑工作。……如果你要把它称作编辑的话,也只是从不同的文本中这里选一点那里选一点而已。"⑤

如第六十回小婵说的话,人民本无,霍译自俞本补入。

俞本第 663 页:他还气我呢。我可拿什么比你们,又有人进贡,又有人作干奴才,溜溜你们,好上好儿,帮衬着说句话儿。

霍译:"Either that, or he must be angry with me for something. Still, I can't compete with you, can I! I haven't got anyone to rush out and give me things, or trot around

---

① David Hawkes, "Preface," David Hawkes tr. *The Story of the Stone Vol. 2*, Harmondsworth: Penguin Books, 1977, p.18.
② 林以亮:《红楼梦西游记·细评红楼梦新英译》,1976 年初版,台北:联经出版事业公司,2007 年重印,第 3 页。
③ David Hawkes, "The Translator, the Mirror and the Dream—Some Observations on a New Theory," David Hawkes, *Classical, Modern and Humane Essays in Chinese Literature*, John Minford & Siu-kit Wong ed., Hong Kong: the Chinese University Press, 1989, p.159.
④ 范圣宇:《〈红楼梦〉管窥——英译、语言与文化》,北京:中国社会科学出版社,2004 年,第 44 页。
⑤ Connie Chan, "Appendix: Interview with David Hawkes," *The Story of the Stone's Journey to the West: a Study in Chinese-English Translation History*, Conducted at 6 Addison Crescent, Oxford, Date: 7th December, 1998, p.328.

after me like a self-adopted slave, or chip with a good word for me when there's an argument."(Hawkes,Vol.3,p.160)①

第六十五回一段有关尤老娘的文字霍译据俞本翻译。

人民本第 844~845 页：当下四人一处喝酒。二姐儿此时恐怕贾琏一时走来，彼此不雅，吃了两杯酒便推故往那边去了。……剩下**尤老娘和三姐儿**相陪。……贾琏听了，便至卧房。见**尤二姐和两个小丫头**在房中呢，……

俞校本第 727~728 页：尤二姐知局，便邀他母亲说：……**尤老也会意，便真个同他出来**，……贾琏听了，便回至卧房。只见**尤二姐和他母亲**都在房中，……

霍译：…Er-jie knew that it was not for a family evening that Cousin Zhen had come and soon found an excuse for **getting herself and her mother out** of the way.…Jia Lian went straight to his own room, where he found **Er-jie sitting with her mother**. (Hawkes,Vol.3,p.278)

第七十回众姐妹放风筝一节多据俞本翻译，此节众人铰断风筝的场景人民本叙述简单，俞本生动精彩，包含了黛玉、宝玉及探春的故事，霍译照俞本翻译。但俞本回末到放完风筝众人回房休息即结束，霍译接着补入人民本文字继续往下翻译，交代了宝玉随后一段时间在功课上用心及贾母丫头来访之事。此处文字过长，不加赘引。

第七十八回俞本比人民本长出一大段文字，霍译大致据俞本翻译，但删去了前面关于景物萧条的感慨，以免枝蔓过多，分散读者的注意力。

人民本第 1025 页：怔了半天，因转念一想："不如还是和袭人厮混，再与黛玉相伴。只这两三个，只怕还是同死同归。"

俞本第 891 页：怔了半天，因看着那院中的香藤异蔓，仍是翠翠青青，忽比昨日好似改作了凄凉了一般，更又添了伤感。默默出来，又见门外的一条翠樾埭上也半日无人来往，不似当日各处房中丫环不约而来者络绎不绝；又俯身看那埭下之水，仍是溶溶脉脉的流将过去。心下因想天地间竟有这样无情的事！悲感一番，忽又想到去了司棋、入画、芳官等五个；死了晴雯；今又去了宝钗一处；迎春虽

---

① 此处译文中"他还气我呢"一句，因霍克思判断错了动作的施动者（小婵口中的"他"指的是芳官而不是雷公），存在误译现象。

尚未去,然连日也不见回来,且接连有媒人来求亲;大约园中之人不久都要散的了。纵生烦恼,也无济于事。不如还找黛玉去,相伴一时,回来还是和袭人厮混。只这两三个人,只怕还是同死同归的。

霍译:A sort of blankness came over him.Chess had gone….The Garden's little society was breaking up.(Hawkes, Vol.3, p.564)

除了最早拥有的俞本,霍克思还参阅了以下各本。如对第一回历数《红楼梦》曾用书名的翻译,霍译本多了人民本和俞本都无的"至吴玉锋题曰《红楼梦》"和"至脂砚斋甲戌抄阅再评仍用《石头记》"两句的翻译,霍译文为:"Wu Yu-feng called it *A Dream of Golden Days*." "Red Inkstone restored the original title when he recopied the book and added his second set of annotations to it."(Hawkes, Vol.1, p.51)。此两句我们只在《脂砚斋甲戌抄阅再评石头记》本中找到,无疑霍克思此处的翻译参阅了这个甲戌本。

另外,从霍克思《〈红楼梦〉英译笔记》中的记载可知,早在1970年11月10日霍克思第一次记下翻译日记时,他手头所参考的本子除了以上提到的俞本和人民本,还有庚辰本(《脂砚斋重评石头记》,北京:文学古籍出版社,1955年影印庚辰本)和高抄本(《乾隆抄本百廿回红楼梦稿》,北京:中华书局,1963年影印本)。① 而1971年2月17日的笔记显示,霍克思手头可参阅的本子至少又多了王本。这个王本是什么本子呢?《霍克思文库》中收藏有1977年台北广文书局据道光壬辰本影印的王希廉评本《新镌全部绣像红楼梦》,但这却不是霍克思口中的王本,因为王希廉评本是个评论集,只含有《红楼梦》前五回的原文,而霍克思在笔记中最早引用王本是在讨论第十四回凤姐协理宁国府时交代下人一应事情须遵守的时间时,他在笔记中写道:"王本:same as 人民。"② 显然霍克思手中还有一个文库中未收录的《红楼梦》本,即蒙古王府本,属于清王府旧藏的抄本。1971年5月30日的笔记显示霍克思新拥有了作家出版社出版的《红楼梦》(北京:作家出版社,1955)。1978年3月7日的笔记中发现霍克思引用了己卯本的内容。

---

① 庚辰本属于抄本系统,高抄本是据道光、咸丰年间杨继振藏本影印,是抄本系统中唯一有120回的本子。

② David Hawkes, *The Story of the Stone: A Translator's Notebooks*, Hong Kong: Centre for Literature and Translation, Ling Nan University, 2000, p.11.

翻看霍克思的《〈红楼梦〉英译笔记》，我们能发现一个时时比较，以便为自己寻出最好的故事逻辑的译者。有时他称赞庚辰本，如 1971 年 10 月 30 日的笔记，讨论的是"便携了回房去与湘云同看，次日又与宝钗看"一句的具体文字，霍克思分别列出人民本、庚辰本及乾隆抄本的文字后，他评价道："显然此处庚辰本的文字更好。"① 有时他看好程高本，如 1978 年 1 月 30 日的笔记中，霍克思在讨论"只见那三姐索性卸了妆饰"一段文字时，写道："这里程高本的文字比手抄本好得多，手抄本文字实难理解。"② 而 1974 年 6 月 21 日的笔记表明霍克思在处理《红楼梦》第四十回末的异文时选择了乾隆抄本。他引了庚辰本、程本、戚本和乾隆抄本四个版本的文字，前三个本子都在第四十回末有"乱嚷嚷"一语，唯独乾隆抄本没有。霍克思猜测"很可能第四十回末文字有丢失"③，因为四个本子的第四十一回开首均未再提到"乱嚷嚷"。为了叙事逻辑需要，霍克思英译时就把这不相干的三个字给略去了。并且他顺便指出这几个本子中程本第四十回末在刘姥姥话语"花儿落了结个大倭瓜"前多出的"两只手比着，也要笑，却又掌住了"的描写是不合逻辑的。他说："高鹗似乎想在他的第四十回末为第四十一回的哄堂大笑做准备，但刘姥姥没什么特别的原因要觉得自己的答案有多可笑。"④ 因而霍克思的译文中略去了这几句描写。而 1976 年 5 月 31 日、6 月 1 日及 2 日的几则连续笔记表明他有时比较各本后会综合而成一个最符合叙述逻辑的合成本。在这三则笔记中，霍克思讨论了程本、校本、有正大字本（笔者按：即戚本）、乾隆原本及乾隆改本（笔者按：即乾隆抄本百二十回红楼梦稿中的原文及删改后文字）、庚辰本等中在第五十四回末与第五十五回开首的异文。霍克思最后的思考是"高鹗把凤姐小产作为第五十四回末当然是一个改进，然而第五十四回如以此结束那第五十五回就须以此事开篇，这意味着庚辰本的第五十五回开头描写太妃一事则不可能了。可是，如果没有这里的太妃一笔，那第五十八回'谁知上回所表的那位老太妃已薨'就没了着落。也许最好的解决办法是把太妃的一段也放在第五十四回末，

---

① David Hawkes, *The Story of the Stone: A Translator's Notebooks*, Hong Kong: Centre for Literature and Translation, Ling Nan University, 2000, p.34.
② Ibid., p.220.
③ Ibid., p.149.
④ Ibid., pp.149-150.

先说媳妇们的酒席再说太妃,最后是小产一事。关于太妃一段的插入可参看吴世昌"①。另外,关于"尤老娘",人民本第848页有"尤老娘方不好意思起来"一句(第六十五回),俞本第730页为"尤二姐反不好意思起来",霍克思采取了漏译(参见 Hawkes,Vol.3,p.282)。因为,刻本与抄本此句前均有"将姐姐请来！要乐,咱们四个大家一处乐！"之语,显示二姐不在西院三姐处。而依人民本,尤老娘能在三姐处安坐到深夜,似也无理,故霍译两本均不依,略去不译。但问题是尤老娘就此在两本中消失,霍克思觉得难以自圆其说,故而于第六十八回趁描写凤姐素衣素盖前来假心假意迎接尤二姐这一场景时,自添"尤老娘因承受不住尤三姐以剑自刎而伤心离世"情节,从而避免凤姐素衣素盖之举给读者带来的突兀感。这是译文中又一处两本均未依的例子。霍克思如是解释道:"我这样做,只是因为有一两次我感到为了要使小说内容清楚并能首尾呼应,就不得不对原文有小小的冒犯,譬如,让尤老太死去,而不是让她可怜地活着。"②

简而言之,霍克思在翻译时的底本是人民本,这点不容含糊,但同时他参阅了很多本子,尤其是俞本文字。霍克思在底本上如此费心,其归因也是为了"讲出一个生动的故事"③。

三、《红楼梦》的翻译策略

为了讲出一个生动的故事,霍克思在翻译过程中也采取了一系列行之有效的翻译策略。这些策略契合了中英文学、文化交流的现实语境,成就了《石头记》的经典。

---

① David Hawkes, *The Story of the Stone: A Translator's Notebooks*, Hong Kong: Centre for Literature and Translation, Ling Nan University, 2000, p.193.
② David Hawkes, "Preface," David Hawkes tr. *The Story of the Stone*, Vol. 3, Harmondsworth: Penguin Books, 1980, p.19.
③ Connie Chan, "Appendix: Interview with David Hawkes," *The Story of the Stone's Journey to the West: a Study in Chinese-English Translation History*, Conducted at 6 Addison Crescent, Oxford, Date: 7th December, 1998, p.328.

（一）地道英语生动再现异域文化

关于霍克思语言的地道性，上海外国语大学冯庆华教授基于语料库的研究成果最为可信。他首先通过霍译本和杨译本的比照寻找出霍克思译本中的特色词语与独特词汇，然后利用语料库将这些特色词与英语世界本族语作家创作的作品相比较，在精密的统计与数据分析中，冯庆华以雄辩的证据指出了"霍译在用词上非常接近英语原著"①的特点。这种传神的地道英语词汇让原本陌生的异域文学著作得以生动再现。以下我们略举霍克思在《石头记》中的译句直观感受一下霍译本传神的地道语言。

如第三十八回描写贾母领着众人欢吃螃蟹一场，凤姐拿鸳鸯开心，说琏二老爷要收其做小，鸳鸯急恼下的反应霍克思翻译起来很见功夫：

"鸳鸯红了脸，顺着嘴，点着头道：'哎，这也是做奶奶说出来的话！我不拿腥手抹你一脸算不得！'"（第 462 页②）

霍译：Faithful tutted and shook her head. It was easy to see that she was blushing. "Huh!" she said. "Fancy a lady saying a thing like that! I'm going to wipe my smelly fingers on your face, Mrs Lian, if it's the last thing I do." (Hawkes Vol.2, p.245)

鸳鸯羞恼、反击之语，其中有伶牙俐齿，有玩笑狠话，霍克思传译得惟妙惟肖。"tut"咂嘴发啧啧声来译原作的"顺嘴"神情并茂，"点头"霍克思顺意译成了"shook her head"，看似相反，实则恰当。"huh"引出被奚落的鸳鸯反击的语气，汉语中"不……算不得"，霍克思也在英语中找到了"I'm going to…if it's the last thing I do"的地道表达来移译。

再看一例，第四十四回平儿无故受气来到宝玉怡红院理妆时，宝玉向平儿推荐紫茉莉花种研制的脂粉，此处描述看似平淡，但要把个脂粉与众不同的"轻""白""红""香"传译好却不容易。我们来欣赏霍译，正好此处杨译所据底本文字

---

① 冯庆华：《母语文化下的译者风格——〈红楼梦〉霍克思与闵福德译本研究》，上海：上海外语教育出版社，2008 年，第 305 页。
② 所引例子均摘自曹雪芹、高鹗著，启功注释，人民文学出版社 1974 年 10 月重印的《红楼梦》（共四册）。此版 1957 年初版，1964 年第 3 版，是霍克思翻译时所用的底本。霍克思英译笔记中简称为"人民本"，此后行文不加标注的均为此本页码。俞本文字不同时才需同时列出。下同，不再说明。

与程乙本完全相同,更可资参照:

"平儿倒在掌上看时,果见'轻''白''红''香',四样俱美,……"(第546页)

霍译:Patience emptied the contents of the tiny phial on to her palm. All the qualities required by the most expert perfumers were there: lightness, whiteness with just the faintest tinge of rosiness, and fragrance.

杨译:Pinger holding it on her palm found it light, pinky white and fragrant, delightful in every respect.。

首先,"倒在掌上",霍译"emptied the contents of the tiny phial on to"比杨译"holding"来得具体形象,仿佛平儿就在眼前;最关键的是那四种品性的翻译,杨译"light, pinky white and fragrant, delightful in every respect"紧扣原作句型,准确但略显死板,霍译变换句序,先对结论性评价"四样俱美"这一西方读者可能感到困惑的词句进行解释性翻译"All the qualities required by the most expert perfumers"(那香粉里所要求的所有特性),然后才着手特性词翻译,脂粉同时具有的"白"与"红"最难翻译,也最见译者功底。杨译"pinky white"不失为一种好理解,但读者总觉简略不够味,霍译"whiteness with just the faintest tinge of rosiness"(白中带着一丝丝玫瑰色)比杨译生动,故事感强些。小到一个词、一个短语,大到一个句子、一整段,注意形象的体现与语言的生动,读者读来就不会太辛苦,眼前能够浮现一个个生动的形象,感染力就强。

此外,我们再从霍克思对原作中出现多次的同一词的处理来看他如何运用地道语言增强译作的感染力。譬如"眠花卧柳",《红楼梦》原作中出现了三次,第四十七回:"柳湘莲酷好耍枪舞剑,赌博吃酒,以至眠花卧柳,吹笛弹筝,无所不为。"第六十八回凤姐对尤二姐谈到她素日劝贾琏别在外"眠花宿柳",还有第七十五回描写傻大舅邢德全平生一大乐子时又提到"眠花宿柳"。"眠花宿柳"与"眠花卧柳"同义,比喻狎妓,出处是《金瓶梅词话》第七回"我见此人有些行为欠端,在外眠花卧柳,又里虚外实"。霍克思在翻译时借用了西方世界较为熟悉的"the budding groves"一词,此词最早出现在英国大诗人华兹华斯(William Wordsworth)

1800 年创作的一首无题风景诗中①,一百多年后法国小说家普鲁斯特的长篇代表作 *La Recherche du Temps Perdu*(《追忆似水年华》)卷二的标题 *l' ombre des jeunes filles en fleurs* 由两位英国译者蒙克里夫和基尔马丁合作英译为 *Within a Budding Grove*(C. K. Scott Moncrieff & Terence Kilmartin tr., *Marcel Proust*, *Remembrance of Things Past*. New York: Vintage Books, 1982)。法语原意为"在少女花影下",英译书名多译为"在少女们身旁",可见"the budding groves"的含义到 20 世纪已从嫩芽初长的植物转喻为花枝招展的少女。霍克思借用这一已为西方读者熟悉的词语减少西方读者对汉语"眠花卧柳"的陌生感,同时他也注意到了两者的差异。为了不至于张冠李戴,霍克思在第二十八回介绍锦香院的妓女云儿时就出现了"the Budding Grove",并自添"a high-class establishment specializing in female entertainers"向读者交代清楚汉语语境下 the budding grove 的青楼背景。到第四十七回,霍克思翻译柳湘莲的行为时采用了"he frequented budding groves"(他经常去锦香院之类的地方);到第六十八回,霍克思的译文为"go sleeping out 'under the willows' (you know what I mean)"[外宿柳树下(你知道我的意思的)],这种"直译加含蓄后的提醒"的巧妙处理,不仅十分契合凤姐向尤二姐刻意显示的体己与亲密氛围,也符合上层女子谈论男人此类不检点行为时常有的含蓄,而且也避免重复;而最后第七十五回"眠花宿柳"再出现时,此词含义经过前三次不同的阐释已非常清晰,故而霍译直接以"debauchery"(纵情酒色或放荡)一词简译其内涵即可。综上,从"眠花宿(卧)柳"一词的多种翻译,我们能感受到霍克思在力图采用地道英语以讲好生动故事上所付出的匠心。

(二) 文内添译减轻通信负荷

霍克思在小说翻译中采取了文内添译的方式来减轻中英信息转换过程中的通信负荷。他评 1979 年珍妮·凯利(Jeanne Kelly)和美籍华人茅国权合作完成的

---

① Thomas Hutchinson ed. *Wordsworth Poetical Works With Introduction and Notes*, a new edition, Oxford/New York: Oxford University Press, 1936, p. 116. 含此词的诗节为: "The budding groves seemed eager to urge/on/The steps of June; as if their various hues/Were only hindrances that stood between/Them and their object: but, meanwhile,/prevailed/Such as entire contentment in the air/That every naked ash, and tardy tree/Yet leafless, showed as if the countenance/With which it looked on this delightful/day/Were native to the summer." 整节描述了夏日抽芽的小树丛那蓬勃的生命力。

译著《围城》(*Fortress Besieged*)时,对于书后出现的200多条注释,他评价道:"译者把注释安排在书后,认真的读者不得不在阅读中把全书前前后后地翻动,犹如扇扇子。"①霍克思主张把注释放在小说当中。这一点香港译者蔡思果在其1993年初版的狄更斯中译《大卫·科波菲尔》中加以了运用。他的解释可以为霍克思的观点做注解。他说:"这不是学术著作,可以有许多详尽的注。小说是给读者欣赏的,不能给他上课。注要又少又简。必要时在译文里想办法,译里夹了解释,还要不显痕迹,好让读者一口气读下去。不过遇到作者暗中引用古人诗文,就要查出出处,告诉读者,增加他阅读的趣味。"②以下略举几例说明。

第十六回:

摆香案(第174页)

霍译:they caused a table with burning incense **which would be required for the reading of the Proclamation, if there was one** to be set down in its place.(Hawkes,Vol.1,p.303)

黑体部分是个定语从句,用于对摆香案的目的进行解说,便于西方读者了解中国文化。

第十七回:

众人道:"方才世兄有云,'编新不如述旧',此处古人已道尽矣,莫若直书'杏花村'妙极。"贾政听了,笑向贾珍……(第192页)

霍译:"Just now our young friend was saying that to 'recall an old thing is better than to invent a new one'," **said one of the literary gentlemen**. "In this case the ancients have already provided the perfect name: 'Apricot Village.'"

Jia Zheng knew that he was referring to the words of the fainting traveler in Du Mu's poem: "Where's the tavern?" I cry, and a lad points the way/To a village far off in the apricot trees./He turned to Cousin Zhen with a smile…(Hawkes,Vol.1,p.334.)

---

① David Hawkes, "Smiling at Grief," David Hawkes, *Classical, Modern and Humane Essays in Chinese Literature*, John Minford & Siu-kit Wong ed. Hong Kong: the Chinese University Press, 1989, p.285.

② 蔡思果:《译路历程——我译〈大卫·科波菲尔〉的回忆》,金圣华、黄国彬编:《因难见巧:名家翻译经验谈》,北京:中国对外翻译出版公司,1998年,第47页。

仔细比照译文和原作,我们发现霍译添译了"其中一个文人说"及"贾政知道他指的是杜牧诗中那个疲惫的旅人所言:借问酒家何处有？牧童遥指杏花村"。霍克思的添译一是为了前后逻辑关系的清晰,二是为西方读者解释文中提到的"杏花村"背后的用典。

第二十一回:

一面命平儿打点铺盖衣服与贾琏隔房。(第245页)

　　霍译:Patience had to be told to move Jia Lian's clothes and bedding to a room outside—**for sexual abstinence, too, was enjoined on the parents of the sufferer**.(Haweks,Vol.1,171页)

凤姐女儿出痘疹,霍译对凤姐命令中的"隔房"这一西方读者不明白的中国习俗进行解释。

第二十八回:

唱完,饮了门杯,说道:"鸡声茅店月。"令完,下该云儿。(第335页)

　　霍译:Then he drained his bumper and, **picking up a piece of chicken from one of the dishes, ended the performance, prior to popping it into his mouth, with a line from Wen Ting-yun**:

　　"From moonlit cot the cry of chanticleer."

　　Next it was the turn of Nuageuse.(Haweks,Vol.2,p.56)

上引为冯紫英行酒令的描述文字,霍译在"饮门杯"与"说诗句"之间增添了一小段自己的文字,添译部分是用于描述冯紫英吃菜的动作,也许是霍克思觉得唱词前是"端起酒杯",唱词后是"饮了门杯",接着就到云儿了,好像只有喝酒没有吃菜不大合常理,他就自行添译,以解原作叙述上的小漏洞。

第二十九回:

……并贾琏、贾瑞、贾琼等也都忙了,一个一个都从墙根儿底下慢慢的溜下来了(第346页)

　　霍译:…**even the clansmen of Cousin Zhen's own generation—the Jia Bins and Jia Huangs and Jia Qiongs-were to be seen putting their hats on— and slinking out, one by one, from the shadow of the walls**.(Hawekes,Vol.2,p.74)

贾母带着荣国府上上下下初一去清虚观打醮,贾珍喝斥贾蓉时,吓出了贾家一长串公子哥儿,面对一长串对西方读者来说难以区分的姓名,霍克思添译并改换了人名。同回对于清虚观张道士的"替身"身份霍克思进行了添译解释,具体如下:

贾珍知道这张道士虽然是当日荣国公的替身……(第347页)

霍译:Cousin Zhen was aware that, though Abbot Zhang had started life a poor boy and entered the Taoist church as "proxy novice" of Grandmother Jia's late husband…(Hawkes, Vol.1, p.75)

第三十回:

"难道这也是个痴丫头,又像颦儿来葬花不成?"因又自笑道:"若真也葬花,可谓'东施效颦'了,不但不为新奇,而且更是可厌。"(第365页)

霍译:"Can this be some silly maid come here to bury flowers like Frowner?" he wondered.

He was reminded of Zhuang-zi's story of the beautiful Xi-shi's ugly neighbour, whose endeavours to imitate the little frown that made Xi-shi captivating produced an aspect so hideous that people ran from her in terror. The recollection of it made him smile.

"This is 'imitating the Frowner' with a vengeance," he thought, "—if that is really what she is doing. Not merely unoriginal, but downright disgusting!" (Hawkes, Vol.2, p.102)

宝玉巧遇椿龄画蔷,霍译添译解释"东施效颦"一语。

第三十一回:

袭人羞得脸紫涨起来,想想原是自己把话说错了。宝玉一面说道……(第373页)

霍译:Aroma blushed and blushed with shame, until her face had become a dusky red colour. Too late she realized her slip. **By "we" she had meant no more than "you and I"; not "Bao-yu and I" as skybright imagined. But the pronoun had invited misunderstanding.** (Haweks, Vol.2, p.111)

晴雯与宝玉拌嘴,袭人劝架,一语不对反添晴雯醋意。这里袭人"原是我们的不是"一句引起了晴雯误解。汉语读者一看即明,但西方读者不一定能明白其中的奥妙,霍克思进行了添译,以补明袭人一语为何会引来更大怒气的叙述逻辑问题。

第三十八回:

藕香榭

霍译:**The Lotus Pavilion was in reality not one pavilion but two, for the main pavilion properly so called gave on to a smaller pavilion, referred to simply as "the water pavilion" or "the centre pavilion", which was in the very middle of the little lake.**(Hawkes,Vol.2,p.241)

藕香榭的"榭"与英文"pavilion"不能完全对应,霍克思添译一段文字,按自己的理解来帮助英语读者构想中国建筑"榭"的结构。

第三十九回:

也算是走亲戚一趟。(第477页)

霍译:…It will seem **more like a proper visit to relations if you stay a bit, instead of popping in and popping straight out again**.(Hawkes,Vol.2,p.269)

上引是贾母邀刘姥姥到贾府就住一两日并带些果子回家去时说的最后一句话。"走亲戚"是个带有很强中国民俗的词语,霍克思添译为一个带介词短语和条件状语的长句以做解释。比较一下杨译:…to show you've visited your relatives here.(Yang,Vol.1,p.573),其添译解释的地方非常明显。

第四十四回:

才至穿廊下,只见他屋里的一个小丫头子,正在那里站着,……(第540~541页)

霍译:As they approached the passage-way **which led from Grandmother Jia's rear courtyard to the gallery in the midst of the little enclosure surrounded by wails and buildings which had once been the scene of Jia Rui's night-long sufferings**, they recognized one of the junior maids from their own apartment standing there,who…(Hawkes,Vol.2,p.360)

霍译在"穿廊"后以定语从句的形式添译,既用于解释凤姐所走穿廊的位置,也帮助西方读者与前面情节相连,起到连接上下文的作用。

第四十五回：

黛玉不觉心有所感，不禁发于章句，遂成《代别离》一首，拟《春江花月夜》之格，乃名其词为《秋窗风雨夕》。（第 561 页）

霍译：Moved by what she read, she was inevitably drawn to give outlet to her feelings in composition and had soon completed a "song of separation" of her own./ As she had modelled it on Zhang Ruo-xu's famous poem "Spring River: A Night of Flowers and Moonlight", she decided to call it "Autumn Window: A Night of Wind and Rain"./This is how it went.(Hawkes, Vol.2, p.400)

原作中三个题名，两个为黛玉自提，另一个《春江花月夜》是唐朝诗人张若虚之作，为避免读者混淆，霍克思在此诗题前添上了"张若虚的名篇"一语。

第五十四回：

一时歇了戏，便有婆子带了两个门下常走的女先儿进来，……（第 682 页）

霍译：A few minutes later, the stage in the courtyard having by now fallen silent, two **blind female ballad-singers**, both of them familiar visitors to the house, were led in by the women.(Hawkes, Vol.3, p.28.)

"女先儿"指说书唱曲的盲艺人①，源自清末江浙一带的书场。霍译"two blind female ballad-singers"添译原文隐含的"blind"，帮助不明中国说书文化的西方读者了解中国文化，也有助于对后文女先儿击鼓传梅情节的理解。杨译用的是"two women story-tellers"。

第六十二回：

宝琴想了一想，说了个"老"字。……湘云先听了，便也乱看，忽见门斗上贴着"红香圃"三个字，便知宝琴覆的是"吾不如老圃"的"圃"字；见香菱射不着，……教他说"药"字。（第 795 页）

霍译：Bao-qin thought for a bit.

"Market."…

…must be thinking of the passage in the thirteenth book of the *Analects*

---

① 上海市红楼梦学会、上海师范大学文学研究所编：《红楼梦鉴赏辞典》，上海：上海古籍出版社，1988 年，第 928 页。

where Confucius tells a person who wanted to study horticulture that he would "**much better go to some old fellow who kept a market garden and learn about it from him**"….Xiang-yun, who had already thought of a matching quotation **from a line in one of Wang Wei's poems.**

Sometimes I to my herb garden repair.

…leaned over and whispered to Caltrop to give "herb" as her reply. (Hawkes,Vol.3,pp.197-198)

此段文字为曹雪芹描写众姐妹玩射覆游戏的例子,译文除改译外另一大主要特色就是添译,解释这不仅对西方读者,实际连对书中人来说都已陌生的行令方式。如解释"吾不如老圃"的出处及含义,以及为什么宝琴覆的是此句,为什么湘云要香菱射的是"药"字。

第七十五回:

贾琏、宝玉等一齐出坐,先尽他姊妹坐了,然后在下依次坐定。(第984页)

霍译:Then they reseated themselves in their proper order,**Jia Lian and Jia Rong with Ying-chun and Xi-chun between them, and Bao-yu and Jia Huan on either side of Tan-chun.**(Hawkes,Vol.3,p.501)

大家公进了一杯酒,才带着子侄们出去了。(第987页)

霍译:…after a parting cup offered to them on behalf of all the rest,they went off,taking **Cousin Zhen and Jia Lian with them, but leaving Bao-yu and the two younger boys with the womenfolk.**(Hawkes,Vol.3,p.506)

前例俞本与人民本文字相同,均无具体座次,霍译为了读者阅读顺利添译出的座次;而下例霍译也据下回开篇内容及上下文分析把所带子侄为谁,谁又留下均添译出来。

由上可见,霍克思在文中添译主要出于两种情况:一种是由于中西文化不同,在中国为人熟知的习俗、文化及用语,在异域背景下可能就会引起理解的困难,这些叙述逻辑上的问题霍克思会利用添译的方式来解决,以便西方读者阅读与欣赏活动更为顺利地展开;另一种是原作中存在大量的诗词与用典,不明白其来源、其创作者及创作意图则很难能真正读懂这些诗词典故背后的文化信息,此时霍克思会添译,补齐这些背景知识。而这些原本该在脚注中出现的内容,霍克思巧妙地嵌入译文中,为的就是读者的阅读不被打断,更能作为一个生动的故事来欣赏而不是作为一部学术作品来研究。

(三) 以不同语种分类翻译原作人名

霍克思曾在两处谈到他如何处理《红楼梦》中四百多号人物名字的问题,一是在他唯一在中国发表的汉语学术论文《西人管窥〈红楼梦〉》中,二是在1998年的 Connie Chan(陈康妮)访谈中。在1980年的《西人管窥〈红楼梦〉》开篇他就指出自己之所以把《红楼梦》中的所有丫鬟和小厮均译成英文或用英语名字来代替是"为了要减少外国阅者最感头痛的那一堆又难念又难记的中国名字起见"①。近二十年后,他又一次谈道:"中国人的名字很难。我想你一定也注意到了,英国人总是问:'你叫什么名字?''你能再说一遍吗?我忘记了。'或是'如何拼写啊?'之类的问题!(笑)他们记不住中国人的名字,特别是当这些名字用的是威氏拼音的话。……如果你说贾政、贾珍、贾敬,这在西方人听来根本没有任何区别。"②《红楼梦》是一部有着几百位人物的长篇巨著,霍克思觉得,"似乎对我来说,可以做的一件事就是把他们分类,每一类别的人物用一种方式处理,这样至少——这仍然是困难的——把诸如'这是谁'一类问题的概率减少了三分之一"③。具体说来,首先霍克思把人物进行主仆区分,所有的主子名字都用汉语拼音,如贾政就用 Jia Zheng,王夫人就用 Lady Wang 等;丫鬟或小厮等比主子身份低就全部用英语译出,"这样人们在阅读时就能看懂这个故事,知道你在说些什么,或你在谈论的是哪一类人,如这是丫鬟还是小姐这样的判断"④。其次,原作中出现的宗教人物像尼姑、道士及和尚等,霍克思就用拉丁文来翻译他们的名字,如"智能"译为 Sapientia,这样西方读者很容易判断出此类人物与宗教的联系,因为在西方语境中,拉丁文一直就是宗教界人士使用的语言;而原作中的戏子名霍克思采用法语翻译,如"芳官"译为 Parfumée,借助法式的浪漫契合这类人身上带有的艺术性与

---

① 霍克思:《西人管窥〈红楼梦〉》,《红楼梦学刊》1980 年第 1 期,第 111 页。
② Connie Chan, "Appendix: Interview with David Hawkes," *The Story of the Stone's Journey to the West: a Study in Chinese-English Translation History*, Conducted at 6 Addison Crescent, Oxford, Date: 7th December, 1998, p.334.
③ Ibid., p.334.
④ Ibid.

表演性。

正是经过译者事先的分类处理,霍译本的读者在接受起《红楼梦》中的百来号人物时会容易得多,他们也较易感受到阅读这个"石头故事"的乐趣。而且《红楼梦》的人名中有很多谐音双关现象,霍克思在不影响读者欣赏原作兴趣的情况下都进行了一定程度的再现。甚至是人名的字号,霍克思也有一部分进行了英译,如第四回介绍李纨"因取名为李纨,字宫裁"(第42页),霍译文为"even her name 'Wan', which means a kind of silk, was intended to symbolize her dedication to the needle."(Hawkes, Vol.1, p.108)。"which means a kind of silk"是霍克思添译用以解释汉字"纨"的,而"intended to symbolize her dedication to the needle"就是对"宫裁"这一表字的翻译。1997年Soo Kong-Seng在澳大利亚昆士兰大学完成的博士论文《中文人名与称号在英文翻译中的问题与策略——以霍克思译〈石头记〉为例》(*Problems and Strategies in the Rendering of Chinese Personal Names and Titles in Chinese-English Literary Translation: A Case Study Based on David Hawkes's Translation of Honglou Meng/The Story of the Stone*),是以霍克思的《石头记》作为例证来讨论中国人名与字号等中国文化所独有的现象在英译时的处理技巧与原则,此文认为"霍克思把翻译中的损失减到了最低限度,有时甚至增强了人名与称号的文学效果"[1]。

亚马逊网站上普通读者对霍译《石头记》的购书留言[2]能让我们更好地理解霍克思强调人名处理的苦心。我们发现很多西方读者都提到了《红楼梦》令他们畏惧的一大原因即人物众多,彼此间关系复杂。1999年一位读者留言说:"这部小说很难读进去,不是因为缺乏兴趣,而是因为对西方读者来说,其中的中国人名太复杂了。"英国读者奥尔德姆(G.Oldham)2002年的书评说自己阅读完霍译本后坐下来试列书中人物的名单,在不懂一个汉字的情况下他竟列出了60个名字。虽然读者本人归因于自己与书中人物的长期朝夕相处,实际上霍译人名处理的成功也是显而易见的。2003年一位读者称小说中的众多人物为"令人恼怒的人

---

[1] 转引自范圣宇:《〈红楼梦〉管窥——英译、语言与文化》,北京:中国社会科学出版社,2004年,第4页。

[2] http://www.amazon.co.uk/product-reviews/0140442936/ref=cm_cr_pr_btm_recent? ie=UTF8&show-Viewpoints=0&sortBy=bySubmissionDateDescending

物",2004年的读者留言主张让阅读《石头记》的读者以尽量快的速度读完,因为"你在各卷间停留的时间越长,有关人物间的关系以及这些关系的重要性的信息就会从你脑中逃离得越多"。2009年一位名叫亚历山大·杜恩(Alexander J.Dunn)的读者指出,"要熟悉书中所有各不相同的人物太难了,但很快你就会意识到在这样一个大家庭中的一大群人正是故事众多有趣点之一"。虽然以上有些评论并不是直接埋怨《红楼梦》中的人物问题,但所引评论均可从侧面说明《红楼梦》中众多的人物对西方读者享受此书所造成的一大障碍,同时我们也能明白霍克思作为西方学者对于西方读者的切身了解,这也从某一方面保证了其译作在西方的顺利接受。

(四)调和中英文化差异的必要改译

1.微调原作内容

在《石头记》中霍克思为了讲出一个生动的故事,对原作有个别改动。这些改动属于细节微调,以第二十二回为例,此回有关于众人座席的描写文字(人民本第258页,俞本第224页)如下:

上面贾母、贾政、宝玉一席;王夫人、宝钗、黛玉、湘云又一席,迎春、探春、惜春三人又一席,俱在下面。

霍译:There were three tables. Grandmother Jia, Jia Zheng, Bao-yu and Jia Huan sat at the table on the kang, while below,…(Hawkes,p.445)

两本均未提到贾环座次,但此前有贾环自说灯谜情节,之后有受命唤贾兰情节,故霍克思在译文中添上了贾环的位置,以解决叙述逻辑上的小疏漏。这就是所谓的翻译中的细节改动,这样的微调霍译中还有一些。

如第二十四回:

人民本第284页:**檀云又因他母亲病了,接出去了。**

俞本第247页:**檀云又因母亲的生日接了回去。**

霍译:Skybright had been fetched home for her cousin's birthday.(Hawkes,Vol.1,p.483)

两本文字有异,霍克思经过分析后据上下文改译。

第二十八回:

扯你娘的臊,又欠你老子捶你了。(人民本第 329 页,俞本第 287 页"捶"用"搥",其他相同)

霍译:"You're a naughty boy to make fun of your poor mother," said Lady Wang. "A good whipping from your Pa is what you need." (Hawkes, Vol.2 p.45)

霍克思把不雅之口语改换为英语读者习惯的表达。同页王夫人"放屁,什么药就这么贵?"也含有不雅语,霍译为"Stuff!"另外,除王夫人外,黛玉、凤姐等也都说过不雅之语,霍克思都替换成了英语读者可以理解的表达法。

第三十九回:

请老寿星安。(第 476 页)

霍译:"Your servant, my lady!" (Hawkes, Vol.2, p.267)

上引为刘姥姥初见贾母时上前陪笑后的招呼语,霍克思用英语的习惯问候方式来烘托贾母的地位。杨译"Greetings, Goddess of Long Life!" she cried. (Yang, Vol.1, p.572),就更趋向直译。

第六十二回:

宝琴想了一想,说了个"老"字。……湘云先听了,便也乱看,忽见门斗上贴着"红香圃"三个字,便知宝琴覆的是"吾不如老圃"的"圃"字;见香菱射不着,……教他说"药"字。(第 795 页)

霍译:Bao-qin thought for a bit. "Market." … must be thinking of the passage in the thirteenth book of the *Analects* where Confucius tells a person who wanted to study horticulture that he would "much better go to some old fellow who kept a market garden and learn about it from him" … Xiang-yun, who had already thought of a matching quotation from a line in one of Wang Wei's poems. Sometimes I to my herb garden repair leaned over and whispered to Caltrop to give "herb" as her reply. (Hawkes, Vol.3, pp.197-198)

此为前文论述添译时所引之例,此段译文除添译外另一大特点就是细节上的改译。霍克思翻译时在保留宝琴所设之"覆"的实际思路与正确射字的情况下把覆字由原文老圃的"老"字改成了"圃"字,并根据"圃"字在此段中的实际含义译为了"market garden"。同一回中,湘云划拳输后请酒面酒底一段文字:

湘云吃了酒,夹了一块鸭肉,呷了口酒,忽见碗内有半个鸭头,遂夹出来吃脑子。众人催他……湘云便用箸子举着说道：

这鸭头不是那丫头,头上那有桂花油?（人民本第 796 页,俞本第 685 页文字相似）

霍译:From the dish in front of her Xiang-yun picked out a duck's head with her chopsticks and pointed it at the maids who were sitting round the fourth table at the other end of the room.

"This little duck can't with those little ducks compare:

This one is quite bald,but they all have a fine head of hair."（Hawkes,Vol.3, p.200）

中国饮食习惯鸭头分半烹饪与食用,霍译把"半个鸭头"变成了"a duck's head";后文湘云是用箸举着鸭头说的酒底,而不是如霍译用鸭头指着在座的丫头说出酒底,且所说酒底与原文实际上也已有一些差别。以上所提均为霍克思在翻译时的细小改动,不影响此段文字作为描写湘云说酒底情况的功能,而且原作欲传达的幽默效果在改后的译文中也不曾减少。

再如霍克思自己告诉香港友人鄢秀的作弊之举:"有的时候他们(《红楼梦》里的人物)作诗时抽一次签,我就让他们抽两次。"①诸如此类的小改译,为的是清晰叙事逻辑、强化叙事效果或为译诗的押韵需要。

2.红楼梦译名的适当变化

霍克思对出现在书中不同位置的"红楼梦"给出的是不同的译名,一是总书名译为"The Story of the Stone,also known as The Dream of the Red Chamber"(《石头记,又名红楼梦》);一是放在译本绪论部分讨论的曾用名之一"红楼梦"英译为"A Dream of Red Mansions";一是第五回《红楼梦》曲译为"A Dream of Golden Days"。

这种处理方式除了有通常的避免单调、枯燥,增强可读性的功能,最主要的还是它为读者设计了一个由浅入深接受中国红楼意象的过程。首先,大书名完整,以"also"把《红楼梦》在中国的两个最为人接受的名称一并列出,既符合它的中国实情,也便于读者与之前已得到广泛认可的王际真等人的节译本书名相联。同时

---

① 鄢秀:《D.Hawkes 与中国语文》,《语文建设通讯》2003 年第 75 期。

以西方读者较熟悉的"the story of"之名为先，既是为了与节译本有所区别，也是为了在接受之初就赢得一份好感，因为这是一个西方作家常用于自己作品的书名。其次，绪论中列出《红楼梦》的五个曾用名，从"石头记""情僧录""风月宝鉴""红楼梦"到"金陵十二钗"，在这其中出现的"红楼梦"霍克思就没套用已被人们习以为常化的大书名，而是根据红楼之意译成了"A Dream of Red Mansions"，表达的是宁、荣两府的梦。大标题涵盖面大、可供读者自由生发，但也存在笼统、不知所云的问题，此处的译名比大书名更为具体，向读者传递的信息也就更进一层。而且霍克思认为 Mansions 好于 Chamber，因为"Chamber 所唤起的一个人睡在绯红色的卧房的想象虽然神秘与诱人但却不是原作所想要唤起的意象"①。霍克思的 A Dream of Red Mansions 竟与中国译界伉俪杨宪益、戴乃迭夫妇最终的定名相同，这一巧合至少说明霍克思对《红楼梦》的这一译名是把握得八九不离十的。

第五回是曹雪芹全书中具有谶语性的一回，对全书具有提纲挈领的作用。在这一回中出现了"新填'红楼梦'仙曲十二支""'红楼梦'原稿""红楼梦引子"等词，鉴于警幻解悟宝玉的大背景，如只一劳永逸似的照前翻译，将达不到为读者增加"红楼梦"信息量的目的。参看王际真本和杨戴本的处理，王译为"Dream of the Red Chamber"(Wang, p.57)，杨译为"A Dream of Red Mansions"(Yang, p.79)，都是沿用前面所译的总书名，但霍译却加入了自己的阐释译为"A Dream of Golden Days"(Hawkes, p.139)。这样译是否恰当，笔者分析如下：

在中文语境中，"红楼"本义指"红色的楼房"，古时红色的砖瓦用于帝王，普通老百姓多数是灰白瓦房，故"红楼"是尊贵的象征。红楼出现在书籍中，最早见于唐代，如段成式著历史杂记《酉阳杂俎续集·寺塔记上》中有"长乐坊安国寺红楼，睿宗在藩时舞榭"。红楼与帝王相联，尽显红楼的尊贵与华美。唐代沈佺期《红楼院应制》"红楼疑见白毫光，寺逼宸居福盛唐"和李白《侍从宜春苑》中"紫殿红楼觉春好"中的红楼都有这样的含义。再到宋人史达祖《双双燕》词："红楼归晚，看足柳昏花暝。"清人洪昇《长生殿·偷曲》："人散曲终红楼静，半墙残月摇花影。"另红楼也常指民间"富贵人家女子住的绣楼"②，遂"红楼"又有"富贵"的

---

① David Hawkes, "Introduction," David Hawkes tr. *The Story of the Stone*, Harmondsworth: Penguin Books Vol.1, 1973, p.19.
② 刘心贞编著：《〈红楼梦〉方言及难解词词典》，北京：东方出版社，2010年，第62页。

含义。白居易《秦中吟》中"红楼富家女,金缕绣罗襦"就是明证。宋人王庭珪《点绛唇》词"花外红楼,当时青鬓颜如玉"中的红楼即是富家女之居。富家千金通常温柔、多情兼美貌,故而但凡说到"红楼",另一层意象就是与温柔、多情的美人相联。唐代韦庄《长安春》中"长安春色本无主,古来尽属红楼女",李白《陌上赠美人》:"骏马骄行踏落花,垂鞭直拂五云车,美人一笑褰珠箔,遥指红楼是妾家。"清代时"红楼"又可代"青楼",并可借指沦落青楼的名妓。不过,曹雪芹一书中的"红楼"女子则不带此义,应是前三义的结合。

在曹雪芹祖父曹寅所编刊的 472 卷《全唐诗》中也有不少红楼意象,如李商隐《春雨》:"红楼隔雨相望冷……残宵犹得梦依稀。"隋唐五代时人尹鹗《何满子》词:"每忆良宵公子伴,梦魂长挂红楼。"唐代于鹄《送唐大夫让节归山》:"到时浸发春泉里,犹梦红楼箫管声。"唐代蔡京《咏子规》:"千年冤魄化为禽,永逐悲风叫远林。愁血滴花春艳死,月明飘浪冷光沉。凝成紫塞风前泪,惊破红楼梦里心。肠断楚词归不得,剑门迢递蜀江深。"以上几首都含一种感伤的惜怀旧日好景的情绪,红楼与梦多多少少联在一起,尤其是蔡京的《咏子规》更是完整出现了"红楼梦"一语。这些个"红楼梦"非常契合曹雪芹在其《红楼梦》中所宣泄的情感。

霍克思指出"在古代中国外墙漆成红色的楼房——这是红楼的字面义——是富有与宏伟的象征。……但'红楼'早期还有个更专用的含义指富家女的居所或借指富家女"①,故而霍克思决定把第五回的《红楼梦》十二支曲译为"A Dream of Golden Days"。原本霍克思认为这里可能更准确的译名应为"A Dream of Golden Girls",但因为金色美女带给西方读者的联想是海滩上皮肤晒得金黄的女郎,与原作中弱不禁风的美人风马牛不相及,故而采用了"金色年华"一说。而且,霍克思认为毕竟《红楼梦》本身就有多义性,这在小说第一回开篇第一段文字中已有明示,"它既可表住在华美之所的纤弱美人们所拥有的梦,又可以指辉煌尽逝之梦"②。用"金色年华"显得比"金色女孩"更符合原题的多义性。

香港岭南大学翻译系主任孙艺风曾说:"翻译行为是一种阐释模式,译作就是阐释的结果。字面翻译,表面上看很忠实,实际上是一种懒惰而不负责任的做法,

---

① David Hawkes, "Introduction," David Hawkes tr. *The Story of the Stone*, Harmondsworth: Penguin Books Vol.1, 1973, p.19.

② Ibid., pp.19-20.

它很少或几乎不涉及阐释,没有任何风险。"①不犯错误但同时也毫无意义的直译是霍克思自 20 世纪 50 年代动手翻译《楚辞》时就已明确反对的。译者要翻译《红楼梦》这部名著,对于第五回这关键之关键的"红楼梦"三字不可能不给出自己的阐释,面向不甚了了的西方读者以自己二十多年积累的学养帮助其达到一个较高的认识高度应该是霍克思当时译介中所能采取的一种较好方式。更何况,霍克思的阐发没有什么误读问题,对中国文学的传播带来的是正面而不是负面的影响。

经过这些铺垫后,霍克思把自己的译本进行了分卷,每卷自拟了一个卷名,卷一为"The Golden Days"(《金色年华》)、卷二为"The Crab-Flower Club"(《海棠诗社》)、卷三为"The Warning Voice"(《哀世之音》),虽然是原作所无,但概括精准,对于读者把握作品起到了较好的引导作用。这些卷名可以说是《红楼梦》书名翻译的延伸。通过讨论霍克思在书名翻译中的变动,我们也能体会到霍克思作为译者为《红楼梦》的顺利西游所费之苦心。

3. 春夏的替换

中国的"春"常与美好、希望相联,而作为大西洋东北部的一个岛国,英国的春天却仍与寒冷相联,1 月降雨过后就是 2 月、3 月的干燥期,5 月的初夏才是好天气,故英国人喜欢夏天。英国的夏天,因有大西洋暖流环绕,温度适宜,7 月最高气温也只有 27℃多,是个温暖舒适的季节。英诗中赞美夏天的诗歌不少,如《莎士比亚十四行诗》第 18 首起句就是"能否把你比作夏日璀璨?你却比炎夏②更可爱温存"(Shall I compare thee to a summer's day? Thou art more lovely and more temperate)。再隔几行又有诗句"而你如仲夏繁茂不凋谢,秀雅风姿将永远翩翩"(But thy eternal summer shall not fade, Nor lose possession of that fair thou owest)③。第 65 首"啊,夏天的芬芳怎能抵得了猛冲的光阴摧枯拉朽的围攻"(Oh, how shall

---

① 孙艺风:《视角、阐释、文化:文学翻译与翻译理论》,北京:清华大学出版社,2004 年,第 83 页。
② "炎夏"最好改为"夏日"更符莎翁本意,孙梁的译文正好说明中国人眼中的夏总不知不觉带上了炎热感。
③ 莎士比亚著,孙梁译:《Shall I Compare Thee to a Summer's Day 能否把你比作夏日璀璨》(第 18 首),孙梁编选:《英美名诗一百首》,北京:中国对外翻译出版公司,1987 年,第 44~45 页。

summer's honey breath hold out/ Against the wreckful siege of battering days)①。这些都能明白告诉我们夏日在英人眼中的美。拜伦《希腊群岛》(*The Isles of Greece*)开篇描述希腊曾经的好日子时有诗句"永恒的夏日仍使群岛闪金光,但除了太阳,一切都已沦亡"(Eternal summer gilds them yet,/But all,except their sun,is set)②。希腊在欧洲的南部,气候温暖,经常阳光普照,拜伦以"永恒的夏日"描画出希腊的好天气。济慈名篇《夜莺颂》(*Ode to a Nightingale*)第一节那美丽的夜莺歌唱的季节是夏季,请看原作:"因为在林间嘹亮的天地里,/你呵,轻翅的仙灵,/你躲进山毛榉的葱绿和荫影,/放开了歌喉,歌唱着夏季。"(That thou,light-winged Dryad of the trees,/ In some melodious plot/ Of beechen green,and shadows numberless,/ Singest of summer in full throated ease.)③济慈的另一寓意深刻的小诗《蝈蝈与蟋蟀》中也有夏日,济慈用"繁茂"来形容(In summer luxury)④,也透露了诗人的喜爱,在诗人的笔下诗歌前半节关于蝈蝈欢唱的夏日描画给人一种充满诗意与绿意的欢乐感。

在中国,这样的季节与美好联想大致都是属于春季。故而当原作所含的"春"字不是表示具体时节而更多倾向一种美好、舒适状态的描画时,霍克思就细心地把其替换成了"夏"。据任亮娥等 2010 年创建的语料库——《红楼梦》汉英平行语料库⑤,霍克思翻译的前 80 回中共有 60 多处带"春"字,春、夏替换的有 6 处:第三回描述王熙凤外貌"粉面含**春**威不露",这里的"春"更多是赞美王熙凤的美,故而霍克思就用了"summer"来传达,整句译文成了"the ever-smiling summer face of hidden thunders showed no trace"。第五回的《红楼梦》[虚花悟]曲"**春**荣秋谢花折磨"(To be,like summer's pride,cut down at last)、第十八回的"软衬三**春**

---

① 莎士比亚著,卞之琳译:《Since Brass,nor Stone,nor Earth,nor Boundless Sea 既然是铁石,大地,无边的海洋》(第 65 首),孙梁编选:《英美名诗一百首》,北京:中国对外翻译出版公司,1987 年,第 52～53 页。
② 拜伦著,孙梁译:《The Isles of Greece 希腊群岛》,孙梁编选:《英美名诗一百首》,北京:中国对外翻译出版公司,1987 年,第 186～197 页。
③ 济慈著,查良铮译:《Ode to a Nightingale 夜莺颂》,孙梁编选:《英美名诗一百首》,北京:中国对外翻译出版公司,1987 年,第 216～223 页。
④ 济慈著,徐同邺译,孙梁校:《The Grasshopper and the Cricket 蝈蝈与蟋蟀》,孙梁编选:《英美名诗一百首》,北京:中国对外翻译出版公司,1987 年,第 236～237 页。
⑤ 任亮娥、杨坚定、孙鸿仁(2010-02-14),《红楼梦》汉英平行语料库,http://corpus.zscas.edu.cn/。

草"(And summer's herbs in a soft,spicy bed)、第二十八回的"女儿乐,秋千架上**春**衫薄"(The girl's content:Long summer days in pleasant pastimes spent.)、第三十三回的"还不快进去把那藤屉子**春**凳抬出来呢"(Go and get that wicker summer-bed from inside and carry him in on that)、第三十八回的"**春**风桃李未淹留"(Tis you,not summer's gaudy blooms I prize)中的"春"在霍克思的笔下都进行了"夏"的转换。

另有以下 14 处"春"字没有明显喻意与时间指代,霍克思就采取了淡化法。对于没有什么含义的"春"字则直接略去不译,如第五回的"靥笑**春**桃兮"(A peach-tree blossoms in her dimpling cheek)中这个"春"字更多是凑成四字音节,霍译文中略去没有任何影响。以下列出这些略去或淡化的"春"字句:第五回的"**春**梅绽雪"(In plum-trees flowering in the snow)和"桃李**春**风结子完"(The plum-tree bore her fruit after the rest)、第十八回的"瓶插长**春**之蕊"("everlastings" blossomed in china vases)和"一畦**春**韭熟"(The garden's chives are ready to prepare)、第二十二回的"大设**春**灯雅谜"(give a riddle party)、第二十六回章回名"潇湘馆**春**困发幽情"(And a soliloquy overhead in the Naiad's House reveals unsuspected depths of feeling)和第二十六回文中的"昨儿我看见人家一本**春**宫儿"(I saw a set of dirty pictures in someone's house the other day)、第二十七回的"你做**春**梦呢"(You're very silly if you think that)和"游丝软系飘**春**榭"(Floss drifts and flutters round the Maiden's bower)、第二十八回的"又勾起伤**春**愁思"(a more generalized and seasonable sorrow)和"开不完**春**柳**春**花满画楼"(Still blooming flowers I see outside my window growing)、第三十六回的"**春**风秋月"(the beauties of Nature)及第三十七回的"前儿**春**天"(earlier in the year)等。

当然,以上所论指的是英人对春、夏的一般看法,或者说是春、夏季节给英人的通常印象,要特别指出的是春天也不是完全没有英人喜爱,我们在伊丽莎白时期的"大学才子"之一托马斯·纳什(Thomas Nashe)的喜剧《维尔·塞默的遗言》(*Will Summer's Testament*)中就找到一首颂春的小诗 *Spring*:"春,甘美之春,一年之中的尧舜,/……微寒但觉清和"(Spring,the sweet Spring,is the year's pleasant king;/…Cold doth not sting)①。故而霍克思对于曹雪芹原作中剩下的 40 多处"春"字都予以了直译,以免有过度诠释之嫌。

4.东风、西风的英译

气候上另一个中英不同之处就是东风与西风所产生的联想。中国诗人偏爱东风,中国诗歌中有大量关于东风的赞美性描写。在汉语中,东风代表的是春天的风,如朱熹《春日》名句"等闲识得东风面,万紫千红总是春",或李白《落日忆山中》"东风随春归,发我枝上花"等中的东风都是与春天相联,诗人的情绪多是积极与欢快的。其比喻义为革命的巨大力量及高涨的革命气势,如郭沫若诗集《新华颂》:"多种族,如弟兄,千秋万岁颂东风。"而西风多在中国词人的笔下出现,常与秋相联,悲秋之绪、幽怨之情都在西风中。如《天净沙·秋思》中脍炙人口的名句"古道西风瘦马"所营造的氛围,或如晏殊《蝶恋花》中"昨夜西风凋碧树,独上高楼,望尽天涯路"吹残绿树的西风,或如李清照"帘卷西风,人比黄花瘦"中与愁苦、寂寞相伴的西风,或如辛弃疾《昭君怨》"落叶西风时候,人共青山都瘦"中悲凉的西风等,都能让我们体会到西风所特有的抑郁与悲凄。

英语世界对东风与西风的联想正好与中国相反。王小凤在《"东""西""南""北"的文化蕴涵及其英译》一文中列出了一些西方作家笔下的东风与西风描写。英国爱尔兰名作家詹姆斯·乔伊斯(James Joyce)曾把东风称为"A keen east wind"(凛冽的东风);另一位小说家塞缪尔·勃特勒(Samuel Butler)笔下的东风是"Biting east winds"(刺骨的东风);柯卡普(Kirkup)称东风为"A piercing east wind"(一阵刺骨的东风);查尔斯·狄更斯(Charles Dickens)小说《大卫·科波菲尔》第 17 章中也是把东风与寒冷相连:"How many winter days have I seen him, standing blue-nosed in the snow and east wind!"(多少个冬日我看见他鼻子冻得发紫,站在雪地和寒风中。)②而西风则是另一番景象。英国浪漫主义诗人雪莱那有名的《西风颂》(*Ode to the West Wind*)③就是讴歌西风的名篇。虽然也与秋相联,但诗中的西风是狂野的西风,充满了力量感,它扫尽落叶,吹遍大地山河,让大西

---

① 纳什著,郭沫若译:《Spring 春》,孙梁编选:《英美名诗一百首》,北京:中国对外翻译出版公司,1987 年,第 56~57 页。
② 王小凤,曹志希:《"东""西""南""北"的文化蕴涵及其英译》,《中国翻译》2006 年第 5 期。
③ 雪莱著,王佐良译:《Ode to the West Wind 西风颂》,孙梁编选:《英美名诗一百首》,北京:中国对外翻译出版公司,1987 年,第 198~207 页。

洋也惊骇。它的锐势、冲劲与不羁与中国文化下那腐朽象征的西风是完全不同的概念。桂冠诗人丁尼生(Alfred Tennyson,1809—1892)曾创作小诗《轻轻地,柔和地》(Sweet and Low),在这首妈妈唱给怀中宝宝听的催眠曲中,那西来的海风又轻又柔,会为安睡的宝宝吹来晚归的爸爸。"Sweet and low,sweet and low,/Winds of the western sea,/Low,low,breathe and blow,/ Wind of the western sea! …Blow him again to me"(轻轻地、柔和地,轻轻地、柔和地,/西方吹来海风;/轻轻地、轻轻地吹拂,/西方吹来海风!……吹得他回家啊)。① 另一位桂冠诗人约翰·曼斯菲尔德(John Masefield,1878—1967)曾把他的怀乡诗取名《西风》(The West Wind),诗中充满对家乡与西风的赞美。

故而,霍克思在处理原作中的东风、西风时采取了根据上下文灵活选定原作含义的方式,以免西方读者对原作产生不必要的误解。据任亮娥等学者创建的《红楼梦》汉英平行语料库②统计,《红楼梦》前 80 回有十来处"东风",只有一例直译为东风,即第六十三回的"莫怨**东风**当自嗟"霍译为"Your own self, not the East Wind, is your undoing",其他几处均有所改动。如第十八回宝玉所作《怡红快绿》中的"对立**东风**里"一句,霍译为"standing in the soft summer breeze","东风"就被霍克思替换成了恰合西方读者理解的"夏日那柔和的微风";第五十回邢岫烟《咏红梅花得红字》起首第二句"冲寒先喜笑**东风**"霍译为"So brave, so gay they bloom in winter's cold",此处的"东风"霍克思根据上下文译成了"冬天的寒风";第七十回的"凭栏人向**东风**泣"中的"东风"霍克思也没有直接用"the East Wind",而是根据忧郁少女在栏前哭泣的背景选择了"在柔和的微风中"(in the soft breeze)来译,整句译为"in the soft breeze the lady's face is wet with many a tear"。由此可见,"东风"在霍克思译笔之下有时是寒冷的冬风有时是温暖的夏风,灵活的处理是根据具体语境做出的判断与修改,以便把东西方交流中可能产生的误解降到最低限度。

对于原作中"东风"没有特别指代的,霍克思翻译时就把其处理成普通词"风",以免东、西风不同的联想给西方读者造成不必要的困惑。如第七十回就有

---

① 丁尼生著,宗白译,孙梁校:《Sweet and Low 轻轻地,柔和地》,孙梁编选:《英美名诗一百首》,北京:中国对外翻译出版公司,1987 年,第 292~293 页。
② 任亮娥、杨坚定、孙鸿仁(2010-02-14),《红楼梦》汉英平行语料库,http://corpus.zscas.edu.cn/。

5处:"桃花帘外**东风**软"霍译为"Peach pink the tender flowers outside the window blow","**东风**有意揭帘栊"霍译为"Slyly the conspiring wind tugs at the blind below","嫁与**东风**春不管"霍译为"wed to the wind, our bridegroom of a day","三春事业付**东风**"霍译为"Spring's three-month handiwork before the wind in flight","**东风**卷得均匀"霍译为"Wing-whorled, into trim fluff-balls forming"。另外还有第五回中"千里**东风**一梦遥"一句霍译为"Borne by the wind a thousand miles away",也是用风代译了东风;第二十二回的"莫向**东风**怨别离"霍译为"And on the wind I drift off broken-hearted"。

西风在原作中出现要少得多,大概有六七处,霍克思在处理时,除第七十八回的《芙蓉女儿诔》中"尔乃**西风**古寺,淹滞青磷"一句霍译"In the burning-ground by the old temple, green ghost-fires flicker when the west wind blows"为直译西风外,其他几处均根据原作含义进行了改动或调整。第十一回中"**西风**乍紧,犹听莺啼第"一句,霍译为"In the cold wind's more insistent blast The oriole's cry could still be heard",此中的"西风"霍克思就改成了更为明白的"冷风";第三十七回黛玉咏白海棠诗结句"倦倚**西风**夜已昏"霍译为"Lean languid on the breeze at close of day",霍克思认为其中刻画的是个倚栏而立的娇羞少女慵倦形象,那种情调下少女一定不是站在寒冷的西风里,故而他在翻译时用"微风"进行了替换。是否恰当,此处暂不讨论,作为霍克思改动"西风"译文的一个译例它是没有问题的。第三十八回中的"怅望**西风**抱闷思,蓼红苇白断肠时"霍译为"The autumn wind that through the knotgrass blows /Blurs the sad gazer's eye with unshed tears",这里的"西风"霍克思根据上下文用了"秋风"。而第七十八回《芙蓉女儿诔》中另一句"汝南斑斑泪血,洒向**西风**",霍克思则弱化西风,泛译为"风",其译文是"The tears of Ru-nan fall in bloody drops upon the wind"。

综上所述,霍克思处理《红楼梦》原著中的"春"时,大部分照译,当"春"不是简单的季节,而在强调一种美好或舒适感时,霍克思就选择了英语中有相似含义的"夏"来代译。而"东风""西风"直译为"east wind"与"west wind"的较少,多根据上下文确定此风具体指春风还是秋风、暖风还是冷风,然后译出,避免因中西对东、西风不同的习惯联想而造成不必要的误解。在东、西风的翻译上倒不存在互相替换的问题,霍克思尊重的是原作,他力图用西方读者能够理解的方式来传达原作的含义。当然,不管是春、夏,还是东、西,霍克思的额外处理都是为了讲好一个石头的故事。另外,霍克思《石头记》中还有一个较大的改译是改红为绿,但因此点改动招来异议较多,此一改动是否恰当与必要以及对译者的指责是否公正等问题笔者拟于最后讨论霍译本存在的问题时单独列出探讨,故此处不再赘述。

(五)"译出一切"再现译本原貌

《石头记》不仅延续了《楚辞》英译的全译观念,而且贯彻得更为彻底。换句话说,霍克思在《红楼梦》翻译上不像《楚辞,南方之歌》那样只停留在译出原作全部文字这样初步的全译要求上,他在《石头记》卷一导言中明确提到翻译过程中恪守的一条原则为"译出一切,甚至双关"①,也就是说霍克思不仅要求自己译出原作的所有文字,还要求自己译出原作的写作技巧、再现原作的文学魅力。这是更高一步的要求,霍克思翻译《楚辞》时并未设立这一高目标,他在访谈中回忆:"我确实从《楚辞》中翻译了不少,不是非常文学性的翻译,只是为自己译出那些词。努力弄清它的含义,然后把它译出来。"②

1.文化词"龙"的英译

"龙"是中华民族的象征,它代表着"吉祥、尊贵与神力",有着浓厚的中国文化气息。作为蕴含深厚中国文化的字,它为我们透视霍克思全译策略提供了一个绝佳的视角。到20世纪70年代霍克思翻译《红楼梦》之时,西方世界对中国的龙已有一定的了解,1976年出版的《韦氏第三版新国际英语大词典》对龙的解释为:"中国神话中一种护佑人类的神异动物,能兴雨起洪。"③虽然只有龙的基本义,但大致西方人已明白中国龙是一种神祇之物,能佑福人类,不同于西方的凶煞怪物。

故而霍克思在翻译中但凡涉及的是"龙"的基本含义即表动物龙本身均直译而出。如原作在服饰穿戴、家具、环境、人物语言中都有不少含"龙"的字眼儿,霍克思都直接翻译为"dragon"。服饰穿戴如"齐眉勒着二**龙**戏珠金抹额"(a golden

---

① David Hawkes,"Introduction,"David Hawkes tr.*The Story of the Stone*,Harmondsworth:Penguin Books Vol.1,1973,p.46.

② Connie Chan,"Appendix:Interview with David Hawkes,"*The Story of the Stone's Journey to the West:a Study in Chinese-English Translation History*,Conducted at 6 Addison Crescent,Oxford,Date:7th December,1998,p.313.

③ *Websters Third New International Dictionary*,Chicago:Inc. Encyclopedia Britannica,1976,p.684.

headband low down over his brow in the form of two dragons playing with a large pearl)、"二**龙**棒珠抹额"(a circlet in the form of two dragons supporting a pearl round his brow)、"绣**龙**窄小袖"(with dragon-roundels embroidered)、"穿着江牙海水五爪**龙**白蟒袍"(gold-emblazoned with the royal five-clawed dragon)。家具摆设如"赤金九**龙**青地大匾"(a great blue board framed in gilded dragons)、"悬着待漏随朝墨**龙**大画"(ornamented with dragons)、"**龙**蟠螭护"(writhing dragons protectively crouched)、"云**龙**献寿"(a cloud dragon coiled round the character for "longevity")、"帐舞蟠**龙**"(coiling dragon)。环境描写如"势若游**龙**"(like a sportive dragon)、"**龙**游曲沼"(With dragons in an ornamental mere)、"**龙**吟细细"(murmured with a pent dragon's moan)、"婉若游**龙**"(Swaying with the lissome curves of a water-dragon)。人物语言中如"一**龙**九种,种种各别"(there are nine kinds of dragon and no two kinds are alike)、"也不是有了宝玉,竟是得了个活**龙**"(It's like the Heavenly Dragon appearing when he comes on the scene)、"那**龙**也下蛋了"(the Heavenly Dragon had laid an egg)、"竟像天上掉下个活**龙**来的一般"(a dragon had just fallen, alive and kicking, out of the sky)、"**龙**斗阵云销"(dragons brawl)、"梳化**龙**飞"(the dragon has departed)、"潜赤水兮**龙**吟"(In the deeps of Red River the dragons are humming the melody)及"**龙**王爷"(the Dragon King①)等。

而对于"龙"超出基本含义外的其他引申义的英译处理更可见霍克思力图译出一切的努力。"龙"的引申义对于西方读者来说是陌生的,但在中西文化交流上却是译者可作为之处,霍克思在读者对"龙"已有基本认识的前提下,继续向前迈了一步,对于原作中出现的读者没有知识储备的"龙"的用法也通过翻译进行了介绍。如原作中的"龙颜"一词,此"龙"已非本义的"龙"而是象征帝王,霍克思英译时没有直译为"dragon",而是把"**龙**颜大怒"译为"The imperial eye lighting on this report, kindled with wrath",把"**龙**颜甚悦"译为"The Emperor was visibly pleased",读者在上下语境中自然明白了中国"龙"与中国帝王之间所形成的一层象征、比喻义。再如"龙"与"钟"相连,则有老态之义,霍译"**龙**钟老僧"为"an

---

① 第十六回中"龙王"霍译用的是 The King of the Ocean,是 the Dragon King 的一种灵活处理,目的之一即避免重复,不能视为霍克思漏译"龙"的例子。

ancient, wizened monk",又多教了读者一招。"**龙**蛇混杂",曹雪芹以"龙"与"蛇"两种看似相似,但却有高低、好坏之别的动物想表达的是鱼目混珠之意,霍克思也没有拘泥原词,译为英语习语"the wheat is sure to contain a certain amount of chaff",利用"wheat"与"chaff"的反差成功传达原意,这其实也是学习原作创作技巧运用于本族语译作的一例。薛蟠偶起的"**龙**阳之兴"更与"龙"无关,龙阳君是战国时魏王的男宠,故而霍克思译为"enthusiasm for Lord Long-yang's vice"。以上所列均是霍译文中看上去没有按要求译出"龙"的例子,实际上经过分析,我们发现他还是遵守了全部译出的原则,只是因为这些词语中的"龙"不是表示动物"龙",故而没有用"dragon"来译而已。

　　此外,关于"龙"的英译还有三处需要补充说明。一、"**龙**驹凤雏"一语霍译为"the young phoenix",是霍克思译文中漏译"龙"的一例,但霍克思这样做是有原因的。首先,此成语在汉语语境中属于名词性并列结构,**龙**驹与凤雏属同义反复,均可比喻有才华的英俊少年,两词相叠只起加强语气的作用,省略一个在语义传达上没有太大影响。其次,此词出于北静王之口,是其向贾政夸奖宝玉时所说之言,与"**龙**驹凤雏"仅隔一句,北静王接着称赞宝玉"将来雏凤清于老凤声"。考虑到整段话的逻辑,加之"凤雏"与"龙驹"对西方读者来说都是陌生的意象,霍克思最终去掉了与"凤雏"同义的"龙驹"以使译文能更好地呼应后句北静王的话语。二、原作中还有一个与龙凤有关的成语即"凤翥**龙**翔",霍克思对其的翻译也颇可探究。曹雪芹原作第五回有"凤翥龙翔"一词,第七十八回宝玉作《芙蓉女儿诔》中有一句"潜赤水兮**龙**吟,集珠林兮凤翥",虽然是龙吟不是龙翔,但也牵涉到"凤翥"与"龙"的翻译。我们看霍克思对此两处的处理能略窥其翻译"龙"之心。霍克思《〈红楼梦〉英译笔记》显示 1970 年 11 月 10 日霍克思开始记第一篇笔记时,他正在翻译的是第九回。也就是说第五回是在与企鹅出版社洽谈和最终铺开正式的翻译工作之间完成的,当时霍克思把"凤翥**龙**翔"处理为"Like stately dance of simurgh with his mate"。这里"simurgh"来自古波斯语,指的是一种由各种不同动物肢体构成的妖怪,借用西方妖怪意象不管用它来表示"凤"还是"龙"都没有了在汉语语境下的美感。待到第七十八回,霍克思的译文为"In the deeps of Red River the dragons are humming the melody; And in pearl-tree groves the Birds of Paradise dance"。龙与凤清楚分开,都得到了清晰传译,相比第五回要译得好。这一前后不同的处理对比正好说明霍克思正式开始翻译后非常注意贯彻"译出一切"的英译理念。三、霍克思译"龙"的文字中有一处值得商榷。第五十三回荣、宁二府庆除夕与元宵场面描写中有一句,原文为"……两边阶下一色朱红大高烛,点的**两条金龙**一般",霍译为"Red lanterns on tall scarlet stands lined either side of this route. At dusk, when the candles in them were lit, they took on the appearance of two long, parallel **serpents** of light, undulating slightly where they ascended or descended the steps of terraces"(Hawkes, p.567)。一溜大烛排开就是为了达到看似金色长龙的视觉效果,霍译把"金龙"译为"long, parallel serpents of light"失去了原文中中国过年时龙的吉祥之义,且蛇的气势要小得多。更何况中国人怕蛇却喜龙,霍克思在此最好一如既往地保留"龙"的意象。

总之,霍克思在处理"龙"字时,实践了尽力译出一切的翻译主张。原作中的"龙"只在"龙驹凤雏"一语中有省略,其他语境下都进行了处理,而"龙驹凤雏"的译文之所以略译,如前所述是有个中缘由的,不影响此处的结论。

2.再现汉诗词的韵与体

实际上,霍克思的"译出一切"还有一个明显的体现就是文中诗歌英译的处理,这里我们惊奇地发现霍克思在中国诗歌英译上翻译理念的大转变。一直以来,对韵体翻译诗歌持保留态度多在无韵体或散文译诗上实践的霍克思,在《红楼梦》英译中,却尽力把文中所含的170多首诗歌以诗体再现,原作押韵的诗作霍克思都译成了韵体诗,在译诗形式上做到了臻于完美。霍克思翻译《红楼梦》时对于其中的诗歌格外用力,友人鄢秀证明了此点:"'诗词最难,我每次都是先译诗词……'霍克思说他译的时候不仅要将意思译出来,连形式也要表现出来。"[1]翻看霍克思《〈红楼梦〉英译笔记》也能看到诗词英译的草稿是单独写在一本没有日期标注的活页夹(loose-leaf folder)中的。举《好了歌》为例,原作的"好"与"了"尾韵相同,四个诗节均凭此为韵,如第一节:

---

[1] 鄢秀:《D. Hawkes 与中国语文》,《语文建设通讯》2003 年第 75 期。

好了歌	**Won-Done Song**
世人都晓神仙好，	Men all know that salvation should be **won**,
唯有功名忘不了！	But with ambition won't have done, have **done**.
古今将相在何方，	Where are the famous ones of days gone by?
荒冢一堆草没了。	In grassy graves they lie now, every **one**.

霍克思的英译"Won""Done"不仅在音韵上做到了押韵，在语意上也能对译原来的"好"与"了"，"Won"表示赢了，在人生终极意义上胜了那自然是好，而"Done"强调完成，自然能对应汉语中的"了"。从第一节译诗来看，原诗第一、二、四行押韵也在译诗中得到了再现。更为有趣的是原诗第四行的"了"发音为"le"而不是"liao"，此"了"与前"了"形成的是眼韵，霍译竟然在译诗押韵的同时也成功保留了眼韵效果。

步步扣韵，这在霍克思以往的译作中是不多见的，他的《楚辞·南方之歌》用的是无韵体，《杜诗初阶》直接用的是散文体。但在《红楼梦》中，为了讲一个生动的故事，为了能最大限度地向西方读者传达译者阅读时所感受到的那份快乐，霍克思决定在多年的汉学积累下挑战韵体译汉诗的方式。译作不仅是简单的达意，而且在传译原作的神韵与美感上卓有成效，非常有利于中国文学与文化在英语世界的顺利传播。

他的诗歌翻译思想的变化在其《石头记》第一卷发表的同年所撰写的一篇书评文章中有很好的体现。这篇书评讨论的是由艾兰·埃林（Alan Ayling）改编、邓肯·麦金托什（Duncan Mackintosh）翻译的《中国词及其他诗续编》（*A Further Collection of Chinese Lyrics and Other Poems*，1970）。霍克思从埃林和麦金托什的诗歌译集中得到这样的感受：中国诗歌被翻译大概是因为译者享受翻译的过程。译诗读来通常是没有多少趣味的。最好的译文是由那些找到了他们自己风格/文体的译者译出的。这一文体或风格通过检验证明不仅适合译者，也适合译者所选择的材料。文体/风格在翻译词时特别重要。在这些词中，那种在自然的语言节奏中加上音乐节奏而形成的张力，无论是在汉诗还是英诗中，都以押韵的方式得到了加强。正巧英诗也有悠久的抒情传统，"对于乔治·赫伯特（George Herbert）和罗伯特·赫里克（Robert Herrick）时代的人们而言，中国'词'如果被译成韦利译古诗所用的自由无韵体将是荒谬的,尤其是当译文旨在对读者产生某种文学效果时"①。

在埃林译诗中霍克思发现埃林找到了一种在他看来最能成功迻译中国词的文体,这种文体最显著的特征就是采用不完全韵(off-rhyme)②,如 skill:fell;wine:again。英国诗人奥登一些写得最优美的抒情诗中也有全诗采用此种押韵方式。霍克思赞叹道:"这大约是英诗中唯一一种既能保持同一韵脚而又不使诗歌显得平庸的方式。"③

同时,霍克思从埃林的译诗失败之处也得到了教训。他总结道:"诗歌是一种依赖和运用听觉期待的艺术,译者可采用任何一种自己喜欢的惯用手法,但一定要记得在译文中以一贯之。如果你在你的大部分译诗中都运用了韵脚,而有一小部分却突然不用韵脚,譬如埃林所为,那么读者在阅读这一小部分译诗时就会因为韵脚的缺失产生希望落空的感觉。更糟糕的是,如果是在同一首诗中,先用了韵脚后又弃而不用,正如埃林有时所为的那样,则会产生从庄严崇高陡然转向平庸可笑的后果——如果读者已被译者训练得接受了尾韵,那么后果将更为严重,因为他/她常会在实际上已没有韵脚的地方停留比其他情况下更长一些的时间。"④

霍克思在文末总体评价道:"总的来说,此卷和它的上一卷让英国读者很好地了解了'词',而且其试图突破汉学束缚、再现诗体的认真努力实在值得嘉许。"⑤

---

① David Hawkes,"(Untitled Review) A Further Collection of Chinese Lyrics and Other Poems. Rendered into verse by Alan Ayling from the translations of the Chinese by Duncan Mackintosh in collaboration with Ch'eng His and T'ung Pingcheng," *Journal of the American Oriental Society*, Vol. 93.4 (Oct.-Dec. 1973), p.636.
② 不完全韵是相对于"完全韵"(perfecct rhyme)而言的,也叫半韵(half rhyme)、近似韵(nearly rhyme)、间接韵(oblique rhyme)或者说斜韵(slant rhyme),指从押韵标准上说不完全符合全韵的押韵规则。全韵据聂珍钊《英语诗歌形式导论》(北京:中国社会科学出版社,2007年,第209页)定义为"押韵单词开头的辅音不同,但是辅音后面的元音以及元音后面的辅音或辅音组合读音相同"。
③ David Hawkes,"(Untitled Review) A Further Collection of Chinese Lyrics and Other Poems. Rendered into verse by Alan Ayling from the translations of the Chinese by Duncan Mackintosh in collaboration with Ch'eng His and T'ung Pingcheng," *Journal of the American Oriental Society*, Vol. 93.4 (Oct.-Dec. 1973), p.636.
④ Ibid.
⑤ Ibid.

从这段话里,我们既能看到霍克思对埃林译诗集的欣赏,也能感觉到霍克思在翻译思想上的变化,他已隐约表达了自己不再愿局限于汉学领域内来做翻译的愿望。步步扣韵,这是霍克思英译汉诗的巨大突破。

3.文学性的再现

(1)文字技巧的再现

为了使译作达到与原作同样的文学效果,霍克思在翻译时从不满足于依样画葫芦,只当一个原文的直译者。在他的《石头记》中,他力图学习原作的创作技巧,在本族语中创造性地译出生动之笔,换句话说,霍克思全译出来的不是原作文字,而是原作的文学技巧。譬如,第二十二回"听曲文宝玉悟禅机　制灯谜贾政悲谶语"中贾母念给贾政猜的谜语,霍克思译来别有一番风趣。

……贾母道:"这个自然。"便念道:

猴子身轻站树梢。——打一果名。

贾政已知是荔枝,便故意乱猜别的,罚了许多东西,然后方猜着,也得了贾母的东西……(第259页)

霍译:"Of course," said Grandmother Jia. "*The monkey's tail reaches from tree-top to ground. It's the name of a fruit*."

Jia Zheng knew that the answer *to this hoary old chestnut was "a longan" (long' un)*, but pretended not to, and made all kinds of absurd guesses, each time incurring the obligation to pay his mother a forfeit, before finally giving the right answer and receiving the old lady's prize. (Hawkes, vol.1, p.447)

原答案为荔枝(lichee),利用的是汉语谐音"立枝"。霍克思在英译时刚写下"The monkey so light"就画去了,因为他想到了一个比照搬原谜语更妙的翻译方法,即学习曹氏制谜的技巧,利用英语中的谐音改换原作意象自创一个"long' un"('un是one的方言变体,long one即长尾巴)来谐音"龙眼"(longan)的新谜。① 比较杨宪益、戴乃迭夫妇合译本(以下简称杨译本):

"Of course." Then she recited, "The monkey, being light of limb, stands on

---

① David Hawkes, *The Story of the Stone: A Translator's Notebooks*, Hong Kong: Centre for Literature and Translation, Ling Nan University, 2000, p.301.

the topmost branch. It's the name of a fruit." Jia Zheng knew of course that the answer was lichee, but he deliberately gave wrong answers and had to pay several forfeits before he guessed right and received a prize from his mother. (Homophone for "stand on a branch".) (Yang, Vol.1, p.323)

从译文来看，杨译非常忠实于原著，这对于希望了解原作本来面貌的读者来说，是最好的一种翻译，但从文学感染力来说，霍克思的译文显然更胜一筹，他利用与原作同样的制谜手法在本族语中进行原作者所作的创造，从而产生了与原作同样的猜谜效果，读者读来会有一种赏心悦目的享受，不愧为一个"生动的故事"。

再如第四十八回一段文字的韵脚翻译巧妙，达到了与原文相同的效果。

一时探春隔窗笑说道："菱姑娘，你闲闲罢。"香菱怔怔答道："'闲'字是'十五删'的，错了韵了。"（第601页）

霍译：…and when Tan-chun jokingly called to her through the window to "call it a day", she merely looked up with a somewhat dazed expression and replied that "'day' didn't rhyme: the rhyme-word she was using was 'sky'". (Hawkes, Vol.2, p.464)

姚琴发表在《外语与外语教学》2009年第12期上的文章[①]也总结了不少霍克思妙译曹雪芹原作语言技巧的好例子，她分成谐音双关的翻译、飞白的翻译及仿词的翻译三部分以详细的例子进行讨论。谐音双关的翻译如霍译"大荒山无稽崖"（谐荒诞无稽）为"Incredible Crags of the Great Fable Mountains"，"青埂峰"（谐"情根峰"）为"Greensickness Peak"，"千红一窟"（谐"千红一哭"）为"Maide's Tears"，"万艳同杯"（谐"万艳同悲"）为"Lachrymae Rerum"（拉丁语，来自《阿涅阿斯记》，意为万物之泪）。飞白的翻译如"呦呦鹿鸣，荷叶浮萍"（正确的应为"呦呦鹿鸣，食野之苹"）霍译用"the happy bleeding deer Grousing in the vagrant meads"模仿原文中宝玉小厮李贵的飞白之错，"bleeding"仿"breeding"，"grousing"仿"grazing"，"mead"仿"meadow"，再现了原作中的飞白效果；"要紧"与"跳井"，霍

[①] 姚琴：《〈红楼梦〉文字游戏的翻译与译者风格——对比Hawkes译本和杨宪益译本所得启示》，《外语与外语教学》2009年第12期，第50~56页。

译用"go and tell"与"in the well"部分再现;第二十回末湘云"二哥哥"与"爱哥哥"的口齿不清,霍译用英语中 s(c)与 th 的发音来模拟,如"cousin"拼为"couthin"、"see"拼为"thee"、"chance"拼为"chanthe"、"sixth"拼为"thicktheth"、"seventh"拼为"theventh"、"so"拼为"tho"、"yourself"拼为"yourthelf"、"else"拼为"elthe"、"say"拼为"thay"、"is"拼为"ith"、"lisping"拼为"lithping"、"husband"拼为"huthband"、"I see-we see"拼为"ithee-withee"、"ears"拼为"earth"、"blessed"拼为"blethed"、"eyes"拼为"eyeth"等。仿词如第二十八回黛玉"宝姑娘、贝姑娘"一说霍译用"Miss Bao"与"Miss Cow"再现;第六十四回鸳鸯恨誓"别说是宝玉,就是'宝金''宝银''宝大王''宝皇帝',横竖不嫁人就完了"霍译用"whether it's Master Bao or Prince Bao or the Emperor Bao, I don't ever want to marry anyone";第五十二回晴雯"花姑娘、草姑娘"一说霍译为"Miss Aroma-or Miss Sweetscents or Miss Smell-ypots",用香臭的联想来模拟原作花草的联想;第六十一回林孝之"方官、圆官"之说霍译也生造出"Parfumy"一词与"Parfumee"对译。具体分析可参看姚琴的文章,此文为笔者提供了很好的例证说明霍克思力图再现的是原作的创作技巧,而不是原作的文字。这样翻译《红楼梦》的优点在于能够最大限度地保留原作的艺术感染力,从而顺利完成讲好一个生动故事的初衷。

(2)文学特征的再现

诗人兼学者黄国彬(Laurence K.P.Wong)于 1992 年向多伦多大学提交的英文博士论文《〈红楼梦〉文学翻译研究——以霍译本为中心》(*A Study of the Literary Translations of the Honglou Meng: With Special Reference to David Hawkes's English Version*),专门关注的就是霍译本《石头记》的文学翻译特色。论文把霍译本放在一个视野非常广阔的参照系下进行比较,以英、法、德、意四种语言译就的 11 种《红楼梦》译本为讨论霍译本的参照对象。黄国彬通过分析原作个性化语言(idiolect)、方言(dialect)、语域(register)和风格(style)等文学特色在这 11 个译本中的体现情况,尤其是关注介于不可译边缘的如诗性语言的再现问题,以大量的实例有理有据地证明"霍译本尽管偶尔也会有错误,但它是最富有想象力的译本"

"当之无愧是曹雪芹巨著的好伴侣"①。黄国彬此文有力地证明霍译本在再现曹雪芹原著文学特征上的努力。

1997年,黄国彬发表在《翻译学报》创刊号上的学术论文《隔语呼应:〈红楼梦〉中个性化语言的翻译》(*Voices across Languages*:*The Translation of Idiolects in the Honglou Meng*),则进一步论证了霍译本在传译原作个性化语言方面的绝对优势。此文后收入 2003 年出版的由香港岭南大学翻译系主任陈德鸿(Leo Tak-hung Chan)编选的论文集《从一到多——中国古典文学翻译与传播》(*One into Many*:*Translation and the Dissemination of Classical Chinese Literature*)中。此文中黄国彬选择了《红楼梦》的八个译本即霍克思英译本、杨戴英译本、李治华法译本、库恩德译本、麦克休姐妹由库恩本转译的英译本、盖尔纳由库恩本转译的法译本、克拉拉·博维罗与里奇奥由杨戴本转译的意大利语译本和裘里的《红楼梦》前56回英译本,通过大量颇有说服力的文本例证,从词汇、语音、语法三方面最终证明霍译本在传达原作人物个性化语言上的绝对优势。举黄国彬论证中的一个个性词语的小例子,如《红楼梦》第九回宝玉奴仆李贵斥责茗烟之语。原文如下:

李贵忙喝道:"偏这小狗攮知道,有这些蛆嚼!"(人文本,第115页)

霍译:Li Gui shouted at him furiously."Detestable little varmint! Trust *you* to know the answer and spread your poison!"(Vol.1,p.215)

乔译:"What!" speedily shouted Li Kuei,"does this son of a dog happen to know of the existence of all these gnawing maggots?"(Vol.1,p.148)

杨译:"Shut up,you dirty bugger.Don't talk such rot," roared Li Kuei.(Vol.1,p.142)

李译:"D'un cri,Li l'Honoré lui imposa silence."《Fallait-il donc,déplorat-il,que ce fils de chien en sût si long? Et le voilà qui se remet,à pleine bouche,à asticoter l'adversaire!》(Vol.1,p.226)

黄国彬指出"小狗攮"是个个性化词语,与受过良好教育的宝玉或秦钟的语言形成了鲜明对比。从以上译文来看,乔的译文把"狗"和"蛆"的意象都保留了

---

① Laurence Kwok Pun Wong,*A Study of the Literary Translations of the Honglou Meng*:*With Special Reference to David Hawkes's English Version*,[University of Toronto,Unpublished PhD thesis] 1992,p.Ⅲ.

下来,从语意上看是最接近原文的,但"know of the existence of"过于文雅,对小厮来说是个过于复杂的短语,且有削弱原作激怒话语的倾向。杨译整句紧凑,但却遗失了原文"偏这……知道"的语义。李本较为忠实,从句"que ce fils de chien en sût si long"不仅译出了"小狗攮"而且传达了原作此句的语气。再看霍译,黄国彬认为是这四个本子中最贴近原作的:用"little varmint"译"小狗攮",不仅语义传达上准确,而且在语用上也很妥当,尤其是"varmint"(流氓)从音和形两方面都易使读者产生"vermin"(害虫)的联想,非常富有想象力。从语气上看,"Trust *you* to know the answer"生动地传达了说话者的愤怒,再加上斜体的"*you*"起到了强调语气的作用。① "正是因为对个性化语言的准确量度与分级,霍译本在保留原作小人物细微的差异上比其他译本更为准确。这也是为什么霍译本中的人物说的语言比法译本、德译本或意大利语译本更为生动的原因之一。"②而香港学者洪涛在其《赵嬷嬷说英语——论霍译本〈石头记〉中的 idiolect(个人方言)》和《〈石头记〉霍译本中的语码转换与英语文学传统》《霍译本〈石头记〉中的农家言谈和年龄级差(age-grading)》三文中也从霍克思的这些个人语言的特色化翻译中发现了其译本与西方小说的相似之处,"也许他根本就有意参照西方小说的做法来进行翻译"③。这也让我们不禁想到了《红楼梦》全本的另一英译者杨宪益的评价:"霍克思译《红楼梦》译得像英国小说,我则较忠实于原作。"④

四、《红楼梦》的接受效果

　　霍克思和闵福德翻译的五卷本《石头记》据世界容量最大的 Worldcat 图书馆目录显示,1973—2000 年间共出版 53 版,世界各地有 899 家图书馆拥有藏书。⑤

---

① Laurence K.P.Wong,"Voices across languages:The Translation of Idiolects in the *Honglou Meng*," Leo Tak-hung Chan ed.*One into Many:Translation and the Dissemination of Classical Chinese Literature*,Amsterdam:New York,NY 2003,pp.103-105.
② Ibid., p.112.
③ 洪涛:《女体和国族:从〈红楼梦〉翻译看跨文化移殖与学术知识障》,北京:国家图书馆出版社,2010 年,第 223 页。
④ 杨宪益:《银翘集》,香港:天地图书有限公司,1995 年,第 126 页。
⑤ C.f.http://www.worldcat.org/wcidentities/lccn-n78-83424.

（一）华人世界的普遍赞同

虽然霍克思《石头记》诞生之初是一部面向西方读者的译著,但《红楼梦》自身所携带的中国文化的丰富内涵及它在英语世界的成功流传,使得它引起了译者预设读者之外的研究者的兴趣。海外华裔、港台学者及国内各高校文学专业师生包括一些硕、博论文撰写者纷纷探究霍克思《石头记》的魔力,希望裨益于中国文化在西方的传播。

1.华裔及港台学者的普遍认同

最早评论霍译本的是桑德斯(Tao Tao Sanders)1974年发表在《文汇》(Encounter)上的题为《一部再创造的杰作》("A Masterpiece Restored")的评论文章。这个桑德斯曾有华裔学者介绍为牛津大学汉学院现代汉语讲师。笔者认为她即刘荣恩(Liu Jung-en)夫妇的女儿刘陶陶(Tao Tao Liu)。刘陶陶曾在牛津大学受教,是霍克思的学生,其母为伦敦大学亚非学院誉为"中文教学标志性人物"的多萝西·刘(Dorothy Yin Cheng Liu)即程荫女士。霍克思的《〈红楼梦〉英译笔记》显示程荫是《石头记》手稿最早的读者,也是霍克思翻译中自始自终请教的一位学者。难怪霍克思《石头记》卷一题献给刘荣恩夫妇。刘陶陶这篇文章指出了霍译本在中国文学作品英译史上的里程碑作用。她肯定了霍译本让西方读者首次体验到原作带给源语国读者的享受,她说这是"一部英国人听来也十分顺耳的译作","霍克思把曹雪芹用汉语写成的内容都翻译过来了,对英国读者产生的意义和效果完全相同……他创造了一部思想忠实的译作,而不是一篇学究气十足的练笔",并举之为"一个很难学习的范例"。[①]

香港红学研究专家宋淇(Stephen C.Soong)最早的霍译评议文章发表在1975年6、7、10号的《明报月刊》上,他断言:"现第一册共二十六章,将来全部译完,可能会有五巨册,那么他对中国文学和翻译的贡献将不在另一位大师韦利(Arthur Waley)之下。而《红楼梦》得到他这样一知己,势必在英语世界广为流传,当为

[①] Tao Tao Sanders,"A Masterpiece Restored,"*Encounter*,Vol.43(1974),pp.79-82.

《红楼梦》爱好者所乐闻。"①之后,"由于译者给予我精神上的支持"②,宋淇又写下了不少评论《红楼梦》新英译的论文,1976 年结集《红楼梦西游记·细评红楼梦新英译》出版。1977 年霍克思《石头记》第二卷出版,宋淇又撰写了《更上一层楼》评论《海棠诗社》的译文:"第二册译文较诸第一册更见浑成圆活,读起来流畅异常,恍如乘轻舟顺流而下,丝毫不费力气。……值得商酌的三数处只不过是版本上或字眼斟酌上的小问题。"③从宋淇的这些译评来看,虽然他指出了译作中的不少瑕疵,但他对译者翻译《红楼梦》的质量是充分肯定的,他认为霍克思"对原作的理解,并不比一般中国知识分子低,而且由于他的谨慎细心,处理得有条不紊。……最重要的还是他毕竟是一位受过严格训练的文学教授,所以对红楼梦的性质有正确的掌握而能从大处着手"④。研究红学的另一著名港台学者潘重规也曾在其与霍克思的简短通信中赞誉先生的译笔,他写道:"去岁荷惠赠尊译《红楼梦》第一册,译笔之佳,誉满寰宇。"⑤

1976 年 2 月美籍华裔汉学家王靖宇(John C.Y.Wang)在《亚洲研究》(*Journal of Asian Studies*)发表关于霍克思《石头记》卷一的书评,从分析英语世界全译本缺乏原因,霍克思翻译的直、意译问题,霍译诗歌韵脚问题,霍译文本选择等方面指出霍克思译本的伟大。⑥

美籍华裔、中国文学研究学者刘绍铭(Joseph S.M.Lau)则注意到了霍译本对双语读者群体的影响。他在比较文学的国际性季刊《淡江评论》(*Tamkang Review*)杂志发表文章:"对那些掌握了外语的中国读者而言,杨戴本充满了语言上的熟悉感,无法为读者提供产生批判性悟见的智慧火花。而杰出的霍译本正是在这点上也许对于那些双语读者而言比对于把汉语当作一门外语的读者来说作

---

① 林以亮:《自序》,《红楼梦西游记·细评红楼梦新英译》,台北:联经出版事业公司,2007 年,第 1 页。
② 同上,第 1 页。
③ 林以亮:《更上一层楼》,《文思录》,沈阳:辽宁教育出版社,2001 年版,第 17~18 页。
④ 林以亮:《红楼梦西游记·细评红楼梦新英译》,台北:联经出版事业公司,2007 年,第 11 页。
⑤ 潘重规:《与霍克思教授论红楼梦书(一)》,《红楼梦研究专刊》1976 年第 12 期,第 102 页。
⑥ John C. Y. Wang, "(Untitled Review) The Story of the Stone (Vol.1), 'The Golden Days'. By Cao Xueqin.Translated by David Hawkes." Book Reviews, *The Journal of Asian Studies*, Vol. 35. 2 (Feb. 1976), pp.302-304.

用更大。"①刘绍铭在漫谈闵福德英译《鹿鼎记》时,又表达了对霍译本的赞叹:"我们细读霍氏译文,的确正如闵福德所说,丝毫不露翻译痕迹。如果曹雪芹的母语是英文,The Story of the Stone 的英文,就配得上说是他的手笔。"②刘绍铭在1994年回到香港岭南大学之前一直在美国教书,每学期开设的中国文学课程除研究院的科目外,其他本科生所选教材均为英译本,故而他对中国名著的好译本特别关注。他的评价是具有代表性的。香港大学学者黄兆杰在其本科生评论课上选的教材也是霍克思的《红楼梦》英译本。③

余国藩(Anthony C.Yu)出生在香港,1968年始就在美国芝加哥大学教授宗教与比较文学课程。他不仅是中华文化在海外的教育传播者,也是西方久负盛名的《西游记》(The Journey to the West,1977—1983)全译本的英译者。余国藩同样很认可霍译本,他1989年6月发表在《哈佛亚洲研究》(Harvard Journal of Asiatic Studies)上的学术论文《情僧之求索:石头记的佛家暗示》(The Quest of Brother Amor:Buddhist Intimations in the Story of the Stone)中行文凡摘引《红楼梦》均来自霍克思的译本。④

再如前面提到的诗人兼学者黄国彬(Laurence K.P.Wong)和另一位华裔Soo Kong-Seng亦均认可霍译本的精彩。另外,美籍著名华裔学者叶维廉(Wai-lim Yip)1993年出版的《地域的融合:中西诗学对话》(Diffusion of Distances:Dialogues between Chinese and Western Poetics)一书在批评中国诗歌与小说翻译中所遭遇的大量歪曲时给予霍克思的《石头记》全译本高度评价,认为"霍译文的出现才真正维护了《红楼梦》的名誉"⑤。

香港刘靖之教授,其研究横跨音乐、文学和翻译三个领域,他1998年为友人刘宓庆《文化翻译论纲》所写的序文中也把自己的赞誉送给了霍克思,他说:"霍

---

① Joseph S.M.Lau,"(Untitled Review)Cao Xueqin.The Story of the Stone.Translated by David Hawkes," Tamkang Review,Vol.10.1&2(Fall-Winter 1979),p.238.
② 刘绍铭:《〈鹿鼎记〉英译漫谈》,《情到浓时》,上海:上海三联书店,2000年,第207页。
③ 参见洪涛:《导论(代序)》,《女体和民族:从〈红楼梦〉翻译看跨文化移殖与学术知识障》,北京:国家图书馆出版社,2010年,第4页。按:原作为繁体字。
④ Yu Anthony C.,"The Quest of Brother Amor:Buddhist Intimations in The Story of the Stone," Harvard Journal of Asiatic Studies,Vol.49.1(Jun.1989),pp.55-92.
⑤ Wai-lim Yip,Diffusion of Distances:Dialogues between Chinese and Western Poetics,Berkeley:The Regents of the University of California Press,1993,p.187.

氏的译本将为中国古典文学英译的典范之作,当无疑问。……译文实际是原文+原文文化背景+译文+译文文化背景+原文作者的气质和风格+译者的气质和风格的混合体,要令这些元素有机地结合起而形成一个综合体,实非易事,但有人做到了这种综合性的工作,如:傅雷的中译《约翰·克利斯朵夫》,如霍克思的英译《红楼梦》。"[1]香港著名散文家兼翻译家思果(原名蔡濯堂)是狄更斯《大卫·科波菲尔》的著名译者,他这样评价霍克思的《石头记》:"英国的汉学家 David Hawkes 译的《红楼梦》英文好极,中国人不论英文写得有多好,也休想能跟他比。"[2]

美国加利福尼亚大学河滨分校比较文学与外国语言系华裔学者吴燕娜(Wu Yenna)教授,早年在哈佛大学获博士学位。她编译过《狮吼集:晚清中华帝国的泼妇故事》(*The Lioness Roars: Shrew Stories from Late Imperial China*, 1995),编著过《中国妇女与文学论集》(1999)等。2000 年她为牛津大学出版社出版的权威字典类读物《牛津英语翻译文学指南》撰写"中国小说"的条目,此条目有关霍、闵译本的评价可以说是综合西方世界近三十年来的霍译评议后的一个总结性概括,代表了西方世界对霍译本的总体看法。书中吴燕娜肯定了霍、闵译本的译文质量,认为它们"为中国小说的翻译设立了新标准。……尽管不能免于一些小错误,但此译本在用语、语气及风格方面都是最优秀的。作为真正的杰作,它完整地重新创造了那个包罗万象的小说世界,成功地把原作中优雅的语言及生动的对话转译成英文。……霍克思和闵福德的成就是如此巨大,以至杨宪益和戴乃迭的红楼梦译本相形见绌"[3]。同时此书对霍克思的《石头记》在中国小说英译史上的地位进行了明确描述:"起着提升小说英译标准的作用,已往的小说翻译无论译者还是出版社都会改编原作以适应西方读者的品位与道德标准,常常不顾原文本的完整性及原作者的风格与创作意图。70 年代始,在一批以霍克思为代表的译者的努力下,小说翻译走向更为负责与学术的道路,旨在译出足够保留原作风格与味道的全面、忠实的译作。通过仔细研究所译小说的文本与上下文语境,这些译者向读者

---

[1] 刘靖之:《翻译——文化的多维交融》(代序),刘宓庆:《文化翻译论纲》,武汉:湖北教育出版社,2005 年 9 月第 2 版,第 4~5 页。

[2] 同上,第 43 页。

[3] Yenna Wu, "Chinese Fiction," Peter France ed. *The Oxford Guide to Literature in English Translation*, Oxford: Oxford University Press, 2000, pp.233-234.

传达的不仅是原作者的意图还有各种起作用的社会文化因素。"①

2010年出版的专著《女体和国族:从〈红楼梦〉翻译看跨文化移殖与学术知识障》是一本研究《红楼梦》译评的著作,其作者为香港青年学者洪涛。洪涛多年关注《红楼梦》英译评议、《红楼梦》与诠释方法论、《红楼梦》与翻译方法论等话题,他早在读本科时就听过黄兆杰先生讲解霍克思的《石头记》。洪涛在此新作中批评中国为数不少的《红楼梦》译评已流于形式,呼吁保护遭人蹂躏的译者,认为"《红楼梦》译者如霍克思的角色是生产性的(productive)和创造性的(creative),而不是一味'克隆'、依样画葫芦"②。

综合上述分析,我们发现华裔及港台学者对霍克思《红楼梦》译本持普遍认同的态度。作为双语学者,这一群体是中国文学作品英译的特殊阅读、评论甚至参与者。他们栖息于两种文化之间,是中英文化碰撞的最直接感受者,他们中有不少承担起了中英文化交流使者的角色,积极参与到中国文学作品的译介工作中,对其中的种种艰辛有着感同身受的体认。可以说华裔及港澳台学者对霍译本《红楼梦》的普遍认同充分证明了霍译本在《红楼梦》英译史上的非常价值。

2.国内学者的慷慨赞誉

应该说,霍译本出版后引得的最多评论就是来自中国国内学者的评述。雷石榆、许国璋、周珏良、姜其煌、张培基、吴翔林、柯大翀、冀振武等是最早一批评论霍译本的学者,从人名的翻译、西方的汉学研究传统变化及译本的文化交流的意义、译文质量及对翻译学习的帮助、译本的序跋、《红楼梦》的英译史、译者译与本信息介绍及习语、诗词翻译等方面展开评述。虽然是最初一批涌现的批评,但由于评论者或是翻译界的大家如周珏良先生,或是语言研究学家如许国璋先生,或是文学与翻译的研究学者如姜其煌等,或是译者霍克思的好友如柯大翀,故而此批译评不仅在信息量上、批评深度与广度上值得参考,而且在研究范围与研究路数上有开拓性意义。

翻开这批最早的译评,我们能发现评论者对于霍克思这一《红楼梦》英语全译本问世的欣喜兴奋与畅开胸怀的拥抱,评论者给予了霍译本慷慨的赞誉。许国

---

① Yenna Wu, "Chinese Fiction," Peter France ed. *The Oxford Guide to Literature in English Translation*, Oxford: Oxford University Press, 2000, p.235.
② 洪涛:《导论(代序)》,《女体和国族:从〈红楼梦〉翻译看跨文化移殖与学术知识障》,北京:国家图书馆出版社,2010年,第1页。

璋评霍译文:"我觉得最可重视之点,在于他注意到文化情境之移植,使西方读者不仅读到两个世纪以前的一部中国小说,而且看到中国社会的一个侧面,领略其中风光与人物。其翻译贴切处,为近时兴起的社会语言学提供最好的例证。"[1]著名翻译家周珏良评论霍译第一、二卷,"译文读来既流畅而不晦涩,又较忠实于原著",并指出其对翻译学习的帮助,"能让有心的读者从中悟出些翻译的'门道'来",从而点出"霍译本能同时满足不能读原文和能读原文的两类读者的要求"的最大特色。[2] 大学者钱锺书先生 1981 年 1 月 17 日收到霍克思寄给他的《石头记》卷三,欣然阅读后他在隔日给友人宋淇的信中点评:"文笔远在杨氏夫妇译本之上,吾兄品题不虚;而中国学人既无 sense of style,又偏袒半洋人以排全洋鬼子,不肯说 Hawkes 之好。公道之难如此!"钱锺书的信中有他一贯的锋芒与俏皮,狠话中尽显褒贬。他给霍克思复谢信中写道:"All the other translators of the 'Story'—I name no names—found it 'stone' and left it brick."[3]钱先生此句何意,一时费解。经宋淇先生之子宋以朗指明,原来它借用的是古罗马开国皇帝奥古斯都的一句名言,见于古罗马史学家苏维托尼乌斯(Suetonius)用拉丁文撰写的《十二恺撒生平录》(*The Lives of Twelve Caesars*)中,英译为"he could justly boast that he had found it(Rome)built of brick and left it in marble"。汉语大致可以译为"他这样吹嘘一点也不过分:他接手罗马时它由砖块构成,而他离世时罗马已化为大理石"。这是苏维托尼乌斯对奥古斯都大帝的盛赞,钱锺书反用此语,将钱先生的话译成汉语为"所有《红楼梦》的其他译者——我没指名道姓——以'石头'始而以'砖头'终",字里行间足见他对霍译本的认同及对其他译本的失望。

这些译评多在行文末尾才加上一段分析译本小瑕疵的文字,不影响行文的赞誉基调。随着批评的深入与中英文学交流的增多,中国学者对译本采取了更为客观的分析态度,通常为了便于说明问题,评论者多选择了与同时问世的杨译本进行对比分析的评议方式。值得注意的是即使通过这样严谨的分析,论者所得结论仍多是赞赏霍译本。90 年代后中国学者的霍译评论文章从七八十年代的十多篇

---

[1] 许国璋:《借鉴与拿来》,《外国语》1979 年第 3 期。
[2] 周珏良:《读霍克斯英译本〈红楼梦〉》,《周珏良文集》,北京:外语教学与研究出版社,1994 年,第 219~229 页。
[3] 宋以朗:《我的父亲宋淇与钱锺书》,东方早报网,2011 年 10 月 9 日,http://www.dfdaily.com/html/2529/2011 10 /9/675764_4.shtml。

增至几十篇,而 2000 年后评论文章成直线上升达两百多篇,并出现了一些硕、博论文,再加上学者们在其论著中谈及的霍译点滴,可以说中国学者给予了霍译本越来越多的关注。

这么多研究成果,要一一概括其中的观点自是不可能,但国内学者对霍译本的评论呈现出一个大体趋势:由早期的一面倒性的全面支持逐渐于 90 年代后走向两极分化,既有接过前辈学者之力继续支持霍译本研究其生动与传神性的,代表学者如冯庆华等,也有运用归化异化理论、后殖民及改写等新理论质疑霍译本忠实度与文化流失问题的,代表学者如崔永禄等。不过,总体上看至今近三百多篇的《石头记》译评小论文褒扬霍译本的文章数量还是多少要多于贬抑的文章。我国前驻英大使傅莹女士①在她履任不久后对英国王宫进行的一次官方访问中,送给英国女皇的礼物是霍克思、闵福德的五卷本《石头记》。② 这有力地证明了这样一个事实即霍译本《红楼梦》在源语国也是个受到官方认可的翻译本。

(二) 西方世界的广泛关注

在西方世界《石头记》一出版就获得了预期的成功。英国《泰晤士报高等教育增刊》(Times Higher Education Supplement)认为霍译是"一部令世人赞叹之作,是它重现了那个即将被完全遗忘的世界,它是我们时代最佳英文译作之一"。《纽约书评》(The New York Review of Books)赞誉霍译为"一部光彩夺目、生动逼真的杰作……无愧于原作的深刻"③。1980 年霍克思《石头记》第三卷《哀世之音》出版之时,英国《泰晤士报》(The Times)评论道:"《红楼梦》这一中国文学中最伟大的爱情故事在霍克思的英译本中得到了完美的艺术再现。这部译者全身心译介的作品流畅生动,是一部真正的杰作。"④

1.专业汉学家的高度评价

汉学家裴玄德(Jordan D.Paper,1938—)在其 1973 年由豪尔公司(G.K.Hall

---

① 傅莹担任中国驻英大使的确切时间为 2007 年 4 月至 2010 年 1 月间。
② *The Times*, "David Hawkes: Scholar whose superb translation of the lyrical Chinese novel *The Story of the Stone* is regarded as a masterpiece in its own right," 28/08,2009:75.http://www.chinaheritagequarterly.org/019/features/vale_ hawkes_times.pdf.
③ David Hawkes tr., *The Story of the Stone*, Harmondsworth: Penguin Books Vol.1,1973, the cover.
④ David Hawkes tr., *The Story of the Stone*, Harmondsworth: Penguin Books Vol.3,1980, the cover.

& Co.)出版的《中国散文指南》(Guide to Chinese Prose)一书中举霍克思的《石头记》为"几项主要的翻译壮举"(several major feats of translation)①之一。

戴乃迭,作为《红楼梦》在英语世界最早全译本的完成者之一及牛津大学汉学科学士学位的第一位获得者,应该说她是对霍译本最有发言权的一位汉学家。她1980年在《伦敦大学亚非学院学报》发表书评高度评价霍克思《石头记》前80回译文。书评从三个大方面肯定了霍译本的独特与价值所在。首先,在版本处理上明智、合理;其次,在丫鬟姓名意译处理上对西方读者帮助巨大;最后,摒弃注脚,通过增译原文来使引用或典故清楚明白,也有助于霍译本再现原文的文学风味。故而,戴乃迭最终评价道"霍克思的伟大成就在于以优美的英文使得这部中国名著能够为西方读者所阅读",并认为自己的译本"*A Dream of Red Mansions* 与之相比恐怕只能是供语言学习的直译本"。② 甚至西方有关佛学研究导引的研究工具书《佛教研究论文导读》(Guide to Buddhist Religion,1981)中也举其为"新出的优秀译本"(A new and fine translation)③。霍译本中所保留的中国佛教信息为西方宗教研究提供了重要的资料。

美国汉学家葛浩文(Howard Goldblatt,1939—)是世界首席翻译家,他于1980年春和1982年春在《当代世界文学》"中国"栏目分别推荐霍克思《石头记》印第安纳布面本一、二、三卷。他评介霍克思的《石头记》卷一"没有辜负几乎来自各个大洲的汉学家、评论家和读者的期望。他的译文权威、精湛、优美,……完全胜任把中国这部18世纪的伟大世情小说的方方面面向英语世界读者传达的任务"④,他称霍克思的《石头记》三卷是"兴趣之作(labor of love)"⑤,并肯定地预测

---

① Jordan D.Paper, *Guide to Chinese Prose*, second version, Boston: G.K.Hall & Co., 1984, p.Xⅲ.
② Gladys Yang,"(Review) David Hawkes(tr.): *The story of the stone. A novel in five volumes by Cao Xueqin.Vol.*Ⅰ: *The golden days.Vol.*Ⅱ: *The crab-flower club*.Bloomington, Ind.: Indiana University Press, 1979," Reviews, *Bulletin of the School of Oriental and African Studies*, University of London, Vol.43.3 (1980), pp.621–622.
③ Frank E.Reynolds, *Guide to Buddhist Religion*, Boston, Mass.: G.K.Hall & Co., 1981, p.151.
④ Howard Goldblatt, "(Review) Cao Xueqin.The Story of the Stone 1: The Golden Days 2: The Crab-Flower Club.David Hawkes, tr.Bloomington, In.Indiana University Press.1979," *World Literature Today*, Vol.54.2 (Spring 1980), p.333.
⑤ Ibid., p.333.

"当译文全部完成时,它将是一部世界经典"①。英国汉学家卜立德(David E. Pollard,1942—)1982 年在《伦敦大学亚非学院学报》45 卷第 3 期上发表短评,也推荐此布面本。除了推荐,此短评还注意到了霍克思译本所呈现的多样风格所具有的教育意义。卜立德指出翻译虽依赖学术研究,但教育在翻译中的作用也同样重要。卜立德以霍克思译文中文体各异的两段文字为例说明霍克思作为"文体家的教育意义是无懈可击的"②,他肯定《红楼梦》是一部只要还有人看书就值得代代相传的作品,版本越多将越有利于作品的流传。

1986 年 7 月,美国汉学家何古理(Robert E. Hegel,1943—)在《中国文学》(Chinese Literature: Essays, Articles, Reviews)评论闵福德所译《石头记》卷四和卷五时,对整体《红楼梦》译本也有个评介:"到此为止《红楼梦》英译本出齐了,这是一件可喜可贺的事情;借此汉学家们可以拿它来向亲戚朋友展示中国古典小说的精华,汉学科教师们也可以在西方课堂上进行中西文学的比较研究。虽然译本中有些文化元素仍嫌陌生,但原作中一些具有普遍价值的东西已经在最新的译本中得到了呈现。这个新译本超过了此前所有的英译本。"③

美国另一位汉学家、卫斯理大学中文教授魏爱莲(Ellen Widmer)女士在 1988 年《美国东方研究协会会刊》(Journal of the American Oriental Society)第四期上撰写文章,认为:"霍克思和闵福德的译文已经非常好,把极为难译的中国名著传译到英文中,其译文水平完全对得起原作,而且放在一起也完全可以成为一个整体"④。

罗溥洛(Paul S. Ropp,1944—)与名篇《出奇的冷漠》(Singular Listlessness)一文的作者巴雷特(T. H. Barrett)合编《中国的遗产:中国文明的现代视角》

---

① Howard Goldblatt, "(Review) Cao Xueqin. The Story of the Stone Ⅲ: The Warning Voice. David Hawkes, tr., Bloomington, In. Indiana University Press. 1981," *World Literature Today*, Vol. 56.2 (Spring 1982), p. 402.
② D. E. Pollard, "(Review) David Hawkes (tr.): Cao Xueqin: The Story of the Stone (Dream of the red chamber). Vol. 3; The warning voice. (Chinese Literature in Translation.) Bloomington, Indiana: Indiana University Press, 1981," *Short Notices*, Bulletin of the School of Oriental and African Studies, University of London, Vol. 45.3 (1982), p. 645.
③ Robert E. Hegel, "Reviewed works: The Story of the Stone; Vol. 4, The Debt of Tears; Vol. 5, The Dreamer Wakes." *Chinese Literature: Essays, Articles, Reviews* (CLEAR), Vol. 8.1/2 (Jul. 1986), p. 129.
④ Ellen Widmer, "Reviewed work: The Story of the Stone, Volume 5: The Dreamer Wakes," *Journal of the American Oriental Society*, Vol. 108.4 (Oct.-Dec. 1988), pp. 650–652.

(Heritage of China: Contemporary Perspectives On Chinese Civilization,1990)。此书在讨论到曹雪芹的《红楼梦》时认为它是中国最伟大的作品,并在提到杨戴《红楼梦》译本的同时评价"霍克思、闵福德的译本是最优美的译本(the most elegant translation)"①。

2002 年 5 月 30 日香港浸会大学翻译研究中心主办翻译讲座,加州大学圣芭芭拉分校艾朗诺(Ronald Egan)教授作了题为"关于霍克思《红楼梦》英译本的一些思考"(Some Reflections on David Hawkes' Translation of Honglou Meng)的主题发言。他是钱锺书《管锥编》的选译者,哈佛大学毕业的博士,对中国北宋时代及诗人苏轼、欧阳修均颇有研究。作为中国文学作品的译者,艾朗诺非常欣赏霍克思的翻译艺术,称霍克思译本为"中国文学的经典译作"(masterpiece of literary translation from the Chinese)②。

挪威裔汉学家艾皓德(Halvor Eifring)在其学术论文《〈石头记〉中的爱情心理》(The Psychology of Love in the Story of the Stone)的撰写中也主要引用霍克思的三卷《石头记》译文,只有当译文的准确性影响到文中论证时,艾皓德才修改或自译。我们来看看作为汉学家的艾皓德是如何评价霍克思的译本的:"这些(笔者按:《石头记》前三卷)译文准确性不一,因为它们首要的目的是再创一个可读的文本而不是谨守语言学上的精确。我只在所选译文影响到我的论证时,才修改霍克思的译文或自己重新翻译。当我这样做时,我很清楚地意识到,其中的文学性也因之非常不幸地大量丧失了。"③可见,艾皓德对霍克思《石头记》所体现的文学性的欣赏,只要不影响大局,他在自己的学术论文中偏爱引用霍克思的译例。

还有一些汉学家虽然没有直接评价《石头记》译文的质量,但他们在自己的著作中凡涉及《红楼梦》时均参照与援引霍译,这间接地反映了他们对霍译本的肯定。美国哈佛大学东亚语文及文明系博士韩献博(Bret Hinsch)1990 年《断袖之癖》(Passions of the Cut Sleeve: The Male Homosexual Tradition in China)在讨论

---

① Paul S. Ropp & Timothy Hugh Barrett ed., Heritage of China: Contemporary Perspectives On Chinese Civilization, Berkley: University of California Press, 1990, p.328.
② 马红军:《从文学翻译到翻译文学:许渊冲的译学理论与实践》,上海:上海译文出版社,2006 年,第 117 页,第 17 条注释。
③ Halvor Eifring, "The Psychology of Love in the Story of the Stone," Halvor Eifring ed. Love and Emotions in Traditional Chinese Literature, Leiden/Boston: Brill, 2004, p.271.

《红楼梦》中的男同性恋现象时使用的是霍克思译本。周锡瑞(Joseph Esherick)和兰金(Mary Backus Rankin)1990年合著的《中国乡绅及其统治模式》(*Chinese Local Elites and Patterns of Dominance*)一书也参看了霍克思的《石头记》三卷本。《男女》(第1卷:*Nan Nü:Men,Women and Gender in Early and Imperial China*)1999年Brill出版社出版,书中讨论也引用了霍克思《红楼梦》译本中人物的例子。甚至朗文这一全球最著名的英语教育出版机构也对霍译本进行了肯定,我们可以发现2005年出版的《袖珍朗文作家字典》(*The Longman Pocket Writer's Companion*)收录了来自霍、闵《红楼梦》英译五卷本的译例。

综上所述,我们可以肯定作为同行,这些专业汉学家对霍克思的《红楼梦》译本从专业的水平给予了高度评价。

2.西方普通读者的良好反响

与英国现代著名汉学家苏格兰版《水浒传》译者霍布恩喜结连理的郭莹出版过一本口述实录,系采访在华工作、生活过的外国人士后编撰而成。书中有位英国人克里斯(Chris),他早年在爱丁堡大学学习中文,对中国文化痴迷,大学毕业后,"模仿中国古代圣贤的生活方式,隐居到苏格兰深山乡野里,自己辟了一块荒地躬耕自食。……我一边务农、一边研读中国古代哲学、元曲及明清小说,并为报刊撰稿赚取生活费"①。从这段郭莹整理的自述中我们可以看到这是一位西方的普通知识分子形象,他没有专业汉学家的研究背景,他对霍克思《石头记》的看法可以说代表了一般读者的态度。他告诉郭莹,"霍氏的《石头记》,在众多的《红楼梦》版本中成为独树一帜的一套新版……若右手持原文《红楼梦》,左手持霍氏的英译《石头记》,那你会感受到二者的精髓和韵味是浑然一体的,小说中原有的幽默、节奏都得到了精彩、准确的传达。霍氏的《石头记》与杨宪益夫妻合译的《红楼梦》分庭抗礼之下,杨氏版本单独欣赏时不易察觉的文采欠妥之处,经与霍氏版本之比较,就较易辨出霍氏艺高一筹"②。

---

① [英]克里斯:《璀璨的中国文化给予我灵感》,郭莹:《换一双眼睛看自己——老外侃中国》,北京:作家出版社,2003年,第164页。

② 同上,第189页。

旅居上海的英国语言学家约翰·帕斯顿（John Pasden）①创办了一个华结网（sinosplice），为西方人学习汉语、了解中国文化提供了一个交流平台。我们发现在此网 2005 年 2 月 1 日有一条讨论中国作品外译问题时的留言，系由《北京人》（*Beijinger*）②杂志的新闻记者 Brendan O'kane 所留。此留言能让我们看出普通西方知识分子对霍克思译本的接受，虽然其中语辞有些过于偏激。"以我的经验，中国作品翻译成英文大部分是垃圾，外文社的很多译作也难逃此运。……你最好想法看到霍克思、闵福德翻译的企鹅出版社刊行的《石头记》。他俩的译文是我心目中文学翻译的至高标准，译作本身就是杰作。"③

另外，从英国亚马逊网站上的购书评论来看，英语读者多从《红楼梦》译本在帮助他们了解中国古典文化、中国诗词散文及 18 世纪的中国社会历史的作用方面评价霍译本。虽然真正评价霍译文的不多，但在这不多的评价中我们能发现读者对霍译本的肯定。英国读者奥尔德姆 2002 年评霍、闵译本为"极具可读性"（extremely readably translated），亚历山大·杜恩 2009 年留言道："我读完第一卷，对书中人物如此喜爱，以至于我认为不读剩下的四卷是不可思议的。我想这是此书为优秀译作的一个明证。"唯一一条题为"not that which I had expected"的负面书评发表在 2009 年 9 月，原文为"我被别人的评论骗了，这本书很难看进去，而且那前奏过长，适合比我更有学术头脑的读者，在我读来，令人气恼。这书我暂时得收起来，也许到那些寒冷的冬夜可以找来一读"④。这条书评实际也没有完全否定《红楼梦》，而且从其第一句话我们反能推出这正好说明大多数英国文学爱好者对霍译《石头记》反响良好。不过，它暴露了霍译本在海外接受的一个盲点，即《石头记》对于那些没有良好教育背景的普通老百姓尤其是一些蓝领阶层来说还是过于繁复了些。

---

① John Pasden 是 AllSet Learning 的创办人，他同时创办了华结网（sinosplice）帮助外籍人士学习汉语，此网的宗旨为"Try to Understand China. Learn Chinese"。留言的读者或为旅居中国的外国人士，或是志在学习汉语、了解中国的外国人士。
② 《北京人》（*Beijinger*）由外国人迈克于 2001 年创办，杂志读者群主要是旅居北京的外籍人士。
③ Bredan O'kane, "Comments to 'Murakami-haruki'," February 1 2005, http://www.sinosplice.com/life/archives/2005/01/26/murakami-haruki
④ http://www.amazon.co.uk/product-reviews/0140442936/ref=cm_cr_pr_btm_recent?ie=UTF8&showViewpoints=0&sortBy=bySubmissionDateDescending

曾在中国辽宁师范大学国际商学院任教的美国学者葛锐（Ronald Gary）对中国的《红楼梦》也颇为关注，他于2007年曾撰文《英语红学研究纵览》全面介绍西方的《红楼梦》英译情况，他评介杨戴本和霍本"均为精雕细琢的上乘之作"，并指出霍、闵"此合译本为西方人最常用的英译本"。①

笔者通过加州大学戴维斯分校图书馆检索得知该校十所分校共有八所收藏有霍克思《石头记》，但地区图书馆（Regional Library）却没有该译本的收藏。这也说明普通读者没有多少阅读《石头记》的兴趣，《石头记》的读者主要还是集中在大学、研究机构的师生或一些文化部门的文学爱好者。普通读者对中国《红楼梦》的兴趣多通过阅读一些节译本。正如翻译理论家安德雷·利夫威尔（André Lefervere，1945—1996）曾注意到的节译在欧洲的文学和文化中起着的巨大作用，他认为"节译是使文学新作在其他语言中迅速传播的最经济的方法"②。通过加州大学图书馆WorldCat检索世界各国图书馆中的图书及其他资料所编纂的目录，结果确实显示到目前为止馆藏有霍克思译本的世界各地图书馆数量没有王际真节译本大。如果不计版本与重印问题，大致统计，王际真本在世界上有655家图书馆收藏，而馆藏有霍克思本的图书馆为370家，只有王本的一半多些。③这一点也在江帆博士2006年4月以依利诺伊州（Illinois）56所大学的联合馆藏目录为工具所统计的数据中得到了证实："王际真译本的馆藏量是最大的，其次是麦克休译本，而霍克思译本收藏最少。一些小型的学院通常王际真译本和麦克休译本都较齐备，而霍译本则不一定有。"④难怪西方1989年版的《世界文学名著》（Masterpieces of World Literature）"Ts'ao Hsüeh-ch'in"条目⑤中认可的《红楼梦》最早英译本是1929年出版的王际真本 Dream of the Red Chamber，其中提供的信息诸如主要人物（principal characters）、故事梗概（the story）、批评性评价（critical evaluation）

---

① ［美］葛锐（Ronald Gary）著：《英语红学研究纵览》，李丽译：《红楼梦学刊》2007年第3期，第184页。
② 安德雷·利夫威尔：《比较文学与翻译导论》，罗选民：《文学翻译与文学批评》，北京：人民文学出版社，2005年，第36页。
③ https://vpn. lib. ucdavis. edu/WebZ，DanaInfo = firstsearch. oclc. org + FSFETCH？fetchtype = searchresults：next = html/ records. html：bad = error/badfetch. html：resultset = 4：format = BI：recno = 11：numrecs = 10：entitylibrarycount = 2112：sessionid = fsapp6-53135-ghjwy3ul-akrxep：entitypagenum = 10：0
④ 江帆：《他乡的石头记——〈红楼梦〉百年英译史研究》，复旦大学博士论文，2007年，第77~78页。
⑤ Frank N. Magill ed., *Masterpieces of World Literature*, New York：Harper & Row，1989，pp.222-226.

尤其是人名拼写都是据王本而不是霍克思的全译本。与霍译本有关的信息也许只有这一句"英译本还有《石头记》(also available in English translation as *The Story of the Stone*)"①。

3.《石头记》的西方仿作

霍克思的《石头记》在西方还带来了一个有趣现象,就像曹雪芹在中国有许多作家尝试模仿其手笔创作一样,在遥远的英伦,霍克思的《石头记》也引来了仿作的兴趣。

(1)琼斯《众生的教育》

在威尔士阿伯里斯特威斯(Aberystwyth),这个霍克思捐赠4400多册研究书籍的威尔士国家图书馆所在地,生活着一位名叫约翰·克里斯·琼斯(John Christopher Jones,1927—)的科学设计师(designer),他曾与霍克思有过书信交流。琼斯毕业于剑桥大学工程设计专业,是英国设计方法改革运动(the design methods movement)的发起人,伦敦公开大学(Open University)的第一位设计教授。1970年琼斯出版专著《设计方法》(*Design Methods：Seeds of Human Future*),提出了崭新的设计哲学。他打破了设计就是为即将生产或建造的事物画图的传统设计观,主张设计不仅可以设计单个产品也可以设计整个系统与环境,如机场、交通运输、高级百货商店、教育课程、广播安排、福利计划、银行系统与电脑网络等;主张设计可以是参与性的,如公众就可以在设计决策过程中参与。他认为设计也可以是创造性的,这是每个人身上都有的潜能;同时设计也可以是一门教育性的学科,它综合文理科,可以比分开的单科起更大的作用;而且他指出这种没有产品的设计观本身就可以是一个生活的过程与一种生活的方式。琼斯的全新设计观带来了设计界的革命,他的《设计方法》出版后被公认为设计界的重要读物(a major text in design),陆续被翻译成日语、罗马尼亚语、俄语、波兰语和西班牙语等多国语言。他结合人类环境改造学(ergonomic)、未来学(futurology)进行创新设计研究,曹雪芹《红楼梦》中的超自然叙事模式给了琼斯一个表达他那超前的科学理念的绝妙方式。

作为一位科学家,琼斯兼具文学家与艺术家的特质,他设想借助霍克思《石头

---

① Frank N.Magill ed., *Masterpieces of World Literature*, New York：Harper & Row, 1989, p.225.

记》的叙事模式创作一部《众生的教育》(The Education of Everyone)来谈自己关于人类教育的一种设计理念,书中的那些科幻成分与超前思想正好可以通过《石头记》中的超自然力得到表达。琼斯因之和霍克思通信进行了探讨,得到了霍克思的大力鼓励,不过最终成文的只有一章,原书名《众生的教育》也就成了章节名出现在他2000年出版的论著《网络与众生》(The Internet and Everyone)中。① 细读此章我们惊叹曹雪芹笔下的那块顽石竟然神通广大现身英伦汉学界及文学界外的领域,更感慨霍克思《石头记》的莫大译介功劳。

《众生的教育》开篇为:"Gentle reader/What,you may ask,is the purpose of this book,or even/ of this world? /Though the answer to this question may at first seem/ absurd,reflection may show you that there is more in it/than meets the eye./ Long ago and far away,when…"②简直可以直接用曹雪芹《红楼梦》的开篇语来对译:"看官:你道此书从何而起？**或者问整个世界从何而来？**——说来虽近荒唐,细玩颇有趣味。却说……"③除了以上黑体的一句话,其他部分与曹雪芹的开篇显然相当吻合。从英文来看,我们也可以说与霍克思的《石头记》开篇极为相似,霍译本开篇为:"GENTLE READER,/ What,you may ask,was the origin of this book? /Though the answer to this question may at first seem to/ border on the absurd,reflection will show that there is a good/ deal more in it than meets the eye./Long ago,when…"④两相比较,我们发现除个别用词差别外,琼斯真正添的就是"or even/ of this world"一语,显示作者是在整个人类或者说整个世界生存的背景下来讨论问题,他借这块假想的石头(imaginary rock)把"此书的目的"与"整个世界的意义"联系在了一起,显示了他一如既往的人世关怀与形而上的哲学思考。

像《石头记》中的顽石一样,琼斯的这块假想石也有可爱的形状与神奇的来历。琼斯写道:此石原为那种在海边常见的小孩放在嘴里吮吸的彩色硬棒棒糖(a

---

① John Chris Jones, "The Education of Everyone," *The Internet and Everyone*, London: Ellipsis London Ltd., 2000, pp.444-450.
② John Chris Jones, "The Education of Everyone," *The Internet and Everyone*, London: Ellipsis London Ltd., 2000, p.444.
③ 参见曹雪芹、高鹗著,启功注释:《红楼梦》(共四册),北京:人民文学出版社,1964年第3版,第1~2页。
④ David Hawkes tr.*The Story of the Stone*, Harmondsworth: Penguin Books Vol.1, 1973, p.47.

stick of rock candy），只不过上面印的不是某一度假圣地之名而是"假想的石头"（imaginary rock）罢了。此糖粉红的外表，白色的内底，再加粉色的"假想的石头"字样。同时来自过去与未来这两个假定现实的虚幻所在（I come from the future and from the past，he says，the two neverlands of the supposed reality）的作者携着此石出现在现时（appear here in the present）。在琼斯的设想中，这块石头出现的"现时"为人类还没有学会使用合成技术（synthetics）的时代，当时人类正在满是蝙蝠与噪声的城堡里召开一次讨论过去的未来（the past of the future）甚至也可以说是未来的过去（the future of the past）的会议，作者（the writer）带着石头降临其中，以石头自言及作者答疑的形式向无知的人类宣讲神奇的石头地（the Imaginary Rock Foundation）：那里两性合一，没有现世无处不在的两极对立现象如好与坏、男与女、新与旧、真与假、古典与浪漫、短暂与永恒等等的两极对立；这一石头地小巧非凡，没人能进得去，因为它只有 5 厘米长、3 厘米宽，如同薄薄的卡片，背面刻着"没人属于它，但它属于每个人"（no one can belong to it/but it belongs to everyone）；此卡可以无限复制，没有原初，不属于任何人的版权，每个人都可以拥有它并运用它来回答自己各种各样的奇怪问题。至此作者拿出一叠小巧的卡片撒向空中，卡片随之落到每个参会人员的桌前。琼斯的描画让读者不禁想起现代电脑的核心部件——硅片或者叫集成电路芯片。琼斯在其中隐含的或许是人类的网络生活时代吧，行文中如同曹雪芹的文字充满了各种各样的隐喻性话语。

接着，琼斯又跳出这个作者携石头与石头地参会的故事，安排了一个新的虚拟人物廷尼·凯恩（Tinne Kanne）在无数时光流逝后为探寻生命短暂的奥秘偶然经过那个城堡并捡拾到一张当年作者抛散的卡片的后续情节。在超微科技的解码（microtechnical examination）下，廷尼·凯恩发现芯卡上刻的每个字都包含了 12000 个更小的字母，能拼出 2000 多个字，而每个字就是一本书的一章，每一章名以这一章所隐藏于其间的那个字母命名，如此这般构成了人们现在正在翻阅的《众生的教育》。可见，琼斯是借此向读者解释其《众生的教育》的整个成书计划。我们看到仅有的这一章开首就是以"chapter t"开始，且在这一章末，作者也提醒我们要具体了解请看接下来的"chapter h"，以此类推，读者也能猜到如果有下下章的话，无疑章节名就是"chapter e"。同时，我们也发现琼斯的篇末结语（But，gentle reader，if you wish to learn how that miracle was accomplished you will have to wait for the next chapter…)多么熟悉,一如英文版的"欲知后事,请听下回分解"。对比霍克思《石头记》第一回的结尾"If you wish to know what further calamity this portended, you will have to read the following chapter"(Hawkes, Vol.1. p. 66),其模仿的痕迹是明显的。

此篇的后半部琼斯借用曹雪芹以无材补天之石与空空道人之间的对话来点明己作与众不同的价值所在的情节,安排廷尼·凯恩来质疑石兄(Brother Rock)《众生的教育》的创作方式及其意义与价值,并以石头之口向读者解释自己的创作安排与意图及其中所隐含的超前理念,并提醒读者注意书中无处不在的文字游戏及暗示象征语。

可以说《众生的教育》虚实相间,在作品的布局谋篇上受霍克思《石头记》启发的痕迹非常明显,难怪琼斯会说自己的创作是"一个新的版本"(this new version)①,也许可以称作设计版的《石头记》?琼斯在《众生的教育》开篇第一页左边写下了一段文字直接说明了文章与霍克思《石头记》的关系,值得在此全文引用:"这篇文章的一些虽小但却重要的部分均借自企鹅出版社 1973 年出版的霍克思《石头记》第一卷。非常感谢大卫·霍克思鼓励我尝试这一新的版本。"②

(2)霍克思《来自不信神祖父的信札》

最为神奇的或许是译者霍克思本人的文学创作也深受《石头记》影响。他2004 年圣诞在香港自费出版的书信体散文集《来自不信神祖父的信札》(*Letters from a Godless Grandfather*),既是霍克思生前出版的最后一本论著,又是霍克思唯一一部非学术性的作品。虽然书中传达的内容不失严肃,包含了作者对人类语言、宗教和历史文化的最新思考,但其行文用语相对轻松随意,并且脱去学术写作的严谨,虚实相间、虚构与史实相连。此书极其珍贵,霍克思只印行了 500 本,每本均有编号分送友人。③

---

① John Chris Jones, "The Education of Everyone," *The Internet and Everyone*, London: Ellipsis London Ltd., 2000, p.444.
② Ibid.
③ 笔者手中是标号第 73 本的《来自不信神祖父的信札》,蒙艾瑞克先生(Eric Abrahamsen,1978—)转赠。艾瑞克,汉名陶健,美国汉学家兼翻译家,曾在中央民族大学学习中文。自 2001 年来中国,近十年来致力于中国文学的对外推广工作。他的译有王波的《我的精神家园》(*My Spiritual Homeland*)、徐则臣的《跑步穿过中关村》(*Running Through Zhongguancun*)和为企鹅书局翻译的王晓方的《公务员笔记》(*Notes of a Civil Servant*)。

与琼斯不同,霍克思在他的书信集中没有套用曹雪芹《红楼梦》的整个叙事模式,也没有渗入超自然力,他主要模仿的是曹雪芹虚实相生的写作手法。全书以虚构小说的形式展开,但书中很多细节的描写却又能与霍克思本人的生活片段相吻合。尤其是书信前的序言或者可以叫做它的开场白真假莫辨,能立时吸引住读者,让人不禁想起曹雪芹的《红楼梦》开篇处理。在《红楼梦》研究中,自吴世昌提出开篇一段为曹弟棠村所作之序以来,几成定论。霍克思动手翻译卷一时也同意此见,但1980年的论文《译者、宝鉴和梦——谈对某一新理论的看法》中霍克思有了不同的看法,它认为此开篇一段实就是曹雪芹虚幌一招,他"代表书中虚拟的人物——半生潦倒的浪荡子,在怀着恋旧与悔恨的心理追忆自己那曾经快乐但却负罪固多的青年时代。'绳床瓦灶''假语村言'既不属于曹雪芹也不属于其父辈中的某位曹家人或是任何一位活着的人,而是属于小说中那虚构的人物,即曹雪芹创造出来的叙述人或者说小说想象中的作者"①。

具体分析,霍克思的序言落款很奇怪,不是通常的D.H.而是H.D.,让读者自阅读一开始就不敢坐实一切。可是序言中这个H.D.的回忆又给人似曾相识的感觉,H.D.几年前受旧日同事之邀前往澳大利亚的堪培拉六七周,为同事执管的某个私立学院的一群年轻的毕业生做一些非正式的指导(informal instruction)。H.D.说学院给他提供了附近的一个小客舍,但他大多数周末与自己的侄儿一家一块儿度过,侄儿一家那时住在堪培拉这个大城市的外郊,家的旁边就是一丛灌木。侄儿家中有两个孩子,还养着两只狗。这一叙述不禁让人想起霍克思1979年下半年在堪培拉的经历。当年9月17日,刚译完《红楼梦》的霍克思携着妻子琼抵达澳大利亚的堪培拉看望女儿瑞吉儿一家。这期间受友人柳存仁(Liu Ts'un-yan)邀请,"分别于10月11日、11月8日和11月21日为澳大利亚国立大学的学生们作了三场关于《红楼梦》的公开讲座(public seminar)"②。柳存仁当时是该校教授、汉学系的主任,他是不是就是H.D.口中那个所谓的执管一所私立学院的"同事"?而柳存仁口中的"公开讲座"是不是H.D.所谓的"非正式的指导"?甚

---

① David Hawkes,"The Translator,the Mirror and the Dream—Some Observations on a New Theory,"John Minford & Siu-kit Wong ed. *Classic*, *Modern and Humane*: *Essays in Chinese Literature*, Hong Kong: the Chinese University Press,1989,p.179.

② Liu Ts'un-yan,"Green-stone and Quince,"Rachel May & John Minford ed., *A Birthday Book for Brother Stone*: *For David Hawkes*, *at Eighty*, Hong Kong: The Chinese University Press,2003,p.49.

至10月至11月底的时间跨度也正好与H.D.口中的六七周相符。那侄儿一家是不是女儿瑞吉儿一家？瑞吉儿与闵福德不也正好是两个孩子吗？类似的问题我们可以一直问下去，如果有兴趣的话。

  H.D.接下来的叙述更是真假难辨，他告诉我们他所发表的这些书信是他此次堪培拉之行结束的饯行会上遇到的一个年轻人托交于他的。H.D.连这位年轻人的姓名也不知道，这些书信是这个只有一面之缘的年轻人翌日赶在H.D.上飞机前送来的，是年轻人还在学生时代时其祖父寄给他的一些信件。年轻人请求H.D.代为发表，如果不能发表也请他代为保管，因为自己已留有影印本。在飞机上匆匆读了一两篇，H.D.觉得不适宜发表。回到伦敦后一忙就是三年，三年后的一次春季大扫除才让这些亲笔信又浮现在H.D.眼前。这次细读，H.D.决定为自己的忽视与粗心做些补偿，于是就有了H.D.费尽千辛终于呈在读者眼前的这个怪异但善良同时充满学究味的老人的来信。故事这样叙述下去，我们觉得紧张、有趣，这个颇神秘的开局，这个祖父与孙儿间的通信设计令后文探讨语言、宗教与历史文化等思想的干巴巴的书信带上了那么一点儿人情味。书中的叙述有多少是真实的，在没有确切掌握当年霍克思具体生活细节的情况下，我们难以定夺，但有一点是可以肯定的，这些虚构的叙述中带有霍克思生活经历的影子。譬如，H.D.说这些信件因为年轻人当年在每封信头粘上了纸条为信件编号与取题而遮盖了信件的原地址与日期，并猜测"这些信件大约写于上世纪的八九十年代"①，这不由让人觉得不是猜测，而是实言。因为霍克思的《来自不信神祖父的信札》出版于2004年，他的这些信件从语言谈到宗教再谈到历史文化，涉猎范围广泛，是经过深思熟虑之作，不可能是一两年内写出的，极有可能是在20世纪撰写的。再加之他去堪培拉是在1979年，这些故事发生在其到堪培拉之后，那么信件的最早时间自然是20世纪80年代了。而从这些信件的具体写作环境来看，信中的祖父隐居在深山，生存环境极其简陋，取水与用电都极为不便，这不禁让人想起霍克思1983年开始的隐居威尔士山林的生活，他和妻子琼直到90年代中后期才搬回牛津，不是也正好与H.D.所猜测的写作时间相符吗？而且信中的祖父研究威尔士语及宗教，不是也与霍克思

---

① H.D., "Preface," David Hawkes, *Letters from a Godless Grandfather*, Hong Kong, Christmas 2004, p.ⅳ.

隐居时的研究与关注点相同吗？

　　正文共有 31 封信件,从威尔士语言、《圣经》、《可兰经》、犹太历史、耶稣到达尔文、信仰、战争、隐形的世界、科学及道德等话题展开深入探讨。这些信件在表达真知灼见的同时交织着不少事实,如第 28 封信祖父与孙子谈论战争问题时也提及了自己的成长经历,这个祖父的回忆经历竟与霍克思本人的情况那么相符。祖父说他"出生在 1914—1918 年战争结束后差不多 5 年的时候"①,我们算算正好是 1923 年,与霍克思的出生年份相同。祖父说"我是六个孩子中最大的一个"②,这也与《名人传》(Who's who)中有关霍克思的介绍"下有弟妹五人"③相符。书中很多见解非常深刻,有关中国、有关宗教信仰等话题也是非霍克思这样汉学功底深厚的大家无法写出的。那么,此书实为霍克思所作? 可是书前明言是他人之作! 这虚实之中,让人感慨霍克思运用《红楼梦》手法的娴熟。

---

① David Hawkes, *Letters from a Godless Grandfather*, Hong Kong, Christmas 2004, p.252.
② Ibid., p.252.
③ *Who's who 1990, An Annual Biographical Dictionary, One Hundred and Thirty-sixth Year of Issue*, New York: St.Martin's Press, 1990, p.1014.

第五章 中国古代戏剧在20世纪英国的翻译、评述及影响

第一节 中国古代戏剧在 20 世纪英国的翻译研究

翻译在英格兰文化构建中至关重要。有人说,英格兰民族文化最终依赖翻译形成。美国天普大学(Temple University)劳伦斯·韦努蒂(Lawrence Venuti,1953—)提出英美文化翻译史是一部异质文化的归化(domestication of cultural alterity)史,是将外国文化用于本民族文化、经济和政治事务过程中①的观点。如此看来,中国古代戏剧英译便不仅仅是向英国介绍某种外来文化,还在特定时期对某些英国人产生深远影响,比如哈罗德·阿克顿便曾沉浸其中寻找精神家园。任何中国古代戏剧译本,无论质量如何,译者采取何种翻译策略,都具有值得关注的研究价值。

一、从英国官方意愿到创造性叛逆

中国古代戏剧在英国的传播经历了 18 世纪"中国式风格"乌托邦时期、19 世纪贬抑占主流的异托邦时期,至 20 世纪蔚为大观。然而,英国官方授权委员会评估中国学教研满足商业、外交情况并发表 5 份官方报告,以确定研究投入的额度。仔细检阅这些研究报告,我们出乎意料地发现,中国古代戏剧在英国的翻译情况与报告支持力度难以成正比。

---

① Roger Ellis & Liz Oakley-Brown 编:《翻译与民族:英格兰的文化政治》,北京:外语教学与研究出版社,2006 年,第 8 页。

(一) 主流的异托邦：中国古代戏剧在 19 世纪英国的翻译

19 世纪前后，启蒙思想家神往的"中国式风格"走到尽头，欧洲欢迎中国的热潮逐渐告退。嘲讽者不断抨击中国昔日辉煌，西方 18 世纪幻想的中国乌托邦渐渐破灭。加上英国海外领土扩张令其综合国力、贸易实力逐渐增强，优越感随之而来，自然开始鄙视中国，中国人和中国文化受到空前贬抑。这时，西方传教士、外交官和商人纷纷来华创办刊物、翻译著书，研究相继出现。有些人在公务之余收集、翻译中国古代戏剧，难以摆脱意识形态影响，将之视为幼稚、拙劣的艺术，构建了一种异托邦形象。

德庇时总结了 1692 年至 1917 年欧洲外交使者及旅游者对中国古代戏剧的所见所闻，著述《中国戏剧及其舞台表现简介》，描述戏班子结构、演出场合与表演手法等，呼吁"即使从中英两国商业方面考虑，也要重视中国文学"。他翻译了《老生儿》(*Laou-seng-urh*, or, *An Heir in His Age*, *A Chinese Drama*, 1917)、《汉宫秋》(*Han koong qiu*, or, *the Sorrow of Han*, *a Chinese Tragedy*, 1821)等剧。1869 年，伦敦蓝肯合公司(Ranken and Company)出版亚历山大·罗伯特(Robert Alexander)所译五幕戏《貂蝉：一出中国戏》(*Teaou-Shin*; *A Drama From The Chinese*)。1895 年，乔治·亚当斯(George Adams)在《十九世纪》(*The Nineteenth Century*)(1895，1~6 号，第 510 页)中发表《中国戏曲》(*The Chinese Drama*)，选译元代剧作家郑光祖《㑇梅香》、郑廷玉《忍字记》及岳伯川《铁拐李》。可惜只模糊保留了中国戏剧样式，省去了唱词。

这时还有一些概括介绍中国古代戏剧作品的著作，如 1821 年伦敦约翰·默里公司出版托马斯·斯当东爵士译图理琛《异域录》①(*Narrative of the Chinese Embassy to the Khan of the Tourgouth Tartars*, *in the years* 1712, 13, 14 & 15)。附录 2 收有四部中国古代戏剧简介：第 243~246 页元代关汉卿四幕悲剧《窦娥冤》的梗概译文，题为《士女血冤录》(*The Student's Daughter Renvenged*)；第 246 页有三国戏《刘备招亲》剧中人物表；第 247~248 页载曾瑞卿《王月英元夜留鞋记》(*Leaving A Slipper*, *On The New Moon*)剧中人物表与剧本梗概；第 247~248 页记关汉卿《望

---

① 本书即《杜尔扈特汗康熙使臣见闻录 1712—1715》。

江亭》(Curing Fish On The Banks Of The River in Autumn)剧中人物表及故事梗概。

殖民者依靠坚船利炮战胜清朝政府,打破中华帝国神话。中国国运沉浮变化令其对中国戏剧态度突转,由乌托邦转为异托邦。他们虽有充足的戏剧译本、直接观剧经验、接触第一手研究成果等条件,却据其喜好任意删减作品,忽略、轻视中国古代戏剧研究,有的只译宾白,有的只译唱词,建构异托邦中国形象。19世纪英国乃至欧洲依然没有真正学术意义上的中国古代戏剧研究。其更深入、广泛的翻译研究,只好等到20世纪。

(二) 英国官方出乎意料:5份中国学研究报告背景下的中国古代戏剧翻译

中国古代戏剧在英国的翻译与当时英国中国学背景休戚相关。20世纪英官方多次授权委员会评估中国学教研满足商业、外交需要的具体情况,发表了5份官方报告:《雷伊报告》(The Reay Report, 1909)、《斯卡伯勒报告》(The Scarborough Report, 1945)、《海特报告》(The Hayter Report, 1961)、《帕克报告》(The Parker Report, 1986)、《霍德-威廉斯报告》(The Hodder-Williams Report, 1993)。

史景迁认为西方人对中国的兴趣与中国历史现实无关:他们对清朝灭亡无动于衷,也不会为1949年共产党胜利及中国社会变革激动,作家多在感到自己所处文化前途未卜时着手研究中国①。两次世界大战给欧洲人带来难以弥补的精神创伤,沉重打击了其自信心、优越感,在反省自身文明时,一些有识之士把中国哲学、文化当作拯救的出路。

英文版《诗经》(Book of Song)、《论语》(The Confucian Analects)在布鲁姆斯伯里文化圈(the loomsbury group)产生共鸣,英国皇家学会(Royal Academy)在伯灵宫(Burlington House)举办中国展览②(Chinese Exhibition, 1935—1936),阿瑟·韦利翻译中国诗歌、散文(1919年前后出版)等,都激起英国学者研究中国文化的兴趣。日本侵华战争及其他国际事务也促使英国人开始关注中国。1939年前后,

---

① 史景迁:《文化类同与文化利用——世界文化总体对话中的中国形象》,廖世奇、彭小樵译,北京:北京大学出版社,1990年,第144~145页。
② 象征清朝优雅收藏的玉器、青铜器、瓷器和绘画在伦敦的展览唤醒了英国大众承认中国汉、唐、宋代文明存在的观念。Dr Michael Loewe, "The Origins and Growth of Chinese Studies in the U.K.," *European Association of Chinese Studies Survey*, No.7, 1998.

英国政府感到国内汉语翻译人才匮乏,无法满足军事需要,有必要在高校设立汉学职位,研究中国历史,改变几个世纪以来对它的漠视。各高校还相继设置文言、现代文语言课程,中国学在英国得以发展①。

东方研究学院(The School of Oriental Studies)在《雷伊报告》促进下成立,1916年改名东方和亚非研究学院(The School of Oriental and African Studies),以深入广泛地研究古今亚非人及其文学、历史、宗教、法律、传统习俗、艺术等为宗旨,成为伦敦中国学研究中心。1931年,伦敦各高校以中国义和团运动赔款为专项基金成立中国委员会,负责安排中英学术互访,鼓励学术合作,加强文化关系。然而,由于特定历史环境最终难以实现,英国便用这项基金建立了中国藏书馆。

1945年的《斯卡伯勒报告》比《雷伊报告》影响更为深远。报告坚持以互相尊重文化生活、思维方式为基础,以建立亚非、东欧与斯拉夫的全新关系为目标,关注各国语言教学,尽可能向英国解释各国不同的生活方式:包括各国人如何生活,各国历史、说话方式、提问方式等。更关键的是,《斯卡伯勒报告》建议英国政府应坚持拨款,保证东方及亚洲研究在伦敦持续发展,并在苏格兰、英格兰各高校设立相应机构,促进专门领域的研究。《斯卡伯勒报告》的批准为中国学在英国的发展带来希望,研究成果逐渐丰富。高校各学院、机构委员会与学者纷纷合作,召开各种会议。很多英格兰人投身亚非考察,中国藏书馆、汉学职位大大增加,英国训练出了新一代中国语言文学研究者。1948年剑桥召开初级汉学会议(Junior Sinologues),1968年成立欧洲中国学协会(European Association of Chinese Studies),1976年成立英国中国学协会(The British Association of Chinese Studies),牛津大学、剑桥大学、伦敦大学等开设多种中国文学课程,培养出一批学士、硕士和博士,学术成果颇为可观。

1961年威廉·海特(Sir William Hayter)主席团建立中国研究会(Chinese Studies),但当时的政治事件迫使英国政府与高校均采取与前期截然不同的态度。英国中国学研究逐渐由社会科学研究转移到政治研究中,甚至还引发了高校是否有必要继续保存中国学经济、地理、现代历史研究等部门的讨论。1968年东方与

---

① Dr Michael Loewe,"The Origins and Growth of Chinese Studies in the U.K.," *European Association of Chinese Studies Survey*, No.7, 1998.

亚非研究学院成立当代中国研究机构,1980年在牛津伊丽莎白女王大厦设立中国研究中心(Chinese Centre),并将1960年发行的刊物《中国季刊》(The China Quarterly)作为会刊。除利兹大学外,其他大学选修中国学的毕业生数量很少。后来负责日常学术资金的委员发现此状态,便逐渐减少中国学研究开支。20世纪70年代后期中国学受到越来越激烈的攻击,有些中国学研究职位也空缺下来,即使现职人员也接受了早点退休的建议,中国语言教学在英国逐渐沉寂。

1986年《帕克报告》发表,蒋经国基金会(Chiang Ching-kuo Foundation)在英国成立。《帕克报告》试图改变《海特报告》仅仅训练汉语日常对话、培养处理某些文件的职业型人才的局面。经过慎重考虑,英国政府仍坚持汉学应尊重英国实际,关注商业外交需求。《帕克报告》比《海特报告》有些进步,可惜影响并不深远。目前中国学在英国各高校均以学习而并非学术为目标,不为学生提供学术训练机会,以日常对话技巧或语言职业训练为主①。

由以上论述可知,英国官方5份报告对中国文学、文化研究的支持力度从大到小排列顺序如下:第一阶段,1946—1961年(《斯卡伯勒报告》至《海特报告》);第二阶段,1909—1945年(《雷伊报告》至《斯卡伯勒报告》);第三阶段,1987—1997年(《帕克报告》至《霍德-威廉斯报告》);第四阶段,1962—1986年(《海特报告》至《帕克报告》)。然而中国古代戏剧在英国译介研究的繁荣状况与他们的意图并不相符。20世纪英国中国古代戏剧译介研究情况见下表:

时间	1909—1945年	1946—1961年	1962—1986年	1987—1997年
译介研究成果数	3	3	26	5

其中20世纪英国投身译介研究中国古代戏剧的学者分布情况见下表:

时间	1909—1945年	1946—1961年	1962—1986年	1987—1997年
译介研究学者数	11	4	7	3

综合以上三种情况可知,由于英国官方对中国研究多基于商业、外交等方面的考量,投身中国古代戏剧译介的英国学者总人数偏少。甚至《海特报告》后,一些学者如韩南、白之、刘若愚等还离开英国投奔美国,只有龙彼得、杜威廉坚守中

---

① Dr Michael Loewe, "The Origins and Growth of Chinese Studies in the U.K.," *European Association of Chinese Studies Survey*, No.7, 1998.

国古代戏剧译介研究阵地。幸运的是,蒋经国国际基金会在爱丁堡大学设立,专门资助英国研究中国文学、文化,龙彼得成为牛津大学汉学教授,中国古代戏剧在英国的研究水准才不至于落后其他欧美国家。

(三) 百花齐放的翻译现状:概述 20 世纪中国古代戏剧在英国的译介

20 世纪中国古代戏剧在英国的译本相对丰富。译者或以原作为中心,或以英国社会环境为中心,或游弋其中,把中国古代戏剧作品辗转带到英国,使其在新的语言、民族、社会、历史环境中获得生命力,为英国文学注入新鲜血液。然而中国古代戏剧形式独特,综合散体、韵体,有些唱词与诗歌无异,译者无所适从——保存了内容,却破坏了形式;照顾了形式,却又损坏了内容。为使英国读者把握原作艺术效果,译者体会原作者的创作情形,在个体思想、感情、生活体验中寻找适合的印证,发挥个体创造性用另一种语言进行文化美学诠释。正如法国文学社会学家埃斯卡皮(Robert Escarpit)所说"翻译总是一种创造性的叛逆"①。

中国古代戏剧在 20 世纪英国的翻译形态,具体表现为:

第一,梗概简介。20 世纪初期,有些译者以故事梗概形式对某些中国古代戏剧作品进行简单译介。1901 年,英国汉学家翟理斯在《中国文学史》有关戏剧章节中对《赵氏孤儿》《琵琶记》进行介绍。1927 年梁县出版社出版了 *A History of the Religious Beliefs and Philosophical Opinions from the Beginning to the Present Time* 一书,这是倭纳②从戴遂良(Dr. Leo Wieger,1856—1933)的法译本《中国古今宗教信仰史和哲学观》转译而来的。其中第 744~745 页收有无名氏《朱砂檐》科白摘译和简介,第 747 页有元代郑光祖《倩女离魂》译介,第 748 页收乔孟符喜剧《两世姻缘》梗概介绍③。此类中国古代戏剧翻译形式只粗略地保存了剧作故事情节,流失了其戏剧审美特色。

第二,选译。选译属于节译的一种,节译原因很多,可能为适应接受国习惯、风俗,可能为迎合接受国读者趣味,可能为了便于传播,或出于政治、道德等因素

---

① [法]埃斯卡皮:《文学社会学》,王美华、于沛译,合肥:安徽文艺出版社,1987 年,第 137 页。
② 倭纳曾于光绪十年(1884)来中国,历任英国驻北京及其他各地的领事,后曾任清政府历史编修官和中国历史学会会长,是研究中国历史的专家。
③ 参见王丽娜编著:《中国古典小说戏曲名著在国外》,上海:学林出版社,1988 年,第 498、502、499 页。

考虑①。中国古代戏剧在英国选译分为两种情况。一是其他国家学者剧作选译本在英国出版。比如，1925 年，美国马里兰大学比较文学教授祖克②（A. E. Zucker,1890—1971）所著《中国戏剧》③（*The Chinese Theatre*）在伦敦出版，其中第 41 页载《窦娥冤》第 3 折《斩窦娥》节译文④。二是英国学者对中国古代戏剧节译。1939 年，第 8 卷（Ⅷ）4 月号《天下月刊》第 360～372 页发表哈罗德·阿克顿选译明代汤显祖五十五幕戏剧《牡丹亭》之《春香闹塾》（*Ch'un hsiang Nao Hshueh*），译文前有剧本内容介绍。杜威廉选译的朱有燉院本《神仙会》、南戏《张协状元》序幕、董解元《西厢记诸宫调》、王实甫元杂剧《西厢记》、高明南戏《琵琶记》、南戏《小屠孙》序幕、南戏《宦门弟子错立身》序幕、《琵琶记》序幕、汤显祖传奇剧《牡丹亭》、洪昇《长生殿》、孔尚任《桃花扇》、老生戏《捉放曹》、梁启超《新罗马》、曹禺《雷雨》、田汉《关汉卿》、朱素臣《十五贯》和《沙家浜》，收入其在英国伦敦埃里克公司（P. Elek）出版的《中国戏剧史》（*A history of Chinese Drama*）中。他还选译了《苏武牧羊》一幕《望乡》（"Gazing Homewards": One Scene from a Traditional Chinese Play⑤）。

第三，转译。转译指译者借助一种媒介语翻译另一种外语国文学作品。在大多数情况下，转译都是不得已而为之，尤其在翻译非通用语种国家作品时，因为任何国家都不可能拥有一批通晓各种非通用语种译者。然而文学翻译又如此复杂，译者们在从事具有再创造性文学翻译时，不可避免地融入译者本人对原作的理解和阐述，甚至融入译者的语言风格、人生经验乃至个人气质。因此，通过媒介语转译其他国家文学作品会产生"二度变形"，就不难理解了。⑥ 20 世纪英国学者对中国古代戏剧的转译，包括上文已提及的 1927 年倭纳据戴遂良的法译文转译的《中国古今宗教信仰史和哲学观》，其中收有部分中国古剧的摘译及简介。另外，1929 年伦敦海纳曼出版社刊行詹姆斯·拉弗（James Laver,1899—1975）翻译的元

---

① 谢天振：《翻译研究新视野》，青岛：青岛出版社，2003 年，第 76 页。
② 祖克教授曾经在北京协和医科大学（Peking Union Medical College）当英语副教授。
③ 本书同时在美国由波士顿特尔·布朗公司（Boston, Little Brown and Co.）出版。
④ 王丽娜编著：《中国古典小说戏曲名著在国外》，上海：学林出版社，1988 年，第 537 页。
⑤ William Dolby, "Gazing Homewards: One Scene from a Traditional Chinese Play," *Asian Theatre Journal*, Vol.7, No.1 (Spring, 1990), pp.76-94.
⑥ 谢天振：《翻译研究新视野》，青岛：青岛出版社，2003 年，第 78 页。

代李行道《灰阑记》①(*The Circle of Chalk, a Play in Five Acts*)。该译本据阿尔弗雷德·亨施克(Alfred Henschke,1890—1928)德文改编本转译。1955 年,伦敦罗代尔出版社(Rodale Press)出版弗朗西斯·休姆(Frances Hume)由儒莲的法译文《赵氏孤儿》转译的《不同血缘的两兄弟》(*The Two Brother of Different sex, a story from the Chinese*)。

第四,直接全译本。中国古代戏剧在 20 世纪英国传播直接全译本是译者直接从中文翻译作品。此类译本完整地反映出其在 20 世纪英国的命运。大体分为两类:第一类,译者是英国人,或具有英国学术训练经历。比如 1901 年翟理斯在《中国文学史》中将京剧《彩配楼》译为 *Flowery Ball*②。1936 年,亨利·哈特(Henry H. Hart)翻译《西厢记:中世纪戏剧》(*The West Chamber, a Medieval Drama*)③,此译本将原剧分 15 折译出,书中有译者注释及威廉斯(Edward Thomas Williams)所作序言。1937 年,叶女士④将其所译《莺莺传》选入本人编《中国唐代散文文学》(*Chinese Prose Literature of the Tang Period A. D. 618-906*)⑤。

英国汉学家哈罗德·阿克顿是中国戏剧的热情献身者⑥,雄心勃勃地着手翻译中国文学作品,满怀信心地憧憬中国文学在英国被广为接受。他曾独立翻译汤显祖 55 幕戏剧《牡丹亭》一幕:《春香闹塾》(*Ch'un hsiang Nao Hshueh*)⑦,1937 年与美国汉学家阿灵顿(L. C. Arlington)合作编译《中国名剧》(*Famous Chinese Plays*),由中国北平的亨利·魏智(Henri Vetch,1898—1978)法文图书馆出版,书中收有京剧《战宛城》《长坂坡》《击鼓骂曹》《奇双会》《妻党同恶报》《庆顶珠》《捉放曹》《珠帘寨》《状元谱》《黄鹤楼》《一捧雪》《雪孟缘》《打城隍》《翠屏山》的英译及另外一些剧本的英文概要。他与陈世骧(Chen Shih-hsiang)合译的清代孔

---

① 李行道所著的《灰阑记》共四幕加一个楔子,詹姆斯·拉弗的转译本,从其名称 *The Circle of Chalk: a Play in Five Acts* 可以看出是五幕,共 107 页。
② Herbert Allen Giles,*A History of Chinese Literature*,New York and London:D. Appleton and Company,1909,pp. 264-268.
③ 该译本共 192 页,由加利福尼亚斯坦福大学出版社、伦敦 H. 米尔福德出版社及牛津大学出版社出版。
④ 叶女士生于中国,父亲是传教士,1933 年任伦敦大学汉文教授,专事研究中国文学。
⑤ 该著作由阿瑟·普罗布斯瑟恩出版社出版,共 236 页。本译文收入其中第二卷第 191~201 页。
⑥ Harold Mario Mitchell Acton,*Memoirs of an Aesthete*,London:Methuen,1948,p. 354.
⑦ 该译文于 1939 年发表在《天下月刊》(*Tian Hsia Monthly*)第 8 卷(Ⅶ)4 月号的第 360~372 页,译文前有剧本内容介绍。

尚任《桃花扇》(The Peach Blossom Fan)于1976年由白之整理出版①。白之②除参与翻译《桃花扇》外，还翻译了汤显祖《牡丹亭》(The Peony Pavilion③)、《绿牡丹》(Lumudan, or The Green Penoy④)。白之编辑的《中国文学选》(Anthology of Chinese Literature: Volume I: From Early Times to the Fourteenth Century)于1965年由纽约格罗夫出版社出版，书中收入阿瑟·韦利翻译的《莺莺传》⑤。1979年，龙彼得在《欧洲汉学研究会不定期刊》(Occasional Pages, European Association of Chinese Studies)第2辑上发表《朱文：一个皮(纸)影戏本》(Chu Wen: A Play for the Shadow Theatre)⑥。

20世纪英国翻译中国古代戏剧作品最多的是杜威廉。他指出目前西方世界对中国古代戏剧的重要性、范围和性质，缺乏简单而公允的观念，其译著《中国古今八剧》(或译为《中国戏曲八种》) (Eight Chinese plays from the thirteenth century to the present) 于1978年由美国哥伦比亚大学出版社(Columbia University Press)出版，尽量选择不同类型的中国戏剧，力图向西方全面介绍中国戏剧。全书164页，包括院本《双医斗》、南戏《宦门子弟错立身》(Grandee's Son Takes the Wrong Career)、元杂剧《秋胡戏妻》(Qiu Hu Tries to Seduce His Own Wife)、《浣纱记》第7出、王九思杂剧《中山狼》(Wolf of Mount Zhong)、《买胭记》(Buying Rouge)、《霸王别姬》和川剧《评雪辨踪》(Identifying Footprints in the Snow)。他还翻译王实甫《苏小卿月夜贩茶船》("Tea-trading Ship" and the Tale of Shuang Chien and Su Little Lady)和《金蝶记》(Golden Butterflies: a Chinese Ballad of Romance)等作品。

第二类，国外一些学者、作家也在英国出版中国古代戏剧译本。比如1934年，熊式一(S. I. Hsiung)花了6周时间把中国旧戏《红棕鬣马》改编为《王宝川》

---

① 该书1976年由伯克莱加利福尼亚大学出版社(Berkeley, University of California Press)出版，共41出，其中前35出(加楔子)由阿克顿和陈世骧合译，后6出由白之翻译。
② 白之是韦利的学生，专事研究中国文学和语言，原在伦敦大学东方学院教中文，1960年流入美国，在加利福尼亚大学伯克莱分校任东亚系教授。因此也把白之看作是英国汉学家。
③ 1980年由美国印第安纳大学出版社(Indiana University Press)出版。
④ 见美国印第安纳大学出版 Eugene Chen Eoyang 和 Yaofu Lin 的《中国文学翻译》(Translating Chinese Literature)第156~177页。
⑤ 该书被列入"联合国代表著作集：中国丛书"，其中《莺莺传》收入"唐代短篇小说"第1章第190~199页。
⑥ 2007年，卢亚丽把此文翻译成中文，发表于《东南传播》第3期。

(*Lady Precious Stream*)由伦敦文艺性出版社麦勋书局(Methuen Publishing)出版。① 同年冬,熊式一亲自导演此剧,此后一周8场,连演3年900场,盛况空前。玛丽皇后携儿媳与孙女亲莅观看,外交大臣及各国使节陪同前往。后来此剧还在欧洲各国演出,并于1935年秋飞越大西洋,成为在百老汇上演的第一部中国戏。一年以后,他再度翻译王实甫《西厢记》②于伦敦出版,《莺莺传》译文亦附于书后。书中还有戈尔登·博顿利撰写的"序言"及熊式一撰写的"导言",并载多幅插图。1972年"企鹅丛书"出版刘君恩(Liu Jung-en)的《元杂剧六种》(*Six Yüan Plays:Stranslated with an Introduction*),其中收有《连环计》③(*Stratagem of Interlocking Rings*)、马致远《汉宫秋》(*Autumn in Han Palace*)、李好古《张生煮海》(*Chang Boils the Sea*)、关汉卿《窦娥冤》(*Injustice Done to Tou Ngo*)、纪君祥《赵氏孤儿》(*The Orphan of Chao*)和郑德辉《倩女离魂》(*The Soul of Ch'ien-nu Leave Her Body*)。剑桥赫弗出版社(W.Heffer and Sons)和伦敦威森出版社(Vision Press)刊行了黄琼玖(Josephine Huang Hung)主编的《儿童梨园》④(*Children of the pear garden:Five plays from the Chinese opera,translated and adapted from the Chinese*),其中收有京剧《梅龙镇》(*The Price of Wine*)、《九更天》(*One Missing Head*)、《玉堂春》(*The Faithful Harlot*)、《鸿鸾喜》(*Twice a Bride*)、《凤仪亭》(*Two Men on a String*)等。1972年,美国时钟雯(Shih Chung-wen)翻译《窦娥冤》(*Injustice to Tou O yüan:a Study and Translation*)由剑桥大学出版社出版,被列入"普林斯顿-剑桥中国语言研究"(Princeton-Cambridge Studies in Chinese Lingustics)。1976年,塔夫斯(Tuffs)大学中国语言文学系副教授陈荔荔(Chen Li-li)翻译的《董解元西厢记》(*Master Tung's Western Chamber Romance*)在伦敦出版,被列为"剑桥中国历史、文学与风俗研究丛书"之一。美国学者斯科特(A.C.Scott)⑤1957年出版了《中国经

---

① 1935年的梅休因出版社出版了 *Lady Precious Stream* 第2版,1936年出版了第3版,1941年出版了第5版,1946年出版了第6版,1949年出版了第8版,1952年出版了第9版,1960年出版了第10版。
② 1935年9月,汤良礼在上海主编的《人民论坛报》(*The People's Tribune*)的第5号(第10期第779~813页)上发表了熊式一花费11个月翻译的《莺莺传》,题作《西厢记》。
③ 即《锦云堂暗定连环计》,明代传奇为《连环记》。
④ 本书1971年就已经在台北美亚出版公司(Mei Ya Publication)出版了。
⑤ 斯科特二战后曾在南京的英国领事馆工作。

典戏剧》(The Classical Chinese Theatre),这本书在西语中对京剧总体介绍最有权威①。

第五,其他译本。中国古代戏剧20世纪在英国还有其他形式译本,比如伦敦米特雷出版社刊行了艾伦(ALan L. Wong)根据张其昀(Chang Chi Juen)改编本《赵氏孤儿》翻译的英译本,题为《中国孤儿:五幕戏剧》(The Orphan of China : Play of Five Acts and Prologue)。

二、两种文化张力中的交往

不同译者在相异历史时期翻译中国古代戏剧时有着特殊的动机。19世纪的英国译者受制于自身意识形态因素,多用归化翻译策略,构塑了殖民状态下不对称的权利关系。而20世纪英国的翻译则在中英两种文化张力下蜿蜒前行,努力构筑中英文化交流桥梁,以改写中国传统剧的熊式一、寻找精神家园的阿克顿及潜心研究的杜威廉为代表。

(一) 特定历史时期操控下的意识形态翻译

19世纪前后,英国势力不断增长,国内工业发展、海外领土扩张产生的优越感,致使贬华言论日盛,比如中国停滞不前,军事虚弱,中国人欺软怕硬,中国政府专制腐败,科学落后,道德素质低下,弃婴、溺婴普遍②,崇拜偶像,迷信盛行,对外部世界缺乏了解却又自高自大,甚至认证中国人阴险、不可思议、信奉异教、皮肤色素沉淀浓重,因而是低等民族,等等③。

启蒙思想家神往钦佩的"中国式风格"走到尽头,欧洲欢迎中国的热潮逐渐告退,"中国趣味"不断受到抨击。英国评论杂志《不列颠批评家》于1821年即指

---

① Daniel S.P. Yang, "book review: Eight Chinese Plays: From the 13th Century to the Present," *Bulletin of the School of Oriental and African Studies*, University of London, Vol.42, No.1(1979), p.193.
② 比利时耶稣会士卫方济(1651—1729),说北京每年弃婴的数字达到2万~3万人。约翰·巴罗爵士称1806年有9000名弃婴。乔治·斯汤顿爵士表示弃婴人数为2000。何柄棣在其权威性论著中认为,在中国的某些地区,一个家庭内有两个或两个以上女儿的情况是很少见的。
③ [英]雷蒙·道森(Raymond Dawson):《中国变色龙——对于欧洲中国文明观的分析》,北京:中华书局,2006年,第165页。

出,"在过去60年间关于中国人的舆论变化很大"①。何伟亚在《东方习俗与观念:英国首次赴华使团的计划与执行中的考虑》中指出:"从某种意义上讲,19世纪英国对中国的攻击是以前松散暴力行为的重复,早在英国枪口对准中国之前,中国已在文字中被摧毁。"②

19世纪之前主要由耶稣会士传播中国文化,自马嘎尔尼使团及阿美士德使团先后访华后,使团成员纷纷著书写作。马嘎尔尼使团中爱尼斯·安德逊(Aeneas Anderson)写作《英使访华录》(*A narrative of the British embassy to China in the years 1792,1793,and 1794;containing the various circumstances of the embassy,with accounts of customs and manners of the Chinese and a description of the country,towns,cities*,1795),乔治·斯当东(Sir George Leonard Staunton,1737—1801)有《英使谒见乾隆纪实》(*An Authentic Account of an Embassy from the King of Great Britain to the Emperor of China*,1797),约翰·巴罗(John Barrow)作《中国游记》(*Travels in China,containing descriptions, observations, and comparisons, made and collected in the course of a short residence at the imperial palace of Yuen-Min-Yuen, and on a subsequent journey through the country from Pekin to Canton*,1804),马嘎尔尼坚持写使华日记③,普劳德富特(William Jardine Proudfoot)撰《丁维提传记》(*Biographical Memoir of James Dinwiddie*,1868),塞缪尔·霍姆斯(Samuel Holmes)出版《随团纪行》(*The Journal of Mr Samuel Holmes, Serjeant-Major of the XIth Light Dragoons, During his Attendance, as One of the Guard on Lord Macartney's Embassy to China and Tartary*,1798),未出版的也有托马斯·斯当东和斯蒂芬·埃尔斯等赴华日记。阿美士德使团托马斯·斯当东④作《阿美士德勋爵使华记》(*Notes of Proceedings and Occurrences during the British Embassy to Peking in 1816*,1824),伊礼士(Henry Ellis)有

---

① Harold Mario Mitchell Acton,*Memoirs of an Aesthete*,London:Methuen,1948,p.365.
② 何伟亚:《东方习俗与观念:英国首次赴华使团的计划与执行中的考虑》(James Hevia, "Oriental Customs and Ideas: Considerations in the Planning and Execution of the First British Embassy to China"),香港:《中国社会科学季刊》,第7期(1994年5月),第145~146页;亦见张芝联主编:《中英通使二百周年学术讨论会论文集》,北京:中国社会科学出版社,1996年,第81页。
③ 在他去世后,由巴罗于1807年出版。1962年克兰默宾重新整理出版马嘎尔尼日记,标题为《赴华使团:马嘎尔尼勋爵的日记1793—1794》。
④ 小斯当东是阿美士德使团的副使之一。

《新近出使中国记事》(Journal of the Proceedings of the Embassy to China. London：John Murray，1817)，阿裨尔(Clarke Abel)则有《1816～1817赴华纪行》(Narrative of A Journey in the Interior of China, and of A Voyage to and from that Country, 1818)，马礼逊出版《1816年英国赴华使团纪要》(A memoir of the principal occurrences during an Embassy from the British Government to the court of China in the year 1816，1819)，德庇时(John Francis Davis)撰写《中国见闻录》①(Sketches of China：partly during an inland journey of four months, between Peking, Nanking, and Canton；with notices and observations relative to the present war, 1841)，巴兹尔·霍尔(Basil Hall)与约翰·麦克劳德(John Macleod)合著《随使航行纪事》(Account of a Voyage of Discovery to the West Coast of Corea and the Great Loo-choo Island；with an Appendix Containing Charts, and Various Hydrographical and Scientific Notices, 1818)，亨利·海恩坚持记随使日记等。使团(尤其是马嘎尔尼使团成员)著作促进英国认识中国，英国掀起了解、研究中国的热潮。随着汉语水平的提高②，一些人开始研究中文，一些则着手翻译。马六甲英华书院米怜(William Milne)创办了英文刊物《印中搜闻》(The Indo-Chinese Gleaner, 1818—1822)和《察世俗每月统纪传》(1815—1822)。戏剧方面，德庇时翻译《老生儿》(1817)和《汉宫秋》(1829)。阿普尔顿指出："随着19世纪的到来，真正的英国汉学也开始了。"③

鸦片战争爆发前，一些英国人公然为发动战争制造舆论。德庇时便曾担任阿美士德使团中文秘书、东印度公司广州特派员会主席、驻华第二商务监督、英国驻华全权代表、商务监督和香港总督等职位，其翻译行为不仅仅是一种"简单的语义转换"(a simple semantic subsitution)，还是一种复杂的重写过程。他受制于自身意识形态、源语文化与目的语文化强势/弱势感觉、所处时代的史学原则、文本语言本身、主流机构及意识形态对译者的期望、大众读者对翻译的接受等因素，翻译

---

① 德庇时是阿美士德使团的中文秘书，其《中国见闻录》内容部分是他随阿美士德使团在中国内地旅行的见闻。
② 两个使团回到英国后，学习中文的人多起来了。马嘎尔尼来华时，在英国还找不到能当中文翻译的人，因而副使斯当东到意大利拿不勒斯中国学院请了两位攻读神学的中国学生当翻译。使华期间小斯当东就随翻译学中文。19世纪初，除了斯当东，传教士马礼逊、米怜和马什曼以及其他一些英国人也学过中文。
③ 《不列颠批评家》(The British Critic)，新辑第15卷(1821)，第417页。

行为(the act of translating)便不再客观中立。因此,这一时期中国古代戏剧研究不可避免地被特定历史时期操控,其言说话语、研究观察时亦具殖民色彩。所译中国古代戏剧,实际进入一个复杂多元的权力网络,成为帝国主义时代西方[1]扩张下"低劣的他者"。

这一时期翻译中国古代戏剧多用归化策略,不以忠实为目标,强调按照接受者口味,特定历史时期文化、政治、意识形态需要调整译文,语言上表现为译者隐身不见,读者看不出翻译痕迹,因此语言透明通顺,构塑了殖民状态下不对称的权力关系。

(二)两种文化张力[2]中的交往:英国20世纪中国古代戏剧翻译动机

20世纪英国对中国古代戏剧的翻译在中英两种文化张力中蜿蜒前行,试图在创造性叛逆中构筑文化交流的桥梁,实现对话。其中哈罗德·阿克顿和杜威廉译介的中国古代戏剧作品最丰富。哈罗德·阿克顿是中国戏剧热情的献身者[3],常与英国大使馆随员西门·汉考特·史密斯(Simon Harcout Smith)出入茶馆戏院,在萧乾眼里,他"个子很高,为人谦逊,跟人谈话总低下身子,声音柔和,眼神里充满着理解和赞赏。他经常在前门戏园里或说书唱大鼓的场所出现,恨不得一头扎进中国文化里"[4]。卢沟桥事变后,中国陷入战争,朋友们纷纷逃难,阿克顿也收到慕尼黑方面离开中国的警告。他非常遗憾地回到欧洲,希望有一天能回北京度过余生,却终于抱憾终身。他雄心勃勃地翻译中国文学作品[5],1937年与美国

---

[1] 周宁认为此处西方是英国。他指出"西方"是个危险的概念,主要指西欧与北美。至于谁来代表西方,就中国形象而言,不同时代可能有不同国家地区,比如文艺复兴早期的意大利、地理大发现时代的伊比利亚半岛、文艺复兴晚期到启蒙时代的法国、浪漫主义时代的德国、帝国主义时代的英国与20世纪的美国。详见周宁、宋炳辉:《西方的中国形象研究——关于形象学学科领域与研究范例的对话》,《中国比较文学》2005年第2期。

[2] "张力"(tension)一词,最初来源于物理学。从物理学的角度讲,张力是物体受到两个相反方向的拉力作用时所产生于其内部而垂直于两个部分接触面上的互相牵动力,如悬挂重物的绳子和拉车的绳子内部就存在张力。张力是一种互相作用的力,是平衡态中的不平衡,不动之中的动态,是多种因素尤其是互相矛盾的因素之组合与相互作用力。详见葛校琴:《后现代语境下的译者主体性研究》,上海:上海译文出版社,2006年,第198页。

[3] Harold Mario Mitchell Acton, *Memoirs of an Aesthete*, London: Methuen, 1948, p.354.

[4] 萧乾:《悼艾克敦——一个唯美主义者的陨落》,《萧乾全集》,第四卷,武汉:湖北人民出版社,2005年,第813~817页。

[5] Harold Mario Mitchell Acton, *Memoirs of an Aesthete*, London: Methuen, 1948, p.365.

汉学家阿灵顿(L.C.Arlington)合作翻译编辑《中国名剧》(Famous Chinese Plays)由中国北平(现北京)Henri Vetch 出版,和陈世骧(Chen Shih-hsiang)合译清代孔尚任戏剧《桃花扇》(The peach Blossom Fan)于1976年由白之整理出版①。另外,他还单独翻译明代汤显祖五十五幕戏剧《牡丹亭》中的一幕《春香闹塾》(Ch'un hsiang Nao Hshueh)②。杜威廉选译的中国戏剧作品及译著《中国古今八剧》,前文已有展示。这些译本为英国读者了解与欣赏中国古代戏剧提供了帮助。

1.熊式一:改写中国传统剧

1934年7月,旅英华人熊式一的英文剧 Lady Precious Stream: An Old Chinese Play Done into English According to Its Traditional Style(《王宝川》③)在伦敦出版,很快销售一空。翌年2月重印第2版,1936年出第3版。④ 它从中国传统剧《平贵回窑》改写,呈现的是薛平贵从军、王宝川守寒窑、相认前的误会插曲、最终大团圆的故事,具有中国传统化的题材与故事模式。熊式一改译时,删改了旧剧中宣扬迷信、旧道德的部分内容。1933年7月,《王宝川》英译本脱稿,熊式一请当代英国著名文化人士艾伯克罗姆毕过目。没想到,艾氏对此剧爱不释手,认为英译《王宝川》堪称一部英语文学作品。艾氏高度评价熊式一流畅的英语文笔,同时深深地为其剧中人物所吸引,并为该剧作序。一些文学评论家也认为英译《王宝川》"具有一种精湛文化的标志",其作者为"丰富英语文学"做出了贡献。该剧上

---

① 该书1976年由伯克莱加利福尼亚大学出版社(Berkeley, University of California Press)出版,共41出,其中前35出(加楔子)由阿克顿和陈世骧合译,后6出由白之翻译。

② 该译文于1939年发表在《天下月刊》(Tian Hsia Monthly)第8卷4月号的第360~372页,译文前有剧本内容介绍。

③ 熊式一在《王宝川》中文版序中说:"许多人问我,为什么要把'王宝钏'改为'王宝川'呢?有人甚至在报上说我英文不通,把'钏'字译成 Stream。二十几年来,我认为假如这个人觉得'钏'字不应改为'川'字,也就不必和他谈文艺了。近来我发现了许多人,一见了'王宝川'三字,便立刻把'川'字改为'钏'字。所以我在某一次的宴会席上,要了一位朋友十元港币作为学费,捐给会中,告诉他就中文而言,'川'字已比'钏'字雅多了,译成了英文之后,Bracelet 或 Armlet 不登大雅之堂,而且都是双音字,Stream 既是单音字,而且可以入诗。"[熊式一:《王宝川》(中英文对照本)中译本序,北京:商务印书馆,2006年,第191~192页。]

④ 温源宁在《天下月刊》创刊号的"编者按"介绍:"今年十二月中国艺术国际展览将在伦敦开幕。一共有一千多件展品已从中国运往伦敦。这些展品包括瓷器、织锦、绘画、青铜器、古书籍和玉器。"(T'ien Hsia Monthly, Vol.I.No.1.August 1935, p.8) 1935年是中英文化交流重要的一年,民国政府在伦敦举办"中国年"。而熊式一英译《王宝川》于1934年出版并大获成功,为翌年伦敦举办"中国年"做了必要的预热功效。

演亦盛况空前。① 另外,熊式一翻译 Mencius Was a Bad Boy(《顽童孟子》)由伦敦的出版商 Lovau,Dickson & Thompson,Ltd.刊行。

1920 年熊式一从北京高等师范英文科毕业后,开始写作、翻译,在《小说月报》上发表小说剧作,翻译了萧伯纳《人与超人》、哈代《卡斯特桥市长》、巴里《彼里·潘》和《可敬佩的克莱敦》等。徐志摩对其大为赏识,称之中国研究英国戏剧第一人。1932 年底熊式一远赴英伦,让西方人见识了中国古典戏剧风采,纠正了西方人眼中裹小脚、吸鸦片、妻妾成群、野蛮残暴的中国人印象。他花了六周时间,以《王宝钏》的故事用英文写作《王宝川》②,开始屡遭波折,半年未上演。1934 年夏,被麦勋书局看中,成为热门话题。萧伯纳、毛姆、巴里、韦尔斯等大加赞扬,纷纷与之结交。同年冬天在伦敦演出,熊式一亲自导演,首演成功。此后一周 8 场,连演 3 年 900 场,盛况空前,伦敦人以争看《王宝川》为荣,惊动王室,玛丽皇后携儿媳和孙女(今伊丽莎白女王)亲往观看,外交大臣以及各国使节陪同前往。

林语堂为熊式一撰写书评,称赞英国深刻理解中国人的悠闲生活。"我们要考察此剧成功的因素有多少与原著相关,又有多少该归功于熊先生流畅的译文,熟谙中西戏剧技巧。"③他指出两点:其一,原作是独立的歌剧场景,同一天几乎不会上演不同场次,且即兴性强,不像西方戏剧那样剧情统一,按逻辑发展。其二,原剧主角由薛平贵变成王宝川。薛平贵在中国是人人皆知的英雄,虽缺少历史依据,但在中国民间,从贫穷到富贵的上升是讽刺人心与势利的绝妙话题。离家十八年后回来,为佩涅洛佩④主题提供了绝妙素材,类似尤利西斯长年漂泊后对妻

---

① 这部剧后来搬上美国舞台,但遭遇美国批评界的冷淡与民众的不满。国内有学者分析道:"6 年前看过梅兰芳的精美戏剧表演的百老汇和它获得各种演出陶冶了敏锐、精致的审美味觉的观众,自然将《宝》的演出放在梅兰芳为他们订下砝码的审美天平上去衡量,结果就是对该作品的不满和冷淡。"(吴戈:《中美戏剧交流的文化解读》,昆明:云南大学出版社,2006 年,第 137 页)1930 年 2 月梅兰芳赴美访问演出,盛况空前。
② 熊式一在该剧的"中文版序"说:1933 年春,伦敦大学聂柯尔教授提议,在中国旧剧中,找一出欧美人士可雅俗共赏的戏,改译成英文话剧。当时心中想译的,有三个剧本:第一个是《玉堂春》,第二个是《祝英台》,第三是《王宝钏》。经权衡,决定把后者改成英文话剧。对迷信、一夫多妻制、死刑,也不主张对外宣传,故对前后剧情,改动得很多。我又增加了一位外交大臣,好让他去招待西凉的代战公主,以免她到中国来掌兵权。熊式一著《王宝川》(中英文对照本)中译本序,北京:商务印书馆,2006 年,第 191~192 页。
③ *T'ien Hsia Monthly*,Vol.I.No.1 August 1935,p.106.
④ 《奥德赛》中等待奥德修斯回家的妻子。

子的考验,《汾河湾》亦如此。薛平贵后来被改编为唐朝的历史人物薛仁贵。林语堂还认为该剧没有标准原著参照,中英对照研究困难。"但有一点确定无疑,即熊先生并非毫无创造性,他是一个创造者。""那么准确、有学识、富有精神。"①熊式一最擅长将故事本身展现给英语观众。如当宰相谈及让女儿嫁给园丁时,耻辱的语调具有典型的英国风格,任何一位英国贵族都会反对子女与平民的婚姻。林语堂认为,没有这种翻译风格,这个剧不可能在伦敦舞台如此成功。

《王宝川》一时间成为中国舞台剧的杰作,中国成了"神龙出没,桃李争艳,梦幻储于金玉宝器之中,文化传于千变万化之后"的天仙国。而熊式一却声称这是误解,西方人应了解中国经典戏剧与通俗剧的区别,于是花了11个月把《西厢记》逐字逐句译成 The Romance of the Western Chamber,由伦敦 Methuen 公司 1935 年出版。在前言中指出,《王宝川》只是一出商业通俗戏,为文人雅士所不赏,《西厢记》才具有真正的艺术价值。"虽然无从得知真正作者,但它被公认为戏剧巨著。"熊式一收集、研读中国文学史上 17 种《西厢记》的不同版本后,决定采用金圣叹的对话和一个明版本诗文,逐字翻译。可是,西方读者却极其冷淡,无一家剧院上演。②

《西厢记》虽不卖座,但萧伯纳予以支持:"我爱《西厢记》远胜于《王宝川》。《王宝川》不过是旧式传奇剧罢了,《西厢记》则和英国古代最佳舞台诗剧并驾齐驱,只有 13 世纪的中国才能产生。"《西厢记》后来成为英美高校学习汉语的教材。③

---

① *T'ien Hsia Monthly*, Vol .I.No.1.August 1935, p.108.
② 戏剧大师萧伯纳在正式答复熊式一征求《西厢记》意见的信时,用比较的方式,充分肯定了《西厢记》:"我非常喜欢《西厢记》。与《西厢记》相比,《王宝川》仅是一出大轰大嗡的情节戏,而《西厢记》则是一出令人欣喜的诗剧,跟我们那些最优秀的中世纪戏剧很相像。要演出《西厢记》,需要极精雅的表演艺术。这恐怕只有中国在 13 世纪时才能做到。"(熊式一英文剧《大学教授》后记,1939 年)
③ 熊式一:《王宝川》(中英文对照本)中译本序,北京:商务印书馆,2006 年,第 2~3 页。

2.阿克顿:寻找精神家园

1932年,英国作家哈罗德·阿克顿[1]痴迷中国文化,在北京大学教授英国文学七年,与陈世骧合作翻译《中国现代诗选》(*Modern Chinese Poetry*),把中国文学、文化介绍给西方。1937年3月,他与阿灵顿(Lewis Charles Arlington)合作,把33折京剧译成英文,集为《中国名剧》(*Famous Chinese Plays*),还翻译《桃花扇》《春香闹学》等剧。

阿克顿是个京剧迷,曾研究梅兰芳《霸王别姬》的舞蹈艺术,观赏北昆武生侯永奎的《武松打虎》,并与程砚秋、李少春等有交往。美国女诗人、《诗刊》主编哈丽特·蒙罗第二次来华时,阿克顿请她看京剧,锣钹齐鸣,胡琴尖细,蒙罗无法忍受,手捂耳朵仓皇逃走。阿克顿对此解释说:西方人肉食者鄙,因此需要宁静;中国人素食品多,因此喜爱热闹。"而我吃了几年中国饭菜后,响锣紧鼓对我的神经是甜蜜的安慰。在阴霾的日子,只有这种音乐才能恢复心灵的安宁。西方音乐在我听来已像葬礼曲。"[2]这段趣事被阿克顿写进小说《牡丹与马驹》(*Peonies and Ponies*,1941)之中。阿克顿一直把中国古代戏剧当作他的理想艺术,对中国古代戏剧的投入不仅实现了其东方救赎,还为英国读者介绍中国的流行文学。

第一,中国古代戏剧翻译是阿克顿东方救赎的一剂良药。两次世界大战使欧洲人价值观紊乱,"爱美者"[3]哈罗德·阿克顿认为世界颠倒无序,西方世界充满了悲观失望情绪,难以找到心灵归宿。他以贵族化心态包装中国梦,在北京找到自己的精神家园。特别是中国古典戏剧,与意大利即兴喜剧、俄罗斯芭蕾艺术一样富有本土特色,其融汇中国文化气质,宏大而不失庄严、含蓄而充满象征、规整

---

[1] 哈罗德·阿克顿爵士(Sir Harold Acton,1904—1994),出生于意大利佛罗伦萨,英国艺术史家、作家、诗人,曾受业于伊顿、牛津等名校。1932年起他游历欧美、中国、日本等地。早年在牛津、巴黎、佛罗伦萨研究西方艺术,暮年于佛罗伦萨郊外一处祖传宫殿颐养天年。著有诗集《水族馆》(*Aquarium*,1923)、《混乱无序》(*This Chaos*,1930)等,小说《牡丹与马驹》、《一报还一报及其他故事集》(*Tit for Tat and Other Tales*,1972),以及历史研究《最后的美第琪》(*The Last Medici*,1932)、《那不勒斯的波旁朝人》(*The Bourbons of Naples*,1956)。另外尚有两部自传,《一个爱美者的回忆》(*Memoirs of an Aesthete*,1948)与《回忆续录》(*More Memoirs*,1970)。也有人将他的名字译为艾克敦。

[2] 赵毅衡:《西出洋关》,北京:中国电影出版社,1998年,第48~49页。

[3] "爱美者"(aesthete)这个词经历了维多利亚时代之后,原本的意思被扭曲了,自王尔德之后,它有同性恋的不名誉暗示。但阿克顿却对其不以为意,认为自己是20世纪的人,不必拘泥于陈词滥调,认为对该词只取原来的意思。

而不失灵活,成为阿克顿的精神安慰,"只有这种音乐(响锣密鼓)才能恢复心灵安宁"①。中国古典戏剧为阿克顿提供他一直在寻找的综合艺术,是他自我救赎的一剂良药。"中日战争爆发后,慕尼黑方面警告我离开北京。我已投身翻译多年,待在房子里不出门,好像它就是我的爱人"②。

罗素、燕卜荪、瑞恰慈等人也来中国汲取东方哲学传统以救治西方危机,然而他们都回归西方,不能安心做中国人。虽然阿克顿并未完全摆脱西方人眼光,却能超越他们,愿意以中国人的身份在中国生活。"突然他们(英国的朋友)发现我是一个中国人:说话像,走路像。眼角向上扬……"③,"朋友坚持说我已经变成一个中国人了"④,具有中国气质的阿克顿在英国人看来已误入歧途,"好像我转错了弯,摔伤了两条腿,不得不学会走路"⑤,朋友们希望他早点丢掉中国气质回到西方世界。但四个月的欧洲生活使他感到欧洲艺术主要是一种职业治疗:为病人治疗的职业,对本质的漠视及琐屑的关注成为一种地方疾病⑥。

虽然现实使阿克顿认清自己的"中国梦"建立在幻影之上,但他仍希望在中国找到精神家园,逃避西方信仰危机。康有为的女儿康同璧(K'ang T'ung-pi) 1937 年为阿克顿画了一幅罗汉打坐图,称他"学冠西东,世号诗翁,亦耶亦佛,妙能汇通。是相非相,即心相通。五百添一,以待于公"。汇通耶佛,以中国梦实现其自我救赎正是阿克顿的精神境界。这位爱美家中西合璧的独特气质,在众多来华人士中独绽异彩。

第二,为了向英国读者呈现中国文学,阿克顿孜孜不倦地翻译中国古代戏剧。萧乾说:"像艾克敦那样热爱中国和中国文化的人,会在中西文化之间起些穿针引线的作用。"⑦其实阿克顿不仅在客观上起到穿针引线的作用⑧,向英国读者呈现中国文学是他主动而为之的计划。"我开始从事雄心勃勃的翻译工作,一卷新的

---

① 赵毅衡:《艾克敦:北京胡同里的贵族》,《西出洋关》,北京:中国电影出版社,1998 年,第 48 页。
② Harold Mario Mitchell Acton, *Memoirs of an Aesthete*, London: Methuen, 1948, p.395.
③ Ibid., p.380.
④ Ibid., p.390.
⑤ Ibid.
⑥ Ibid., p.395.
⑦ 萧乾:《悼艾克敦——一个唯美主义者的陨落》,《萧乾全集》(第四卷),武汉:湖北人民出版社,2005 年,第 813~817 页。
⑧ Harold Mario Mitchell Acton, *Memoirs of an Aesthete*, London: Methuen, 1948, pp.365-366.

中国戏剧,包括我最喜欢的篇目,几个小说和短篇故事,每种都有不同的合作者,作为一种反抗分离失败的投资形式。最终,我希望为英语读者介绍整个中国流行文学的藏书,直到二战前我都投身到这些工作中。"①在当时的英国,翻译中国文学并不受欢迎。"他们见到我很高兴,但我不得不远离北京主题及翻译。他们的冷漠告诉我,必须得停止满足于翻译带给我的快乐。"②然而,他仍倔强地坚持翻译工作,希望为英国读者介绍整个中国流行文学。他所选择的古代戏剧作品及其他书,至少有世界四分之一的文化人熟悉,"世界正在缩小。H.H.Hu 博士正在翻译《长生殿》,Yen Yü-heng 在翻译《镜花缘》,我试着胡乱地修改了很多其他作品,包括一百多章、幕或更多小说、戏剧"③。阿灵顿认为他和阿克顿选编的《中国名剧》可以和科沃德④戏剧相比,H.H.Hu 认为《长生殿》英译本在伦敦第一版将会抢购而光。阿克顿冷静地看待英国读者对中国古代戏剧的反映,"我能对他们说什么呢? 我们一起工作那么努力,我讨厌令他们失望"⑤。虽然《宝川夫人》在英国只是昙花一现,但阿克顿仍对遥远的星星⑥充满自信,感觉自己是传播中国思维模式的媒介,希望即使按超现实主义标准选择作品,也能被英国读者接受。并且他自信地认为自己选择的中国作品正是欧洲文化所需要的,"没有人可以推翻我选择的逻辑"⑦。

3.杜威廉:潜心研究

1978 年,杜威廉在纽约出版了译作《中国古今八剧》这部在西方唯一不限剧种的中国戏剧选集,其中包括杂剧、传奇、院本、南戏、花部短剧以及京剧、川剧等。杜威廉在译本"前言"里,开头便引用阿瑟·史密斯《中国人的性格》的话:"我们

---

① Harold Mario Mitchell Acton, *Memoirs of an Aesthete*, London: Methuen, 1948, pp.365-366.
② Ibid., p.390.
③ Ibid., p.391.
④ 剧作家、演员和作曲家,以写作精练的社会风俗喜剧闻名。12 岁开始当演员,演出之余写轻松喜剧。1924 年剧本《旋涡》在伦敦上演,颇为成功。其后的经典喜剧有:《枯草热》(1925)、《私生活》(1930)、《生活设计》(1933)、《现在的笑》(1939)和《欢乐的心灵》(1941),作品表现出世俗背景下的复杂性格。他经常为好友劳伦斯写作剧本,也常与他同演。最受欢迎的音乐剧是《又苦又甜》(1929)。写有影片《相见恨晚》(1946),并在以他的剧本改编而成的许多电影中演出。他还写作短篇故事、小说和许多歌曲,包括《疯狗和英国人》。
⑤ Harold Mario Mitchell Acton, *Memoirs of an Aesthete*, London: Methuen, 1948, p.390.
⑥ "遥远的星星"是阿克顿用的一个比喻,来说明中国文学在英国受欢迎的梦想。
⑦ Harold Mario Mitchell Acton, *Memoirs of an Aesthete*, London: Methuen, 1948, p.391.

必须注意这样一个事实,即中国人生来有一种强烈的戏剧本能。戏剧几乎可以说是民族的娱乐;中国人热爱戏剧,就如同英国人热爱运动、西班牙人热爱斗牛一样……中国人常用戏剧方式思考问题,例如他们遇到麻烦事而设法得以解决,就说自己'下了台',没办法解决就说'下不了台'。"①几个世纪以来,中国戏剧的魅力已迷倒了社会各阶层人士,农民百姓、帝王将相、官员将军、学者士兵既是活跃在舞台上的角色,也是观看演出的观众。戏剧令他们气恼,他们试图避开甚至镇压戏剧的发展,但终于无果。戏剧历经兴衰浮沉,仍保留了生动普遍的中国生活。剧作家们也有很多种人,演员、失业文人、隐士、和尚、王子宰相、校长、市民仆人、将军大臣等②。杜威廉认为戏剧潜移默化地影响了中国人的生活。为配合其《中国戏剧史》的写作③,他按中国戏剧发展的历史线索,选译了涵盖中国戏剧发展不同阶段不同剧种的《中国古今八剧》,以促进西方对中国古典戏剧的理解。他明确表示中国戏剧情节引人入胜,能吸引全世界读者从中受益,希望"西方读者能了解中国戏剧多样化的形式,认识中国戏剧不同阶段的特点"④。为了实现其翻译动机,采用中国拼音翻译姓名、地名、术语等专有名词,有时甚至使用三个不同术语表示"戏剧"的概念,有时用 Play,如"宋金杂剧"(Song and Kin Plays)、《中国古今八剧》(Eight Chinese Plays);有时用 Drama,如南戏、传奇、昆曲(Nanxi Drama, Chuanqi Drama and Beggin of Kunqu Drama),有时用 Opera 来表述戏曲⑤。Opera 在英国一般指一种小圈子的表演,以唱为主,道白、动作较少。京剧的多元性,较符

---

① William Dolby, *Eight Chinese plays from the thirteenth century to the present*, Columbia : Columbia University Press, 1978, p.1.
② William Dolby, *A History of Chinese Drama*, London : Elek Books Limited, New York : Harper & Row Publishers, 1976, p.1.
③ 杜威廉的博士论文是关汉卿研究,在准备博士论文的过程中,他查阅搜集了大量的中国戏曲的史料,完成博士论文后,便产生了动手写一部《中国戏剧史》的想法。其《中国戏剧史》在 20 世纪的西方中国古典戏曲研究中是一部拓荒者的论著,有着举足轻重的影响,是欧美大学的通行教材。
④ 朱伟明:《英国学者杜为廉教授访谈录》,《文学遗产》2005 年第 3 期。
⑤ 杜威廉谦虚地表示自己的翻译解决方法也许并不一定是完美的。

合 Drama 特点①。为强调中国古典戏剧多样化,杜威廉将唐、宋、金早期戏剧形式译为 Tang,Song and Kin Plays,把元代杂剧等称为 Drama②,以区分早期中国古典戏剧与后来的成熟。《中国古今八剧》一书中也包括短促的院本、折子戏等,与 Drama 要求"作品具有一定长度"的要求有些出入。杜威廉慎重翻译"戏剧"一词,亦表现了中国古典戏剧发展不同阶段的特点,强调中国戏剧多样性,实现其翻译动机。

杜威廉③在翻译中国姓名、地名、术语和戏剧标题时,没有使用威妥玛拼音④(Wade-Giles Spelling System)或其他不太有名的拼音系统(如 Yale-Army 或者拼音),而采用汉语拼音。如 ts'ao ts'ao(曹操)就拼成了 cao cao⑤。柳无忌在对其《中国戏剧史》书评中便提到:"那些数不尽的未翻译专有名词和陌生姓名,普通读者即使不厌烦也会被搞晕。然而,熟悉中国文学的批评家又会发现戏剧标题那么古怪,有时很难辨认。因此,有人发现《西厢记》被译为 West Wing,比一般 West

---

① 杜威廉用 Opera 大概限于 Peking Opera。他说好几年前,有学者发表了一篇统计性的文章(很可能是在 Asian Theatre 季刊上发表的)来分析"京剧"或"京戏"等的不同翻译法。他也觉得 Peking Opera 用得最普遍。一百六十多年来,西方旧书本上所用的,差不多都是 Peking Opera,结果西方的读者看熟了,一下子改变成 Beijing Opera 会使人反应不过来。不过近来,特别是学界以外的人,也开始用起 Beijing Opera 来。其实,我两种翻译法都不满意。为什么? 原因是 Opera 那个词! 将来,我也许会鼓起勇气,改用 Beijing Drama。
② 杜威廉认为英语 Drama 这个词可以用来表达某种技术上的优越性。所有的 Dramas 也都是 Plays,可是所有的 Plays 不一定是 Dramas。
③ Daniel S.P.Yang 评价杜威廉及其译文:"译文很精彩。译者,本身是一个天才的诗人,中文水平至少是书面语言造诣极高的出色学者。这八个译本我对照了七个原文,其中一个原文我个人没有,图书馆也找不到,我可以证实杜威廉的译文相当准确。同时,我忍不住惊叹杜威廉先生翻译一些复杂的双关、暗示、字谜和历史、文学典故的才智。大多情况下杜威廉已经表现得相当出色了,特别是滑稽人物在诗体和口头语言的交换式。"
④ 威妥玛拼音(Wade-Giles Spelling System)简称"威式拼音"(Wade System)。19 世纪中叶到 20 世纪中叶中国和国际上最流行的汉字拼音方案。由英国驻华使馆官员威妥玛(Thomas F.Wade,1818—1895)制订,用于他为外国人学习汉语而编著的《寻津录》和《语言自迩集》。其后另一名使馆官员翟理斯(H.A.Giles)采用了威式拼音并加以改进,用在他的《字学举隅》及《华英字典》中。因此这个方案又称为 Wade-Giles Spelling System。威式拼音与以前的方案一样,仍用 P-P'、T-T'、K-K'之类对立符号来表示汉语的不送气和送气塞音(及塞擦音)。它使用 ts、ts'、s 来表示舌尖声母,又用 ch、sh、j 表示卷舌声母,用 ch、ch'、hs 表示舌面声母。由于使用中经常省略送气符号,威式拼音很容易造成读音的混淆。参见骈宇骞、王铁柱主编:《语言文字词典》,北京:学苑出版社,1999 年,第 237~248 页。
⑤ Daniel S.P.Yang,"book review:Eight Chinese Plays:From the 13th Century to the Present," *Bulletin of the School of Oriental and African Studies*,University of London,Vol.42,No.1(1979),p.193.

Chamber 或者 Romance of the Western Chamber 也没进步,看到关汉卿《窦娥冤》被译为 Injustice done to Dou Graceful 时,大家也不舒服。"①

为强调中国古代戏剧翻译工作的重要性,杜威廉认为翻译者应了解汉语及中国文化②。他对文学作品翻译者提出三点要求:第一,翻译者不仅热爱两种语言及其创作的文学精神(这已经很难得了),还需具有文学创造力。第二,翻译者应尽量忠实原文。第三,要勇于承认其难度。汉语极其微妙,诗律独特,讲究平仄节奏,诗句精密简洁,典故含蓄(通常需要注解,可注解易失原文之美),很难翻译③。

伽达默尔认为,翻译包含了人类认识理解世界和社会交往的全部秘密,将隐含的预期、意义以及所把握之物三者密不可分地统一起来④。20世纪英国学者翻译中国古代戏剧让文本意义超越了作者,实现了中英文本对话。"在翻译某一文本时,不管译者如何力图进入原作者的思想感情或把自己想象为原作者,翻译都不可能纯粹是作者原始心理过程的重新唤起,而是对文本的再创造,而这种再创造乃受到对文本内容的理解所指导,这一点是完全清楚的。"⑤阿克顿、杜威廉等的翻译活动,呈现出中英互相了解的努力及艰苦过程。

三、译本杂合度演变下的文学交流

与译入语里原作品相比,翻译不论多"好",总含有原语言、文化、文学的异质成分,与译入语语言、文化、文学成分混杂于译文中,使译文既有别于原文,也与译入语现有作品相异,因而必然是杂合文本⑥。杂合文本是"当今跨文化交际的一

---

① Liu Wu-chi,[untitled],*The China Quarterly*,No.71(Sep.,1977),pp.626-628.
② 杜威廉强调这种看法有着坚固的逻辑基础,翻译优秀的文学作品与翻译一般的资料是完全不同的,要求更高的水平。
③ 朱伟明:《英国学者杜为廉教授访谈录》,《文学遗产》2005年第3期。
④ [德]H-G.伽达默尔:《语言在多大程度上规范思想》,曾晓平译,严平编选:《伽达默尔集》,上海:上海远东出版社,2003年,第182页。
⑤ [德]H-G.伽达默尔:《真理与方法——哲学诠释学的基本特征》,洪汉鼎译,上海:上海译文出版社,2004年,第498页。
⑥ 韩子满指出,由翻译过程所产生的译文普遍具有杂合性:"从某种意义上来说,所有的译文都是杂合体。"译文杂合主要表现在三个方面:首先是语言方面,其次是文化方面,再次是文学方面。其中语言的杂合最为普遍。韩子满:《文学翻译杂合研究》,上海:上海译文出版社,2005年,第57~61页。

个特征",由翻译过程产生,这种文本显示出对目标文化来说有些不正常/奇怪的特点。① 有些学者还注意到杂合译文对译入语文化的影响。韦努蒂认为:"在殖民和后殖民情境中,由翻译释放出来的杂合的确可以超越霸权主义的价值观,使这些价值观受各地方影响。"②德利斯尔(Jean Delisle)与伍兹沃斯在谈到18、19世纪莎士比亚戏剧在法国翻译时,也认为"通过引进杂合形式,这些译文与目标语中其他作品相比,更具有革新性和进步性"③。译文杂合营造一种陌生化④效果,通过吸收异质文化成分,建立开放和多元共存的文本地带,让异质文化平等对话,适应全球化进程,促进文化交流融合。

中国古代戏剧在20世纪英国的翻译文本也不可避免地成为杂合文本,既包含英语语言、文化、文学成分,也包含汉语语言、文化、文学异质性成分。然而,在英国归化翻译传统下,内外因素双重作用下的20世纪英国的中国古代戏剧翻译,在各个时期呈现出不同的异质性成分,其译文杂合度的变化经历了由低到高的过程。

(一) 英国归化翻译传统

英美文化翻译史是一部异质文化归化史(domestication of cultural alterity),也是将外国文化用于本民族文化、经济和政治事务中的过程⑤。归化翻译传统在英国极有影响,要求译者不着痕迹地保证译文通顺易懂。根据韦努蒂观察,从17世纪德莱顿开始,到泰特勒,人人都倡导并实践旨在尊重和满足目的语读者需要而对源语文本进行归化处理的通顺翻译策略⑥。自此英国译者就以通顺翻译为标

---

① 沙夫娜(Christina Schäffner)和阿黛柏(Beverlz Adab)等几位学者在一次座谈会上明确提出了杂合概念。她们指出杂合特点并不是由于翻译者能力不足或是翻译腔,而是译者有意识的决定。韩子满:《文学翻译杂合研究》,上海:上海译文出版社,2005年,第15页。
② Lawrence Venuti, *The scandals of translation:towards an ethics of difference*, New York : Rutledge, 1998, p.178.
③ Jean Delisle & Judith Woodsworth, *Translators Through History*, J.Benjamins, 1995, p.77.
④ 所谓陌生化,指的是"文学作品打乱我对世界习惯性的感知而取得的与众不同的效果。这种效果使我们看到事物的新鲜性"。
⑤ Roger Ellis & Liz Oakley-Brown 编:《翻译与民族:英格兰的文化政治》,北京:外语教学与研究出版社,2006年,第viii页。
⑥ Lawrence Venuti:《译者的隐身——一部翻译史》,上海:上海外语教育出版社,2004年,出版前言页。

准,力图使自己在译文中隐没,归化任何反对英国社会精英阶层文化的社会思考。谭载喜也认为英国从16世纪就开始奉行归化翻译策略,并逐渐形成一种翻译传统。

19世纪初,异化翻译在德国兴起。1813年,施莱尔马赫(Friedrich Schleiermacher)在一篇关于翻译不同方法的演讲中指出:"有两种翻译方法:译者要么尽可能不去打扰作者,而让读者向作者靠拢;要么尽可能不去打扰读者,而让作者向读者靠拢。"①施莱尔马赫本人支持异化翻译方法。这一演讲可以看作是异化翻译兴起的标志。然而,除了极少数例外,施莱尔马赫的演讲受到英国翻译理论家与实践者的漠视,直到1977年这篇演讲才被翻译成英文。虽然施莱尔马赫的演讲并未及时翻译,19世纪英国仍有译者提倡异化翻译。无论是否受到德国翻译传统②影响,英国翻译家弗朗西斯·纽曼③(Francis Newman,1805—1897)、威廉·莫里斯④(William Morris,1834—1896)都举起了异化翻译旗帜。但不得不承认,异化翻译理论在英国仍处于边缘地带。20世纪初现代主义在英美文化中兴起,它向英语翻译所提倡的"透明"主张发出挑战。然而,韦努蒂又指出,相对于"通顺"翻译策略,由现代派倡导的异化翻译策略在英美文化中仍地位低下,无足轻重⑤。

---

① Friedrich Schleiermacher, *Ueber die verschiedenen Methoden des Uebersetzens*, 1813.
② 自1813年施莱尔马赫提倡异化翻译的演讲 Ueber die verschiedenen Methoden des Uebersetzens(On the different methods of translating)发表后,对德国文化产生了很大的影响。从此,德国翻译倾向于异化翻译,注重保持异质性成分。
③ 纽曼(Newman,Francis W.1805—1897)为英国学者、翻译家、伦敦大学拉丁语教授。19世纪50年代,他抱着为一般读者而译的目的,翻译出版了荷马史诗《伊利亚特》。译文出版不久,即受到当时另一位英国学者马修·阿诺德撰文批评。纽曼不接受阿诺德的批评,写了一篇长文予以反驳,题为《论翻译荷马的理论与实践:答马修·阿诺德》(*Homeric Translation in Theory and Practice: A Reply to Matthew Arnold*),这就是19世纪下半叶英国文艺界在荷马史诗的翻译问题上展开的一场著名论战。纽曼和阿诺德的这场论战,不仅涉及荷马史诗的翻译问题,而且澄清了许多翻译的一般性理论和原则。
④ 威廉·莫里斯的名字在英国家喻户晓。英国拉斐尔前派画家,手工艺艺术家。他和朋友一起创建了前拉斐尔兄弟社,抵制媚俗的装饰艺术和建筑的工业制造,倡导手工艺的回归,把工匠提升到艺术家的地位上。他认为艺术应当是平民可以承受的、手工的,不应有高低之分。莫里斯是现代设计的先驱,英国工艺美术运动的产生得益于莫里斯个人的努力,其艺术之花在这场遍布整个欧洲的装饰运动中竞相开放。在文学上他写作了《杰森的生与死》(1867)、《世俗的天堂》(1868—1870)、《乌有乡的消息》(1890)、《世界尽头的井》(1892)、《奇迹岛的水》(1896)等作品。
⑤ Lawrence Venuti:《译者的隐身——一部翻译史》,上海:上海外语教育出版社,2004年,出版前言页。

(二) 中国古代戏剧在 20 世纪英国翻译杂合度的历史演变

英国的中国古代戏剧翻译向英语世界读者传达内容、再现风格,译文既有别于原文,也与英语文学现有作品相异,表现出杂合特点。尽管每篇译文中都有杂合,但异质性成分的比例并非一成不变,随着时间的变化而变化,具有鲜明的历史性特征。

第一,文学性的归化:20 世纪初期英国对中国古代戏剧的翻译。

20 世纪初期的英国翻译仍以传统归化理论占主导,以译文朴素、通顺、准确作为衡量标准。中国古代戏剧在该阶段英国的译介大多散见于总体介绍中国情况的著述之中①,多为故事梗概性质的介绍文字。即使是直接全译本也略去唱词、曲牌名、人物角色名等戏剧因素,译文中异质性成分比例很小,原文多被置换为英语固有成分,译文杂合度低。以麦高恩翻译《王昭君》②为例。麦高恩全译本比同时期詹姆斯·拉弗德文转译《灰阑记》和罗伯逊选译《老生儿》(Lew Yuen Wae)更具代表性。试将三者分别对照发现,译本异质性成分要比德庇时、阿克顿少很多。

汉语原文	麦高恩译文	德庇时译文	阿克顿译文
昭君	Beauty	Chaoukeun	—
汉元帝	Emperor	Yuente:Emperor	—
毛延寿	Yen-Shang	Maouyenshow:Minister	—
昭君母亲	wife	—	—
昭君父亲	prefect	—	—
单于	king	Hanchenyu:K'han of the Tartars	—
荆州	—	Chingtoo City	—
越州	Wat-chow	—	—
汉代	Han Dynasty	the Dynasty Hān	—
春香	—	—	Ch'un-hsian
杜丽娘	—	—	Tu Li-niang

---

① 比如翟理斯的《中国文学史》中对《赵氏孤儿》《琵琶记》的介绍,倭讷在《中国古今宗教信仰史和哲学观》中对《朱砂檐》《倩女离魂》和《两世姻缘》的简介。
② 由章回小说《双凤奇缘》改编而成的京剧,有产保福藏本。

（续表）

汉语原文	麦高恩译文	德庇时译文	阿克顿译文
陈最良	—	—	Ch'en sui-liang
扬州	—	—	Yang-chou

从专有名词翻译来看，除了少数人名、地名，麦高恩多以归化方法翻译，把元帝归化为 Emperor，把单于归化为 king，与德庇时自创立罗马拼音法及阿克顿用威妥玛拼音相比，译文杂合度较低。

从译文体裁来看，麦高恩把中国戏剧译成西方诗剧，分幕（Act）、场（Scene）。中国古典戏剧只分"出"，相当于西方戏剧中的幕，他滤掉所有唱词、曲牌名和人物角色。

第二，文学性异化：20世纪中期英国对中国古代戏剧的翻译。

20世纪中期大约为1930年到1959年。该时期英国以异化手段为主翻译中国古代戏剧。译者从文学审美角度出发，注重保留原文语言、文化、文学成分，其中汉语成分增多，中国文化的互文性（包括汉语文化意象、典故、文化常识等）增强，甚至出现死译、硬译等现象，译文中异质性成分逐渐增多，杂合度明显升高。这种情形一直持续到20世纪50年代末。下表是1930—1959年英国翻译中国古典戏剧的译本情况：

时间	编/译者	译文
1934年	熊式一	《王宝川》
1935年	熊式一	《西厢记》
1936年	亨利·哈特	《西厢记》
1937年	哈罗德·阿克顿和阿灵顿	编译《中国名剧》
1939年	哈罗德·阿克顿	《春香闹学》
1955年	弗朗西斯·休姆	由法语转译《赵氏孤儿》
1940—1953年	哈罗德·阿克顿和陈世骧	合译《桃花扇》①

---

① 他们合译的《桃花扇》于1976年由白之整理出版，其具体翻译时间并不确定，只能从阿克顿1973年写作的序言中所说的"这是二十多年前为了寄托我对中国的思念而提议和陈世骧合译的作品。其中最后7幕没有翻译，由白之补译，并对全文进行校对"而推断出，其翻译时间大约是1940—1953年之间。

由上表可见,本时期阿克顿翻译中国古代戏剧本子最多,最有影响力,而《春香闹学》是他独立翻译的唯一译本,因此,最有代表性。因而,我们拟从语言和文化意象两方面,分析阿克顿所译《春香闹学》杂合度所造成的文化张力。

1.语言方面

阿克顿比较尊重汉语语言形式,即使他们不符合英语习惯,未被英语读者所接受,也喜欢保留在译文中,增加译文的汉语风味,尽量传达中国语言的异国情调,营造陌生化效果。下表为阿克顿在《春香闹学》中保留的音译词。

类别	译文
书/篇名	Mu-tan T'ing《牡丹亭》,P'i-pa Chi《琵琶记》,Ch'un-hsiang Nao Hsüeh《春香闹学》,Yu Yüan Ching Mêng《游园惊梦》,Huan Hun《还魂》。
人名	Ch'un-hsiang 春香,Liu ch'uan ch'in,Liu Tsung-yüan 柳宗元,Tu Li-niang 杜丽娘,Tu Pao 杜宝,Tu Fu 杜甫,Mei Lan-fang 梅兰芳,Ch'eng Yen-ch'iu 程砚秋,T'ang Hsien-tsu 汤显祖,Miss Du 杜小姐,Ch'en Tsui-liang 陈最良,Kao Tsung 高宗,Chiang Yüan 姜嫄
地名	Nan-an 南安,Kiangsi 江西,Kiangsu 江苏,Yang-chou 扬州
朝代	T'ang 唐,Chin 金,Southern Sung 南宋
戏种	K'un qu 昆曲,p'i-huang 皮黄
曲牌名	I chiang fêng 一江风,tiao chiao-êrh 掉角儿
感叹词	Ai! 哎! Ai-ya 哎呀! Ha-ha 哈哈

作为诗人、作家的阿克顿从审美角度出发,采用威妥玛拼音方法音译部分书/篇名、人名、地名、朝代名、中国古典戏剧种类名、曲牌名和部分感叹词等,尽量保留异质性语言成分,让读者直观地感受到原文的异国情调。

2.文化意象

中国古代戏剧中的文化意象植根于丰富的中国文化语境。阿克顿尝试在英国文化传统中引入一些中国文化意象,以体现不同文化间的互文参照。罗兰·巴特曾指出,当文化内涵和知识结构被融入到互文参照系中时,互文性更是对译者的挑战。阿克顿为创造出中国文化的原有风味和神韵,自觉或不自觉地游走在中英文化的张力之间,既要力求保留中国古代戏剧的文化特色,又着意指引英国读者借助异国情调色彩浓烈的异域文本,由陌生感而引发遐想,借此保存原文中的文化意象。

典故方面,阿克顿采用异化手段,结合脚注,对植根于中国文本格里的典故翻译①,把中国古代戏剧文化意象的内互文性转化成外互文性。如以下几例:

(1)古人读书有囊萤的、趁月光的。

Do you know that in ancient times there were people who studied by the light of glow-worms or with the moon for their only lamp?

还有悬梁刺股的哩。

There also a scholar who tied his hair to a beam and pricked his thigh with an awl to keep awake at nignt.

(2)有指证姜嫄产娃,不嫉妒后妃贤达……

For instance we see how Chiang Yüan bore a child. She was always a great and virtuous Empress-Consort without any taint of vulgar jealousy.

(3)陈最良:我从来不曾见过女学生写得这样好的字!——是什么格?

杜丽娘:是卫夫人传下美女簪花格。

Professor Ch'en: Never have I seen a schoolgirl write such excellent characters. Whose style did you take as your model?

Miss Du: The style was founded by Lady Wei. It is known as "the beautiful maiden pinning flowers in her hair."

阿克顿用异化翻译的方法保留了"囊萤的"②、"趁月光的"③、悬梁刺股④、姜

---

① 彼得·纽马克根据弗哥茨基(Vygotsky)关于思维本质的论述,在翻译界长期围绕直译和意译争论不休的背景下,立足于认知翻译的基础提出了语义翻译法和交际翻译法。认为语义翻译和交际翻译的差距比字对字翻译和归化翻译、直译和意译都小。在语义翻译中,译者应在译语的语义和句法结构允许的条件下,尽可能准确地再现原作的上下文意义。在交际翻译中,译作所产生的效果应力求接近原作,力图传译出原文确切的上下文意义,使译文不论是在内容上还是在语言形式上都能为读者所接受。廖七一等编著:《当代英国翻译理论》,武汉:湖北教育出版社,2001年,第175~186页。
② 《晋书·卷八十三·车胤》:"车胤字武子,南平人也。曾祖浚,吴会稽太守。父育,郡主簿。太守王胡之名知人,见胤于童幼之中,谓胤父曰:'此儿当大兴卿门,可使专学。'胤恭勤不倦,博学多通。家贫不常得油,夏月则练囊盛数十萤火以照书,以夜继日焉。"〔唐〕房玄龄等:《晋书》,北京:中华书局,1974年,第2177页。
③ "江泌字士清,济阳考城人也。父亮之,员外郎。泌少贫,书日斫屧,夜读书,随月光握卷升屋。"〔梁〕萧子显:《南齐书》(第二册),北京:中华书局,1972年,第965页。
④ 苏秦"乃夜发书,陈箧数十,得太公阴符之谋,伏而诵之,简练以为揣摩。读书欲睡,引锥自刺其股,血流至足"。高诱注:《战国策》,北京:商务印书馆,1958年,第17页。

嫄产娃①、卫夫人传下美女簪花格②等典故,在一定程度上保持了中国文化意象中的部分内互文性。不仅如此,他还通过脚注补充说明悬梁刺股故事的主人公苏秦、姜嫄产娃及卫夫人传下美女簪花格等,使中国古代戏剧的文化意象具有内互文性,也具有外互文性,提高了译文的杂合度。

同样在意象、文化文学常识,乃至一些修辞方法上,阿克顿也用脚注的形式让中国文化意象的互文性穿过中国文化的文本格,最终实现两种文化互相作用。

(4)花面丫头十三四,春来绰约省人事③。

A flower-faced girl of nearly thirteen, newly athrill to the tremors of Spring.

(5)看她名为国色,实守家声,杏脸娇羞,老成尊重。

Though she is a paragon of beauty, she is very careful of her family's reputation. Her almond-blossom face is tenderly demure and she is always gentle and refined in her behavrour.

(6)陪她理绣床,又随她烧夜香。

I keep her company, roll up her embroidered coverlet, and serve her when she burns incense at night.

(7)蚁上案头沿砚水,蜂穿窗眼咂瓶花。

Ants are crawling over the desk and into the corners of the ink-slab.

Bees buzz in from the window-cracks and sip the flowers in the vase.

(8)亭台六七座,秋千一两架;远的是流觞曲水,面着太湖山石,奇花异草,为时秀丽的紧。

There are six or seven pavilinons and galleries, two swings, a winding stream, a couple of T'ai-hu rocks on either side, and all sorts of rare plants and flowers. It's quite enchanting.

---

① "厥初生民,时维姜嫄。生民如何？克禋克祀,以弗无子;履帝武敏(弭),歆攸介攸止;载震载夙,载生载育,时维后稷。"朱经农、王岫庐编辑:《诗经》,北京:商务印书馆,1926年,第148~149页。
② 《太平御览》卷七百四十八引南朝·梁袁昂《古今书评》:"卫常书,如插花美人,舞笑镜台。"卫夫人,晋代人,名铄,字茂漪,李矩的妻子,以书法著名。传说王羲之开始就是学习卫夫人。后人用此典,多为赞美卫夫人书法,也借以抬高别人的书法水平。
③ 中国戏曲研究院编辑:《京剧丛刊》(第五集),上海:新文艺出版社,1953年,第82页。

阿克顿在译文中直接保留了 flower-faced（花面①）、almond-blossom face（杏脸②）、roll up her embroidered coverlet（理绣床③）、burns incense at night（烧夜香④）、ink-slab（砚沿）、window-cracks（窗眼）、pavilinons and galleries（亭台）、winding stream（曲水）、T'ai-hu rocks（太湖石）等对英国读者陌生的意象，使英国读者产生遐想。

在文化、文学常识方面，见下例：

（9）女学生，凡为女子，鸡初鸣，咸盥漱，栉笄，问安于父母……

All girls as a general rule should rises as soon as the cock crows, and proceed to rinse their mouths, comb their hair and make inquiries afer their parents' health.

（10）我，陈最良。在杜衙设帐，教授小姐毛诗，极承老爷看待。

I, Ch'en Tsui-liang, am employed as a tutor in the Tu mansion. I teach the young lady to read Mao Kung's edition of the Book of Songs. The old lady, her mother, has been very kind and generous to me.

（11）等到三更时候，就请师父上书，如何啊？

We'll ask you to give us our lesson at the third watch. Will that suit you, Teacher?

异化翻译双关修辞方法：

（12）此鸟性喜幽静，在河之洲……我衙门内关着个斑鸠儿，被小姐一放，一飞，飞到何知州衙门去了。

"On the island in the river" means that the birds are happy and live in peaceful surroundings. It flew straight off to the court of the district magistrate whose name is Ho.

异化翻译交际习惯一例：

---

① 古代妇女以花纹饰面，称"花面"。古代不少诗词都提到这种化妆。如刘禹锡："花面丫头十三四。"温庭筠："照花前后镜，花面交相映。"徐昌图："汉宫花面学梅妆。"这种在脸上贴花作装饰，在甘肃敦煌莫高窟供养人壁画中，可看到不少。花纹有的像花朵，有的像凤鸟，有的像蝴蝶。时代从晚唐、五代到宋初，有的甚至将花样贴了满脸。
② 形容女子白里透红的美丽容颜。《宣和遗事》前集："一个粉颈酥胸，一个桃腮杏脸，天子观之私喜。"《全元散曲·普天乐·无题》曲："柳眉颦翡翠弯，杏脸腻胭脂晕。"元代柯丹丘《荆钗记·庆诞》："堪叹，雪染云鬟，霞绡杏脸，朱颜不回还。"《花月痕》第十五回："（秋痕）云鬟不整，杏脸褪红，秋水凝波，春山蹙黛，娇怯怯的步下台阶。"
③ 整理刺绣用的工具。徐扶明：《牡丹亭研究资料考释》，上海：上海古籍出版社，1987年，第327页。
④ 夜香：夜间烧的香。元代圆至《寒食》诗："月暗花明掩竹房，轻寒脉脉透衣裳。清明院落无灯火，独向回廊礼夜香。"元代王实甫《西厢记》第一本第四折："老夫人闲春院，崔莺莺烧夜香。"

(13)杜丽娘:请问先生,师母的尊年?

陈最良:目下平头六十。

杜丽娘:如此,待学生绣双鞋样,与师母上寿。

Miss Du:Teacher,may I ask how old you honoured spouse will be this year?

Professor Ch'en:She'll be precisely sixty.

Miss Du:May I embroider A pair of shoes for her birthday?

无论是第(9)例中所记载的《礼记·内则》篇的旧时代子女的生活守则之一,还是第(10)例中关于"毛诗"知识,第(11)例中三更的计时方法,第(12)例中"河之洲"与"何知州"的谐音双关,第(13)例中询问女子年龄的交际习惯,都对英国读者造成陌生化的感觉。阿克顿把中国古代戏剧中文化意象的封闭性与开放性结合起来,以异化手段翻译文化意象,创造出中国古代戏剧的原有风味和神韵,译文中的异质性成分比例明显增大,译文杂合度明显升高,体现出阿克顿看待中国文化时的理解眼光。

第三,研究性的异化:20 世纪后期英国对中国古代戏剧的翻译。

20 世纪六七十年代以后,从文学视角翻译中国古代戏剧的译文几无所见,杜威廉和龙彼得等汉学家乃出于学术研究目的,尽力为英国读者呈现出较为严谨的中国古代戏剧译文。1960—1999 年英国翻译中国古代戏剧译文情况如下:

时间	编/译者	译文
1978 年	杜威廉	《中国古今八剧》
1979 年	龙彼得	《朱文:一个皮影戏本》
1990 年	杜威廉	《苏武牧羊》
1997 年	杜威廉	《贩茶船》

与 20 世纪中期译者强调传递汉语文化意象不同,本时期的异化翻译更注重保留中国古代戏剧信息。译文注释对中国古代戏剧作家、作品及主题介绍说明的力度大为增加,研究性译文杂合度升高。杜威廉的代表译作《中国古今八剧》受到广泛关注,与其《中国戏剧史》共同奠定了他研究中国古代戏剧的权威地位。下文拟以杜威廉所译 *Grandee's son take the wrong career*(《宦门子弟错立身》)为例,分析其中的译文异质性成分。

1.语言方面

杜威廉对部分专有名词使用汉语拼音,保持其异域色彩。见下例:

(1)完颜寿马住西京。

Wanyan Shouma dwells in the Western Capital.

(2)拈花摘草,风流不让柳耆卿;咏月嘲风,文赋敢欺杜陵老。

In plucking the lilies- in loving the ladies,

I yield nought in gallantry to Liu Shiqing;

My breeze-and-moonlight romantic compositions surpass, I would claim, the Gaffer of Duling.

(3)前日有东平散月王金榜,来这里做场。

A little while ago a vaudeville actress from Dongping called Wang Golden Notice came gave a performance here.

(4)说家法过如司马,掌王条胜似庞涓。

I surpass Sima in promoting ordered domestic morality,

I excel Pang Juan of yore in effecting the monarch's decree.

(5)孩儿,叫你去来,别无甚事,只为衣饭,明日做甚杂剧?

The reason I wanted you here, my child, was to discuss the matter of our daily bread with you, to decide what zaju to perform tomorrow.

(6)你一似萧何不赴宴,你好难请。

You've been just like Xiao He who wouldn't go to the feast-impossible to get.

(7)你课牙比不得杜善甫,串仗却似郑元和。

You're no match for Du Shanfu in back-chat patter,

but you're similar to Zheng Yuanhe in gear and clobber!

杜威廉认为汉语拼音音译比威妥玛拼音更简洁明了、易于记忆①,且与他尽量保持中国古典戏剧特色的研究目标相适应,译文杂合程度相当高,要求阅读对象主要为中国语言文化学习者或研究者。

---

① William Dolby, "Preface," *A History of Chinese Drama*, London: Elek Books Limited, New York: Harper & Row Publishers, 1976, p.ix.

2.文化意象

杜威廉在译文中尽量保留文化意象的内互文性,也常常将之转化为外互文性。

(1)看了这妇人,有如三十三天天上女,七十二洞洞中仙。有沉鱼落雁之容,闭月羞花之貌。鹊飞顶上,尤如仙子下瑶池;兔走身边,不若姮娥离月殿。

When I set eyes on her, she somehow seemed like a seraph of highest heaven, an angel of fairest paradise. She has the kind of face to "still the darting fishes and drop the wing swans in flight" and her looks "eclipse the moon and shame all the flowers". Had she but magpies fluttering above her head, she would appear to be some goddess descending from the Jasper Pool of Heaven, and if a rabbit were to ran by her side she would seem no less fair than the Moon Fairy leaving her Lunar Palace.

(2)休道侯门深似海,说与婆婆休虑猜,只道家中管待客。

No "mansions of the noble impenetrable as the depths of the sea"!

Tell her mother to entertain no suspicion,

simply tell her there's a reception and a sumptuous feast for the guests is all laid.

(3)深感吾皇重职,官名播西京。但一心中政煞公平,清如水,明如镜,亮如冰。

How grateful I am to my emperor for conferring this weighty post on me;

Throughout the Western Capital I enjoy celebrity,

Yet I govern with whole-hearted impartiality,

In utmost fairness, with no disparity,

My integrity pure as water,

True in my judgments as the mirror's clarity

bright as shimmering ice in my perspicacity.

杜威廉直译"沉鱼落雁""闭月羞花""下瑶池""侯门深似海""清如水,明如镜,亮如冰"等意象,保留其内互文性。这些文化意象对中国文本格具有开放性,对英国文本格具有封闭性,但杜威廉并不强调这些文化意象如何融合到英国文本格内①,却很关注中国古代戏剧剧种、作品主题、剧作家等信息内互文性如何融入英国文化。

3.中国古代戏剧信息的外互文性

杜威廉翻译《宦门子弟错立身》时,通过78个注释构成其对外互文性,其构成及比例见下表:

种类		数量	比例
中国古典戏剧研究信息	梳理某一戏剧主题的剧	18	76.92%
	介绍某一戏剧的信息	16	
	梳理某一戏剧兼介绍其中一戏剧	10	
	戏剧理论信息	14	
	戏剧版本差异	2	
中国文化意象	地名介绍	4	23.08%
	诗人及其他名人介绍	7	
	其他	7	

(三)译文杂合影响因素的历史性

由于各时期影响译文的杂合因素不断改变,20世纪英国翻译中国古代戏剧杂合度也在不断变化。译者很难完全客观地将原文中一切内容都转换到译文中,总会对原文成分增删取舍,除了受主观态度影响,还受其他诸多因素制约。因此,译文杂合度的历史演变,其实反映了影响因素在不同历史时期的变化轨迹。影响译文杂合的因素很多,总体来说,可分为内部因素和外部因素。

内部因素是指翻译环节内部要素对译文杂合的直接影响,主要表现在两方面:

一是译者因素。译者主体能动性总是直接决定译文杂合性。原文中异质性成分能否保留,决定权通常掌握在译者手里。正如前捷克斯洛伐克翻译理论家吉

---

① 杜威廉以注释解释了某些中国文化意象,比如"兔走身边,不若姮娥离月殿"。他注释为中国传说认为月亮中有兔;把"驼背乌龟"归化为 cuckold,但在注释中保留了其原来的面貌"hump-backed turtle",并解释说这是中国俚语词。

里·列维①所指出的那样,翻译活动其实也是译者"作选择的过程"。译者本身的审美情趣、翻译观念、倾向及翻译目标都会对译文产生影响,甚至会产生决定性的影响。译者可以替代或全部删除原文中的异质性成分。

二是原文因素。中国古代戏剧中包括唱词和科白两部分。唱词多是诗体,注重保留原文形式,其异质性成分相对于科白来说显得更为丰富。同时,原文的地位和影响不同,译文杂合情形也会有所不同。原文若是经典作品,译者翻译时会相对尊重原文的语言形式及文化意蕴,译文中保留异质性成分会更多,归化原文甚至自由发挥的可能性相对较小;反之,原文如果不是经典作品,译者就可能不太尊重原文,而将注意力放在可读性上,甚至会对原文作某些改动,降低译文中的异质性成分。

外部因素是文学翻译过程之外的某些因素,如社会文化因素等,同样影响译文杂合度。外部因素时刻控制与制约着某些内部因素,尤其是译者因素。分析影响文学翻译的制约因素时,当代多数学者主要集中于这些外部因素,如赫曼斯(Hermans)和图里(Toury)所说的"规范"、勒菲维尔说的"专业人士"(在诗学和意识形态两方面影响)和"赞助人"(可以促进或阻碍文学阅读、写作的重写的权威)。

外部因素主要是读者因素。读者的审美趣味、阅读态度、文化层次以及对异域语言、文化、文学的熟悉程度、接受能力,的确影响译文杂合度。首先,如果读者研究中国古典戏剧,中文程度较高,多偏向于严肃文学,阅读目的不仅是消遣,更愿意积极思考,乐意了解中国戏剧理论等。反之,如果读者并非出于研究目的,而是从欣赏视角,其审美趣味或许更具文学性,或注重作品情节,或注重文化意象等。当然,即使是针对后一类读者的译文,也有可能由于不同读者不同文化层次,保留异质性成分也不同。如果读者对中国文化比较熟悉,主观上也希望有更多了解,译文就可能使用异化翻译方法多保留异质性成分;反之,如果读者对中国语言文化知之甚少,也不想作进一步了解,则使用归化方法以降低译文杂合度。

权力关系因素。福柯的作者死亡理论从权力视角思考翻译问题,"任何时代

---

① 吉里·列维(Jiří Levý,1926—1967),捷克斯洛伐克翻译理论家,尼特拉学派(Nitra School)代表人物之一。他与米科(František Miko)、波波维奇(Anton Popovič)等捷克斯洛伐克学者一起,以尼特拉教育学院为基地,以俄国形式主义者以及布拉格语言学派著作为起点,论述了翻译在文学史中的地位,并致力于从文体风格角度描述译本与原作的差别,根茨勒指出其研究方法已"初现描述性倾向"。可惜,列维和波波维奇相继英年早逝,这一学派遂趋于沉寂。列维的代表作有《翻译的艺术》(1963)、《翻译是一个作选择的过程》(1967)、《文学翻译理论与实践》(1969)。

的任何话语,都不是个人的创造和想象力的成果,也不是自然延续的结果,而是权力产物,权力通过一系列复杂的程序和隐蔽的手段,来控制、选择、组织和传播作为话语形式的知识"①。因此,权力系统中无个人、主体立身之地。福柯认为,写作中能指依照自身规则支配写作。写作"创造了一个空间,在那儿,写作的主体消失殆尽"。正如吕俊所言,"翻译活动远不是那么纯净,那么天真,那么远离价值"②。译者在翻译时,必然受到各方面压力,有时甚至不得不违背个人意愿,调整翻译策略。严格来讲,所有影响翻译的外部因素都可看成是权力关系,译者翻译活动交织在权力网中。

影响译文的各因素具有历史性,在不同时期表现出不同特点,译文杂合度随时间变化而变化。其中外部因素比内部因素的变化更明显。

第一,20世纪初期的归化杂合体的影响因素。

19世纪英国大力推行帝国主义海外扩张政策,从1880年到1900年间,大英帝国版图增加了100万平方英里,伦敦成为世界贸易中心。1901年英国维多利亚女王去世,爱德华七世(1841—1910)继位,标志着英国历史上一个重要时期结束。爱德华七世在位的十年间,延续维多利亚时代的繁荣,国内安定,经济平稳发展。欧洲列强之间势力格局暂时取得平衡,国际环境趋于平和。向来以商贸立国的英国对华商业和经济利益十分可观。辛亥革命前后,在华商业利益较其他列强占有绝对优势③。加上清末民初,英国外交代表利用清王朝腐朽无能,从外交、军事、财经等方面干涉辛亥革命,扶植野心家袁世凯窃夺革命果实④。在此背景下,20世纪初期英国对中国古代戏剧的翻译沿着19世纪殖民主义传统继续前行。当时,他们对中国古代戏剧翻译仍然属于英国人观察了解中国以适应其对华政策,为其殖民统治的组成部分。在此社会文化背景下,译者倾向于遵守英国文化主流

---

① 周宪:《20世纪西方美学》,南京:南京大学出版社,1999年,第385页。
② 吕俊:《对当前翻译理论界争论的几个问题的看法》,《跨越文化障碍——巴比塔的重建》,南京:东南大学出版社,2001年,第190页。
③ 如果以1870年中英直接贸易额合计为100的话,1910年骤升至168.5,而且我国被置于严重的入超国地位,1913年中英贸易仍占我国对外贸易的50%左右。中英在各通商口岸间的贸易中所占比例也最高。直到辛亥革命前,列强迫使清政府签订各项不平等条约开放的通商口岸达69处之多,其中英国占28处,居首位。在我国沿海和内河航运方面,英国也始终占有绝对优势。萨本仁:《20世纪中英关系的转变及其历史启示》,《汕头大学学报》1999年第2期。
④ 英国在财政上通过国际银行团的巨额借款,政治上强权外交为袁世凯窃国篡权扫清道路。

价值观,对原文采用保守同化手段,把中国古代戏剧作品归化为流畅地道的英语,译者为之隐形,不同文化间差异被掩盖,文化张力缩小,以英国主流文化价值观取代中国文化价值观,原文陌生感被淡化,译作由此变得透明,从而达到让译文符合英国、出版潮流和政治需求。

在权力关系方面,英国参加八国联军对中国的瓜分,并扶植袁世凯窃取辛亥革命的胜利果实。就文化地位而言,在大多数英国人眼中,中国文化一直处于弱势,地位不及英语语言文化。英国普遍认为中国文化处于劣势地位,中国古代戏剧噪杂、粗糙、幼稚。这种文化意识弥漫整个社会,自然也对译者产生影响,他们普遍不尊重原作,甚至以英国文学来附会中国古代戏剧。因此,较少保留异质性成分,归化比较严重。

从读者上来说,此前英国只有德庇时翻译《汉宫秋》和《老生儿》两部完整中国古典戏剧,英国读者对中国文学、文化了解不多,与中国语言、文化相当隔膜,不具备接受或欣赏异质性成分的能力。就翻译理论而言,20世纪初期英国翻译理论还处于传统时期①。英国翻译理论里的归化传统使译者难以热心保留原文语言、文化等异质性成分。

第二,20世纪中期文学性杂合体的影响因素。

20世纪中期以后,情况发生明显变化。总体来说,有利于译者在译文中保留异质性成分。

一战后,英国虽然属于战胜国,但是经济严重削弱,殖民体系加速瓦解。其后席卷世界的经济危机及第二次世界大战,进一步加深了英国社会矛盾。梅兰芳成功访美、访苏,引起西方人对中国古典戏剧的极大热情;熊式一翻译的《王宝川》在英、美等国的成功,使西方世界不再盲目认为中国古典戏剧幼稚粗糙。在此背景下,英国读者愿意以新视角重新审视中国古典戏剧,主观上也能接受较多的异质性成分。

就翻译理论来说,英国归化翻译传统在二战前仍占主流地位,然而19世纪时威廉·莫里斯已经在英国高举异化翻译大旗,在各种精英、通俗文学形式中保留

---

① 谭载喜认为20世纪初期英国对翻译理论问题的研究,从研究的范围、涉及的问题,以至采取的方法,都与此前历史上发生的情况基本相同。谭载喜:《西方翻译简史》,北京:商务印书馆,1991年,第218页。

古老不通用词汇。朗文杂志(Longman's Magazine)发表文章批评莫里斯的 Wardour-Street Early English(沃德街仿古英语①)在现代文章中呈现假古董。可是 Wardour-Street English还是被当作任意使用古旧词语的例子流传下来,并广泛应用于历史小说写作,尤其是司各特(Walter Scott,1771—1832)的历史小说文本。威廉·莫里斯厌弃机器产品,痛恨工业革命造成的机器生产,希冀有朝一日让"艺术光芒照亮如今坐在沉沉暗夜中成千上万的人",通过复兴手工艺劳动为人民创造艺术品,令作者、使用者都其乐融融。莫里斯看透英国殖民战争掠夺的暴力本性,极力反对英帝国主义在爱尔兰、埃及、印度、缅甸等地扩张掠夺行为。呼唤理性在人的自然本能中勃发,希望以此建立现代工业文明中被机器扼杀的生命价值和意义。现代化进程中资本主义商业性达到至高无上的地位,艺术微乎其微。由于艺术缺失,貌似文明的社会已成为物欲肆意横流的地方。简单的机器生产把每个人桎梏在一道道工序中,逐渐禁止人们思考。莫里斯追求艺术美学、人生美学,认为艺术比生活更高,美学是最高的唯一道德。他提出诗歌不为任何社会要求服务而仅仅服务于纯艺术和美的观点②,成为英国唯美主义批评家的代表人物③。

阿克顿认为20世纪处于颠倒无序之中,两次世界大战后西方世界令人们悲观失望,价值观混乱。他被迫离开北京后,在西方难以寻找到心灵归宿。儿时意大利拉佩特拉庄园的生活构成其爱美情愫,16年的英国生活使他蜕变为卓有成就的爱美家。在《一个爱美家的回忆录》中他称自己为唯美者,与莫里斯艺术观念契合。最受阿克顿尊敬的现世小说家乔治·穆尔(George Moore,1873—1958)曾经恳切地对他说,"威廉·莫里斯是为数不多的可把英语写流畅的作家。如果你要学习英语,就该读读莫里斯"④。阿克顿支持罗杰·弗莱(Roger Fry)俄米加工场(Omega Workshop)把艺术从工业主义及机器大生产的恐怖中解放出来,称罗杰·弗莱的后印象主义态度如威廉·莫里斯对前拉斐尔学派一样重要⑤。由此,

---

① 仿古英语,古腔调的英语。位于伦敦,街上有古物店和仿古家具店,本语由此转义而来。1888年威廉·莫里斯翻译《奥德赛》(Odyssey)时首先使用此语。这条街现与电影行业有联系。
② [俄]弗里契:《欧洲文学发展史》,沈起予译,上海:群益出版社,1949年,第240~241页。
③ "当代唯美主义运动批评家包括威廉姆·莫里斯、约翰·路斯基,还有对脱离道德的艺术价值表示质疑的俄国作家列夫·托尔斯泰。"范岳、沈国经主编:《西方现代文化艺术辞典》,沈阳:辽宁教育出版社,1996年,第13页。
④ Harold Mario Mitchell Acton, *Memoirs of an Aesthete*, London:Methuen,1948, p.214.
⑤ Ibid., p.89.

阿克顿以异化策略翻译中国古代戏剧,保留中国文化意象,文本杂合度相当高。本时期在英国翻译中国古代戏剧的另一位重要译者熊式一熟悉、热爱中国古代戏剧,也采用异化方法以保留更多异质性成分。从文学思潮来看,19 世纪末英国唯美主义运动影响深远,20 世纪布鲁姆斯伯里文化圈也格外重视文学审美价值,乐意接受异质性成分多的艺术形式。

第三,20 世纪后期研究性杂合体的影响因素。

20 世纪后期,中国社会发生了巨大变化,西方力求科学认识中国。全方位的全球化现象对现代社会各方面都构成冲击,强化世界范围内的社会关系。特别是20 世纪后期新通讯媒介——主要是大众电子传播媒介和互联网,令人瞩目地成为推动全球化的动力。空间的压缩和地域联结使中英交往越来越频繁,中国人员不断访问英国,越来越多的英国人到中国旅行学习,中英了解越来越深入。这些因素都利于译者保留异质性成分。

然而《海特报告》(1961)、《帕克报告》(1986)、《霍德-威廉斯报告》(1993)等侧重商业与外交发展,中国文化及文学研究受到冷落。以文学性、审美性为主导的中国古代戏剧研究在英国失去生存环境,英国出于研究目的翻译中国古代戏剧,在客观上为译者保留中国语言文化的异质性成分提供条件。

本时期阅读中国古代戏剧译本的读者大多是学习汉语的学生或者中国学研究者,他们比以往更容易到中国学习旅行,也更愿意了解中国传统文化的典故、概念及社会风俗等文化意象,更愿意接受中国古代戏剧译文中的异质性因素。

权力关系方面,就文化地位而言,20 世纪 70 年代以后,英国汉学研究者已逐渐接受中国古代戏剧作为与自身不同的文化存在,中国写意戏剧越来越受西方戏剧研究者接纳,有可能启发了西方幻觉主义剧场改革[①]。

尽管不同国家、不同时期人们对翻译寄予不同期望,但翻译的任务归根结底还是促进不同文化之间的交流,使一种文化成分传播到另一种文化中。英国翻译中国古代戏剧作品的译文杂合度为我们认识文化交流过程提供了一个视角。

---

① 西方戏剧研究者们越来越认可中国古典戏剧作为西方幻觉主义剧场的钥匙。布莱希特史诗剧在西方影响深远,也受到梅兰芳京剧表演的启发。但这并不代表西方普通读者对中国古典戏剧作品也已经认可。

第二节　中国古代戏剧在 20 世纪英国的研究

一、中国戏剧史的多种面孔

古希腊悲喜剧、古印度梵剧和中国古代戏剧共同建构了世界三大戏剧文化。中国古代戏剧成为一道异彩纷呈的文化风景，其发展过程独具风采。与西方戏剧起源于酒神狄奥尼索斯(Dionysus)祭祀仪典不同，中国古代戏剧产生于中国独特的文化语境，具有独特的审美趣味，渐渐引起英国学人的兴趣，成为国外中国戏剧研究重点。英国学术传统更多地表现为经验主义[1]，重实证研究，"他们的特点是头脑清楚，思想很敏锐，长于分析，对任何问题都要详尽地透彻地研究到最后，他们有'批判'的态度"[2]。因此，欧洲中国古代戏剧研究队伍中，最好、最有权威的成就仍由英国学者或者英式训练的学者(British-trained)取得[3]。中国古代戏剧历史丰富久远，英国学者在研究中使用了大量中国学术界的研究成果[4]。同时由于文化传统和理论背景之间的差距，某些观点显得有些偏颇。

---

[1] 有学者指出："在学术传统上人们认为英国人更多地表现为经验主义，欧洲大陆则表现为唯理主义，此乃一般看法。"见张国刚：《关于剑桥大学中国学研究的若干说明》，《中国史研究动态》1996年第3期。
[2] 汤用彤：《关于英国经验主义》，《外国哲学》第4辑，北京：商务印书馆，1983年。
[3] Daniel S.P.Yang, "book review: Eight Chinese Plays: From the 13th Century to the Present," *Bulletin of the School of Oriental and African Studies*, Vol.42, No.1(1979), p.193.
[4] William Dolby, "Preface," *A History of Chinese Drama*, London: Elek Books Limited, New York: Harper & Row Publishers, 1976, pp.Ⅸ–Ⅹ.

(一) 中国古代戏剧形成的时间

中国古代戏剧很早就传到英国,而戏剧史研究却长期未得到相应发展。英国汉学家翟理斯《中国文学史》中的一段话便反映出其困境:"以目前有限的知识,我们无法说明它(中国戏剧)是如何以及为何发生的。我们不可能像古希腊戏剧那样,由合唱队表演一步一步追溯中国戏剧发展的轨迹,而只能无条件地面对这个既成事实。"[①]1913年[②],王国维撰《宋元戏曲史》[③]完稿,回答了中国戏剧艺术的起源和形成、中国戏剧的成就等一些根本问题。从此,人们了解到中国古代戏剧自起源至成熟经历了怎样漫长而复杂的过程,其戏剧史研究第一次找到文献依据。

中国古代戏剧史研究首先要回答一个问题:中国古代戏剧何时产生?自王国维研究中国戏剧史以来,不少学者呕心沥血投入这项工作,但却未能取得一致意见。王国维认为元代时中国戏剧正式形成,他说"独元杂剧,于科白中叙事,而曲文全为代言,此二者之进步,一属形式,一属材质,二者兼备,而后我们之真戏曲出焉"[④]。而周贻白、胡忌和赵景深则把中国古代戏剧的形成时间提前到宋代。在《中国戏曲论集·中国戏曲发展的几个实例》中,周贻白说:"中国戏曲的具体形

---

① Herbert Allen Giles, *A History of Chinese Literature*, New York and London: D. Appleton and Company, 1909, pp.257-258.
② 关于《宋元戏曲史》的成书时间,王国维在《自序》中说:"壬子岁莫,旅居多暇,乃以三月之力,写为此书。"1927年姚名达编《王静安年表》及1928年赵万里编《王静安年谱》都认为本书成于"壬子"年,即1912年。叶长海认为这种说法不妥。壬子岁暮其实跨1912年及1913年两年,叶根据王国维壬子十一月十八即1912年12月28日与日本友人铃木虎雄的通信,请其帮忙借书的细节发现当时《宋元戏曲史》正在写作之中。又根据王国维与缪荃孙于1913年1月5日的通信中说"近为商务印书馆作《宋元戏曲史》,将近脱稿"的细节断定此书成于1913年。详见叶长海:《〈宋元戏曲史〉导读》,王国维撰,叶长海导读:《宋元戏曲史》,上海:上海古籍出版社,1998年12月第1版,2006年4月第3次印刷,第16~17页。
③ 以前《宋元戏曲史》和《宋元戏曲考》两书名并行。王国维应商务印书馆之命定名《宋元戏曲史》,印书馆喜欢书名为"史",且不分卷分章,易为较多读者所接受。但王国维与缪荃孙的信中提及"将来仍拟改易书名,编定为卷数,另行自刻"。王氏去世后,其友人于1927年编辑《海宁王忠悫公遗书》,其弟及门人于1934年编辑《海宁王静安遗书》时,均题为《宋元戏曲考》。加上王氏此前的戏曲研究书名均喜欢用"考",如《唐宋大曲考》《古剧角色考》等,且一律分卷不分章节。参见叶长海:《〈宋元戏曲史〉导读》,王国维撰,叶长海导读:《宋元戏曲史》,上海:上海古籍出版社,1998年,第17~19页。
④ 王国维撰,叶长海导读:《宋元戏曲史》,上海:上海古籍出版社,1998年,第63页。

成,据今所知,在北宋时的东京,始有勾栏表现《目连救母》杂剧"①。赵景深则认为:"纵观中国戏剧历史的发展,根据目前掌握的实际材料,我们认为:中国戏剧的真正形成,只能定在北宋后期至南宋初期。"②胡忌详尽考察宋杂剧角色、体制和相关名目后认为那时戏剧发展必然渐趋完美。任半塘认为中国戏剧形成应当更早,他在《唐戏弄》中说:"《踏摇娘》为唐代全能之戏剧,在今日所得见之资料中,堪称中国戏剧之已经具体、而时代最早者,但尚未曾详明其所以然。"③戴不凡则更进一步:"不过,不管怎么说,歌、舞、剧三位一体的戏曲,至迟在唐代就已经正式出现了。"④甚至陈多和谢明以"载歌载舞、扮演人物、敷衍故事"为中国古典戏剧的特征,提出西周时便造就了中国古代戏剧形成的一切艺术手段,中国古典戏剧形成于春秋时期的观点⑤。孙常叙也提出了类似的意见,在《〈楚辞·九歌〉十一章的整体关系》中强调了《九歌》的戏剧本质,作出《九歌》是"我国戏剧史上仅存的一部最古老最完整的歌舞剧本"的判断⑥。

国外研究中国古代戏剧的学者普遍认为,中国古代戏剧经历的史前期较长。但就史前期下限应当到何时,见解并不相同。有学者认为中国戏剧始于⑦唐玄宗设"梨园"⑧,但翟理斯却有独特见解:"中国戏剧是在 13 世纪突然之间降生于世。"戈登·博顿利⑨(Gordon Bottomley,1874—1948)认为西方戏剧起源于古希

---

① 周贻白:《中国戏曲发展的几个实例》,《中国戏曲论集》,北京:中国戏剧出版社,1960 年,第 32 页。
② 赵景深:《中国戏剧形成的时代问题》,《中国戏剧史论集》,南昌:江西人民出版社,1987 年,第 20 页。
③ 任半塘:《唐戏弄》,北京:作家出版社,1953 年,第 420 页。
④ 戴不凡:《戏剧二题》,《文学遗产》1980 年第 3 期,第 135 页。
⑤ 陈多、谢明:《先秦古剧考略——宋元以前戏曲新探之一》,《戏剧艺术》1978 年第 2 期。
⑥ 孙常叙:《〈楚辞·九歌〉十一章的整体关系——〈楚辞九歌通体系解·事解〉》,《社会科学战线》1978 年第 1 期。
⑦ "虽然有些人认为梨园弟子便是真正的演员,这个词便是戏剧的代名词。但其实(唐玄宗所设置的梨园)只是为宫廷娱乐提供歌唱家、乐师或者可能的话提供舞蹈演员。"参见 Herbert Allen Giles,*A History of Chinese Literature*,New York and London:D.Appleton and Company,1909,p.257。
⑧ "玄宗于听政之暇,教太常乐工子弟三百人,为丝竹之戏,号为皇帝弟子,又云梨园弟子,置院近于禁苑之梨园。"〔后晋〕刘昫等撰:《旧唐书》,北京:中华书局,1975 年,第 1051 页。
⑨ 戈登·博顿利,英国诗人,以诗剧著名。代表作有《夜晚的哭喊者》(*The Crier by Night*,1902)、《夏至前夕》(*Midsummer Eve*,1905)、《歌舞合唱剧》(*Choric Plays*,1939)等。

腊,中国古老文化及其温良敦厚孕育出中国戏剧①。韩南②指出:"中国戏剧艺术有着丰富的戏剧因素及文类。起点可为 1000 多年历史长河中的任何一点,取决于哪种因素起作用。"③但起源于第一次记录《目连救母》(*Mu-lien Rescue His Mother*)④的 12 世纪更客观。杜威廉认为中国从西周到唐代的各种表演,如舞蹈、歌唱、音乐、吟诵、杂技等,都属于中国人的"戏剧意识"(drama consciousness),对中国戏剧的产生至关重要。从舞蹈到戏剧、从宗教仪式到戏剧仅一步之遥,但无法证明中国戏剧在宋代以前跨出决定性的一步⑤。杜威廉坚守中国戏剧的顶峰和主流,在王国维、周贻白、青木正儿、孙楷第、谭正璧、严敦易、斯格特、罗锦棠研究基础上,研究中国古代戏剧的宏大课题。他的《中国戏剧史》开篇就宣称:"中国戏剧最早起源自 13 世纪。"书中所列朝代时间表显示 13 世纪即南宋、金、元时期⑥。又在介绍宋金杂剧后,说"舞台搭好了,但是戏剧存在了吗?"⑦因此,杜威廉虽开篇便提出中国戏剧产生于 13 世纪,可又认为宋金杂剧仍是"戏剧意识",并非真正的戏剧,他在马科林(Colin Mackerras)主编的《中国戏剧:从起源到现在》⑧

---

① Gordon Bottomley,"Preface,"*Wang Shih-fu*,*The Romance of the Western Chamber*,trans. by S.I.Hsiung,London:Methuen,1935.p.ix.
② 将美国学者韩南对中国戏剧的讨论列入中国古典戏剧在英国的传播方向的代表,有两个原因:一是韩南于 1950—1953 年,在伦敦大学刻苦学习并取得一个学士学位,并在毕业后考入伦敦大学亚非学院,一边教书,一边作博士论文,于 1960 年在伦敦大学获得中国古代文学博士学位。他 1954 年至 1963 年在伦敦大学亚非学院担任讲师。1963 年至 1968 年在美国斯坦福大学先后任副教授、教授。1968 年起,任哈佛大学东亚语言与文明戏教授至今。因此,韩南是受英式学术教育的学者。二是因为韩南谈论中国戏剧的这篇文章"The Development of Fiction and Drama"被英国汉学家雷蒙·道森收入他所编的《中国之遗产》(*The Legacy of China*)中。
③ Patrick Hanan,"The Development of Fiction and Drama,"in Raymond Dawson eds.,*The Legacy of China*,Oxford:Oxford University Press,1964.p.122.
④ Ibid.
⑤ William Dolby,*A History of Chinese Drama*,London:Elek Books Limited,New York:Harper & Row Publishers,1976,pp.1-14.
⑥ 孙歌、陈燕谷、李逸津合著《国外中国古典戏曲研究》第 49 页认为:"杜为廉在《中国戏剧史》中把这个下限划到唐代为止,但在 1983 年出版的马科林主编的《中国戏剧:从起源到现在》一书中,杜为廉执笔的第一章却将下限推进到包括宋杂剧和金院本的'宋金杂剧'。"笔者觉得此处值得商榷。因为杜威廉在朝代表中把唐代的时间标为 618—907 年,北宋的时间标为 960—1126 年。与《中国戏剧史》开篇第一句的"中国戏剧最早起源自 13 世纪"相矛盾。
⑦ William Dolby,*A History of Chinese Drama*,London:Elek Books Limited,New York:Harper & Row Publishers,1976,p.39.
⑧ 马科林主编《中国戏剧:从起源到现在》于 1983 年由夏威夷大学出版社出版。其中杜威廉执笔第一章《中国早期的戏剧和戏院》和第二章《元代戏剧》。

(*Chinese Theater: From Its Origins To The Present Day*)把北宋晚期的南戏当作最早的中国古典戏剧。"由于现存有关兴起于大都的元杂剧资料卷帙浩繁,便很容易把它看成最早的中国古典戏剧。其实,中国南部地区还有另一种更早的戏剧形式,即温州杂剧或者永嘉杂剧,又称南戏。"①

龙彼得②(Loon Piet van der,1920—2002)不赞成沿线性发展线索讨论中国古代戏剧的起源与发展:由先民祀神舞蹈,原始巫觋表演,或散乐百戏,进而发展成为形式较为复杂的戏曲。"我对于上述的看法并不赞同",1976 年 3 月 10 日他在巴黎发表演讲说道,"在中国,如同在世界任何地方,宗教仪式在任何时候,包括现代,都可能发展成为戏剧。决定戏剧发展的各种因素,不必求诸遥远的过去;它们在今天仍还活跃着"。龙彼得认为研究戏剧史的重要问题并不在于研究戏剧"何时"兴起,而在于研究戏剧"如何"兴起。我们应该尤其探讨戏剧在社会中有何种功能。③

综观各家,翟理斯、韩南、杜威廉多依赖中国学者搜集整理的史料(其中杜威廉资料掌握得最丰富)进行研究,结论大体类似中国学者。只有龙彼得见解独特,他一面在英国剑桥大学图书馆和德国萨克森州立图书馆探询中国古代戏曲孤本,一面赴马来西亚、泰国、中国台湾及新加坡等地区的城市和乡村的丧葬礼仪、戏剧演出和季节性游行。

(二) 中国古典戏剧兴起的原因

宋金时代,中国的文学形态更加丰富,英国学者对此非常关注,纷纷把宋代看作中国古代戏剧的转折期,侧重研究本时期中国社会与文化结构变化对中国戏剧的影响,进而思考戏剧产生的原因。

韩南所著《中国小说和戏剧的发展》在西方影响很大,此后很多研究都可视

---

① William Dolby," Yuan Drama,"Edited by Colin Mackerras,*Chinese Theatre: From Its Origins to the Present Day*,Honolulu:University of Hawii Press,1983,p.33.
② 龙彼得是极好的书目提要编纂者、一丝不苟的文献学者,为了探寻中国传统戏剧的仪式源头,他多次赴东南亚地区进行学术考察。他于 1977 年发表《中国戏曲仪式渊源考》("Les Origins Rituelles du Theatre Chinois"),1979 年发表《皮影戏〈朱文〉》("Chu Wen: A Play for the Shadow Theatre"),均内容翔实,结构严谨,论证严密,论据可靠,具有无可非议的权威性。
③ [英]龙彼得:《中国戏剧源于宗教遗典考》,王秋桂、苏友贞译,王秋桂编:《中国文学论著译丛》,台北:台湾学生书局,1985 年,第 523 页。

为这篇文章的延伸。按照中国的三种语言形态,韩南分出三种共存且不同的文学:一是以文言文创作的经典文学,主要读者群体是文人士大夫。二是以日常交际口语创作的口语文学,读者群体主要是不识字的听众。三是以白话文创作的白话文学,读者群介于文人士大夫和不识字的听众之间。口语文学从 8 世纪开始,13 世纪时发展成熟,与世界其他地区口语文学类似。14 世纪后,白话文学兴起,16 世纪发展较为繁荣。韩南认为中国戏剧创作超越了以上三种类型①。有一种戏剧形式涵盖以上所有读者群。中国戏剧突破了语言等级界限,流行性强,广泛地使用白话文,可归为口语文学和白话文学,如果非要分类的话,可分为大众剧(popular theatre)和文人剧(literary theatre)②。

韩南把口语文学③的产生与通俗文艺体系的形成联系在一起,均为唐朝后期中国社会及文化结构变化的产物。在此框架内,提出了口语文学的性质:口语文学是一种商业性平民艺术(plebeian art)④。即西方口语文学研究中形成的民众主义(populist)戏剧史观和通俗文化史观。唐宋以来包括大众剧⑤在内的口语文学是通俗文化体系的组成部分。

由此韩南开始探讨中国口语文学产生的原因,即中国古代戏剧产生的原因。首先是新的社会条件下,商业化都市不仅与新型市民相联系,还同勾栏瓦肆、艺人行会等文化机构相联。作为一种体制化的文化实践,它同以往自发产生的民歌民

---

① Patrick Hanan, "The Development of Fiction and Drama," in Raymond Dawson eds., *The Legacy of China*, Oxford: Oxford University Press, 1964. p.117.
② 韩南认为中国的文人剧在大众剧发展所奠定的基础上产生。讨论中国古典戏剧产生的原因便从讨论中国大众剧产生的原因开始。大众剧起源于中国的口语文学。
③ 韩南指出,除一种散体小说(prose tale)外中国小说是口语文学与白话文学的保存(preserve)。中国戏剧突破了语言等级的界限,由于它流行性的起源,加上它广泛地使用了白话文,因此也应该归为口语文学和白话文学中。因此,中国的口语文学包括中国绝大多数小说和中国戏剧。参见 Patrick Hanan, "The Development of Fiction and Drama," in Raymond Dawson eds., *The Legacy of China*, Oxford: Oxford University Press, 1964. p.120.
④ 韩南指出,中国的口语文学务必要与西方的口头文学相区别。因为在中国并不存在西方广泛存在的宫廷吟游诗人作为口头文学的传播媒介,这些宫廷吟游诗人在西方口头文学的发展中起着构建性的作用(formative role)。但中国的说唱演员有时的确得到了皇室的支持。但这种支持范围很小,而且对中国的口语文学发展几乎没有特别的影响。详见 Patrick Hanan, "The Development of Fiction and Drama," in Raymond Dawson eds., *The Legacy of China*, Oxford: Oxford University Press, 1964. p.119.
⑤ 韩南认为中国戏剧分为两种:大众剧和文人剧。但文人剧由大众剧中产生。因此大众剧产生的原因便是中国戏剧产生的原因了。

谣具有本质区别。韩南指出:"中国小说和戏剧的发展与城市发展密切相关。说唱文学以前所未有的方式繁荣起来,首次诞生了戏剧。两种艺术形式紧密相关,且都具有演出性、空间性,具有商业性和平民性。"①戏剧产生时不是一种自我娱乐自我排遣的艺术,而是一种商业性文化生产与文化消费。"它们在勾栏瓦肆被消费,商业性成为口语文学和白话文学的主要动力,也是区别于士大夫文人经典文学的主要标志。"②这种商业艺术的从业人员不是业余生手,而是分工严谨、训练有素的职业艺人。表演前,他们接受俄罗斯芭蕾舞演员般的艰苦训练③。中国戏剧,如欧洲中世纪戏剧一样,是艺人的戏剧,主角不是剧作家,而是演员。尽管演员周围的确聚集了一批"作家",在这种艺术世界里,(以平民为主的)观众是演员的上帝,演员却是作家的上帝。至于文人剧④,则是很久以后才出现的。

哈罗德·阿克顿则在中国古代戏剧中发现人类试图与他人交流的欲望,戏剧用动作、歌舞来达情感,用带节奏的动作、运动、声音表达思想。正是这种与人交流感受的欲望,促进戏剧表演产生⑤。翟理斯把中国古代戏剧的产生归结到外部因素,很可能由鞑靼人(Tartar)带入中原⑥。杜威廉和龙彼得主张中国古代戏剧起源于宗教仪式,可能与西方戏剧源于酒神狄俄尼索斯祭祀活动观念相关。他俩的区别在于中国戏剧到底起源于何种宗教。杜威廉认为中国戏剧起源与萨满教举行的仪式活动有关。"拨开历史帷幕发现,舞蹈、动作、姿势和戏服等因素综合

---

① Patrick Hanan, "The Development of Fiction and Drama," in Raymond Dawson eds. *The Legacy of China*, Oxford: Oxford University Press, 1964. p.120.
② Ibid., p.119.
③ 比如说唱艺人(story-teller),他们说唱的领域比现代学者的分法更加严格,比如五代故事或三国故事。根据说唱艺人们表演的内容和技法,可以把他们分为以下几类:一是宗教故事或者奇迹故事类,他们一般使用散体或者诗体形式;二是历史类,往往与神话故事混合在一起;三是日常生活故事类。详见 Patrick Hanan, "The Development of Fiction and Drama," in Raymond Dawson eds., *The Legacy of China*, Oxford: Oxford University Press, 1964. p.122.
④ 韩南把中国戏剧分为文人剧(literary theatre)和大众剧(popular theatre)。这种划分方法来自欧洲戏剧。文人剧虽以白话文创作,但这种白话文更接近于文言文,以满足文人士大夫的阅读需求。但与文人剧相比,大众剧首先发展起来,并产生了戏剧中的主要创新方法,在几个世纪以来大众剧已经分成了一系列音乐类型。文人剧便建立在大众剧所奠定的基础上,根据不同的音乐类型供文人仅选择几种形式写作,通过这种选择促进戏剧类型的进一步发展。
⑤ Harold Acton & L.C.Arlington, "Introduction," *Famous Chinese Plays*, trans.and edit.by Harold Acton & L.C.Arlington, Peiping: Henri Vetch, 1937, p.1.
⑥ Herbert Allen Giles, *A History of Chinese Literature*, New York & London: D. Appleton and Company, 1909, p.258.

在一起,为模仿艺术提供一定空间,与萨满教①关系密切。"萨满有时以歌舞形式举行召唤鬼魂、神仙并与之交流的仪式。这种乞灵活动也用于娱乐,米尔恰·伊利亚德②(Mircea Eliade,1907—1986)指出,萨满降神仪式具有戏剧式的结构:

> 这不仅仅指偶尔复杂的演出,很明显,这种演出对病人有良好影响。但是,任何一个名副其实的萨满仪式都以与日常经验世界大异其趣而告结束。火戏法、绳戏法或芒果戏的奇迹,在魔力的宴会上展示,为人们揭开另一个世界——一个神灵与术士令人惊奇地寓言般的世界。在这个世界里,一切都是可能的。在这里,死者能还阳,生者之死只是为了再生一次;在这里,人们可以在瞬间即隐即现;在这里,"自然的法则"被废除,某种超人的"自由"被以个例的形式证明并且成为眼花缭乱的"现实"③。

杜威廉认为中国萨满教也有上述功能④,他描述萨满们举行仪式的场面"萨满们净身、涂上香膏、穿着华丽复杂的衣服,用求欢和求婚的方式,唱着歌曲⑤让神灵附体。整个仪式几乎像一个充满色情的礼拜仪式"⑥。在他看来,这种仪式更像一场演出,有手势、音乐和专门服装的表演,具有某种戏剧意识。杜威廉把中国古代戏剧的诞生与宫廷表演结合起来,"周朝衰微,礼崩乐坏,统治者重新修订宫廷仪式和音乐,逐渐形成自己的优伶乐师。中国古代戏剧便从这些优伶乐师中

---

① 杜威廉认为萨满教在中国的宗教和社会生活中占有重要地位,萨满可理解为"牧师"或者是那些拥有特殊力量,可以召唤幽灵、神灵且能与之交流的人与神交流的中介。
② 西方著名宗教史家。1928年到1931年在印度学习印度瑜伽和奥义书,同时刻苦学习梵文。伊利亚德在文学创作方面数量颇丰,作为学院派小说家,其学术重心始终在宗教研究上。二战结束后到1955年,伊利亚德一直居住在法国巴黎,这期间他的宗教研究达到了一个顶峰,以法文的形式出版了一系列宗教著作:《比较宗教的范型》《宇宙和历史》《永恒回归的神话》《瑜伽:不死与自由》以及《萨满教》。
③ Mircea Eliade, *Shamanism*, London, Routledge and Kegan Paul, 1970, p.511.
④ 杜威廉指出在中国的《诗经》中便记载了这种萨满活动。书中有关商代的活动部分曾提到与萨满有关的雾和歌。商代是以宗教无所不在为特征的,其时的宗教很大部分带有明显的萨满教倾向。《楚辞》中的"九歌"部分更是萨满教活动的综合。
⑤ 杜威廉也承认用于萨满仪式的歌曲并不是开始时便作为整体而存在于萨满仪式中,它们具有不同的渊源。后来这些歌曲音乐经过改编后被楚国宫廷使用。详见 Colin Mackerras, *Chinese Theatre from its Origins to the Present Day*, Honolulu: University of Hawaii Press, 1983, p.9.
⑥ Colin Mackerras, *Chinese Theatre from its Origins to the Present Day*, Honolulu: University of Hawaii Press, 1983, p.9.

衍生"①。龙彼得反对中国古代戏剧呈线性发展的观点。不赞成杜威廉梳理出来的线索——萨满教产生戏剧意识;然后过渡到宫廷优伶,戏剧意识渐渐发展;后来历朝历代优伶在社会环境或经济作用下,逐渐成熟而产生中国古代戏剧。龙彼得认为中国戏剧随时随地都可以产生:"在中国,如同在世界任何地方,宗教仪式在任何时候都可以发展成为戏剧。"②进一步说,龙彼得还认为中国古代戏剧产生自民间,而非宫廷。季节性的民间戏乐才是中国古代戏剧源头,"这种演变(戏剧产生)的发生通常来自乡间小型歌舞杂耍团,前往大都市去谋生,而最后变成职业剧团所造成"。他们对中国史籍记载③态度也不同,龙彼得觉得中国史籍并不可信。原因有三:一是史籍中有关中国古代戏剧起源的记载极其贫乏。二是史籍记载通常着笔于仕宦,尤其是皇帝及其近臣的活动和嗜好。民众的行事,如非影响到社会秩序,则常常被忽略。三是史籍中对民间活动记载关切的角度与民众本身完全不同。"他们关切的是这些戏对世道人心所造成的种种不良影响。"④官方的指责态度不仅加诸季节性民间戏乐,也常常加诸所有公开的戏剧演出。于是,龙彼得认为中国古代戏剧起源于季节性民间戏乐或者公开戏剧演出活动。在《中国戏剧源于宗教遗典考》中,他列举了以下一些节日庆典场面作为中国古代戏剧的起源:

八月十五中秋佳节⑤	歌场⑥
新年庆典	翁源⑦舞牛⑧、台湾南部牛犁歌⑨

---

① William Dolby, *A History of Chinese Drama*, London: Elek Books Limited, New York: Harper & Row Publishers, 1976, p.2.
② 龙彼得:《中国戏剧源于宗教遗典考》,王秋桂、苏友贞译,王秋桂编:《中国文学论著译丛》,台北:台湾学生书局,1985年,第523页。
③ 杜威廉在论证中国每种戏剧意识的产生时,都对其出处进行详细考证,并尽量标出其最初的出处。
④ 龙彼得引用了陈淳在《上传寺丞论淫戏》提出的八条弊端:"一、无故剥民膏为妄费;二、荒民本业事游观;三、鼓簧人家子弟玩物丧恭谨之志;四、诱惑闺妇女出外动邪僻之思;五、贪夫萌抢夺之奸;六、后生逞斗殴之忿;七、旷夫怨女邂逅为淫奔之丑;八、州县二庭纷纷起狱讼之繁。"
⑤ 龙彼得认为八月十五中秋佳节是一年中少有的几次凡人可与女神交合的节期之一。
⑥ "荆湖民俗,岁时会集,或祷词,多击鼓令男女踏歌,谓之歌场"。参见范致明:《岳阳风土记》。
⑦ 粤北一客家区。
⑧ 见张清河和李经才《舞牛歌》。文中附有两场舞牛歌的歌词。
⑨ 其穿插于歌舞中的对话似乎便是从民间百戏过渡为舞台戏的里程碑。

(续表)

迎春盛典①	鞭打春牛②、春牛和芒神的游行、假官(有时出现)
元宵节③	假官(常常出现)、河北灯官、旱船
初夏	灵舟或者龙舟
大酺④	旱船
除旧迎新	大傩
除夕或新年	英歌
	秧歌、舞狮、迎神赛会威仪团所演出的打斗、宋江阵

正是以上表所列庆典为代表的民间活动经过转换过渡形成中国各类戏剧。龙彼得认为标明过渡⑤的方法——"转换"在从民间活动过渡为中国古代戏剧占有重要地位。转换更强调一种角色变化。戏剧演出一般是人们正常行径的一种转换——粉碎自己并扮演某种角色(并非为消遣或娱乐)。

(三) 中国古代戏剧形成与发展研究

自王国维开创中国戏剧史研究以来,中国学界关于戏剧史的成果卷帙浩繁。王国维、周贻白、徐慕云、张庚、唐文标、廖奔⑥等都描述过中国戏剧发展史。王国维主张中国戏剧于元代时期兴起,上古五代之戏剧与"南宋、金、元之戏剧,尚未可同日而语也"⑦;"宋人杂剧,固纯以诙谐为主,与唐之滑稽戏无异。但其中角色,较为著明,而布置亦稍复杂;然不能被以歌舞,其去真正戏剧尚远。然谓宋人戏剧,遂至于此,则大不然。……若以此概明之戏剧,未有不笑之者也。宋剧亦

---

① 每年二月五日时于全国各州县同时举行。
② 古代祈求丰沃的仪式。
③ 龙彼得认为元宵节保存了古时大傩的面貌。
④ 并非每年定期节日,而是特为庆祝胜战、吉兆、改元等事而举。
⑤ 过渡多是从时间上标明从旧年到新年,从一朝到另一朝的转移,但也可指节期庆典、人神寿诞、祭祀、进香等从这一期到下一期的过渡。
⑥ 王国维的《宋元戏曲史》,周贻白的《中国戏剧史》《中国戏曲发展史纲要》和《中国戏剧史讲座》,徐慕云的《中国戏剧史》,张庚的《中国戏曲通史》,唐文标的《中国古代戏剧史》,廖奔和刘彦君的《中国戏曲发展史》等。
⑦ 王国维撰,叶长海导读:《宋元戏曲史》,上海:上海古籍出版社,1998年,第13页。

然"①;音乐方面,"盖南北曲之形式及材料,在南宋已全具矣"②;两宋杂剧"其结构与后世迥异,故谓之古剧。古剧者,非尽纯正之剧,而兼有竞技游戏在其中"③;上古至五代之戏剧、宋之滑稽戏、宋之小说杂戏均"去真正戏剧尚远"。中国古典戏剧产生过程漫长而曲折,各种戏剧因素又自有发展历史。周贻白曾梳理中国古代戏剧的线索为:胚胎阶段的周秦乐舞,汉魏六朝的散乐,隋唐歌舞与俳优,形成阶段的宋代大曲和词,宋代俳优与戏剧,傀儡与影戏,诸宫调与唱赚、南戏,经过元杂剧、明传奇,明代戏剧经过演进到清代戏剧、皮黄剧。

英国学者努力把中国古代戏剧史的发展糅合起来,形成历史框架。尤其以杜威廉最具代表。他详细地梳理了中国戏剧历史过程,从上古舞蹈表演、萨满教宗教仪式、西周宫廷舞蹈,历经周代优伶、秦汉百戏、傀儡戏、唐参军戏、踏摇娘、樊哙排闼、宋杂剧、金院本、宋南戏等孕育过程,在印度戏剧、唐传奇(marvel tales, chuanqi)、俗讲变文(Mandala texts)、说唱诸宫调等的影响,直到13世纪基本形成中国戏剧,后经明杂剧、明传奇,并逐渐产生余姚、弋阳、昆山、海盐四大声腔,逐渐演化为京剧。在20世纪,京剧、300多种地方戏及傀儡戏、皮影均不同程度地发展,民间小戏如花灯戏、秧歌戏、花鼓戏、马灯戏等也发展起来。其中音乐声腔也分为四部分:高腔、昆山腔、柳子腔和皮黄梆子腔等。

柳无忌在关于杜威廉《中国戏剧史》的书评中认为:"杜威廉学识渊博,努力构建中国戏剧史。本书12个章节,详细考察了中国戏剧史的起源,也论述了现代戏剧的成就与局限。按照历史编年,分为两部分:一是中国戏剧的前现代阶段,包括唐宋元明;二是清代、民国时期直到1960年代,详细讨论了中国各地区、各类型的戏剧,超越了前代所有同类著作,对我们从总体上理解中国戏剧的多样性及其活力来说,至关重要"④。

杜威廉对唐代以前中国古代戏剧研究如下表:

---

① 王国维撰,叶长海导读:《宋元戏曲史》,上海:上海古籍出版社,1998年,第27页。
② 同上,第44页。
③ 同上,第58页。
④ Liu Wu-chi, Untitled, *The China Quarterly*, No.71(Sep., 1977), p.627.

类别	戏剧表演/作品	剧作家/表演者	备注
周代	萨满教仪式、宫廷短剧(skit):孟优衣冠	孟优	
汉代其他表演	短剧(story-skit):《东海黄公》、角抵、百戏、散乐、雅乐		
三国时期至隋代	傀儡戏、魏国:《辽东妖妇》	曹奂①	
唐代	《兰陵王入阵曲》《踏摇娘》《钵头》《樊哙排君难》、傀儡戏、崔公铉俾乐工戏妻、《弄孔子》、参军戏、马戏	郭秃、李可吉	唐玄宗设梨园,传奇②、变文③发展
五代	参军戏		

在他看来,宋金时期对中国古代戏剧的发展至关重要。经过前代的发展,绝大多数戏剧因素都已经存在,包括讲唱文学类似戏剧性的情节、演唱、音乐伴奏、主要演员的节奏、合唱、吟诵、对话、舞蹈、服装、化装、女子扮演男子、男子扮演女子、男子扮演男子、女子扮演女子、杂耍、小丑、讲唱混合及其他戏剧因素等,联合起来形成今天新的娱乐形式,非常接近戏剧前身。宋代城市手工业等兴起,人口不断增长,文化繁荣,社会多样化发展,市民娱乐形式剧烈变化。汴梁、杭州等大都市,勾栏瓦肆出现,傀儡戏、皮影戏、各种小曲、走钢丝、说书的讲唱、杂剧等繁荣发展。

---

① 此处是杜威廉考证错误。这个皇帝不是曹奂,而应是曹芳。曹芳即帝位后,未亲万机,耽淫内宠,沉溺女色,废捐讲学,弃辱儒士,日延小优郭怀、袁信等于建始芙蓉殿前裸袒游戏,使与保林女尚等为乱,亲将后宫瞻观。"又于广望观上,使怀、信等于观下作辽东妖妇,嬉亵过度,道路行人掩目,帝于观上以为谦笑"。〔晋〕陈寿撰,〔宋〕裴松之注:《三国志·魏书四·三少帝纪第四》,北京:中华书局,1982年,第129页。

② 杜威廉以《目连救母》为例。

③ 以秋胡变文为主题。

戏剧类别	名称	其他
傀儡戏	肉傀儡、悬丝傀儡、桩头傀儡、影戏	书会②、杭州百戏部、勾栏瓦肆、出现角色分类、剧本的艳段、散段等分类
院本	杜仁杰①:《庄稼不识勾栏》《定爱情》	
百戏	钟馗捉鬼等	
南戏	《赵贞娘》《王魁》《张协状元》	
音乐	《诸宫调》《法曲》《大曲》	
诸宫调	《西厢记诸宫调》	
杂剧	《目连救母》	

杜威廉对元代戏剧的研究成果可参见《中国戏剧史》的第三章和澳大利亚学者马科林主编的《中国戏剧：从起源到现在》的第二章③。他对元杂剧的曲词、剧作家、素材、音乐均有论述。

元杂剧	举例
演员	顺时秀、珠帘秀、南春宴、谢天香、米里哈
角色分类	净、副净、副末、末泥、装孤、外旦、旦、外、老、正末等
参与者	乐官、看官、伶人、行院、书会
剧本结构	艳段、楔子、曲词、衬字
戏曲理论家	钟嗣成、夏庭芝、徐大椿、元好问
剧作家	关汉卿、白朴、王实甫、郑光祖、马致远
主题	爱情故事、诉讼、强盗、土匪、隐士、鬼怪

杜威廉着重思考了中国古代戏剧在元代发展的原因，蒙古征服金朝、宋朝统一中国，压制儒家文人，大批读书人被迫进入娱乐领域谋生，或寻找合适的职业，或在文学作品中发泄愤慨的情绪，他还注意到蒙古族的元代朝廷保护戏剧演出、

---

① 此处为杜威廉的讹误。他把元代散曲家杜仁杰的作品放在宋代来论述。
② 杜威廉考证到宋代成立书会(shuhui, writing societies)，写作院本和杂剧，直到13世纪时仍流行。见 William Dolby, *A History of Chinese Drama*, London: Elek Books Limited, New York: Harper & Row Publishers, 1976, p.16。
③ 本章国内已经有译文。杜威廉:《元代戏剧》，苏明明译，乐黛云等编选:《欧洲中国古典文学研究名家十年文选》，南京：江苏人民出版社，1998年。

创作①。正是在这种背景下,元杂剧兴盛起来。

剧作家/理论家	作品
关汉卿	《智斩鲁斋郎》《拜月亭》《双赴梦》《单刀会》
白朴	《梧桐雨》
郑光祖	《倩女幽魂》《王粲登楼》《周公摄政》
马致远	《汉宫秋》
王实甫	《西厢记》
无名氏	《蓝采和》
钟嗣成	《录鬼簿》
夏庭芝	《青楼集》

杜威廉对元代戏剧涉猎广泛,形成了若干研究专题,如关汉卿专题。可惜,对很多关键问题却没有提出自己的观点。正如柳无忌所说:"(杜威廉)尽管学识丰富、信息量大,但却没能对中国戏剧关键阶段提供有意义的阐释。……有些地方过于精练,其实人们希望看到更多更完整的讨论。"介绍明清戏剧时,同样如此。几乎占全书三分之一篇幅,对清代戏剧官方编年描述详尽,信息丰富,在一定程度上掩盖了剧作家的重要性。即使提及某些戏剧家,如西方较为了解的李渔,大家期望能看到对他的讨论,但内容只有三段,甚至没有提及其戏剧。下表是杜威廉从明清至今所提到的作品和戏剧家或理论家。

朝代	剧作家	作品
明代	朱有燉、高明、康海、王九思、汤显祖、贾仲明、朱权、李开先、魏良辅、贯云石、汤显祖、梁辰渔、沈璟、张戴、赵琦美、王骥德、王世贞、徐渭、臧懋循	《琵琶记》《中山狼》《牡丹亭》《小孙屠》《杀狗记》《浣纱记》《白兔记》《拜月记》《牡丹亭》
清代	李渔、洪昇、孔尚任、李调元	《长生殿》《桃花扇》《十五贯》

---

① 杜威廉列举了朱有燉1406年作的诗来说明这个原因:"死谏灵公演传奇,一朝传到九重知。奉宣赉与中书省,诸路都教唱此词。" William Dolby, " Yuan Drama," Edited by Colin Mackerras, *Chinese Theatre: From Its Origins to the Present Day*, Honolulu: University of Hawii Press, 1983, p.34.

杜威廉认为中国古代戏剧是一种综合舞蹈、音乐、动作、念白、化妆及故事等方面的艺术，从他对中国古代戏剧的定义中，大概可看出他总结各要素的脉络：

舞蹈发展线索：上古舞蹈→萨满教仪式→宫廷歌舞表演→百戏→《踏摇娘》。

音乐发展线索：上古音乐→宫廷音乐→秦汉散乐、雅乐→《踏摇娘》→《诸宫调》《法曲》《大曲》→音乐成熟→元杂剧、南戏→声腔分类→昆曲占优势→昆曲衰微、京剧形成→各种地方戏。

角色发展线索：《踏摇娘》→参军戏→陆参军：开始有角色分类→宋杂剧、金院本、南戏：生旦净末丑→元杂剧：生旦净末丑。

表演发展线索：秦汉宫廷优伶（孟优衣冠）→百戏→《辽东妖妇》①→参军戏→《踏摇娘》。

化装发展线索：《兰陵王入阵曲》（代面）→钵头：化装→角色勾脸。

故事或叙事的发展线索：《东海黄公》→参军戏→《踏摇娘》→《樊哙排君难》→传奇、变文：叙事方面成熟→宋金杂剧、南戏→元杂剧→明传奇。

表演场所（剧场）发展线索：萨满教仪式：祭祀场所→周代、秦汉优伶：宫廷→参军戏：宫廷或其他宴席场所→傀儡戏：从宴席场所到集市、庙宇前→踏摇娘：集市→宋金时期：勾栏瓦肆。

杜威廉对中国戏剧的爬梳明显受到中国学者的影响②，知识、套路没有超出中国学界。他试图把中国戏剧（包括话剧）从萌芽、发展到成熟论述清楚，表现出其极大的学识，其研究具有里程碑意义。

翟理斯则把中国古代戏剧放置到整个中国文学史中来考察，在《中国文学史》第六章蒙古人之朝代中有一节，明朝中有半节介绍中国戏剧。他没有详细描述中国古代戏剧发展过程，也没有勾勒戏剧史脉络，只提到上古诗乐舞时代（pre-Confucian or legendary days）的歌谣、驱鬼仪式③、8世纪时唐明皇设立梨园等细节。

---

① 杜威廉在《中国戏剧史》中说："很遗憾，我们没有找到任何关于《辽东妖妇》本质的精确观点。很可能也只是一个表演梗概，但是也很可能是一种舞蹈或者其他形式的表演。"见 William Dolby, *A History of Chinese Drama*, London: Elek Books Limited, New York: Harper & Row Publishers, 1976, p.5.
② 他在《中国戏剧史》中提到自己的研究是在中外学者研究的基础上进行的。
③ 翟理斯认为这是孔子时代的驱鬼仪式，举行仪式的人蒙熊皮、执戈扬盾，一年三次。有的人认为这是中国古典戏剧的起源。翟理斯并没有指出这种仪式的名称。从描述中我们可以看出，这便是方相仪式。

对戏剧作品的简介,只提到《彩配楼》《赵氏孤儿》《辕门斩子》《西厢记》《琵琶记》等。

龙彼得强调中国古代戏剧发展过程呈线性发展,由宗教仪式在任何合适的时间发展而来,他并不重视中国古代戏剧兴起的时间,却关注其如何发展为戏剧,总结出宗教仪式发展成中国古代戏剧的过程:民间宗教仪式→乡间小型歌舞杂耍团→前往大都市谋生→职业剧团。在宗教仪式发展成戏剧的过程中,起关键作用的因素是:转换仪式。在中国可找到的一个例子是仪式性的偷取①。"'转换仪式'其间常涉及角色的转换,可见于世界各处。虽然就我所知,还没有人能提供出一令人信服的解析。"②

(四) 中国古典戏剧在中国社会文化中的功能

大多英国学者都认为中国古代戏剧在中国社会文化生活中占有重要地位,但他们对中国古代戏剧的功能见解并不完全相同。

英国伦敦会传教士约翰·麦高恩(John Macgowan,1835—1922)在《近代中国人的生活掠影》(Sidelights on Chinese Life)③第七章娱乐(amusements)中有一段描写中国乡村戏剧表演。从其分类来看,他强调中国古代戏剧是一种娱乐功能,"(戏剧)对中国人而言最受欢迎、最令人着迷的娱乐方式"。为了在神的诞辰日取悦神,或者庆祝富人的生日,中国人便演戏。"比如神明的诞辰到了,为了取悦他,供奉者们可以目睹表演,在寺庙前的一大块空地上搭起戏台,这样神明们可以目睹表演,邻居们也能一饱眼福。神明们的生日众所周知,因此不需要任何通知,人们会从四面八方成群结队地拥来享受最美好的时光,在这些演员们的完美表演中忘记生活的忧虑。一个富人想要庆祝自己的生日,就会请人来唱戏。举办盛宴当然很好,但那样就没有喜庆的气氛,周围邻居也不知道这件高兴的事。更好的

---

① 在山西西南的平陆县,当迎春时,春婆见物掠取少许,鹭物者并不强拦。
② 龙彼得:《中国戏剧源于宗教遗典考》,王秋桂、苏友贞译,王秋桂编:《中国文学论著译丛》,台北:台湾学生书局,1985 年,第 527~528 页。
③ 本书于 1907 年在伦敦由 Kegan Paul,Trench,Trübner & Co., Ltd.出版。于 2004 年重印。2009 年李征、吕琴的译本由南京出版社出版。2006 年中华书局还出版了朱涛、倪静翻译其著作《中国人生活的明与暗》。

庆祝方式是请来有名气的演员进行轰动的表演。"①在麦高恩看来,中国戏剧纯粹是喜剧,是"快乐宫殿"。演出时,"观众们爆发的大笑交织在一起,划破了宁静的夜空,那些住在附近因有事不能来观看表演的人会在梦乡中被异乎寻常的乐声惊醒"。麦高恩是伦敦会传教士,1860年到中国,在上海、厦门等地传教,在华50年。他精通汉学,著有《中华帝国史》《厦门方言英汉字典》《华南写实》等,本书由他发表的文章集结而成,以一个外国人的视角打量、观察神秘的中国,生动形象地记录了在中国的真实感受。他认为"中国人是颇具幽默感且懂得自得其乐的民族。这一特征只有见到他们本人才能看出来,因为在中国的茶叶罐上或是诙谐小说里的那些有关中国人的图片,都将他们的形象给扭曲了。正是这种幽默和乐观,才使中国人能够忍受数千年来由于愚昧和贫穷而带来的苦难,能够勇敢地为生存斗争。中国如今在远东所处的地位正是他们带领黄种人在过去岁月里,为抵抗剥削和毁灭中华帝国的外来入侵时所表现出来的勇气与活力的最好证明。"麦高恩把戏剧表演当成中国最受欢迎的娱乐形式,详细记录了观众捧腹大笑的场景,并把戏剧当成轻松快乐地对待周遭环境的药,治愈人们生活的伤痛。

哈罗德·阿克顿把戏剧看得更重要,认为戏剧可以表达人类思想感受,实现人与人之间的交流。他是中国戏剧"热情的献身者"②,痴迷中国文化,把中国文化"当作安身立命的归宿,灵魂栖息的家园"③。阿克顿在中国古代戏剧那响锣紧鼓的音乐中恢复了心灵的安宁。

上文提到韩南把中国文学分成三种类型,这些类型的读者、作者与中国社会等级结构基本相对应。于是,中国口语文学便有独特的功能:它主要作用于不识字或识字很少的社会底层人士。上层人士虽也不同程度地介入,但其世界观、价值观主要来自正统文学。另一方面,由于使用不同语言,中国口语文学还有一种特殊的"积极意义":它不仅从正统文学之外发展起来,且始终循着"自身道路发展",与正统文学构成平行的关系。这是韩南解释中国通俗文化时最值得注意的一点,但似乎更适用于小说。"(这三种)文学类型的划分完全适用于中国小说创

---

① 约翰·麦高恩:《近代中国人的生活掠影》,李征、吕琴译,南京:南京出版社,2009年,第81页。
② Harold Mario Mitchell Acton, *Memoirs of an Aesthete*, London: Methuen, 1948, p.354.
③ 葛桂录:《他者的眼光:中英文学关系论稿》,银川:宁夏人民教育出版社,2003年,第76页。

作,但不完全适用于戏剧。中国戏剧使用白话文创作,几乎超越以上三种类型"①。中国戏剧突破语言等级界限,由于其流行性,广泛地使用白话文,属于口语文学。文言文的确是士大夫的专利,但这并不意味着白话文为民众专用。白话并不是"人民的语言",而是当时社会通用的日常语言,在某些领域还是士大夫知识分子的工作语言。例如理学家的语录即普遍使用白话文。因此,戏剧并不像仅仅局限于中下层的读者、作者,可以跨越以上三种界限。韩南说"戏剧包含了所有阶层的作者群体及读者群体"②。因此,在韩南看来,中国古代戏剧恰恰超越了阶级性,对社会等级起着重要的文化构成作用。可惜,他对中国古代戏剧只有粗线条的勾勒,没有继续详细论述,以后他主要从事白话小说的研究。

杜威廉认为中国古代戏剧在中国影响很大,"几百年来,中国戏剧的魅力已迷倒社会各阶层人士,农民百姓、帝王将相、官员将军、学者士兵既作为角色活跃在舞台上,也作为观众在观看演出中获得乐趣"③。甚至有很多人讨厌戏剧,试图使其灭绝,"戏剧也激怒了很多人,他们试图避开甚至镇压戏剧"④,但"戏剧历经兴衰浮沉,还是记载了几百年来中国生活的各要素"。因此,中国古代戏剧可以反映中国历史生活的方方面面。另一方面,在杜威廉看来,中国古代戏剧在不同发展阶段,功能不同。第一,在萨满教的某些宗教仪式中具有某些戏剧因素。"萨满们净身、涂上香膏、穿着华丽复杂的衣服,以求和欢方式,唱着歌曲让神灵附体,它几乎像一个色情礼拜仪式"⑤。这种仪式更像一场演出,有手势、音乐伴奏和特别的服装表演,已具有某种戏剧意识。因此,中国戏剧起源时就具有宗教仪式的功能。第二,中国古代戏剧具有讽谏和娱乐双重功能。随着周朝衰微,礼崩乐坏,统治者重新修订了宫廷仪式,形成自己的优伶乐师,他们具有讽谏和娱乐双重功能。杜威廉列举孟优扮演孙叔敖的故事:"即为孙叔敖衣冠,抵掌谈语。"⑥汉代宫廷短

---

① Patrick Hanan, "The Development of Fiction and Drama," in Raymond Dawson eds. *The Legacy of China*, Oxford: Oxford University Press, 1964. pp.117-118.
② Ibid., p.118.
③ William Dolby, "Yuan Drama," Edited by Colin Mackerras, *Chinese Theatre: From Its Origins to the Present Day*, Honolulu: University of Hawii Press, 1983, p.1.
④ Ibid.
⑤ Colin Mackerras, *Chinese Theatre from its Origins to the Present Day*, Honolulu: University of Hawaii Press, 1983, p.9.
⑥ 胡怀琛等人选注:《史记》,北京:商务印书馆,1947年,第332页。

剧、参军戏亦如此。第三,杜威廉认为中国古代戏剧具有娱乐功能。在他看来,古代某些娱乐形式如角抵、百戏①等很可能促进了戏剧意识的产生。"其他娱乐形式(many other entertainments)在戏剧发展过程中也起了重要作用……这种场面有助于视觉兴趣的培养。"随着中国古代戏剧"戏剧意识"的发展,以娱乐为目的的参军戏、宋金戏等发展起来,互相影响。参军戏"很可能在宋代时便对其他舞台表演产生了深远影响"。② 宋代时中国社会经济发展,人口增长迅速,城市手工业活动繁荣,社会多样化发展,文化繁荣起来。汴梁、杭州和中都等大都市逐渐出现"瓦""瓦子""瓦市""瓦肆""瓦舍"等娱乐场所,戏剧表演"棚""看棚""勾肆""勾栏""楼"日益增多。其中,每天都上演各种节目:傀儡戏、皮影戏、各种小曲、走钢丝、说书讲唱等,以杂剧表演最突出③。第四,杜威廉认为中国古代戏剧具有宣扬社会道德,教化人民的作用。勾栏瓦肆逐渐繁荣,后来便出现一些宣扬社会道德的戏剧。"爱情与婚姻等主题进入家庭道德剧中,儒家道德观念占优势。儒家的政治原则是家长制,因而这些家庭剧与表现名臣或忠君报国主题的戏剧相似。"第五,杜威廉还认为中国古代戏剧可以反映社会现实。他曾在一个注释中提到,在《旧唐书》中"一名叛将④只要一到一个新地方,总要举行傀儡戏表演,以了解当地居民性情"⑤。第六,杜威廉认为中国古代戏剧也有被除不祥的功能。他在爬梳中国傀儡戏起源时,提到《周礼》记载方相⑥"黄金四目,蒙熊皮,元衣朱裳,执戈扬

---

① 百戏本质上便是百戏或其他露天表演的娱乐形式。详见 William Dolby, *A History of Chinese Drama*, London: Elek Books Limited, New York: Harper & Row Publishers, 1976, p.3。
② William Dolby, *A History of Chinese Drama*, London: Elek Books Limited, New York: Harper & Row Publishers, 1976, p.9.
③ William Dolby, *A History of Chinese Drama*, London: Elek Books Limited, New York: Harper & Row Publishers, 1976, p.18.
④ 《旧唐书》记载庞勋:"每将过郡县,先令倡卒弄傀儡以观人情。"
⑤ William Dolby, *A History of Chinese Drama*, London: Elek Books Limited, New York: Harper & Row Publishers, 1976, p.10.
⑥ 方相是周代或汉代大傩的丧葬人物。《周礼》记载:"方相氏:续汉书礼仪志,方相氏黄金四目,蒙熊皮,元衣朱裳,执戈扬盾,十二兽有衣毛角,中黄门行亡。冗从仆射将之,以逐恶鬼于禁中。"聚学轩丛书:《周礼补注》,第4~5卷,扬州:江苏广陵古籍刻印社,1982年,第32页。

盾,帅百隶。大丧,先柩,及墓,入圹,以戈击四隅,欧方良①"。方良即魍魉,食人肝脑②。

龙彼得最重视中国古代戏剧的功能。"故重要的问题是戏剧如何兴起,而非何时兴起",史籍关于中国古代戏剧兴起的记载极其贫乏,而且他对史籍中关于民众行为的记载颇为怀疑,"史籍通常由仕宦着笔,尤其关注皇帝及其近臣的活动和嗜好,民众的行事,如非影响到社会秩序,则常被忽略"。因此,"我们尤其想探讨戏剧在社会中有何种功能"③。龙彼得曾多次前往马来西亚、泰国、中国台湾及新加坡等地区的城市、乡村参加丧葬礼仪、戏剧演出和季节性游行。特别需要注意的是,与杜威廉认为角抵、百戏是娱乐的游戏不同,龙彼得根据史籍中记载外国使者,不论来自中亚,或是荷兰东印度公司所派,都被要求参观这些(角抵、百戏)表演,而认为"这些百戏的主要的目的是在于夸示皇帝的武力与威风"④。龙彼得认为中国古代戏剧的娱乐功能并不重要,"娱乐,虽有助于达到相同的目的,却只是次要的考虑"。他认为"对大部分中国人而言,演戏的最主要功用还是在节庆中表现对神的敬意,而他们也是这种场合中才有机会看到戏"⑤。这是中国古代戏剧的一个功能。为了表示敬意而搭建的戏台,不论是固定的或临时的,总是面对受礼之人或受祭之神。舞台的动作比剧情更能表示敬意,因为音乐及扮演本身常能产生一种喜庆气氛。在龙彼得眼里,不论舞台表演或民间百戏都是欢乐的表现。不论是年节或其他场合,它们都被视为迎接新的到来。于是中国古代戏剧便有了迎新的功能。第三,在龙彼得看来,百戏除可夸耀国威外,"由其宗教祭仪的成分来看,百戏有它另外的一面,即肯定旧的结果"。第四,龙彼得认为中国古代

---

① 即魍魉。"颛顼有三子生而亡,去为厉鬼。一居江水而为疟鬼,一居若水为魍魉,蜮鬼一居人宫区隅,善惊人小儿。"聚学轩丛书:《周礼补注》,第 4~5 卷,扬州:江苏广陵古籍刻印社,1982 年,第 34 页。
② William Dolby,"The Origins of Chinese Puppetry,"*Bulletin of the School of Oriental and African Studies*, University of London, Vol.41, No.1(1978), p.98.
③ 龙彼得:《中国戏剧源于宗教遗典考》,王秋桂、苏友贞译,王秋桂编:《中国文学论著译丛》,台北:台湾学生书局,1985 年,第 523 页。
④ 同上,第 533 页。
⑤ 同上。

戏剧具有驱邪①逐祟的特性。目连到地狱救母的传说②,主要目的为袚除不祥。江苏一些地方,做醮时就演目连戏,并非在于描述目连或观音的一生,亦非给予道德教训或灌输恶有恶报的宗教观念,它们主要关注对祖先的崇拜,以触目惊心的动作来清除社区的邪祟,挥扫疫病的威力,安抚惨死、冤死的鬼魂③。第五,龙彼得并不认同中国戏剧道德教训或灌输宗教观念的作用,如上文江苏做醮时演目连戏,他认为中国古代戏剧中有求得劝人的效果。"逐祟…迎新……即使为的是求得劝人的效果。危险和苦难必须克服,这如能演得令人信服,大团圆的结局更能讨好观众。"④第六,龙彼得认为中国古代戏剧有净化作用。他说"中国戏剧所提供的净化作用却更有其深意"。他把驱邪逐祟、迎新等功能统称为净化作用。

剧名或仪式名	演出场合	功用
宋江阵	新庙宇庆成、佛像开光、季节性地送瘟神	战胜凶煞
舞狮		禳灾、进入每个家中驱除疾病和厄运
跳加官、大头和尚	任何一场戏	表示喜庆
目连救母	盂兰盆会、醮	为雇主袚除不祥、净化作用
破台	特殊场合	为演员袚除不祥
啰哩嗹⑤		净台
田都元帅⑥		至今仍为闽粤的伶人所祭祀驱邪和除旧

---

① 龙彼得把中国的袚除不祥分为两类:一是为雇主,指的是前面介绍的种种大多是为非演员的观众表演。二是为演员。在民国时期的大部分地区,这种仪式似乎只用于特殊的场合。如新戏团落成。戏台上尚未演剧必先行一繁复的仪式叫破台。在上海,则戏团易主,或生意萧条时也有重行破台者。在北平,则于除夕时为之,其目的在净除曾在戏台上演过惨死者或者夭折者的鬼魂。在这些重大的场合中,通常有五个灵官,由其中三眼的王灵官领导。仪式通常是于午夜后举行,不欢迎外人参观。
② 龙彼得认为目连救母戏不应该归入神怪剧一类,因为这个名称掩盖了这戏演出的真正功用。
③ 从目连戏及其他的故事看来,看似装饰的、额外的、穿插的一些戏剧成分,其实是仪式中不可或缺的部分。因此这些演出不是被视为原来情节上的附加物。相反地,戏剧的故事只是为这些表演提供一方便的架构,而这些表演是可以脱离故事而独立出现的。
④ 龙彼得:《中国戏剧源于宗教遗典考》,王秋桂、苏友贞译,王秋桂编:《中国文学论著译丛》,台北:台湾学生书局,1985年,第535页。
⑤ 龙彼得认为啰哩嗹兵士对神的祈求语,亦非驱邪的咒文,而是伴随并强调神的每一个动作的套语:神在幕后的准备,在幕前的出现及对玉帝致敬的舞步。
⑥ 龙彼得认为田都元帅很自然地就是傀儡戏神。

应该承认英国学者,尤其是杜威廉和龙彼得,对中国古代戏剧的功能认识较全面,论证也很扎实,有些甚至超越了中国学界的观点。

二、文类学观照下的中国古代戏剧形态

人们很难确定统一标准来包含古今中外戏剧。即便试图对中国古代戏剧进行分类,似乎也是困难重重:"如果没有一致的分类准则,那分起类来就像转动变幻莫测的魔方一般,只要视角一变,就会引起一系列新的方阵。"①如果从时间来分,中国古典戏剧可以分为先秦时期、秦汉时期、宋代时期、元代时期等;如果从剧中矛盾冲突性质与人物命运结局所反映出的审美范畴来分,中国古典戏剧可以分为悲剧、喜剧、悲喜剧②;如果从戏剧表现题材来分,中国古典戏剧可分为爱情剧、历史剧、神话剧和社会纪实剧等;如果从戏剧追求目的来分,中国古典戏剧可分为艺术剧、政治剧、宗教剧、道德剧等。从语言和唱腔角度来分,它可分为昆剧、京剧、梆子等;以主要角色分类,有青衣戏、老生戏、花脸戏等;以表演的不同侧重来分,有唱功戏、做功戏、武打戏等;以演出的长度来分,则有本戏、连台本戏、折子戏等;从艺术形态学角度③分,中国古典戏剧的形态④有原始祭祀仪式、先秦优戏、汉代角抵戏、唐代歌舞戏和参军戏、宋金杂剧、元杂剧、明清传奇等形态。确实,中国古代戏剧包罗万象,我们不可能划出一个清晰而不含混的统一类别形式,这正为学者们广泛深入的研究提供了学术空间。

(一) 概述英国学人对中国古代戏剧的文类研究

20世纪,形式主义文学理论在英美世界占有重要地位,英国学人普遍具有较强的文体意识,他们在研究中有意无意地对中国古代戏剧进行文类研究,文类研

---

① 董健、马俊山:《戏剧艺术十五讲》,北京:北京大学出版社,2004年,第37页。
② 这里所指的中国古典戏剧的悲剧、喜剧、悲喜剧与西方戏剧中的悲剧、喜剧、正剧不同。
③ 卡冈认为:"体裁是艺术形态学的总范畴,它的多义性和多面性是深刻地符合规律的,因为它们是由艺术结构的多面性所产生的。"[苏]莫·卡冈:《艺术形态学》,凌继尧、金亚娜译,北京:三联书店,1986年,第432页。
④ 关于中国古典戏剧的形态学研究有王胜华《中国戏剧的早期形态》、康保成《中国古代戏剧形态与佛教》、叶志良《当代戏剧形态论》、黄天骥和康保成《中国古代戏剧形态研究》、陈珂《戏剧形态发生论》等论著。

究成为其研究中的重要组成部分。

翟理斯认为中国古代戏剧结构简单、情节薄弱,常常被分为武戏(military plays)和文戏(civil plays)①两类。武戏通常处理历史事件和英雄故事,或历史人物的忠孝行为。帝王将相、军队雄踞舞台,有时以简单的格斗,有时以双手倒立的形式来展示。战斗进行了,对手或者叛徒在观众眼前被处决。文戏常常关注日常生活纠葛,常有滑稽人物②。

哈罗德·阿克顿一直把中国古代戏剧当作他所追求的理想艺术,"在中国古代戏剧中,念白、歌唱、舞蹈、杂技表演和谐地统一在一起,如果人们能忽略情节和音乐,便可以发现戏服、化装、动作和哑剧的含蓄美"③。这种理想艺术在欧洲只有俄罗斯的芭蕾可与之媲美。对中国古代戏剧的分类,他开门见山地说:"13世纪起就在北京表演的流行剧,比起稳重的、感伤的文戏(civil plays),我更喜欢武戏(military plays)或者历史编年戏。"④阿克顿将中国古代戏剧分为文戏和武戏,延续了翟理斯关于文戏和武戏的中国古代戏剧分类样式。从他同样把武戏与历史编年戏并列排放的看法而言,他也同意翟理斯认为武戏通常处理历史事件,文戏常常关注日常生活的观点⑤。他说:

> 武戏以一系列尖锐、生活、时髦的画面,身穿奢侈服装的人物生动地再现遥远时代的中国历史。戏中人物在模仿性的战斗中,在敏捷、柔软和精确的剑戏里表演耀眼的技艺。武戏场面中的节奏美令人陶醉,让我血压升高。演员的技术性资源似乎是无限的。天生安静和平的中国人把好战性保留在戏剧舞台上,并经过审美性的升华。观众在舞台下品茶、嗑瓜子,文雅地看着将军们比丛林中的动物都凶残。一打锣,每个人都带着自己钟爱的武器,矛、枪、戟、叉、斧,装饰得那么危险,身上华丽的盔甲,像斗鸡巨大的羽毛,合着节

---

① 翟理斯指出:"文戏和武戏这两个术语常常被误以为是悲剧和喜剧的分类。中国几乎没有悲剧。"Herbert Allen Giles,*A History of Chinese Literature*,New York and London:D.Appleton and Company,1909,p.261.
② Herbert Allen Giles,*A History of Chinese Literature*,New York and London:D.Appleton and Company,1909,p.261.
③ Harold Mario Mitchell Acton,*Memoirs of an Aesthete*,London:Methuen,1948,p.355.
④ Harold Mario Mitchell Acton,*Memoirs of an Aesthete*,London:Methuen,1948,p.355.
⑤ 赵毅衡在《艾克敦:北京胡同里的贵族》中提到阿克顿在来中国之前,便熟读韦利译的白居易、翟理斯译的庄子、理雅各译的儒典。但笔者没有找到关于阿克顿读过翟理斯《中国文学史》的证据。

奏向前走的时候，露出厚厚的白色靴子底，用武器耍各自擅长的技艺。任何人的服装与化装都各不相同，但都颜色华丽如烟火。将军上台宣称他的英雄之师将把敌人夷为平地。武戏大多讲《三国演义》与《水浒传》的故事。文戏大多是关于贞洁的故事，人物有端庄的女主角或进京赶考的丈夫。欣赏文戏需要耐心地听那些老长老长的独唱，有时老生唱得胡子也跟着发颤①。

阿克顿并没有对中国古代戏剧的分类问题进行真正的研究和论述。在其《一个爱美者的回忆》一书中，他没有进行什么差异说明就把文戏、武戏与昆曲并列。

前文已经论述过，中国古代戏剧从表演的不同侧重来分，分为唱功戏、做功戏、武打戏；从语言和唱腔分，它可分为昆剧、京剧、梆子……阿克顿不仅混淆了中国古代戏剧文类划分的标准，而且在统一标准下，对中国古代戏剧文类的划分，也不尽准确。

韩南对中国古代戏剧的文类也有一定描述，但也还没有明确提出分类标准。但从分类结果来看，大致是从题材方面着手。第一类是超自然剧（supernatural plays），包括圣徒故事剧或神话剧②。第二类是历史剧，比英国伊丽莎白时代的历史剧还多的英雄主题，常是前代帝王与王后之间悲惨的爱情故事。第三类以现实生活为题材。如以水浒英雄为代表的英雄匪徒剧，戏里的喜剧因素较多。还有一种公案剧。但最常见的仍是爱情剧。不论是前文提到的秘密爱情，还是秀才与歌伎的爱情，都使中国人着迷。在未来光辉事业开始之前，秀才与歌伎的爱情是他们的第一次自由选择。还有另一种戏剧总有一个大团圆的结局。它只关心社会生活中被认可的女人，注重家庭责任、道德观念等，常常表现一些好女人经过一番测验或苦难经历，引起人们的同情。其中《窦娥冤》以悲剧结尾，《琵琶记》以大团圆收场。如果仅仅把这类戏剧描绘成女子的卓越美德，就过于简单化了。这些戏剧总是表现以女子为背景的英雄主题，紧张之处恰恰在于女英雄总在极端事例中作为道德楷模的殉道者，总被残酷地放在家庭责任的拷问台上。比如窦娥，为了让婆母不受法律检查、折磨，只好委屈地承认自己是杀人凶手，平白无故地夸大了

---

① 阿克顿认为收听这种独唱的能力和爱好，需要后天的培养。
② 韩南认为中国古典戏剧中的超自然剧常常诉诸大笑。参见 Patrick Hanan, "The Development of Fiction and Drama," in Raymond Dawson eds., *The Legacy of China*, Oxford: Oxford University Press, 1964.p.141.

一种自我牺牲行为,但执行死刑时,我们还是感到一种可怕的悲怆①。

在中西戏剧比较研究中,大多数学者都关心中国有无悲剧、喜剧之分或者中国有无悲剧的问题。目前,国内学界有以王国维为代表的肯定说、以钱锺书为代表的否定说及以陆润棠为代表的争议说三种倾向②。

韩南认为中国古代戏剧大多属于严肃喜剧③(serious comedy),含有某种喜剧因素,提出问题,引起紧张,最后解决问题。在韩南看来,中国几乎没有悲剧。"的确,如果按照严格的悲剧定义,我们很难找到几部可以称得上悲剧的戏剧。我想,这也无可否认,无论我们西方人怎样判断悲剧的感觉,但在中国戏剧中有种产生悲剧感的戏剧。中国戏剧似乎更专注于产生悲剧时的强度,而并非专注实现悲剧的过程。虽然大多数故事也在处理口头或白话文学,戏剧处理的范围还是比小说更广泛。"④

杜威廉认为虽然西方经典意义上的悲剧极少,但元杂剧中相当一部分包含了主人公的悲惨死亡。它们确实催人泪下,但这类戏对未来有种期待,以减轻无法弥补的损失带来的无望感⑤。在他看来,大多数中国古代戏剧是喜剧或者包含喜剧情景,"幽默并不损害戏剧的悲伤感,悲伤感是悲剧的一种宽松说法。甚至可以说,通过对比,会在一定程度上加重其悲剧感。中国古代戏剧大团圆的结局可能

---

① Patrick Hanan, "The Development of Fiction and Drama," in Raymond Dawson eds. *The Legacy of China*, Oxford: Oxford University Press, 1964. pp.141-142.
② 王国维《宋元戏曲史》认为中国有悲剧,钱锺书《中国旧戏里的悲剧》认为中国古典戏剧中没有悲剧,陆润棠在《悲剧:文类概念及其用于中国古典戏剧的可行性》一文中认为,澄清"悲剧"含义有三方面的困难。他提出是否有必要采用西方术语来研究中国有无悲剧的问题。如果认为中国存在"悲剧",就必须运用中国文化、美学和哲学背景所特有的一套标准。他甚至主张,中西比较文学研究应该在方法论上做些改革,应该多考虑自己的文化和传统。
③ 法国启蒙主义思想家、百科全书主编狄德罗(1713—1784)在《论戏剧艺术》中提出了"严肃喜剧"概念。这是对古典戏剧分类理论的巨大发展,对喜剧理论的革新。意大利喜剧家瓜里尼为维护其创作的悲喜混合剧《牧羊人裴多》,于1601年发表《悲喜混杂剧体诗的纲领》时说:"悲剧所写的是王侯,是严肃的行动,是可恐惧可哀怜的情节,而喜剧所写的则是俗人的事,是笑谑;这些就是悲剧和喜剧在剧种上的差别。"他认为悲剧和喜剧可以结合成第三种剧诗。这种观点在欧洲得到莎士比亚、维加等戏剧大师的响应。维加于1609年写成了《当代编剧的新艺术》一文与他互相呼应。狄德罗在新的历史条件下重新提出这个问题,主张在悲剧和喜剧之外,创立一种中间性的"严肃喜剧",其"情节简单、家常、接近现实生活","以人类的美德和本分为主题"。
④ Patrick Hanan, "The Development of Fiction and Drama," in Raymond Dawson eds. *The Legacy of China*, Oxford: Oxford University Press, 1964. p.140.
⑤ William Dolby, "Yuan Drama," Colin Mackerras, *Chinese Theatre from its Origins to the Present Day*, Honolulu: University of Hawaii Press, 1983, p.45.

会使悲剧感减轻"①。

在麦高恩看来,中国古代戏剧是充满喜剧精神的戏剧,不仅在观剧过程中给人带来欢乐,还是一种乐观生活的动力,帮助人们战胜苦难的生活:

> 好几个小时过去了,巨大的灯笼在夜风中闪耀,演员们越来越沉浸于所表演的戏剧之中,他们的热情、身手以及所扮演的角色语调都使观众们沉迷于其中。又过去了几个小时,人们的兴趣丝毫没有减退,锣鼓的快速节奏、男演员们尖音高嗓以及观众们爆发的大笑声交织在一起,划破了宁静的夜空,那些住在附近因有事不能来观看表演的人会在梦乡中被异乎寻常的乐声惊醒②。

> 对所有人来说,这是一段快乐的时光,他们的悲伤阴郁在笑声中一扫而空。一位著名的幽默家宣称,如果有人在一个月内都笑口常开,那么他的整个生活都将被改变。在令人愉快的戏剧表演中,观众们捧腹大笑,这些有趣的记忆将在他们脑海里逗留很久,令他们更轻松快乐地对待周围糟糕的环境③。

(二) 傀儡戏 (Puppetry Plays)

马嘎尔尼在《乾隆英使觐见记》里留下了宫廷演出傀儡戏的记载:"……场中方演傀儡之剧。其形式与演法,颇类英国之傀儡戏。唯衣服不同。戏中情节,则与希腊神话相似。有一公主,运蹇,被人幽禁于一古堡之中;后有一武士,见而怜之,不惜冒危险与狮龙虎豹相战,乃能救公主,而与之结婚;结婚时,大张筵席,有马技斗武诸事,以壮观瞻。虽属刻木为人,牵线使动,然演来颇灵活可喜。"④张德彝在英国看过木偶戏后,写下了几句评语:"见有傀儡戏者,忽而忠臣义士,忽而牛鬼蛇神,其往来之提举,歌唱之悠扬,与北京无异。"⑤

对中国傀儡戏研究最细致的英国学者当属杜威廉。1978 年他在《伦敦大学

---

① William Dolby, "Yuan Drama," Colin Mackerras, *Chinese Theatre from its Origins to the Present Day*, Honolulu: University of Hawaii Press, 1983, p.47.
② John Macgowan, *Sidelights on Chinese Life*, London: Kegan Paul, Trench, Trübner & Co., Ltd., p.147.
③ Ibid., p.148.
④ [英]马嘎尔尼:《乾隆英使觐见记》,刘半农译,上海:中华书局,1917 年,第 112 页。
⑤ 左步青点,米江农校:《张德彝欧美环游记(再述奇)》,长沙:湖南人民出版社,1981 年,第 127 页。

东方非洲学院学报》上发表文章《中国傀儡戏的起源》,对中国傀儡戏起源的最早记载、起源、水上表演、分类、演戏范围、表演者和观赏者及其角色分类都进行了细致的爬梳。

第一,关于傀儡戏起源的最早记载。杜威廉认为傀儡戏①在中国具有悠久历史,其起源形式多样,但我们无法了解它起源的具体时间。目前所了解到最早提到关于傀儡戏术语是应劭的《风俗通》,傀儡戏起源于其成书前后。《列子》②、段安节的《乐府杂录》都记载了傀儡戏的起源。

第二,关于傀儡戏的起源。杜威廉认为中国傀儡戏有两种起源,一是与明器③有关,确切地说与俑④有关。傀儡戏是由丧葬仪式变成丧葬娱乐,然后扩展为一般的娱乐活动。杜威廉以《风俗通》和《金瓶梅》中所提到傀儡为例证。傀儡戏的第二种起源是由活人戴着假头或面具发展而来⑤。"方相氏:续汉书礼仪志,方相氏黄金四目⑥,蒙熊皮,元衣朱裳,执戈扬盾,十二兽有衣毛角,中黄门行之。冗

---

① 杜威廉指出傀儡戏是中国的一笔丰富的精神遗产,它还有其他的指代名称,有"木偶戏""傀儡子"或"魁礧子""窟礧子""魁櫑""傀儡"等。"窟"的含义可能是他们表演的洞或者孔。
② "周穆王西巡狩,越昆仑,不至弇。反。未及中国,道有献工人名偃师,穆王荐之,问曰:'若有何能?'偃师曰:'臣唯命所试。然臣已有所造,愿王先观之。'穆王曰:'日以俱来,吾与若俱观之。'越日偃师谒见王;王荐之曰:'若与偕来者何人邪?'对曰:'臣之所造,能倡者。'穆王惊视之,趣步俯仰,信人也。巧夫顉其颐,则歌合律;捧其手,则舞应节。千变万化,惟意所适。"唐敬杲选注:《列子》,北京:商务印书馆,1926 年,第 51 页。
③ 即冥器。专为随葬而制作的器物,一般用竹、木或陶土制成。从宋代起,纸明器逐渐流行,陶、木等制的渐少。明代还有用铅、锡制作的。《礼记·檀弓下》:"其曰明器,神明之也。涂车刍灵,自古有之,明器之道也。"唐代谷神子《博异志·张不疑》:"自是不疑,郁悒无已,岂有与明器同居,而不之省,殆非永年。"元石德玉《曲江池》第二折:"今日有个大人家出殡,摆设明器,好生齐整,我和你看一看波。"
④ 郑玄注:"俑,偶人也,有面目肌发,有似于生人。"〔清〕孙希旦撰:《礼记集解》,北京:中华书局,1989 年,第 265 页。
⑤ 杜威廉此观点来源于孙楷第《傀儡戏考源》。
⑥ 杜威廉指出范晔认为黄金四目指的是面具。"先腊一日,大傩,谓之逐疫。其仪:选中黄门子弟多年十岁以上,十二以下,百二十人为侲子。皆赤帻皂制,执大鼗。方相氏黄金四目,蒙熊皮,玄衣朱裳,执戈扬盾。十二兽有衣毛角。中黄门行之,从仆射将之,以逐恶鬼于禁中。"范晔:《后汉书》卷三。

从仆射将之,以逐恶鬼①于禁中。"②杜威廉指出977年,李昉③引用了更早的材料,使用"方相"这个词来指代类似方相的面具④。

第三,关于傀儡戏的水上表演。杜威廉指出伊丽莎白时代有水上假面剧,中国历朝都有傀儡戏水上表演。杜宝《大业拾遗》记载隋炀帝于三月三观水饰。神龟负图出河、刘备乘马渡檀溪、周处斩蛟、秋胡妻赴水、巨灵开山等。

第四,关于郭公或者郭秃的论述。杜威廉还对郭公的记载很感兴趣,查阅有关郭公的详细记载。他相信傀儡戏早在6世纪便已存在,唐代时尤盛行。

第五,关于傀儡戏的分类。杜威廉把傀儡戏分为杖头傀儡、悬丝傀儡、药发傀儡、水傀儡、肉傀儡和影戏。他详细记录了几种傀儡戏的各种文献。

第六,关于傀儡戏表演的故事。杜威廉考察了傀儡戏表演烟粉、脂粉的爱情故事及宫廷故事中的公案或侦察等。

第七,关于傀儡戏的表演者和观赏者。杜威廉还考察了中国傀儡戏的表演者和观赏者。他认为由于宋代时很多傀儡表演者的姓名保存了下来,说明当时傀儡表演广受欢迎。傀儡表演遍及全国各个地方,观赏者不仅包括黎民百姓、文武百官,连皇帝也经常观看傀儡表演。比如孝宗就定期观看这种表演,礼宗的生日宴会上也表演了傀儡戏。杜威廉甚至还考察到外国大使来中国时,帝王也会请他们看傀儡戏以示迎接。

下表是杜威廉搜集到的关于中国傀儡戏演员的列表。

---

① 杜威廉认为此处的恶鬼为魍魉。"颛顼有三子生而亡,去为厉鬼。一居江水而为疟鬼,一居若水为魍魉,蜮鬼一居人宫区隅,善惊人小儿。"聚学轩丛书:《周礼补注》,第4~5卷,扬州:江苏广陵古籍刻印社,1982年,第34页。
② 聚学轩丛书:《周礼补注》,第4~5卷,扬州:江苏广陵古籍刻印社,1982年,第32页。
③ 《周礼·夏官》曰:方相氏掌蒙熊皮、黄金四目、玄衣朱裳,执戈、扬盾,帅百隶。大丧,先柩,及墓,入圹,以戈击四隅,欧方良。(圹穿中也。方良,魍魉也。)蔡质《汉官仪》曰:阴太后崩,前有方相及凤皇车。《晋公卿礼秩》曰:上公薨者,给方相车一乘。安平王孚薨,方相车驾马。《幽明录》曰:广陵露白村人,每夜辄见鬼怪。或有异形丑恶,怯弱者莫敢过。村人怪如此,疑必有故。相率有十人,一时发掘,入地尺许,得一朽烂方相头。访之故老,咸云:"尝有人冒雨葬于此,遇却,一时散走,方相头陷没泥中。"《风俗通》曰:俗说亡人魂气浮扬,故作魌以存之。言头体魌魌然盛大也。或谓魌头为触圹,殊方语也"。〔宋〕李昉等撰:《太平御览》,北京:中华书局,1960年,第2500页。
④ 杜威廉指出,实际上,方相面具在周代时便用来指涉倛头,有时用它们来指代方相(exorcist)和他的表演。高诱用倛丑来指代唤雨的泥偶。

类别	北宋	南宋
杖头傀儡	任小二	陈中喜、陈中贵兄弟和张小仆射
悬丝傀儡	张金线	卢金线①、张金线
水傀儡	李外宁	王吉、张小仆射、姚遇仙、赛宝哥、金时好
药发傀儡	李外宁	张逢春和张逢贵兄弟
影戏	尚保义、贾雄、赵七、曹保义、朱婆儿、没困驼、丁仪、瘦吉和俎六姐	刘贵
乔影戏	丁仪和瘦吉	

除上面几个问题外,杜威廉还谈及中国傀儡戏的脚色分类,"官巷口、苏家巷二十四家傀儡,衣装鲜丽,细旦戴花朵肩、珠翠冠儿,腰肢纤袅,宛若妇人"②。其中的细旦可能是傀儡戏中一个女性角色,很可能是漂亮女子。周密也提到这个术语及其反义术语粗旦,可能是小姐与女仆之间粗浅的分类③。

杜威廉对中国傀儡戏起源的考察追求精确,体现了英国学术传统中重视实证的精神。他力求用"中国"的观点分析问题,没有一般学者的偏见和文化隔膜,积极借鉴中国学术界的成果,学术观点较为公允。

龙彼得并没有专门对傀儡戏进行研究,但他对傀儡戏的功用和演戏之前的仪式进行了详细说明。在龙彼得看来,傀儡戏用来驱邪、除旧。而且在同一出戏中,迎神和驱邪的功能同时存在,就如同"文戏武戏相辅相成,是同一仪式中的两面"④。

---

① 杜威廉认为卢逢春和卢金线是同一个人。William Dolby, "The Origins of Chinese Puppetry", *Bulletin of the School of Oriental and African Studies*, Vol.41, No.1(1978), p.115.
② 《武林旧事》卷二"元宵"条后载有"舞队、大小全棚傀儡",其名目有:粗旦、细旦等。
③ William Dolby, "The Origins of Chinese Puppetry," *Bulletin of the School of Oriental and African Studies*, Vol.41, No.1(1978), p.116.
④ 龙彼得:《中国戏剧源于宗教遗典考》,王秋桂、苏友贞译,台北:台湾学生书局,1985年,第542页。

（三）元杂剧①（Yuan Drama or Variety Drama）

在中国古代戏剧的各种形态中，元杂剧②最早传到英国，因此英国人对元杂剧研究范围广泛。杜威廉对元杂剧兴起的原因、剧作家、剧本的流传、主题素材加工、语言音乐、演出演员、服装等③的研究，韩南对元杂剧兴起原因、特点等研究，白之对元杂剧兴起原因、特点及与南戏的比较研究，都值得我们关注。

第一，元杂剧兴起的原因。韩南认为13、14世纪的蒙古统治时期是中国古代戏剧繁荣的两大④时期之一。蒙古统治时的元代，文人们通往成功的唯一途径——科举制度（the examination system）暂停，为谋生，他们不得不投身戏剧中⑤。白之（Cyril Birch, 1925—　）完全赞成韩南对元杂剧兴起原因的分析。他说："元代统治对中国文人多年的仕途理想打击很大，客观上却造就了最有历史意义的结果：促进中国流行写作模式的产生。尽管前代历史留存的证据很少，令我们很难

---

① 元杂剧在英国学界并没有统一的翻译。韩南将元杂剧译为 The Northern Drama，白之将元杂剧译为 Yüan Plays 和 Yüan tsa-chü。杜威廉将其译为 Yuan Drama or Variety Drama。
② 据考察可知，最早传入英国的中国古典戏剧是纪君祥的《赵氏孤儿》。在英国《赵氏孤儿》有五种译本。其一，英国约翰·瓦茨（John Watts）组织人力选译杜赫德（J.B.Du Halde）编著的《中国通志》八开本四卷，1736年在伦敦出版。在第三卷的第193~237页收有根据约瑟夫·普雷马雷法译文转译的《赵氏孤儿》（Tchao Chi Cou ell, or, the Little Orphan of the Family of Tchao A Chinese Tragedy）。其二，因创办《君子杂志》而出名的爱德华·凯夫组织人力翻译《中华帝国全志》全本，在1738年到1741年伦敦分期出版对折本两卷。在第二卷的第175~182页，也收有《赵氏孤儿》（Chau shi ku eul; Or the Little Orphan of the Family of Chau.A Chinese Tragedy）。其三，1741年伦敦查尔斯·科贝特印刷所（London, Printed for Charles Corbett）出版了威廉·哈切特改编的75页本《赵氏孤儿》。这个本子的标题为《中国孤儿：历史的悲剧》（The Chinese Orphan: An Historical Tragedy），据杜赫德《中国通志》中一本中国悲剧改编，并按中国的样式穿插了歌曲（Alter'd from a Specimen of the Chinese Tragedy in Du Halde's History of China.Interspers'd with Songs, after the Chinese Manner）。其四，1755年11月伦敦翻印了伏尔泰改编的《赵氏孤儿》，英国《评论月报》第13期第493~505页对此有详细的介绍。同年12月，伦敦出现了无名氏的英译本。其五，1795年4月底出版了亚瑟·谋飞（Arthur Murphy,1727—1805）的改编本。
③ 由于篇幅所限，杜威廉对元杂剧主题、素材和加工部分的分析见本节第三部分英国学人对中国古典戏剧的主题研究，对语言音乐、演出演员、服装的研究见本节第四部分英国学人对中国古典戏剧的戏剧理论研究部分。
④ 韩南认为中国古典戏剧繁荣的另一个时期是16—17世纪。详见Patrick Hanan, "The Development of Fiction and Drama," in Raymond Dawson eds.The Legacy of China, Oxford: Oxford University Press, 1964.p.139。
⑤ Patrick Hanan, "The Development of Fiction and Drama," in Raymond Dawson eds.The Legacy of China, Oxford: Oxford University Press, 1964.p.139.

判断舞台上的基本表演种类,但元代出现杂剧这一特殊戏剧种类,也第一次出现专门创作戏剧的剧作家。"①杜威廉一面同意白之和韩南的观点,"受儒家思想传统教育,立志成为政府一分子的文人,发现其理想根本不可能实现。很多人无法在政府中找到任何职位,即使找到了,也与自身才干毫不相称"②。但另一方面,他也发现那两位汉学家没有发现的地方,由于对被征服国家的忠诚,很多文人不屑出仕为官,"还有些文人对金国忠心耿耿,不屑替野蛮人的政府效力。即使有人保荐为官,也毫不动心"。他们自发地隐遁③于中国古代戏剧世界,寻找精神与知识上的出路。在杜威廉看来,很多元代文人投身中国古代戏剧事业的原因有三:一是科举制度的暂停令一些文人无路可走,只得走向梨园;二是有些文人自愿的选择;三是蒙古统治者对戏剧事业的支持。杜威廉列举朱有燉于1406年作的诗来说明:"死谏灵公演传奇,一朝传到九重知。奉宣赍与中书省,诸路都教唱此词。"④

第二,元杂剧的剧作家或理论家。杜威廉对元杂剧的剧作家、理论家研究较为细致。他指出钟嗣成《录鬼簿》列出72位曲作家、77位元杂剧作家、1位院本作家和2位曲选家,提供元代早期及与钟氏同代的中期作家。贾仲明的《录鬼簿续编》列出71人,其中20位剧作家,30位曲作家,是元代晚期剧作家的主要来源。杜威廉概括出三个阶段的几方面特征:其一,曲作家比剧作家地位高;其二,剧作家的地理分布很有趣;其三,女真、蒙古、维吾尔等非汉族作家的重要性;其四,剧作家与散曲作家技艺都很精湛。在说明剧作家的地理分布时,杜威廉统计了三个阶段不同作家的籍贯,由此看出元杂剧创作中心的变化:自大都(北京)到杭州再

---

① Cyril Birch & Donald Keene, *Anthology of Chinese Literature*: *Volume I*: *From Early Times to the Fourteenth Century*, New York: Grove Press, 1994, p.391.

② William Dolby, *A History of Chinese Drama*, London: Elek Books Limited, New York: Harper & Row Publishers, 1976, p.40.

③ 杜威廉解释了中国人关于隐遁和隐士的概念:中国文人认为在公共职位中任职是常态,是"真正的世界"(real world),那里是其传统的壁龛(比喻合适的地方)和职业责任。文人们放弃出仕思想时便认为是"离世"(abandoning the world)。蒙古政权下的一个显著的特征便是隐士生活,表现为两种形式:一是乡村隐居生活;一是把自己沉入人海中,混入普通人的、没有职位和城市生活。很多学者们选择这种生活,或者艺术地表达自己的理想,或者过一种实际的生活。在流行娱乐中寻求自己生活和精神出路的人们也把自己当成隐居的人。

④ William Dolby, "Yuan Drama," Edited by Colin Mackerras, *Chinese Theatre*: *From Its Origins to the Present Day*, Honolulu: University of Hawii Press, 1983, p.34.

到金陵(南京),这种研究方法较为严谨,值得我们借鉴①。

第三,杜威廉认为最早元代脚本只写给主角,仅有些演唱要点,后来才渐渐为所有角色提供宾白。1310年到1320年以后,有越来越多南方戏剧和元杂剧的印刷本问世,明代几处知名大藏书处均有收藏②。皇家藏书供教坊乐工演出之用,乐工们把元代早期、中期的曲词填入剧中,到明中后期文人便动手改编元杂剧③。

第四,元杂剧的特点研究。韩南认为北杂剧短小、形式严格,用透视法(foreshortening)④处理一些较复杂的情节。相比之下,南戏的情节(plot)与次情节(sub-plot)都相对曲折⑤。白之对元杂剧更为了解,他知晓元杂剧由一人主唱到底,梳理了元散曲的发展脉络。"宋代唱词使用无散体叙述方式,这是由词(tz'u)发展而来的一种诗歌形式,字数、韵律都更松散,渐渐发展为散曲(san-ch'ü)"⑥。在白之看来,这些给定曲调(曲牌名)的散曲组成了每一幕元杂剧,生动地表达了元杂剧人物的情绪、情感。他还指出英语世界读者从熊式一翻译的《王宝川》《西厢记》开始了解元杂剧,"元杂剧结构相当短小,四幕加一个楔子。楔子既可放在第一折之前,也可穿插在两折之间。每一折由一套曲子组成,元杂剧诗曲语言清新自然,动作有力,对话充满活力。剧中有很多自我介绍、独白、舞台动作等,但早期场景概括得太多,四幕之间联系较紧凑,通常第三幕是高潮,第四幕展示出最精美的诗歌"⑦。

---

① William Dolby, "Yuan Drama," Edited by Colin Mackerras, *Chinese Theatre: From Its Origins to the Present Day*, Honolulu: University of Hawii Press, 1983, pp.38-41.
② 杜威廉列举了李开先,说他可能藏有1750种左右。李开先说,皇家收藏的元本肯定不比他少。详见 William Dolby, "Yuan Drama," Edited by Colin Mackerras, *Chinese Theatre: From Its Origins to the Present Day*, Honolulu: University of Hawii Press, 1983, p.36。
③ 杜威廉认为其中改编和藏书最有影响的臧懋循编的《元曲选》。详见 William Dolby, "Yuan Drama," Edited by Colin Mackerras, *Chinese Theatre: From Its Origins to the Present Day*, Honolulu: University of Hawii Press, 1983, p.37。
④ 韩南认为所谓透视法指的是人物进场时对观众进行解释性的序言。详见 Patrick Hanan, "The Development of Fiction and Drama," in Raymond Dawson eds. *The Legacy of China*, Oxford: Oxford University Press, 1964, p.139。
⑤ Patrick Hanan, "The Development of Fiction and Drama," in Raymond Dawson eds. *The Legacy of China*, Oxford: Oxford University Press, 1964, pp.139-140。
⑥ Cyril Birch & Donald Keene, *Anthology of Chinese Literature: Volume I: From Early Times to the Fourteenth Centure*, New York: Grove Press, 1994, p.391。
⑦ Ibid.

（四）中国古代戏剧的其他形态

参军戏①（canjunxi，Adjutant play）是中国古代戏剧中的一个重要形态。杜威廉对其论述较为全面。此戏在唐代较流行，丰富了中国古代戏剧的内容。

第一，参军戏的起源。

杜威廉考察了参军戏的两个起源。其一，馆陶令石耽与参军戏的起源。《乐府杂录》中说：

> 弄参军——始自后汉馆陶令石耽。耽有赃犯，和帝惜其才，免罪，每宴乐，即令衣白夹衫，命优伶戏弄辱之，经年乃放。后为参军。

参军戏的第二个起源是馆陶令周延。《太平御览》引《赵书》记载：

> 石勒参军周延，为馆陶令，断官绢数百匹，下狱，以八议宥之。后每大会，使俳优着介帻、黄绢单衣。优问："汝为何官，在我辈中？"曰："我本为馆陶令。"斗数单衣曰："政坐取是，故入汝辈中。"以为笑乐。

杜威廉对参军戏起源的考察与王国维等基本相同。尽管两种起源说法略有不同，但都扮演被嘲讽的赃官，且两人互做滑稽问答。后来唐代参军戏，情节和对白都发生较大变化，但演出形式已经基本固定，命名"参军戏"。后有李仙鹤善弄参军戏，深得玄宗喜爱，"明皇特授韶州同正参军，以食其禄，是以陆鸿渐撰词云'韶州参军'，盖由此也"②。

杜威廉认为参军戏于 8—9 世纪时便非常流行，并且形成了一种文类（genre），而并非仅仅是一出戏或一个主题③。元稹曾为演参军的刘采春④（Liu Culling Spring）作过一首诗⑤《赠刘采春》：

---

① 杜威廉认为参军为汉代以后官职的名称。详见 William Dolby, *A History of Chinese Drama*, London: Elek Books Limited, New York: Harper & Row Publishers, 1976, p.7.
② 段安节《乐府杂录》。也见 William Dolby, *A History of Chinese Drama*, London: Elek Books Limited, New York: Harper & Row Publishers, 1976, p.7.
③ William Dolby, *A History of Chinese Drama*, London: Elek Books Limited, New York: Harper & Row Publishers, 1976, p.7.
④ 刘采春，淮甸（今江苏省淮安、淮阴一带）人，一作越州（今浙江省绍兴市）人，是伶工周季崇的妻子。她擅长参军戏，又会唱歌，深受元稹的赏识，说她"言辞雅措风流足，举止低回秀媚多"。可见她在当时是一名很有影响力的女艺人。
⑤ 杜威廉仅仅提到元稹为刘采春作过一首诗，但并没有提到所作诗的名字，更没有把诗歌列到其著作中。

新妆巧样画双蛾,谩里常州透额罗。正面偷匀光滑笏,缓行轻踏破纹波。言辞雅措风流足,举止低回秀媚多。更有恼人肠断处,选词能唱望夫歌。

元稹(779—831)和薛能①都曾在浙江省观看参军表演,这表明参军戏表演已经从北方传到南方。

第二,参军戏的角色分类。

杜威廉发现中国戏剧表演要求角色特征与演员个性和谐一致,表演过程被组织成一系列特定角色,令演员训练的工作流程更明确,大家对训练中应当加强的技巧都心知肚明。据杜威廉了解,参军戏中最早出现角色分类,如李商隐就曾提到"复忽学参军,按声唤苍鹘",②他还指出绿衣秉简的女优手握参军桩,便是在中国戏剧有固定角色分类的明证,他以徐知训和杨隆演的故事说明参军和苍鹘两个角色:

徐知训怙威骄淫,调谑王,无敬长之心。尝登楼狎戏,荷衣木简,自称参军,令王髽髻鹑衣,为苍头以从。

杜威廉认为徐知训的木简便代表参军角色,他指出14世纪陶宗仪试图从词源学角度解释末、净两种角色分类,过去末便被称为苍鹘,净为参军,苍鹘可以袭击其他各种鸟,所以,末可以打净。参军戏在宋代演化成一种更幽默的表演,精妙的演唱与静静的幽默保存了参军戏,后来却发展成为闹剧(slapstick)。这种娱乐形式宋代时对其他舞台表演产生了深远影响。

唐代末期,约901年,宫廷里兴起一种比参军戏更精细的娱乐形式,即《樊哙排君难》(Fan Kuai rescues his monarch from distress)或称《樊哙排闼》剧(Fan Kuai pushes open the palace door)。这是皇帝亲自创作,赞扬功臣抵抗谋反的胜利,很可能据汉高祖《鸿门宴》故事改编。可惜,我们不了解它究竟是如何演出的,仅仅知道它在宫廷宴会上表演,也许是配有舞蹈的叙事歌。但记载中很少用"剧"来形容,或许它只是一幕表演。③

---

① 薛能曾作诗《咏吴姬》。
② 刘学锴、余恕诚:《李商隐诗歌集解》第二册,北京:中华书局,1988年,第947页、第522~523页。
③ William Dolby, *A History of Chinese Drama*, London: Elek Books Limited, New York: Harper & Row Publishers, 1976, p.9.

南戏又称永嘉杂剧、温州杂剧①，明代时在中国古代戏剧中占统治地位。英国人对南戏的研究相当重视。但其研究仍停留在表层，有待于进一步发展。杜威廉梳理过其发展过程，"(南戏)北宋年间1119—1125年起源于浙江省温州地区，直到南宋时才开始流行②，1190—1194年《赵贞娘》(Zhao Chaste Maid)和《王魁》(Wang Kui)的出现③，温州杂剧才真正流行，很可能到1270年代左右，温州杂剧繁盛起来。元代时，元杂剧繁荣发展，但南戏仍在表演，直到1360年代，它才重新复活"④。陈世骧和阿克顿曾译《桃花扇》前三十三幕，白之补译了后七回，他认为南戏比北杂剧的历史更悠久，可追溯到元代之前的宋代，但直到16—17世纪才在中国古典戏剧占统治地位。白之还对南戏和北杂剧的特点作过对比：

> 南戏不如北杂剧四幕紧凑，围绕主角跌宕起伏，比如《桃花扇》有四十几幕，《牡丹亭》有55幕，各幕之间从叙述时的短过渡到各演员集合一起对抗冲突的大幕长短、种类变化。戏中常常有人物的变化。这种连续的一幕幕间的变化创造了系列效果。传统中国舞台没有布景，所以其动作和景色描写相当自由。比如第八幕的"河边景色描述"。大幕中常常有壮观的服饰和歌唱的盛宴：独唱、重唱或者合唱。南戏中不是一人到底的唱法。这是它与元杂剧的最大不同。南戏中一般都有爱情场面、军队场面和喜剧场面。我们发现《桃花扇》中都具有这些种类。南戏很长，几乎不能在一次的表演中把所有的戏都演完。十五天的春节和延长的生日庆典都要表演四五天。观众们好像了解所有内容，各随其愿地来看戏：行家看音乐处理，仆人看穿插的喜剧，孩子们看打斗场面。由于表演要求，每个剧团都有自己的节目单。他们根据剧团情况，每个晚上演三四个不同的戏，这些选出来的场面就是京剧的

---

① 除温州杂剧和永嘉杂剧外，它还被称为南戏(nanxi, or southern play)或者戏文(xiwen or play-text)。William Dolby, *A History of Chinese Drama*, London: Elek Books Limited, New York: Harper & Row Publishers, 1976, p.27.
② 杜威廉认为由于南戏节目单中包括了更多的歌曲(songs)和调(melodies)，创作了一种词(ci tone)和普通曲子(common melodies)的混合体，才扩大了其吸引力。参见William Dolby, *A History of Chinese Drama*, London: Elek Books Limited, New York: Harper & Row Publishers, 1976, p.27.
③ 徐渭《南词序录》说："南戏始于宋光宗朝，永嘉人所作《赵贞女》《王魁》二种实首之。"
④ William Dolby, *A History of Chinese Drama*, London: Elek Books Limited, New York: Harper & Row Publishers, 1976, p.27.

前身。①

第三，南戏与昆曲的演变梳理。

哈罗德·阿克顿②认为："博学文雅的昆曲，以曲笛伴奏，以低小调演奏，感情细腻，舞步优雅，每个姿势都自成一首诗，由最优秀的诗人创作剧本，他们为我们表演了什么是真正的戏剧。"他为昆曲的衰微表示遗憾。"不幸的是，它的流行性渐渐衰微，唯一的昆曲剧团也很少有人资助。演员们都曾有过好日子，为自己定的标准很高，但台下的观众太少"。哈罗德·阿克顿曾邀请韩世昌③的整个戏班子到其住处，与很多角色合影④。他曾描述过昆曲的脸谱：

  白色代表背叛，黑色代表粗鲁忠诚，红色代表忠诚勇烈，蓝脸代表凶猛，绿脸代表无法无天，黄色代表勇气中藏着机智，等等。这些组合象征人物的性情特点。脸谱本身是一种艺术。⑤

英国学人论述过中国古代戏剧的很多形态，如杜威廉对角抵戏、《踏摇娘》、《兰陵王入阵曲》(*The Melody of the Prince of Orchid Mound's going into battle*)、院本等论述，龙彼得对法事戏⑥的论述，不再一一详述。

三、主题学视角下的中国古代戏剧

主题学(thematology)溯自19世纪德国民俗学的开拓，而主题研究应可溯自柏拉图的文以载道观和儒家的诗教观。⑦ 主题是一种抽象概念(abstract idea)，产生于处理创作题材的文学作品，不断重现文学作品中的话题。如果说作品的题材是以行动来简洁地描写，主题则以抽象的概念来描写，如爱情主题、战争主题、复

---

① Cyril Birch, "Introduction: the Peach Blossom Fan as Southern Drama," *The Peach Blossom Fan*, Berkeley & Los Angeles & London: University of California Press, pp.xiv-xv.
② 哈罗德·阿克顿在很多著作中被称为"京剧迷"。其实他不仅仅热衷于京剧，还很喜欢昆曲。他说："比起现代的皮黄戏来，昆曲更有优点。我和 Desmond 从来不错过任何一场演出。"
③ 韩世昌，矮个子的小男人，40多岁了，竟然在舞台上表演出少女的敏捷，这完全是超自然艺术的胜利。
④ 阿克顿认为合影是个非常费力的过程，他们每个人都要换衣服、化装等。
⑤ Harold Mario Mitchell Acton, *Memoirs of an Aesthete*, London: Methuen, 1948, p.357.
⑥ 中山大学博士曹广涛曾对龙彼得的法事戏进行了详细的论述。详见曹广涛：《英语世界的中国传统戏剧研究与翻译》，广州：广东高等教育出版社，2009年，第321~324页。
⑦ 陈鹏翔：《主题学研究论文集》，台北：东大图书公司，1983年，第15页。

仇主题、背叛主题、命运主题等。① 艾布拉姆斯认为主题与母题常常可以互换,但主题常被用于更普遍的概念。

不少英国学者提到中国古代戏剧的主题分类,大多没有超越美籍华人时钟雯在《中国戏剧的黄金时代:元杂剧》的内容。如韩南曾粗略地划分中国古代戏剧。第一类,超自然剧,包括圣徒故事剧或神话剧。第二类,历史剧。第三类是以现实生活为题材的戏剧。如以水浒英雄为代表的英雄匪徒剧。还有一种公案剧,这种剧使我们想到无名氏的英语剧《佛沃夏姆的阿尔登》(Arden of Feversham)②。但是最常见的戏剧是爱情剧。杜威廉把中国古代戏剧分为以下几种:第一,有关爱情或风流韵事的剧作;第二,关注更普遍的社会主题,表现人与人之间的纯真友谊、模范读书人、科举考试和其他有教育意义的主题;第三,诉讼或犯罪案件;第四,社会的敌人;第五,隐士;第六,道士或表现道家哲学;第七,涉及高层政治或战争;第八,现实生活中的不幸;等等。龙彼得从主题学角度研究中国古代戏剧,但涉及某些主题,如"目连救母"等。从现有资料来看,英国学者并未对中国古代戏剧中某一主题、母题、意象的演变过程进行梳理,也没有对母题、意象、套话等进行主题学的研究。他们对中国古代戏剧的主题学研究还处于粗浅的阶段。

(一) 爱情婚姻主题

爱情婚姻母题可以体现人类自然情感与道德责任之间的张力,再现人类自身固有的自然性和社会性间的悖论。西方人以为中国没有爱情剧,"中国戏剧中很少有动人的爱情故事"③。19世纪英国德庇时翻译《汉宫秋》、亚历山大·罗伯特(Robert Alexander)翻译《貂蝉:一出中国戏》(Teaou-Shin: A Drama From The Chinese)等一些中国爱情戏剧,对于改变英国人的错误印象,无疑具有促进作用,但

---

① Chris Baldick,Oxford Literary Terms,上海:上海外语教育出版社,第225页。
② 一出伊丽莎白时代的戏剧。1592年4月3日由出版商公司(Stationers Company)刊行,后来爱德华·怀特(Edward White)公司重印。它描述的是阿尔登(Thomas Arden)被他的妻子和情人杀死,后来被发现并受到惩罚的故事。这个戏剧由于被认为是现存最早的家庭悲剧而著名。家庭悲剧是文艺复兴时期戏剧的一种形式,它集中描写近代的、当地的案件,并不关注遥远的历史事件。该剧的作者未知。T.S.艾略特认为基德(Thomas Kyd)最有可能是本剧的作者。有些人甚至宣称莎士比亚是该剧的作者。
③ 张弘:《中国文学在英国》,广州:花城出版社,1992年,第284页。

他们仍未真正了解中国爱情婚姻戏剧的价值。20世纪30年代,旅英华人熊式一曾将一部中国二流情节剧《王宝钏》翻译成英文《王宝川》,竟获得意外成功,一时间成为伦敦文化生活中的热闹事。然而这成功犹如不义之财,使得他产生愧对祖国文明的不安之感,于是他几乎怀着赎罪的心情,开始精心翻译《西厢记》。在导言中,熊先生声称这次奉献给英国读者的是中国古代戏剧中真正的经典之作,然而,读者反应极为平淡。英国读者很困惑,《西厢记》和《王宝川》之间似乎没有实质性的区别:类似的故事,类似的人物关系,类似的家庭生活场景,为何《西厢记》能成为经典?

韩南明确宣称爱情主题很重要,但显然他更关心文人秀才与小姐或青楼女子的爱情故事。杜威廉的判断更客观,他认为在中国古典戏剧中,"很多作品有关爱情或风流韵事,或以此为中心主题,或属于枝节问题,或只是一种氛围"①。英国学者对中国古代戏剧爱情主题的作品做了不同的分类。韩南认为文人秀才与歌伎的感情是在爱情上的第一次自由选择,作品有两类:一是文人秀才与大家闺秀的秘密爱情;二是文人秀才与青楼女子的爱情。杜威廉则从女主角着眼做出不同划分。一部分表现妓女(社会底层不负责任的女人)②,另一部分是有教养、有身份的年轻女子③。她们各自性格不同:妻子或妓女的诡计多端、令人钦佩的勇气或足智多谋。实际上,女性常常被塑造成积极、生机勃勃,或者守身如玉、坚贞不屈的形象。

韩南和杜威廉都看到了南戏与北杂剧在爱情主题上的差别。韩南在两种剧中都发现了爱情主题。但北杂剧的恋人属于平常的可信世界,而南戏的平常生活被诗人的想象消融,类似中世纪的骑士爱情。杜威廉则详细考察了现存南戏文本,采用统计学的方式进行分类,指出书生与小姐的爱情故事占绝对多数,书生与妓女的爱情故事居第二位,约占总数的一半。

---

① William Dolby,"Yuan Drama,"Edited by Colin Mackerras,*Chinese Theatre*:*From Its Origins to the Present Day*,Honolulu:University of Hawii Press,1983,p.41.
② 杜威廉把机智聪明的女仆划到此类中,并认为此类女仆并不多。《西厢记》中红娘是这类女仆的代表。
③ 杜威廉认为王实甫的《西厢记》是此类戏剧的代表。

构成角度分类	类别	数量(单位:部)
主要敷衍爱情故事(85 部)	书生与小姐	50
	书生与妓女	16
	君主与小姐	2
	君主与妓女	1~2
	人与精灵	3~4
	其他①	5
以爱情故事为其中剧情(30 部)		

杜威廉还发现与爱情主题相关的 8 部戏剧突出表现书生对爱情的不忠,两处是书生与妓女的爱情:当出身贫贱的书生通过科举考试或皇帝恩赐而获得权力与名望时,他对爱情的不忠往往变成严酷的现实,有一两部戏剧把书生的不忠描写成被迫。这类戏常有一个惊异的大团圆结局,即书生与委屈的姑娘重归于好,如《西厢记》②《贩茶船》③等。

英国学人对婚姻主题也只有表面介绍,没有深入开展。连白之也停留在表面认识,在《明刊本西厢记》英译序言中写道:"对古代中国人来说,不分男女老幼,高低贵贱,浪漫爱情故事的高潮永远是才子佳人喜结良缘。"翟理斯在《中国文学史》中对《西厢记》④《琵琶记》⑤的故事梗概进行了简单介绍。杜威廉介绍了《踏摇娘》的故事。

杜威廉还提到一个泼辣的妻子:"约 847 年,男仆扮女装演家中泼辣的女主

---

① 杜威廉指出其他敷衍爱情故事的戏剧有:一部演两个精灵之间的爱情,一部演一个染工与一个卖淫的穷姑娘之间的爱情,一部演一个书生、一个丫鬟和一个小姐之间的三角关系,一部演一个米店掌柜的儿子和一个小姐之间的爱情,还有一部是演一个年轻的商人和一两个年轻女子之间的爱情。
② 杜威廉认为:"董西厢的故事取自元稹的唐传奇,关心的是中国两个最有名的爱情故事之一。多年来,它直接或间接地在相同的主题方面促发了很多的文学创作,包括写于 13 世纪中国最成功的戏剧王实甫的《西厢记》。"参见 William Dolby, *A History of Chinese Drama*, London:Elek Books Limited, New York:Harper & Row Publishers,1976,p.35。
③ 《贩茶船》的故事成为后来几个世纪广泛流传的几个爱情故事之一,成为歌曲、故事和戏剧的创作题材(subject-matter)及其他创作的暗示。参见 William Dolby, *A History of Chinese Drama*, London:Elek Books Limited, New York:Harper & Row Publishers,1976,p.35。
④ Herbert Allen Giles, *A History of Chinese Literature*, New York and London, D. Appleton and Company, 1909,pp.273-274.
⑤ Ibid., pp.325-328.

人,她的丈夫笑(mirth)晕了。"①但他并没有其深入挖掘分析,甚至连某个故事的演变也未梳理。只是提到爱情、婚姻主题也进入了一些宣扬家庭道德的戏剧中,儒家道德观念占优势,与那些表现名臣忠君报国主题相似②。韩南也提到有一类大团圆剧,只关心作品中的女人,宣扬家庭责任等道德观念,大多有一个中心测验或苦难经历,被残酷地放在家庭责任的拷问台上,有一种悲剧效果。如窦娥,为了婆母免受法律检查、折磨,承认自己杀人,夸大了一种自我牺牲行为③。

(二)《目连救母》和其他神道主题

很多汉学家了解《目连救母》的传说④。古印度摩揭陀国的婆罗门摩诃目连以幽明无碍的天眼看到亡母在饿鬼道受苦,饥不得食,瘦得皮包骨头。目连悲哀,用钵盂盛饭给母亲吃。不料因恶业所报,饭食变成火炭,无法咽下。目连只得向佛求教。佛告知他,每年七月十五日,备百味五果于盆中,供养众僧,"以报父母长养慈爱之恩"。目连如法设供,解脱了亡母倒悬之苦。后来据此形成礼佛斋僧、超度亡亲的佛教仪式——盂兰盆会(Avalambana⑤ festival)。龙彼得对漳州、泉州等地《目连救母》的戏剧有深入研究,曾参加1991年在泉州召开的"中国南戏暨目连戏国际学术研讨会",并发表论文《关于漳泉目连戏》⑥。龙彼得对目连戏的研究资料翔实,论证扎实,他认为:《目连救母》在中国地方戏中有不少传本,大多袭自郑之珍刊于1582年的《目连救母劝善戏文》,或至少深受其影响。直到20世纪中叶,闽南地区,特别是泉州市和泉州府,仍常见到目连戏的演出。泉腔本目连戏和郑之珍本及其他各地传本迥异之处,包括观音劝化五百贼众、刘世真并未转生为狗,以及剧末由于目连的孝心感动天,观音命降龙、伏虎将刘世真的枷锁劈开,

---

① William Dolby, *A History of Chinese Drama*, London: Elek Books Limited, New York: Harper & Row Publishers, 1976, p.6.
② William Dolby, "Yuan Drama," Edited by Colin Mackerras, *Chinese Theatre: From Its Origins to the Present Day*, Honolulu: University of Hawii Press, 1983, p.42.
③ Patrick Hanan, "The Development of Fiction and Drama," in Raymond Dawson eds. *The Legacy of China*, Oxford: Oxford University Press, 1964. p.142.
④ 龙彼得:《中国戏剧源于宗教遗典考》,王秋桂、苏友贞译,台北:台湾学生书局,1985年,第535页。
⑤ 梵语,倒悬的意思。盂兰盆又作乌蓝婆拏,意译作倒悬,又称盂兰盆会、盆会。是梵语 Avalambana(倒悬)的转讹语,比喻亡者之苦,有如倒悬,痛苦之极。
⑥ 施炳华翻译龙彼得的论文《泉腔目连戏》在台湾期刊《民俗曲艺》第九辑第81号(2001年)上发表。

并令金童玉女接引升天的情节。同样重要的是雷有声这个角色不见于其他版本。本书之校订依据11种傀儡戏的抄本;虽然抄本都未注明年代,可测算在19世纪末、20世纪初,很可能是"文化大革命"后仅存的泉腔目连戏抄本①。龙彼得指出把目连戏称为神怪剧(mysteries)掩盖了此戏演出的真正功用。至少从16世纪起,目连戏出现于与盂兰盆会无关的各式各样的宗教庆典中。至少在安徽南部及江苏的一些地方,做醮时就演目连戏。醮是道教的大祭典,其主要目的之一即在祓除不祥。在有些地方,醮一年举行一次;不过更常见的是五年或十年举行一次。除此之外,醮在自杀较多的地区举行。不论在哪种情形下举行,醮的目的都在于安抚孤魂野鬼,并防止他们在人世间找寻替身。作醮期间禁屠,社团人家必须素食,不得赌博、同房及为不端之事。龙彼得还描述了目连戏演出的过程,戏开始,先招五方横死饿鬼,扮演目连之母刘氏游地狱十殿之事,景象逼真触目。全戏可演数目。中间尚且穿插打诨戏及惊险的特技。戏的高潮却与刘氏无关。这时的主角是东方亮之妻。她因受骗且不见谅于丈夫,只得走上自杀一途,死后为溺鬼碰鬼和缢鬼争替。后者身穿红衣,惨白的脸上吊着血淋淋的长舌头。此刻,舞台上灯光全熄,而号叫的溺死鬼和吊死鬼仍在黑暗中继续其争夺,直至一神出现,才将他们驱下台。此神手执钢鞭,有时率领神追逐恶鬼至三叉路口或河边方罢②。龙彼得还分析了浙江③特别是绍兴和湖南④等地的目连戏,指出它们的目的并非在于生动地描述目连或观音的一生,亦非在给予道德教训或灌输恶有恶报的宗教

---

① http://dimes.lins.fju.edu.tw/ucstw/chinese/shc/C32_81-82.htm
② 参见龙彼得:《中国戏剧源于宗教遗典考》,王秋桂、苏友贞译,台北:台湾学生书局,1985年,第536页。
③ 龙彼得指出在浙江有些地区,特别是绍兴,目连戏是平安戏的一部分。谓之平安戏,意味着是在做醮时演出。这是由半职业性的目连戏班,或由职业的乱弹戏班当作大戏来演的。从鲁迅的"无常"和"女吊"二文中我们可知前者所演的是包括游地狱的目连故事本身。相反的,乱弹戏班所演的是平常的戏,其情节可容穿插或铺陈一些自杀或驱鬼的主题。二类戏都强调某些场中的触目特性,就是鬼魂找替身,还似乎恶人——不论是刘氏还是其他人——为从地狱来的鬼卒所追逐。参见龙彼得:《中国戏剧源于宗教遗典考》,王秋桂、苏友贞译,台北:台湾学生书局,1985年,第536页。
④ 龙彼得对湖南地区目连戏的描述,在湖南以高腔演出的大戏,不管剧目为何,都有惨死和神扮的场面。整本大戏常可持续七天、十天,甚至十五天不断。据黄芝冈言,在诸大戏中,"目连传的萝卜,西游记的唐太宗,南游记的观音,精忠传的何立(秦桧之仆)都有一段游十八地狱的相同的场子"。参见龙彼得:《中国戏剧源于宗教遗典考》,王秋桂、苏友贞译,台北:台湾学生书局,1985年,第536页。

观念。它们主要的关注点甚至也不在于祖先崇拜。它们乃是用直接而触目惊心的动作来清除社区的邪祟,挥扫疫疠的威胁,并安抚惨死、冤死的鬼魂①。龙彼得还强调了目连戏演出中不可被看似装饰的、额外的、穿插的一些喜剧成分其实是意识中不可或缺的部分。他认为喜剧的故事只是为目连戏等表演提供了一个方便的架构,而这些表演其实是可以脱离故事而独立存在的。

杜威廉概述目连救母②的故事,认为这是中国古代戏剧、小说和讲唱文学中最受欢迎的主题,对后世中国古代戏剧的形式影响很大,常常采用书面与俗话相结合的混合风格。它生动的折中主义和丰富的想象力为戏剧表演提供灵感,影响了宋代说书等讲唱文学,也激发了各种同书歌调(popular ballad)创作。有些故事较长,类似中国通俗小说。这类戏剧特征都使中国戏剧的产生成为可能③。

其他英国汉学家对目连救母主题的论述更少,有的只是提及表演时间。比如韩南提到在北宋都城的勾栏瓦肆中,曾于宗教节日之前表演《目连救母》戏。除此之外,韩南还提到中国古典戏剧中有一种超自然剧(supernatural plays),包括圣徒故事和神话故事,常常大笑④。在韩南眼中,中国超自然剧多为喜剧。据杜威廉考察,元杂剧中有12部关于超自然事物的戏剧,范围很广,如猴精抢妻、天上的生日宴会、佛祖收伏魔母和道士成仙。有16部包含超自然因素(只是次要因素),例如做媒的鬼,有魔力的马来奴隶,地狱中的惩罚,一个姑娘神奇地进入爱人的坟墓并化为一对蝴蝶,佛教徒的羯磨行为和一位神仙调节恢复命运平衡的努力,还有其他各类魔法和奇迹。另三部戏剧涉及鬼魂复仇,还有两部涉及做梦,其中一部主要表现梦境⑤。杜威廉指出这些包含超自然因素的中国古典戏剧常与道士或表现道家的哲学或佛教相关。一些戏剧表现某人改信或者重新信仰佛教、道教

---

① 参见龙彼得:《中国戏剧源于宗教遗典考》,王秋桂、苏友贞译,台北:台湾学生书局,1985 年,第 537 页。
② 伦敦不列颠博物馆藏编号 S.2614 的《大目干连冥间救母变文》首尾完整,被收入《大正藏》第八十五册。
③ William Dolby, *A History of Chinese Drama*, London: Elek Books Limited, New York: Harper & Row Publishers, 1976, p.13.
④ Patrick Hanan, "The Development of Fiction and Drama," in Raymond Dawson eds. *The Legacy of China*, Oxford: Oxford University Press, 1964. p.141.
⑤ William Dolby, " Yuan Drama," Edited by Colin Mackerras, *Chinese Theatre: From Its Origins to the Present Day*, Honolulu: University of Hawii Press, 1983, p.46.

的启示或教义的形式,一些戏剧明确宣传相关哲学、宗教信条,但它们也追求总体价值。在这类戏剧中虽出现超自然事物,但很少出现与主题相关的鬼、灵魂、妖精或魔法。

(三) 其他主题或母题研究

英国学者还研究了其他主题或母题。杜威廉曾论述元杂剧中的隐士母题,认为隐士生活在社会之外,信奉古老经义传统,不愿承担社会管理职务,过着普通却更有哲理,也更真诚的生活①。隐士或隐于乡村,或在城市混入人海。很多学者选择隐居生活,艺术地表达自己的理想。杜威廉发现元杂剧中有两种隐士,他们在一些剧中坚定地保持超然态度;在另一些剧中,旁观的清醒成为政界的救星。有时一些名士不得不通过流亡成为隐士,一些戏剧表现他们流放过程中的磨难与凯旋。② 杜威廉所述隐士主题并未超越美籍华人学者时钟雯《中国戏剧的黄金时代:元杂剧》里的见解。

韩南认为中国历史剧常以英雄为主题,常常表现帝王与王后的悲剧③,有时以三国或水浒故事为素材。他列举了扬州说书艺人王绍棠④的作品《武松》,那位《水浒传》里的英雄⑤。韩南对两种英雄主题的描述前后有些矛盾,反映出他态度的模糊。杜威廉指出中国戏剧中有许多人演社会的敌人,其中一种是强盗与土匪,如《水浒》故事中粗暴嗜酒的鲁智深、"黑旋风"李逵⑥。他把三国中的人物当

---

① William Dolby," Yuan Drama,"Edited by Colin Mackerras,*Chinese Theatre:From Its Origins to the Present Day*,Honolulu:University of Hawii Press,1983,p.43.
② Ibid.
③ Patrick Hanan,"The Development of Fiction and Drama,"in Raymond Dawson eds.*The Legacy of China*,Oxford:Oxford University Press,1964.p.141.
④ 韩南描述到,说书传统在扬州至少有 200 年了,王绍棠是扬州说书艺人中最著名的代表。他的代表作是《武松》。这个书非常长,记录了上百万的人物。流传到王绍棠时,如果每天说两个小时的话,可以连说 75 天。他沿着此材料的谱系,从父到子,从老师到学生,至少一百年,可能还可以追溯到更久的时间。每个人都添加了一些东西。它现在已经是 100 年前的三倍了。参见 Patrick Hanan,"The Development of Fiction and Drama,"in Raymond Dawson eds.*The Legacy of China*,Oxford:Oxford University Press,1964.p.124。
⑤ Patrick Hanan,"The Development of Fiction and Drama,"in Raymond Dawson eds.*The Legacy of China*,Oxford:Oxford University Press,1964.p.124.
⑥ William Dolby," Yuan Drama,"Edited by Colin Mackerras,*Chinese Theatre:From Its Origins to the Present Day*,Honolulu:University of Hawii Press,1983,p.42.

作英雄好汉,如关羽、张飞和刘备①。白之在《中国文学》"元杂剧"一章选了《李逵负荆》的译文。龙彼得没有关注三国或水浒故事,只是在提到表演惨死场面的大戏时,提到封神、岳传两种。岳飞被秦桧以"莫须有"的罪名杀害,临刑前,防止岳云、张宪等人劫法场,亲手杀死二人。龙彼得对《岳飞革命》有如此描述:满台黄烟,鞭炮连响,台口陈香烛架,大烧纸马,完全为追荐亡灵的宗教仪式……其间最使人惨淡不欢的,为岳飞最后一天……岳飞为防止岳云、张宪二人有所异动,在自己就刑前,亲手将二人杀死,在追一过场之后,双手提头而上。其彩人头中空,颈下各置一甫经斩下之鸭头,当挂于台口时,鸭颈尚颤动,鲜血点滴而下,彩人头亦随之抖动,俨然如真。②

杜威廉和韩南还注意到中国古代戏剧里的公案主题。韩南论述得较简单:"还有一种公案剧,使我们想到无名氏的英语剧《佛沃夏姆的阿尔登》。"他指出,罪与罚的文学自然会反映中国文化的正义观念,尤其是法律观念。这些观念有很强的道德色彩,把犯罪看成是对社会秩序乃至宇宙秩序的破坏。"在最宽泛的意义上,我们可以说,中国小说和戏剧大多隐含着某种道德寓言,罪与罚的文学以最纯粹、最彻底的形式表达了对这种秩序的维护。"杜威廉把公案剧看作是社会主题中的诉讼或犯罪案件,他发现在这类主题中要么包含一种戏剧因素:一个智能的、愚蠢的或卑鄙的断案人,要么包含案件的侦查,涉及破案或枉法,通常是由各级官员(有时得到超自然的帮助)最后解决问题。杜威廉认为中国古代戏剧中最常见的英明断案人是开封知府包拯。他是一位最杰出、最严厉,实际上也最无情的官员。据说他的笑容如黄河水清一样难得,汴梁人称其为"阎罗老包"。戏剧把他表现得更仁慈,他后来成了许多中国故事的主人公,一个公正的夏洛克·福尔摩斯的典型。杜威廉对公案剧也作了统计,有8部左右的戏剧基本有犯罪案件,其中4部涉及谋杀,3部关于谋杀与通奸,其中有两部是包拯断的案,有两部得到超自然的帮助。另外有八九部戏剧主要表现历史情境,包括刺杀贾似道的戏剧,这

---

① William Dolby, "Yuan Drama," Edited by Colin Mackerras, *Chinese Theatre: From Its Origins to the Present Day*, Honolulu: University of Hawii Press, 1983, p.43.
② 龙彼得:《中国戏剧源于宗教遗典考》,王秋桂、苏友贞译,王秋桂编:《中国文学论著译丛》,台北:台湾学生书局,1985年,第537页。

位丞相因宋朝败在蒙古人之手而难逃罪责;还有叛徒谋害宋朝民族英雄岳飞的戏剧①。

　　1973 年,白之在《伦敦大学东方非洲学院学报》呈给伦敦大学终身教授沃尔特·西蒙(Walter Simon)的专号上发表论文《早期传奇剧中的悲剧与情节剧:〈琵琶记〉与〈荆钗记〉》。论文提出一个观点:从关汉卿的《窦娥冤》到《红楼梦》这一长串中国文学作品名单中,还可加入《琵琶记》,这些作品所表现的冲突,以及它们提出冲突解决方式,都倾向于悲剧性②。《国外中国古典戏曲研究》一书从《〈琵琶记〉的主题与形象》中对《琵琶记》的悲剧性及解决冲突的方式和赵五娘的形象的角度进行了评析。笔者将从白之对《琵琶记》的食物意象、音乐意象的细读等角度评述。

　　意象也是主题学的研究对象。意象的含义极其广泛,它可以指文学作品中涉及的一切感觉物体及其品质,有时也指对视觉物体和景象的描写,甚至仅代表比喻语言,如暗喻和明喻的媒介物。主题学中的意象,往往是某一民族中具有特定意义的文学形象或文化形象。

　　白之认为《琵琶记》中的对比性比喻、不断出现的食物和音乐意象使语言极为出色。食物意象贯穿《琵琶记》整部戏,据白之考察,第二出就有了食物意象。白之主要从食物意象的功能角度来分析。第一,食物意象使《琵琶记》成为孝道剧中的核心。蔡伯喈被迫离家赴考,表示自己本可以尽孝道,"尽心甘旨""尽菽水之欢""甘齑盐之分",他介绍五娘的贤惠也用食物意象,"尽可寄蘋蘩之托"。白之甚至举例说整部戏的内容是"聊具一杯疏酒",给父母庆祝又一春。在白之眼中,正是食物意象表现出伯喈和五娘的孝道,他们把对双亲的责任主要看作一种抚养责任。五娘"怕食缺""既受托了蘋蘩",直到戏剧的最后一刻,她还在悲叹自己没能好好照顾伯喈父母:"只愁你瘦仪容难作肥"。伯喈则"他甘旨不供,我食禄有愧"等,白之认为五娘和伯喈对抚养责任的看重,对其性格的刻画具有关键性的作用。第二,白之强调食物意象表现了小人物的作用。媒婆得到"一抖好酒,

---

① William Dolby,"Yuan Drama,"Edited by Colin Mackerras,*Chinese Theatre:From Its Origins to the Present Day*,Honolulu:University of Hawii Press,1983,p.47.
② [美]西利尔·白之:《白之比较文学论文集》,微周等译,长沙:湖南文艺出版社,1987 年,第 1 页。

一只肥鹅"作酬劳时喜气洋洋,丑角因为"馒头素食多多与"而赶到庙会,伯喈母亲的叮唠,邻居张大公怂恿伯喈遵父命赴考,否则"枉挨半世黄韲",蔡公的名利之望也用食物来表达"三牲五鼎供朝夕,须胜似啜菽并饮水"。第三,白之认为食物意象使伯喈居于牛府享受和五娘困苦的对比更加鲜明。新状元设宴"烧瑞脑",婚礼宴席上有"香薰宝鸡",伯喈文章可取富贵"书中自有黄金屋,也有千钟粟",牛府吃的都是珍馐美肴"煮猩唇和烧豹胎";与此同时,五娘生活在困苦中,白之强调食物意象具有的功能性(functional),五娘吃硬吞下糠,噎住喉咙,对糠说话;食物意象通过五娘之忍饥挨饿与牛小姐在安逸奢华中款待伯喈对比交插的手法使主题冲突深深地印在观众心中。白之在其论文的结尾总结说:"我的看法是:主导性的食物意象,使伯喈无法遗弃父母,自主性更加突出。"

在《琵琶记》中,音乐意象并非"喂养爱情的粮食",①而成为悲伤意象的来源。第一,白之强调剧中使用了象征夫妻离异的"断弦"意象,"懊恨别离轻,悲岂断弦,愁非分镜,只虑高堂,风烛不定"。第二,白之认为音乐意象也具有像食物意象同样的功能性。五娘抱琵琶一路乞讨进京寻夫,她"愁寄琵琶,弹罢添凄楚"。五娘弹琵琶想得几文钱,却一文没得到。她弹的全是"行孝曲儿"。第三,白之举例伯喈使用的音乐意象。伯喈单身在京城,"叹玉箫声杳",他在琴声中找不到安慰:"似寡鹄孤鸿和断猿……只见杀声仔弦中见,敢只是螳螂来补蝉。"他也使用了断弦意象。

白之回应台湾赖瑞和②关于其细读的文本问题时说,他采用的是《六十种曲》版本,此版相当晚出,与早期各版相差颇大。但它流行很广,容易见到,实际上是几个世纪以来人们最熟悉的本子。白之对《琵琶记》的细读,尤其从母题、意象的角度来解读,是英国学者对中国古代戏剧较为专业的研究。

---

① 莎士比亚在《第十二夜》一剧中的比喻。
② 赖瑞和将白之的本篇论文译成中文发表在 1980 年 3 月号台湾刊物《中外文学》第 8 卷第 10 期第 154~185 页上。他曾下个按语说,如果白之用的是最可靠的版本,那这个文本细读会更有用。

四、另一种戏剧理论

斯坦尼斯拉夫斯基①体系是20世纪戏剧理论的起点,在西方戏剧理论史上具有重要意义。他第一次创建系统的戏剧表演理论体系,标志着亚里斯多德《诗学》所奠定西方戏剧理论传统的彻底转型:戏剧理论从剧作中心转向剧场中心,预示着20世纪西方剧场理论的繁荣。20世纪是西方戏剧观念发生剧烈变化的时期,"最伟大的贡献恰恰是表导演理论"②,经历了四次转型阶段:从幻觉剧场到反幻觉剧场、从剧本中心到表演中心、从艺术表演到文化仪式、从文化仪式到跨文化戏剧。

第一,反幻觉剧场。阿庇亚和戈登·克雷③具有共同的戏剧理想,反叛舞台现实主义,开始了西方探索戏剧的理论大潮。梅耶荷德④和科伯⑤回应现代思维的要求,以剧场性作为自我暗示,确立了戏剧艺术的本体特征和独立美学价值。特别是布莱希特到博奥的"被压迫者诗学",构成了20世纪在审美意识形态上反幻觉剧场的高潮。第二,剧场中心确立。斯坦尼斯拉夫斯基和科伯都极为尊重剧作家和剧本,但斯坦尼斯拉夫斯基体系却主要是表演的体系和方法。其戏剧革新的核心在于演员和表演问题,从早期的体验派艺术到后期的"形体动作表演法"

---

① 斯坦尼斯拉夫斯基(Stanislavski,1863—1938),俄国演员、导演、戏剧教育家、理论家。他所创立的斯坦尼斯拉夫斯基体系乃是现实主义戏剧理论的集大成。其表演理论不仅是现实主义表演理论的集大成,又是现代表演学的伟大起点。其著作以俄文和英文两个系统出版和传播。俄语系统有《斯坦尼斯拉夫斯基全集》4卷本:第1卷《我的艺术生活》,第2卷和第3卷《演员的自我修养》,第4卷是《演员创造角色》。英语版的重要理论包括《演员的准备》《塑造形象》和《塑造角色》。
② 周宁:《20世纪西方探索戏剧理论研究》(梁燕丽著)"序",2009年,第4页。
③ 阿庇亚和戈登·克雷是20世纪两位活跃的现代剧场艺术理论的先驱,他们既是戏剧理论实践家又是理论家,而主要是舞台革新理论家。两人1914年在苏黎世的"国际戏剧博览会"上相遇,其舞台设计图被布置在同一间房间里展出。两位心有灵犀的艺术家一见如故,整整三天聚在一起,尽管语言不通,却保持很多年的通信。
④ 梅耶荷德具有不可抑制的创新力量,调动一切生机勃勃的舞台潜力,旗帜鲜明地反叛现实主义幻觉剧场,开始真正意义上的现代戏剧革新,是从幻觉剧场走向反幻觉剧场的典型戏剧家。
⑤ 法国戏剧大师科伯创办了老鸽巢剧院反叛自然主义幻觉剧场。其贡献有三:第一,舞台创新;第二,新戏剧理论把剧场与道德、宗教相联系,又与法国文艺复兴相联系;第三,追求戏剧仪式化,从而最终打破幻觉剧场,开了20世纪戏剧仪式化的先河。

基本上为表演确立了完整的形式，在他指导下所创立的表演体系最终成为20世纪表演学的伟大起点。表演革新在整个20世纪是一个同时性且持续性的现象，包括斯坦尼斯拉夫斯基的表演体系，科伯的"老鸽巢剧院"、阿尔托①的"残酷剧场"、布莱希特②的"史诗剧场"、彼得·布鲁克③的"国际戏剧研究中心"、格洛托夫斯基④的"质朴剧场"和尤金尼奥·巴尔巴的"国际戏剧人类学校"等。第三，文化仪式戏剧的追求。20世纪西方戏剧追求人类精神的还原，把戏剧回归到仪式的本质。阿尔托"残酷戏剧"观念的提出，令戏剧从时间上回归远古，在空间上回归东方，在形式上回归戏剧所脱胎的仪式，使人们都能面对生命的本真。格洛托夫斯基把戏剧当作一种仪式性的艺术（ritual arts）——艺乘，是当代人安身立命的一种生命途径。巴尔巴构建"第三戏剧"，即从戏剧表演到文化仪式，探索戏剧的边界与越界的可能，回归元戏剧的观念，探索戏剧的社会文化功能。第四，跨文化戏剧。跨文化戏剧是20世纪下半叶西方探索戏剧的发展主流，而其中戏剧人类学的发展方向又是跨文化戏剧的主流。戏剧人类学经过彼得·布鲁克的"国际戏剧研究中心"、格洛托夫斯基的"溯源戏剧"，到了谢克纳、巴尔巴，渐渐成为一个较为清晰完备的发展领域。

英国学者们正是在这种背景下关注中国古代戏剧，并逐渐了解戏剧理论。他们从中国古代戏剧的角色分类、演员、演出等方面来研究中国古典戏剧的演员理论，从服装、化装及脸谱、音乐、布景、剧院等方面来研究剧场理论。

（一）中国古代戏剧中演员表演理论的研究

西方亚里斯多德戏剧传统以真实性为基础，要求演员模仿和再现现实生活。

---

① 法国戏剧大师阿尔托既被称为传统戏剧的终结者，又被称为现代戏剧之父。他彻底反叛西方戏剧传统，通过"残酷戏剧"的途径，创造"神圣的戏剧"。其著作《戏剧及其重影》被称为一个动摇整个西方历史的批判系统。
② 德国著名戏剧理论家，创立了史诗剧理论，以陌生化效果，又称间离效果，试图以打破幻觉，唤醒理性批判的艺术形式，达到批判资产阶级意识形态，改造社会的目标。
③ 20世纪英国最有影响力的戏剧大师。曾是英国皇家莎士比亚剧院的大导演，正当在英国戏剧主流中地位显赫时，转而到法国巴黎创立国际戏剧研究中心，探索从残酷戏剧到仪式戏剧，兼收并蓄不同民族不同文化的戏剧技巧，尤其是一个世纪以来不同国家的戏剧革新成果。广泛借鉴和博采众长使其成为现代主义戏剧的集大成者；同时又是后现代主义戏剧的先驱。
④ 格洛托夫斯基在世界戏剧理论和实践中占有不同寻常的位置，他是真正精通西方戏剧传统，又熟习东方戏剧和文化的人。其"质朴戏剧"把戏剧的本质思考和探索推到了斯坦尼斯拉夫斯基之后的另一种极致，创造了斯坦尼斯拉夫斯基表演体系后的又一戏剧表演理论的高峰。

表演动作的有效性不仅取决于台词,还取决于现实,动作与现实间的逼真程度是现实主义或幻觉剧场的美学追求。18世纪法国狄德罗在哲学、美学上继承了模仿自然的现实主义思想,并将之发展成熟。他在《演员的矛盾》中认为"用心模仿自然",在自然门下做一名潜心向学的弟子,才能成为真正的"大演员"。斯坦尼斯拉夫斯基也要求演员在舞台上自然、真实、真诚和富于激情地把角色塑造出来。杜威廉在研究中国古代戏剧时发现,角色分类在中国古代戏剧形成过程中已经存在。"几个世纪以来,中国戏剧的大多数种类已经有了角色分类。"①杜威廉认为中国古代戏剧的角色分类使演员训练变得更容易,特定角色特定要求和演员表演个性相协调。将某些特性组织成一系列特定角色能明确演员的技巧,使训练更容易,更容易把学生分给特定的老师,给观众一种精通和专长的感觉,让他们了解在看戏时该看什么,在演员身上期待什么②。据杜威廉了解,中国古代戏剧中的角色分类起源于参军戏,他指出李商隐曾在一首诗中提到"复忽学参军,按声唤苍鹘"③。参军和苍鹘便是中国古代戏剧中最早的角色分类,后来渐渐演化成净和末的角色。杜威廉对参军和苍鹘在表演中的地位进行讨论,指出苍鹘可以打参军、末可以打净④。他对宋代中国戏剧中的角色分析较详细,演员很少,一般不过四五人。角色分类不过副净(净)和副末,分别是古代参军和苍鹘的后代。副净是描过脸的小丑。副末是喜剧中副净的搭档。他可以用磕瓜痛打副净。尽管副末在两个角色中地位更高,也更重要,可是副净却更有吸引力。但是,有时候无赖和被侮辱者也会颠倒位置,因此,副末有时也会挨打。另外,有了末泥和引戏。他们参加表演、唱歌、跳舞。但只要没有参与中心故事,就容易分辨出他们只是起开场、介绍的作用。或许他们被认为是舞台运转的作用更大于角色分类的作用,虽然末泥在戏本身起着非常活跃的作用。后来,末泥被认为是一个主要的、年轻男

---

① William Dolby, *A History of Chinese Drama*, London:Elek Books Limited, New York:Harper & Row Publishers, 1976, p.8.
② Ibid.
③ 刘学锴、余恕诚:《李商隐诗歌集解》,第二册,北京:中华书局,1988年,第947页、第522~523页。
④ 杜威廉还指出末打净的这种表演术语为"磕瓜",其工具为butt,是用来训练喜剧击打的无恶意的温柔的棍棒,相当于英语世界的丑角的棍棒、打闹剧(slapstick)、木剑或者伊丽莎白时代的恶板条的短匕(dagger of lath of vice),中世纪傻子的那种华而不实的装饰、怪念头或者那些用干豆装满的囊。详见 William Dolby, *A History of Chinese Drama*, London:Elek Books Limited, New York:Harper & Row Publishers, 1976, p.8.

角的替代物。还可以加上装孤（zhuanggu or act-official），演有尊严的政府官员，装旦（act-female）演女性角色。有时角色和典型人物之间界限较细，事实上装孤常常保不住自己的地位，在早期戏剧中，降成一种人物形象，而不是一个角色。

英国学者已注意到中国古代戏剧表演与西方完全不同。哈罗德·阿克顿认为由于中国古代戏剧的象征特性，与西方戏剧相比，更像一位严厉的监工，要求演员具有更高超的技艺。每一个象征必须与生活切合无间，让观众满意，而中国观众极为吹毛求疵，演员必须遵循明确的规矩惯例，否则就会被人嘲笑喝倒彩[1]。生角和旦角可以用手势表演来区别：旦角的每一根手指都要表达出女性的柔弱。一双手全都伸开容易显得笨拙，每根手指必得按不同方式弯曲。如果女人要指什么人或物，就必须采用与男人不同的方式，或者轻舒手臂，掌心向上，用食指指点；或者，如果她恼怒了，动作就要加快，掌心向下，手指直点。旦角在舞台上绝不应该露出拇指，而要用中指遮掩起来。男性角色则伸直手臂直指。小生要尽量藏起拇指，但老生尤其是大花脸则翘起拇指，用食指和中指直戳出去。手势有50余种，都有象征性。阿克顿发现了在中国古代戏剧表演中男性和女性的区别。除非扮演女将，旦角在舞台上从不骑马，大家认为她们过于娇弱。妇女必须乘坐挡车或轿子，从不在途中让自己暴露在众目睽睽之下。就男人而言，骑马的姿态根据角色各不相同。上下山时，士绅显得庄重稳妥，武将或马夫则强健有力。骑马者实际上是双重角色，还必须用表情加身段来表现马的动作。演员们笔直地依柱而立表示正在躲藏或偷窥，绕台而行当然就表示从一地走向另一地。假如他小心翼翼迈步，双手左右张开探路，那就表明他在黑暗中摸索。撩起裙裾，弓着腰踩着碎步，那就表示踏着跳板上船、登梯等。登楼或爬梯时，士绅就快速卷起水袖，这样得以伸出手掌来抓住扶栏，淑女则将衣袖搭在右腕上，左手提裙。下楼的动作则略快。台上敛手漫步则表示行走在阔大的庭院之中，但是假如居所狭小，则只在门口抬抬脚，不在台上绕行，表明庭院湫狭；只要脚步重重地提起，就表示进入下一个庭院或房间。女人步子小，身体挺直，但双肩下敛，模仿柔弱无力；若是年轻女子，步子就要娇弱缓慢，双手矜持地放在身前，转身时必须整个身子一起转。旦

---

[1] Harold Acton & L.C.Arlington,"Introduction," *Famous Chinese Plays*,tr.and ed.by Harold Acton & L.C. Arlington, peiping：Henri Vetch, 1937, p. XV.

角捡起地上东西时要摇曳着侧弯身,伸出左臂保持平衡,程砚秋在《牧羊卷》中的优雅表演令人难忘。旦走路蹒跚踉跄,步子摇摇晃晃,驼背,通常拄一根像"主教权杖"般的手杖。老生悠闲地昂首阔步,双腿迈开。小生则大步流星。武生抬脚又高又开,仿佛在水中迈步,每一步都慢慢画出一个半圆,以展现刚毅和勇气,而在打斗中以杂技演员的快捷灵巧腾挪回转。为了夸大其体魄,武将直靠高高堆叠于椅座上的垫子站着,而不是坐着,双腿叉开,双肘平撑。《捉放曹》中扮曹操的演员在杀吕伯奢的那段戏中,将剑从鞘中斜抽出来。谭鑫培①指出,骑马的人应该向上拔剑,斜抽出来会划伤马颈,在梨园界中引起哗然。这个例子表明,京剧的规矩虽然刻板,但并不僵化,像谭鑫培那样眼光敏锐的角儿明白,这些规矩仍然是活生生的②。

　　韩南认为在中国古代戏剧中演员比剧作者更重要。"这是普通戏剧,演员的戏剧,更强调表演者,把作者排除在外。"③在他看来,中国古代戏剧演员具有职业性,表演技术水平高超。比如说书人严格地把范围缩窄到三国或者五代,按照原始材料的性质及叙述技巧分为以下几类。第一,宗教或奇迹故事说书人,主要使用散体和诗体交替的方式。第二,历史说书人,长期使用历史、神话故事的混合体。第三,日常故事类说书人④。韩南还把中国古代戏剧的演员表演与意大利即兴喜剧的表演作了对比,指出他们都是集表演、歌唱、翻筋斗、哑剧等手段于一体的混合物;他们的戏剧都以现存文学为基础,把发现的材料改编成戏剧;他们都以角色观念或者储存的人物典型为主导,重视专业演员都是至高无上的地位⑤。韩南强调中国古典戏剧和意大利即兴喜剧演员之间的相似性并非完全出于想象,如果从角色的程式角度来考虑,中国古典戏剧中也有意大利即兴喜剧中的男仆角色

---

① 阿克顿指出,谭鑫培工老生(bearded civil roles),主张表演的精确观察与戏剧传统相结合。参见 Harold Acton & L.C.Arlington, "Introduction," *Famous Chinese Plays*, tr.and ed.by Harold Acton & L.C. Arlington, peiping: Henri Vetch, 1937, pp.xiv-xviii。
② Harold Acton & L.C.Arlington, "Introduction," *Famous Chinese Plays*, tr.and ed.by Harold Acton & L.C. Arlington, peiping: Henri Vetch, 1937, p.xv。
③ Patrick Hanan, "The Development of Fiction and Drama," in Raymond Dawson ed.*The Legacy of China*, Oxford: Oxford University Press, 1964, p.118。
④ 韩南认为此类说书人在英语中找不到对应的类别。
⑤ 韩南认为中国直到现在仍然重视演员久远而辛劳的训练,如俄罗斯芭蕾舞演员一样。他们在某项技艺方面成绩突出,并终生投身于此项技艺。参见 Patrick Hanan, "The Development of Fiction and Drama," in Raymond Dawson ed.*The Legacy of China*, Oxford: Oxford University Press, 1964, p.137。

(Zanni)。至于 fantesca①，在中国古典戏剧中可以找到不下 100 种。韩南还指出任何看到中国喜剧的人都会对意大利即兴喜剧中的拉瑞②角色有更生动的理解③。

(二) 关于中国古代戏剧中的剧场理论研究

剧场(theatre)这个词，是由古希腊语 theatha 变化而来，它的原意是"去看"，"去观察"，所以其最直接的含义是用来解释一个"地方"，"一个表现景象的地方"。后来剧场演变建筑，含有如下两个重要部分:观众席——供观众欣赏演出的场所和舞台(stage)——供戏剧演出的场所。而这两部分，被一个洞开部分所结合，观众可透过这洞开部分"去看""去听"戏。剧场艺术是一门复杂的艺术，它的创造需要很多艺术家合作:演员、编剧、导演、布景设计、服装、舞蹈、音乐等。根据西方传统戏剧理论，文艺复兴时期，意大利形成镜框式舞台，即"二分法"舞台，把观众和演员分隔开来，使观众通过一个画框去观看演出，像欣赏画幅那样。舞台上许多不必要让观众看见的东西，或对造成幻觉起破坏作用的东西，通过舞台框以及布景、灯光技术和各种设施被巧妙地掩蔽，不让观众看见，以净化画面。镜框舞台对造成舞台幻觉起了很大作用。后来透视学被运用到舞台布景，使深远壮阔的场景展示成为可能，空间幻觉的创造产生了魔术般的效果。到了 19 世纪，幻觉主义在自然主义剧场那里被推向极端。法国安托万还发展了"第四堵墙"学说，即把舞台看作剧场的第四堵墙，这堵墙对观众来说是透明的，对演员则是不透明的。观众透过这虚幻的第四堵墙看到舞台上展现的"真实生活"。此后，这种专门创造幻觉的自然主义戏剧支配了欧洲舞台，舞台上所发生的要求完全像生活中

---

① 早期意大利戏剧中以男演员扮演女仆的角色为 zagna，后来改革由女演员扮演女仆的角色为 fantesca。以把其作为仆人的代名词。但在意大利即兴喜剧中，fantesca 暗示了早期喜剧中笨拙、滑稽等特点。

② 拉瑞(lazzi):意大利即兴喜剧中常用的一种喜剧动作。大多英语世界的剧团都使用意大利语中的复数形式 lazzi 作为单数形式，而使用 lazzis 作为其复数形式。在即兴表演中，拉瑞可能用来填满时间或者确保表演中笑的次数。从实际用途来看，拉瑞可能是其他形式中易回想易表演的形式，有点像流行语(catch phrase)。在任何剧团中，资历老的演员都能表演 100 多种拉瑞。演员不仅要把自己的拉瑞排练好，还要把其传给剧团中的下一代演员。在意大利即兴喜剧中，丑角在表演中都有一定的拉瑞。

③ Patrick Hanan, "The Development of Fiction and Drama," in Raymond Dawson ed. *The Legacy of China*, Oxford: Oxford University Press, 1964, p.137.

一样,随着技术的发展,如机械舞台、灯光媒介等的运用可以产生神奇的舞台幻觉,"以至当大幕升起时,观众常常会神志恍惚地被带进了另一个地区或时代,舞台成了一个容纳无限空间和永恒时间的魔盒"①。幻觉主义剧场试图消除舞台,诱使观众建立一种信念,他们根本不在剧场里,而是在外部世界所发生的事件周围无形地徘徊。英国学者从服装、化装及脸谱、音乐、布景、剧院等方面来研究中国戏剧的剧场理论。

第一,关于服装。在西方戏剧中,除古希腊罗马时期的悲剧演员为了使其外形显得高大用软布填塞衣服、穿厚底靴(kothornoi)、戴高头套(onkos)与日常生活不同外,其他时代演员服装与世界生活中相关人员所穿的服装相同。中世纪时,除非角色的服装与日常穿着有明显区别,很多情况下演员得自己置办服装。后来,剧团也为演员购买服装,有时贵族也给他们服装,而仆人也愿意把他们主人的衣箱卖给演员。英国学者中,杜威廉对中国古代戏剧中服装问题考虑得相当仔细。他认为讨论演员,即引起他们穿什么的问题,可是现在几乎没有元代和明代早期关于元代戏剧服装的记录,原因可能是那时的人们认为这太简单或太不重要而没有记录,也可能是因为服装过于依赖复杂的经济和其他环境的变化,或者由于戏剧服装在很大程度上来源于其他服装,也许是更多的记录被遗失了。他试图用王骥德于1610年的回忆来解释:"尝见元剧本,有于卷首列所用部色名目,并署其冠、服、器械,曰某人冠某冠,服某衣,某器,最详。然其所谓冠、服、器械名色,今皆不复识矣。"②杜威廉的研究一向严肃谨慎,他认为王骥德的回忆可能是明版元剧剧本,那上面的一折一折标明了人物基本服装。但这不能表明其服装直接来自元代,也许是明代宫廷服装的反映。例如李文蔚的《圯桥进履》就为其中所有人物标出了服装,他非常详细地说明了人物头上戴的、脚上穿的、有没有胡须、拿不拿拐杖等细节,有时还包括这些东西的颜色。杜威廉考察了中国古典戏剧尤其是元杂剧人物的基本服装作为一个整体,起着区别以下几方面意义的作用:1.是番

---

① 莫迪凯·戈尔里克:《推陈出新的戏剧》,纽约,1975年,第47页。转引自吴光耀:《西方演剧史论稿》,北京:中国戏剧出版社,1989年,第779页。
② 王骥德:《曲律》,中国戏曲研究院编:《中国古典戏曲论著集成 四》,北京:中国戏剧出版社,1957年,第143页。

是汉;2.是文是武;3.是贵是贱;4.是老是少;5.是贫是富;6.是善是恶①。杜威廉认为与西方戏剧服装与现实生活的相同相反,中国古代戏剧服装显然并不严格要求历史的真实性。例如扮演东晋时的人物可能会穿上与宋代人物完全一样的服装。不过,某些著名人物形象有他们特殊的服装,例如很有名望的战略家诸葛亮总是拿着一把羽毛扇,他的舞台形象也总有一段是他的晚年形象。杜威廉还考察了演员在舞台之外所穿的衣服。宋朝时在衣着上严格区分穿衣人所属的社会阶层,他便对艺人是否也要穿某种特定的服装,甚或是否存在法律规定的服装问题进行了思考。显然,至少在明初是这样的,徐复祚写道:"国初之制,伶人常戴绿头巾,腰系红褡膊,足穿布毛猪皮靴,不容街中走,止于道旁左右行。乐妇布皂冠,不许金银首饰。身穿皂背子②,不许锦绣衣服。"③但杜威廉认为我们无法确切知道元代以后情况究竟如何。杜威廉一直都很重视从考古成果来考虑中国古典戏剧的各种问题,他从1324年元代壁画上的一次戏剧表演④分析了中国古代戏剧中服装的丰富性和多样性,"舞台上有十个人,还有一个人正在下场处的幕布后面向外偷看。后排是前文已经说过的三位乐手,还有一个穿着女装拿着扇子的人,可能是个女性小角色。剩下的六个人,从他们的阵势看,应该是这台戏的中心。右前方是男主角,装扮为一个大官,穿着红袍,手持笏板。他的左边是个老头,可能是次要角色,戴着三绺假胡子,明显是拴在耳朵上、咬在嘴里的,穿着一件蓝色上衣,边缘、袖口和肩部是黑色的,这几部分还做了白边,并饰以红红绿绿的花瓣和叶片。在他左边是个男性角色,穿着浅黄色的袍子,上面绣满了鸟的图案,还带着一把长柄剑。男主角的右侧肯定是个丑角,穿着赭色上衣,肩部、袖口和边缘都饰以鸟或其他的图案。在丑角和男主角的后面又是一个男性角色,穿着淡蓝色的短外套和

---

① William Dolby, "Yuan Drama," Colin Mackerras, *Chinese Theatre from its Origins to the Present Day*, Honolulu: University of Hawaii Press, 1983, p.54.
② 杜威廉解释"皂被子"实际上就是元代和明代伶人规定的外衣,后来成了歌女和女仆的常服,体面的上层妇女暗中也穿这种衣服。
③ 徐复祚:《三家村老委谈》,复旦大学中文系古典文学教研组编:《中国文学批评史 中》,上海:上海古籍出版社,1981年,第323页。
④ 从那幅壁画和一些元代的男演员陶俑以及散见于各处的元代戏剧和诗歌中,可以获得关于戏剧服装的更为确切的信息。那幅壁画描绘的是一班男女演员在舞台上的情景。他们可能在演庾天锡的《周处三害》,或者无名氏的元杂剧或明杂剧《斩涧蛟》,不过这种猜测是无法肯定的。

淡紫色的打褶短裙"①。杜威廉甚至还考察过中国古代戏剧中帽子或其他一些特别的道具,从中令人们了解中国古代戏剧服装的多样性。"下列各种帽子可以让我们对戏剧服装的多样性有个大体的印象:花插幞头、兔儿角幞头、展角幞头、簪缨公子冠、凤翅盔、皮盔、撒发盔、虎磕脑盔、红碗子盔、回回盔、狐帽、僧帽,还有其他许多种。道具包括倈儿、竹节鞭、数珠和鬼头等。还有个道具叫作回回鼻,是给回回卒用的。"②关于舞蹈服装与戏剧服装的关系,杜威廉认为有时舞蹈服装与戏剧服装是相同的。杂剧在元代宫廷演出,并产生一定的名声,肯定会对舞蹈服装产生一定的影响,或者它们互相影响。令杜威廉感觉有趣的是,舞蹈服装也包括了诸如斧子、笏板、金盔甲和各种神的面具之类的东西。因此,很有可能元杂剧中常用面具来表现超自然事物的面貌③。

关于中国古代戏剧的戏服,哈罗德·阿克顿最喜欢其中的武戏表演,同时也认为武将的戏装最为缤纷灿烂。他详细描述了其中一个武将的头盔。"头盔上插满绒球及银饰,上装两根颤动的花翎,背戴四面三角小旗。"④他还指出了从中国古代戏剧的服装来看,"戏剧综合了不同朝代的风格,很少具有历史真实性。比如,花翎原来是少数民族的标志,后来为扮演汉族将领的角色用,只不过因为其完美的审美作用和大胆的装饰效果。乞丐身上缀补丁的绿色丝袍,使人联想到意大利或法国戏剧中的丑角。矜持的人物穿黑色庄重的戏服。鬼出现时,头上搭着黑纱,或者在颧骨上粘两长条白纸,或者挂在耳朵上。脸上覆盖着红旗或红布表示死亡,小鬼持几面黑旗代表一阵风"⑤。

第二,关于剧院。韩南认为城市的繁荣渐渐促进了城市娱乐的发展,为表演者提供了稳定的生活和完善其艺术的机会。他描述了中国早期剧院产生于娱乐中心,"娱乐中心采用的形式是在大量售货亭和小间房等地方,把艺术和表演提供

---

① William Dolby,"Yuan Drama,"Colin Mackerras, *Chinese Theatre from its Origins to the Present Day*, Honolulu: University of Hawaii Press, 1983, p.55.
② Ibid., p.54.
③ Ibid.
④ Harold Acton & L.C.Arlington,"Introduction," *Famous Chinese Plays*, tr.and ed.by Harold Acton & L.C. Arlington, Peiping: Henri Vetch, 1937, p.xix.
⑤ Ibid.

给公众"①。还找出一个关于中国最大剧场的例子来说明当时中国古代戏剧剧场的繁荣:"据说,北宋都城最大的地方可以容纳四千多观众。"②与韩南一样,杜威廉也认为中国戏院的产生与城市的繁荣发展关系密切,宋代大城市的人口不断增长,手工艺品丰富,商业文化活动繁荣,市民的娱乐形式也发生了相应的变化。他指出,汴梁、杭州和金的都城中都,都为繁华大都市,即便是城镇店铺中间的道路上也可看见各种表演③。杜威廉介绍这些戏院的名称被称作"瓦""瓦子""瓦市""瓦肆""瓦舍",或被称作"棚""看棚""勾肆""勾栏"。他还描述了这些戏院的构成,高高的舞台用低矮的栏杆围着,观众围在它的三面欣赏精彩纷呈的表演。同时指出了汴梁剧场的繁荣,称汴梁的两个瓦肆中大约有50多个剧场,其中"莲花棚""牡丹棚"等几个大的戏院甚至可以容纳几千名观众④。

第三,化装及脸谱。脸谱是中国古代戏剧的独特手段。以色涂面象征人物性格及邪正,与西方戏剧化装不同。涂面起源于何时,难以确考。据王国维研究,汉代已有以正赤涂面表示醉态。但正赤所表示的,仅只是醉颜而已,并非伦理概念。杜威廉虽然举出《兰陵王入阵曲》⑤的剧名,却不像周贻白一样认为这便是中国脸谱的滥觞。韩南注意到中国古代戏剧化装的特别,指出无论在意大利即兴喜剧还是在中国古代戏剧中,我们都可以发现演员的服装及浓艳的、漫画式的化装⑥。哈罗德·阿克顿邀请韩世昌所在剧团到其住处做客时,花了很长时间与所有演员合影。每个演员都要换戏服,都要化装。他说"这是个非常费力的过程"。他已注意到某些角色需要用不同颜色勾脸象征不同含义:白色代表背叛,黑色代表粗鲁忠诚,红色代表忠诚勇烈,蓝脸代表凶猛,绿脸代表无法无天,黄色代表勇气中藏着机智等。哈罗德·阿克顿高度评价了中国古代戏剧脸谱艺术,认为这些组合

---

① Patrick Hanan,"The Development of Fiction and Drama,"in Raymond Dawson ed.*The Legacy of China*,Oxford:Oxford University Press,1964,p.122.
② Ibid.
③ Patrick Hanan,"The Development of Fiction and Drama,"in Raymond Dawson ed.*The Legacy of China*,Oxford:Oxford University Press,1964,pp.121-122.
④ William Dolby,*A History of Chinese Drama*,London:Elek Books Limited,New York:Harper & Row Publishers,1976,p.17.
⑤ 代面或称大面(mask),周贻白先生认为这是后代脸谱的滥觞。
⑥ Patrick Hanan,"The Development of Fiction and Drama,"in Raymond Dawson ed.*The Legacy of China*,Oxford:Oxford University Press,1964,p.137.

代表了人物的性情特点。他还对中国古代戏剧演员的首饰有一定研究,认为珠宝代表妇女的社会地位。官宦之妻的发饰用耀眼夺目的珐琅饰品①。他发现中国古代戏剧演员自己化装,并根据自己的五官设计合适的装扮②。假如他的脸过于圆胖,就在脸颊上别出心裁地粘上几缕假发,精巧的佩戴首饰也能使其脸盘见小。假如他的脸过于瘦长,头发就从耳旁向后掠过,戴上小巧的首饰。由于胭脂起到遮蔽作用,高颧骨就涂上厚厚的红胭脂,低颧骨则在四周涂上胭脂以使其稍凸。长着扁平鼻子的演员在双眼之间画出假鼻梁,眼角施褐色以使眼珠见大,眼睑上施色以使睫毛见长。大花脸剃光前额上方的头发以使脸庞见大,并且画上颜色,与其他的化装部分保持协调。脸谱总共有 250 种左右③。

第四,布景及舞台。早在 19 世纪时,英国汉学家德庇时便注意到中国古代戏剧的布景与西方幻觉主义剧场的布景完全不同,但那时他认为那是中国古代戏剧粗糙幼稚的表现。直到 20 世纪,西方反幻觉主义剧场运动兴起,西方学者才注意到中国布景的写意性和象征性正是中国古代戏剧伟大之处。哈罗德·阿克顿对中国古代戏剧中的布景有所涉猎,他认为中国京剧没有精致的布景,有挂在舞台背后的花红帐幕和台上的桌椅。比起西方戏剧,中国古代戏剧中的这种简单布景非常灵活。他认为西方跋扈独裁的出品人在现实主义的神奇名义下把布景、硬纸板道具以及零碎装备强加给我们,京剧却正由于几乎不使用这些东西而显得极为灵活,可以适应各种环境气氛与生活方式,不受笨重布景的限制。那些布景得由一大堆舞台工作人员撑举搬动,观众只能等着。一出普通的中国戏可以包括多至 30 幕的场景,不为时空所囿。他认为在中国古代戏剧中演员可以随心地把帐幕作为森林或其他景色,中国戏的布景更能令人引发遐想,你会被带入想象王国,只要摆脱西方式的偏见,你将会领受到视觉梦幻,而这正是戏剧最为高级的诱导功能。阿克顿对中国古代戏剧的赞赏与 20 世纪戏剧革新家们对中国古代戏剧的态度相近。他指出那些刚从客厅喜剧或最好的好莱坞有声电影转而接触京剧的人,会很不理解中国古代戏剧的布景,他们的第一印象或许就是京剧缺乏真实性,没

---

① Harold Acton & L.C.Arlington,"Introduction," *Famous Chinese Plays*,trans.and edit.by Harold Acton & L.C.Arlington,peiping:Henri Vetch,1937,p.xviii.
② 阿克顿认为中国古典戏剧中的旦角都精通脸部化装的所有技巧。
③ Harold Acton & L.C.Arlington,"Introduction," *Famous Chinese Plays*,tr.and ed.by Harold Acton & L.C.Arlington,peiping:Henri Vetch,1937,pp.xviii-xix.

有精心构建的自然场景,因为他们只看到挂在舞台后面的一大块刺绣帐幕,一两张桌子,两三把椅子,光秃秃的摇摇欲坠①。然而在中国古代戏剧演员看来,这些简易的布景道具完全是鲜活的:舞台上十个兵士可以代表上千人,他们的马鞭代表成群的战马。阿克顿对中国古代戏剧的写意风格有所领悟,他称赞中国古代戏剧是超自然主义艺术。20 世纪西方舞台设计革新的目标之一是摆脱 19 世纪末达到顶峰的幻觉主义的束缚。"现代西方戏剧在中国戏剧传统的影响下走向非写实、表现"②。

当然西方也有自己的非写实戏剧传统,如古希腊戏剧、英国莎剧等伟大的戏剧时代。但此传统在西方一度中断,不像中国戏曲这样一直延续至今并依旧保持着强大的生命力。中国古代戏剧不仅使西方戏剧改革家从中借鉴写意戏剧的精神、方法和技巧,而且还帮助他们追本溯源,寻找他们自己戏剧的"根"。

---

① 哈罗德·阿克顿在此幽默地举了一个例子说明那些不懂中国布景的人。"哦,艾尔温之幕和比尔博姆之树我们现在在在哪儿?"
② 陆润棠、夏写时编:《比较戏剧论文集》,北京:中国戏剧出版社,1988 年,第 66 页。

第三节　中国古代戏剧在 20 世纪英国的接受

一、英国 20 世纪探索戏剧与中国古代戏剧的契合

18 世纪欧洲对域外的兴趣总是伴随着神圣的无知和富于想象力的创造，他们对华丽宏伟的巴洛克艺术风格充满热情。当欧洲习惯了意大利歌剧和轻喜剧、法国宫廷芭蕾舞和喜剧歌剧以及英国假面剧和歌剧时，又迷上"中国式的假面舞会和跳舞会"、"中国式丑角"喜剧①。中国服装舞会和化装跳舞首先在巴黎、维也纳出现，后来在其他宫廷举行，②欧洲舞台装置和布景方面呈现着"中国式风格"特点。

英国伊丽莎白剧场舞台是由楼台、阶梯、内台、固定出入口、平台等要素组成的永久性结构体，与中国戏台一样同属于伸出式舞台③。舞台前部或称主台是基本表演区，围绕着三面观众或站在院子里或坐在楼座上看戏。舞台后部是多层的正面，底层左、右各有一门用作演员上下场。内下舞台隐蔽在一块帷幕后面，演员、道具甚至一个场面在其中出现。内上用作阳台、城垛这类表演区。可能还有

---

① 在他们看来，"中国式丑角"经常穿着土耳其式戏装，根据意大利歌剧大师谱写的音乐，跳动法国芭蕾舞专家设计的滑稽可笑的舞步。
② [德] 利奇温：《十八世纪中国与欧洲的文化接触》，朱杰勤译，北京：商务印书馆，1962 年，第 58~59 页。
③ 伸出式舞台即半敞式舞台。这种形式的舞台是把台唇加大，向观众厅扩展而形成的。观众席三面包围舞台，其后部的舞台很浅，演员的表演主要是在伸出部分进行。舞台没有乐池，没有明显的台框，布景很简单，道具也很少。一般只在舞台的末端有极少量的说明时代和环境的风格化和抽象化的景片。吴德基编：《观演建筑设计手册》，北京：中国建筑工业出版社，2007 年，第 568 页。

第三层,一般为乐队占用,有时也可作为表演区。中国民间剧场大致上只是个临时木架,高高地搭于露天,有时也搭在大道中央,演出结束,即刻拆除。其舞台是一个方形平台,有时前部有两根柱子,来支撑舞台屋顶。后部为舞台结构正面,可能是一堵墙或一排隔扇屏门,也可能是一块幕布。正面墙两侧有永久性上、下场门。观众围着平台三面观看演出。宫廷舞台①比民间舞台要复杂得多,不过基本结构差不多。在西方伊丽莎白剧场已湮没数百年,当时剧场建筑早已不复存在。以亚里斯多德《诗学》模仿论为基础而发展的写实主义剧场最终统治了西方舞台。它由狄德罗发展为现实主义,在20世纪形成了斯坦尼斯拉夫斯基体系,最终以制造幻觉主义为目标,让演员自我异化后,模仿其扮演的人物以产生认同作用,从而把观众带到另一个幻觉时空,"以至大幕升起时,观众常常会神志恍惚地被带入了另一个地区或时代,舞台成为了一个容纳无限空间和永恒时间的魔盒"②,实现演员和观众内在自我渴求的宣泄和释放。在力图制造幻觉为目标的现实主义戏剧统治西方舞台时期,来华西人认为布景简单、表演程式化的中国古代戏剧粗糙、幼稚。然而雄踞西方两千多年的幻觉主义剧场,力图在舞台上逼真地再现现实生活场景,制造艺术幻觉,最终使戏剧艺术走进了窄胡同。

20世纪西方戏剧观念发生剧烈变化。心有灵犀的阿庇亚③(Adolphe Appia,1862—1928)和戈登·克雷④(Edward Gordon Craig,1872—1966)一见如故,尽管语言不通(阿庇亚不懂英语,克雷不懂法语),却依靠一点德语(更主要是依靠图画和手势)整整三天聚在咖啡馆、餐厅交流。他们相互欣赏和分享共同的艺术趣味,反叛舞台现实主义,"拒绝现实主义观念作为一种艺术胜任的表达方式"⑤,拉

---

① 目前保存下来的大型宫廷舞台有两处,一是故宫宁寿宫中阅是楼的畅音阁,二是颐和园内的德和楼戏台。畅音阁是三层的大戏台,上层为"福台",中层为"禄台",下层为"寿台"。"寿台"是三层中的基本表演区,它又分为上、下两层,上层称"仙楼"。上、下层之间由四座阶梯相通。上述四层均用隔扇门分割前、后台,都有上、下场门。"寿台"的天花板与地板还有活动台板,称之为"天井"与"地井"。
② 莫迪凯·戈尔里克:《推陈出新的戏剧》,纽约,1975年,第47页。转引自吴光耀:《西方演剧史论稿》,北京:中国戏剧出版社,1989年,第576页。
③ 瑞典舞台美术家,20世纪戏剧艺术革新运动的先驱者之一。
④ 英国现代剧场艺术理论的先驱。他一生最重要的理论建树在于提出了舞台导演和超级傀儡的概念。他对舞台导演的界定是现代导演崛起的理论开端,而超级傀儡则是关于演员的独特思考,与表演的过去形态和未来的发展有关。
⑤ Jane Milling, Graham Ley. *Modern theories of performance: from Stanislavski to Boal*, palgrave, 2001, p.28.

开了反幻觉主义剧场运动帷幕。而真正意义上的现代戏剧革新由梅耶荷德（Vsevolod Emilievich Meierkholid, 1874—1940）开始。他离开莫斯科艺术剧院①，"决不留下"，寻找一种"有巨大概括力的艺术"②。在亚历山大剧院排演瓦格纳（Wilhelm Richard Wagner, 1813—1883）的歌剧《特里斯坦与伊索尔德》，梅耶荷德成功地把戈登·克雷垂直结构和阿庇亚水平表演区熔为一炉，形成了独具一格的歌剧舞台结构。其写意性背景以局部代替整体，如船帆代表海船、一堵墙代表城堡等。布莱希特（Bertolt Brecht, 1898—1956）站在"批判性的立场"来思考幻觉主义剧场的"净化"功能使观众陷入感情陶醉的"着魔"状态，以"间离效果"让观众和舞台保持一段距离，从而可以采取一种静坐观察的姿态，以冷静、科学的头脑去认识生活、改造生活，能够进行理智的思考、分析和批判。有的戏剧家以20世纪60年代极简主义艺术家"少就是多"（Less is More）的理想改革西方戏剧。科伯③（Jacques Copeau, 1879—1949）大声疾呼"让那些花里胡哨的东西消失吧，对剧作而言，留给我们一个光秃舞台就行"④。格洛托夫斯基⑤（Jerzy Grotowski, 1933— ）以"剥减法"建立"质朴戏剧"，"经过逐渐消除被证明是多余的东西，我们发现没有化装，没有别出心裁的服装和布景，没有隔离的表演区，没有灯光和音响效果，戏剧是能够存在的。没有演员与观众中间感性的、直接的、活生生的交流关

---

① 俄国话剧院。1898年由K.S.斯坦尼斯拉夫斯基和聂米洛维奇-丹钦科创建。以上演契诃夫与高尔基的剧作著称。1898年契诃夫的《海鸥》在剧院演出大获成功，飞翔着的海鸥形象也成了这家剧院的院徽。1987年后莫斯科艺术剧院一分为二，依旧留在旧址的剧团仍由叶弗列莫夫任总导演，剧院则改以契诃夫命名。
② 中国社会科学院外国文学研究所外国文学研究资料丛书编辑委员会编，童道明编选：《梅耶荷德论集》，上海：华东师范大学出版社，1994年，第120页。
③ 法国导演、演员、戏剧革新家、作家。为改变法兰西喜剧院及众多商业性剧院的明星制积习，于1913年组织了同人剧团，把巴黎塞纳河左岸一座小剧场改建成老鸽巢剧院，首演了克洛代尔、马丁·杜·加尔等人的新作。1917—1919年，法国政府委派该剧团赴美演出两年，受到极大欢迎。1924年科伯自动放弃老鸽巢剧院的领导工作，到勃艮第乡村建立戏剧学校。
④ 宫宝荣：《法国戏剧百年(1880—1980)》，北京：三联书店，2001年，第58页。
⑤ 波兰导演，戏剧革新家。1959年担任奥波莱十三排剧院经理和导演，开始进行戏剧实验和创新活动。1964年将十三排剧院改为戏剧实验所，1965年迁至伏罗兹瓦夫市，改名为表演艺术研究所。格洛托夫斯基打破戏剧演出的传统模式，力图使演员和观众建立更亲密的关系。他取消了舞台和观众座席的界限，使观众置身于整个演出活动中。他还要求演员有高超的表演艺术，因而制订了一套演员的训练方法，使演员在与观众的交流和接触中完成真实的戏剧动作。他的这种实验和革新被称为质朴戏剧（又译为贫穷戏剧）。

系,戏剧是不能存在的"①。等到阿尔托②(Antonin Artaud,1896—1948)"残酷戏剧"使狄奥尼索斯精神在当代复活,拖着带病之身演出《与安托南·阿尔托的密谈》一剧,以"残酷戏剧"透过"一种非常原始和粗糙的语言,这些结结巴巴、没有固定句法的不完善的话语",展示人"搅得神鬼不宁"的谵妄状态,激发一种"不断撕裂生命的痉挛","以梦中的各种诚实念头"来震撼观众的心灵,让人们"从他的内心深处,而不是从某个虚伪幻觉的层面上,看到他源源不断地流露出来的犯罪嗜好、色情迷恋、野蛮兽性、奇思怪想和关于生命与物质的空幻意识,甚至嗜食人肉的恶欲"③。

波澜壮阔的戏剧革新如"荒诞派戏剧"、布莱希特"史诗剧"、阿尔托"残酷戏剧"、格洛托夫斯基"质朴戏剧"等相继传入英国,不论对英国剧作家、导演和剧团,都产生巨大影响,在英国剧坛上爆发出各种探索热潮。

(一) 20世纪英国探索戏剧兴起

莎士比亚以来四百余年的英国戏剧发展史充满创新改革,但20世纪英国探索戏剧的探索精神与历史上任何时代都不同。从萨满教巫术、非洲原始部落舞蹈到南太平洋土著舞剧到现代最新电子技术,都为戏剧探索提供灵感,开拓戏剧表现领域。探索戏剧绝对的开放性不仅改变了戏剧历史传统,而且大大地拓展了戏剧表现方式与社会参与层面④,偏离与动摇了传统戏剧惯例。流行于20世纪60年代或更早的"探索戏剧"与"传统"概念相对应,强调现代主义与后现代主义艺术的历史意义。从独立剧场、小剧场、业余演剧、政治剧,到边缘戏剧、实验戏剧、另类戏剧等流派或运动,从广泛意义上都可以归于探索戏剧名下。其共同特征是非主流或反现实主义幻觉剧场,反商业娱乐戏剧,在戏剧观念上主张严肃的思想性,在演剧形式上强调戏剧形式创新。特别是60—70年代以后,阿尔托"残酷戏

---

① J.Grotowski,*Towards a Poor Theatre*,London:Methuen,1969,p.9.
② 法国戏剧理论家、演员、诗人、反戏剧理论的创始人。1931年写出《论巴厘戏剧》《导演和形而上学》等文章。1932年发表"残酷戏剧"宣言,提出借助戏剧粉碎所有现存舞台形式的主张。他在1938年出版的戏剧论文集《戏剧及其两重性》中追求的是总体创造的戏剧。曾自导自演《钦契一家》。1937年以后,他患精神分裂症直至病故。
③ 梁燕丽:《20世纪西方探索戏剧》,上海:上海三联书店,2009年,前言。
④ 周宁:《想象与权力:戏剧意识形态研究》,厦门:厦门大学出版社,2003年,第172页。

剧",布莱希特史诗剧场,格洛托夫斯基"质朴戏剧",美国"生活戏剧""环境戏剧"等对英国孕育一个世纪的探索戏剧运动起了推波助澜作用。

20世纪戏剧在与电影电视越来越激烈的生存竞争中不得不重新思考自身的本质与意义。在发挥戏剧自觉意识中反抗以伦敦西区主流剧场为代表的商业娱乐戏剧①。英国20世纪后半期探索剧场,与整体现代主义与后现代主义运动相连,反主流与实验性是其总体特征。许多年轻导演醉心于各种流派实验,甚至把所有数种流派综合在一起进行实验。其实验剧目既有古典剧和莎剧,也有现代戏和外国戏。当时有10多位导演在这方面颇负盛名,其中名气最大的是彼得·布鲁克。这股实验热潮不仅波及到许多边缘剧团,而且波及到许多地方轮换演出的剧目剧团,甚至波及到了一些著名大剧院,如擅长演出莎士比亚而闻名的"老维克剧团"和"皇家莎士比亚剧团",也在演出莎剧时进行了某些实验②。

(二) 中国古代戏剧的写意性

《老子》第四十二章所示"道生一,一生二,二生三,三生万物。万物负阴以抱阳,冲气以为和"③,指出天地万物生命的本原——"道"。"道"是有与无的统一体,是宇宙天地万事万物存在的根据和本原。"一"是"气",即混沌未分之气,是天地生命的元素。与西方人把物质与精神截然分开相反,中国人认为二者浑然一体,是宇宙天地本来的状态。正如朱熹所说"天地之间,有理有气。理也者,形而上道也,生物之本也;气也者,形而下器也,生物之具也"④。中国戏剧美学更注重精神性,追求写意,"立象以尽意""得意而忘象"的精神体现在戏剧中,则以虚待实,不追求绝对真实,把真实的东西提炼,以变形、夸张的手法形成一套符号系统,调动观众的想象力破译符号,获得美感。因此,在中国古代戏剧中追求"不像不成戏,真像不成艺"⑤的境界,"以形见意,以形知象",具体表现为切末的假定性以及

---

① 伦敦西区的戏剧活动由英国中产阶级资助并为英国中产阶级演出。在彼得·布鲁克看来,是属于风格化的僵化戏剧。20世纪50年代后期开始,在电影与电视的冲击下,戏剧作为一种娱乐形式已失去了往昔独领风骚的地位。
② 李醒:《二十世纪的英国戏剧》,北京:文化艺术出版社,1994年,第287~289页。
③ 老子:《老子》,王弼注,上海:上海古籍出版社,1989年,第11页。
④ 冯契主编:《中国历代哲学文选》,上海:上海古籍出版社,1991年,第505页。
⑤ 田诗学、田秀云搜集整理:《来凤民间谚语与歇后语》,武汉:湖北人民出版社,2007年,第40页。

演员表演以形传神。

1. 切末的假定性

"演剧时所用之物,谓之切末。"①切末包括装饰性的简单布景和大小道具,与舞台表演的整体性、连贯性、流畅性紧密相联,是"戏曲解决表演与实物矛盾的特殊产物"②。中国古代戏剧的彻末通过抽象、暗示、指代等手法,突破事物外在特征关联扩大指代功能,实现舞台时空自由转换。

戏曲舞台上常用"一桌二椅",既实用又具指代作用。"一桌二椅"是具体的物件,椅子可坐,桌子可摆放东西。在戏上演之前,是中性的,内涵和作用无从体现,处在不确定的状态。戏开演之后,不必顾及造型、色彩与环境的协调是否合乎时代要求,指代功能得到淋漓尽致的发挥,几乎达到无所不能的地步。它可以是御殿里皇帝的御桌御椅,或是公堂上法官审判用的桌椅,也可以是家庭中两人对坐的家用桌椅,以及山坡、高楼、枯井、围墙等,在戏曲舞台上指代功能的无限扩大,是在切末假定性原则下创造性的运用。这种假定性的使用避免了有限的布景表现生活的捉襟见肘和力不从心,摆脱了布景对舞台表现的限制,布景转换和人物上下场的难题迎刃而解,有限的舞台空间被极大拓展,轻而易举地反映丰富复杂的社会生活。如《长坂坡》中的椅子,随着故事情节的发展,一物多用,内涵不断转换,假定性得到具体体现。糜夫人在曹军逼近当头,先是本能地找个地方躲一下,这时椅子象征"残垣断壁";眼见曹将将追至,糜夫人担心拖累赵云,跳井自尽,椅子又象征枯井;赵云赶到,见糜夫人已跳井,痛急交加,推到墙头,掩埋井口,椅子又象征断墙。切末以变形、夸张为基点,作为辅助手段,使演员的表演更真实、更优美。

"传统的切末,是有意识地区别于生活的自然形态的,他们不是事物的仿制品,而是实物在戏曲中的一种表现,是它的艺术形象。这也是切末能够与动作形象相结合的一个重要原因。"③它并不要求其造型逼真,只求其能对事件的发生环境、人物活动等有所交代,求其能更好地适应演员的表演。戏曲,"不是从布景中

---

① 王国维:《宋元戏曲史》,上海:上海古籍出版社,1998 年,第 96 页。
② 龚和德:《谈传统戏曲景的表现与切末的运用》,《新建设》1962 年第 11 期。
③ 同上。

产生表演,而是从表演中产生布景"①,"景随人移"。"切末本身显然不能单独显示环境,但它一经与表演结合,就可能显示环境。反之,表演也很需要切末,即使是再小的切末,表演一经有了它,不但能够帮助表演显示环境,而且更可以使表演很自由地创造出许多极其优美的舞姿。"②小如玩具的水桶,生活中无论如何不能用来担水,演员担着它起舞,能够形象地展示出担水的过程和辛苦及担水者的心情;不成比例的布城,令人一眼即识其假,演员在城下谋划要事,城的高深和森严俨然在目;马鞭、船桨与现实中的物品甚有距离,演员挥鞭上马、奋力划桨的动作真实而优美。布城、水桶、烛台、马鞭、船桨都经过了变形、夸张,但在假定性的原则下,不失其义,能使观众明白其代表的事物和含义,能更好地适应演员虚拟性的表演,使得后者具有真实感和优美性。

戏曲切末中的小物件,像门旗、水旗、风旗等,它只是简单地刻画了水、风一些特点。这不是简陋,是"以少言多"。像水旗,在白色的小方旗上画上绿色的曲线,暗示水纹。演员挥动简单的小旗,配合舞蹈,暗示人物活动在波涛汹涌的江面上。观众立刻感受到浩大的江水扑面而来。没有切末的暗示,演员的表演,就会让人如坠云里雾里,不明就里。如梅兰芳表演的《打渔杀家》,一个年轻女子、渔夫的女儿,"她站着摇一支长不过膝的木桨,这就是驾驶小舟,但舞台上并没有小船。现在河流越来越湍急,掌握平衡越来越困难;眼前她来到一个河湾,小桨摇得稍微慢些,看,就是这样表演驾驶小舟的。——这个闻名的渔家姑娘的每一个动作都构成一幅画面,河流的每一个拐弯都是惊险的,人们甚至熟悉每一个经过的河湾。观众这种感情是由演员的姿势引起的,她就是使得驾舟表演获得名声的那个姑娘"③。

2. 演员表演以形传神

中国古代戏剧演员以虚拟传神的表演,不重形似,讲究传达神韵,创造出超脱、空灵、古朴、高雅的审美境界,为观众留下很大的艺术再创造空间。《秋江》中

---

① 焦菊隐:《略谈话剧的民族形式和民族风格》,《焦菊隐论导演艺术》,北京:中国戏剧出版社,2005年,第574、575页。
② 王遐举、金耀章:《戏曲切末与舞台装置》,北京:中国戏剧出版社,1960年,第18页。
③ [德]布莱希特:《中国戏剧表演艺术中的陌生化效果》,丁扬忠译,《布莱希特论戏剧》,北京:中国戏剧出版社,1990年,第192~193页。

的老艄公把不存在的船用不存在的绳子拴到不存在的系船桩上的动作,为了推动搁浅的船,费劲地做出脱鞋的动作,艄公和姑娘的身体此起彼伏则象征着船在江中等。① 明代戏剧家高濂说:"夫神在形似之外,而形在神气之中。"盖叫天说:"《三岔口》任堂惠上旅榻安眠的睡姿是屈肘托头,半抬上身,同时面部和全身都面向观众。这是仿照卧虎式的睡相。真这样睡,累得慌,怎能入睡?"当演员提起衣服,小心翼翼地踏着并不存在的石块,渡过想象中的水流时,舞台空间就得到所需造型。主仆两个演员在不大的舞台上绕行几圈,可能意味着他们从南方进京赶考。如拿一根马鞭表示牵马或骑马,划一柄桨表示行船,双手激烈颤抖表示情绪极为激动,武将整盔束甲则一定是准备出征……一个"气椅",表示昏厥;一个"僵尸",表示丧生;几个"圆场",千里之遥;数声堂鼓,大军逼境……《拾玉镯》一折中,孙玉娇早起梳妆、开门、喂鸡、哄鸡、做女红、拾玉镯,均是虚拟动作,手中并无各色道具,却真实地演示出一系列动作,体现出表演之美。虚实之间可随意转换,虚到极致即是实,而对实的追求则是虚拟化,对精神性的追求使中国艺术偏重于对虚的表现②。中国古代戏剧表演以形传神,体会人物的内心之后,创造出写意性的戏剧艺术。

(三) 20世纪英国探索剧场与中国古代戏剧的契合

薄伽丘《十日谈》对画家乔托这样评论:"这些由他描绘出来的形象与原物相比,不仅仅是与原物相似,它们本身看上去似乎就是原物,如此逼真,很多人眼睛都被这些形象欺骗了。人们全都错把画中的形象当成了真实的东西。"戏剧幻觉主义基于同样的美学观念:舞台上不应出现任何使观众知其为舞台的任何因素。20世纪英国探索戏剧突破了幻觉主义剧场,注重剧场性和舞台时空的自由。这种探索在某种程度上与中国古代戏剧契合。

中国古代戏剧从来与幻觉主义无缘。其中,舞台只是表演场所,并不企图掩饰使观众意识到舞台存在的任何因素。舞台帐幕、门帘无关于剧情发生的地点;一桌二椅有时超出日常生活用途;布城赤裸裸地暴露布片上的城墙图样,风、雨、

---

① 孟昭毅:《东方戏剧美学》,北京:经济日报出版社,1997年,第83、85页。
② 覃莉:《论中国戏剧的写意性》,《美与时代》2005年第11期。

水、火等旗子只是具有特定符号的舞蹈工具；灯光仅限于照明，在明亮的舞台上由演员的动作来表现想象的黑暗；此外，如变形、象征的脸谱，作为身体延长的水袖、雉尾，杂耍般的火彩，放在舞台后部或一侧的乐队等，一切都是剧场性的，处处提醒观众：舞台是扮演角色的场所，不是剧场外花花世界的复制。

1. 剧场中的契合

中国古代戏剧中的灯光只用来照明，演员以其传神的表演表示黑夜。《三岔口》中《暗战》一出，舞台上明明是灯火通明，两个演员却只以一张桌子为道具，在桌上、桌下表演伸手不见五指的黑夜。在彼得·布鲁克导演的《李尔王》（1962）暴风雨一场中，令人吃惊地在明亮的灯光下由演员来暗示想象的黑暗。而在彼得·谢弗尔的《黑暗的喜剧》（1965）中，观众不难想象演员正处于因断电而变得漆黑的房间内。彼得·布鲁克在 20 世纪 70 年代最著名的实验是《仲夏夜之梦》。整个演出构思是富有创造性的。用通常的方法演出这个戏，总少不了以沐浴在月光下神话般的森林为背景。但是布鲁克却在一个被灯光照得通亮、由白板墙围成的空间内演出这个戏。

著名京剧演员程砚秋 1932 年赴欧考察戏剧后说："中国戏剧是不用写实布景的。欧洲那壮丽和伟大的写实布景，终于在科学的考验下发现了无可弥缝的缺陷，于是历来未用过写实布景的中国令欧洲人惊奇不已。"①克雷在撰写的几本书中，曾描述一些东方剧团把蓝布铺在台板上象征河流；邓肯以蓝幕为演出背景引起轰动，克雷与邓肯初次见面，克雷就怒气冲冲地指责邓肯剽窃了他的思想。中国古代戏剧以舞台帐幕装置舞台的正面，为演员提供永久性的背景。后来经过梅兰芳等艺术家的改革，才开始考虑使用舞台帐幕的装饰动机与色彩跟一出戏的情调有所统一。后来又用紫色或灰色的净幔为演出提供更单纯的背景，对此莱因哈特曾表示"意外的倾服与羡慕"②。

中国古代戏剧中以门帘装饰舞台正面两端的固定出入口。以上下场门分场，作为演员上下场的固定出入口，成为中国古典戏剧舞台的基本程式。彼得·布鲁克在 20 世纪 70 年代对《仲夏夜之梦》整个演出构思富有创造性，整个装置像一个

---

① 中国戏曲研究院编辑，程砚秋：《程砚秋文集》，北京：中国戏剧出版社，1959 年，第 207 页。
② 陆润棠、夏写时编：《比较戏剧论文集》，北京：中国戏剧出版社，1988 年，第 84 页。

体育馆,正面板壁左右各一个小门,不禁使人想起中国戏曲的上下场的门。

彼得·谢弗尔《追日记》《马》也以中国戏曲的想象和自由抓住观众。在《追日记》中由士兵组成的合唱队用虚拟动作表演军队攀登安第斯山攻击印第安人。布景只在空舞台上布置了一枚内有宝座的巨大的金奖章。第一幕结束时,一群咆哮的印第安人从宝座里抽出一条血迹斑斑的布条,并使之波浪似的翻腾,象征大屠杀的结束。《马》的演出形式更接近于中国戏曲。基本演区是三面有栏杆和长凳,可加速旋转的长方形平台。依靠虚拟动作可将它变为诊所、马厩、海湾、电影院等不同的动作地点。栏杆外的圆平台上放着几张供演员候场坐的长凳,谁有戏谁就走上方平台表演。剧中几次出现纵马飞驰的场面。扮演马的演员头戴金属骨架上的马头面具,脚踩金属的后蹄。骑马就是驮在装马的演员身上。当剧中主人公艾伦用刀刺瞎马的眼睛时,利用方平台的加速旋转创造了瞎马疾驰的惊心动魄的场面。

美国乔治·肯诺德与波蒂雅·肯诺德写道:"20世纪的西方戏剧愈益趋向于东方戏剧的自由和想象。剧作家采用独白并直接对观众讲话,经常在通明的灯光下当着观众换景;面具、象征性道具和片段布景的运用对经常看戏的观众而言是可以接受的。时间与空间的处理是完全灵活的,迪伦马特的《访问》(1958)将许多日子的事件压缩为短短的几场戏,而火车、市议会、群众场面像东方戏剧那样由演员自由地暗示。现在即使是动物也可用东方的方式出现在舞台上,在音乐剧《卡梅洛特》、连续剧《贝克特》和叙事剧《印第安人》(1969)中,一些腰部围上竹马的演员在台上纵马飞驰。"[①]

2.时空自由观念的契合

剧场性导致戏剧表演时空的自由。自文艺复兴以来,意大利舞台借助透视画景在有限舞台上创造出无限空间和幻觉。但是舞台是三维空间,二维画景对演员只是异己的存在,只是与他争夺观众注意力无关的装饰与背景。自然主义试图三维地处理舞台空间以与演员调和,结果却限制了场景变化,从而迫使剧作家把动作场景集中于少数固定空间内,如客厅之类。这样人物和情节的安排只得服从于外在偶然因素。当三一律成为现代剧作家的沉重包袱时,人们自然会注目类似中

[①] [美]乔治·肯诺德与波蒂雅·肯诺德:《戏剧入门》,第 161~163 页。

国古代戏剧的自由时空。

中国古代戏剧剧场空间是自由的。宗白华说:"由舞蹈动作伸延,展示出来虚灵的空间,是构成中国绘画、书法、戏剧、建筑里空间感和空间表现的共同特征,而造成中国艺术在世界上的特殊风格。"①在《梁山伯与祝英台》"十八相送"中,一路景色随着人物行止、心理不断变化。《武家坡》中王宝钏上场后,站在台上唱十八年经历,两人虽同在舞台,却处在各自空间,唱完后,从过去情景中走出来,两人又处在同一空间中。在这里,时空变换往往联系在一起,通过不同形式表现时间、空间转换。三维舞台空间由于处在不断变化状态而获得第四维。彼得·布鲁克把戏剧舞台看作是"空的空间",上下场门作为演员上下场固定出入口,切断或延续舞台时间或空间指示器,起到电影中剪刀与黏合剂的作用,成为舞台蒙太奇手段。一个演员从下场门下场,紧接着又从上场门上场,其间就可以表示时间流逝与空间跳跃。早在 1899 年,阿庇亚在《音乐与戏剧艺术》中就提出表示特定地点的象征性细节,应保持在最低限度,为了让表现的功能自由驰骋。克雷的看法和阿庇亚不谋而合,他强调"不要去再现自然,而是暗示它最生动、最美的方面"。他认为暗示可以把各种事物的感觉搬上舞台。他的条屏装置通过和动作、服装、灯光、道具结合,暗示不同场景和气氛,斯坦尼斯拉夫斯基颇为欣赏。1921 年,莫斯科艺术剧院演出了由克雷导演设计的《哈姆雷特》。金色条屏暗示辉煌宫殿,象征哈姆雷特的斗争世界。《秦香莲》以"千山万水来到京城,也不知丈夫身在何方"说唱转换表现时空转换。《秋江》一折中以形体表演表现时空,小尼与老艄公在船头、船尾相对而立,两人一起一浮,即将小船在江面上的时空性表达得极其充分。《打渔杀家》中,前台是桂英在家,后台上传来的则是老父亲在县衙被打的声音。克雷经常采用平台、台阶、柱子、立方体、帷幕、黑天幕、幕纱以及活动景片,再加上运用灯光和服装的色彩,来造成某种象征性的环境和气氛,同时也为演员提供不同的表演区。演出莎士比亚《无事生非》一剧时,只用了一束强光来表现教堂一景,其做法是通过观众看不见的彩色玻璃将五光十色的光线投射到舞台上,舞台两边帷幕上画着柱子,就这样简练地暗示出教堂环境,可谓别出心裁,独树一帜。戈登·克雷的布景设计理论和实践,不仅在英国发生了巨大影响,为许多非

---

① 宗白华:《美学漫话》,武汉:长江文艺出版社,2008 年,第 73 页。

商业性剧院采用,而且逐渐传入欧洲大陆和美国,形成了所谓"克雷式布景设计"流派,其影响至今未衰①。

二、戈登·克雷对中国古代戏剧的文化利用

欧洲最重要的戏剧家爱德华·戈登·克雷生于欧洲戏剧酝酿巨大变革、现代主义潮流逐渐崛起的时代。继 19 世纪自然主义及现实主义统治之后,欧洲戏剧面临象征主义、未来主义、超现实主义、表现主义等反自然主义、反现实主义浪潮的猛烈冲击。克雷《剧场艺术论》倡导欧洲戏剧当从 19 世纪现实主义羁绊中摆脱出来,对现实主义幻觉剧场革新运动产生巨大影响。后来他又以《面具》杂志为阵地,于 1908 年到 1929 年间使用不同署名阐述自己的观点,倡导探索戏剧新运动。同其他西方探索戏剧代表人物一样,克雷感到西方戏剧传统贫乏,主张从戏剧原始的、遥远的过去寻找通向未来的途径,对东方古老戏剧和艺术产生浓厚兴趣。1915 年,克雷对西方戏剧传统如此感叹:对希腊和伊丽莎白时代"戏剧的表现法则","我们只有一些提示。却在整体上连一本教科书也没有。对其表现的结果,我们所知无几。即使所有法则都刻在石桌上,如果我们怀疑自己的艺术是否是真正艺术,也应该唾弃这些法则……我们必须正视这种处境,必须改变它"②。克雷进一步争辩说:"通过勤奋、明智的考察,特别是把这些提示与印度、中国、波斯和日本所提供的戏剧艺术、知识进行比较,也许可以确证欧洲戏剧的法则。通过考察,我们或许可以获得戏剧艺术法则应该是什么的某种认识,因为我们本应该除掉所有使我们迷惑不解的、掩盖宝贵真理的那些垃圾。"③在其戏剧论述里,克雷频繁地涉及包括日本、中国、印度、印度尼西亚和柬埔寨的戏剧和舞蹈艺术。

克雷对中国古代戏剧艺术的兴趣最早反映在他 20 世纪最初 20 年发表的几篇关于中国戏剧的书评和演出评论里,这些书评和演出评论大多发表在他自己编辑的《面具》杂志上。

---

① 李醒:《二十世纪的英国戏剧》,北京:文化艺术出版社,1994 年,第 52~53 页。
② Gordon Craig, *The Theatre Advancing*, New York: Benjamin Blom, 1963, p.166.
③ Ibid., p.167.

(一) 戈登·克雷的"超级傀儡"与中国古代戏剧

戈登·克雷谴责现实主义演员扮演角色,主张演员不应当扮演某个角色,而应当呈现、阐释角色;不应当像摄影师一样仿制、再现自然,而应作为艺术家来创造自然。在他眼里,传统演员不过是"制造并繁荣拙劣舞台现实主义的工具",因此他提倡"取消"传统意义演员并创造了"超级傀儡"来替代"演员"的旧概念。瓦格纳早就抱怨表演只是"显示出演员的面具人格,是一种非常令人怀疑的交易。人们仅仅看到演员隐藏所有个性,忽略了审美愉悦及能产生最卓越效果的幻觉"①。与瓦格纳迫切呼吁演员迈向幻觉即演员变成角色的要求相反,克雷恰恰希望演员以"超级傀儡"的身份"摆脱角色的外皮"②。中国古代戏剧中梅兰芳的艺术表演和傀儡戏,便成为克雷印证自己理论、坚定探索戏剧革新的理论之一。

中国大陆和台湾相关学术论文、专著、影视作品,大多受瑞典斯德哥尔摩大学教授拉尔斯·克莱贝尔格记录的影响,认为当时在苏联的西方几个著名导演(如克雷、布莱希特)专程前往苏联观看了梅兰芳演出,或者他们都曾观看过梅兰芳演出,或者他们参加了讨论会。对此,美国爱荷华大学教授田民曾做过考察。然而,戈登·克雷在赴苏联考察戏剧之前,至少在两本书中读过关于梅兰芳的艺术表演。在克雷眼中,以梅兰芳为代表的中国演员不需要舞台布景便可独立以动作表演一个场景,欧洲剧场则不得不寻求导演、灯光、布景等一切可能的手段来支撑演员的表演。也许中国舞台可以启发他们明白自己知识与信念的缺失。③ 克雷把以梅兰芳为代表的中国演员,当作其可能寻找到"超级傀儡"的动力。

1935年3月和4月间梅兰芳应邀到苏联进行访问演出,苏联对外文化关系协会在莫斯科举行梅兰芳表演艺术讨论会。1935年5月18日上海出版的英文杂志

---

① R.Wagner, *Uber Schauspieler und Sanger*, tr. W. Ellis Lincoln, Nebraska: University of Nebraska Press, 1995, p.191.
② E.G.Graig,., "The Actor and Ubermarionette," *The Mask*, Florence, 1908, p.64.
③ C.G.Smith, "Only-A Note by C.G.Smith," *The Mask*, Vol.13(1927), p.73. C.G.Smith 是戈登·克雷的假名。

《中国每周评论》刊载了陈依范①（Percy Chen 或 Jack Chen）的短文《梅兰芳最近访问苏联的要点》。他提到梅兰芳在莫斯科的"戏剧工作者俱乐部"（the Club of Theatrical Workers）上示范表演艺术技巧，特别是手势的运用。梅兰芳的示范给梅耶荷德留下了深刻印象，他宣称："看了梅兰芳运用手的方式，俄国演员唯一可以做的事情就是，他们应该把自己的手砍掉。"②文章中提到与会俄国人士爱森斯坦、普多夫金（Vsevolod Pudovkin，苏联电影导演）、斯坦尼斯拉夫斯基、聂米罗维奇-丹钦柯、舞蹈家维克多丽娜·克里格尔（Victorina Kriger）、塔伊罗夫、梅耶荷德等，没有提到克雷和布莱希特。

1935 年访问苏联后，克雷发表了两篇文章记录访苏经历。一篇是 10 月《伦敦信使》上发表的访苏回忆《今日俄国戏剧》，介绍 1934 年 10 月克雷在意大利罗马举行国际戏剧会议认识了苏联代表塔伊罗夫和马里（Mali）剧院院长谢尔盖·阿马格罗贝里（Sergei maglobeli）。由于克雷③对苏联戏剧新发展很感兴趣，几个月后，便收到了阿马格罗贝里邀请他访问莫斯科的邀请信。他于 1935 年 3 月 27 日到达莫斯科，在机场受到梅耶荷德等苏联导演、演员和记者的热情接待。在为期 42 天的访问中，他先后会见了塔伊罗夫、梅耶荷德、聂米罗维奇-丹钦柯、斯坦尼斯拉夫斯基、爱森斯坦，参观了马里（Mali）剧院、国立犹太人剧院（State Jewish Theatre）和卡梅尔尼（Kamerny）剧院等，并在其中观摩了几次演出。参观"五一"国际劳动节庆祝活动后他于同年 5 月 6 日离开莫斯科。在这篇文章里，克雷丝毫没有提到或暗示他在苏联期间见过梅兰芳或者看过梅兰芳的演出。

1935 年发表的第二篇访苏文章《在莫斯科的几周》里，克雷回忆道："在我到达莫斯科不久，著名中国演员梅兰芳到那里进行了几场表演。我没有去观看那些演出，因为我是受俄国戏剧界特殊邀请去观看俄国戏剧演出而不是东方的演出，但莫斯科很喜欢他的演出。我一有机会肯定要到中国去看他。当今我宁愿万里

---

① 陈依范是二三十年代中国国民政府外交部长陈友仁（Eugene Chen）的儿子。1927 年，陈依范奉父亲之命，陪同苏联顾问鲍罗廷（Mikhail Borodin）返回苏联，后来在莫斯科一直逗留到 1935 年。1935 年 5 月，陈依范奉命回国汇报日本入侵中国的准备。为了避免引起外界的注意，陈依范秘密与梅兰芳的剧团一起返回上海。
② Percy Chen, "High Spots of the Recent Visit of Mei Lan-fang to the Soviet Union," *The China Weekly Review*, May 1935, p.394.
③ 克雷于 1909 年到 1912 年在莫斯科与斯坦尼斯拉夫斯基一起设计《哈姆雷特》的演出。

迢迢去观看一位好演员(他们说他好极了),特别是如今表演到处都被关心社会的人们弄得滑稽可笑"①。在这篇文章中,克雷明确说明他没有看过梅兰芳演出,但并没有说明他与梅兰芳是否有过其他形式的交往。

克雷未公开发表的档案材料保存在美国得克萨斯大学奥斯丁分校的哈里·兰莎姆人文研究中心(Harry Ransom Humanities Research Center)和法国国家图书馆。兰莎姆中心保存着克雷访苏期间所写的全部日记,这些日记记录了克雷每天的活动安排和日程。美国爱荷华大学教授田民仔细查阅了这些日记,发现其中有四次提到梅兰芳。其一是4月2日的日记:"梅兰芳把自己的肖像送给了我。"②根据戈公振和戈宝权在《梅兰芳在苏联》一文回忆,梅兰芳在列宁格勒的演出始于4月2日,结束于4月9日。这说明克雷在这一天虽收到了梅兰芳的照片,但他们彼此并未见过面。其二是4月14日的日记:上午9:30,克雷进过餐之后,"决定不参加梅兰芳的宴会。后来决定着装、出席要离开俄罗斯的中国演员梅兰芳博士举行的招待宴会,宴会在11:30开始"。克雷继续写道,中国大使(指颜惠庆——笔者注)在场,出席宴会的许多中国人身着黑色礼服;苏联人包括梅耶荷德夫妇、塔伊罗夫、爱森斯坦、特利季亚科夫等。克雷与中国大使颜惠庆同桌而坐。招待会持续了半个小时,然后客人被邀进晚餐,晚餐在凌晨3点结束。克雷说,晚餐很好,但他什么也吃不下去,因为他之前已经吃过正餐③。从克雷记载这一天主要活动里我们无法确定克雷是否跟梅兰芳接触或交谈过。克雷在日记中第三次提到梅兰芳是在4月16日。克雷这一天晚上7:30到瓦赫坦戈夫剧院观看《图兰朵》演出。克雷写道:"梅兰芳和我们一起坐在剧场中央前座。Yui博士也在场。梅兰芳说,他④是第一个在中国剧场介绍克雷改革的人。"⑤克雷还提到演出

---

① Gordon Craig, "Some Weeks in Moscow," *Drama*, London: British Theatre Association, Vol.14, 1935, p.4.

② Gordon Craig, *Daybook* Ⅷ, entry dated 2 April 1935, Harry Ransom Humainties Research Centre: University of Texas at Austin, p.22.

③ Ibid., p.31.

④ 余上沅在美国期间写了一系列文章,向中国戏剧界介绍斯坦尼斯拉夫斯基、莱茵哈特、阿庇亚和克雷的戏剧思想。参见余上沅:《戏剧论文集》,上海:北新书局,1927年。

⑤ Gordon Craig, *Daybook* Ⅷ, entry dated 2 April 1935, Harry Ransom Humainties Research Centre: University of Texas at Austin, p.33.

中间休息时与人合影,演出结束后还与演出人员合影。然后,克雷就回到都会大饭店①。此处信息部分可从上文所引克雷的文章《在莫斯科的几周》中得到证实。在该文中,克雷回忆说,瓦赫坦戈夫剧院"为梅兰芳和我本人特别演出了这部剧作(指《图兰朵》——笔者注);我们和余②(Yui,指余上沅——笔者注)教授一起坐在包厢里"③。田民教授还与法国国家图书馆取得联系,在法国国家图书馆克雷档案里找到了克雷与梅兰芳、余上沅及克雷与梅兰芳、瓦赫坦戈夫夫人一起合影留念的两张照片,一张克雷保存有梅兰芳签名的演出节目单。节目单上有克雷1935年4月16日的手记:"中国演员梅兰芳的签名,他与我今晚在此剧院里坐在同一包厢。"④这显然表明克雷与梅兰芳一起观看了《图兰朵》演出。戈公振和戈宝权在《梅兰芳在苏联》一文里也提到梅兰芳在瓦赫坦戈夫剧院观看过《图兰朵》(戈公振和戈宝权译作《屠兰道公主》——笔者注)演出,但他们没有提到克雷也在场。克雷在日记中最后提到梅兰芳是4月18日。这一天只有四行文字的简短日记里这样记载:"11点钟。梅兰芳与Yui教授(指余上沅教授)一起在469号房间拜访了我。我们谈了一个小时。"⑤从这一简略的记录里,我们可以确知克雷与梅兰芳会过面,但无从了解克雷与梅兰芳、余上沅谈话的内容,而且在克雷、梅兰芳和余上沅后来的著述里也从未提到这次谈话。

另一篇重要文献是克雷本人一直保存的"全苏对外文化关系协会"(VOKS-The All-Union Society for Cultural Relations with Foreign Countries)为梅兰芳访苏准备的宣传材料《梅兰芳和中国戏剧》,这份材料作为克雷档案的一部分保存在法国国家图书馆。在征得英国"爱德华·戈登·克雷资产"(The Edward Gordon Craig Estate)许可后,田民得到一份该文档的复制件。这本宣传材料包括分别由

---

① 我们知道梅兰芳在莫斯科期间也住在都会大饭店。
② 克雷日记里提到的"Dr.Wui"应该是他这篇文章里提到的"余教授"。在梅兰芳访苏名单上余上沅的名字拼写为"Shang-Yuen Yui"。显然克雷误写了余上沅的名字,而且弄错了余上沅的学术头衔。余上沅曾经于1923—1925年在美国的卡内基·麦伦大学和哥伦比亚大学留学,但是并未获得任何学位。
③ Gordon Craig, "Some Weeks in Moscow," *Drama*, London: British Theatre Association, Vol.14, 1935, p.4.
④ [美]田民:《戈登·克雷、梅兰芳与中国戏剧》,《文艺研究》2008年第5期。
⑤ Gordon Craig, *Daybook* Ⅷ, entry dated 2 April 1935, Harry Ransom Humanities Research Centre: University of Texas at Austin, p.35.

瓦西里耶夫（B.Vassiliev）、爱森斯坦、特利季亚科夫和张彭春撰写的4篇介绍梅兰芳和中国戏剧的文章。克雷在瓦西里耶夫文章《梅兰芳：中国舞台大师》底部写有手记："我当时在莫斯科，但我没有看到他的演出，因为我希望考察的是俄罗斯和犹太人的戏剧表演。但是我和他一起在一家俄罗斯剧院度过一个晚上，而且我参加了他的告别晚宴，他前来跟我见过面。"①克雷手记进一步证实他没有看过梅兰芳演出，他曾与梅兰芳一起在瓦赫坦戈夫剧院看过《图兰朵》演出，出席了梅兰芳举行的告别晚宴；梅兰芳曾在余上沅的陪同下访问过克雷，这些都是克雷在其访苏日记中记录的事实。

克雷在VOKS宣传材料上的手记和圈点说明，至少他读过关于梅兰芳的文章。克雷评述过1922年凯特·巴斯《中国戏剧研究》②论述中国戏剧的专著。巴斯谈到中国演员时简略提到梅兰芳扮演的女性角色，化装后"外表和嗓音一样充满女性特征"，书中还收入4幅梅兰芳旦角演出剧照和一幅梅兰芳生活照。虽然在书评里他没有提到梅兰芳，但他对书本身和书中插图的称赞③说明克雷很可能看过梅兰芳剧照。克雷还可能从佐艾·金凯德（Zoë Kincaid）1926年出版的《歌舞伎：日本的大众舞台》中见过梅兰芳的照片，因为他于1923年在《面具》第9卷上也为这本书写过书评。金凯德④没有论述梅兰芳，但有两次提到梅兰芳的名字（Mei Ran-fan）。一次是一张梅兰芳和日本歌舞伎演员中村歌右卫门（五世）（Nakamura Utayemon）及其长子中村福助（五世）（Nakamura Fukusuke）的合影，取名为"亚洲的三个女性"；另一次是说明北京舞台上深受欢迎的演员梅兰芳在日本东京帝国剧场进行过两场演出⑤。

这篇提到梅兰芳的短文刊登在1927年的《面具》杂志上。克雷在文中说："一位生活在北京的作家向某美国期刊报道，中国一位杰出演员梅兰芳像伊丽莎白时代的演员一样扮演女性角色。他写道，这位年轻演员'完全无愧于他的鼎鼎大名'，他还告诉我们一些如今耳熟能详的事，即中国戏剧在场景、表演和其他程

---

① ［美］田民：《戈登·克雷、梅兰芳与中国戏剧》，《文艺研究》2008年第5期。
② 该书介绍了中国戏剧的起源、剧本类型、宗教对戏剧的影响、人物类型、演员、音乐、服装、舞台装饰和象征性的设计等。
③ 克雷称赞书中的插图是一流的，说明书本身也很出色。
④ 金凯德的拼写实际上是Mei Ran-fan，克雷在书评中的拼写是Mri-Ran-Fan。
⑤ ［美］田民：《戈登·克雷、梅兰芳与中国戏剧》，《文艺研究》2008年第5期。

式颇像伊丽莎白时代戏剧。'只需要走几步,从左手边的门出去,然后随即从右手边的门重新出现,这样就向观众表明场景发生了变化'。"①

克雷没有提供引文出处。田民教授经过反复查找资料,确认该引文出自当时美国马里兰大学比较文学教授祖克的文章《中国的"第一女士"》。祖克,20世纪初期西方少数研究中国戏剧的学者之一,其文章最初于1924年发表在纽约月刊《亚洲》上②,文中附有4幅梅兰芳生活照和剧照③。该文首先简略描述了中国戏剧表演和舞台程式,介绍了梅兰芳及其代表剧目。祖克写道:"5年来我一直在观察梅兰芳演出,我相信他完全无愧于其鼎鼎大名。"④祖克认为中国戏剧无法与莎士比亚悲剧和莫里哀喜剧相媲美,中国舞台艺术也落后西方几个世纪,但"无论谁嘲笑中国的舞台程式,不过表现了他的褊狭"⑤。中国戏剧在许多方面与伊丽莎白舞台艺术相近,完全摆脱了对日常生活的表面模仿,简单模仿扼杀想象。他谈到了中国舞台在没有前台大幕和布景变换情况下,如何依靠演员表演的魔术来显示场景变换:"只需要走几步,或者从左边门出去,然后随即从右手边的门重新出现。"⑥祖克接着描述了中国戏剧表演的一系列虚拟程式,如夜晚场景的表现、开门、用桌椅暗示跨越山脉、骑马、划船、象征性的服装、检场人等。在1925年出版的专著《中国戏剧》里,祖克进一步充实了他对中国戏剧的介绍。书中有一章专门介绍梅兰芳。在《面具》和其他著述里,克雷都未提到过祖克的这本书,因此我们无法确定克雷是否熟悉它。

但克雷很可能是从上面提到的《亚洲》或《文摘》上读到祖克介绍梅兰芳的文章。但他似乎对祖克介绍梅兰芳和中国表演程式并不特别感兴趣,而是更加关注与当时欧洲戏剧有关的问题和争论。对把行走看成是真正表演的克雷来说,不能同意祖克把中国表演描述为不过是在舞台上走几步而已。克雷认为在欧洲可怜

---

① C.G.Smith,"Only-A Note by C.G.Smith,"*The Mask*,Vol.13(1927),p.73.C.G.Smith 是戈登·克雷的假名。
② A.E.Zucker,"China's 'Leading Lady',"*Asia*,Vol.XXIV,No.8,(1924),pp.600-604.
③ 这篇文章经过删节(但仍然保留有克雷的引文和梅兰芳的照片)于同年重新发表在纽约的文学周刊《文摘》上,题为《中国具有绅士风度的"第一女士"》A.E.Zucker,"The Gentlemanly 'Leading Lady' of China,"*The Literary Digest*,Vol.82,No.8,1924,pp.34-40.
④ A.E.Zucker,"China's 'Leading Lady',"*Asia*,Vol.XXIV,No.8,1924,pp.646-647.
⑤ Ibid.,p.600.
⑥ A.E.Zucker,"China's 'Leading Lady',"*Asia*,Vol.XXIV,No.8,1924,p.600.

的演员抱怨自己受制于导演、舞台和灯光设计者的专横统治,抗议自己已经不再是舞台之王。并不是由于导演和舞台艺术家的兴起导致欧洲演员的衰落,而是因为如果没有写实主义的布景和道具的支持,演员们就没有能力在空空的平台上表演。

克雷利用梅兰芳作为"他者"来强化自己反对欧洲自然主义或写实派演员的立场,证明西方演员的无能在于演员自身缺乏梅兰芳或亚洲演员所具备的高超技术,而不是在于演出人、导演、布景和灯光设计者的专横控制。更重要的是,中国和亚洲戏剧非个人的、高度自律的表演艺术,有助于支持克雷长期的艺术信念,那就是必须用超级傀儡艺术来取代自然主义人的演员。如果克雷对亚洲表演艺术(梅兰芳或日本能乐)有更多的体验,他也许会受到更多启发,从而修正或者放弃把演员逐出舞台的想法,也许会意识到最终代替自然主义表演艺术的,不是他梦想的超级傀儡,而是经过长期训练和具有高度艺术技艺的活生生的演员,也许会真正借鉴和吸收以梅兰芳和印度、日本演员为代表的亚洲传统的、以活生生的人(风格化和程式化了的人的形体动作和声音)为媒介的表演艺术。但是,这几乎不是克雷的意图,更不是他的最终目标。事实上,没有亲身体验一种不同于欧洲自然主义表演的表演传统,如中国、日本或印度的表演艺术,克雷虽然表面上表示欢迎"真正演员"的到来,但实际上他根本就不相信任何西方演员可以(事实上也不可能)达到他理想中的"真正演员"——"超级傀儡"的标准。在他看来,演员或多或少已经死掉了,尽管他声称亨利·欧文是"迄今所知的最接近"他称之为"超级傀儡"的演员[1]。

2.对中国傀儡戏的利用

在《梨园魔术师》里,爱森斯坦开篇谈到中国戏剧起源的传说:守城将军命令演出傀儡戏,傀儡逼真的表演酷似真实妇人,从而激起围城女统帅的嫉妒;为了防止丈夫入城后受到诱惑,她命令撤军,于是被困的城市得救。爱森斯坦评述道:"这是关于傀儡戏起源的传说之一。傀儡后来被活人取代。然而,中国演员长时

---

[1] Gordon Craig, *Henry Irving*, New York: Longmans, Green and Co., 1930, p.32.英国19世纪演员亨利·欧文是克雷心中理想演员的典范。克雷认为,欧文在表演动作时是非常有节奏的,角色都是精心设计的。他把欧文与日本演员相比:"每个音节、每个停顿、每个台步、每个眼神,几乎都是经过完美设计的……我相信伟大的日本演员就是这样设计自己的演员,而且我相信他们现在依然是这样做的。Gordon Craig, *Henry Irving*, New York: Longmans, Green and Co., 1930, p.73.

期保留着'活傀儡'的独特称号。"他把这个传说与梅兰芳联系起来,认为梅兰芳的艺术可以追溯到"最古老的中国戏剧艺术的最好传统",这种传统与"傀儡文化及其奇特的舞蹈形式"密切相联、不可分割①。爱森斯坦强调"傀儡文化"对中国戏剧艺术的重要性,无疑与他本人对傀儡艺术的兴趣紧密相关。与爱森斯坦一样,克雷长期对傀儡艺术兴趣浓厚,爱森斯坦的评论当然引起了克雷的注意。克雷写道:"S.E.(即爱森斯坦)讲述的故事似乎说明,在中国也有人喜欢假定傀儡是对人的准确模仿。"②值得注意的是,克雷还在 VOKS 材料中特利季亚科夫文章里有关中国傀儡和影戏的段落下面画线,以示重视。克雷的注解和重点画线显示了他对中国傀儡艺术的兴趣。像爱森斯坦一样,克雷高度重视傀儡艺术对亚洲戏剧艺术的影响,重视与欧洲自然主义和心理主义相对立的傀儡剧的无生命的、被动的、非个人性的和顺从的表演风格。克雷抱怨傀儡艺术的衰落以及人作为演员对傀儡艺术的取代,要求演员模仿傀儡的高超艺术,或者由"超级傀儡"来取代。如同克雷从日本、印度和印度尼西亚戏剧传统中援引的许多例子一样,爱森斯坦讲述的中国傀儡剧故事是克雷认为能够证实其理论信念的又一例子。

(二) 戈登·克雷舞台设计与中国古代戏剧

戈登·克雷厌弃现实主义在舞台上的局限性,以《面具》为中心批评"照相式"舞台设计。他的舞台布景是"一种气氛,而不是一个地点",主张以象征性"行动、台词、诗行、色彩、节奏"共同组成戏剧的艺术整体。他最重要的贡献是创造了条屏布景,"寓千景于一景",以简单的长方形景片为基本构件,根据需要组成千变万化的场景,使条屏真正成为象征意义的符号,成为反幻觉主义舞台的先锋。然而,从他对《黄马褂》及凯特·巴斯《中国戏剧研究》的评述中,仍然可发现他既不同意某些批评家认为中国古代戏剧粗糙、幼稚的观点,也不同意布莱希特等人把中国古代戏剧作为改革西方剧场的钥匙。这也正好反映出戈登·克雷改革幻觉主义剧场的先驱地位:既反对现实主义舞台,但不像彼得·布鲁克到达反幻觉

---

① Sergei Eisenstein, "the Magician of the Pear Orchard," in Mei Lan-fang and Chinese Theatre on the Occasion of His Appearance in the U.S.S.R., p.21.
② Gordon Craig's Handwritten note, in Mei Lan-Fang and Chinese Theatre: On the Occasion of His Appearance in the U.S.S.R., published by all the Union Society for Cultural Relations with Foreign Countries (Moscow,1935), p.21.此书收藏于法国国家图书馆克雷档案中。

主义剧场的高潮——主张全部抛弃舞台布景的"空的空间"。

1.对《黄马褂》戏剧的评论

20世纪初,《黄马褂》(The Yellow Jacket)成为在西方上演最多的充满中国情调的剧作。① 本剧由乔治·哈佐尔顿(George C.Hazelton)和J.H.本里莫(J.H.Benrimo)创作,试图在"一根普遍哲学、爱情和笑声线索上编织中国戏剧程式的玉珠"②,成为1913—1914年度最走红的演出③。这部剧里,中国古典戏剧精神不是通过演员的表演,而是通过检场人和合唱队来传达。当时的评论者就注意到:"这场奇特演出的精华当然是检场人了。"④这样,检场人和合唱队就成为剧本和演出最重要的组成部分。无论在哪里演出,最吸引观众的主要是检场人。比如,一位评论家在谈到伦敦一场演出时说:"观众的真正快乐来自大家公认的、非中国的合唱队和检场人。"⑤伦敦的《速写》(The Sketch)杂志刊登了许多关于检场人的插图,称他是剧本里"最重要的人物"⑥。

中国古代戏剧并不把检场人当作演出本身的组成部分,而西方幻觉主义剧场则把检场人当作破坏戏剧真实性的存在,于是《黄马褂》一开始合唱队就假定观众们看不到检场人。这样,被置换到一种新戏剧话语里中的检场人便被观众们看成演出的兴趣中心所在。《黄马褂》也便看作是"一个西方化了的中国历史剧"逼真演出。与此同时,被认为是中国风格的演员表演却成为批评家嘲弄的靶子,如《速写》的一个批评家就这样说:"人们骑着不存在的马上场,台上滑稽可笑的武打,登山者爬过两张桌子和一对椅子,等等,毫无疑问,我们大家都暗自取笑这些荒诞不经的东西。"⑦

---

① 该剧在纽约、伦敦、马德里、柏林、维也纳、布达佩斯、圣彼得堡和莫斯科等西方城市上演。著名导演包括莱茵哈特、古斯塔夫·林德曼(Gustav Lindemann)和塔伊罗夫等都曾导演此剧。
② Cf, "Foreword" to George C.Hazelton & J.H.Benrimo, The Yellow Jacket: A Chinese Play Done in a Chinese Manner, Indianapolis: The Bobbs-Merrill Company Publishers, 1913.
③ 在1912年至1929年之间,该剧至少用12种语言上演过。Cf, "the Record of 'the Yellow Jacket'," in George C.Hazelton & J.H.Benrimo, The Yellow Jacket: A Chinese Play Done in a Chinese Manner, London and New York: Samuel French, 1939, pp.116-117.
④ H.T.P., "On to China and to Stage Simplicities: To 'the Yellow Jacket' for Quaintness, Fantasy, and Illusion," Boston Evening Transcript, 20 February 1934.
⑤ E.F.S., "'the Yellow Jacket' in an English Dress," The Sketch, Vol.9(1913), p.10.
⑥ The Sketch, Vol.9(1913), pp.10-11.
⑦ E.F.S., "'the Yellow Jacket' in an English Dress," The Sketch, Vol.9(1913), p.10.

《黄马褂》的演出一定给克雷留下了深刻印象。他对演出中"检场人"的运用,提出了尖锐批评:"最近伦敦对一部中国剧《黄马褂》很感兴趣,剧中主要演员扮演检场人,把山搬到舞台上让一对情人爬过去,转眼之间移走死去的人,跟随演员,拿去他们的道具,在全剧中装出一副毫不关心和无关紧要的神态,好像他并不是演出的一部分,而且对人物毫无兴趣。但是,这个英国检场人与在中国或日本对他的想法完全相反。他一直是戏剧的中心人物,并且使那些解释故事的真正演员黯然失色。这样,他所产生的效果与在东方舞台上原意要产生的效果完全相反。"①在评论朱家健《中国戏剧》的书评里,克雷说:"发现作者甚至都没有提及那个'检场人'或'提词员',真让人感到欣慰。当伦敦演出《黄马褂》(对中国方式的一个很好的讽刺性模拟)时,检场人曾经使那些伦敦土包子引起一场轰动。当时人们对他傻笑,发现他是如此聪明,这一点说明我们的观众已经愚不可及……或者从来就没有发生过任何变化。"②克雷的评论确实是对演出滥用检场人、对中国情调及西方对中国戏剧的讽刺性模拟鞭辟入里的批评。然而,我们必须同时注意到,克雷对《黄马褂》的摒弃是与他反对任何盲目和机械模仿亚洲戏剧传统和技巧的立场相一致的。克雷对《黄马褂》的批评反映了他对待东西方戏剧之间关系的基本立场:我们将在下文看到,克雷一贯反对西方对东方戏剧的方法和技巧的盲目和机械模仿。

2. 其他书评

克雷评述过1922年凯特·巴斯《中国戏剧研究》③论述中国戏剧的专著。巴斯除谈到演员虚拟表演的重要性外,还谈到了想象在中国古代戏剧中的作用。在中国人看来,"布景是'愚蠢的和不必要的烦琐之事'";想象"可以在没有水的地方找到河流,在没有画出山脉的地方找到山脉";布景是通过想象和规定动作创造的④。克雷似乎误解了中国古代戏剧的演出原理:"果真如此,在我们看来,要是中国人的心理有点合乎逻辑的话,就应该沿着那条山径向前走,在无人戴帽子的地方找到帽子,在根本看不到鞋和绣饰的地方找到鞋和绣饰……在演员没有入场

---

① Gordon Craig, "Puppets in Japan, Some Notes by a Japanese," *The Mask*, Vol.6(1913-1914), p.217.
② *The Mask*, Vol.9(1923), p.33.
③ 该书介绍了中国戏剧的起源、剧本类型、宗教对戏剧的影响、人物类型、演员、音乐、服装、舞台装饰和象征性的设计等。
④ Kate Buss, *Studies in the Chinese Drama*, Boston: The Four Seas Company, 1922, pp.61-62.

的地方找到演员。我们会走到哪里呢……或许就是那山顶罢了。"①显然,在戏剧演出方面,中国人的心理逻辑与西方的写实主义逻辑不同,而且也不同于克雷提倡的反现实主义的、抽象的和象征的舞台设计逻辑,因为中国戏曲演出根本就不需要布景,不论是写实的,还是抽象的。克雷对欧洲写实主义戏剧舞台的反叛尽管具有先锋性,但作为一位象征主义舞台艺术家,克雷却从未像中国古代戏剧免除一切舞台布景那样激进。克雷也同意想象在戏剧中的重要性,但他从未想象一种可以完全免除布景、免除像自己一样从整体上控制演出的舞台艺术家的戏剧艺术存在。

《面具》还刊登过克雷对朱家健②《中国戏剧》的评论。克雷讥笑一些英国评论家把中国戏剧看成是依然处于婴儿状态的玩意儿,认为中国人所理解的戏剧绝非像那些批评家所想象的那样愚昧和怪异,也有许多欧洲评论家尊崇中国古代戏剧。然而,克雷反对复古,反对盲目模仿古代戏剧传统,包括中国戏剧传统:"要继续前进,要建立我们自己的伟大传统,我们不需要回到公元前 400 年去模仿希腊的方法,或者回到公元 712 年去掀起一场中国风(Chinoiserie)……我们所需要做的一切是要忠实于首要的原则,而不是那些不忠实于剧场的虚假东西。"③

(三) 戈登·克雷对中国古代戏剧文化的态度

在与欧洲戏剧中的自然主义抗争的过程中,克雷与阿尔托以及其他现代主义戏剧的倡导者一样,对西方戏剧缺乏艺术传统和法则有着切身感受。在寻找真正的戏剧法则过程中,克雷表现出对亚洲戏剧的广泛兴趣。像阿尔托、布莱希特或梅耶荷德一样,克雷关心的是亚洲戏剧里与西方自然主义和心理主义戏剧形成差异的东西。但克雷又与他们完全不同,他在模仿、吸收亚洲戏剧时充满了疑惧和戒备之心。因此,尽管对亚洲戏剧有着广泛的兴趣,但他在理论和实践中,受到亚洲戏剧或中国古代戏剧的启迪,仍然值得我们思考。当时斯里兰卡艺术史学家、

---

① *The Mask*, Vol.9(1923), p.35.
② 朱家健(Tchou-Kia-kien,或者 Chu Chia-chien)当时在巴黎东方语言学院任教。他 1922 年从法文版 Le Theatre Chinois 译出《中国戏剧》只有 36 页,其中包括 40 多幅插图,由俄国艺术家亚历山大·雅可莱夫(Alexandre Jacovleff)绘制。
③ *The Mask*, Vol.9(1923), p.33.

学者阿南达·库玛拉斯瓦米(Ananda Kentish Coomaraswamy,1877—1947),最早也最杰出地向西方介绍印度艺术。《面具》杂志刊登了库玛拉斯瓦米撰写的几篇介绍印度戏剧、舞蹈和其他艺术的文章,其中包括他的长篇论文《关于印度戏剧技巧的评注》。库玛拉斯瓦米不同意克雷关于人在本性上由于个人情感不适合于戏剧表演因而应该以傀儡取而代之的观点:"要是克雷先生能够研究印度演员,而不仅仅是现代欧洲戏剧演员,他就不会认为有这么大的必要来否定男人和女人的身体作为戏剧艺术的材料。"①库玛拉斯瓦米在这里并没有否定克雷理想的表演艺术的前提,即非自然、非个人、非情感的表演艺术,因为库玛拉斯瓦米认为印度演员的身体确实是一个"自动机"②。他对克雷拒绝拥抱和深入研究印度传统的态度感到不满。正如克雷对库玛拉斯瓦米的回复:"了解的危险在不断增加。了解整个东方的危险……多么大的危险啊!我们了解的越多,失去的也越多。"③在另一篇文章里,克雷更加明确地表明了自己的立场:"无论何时看到一件印度艺术品,系紧你头盔上的带子吧。赞美它……崇拜它……可是,为了你自己的缘故,不要吸收它……我们伟大的男女演员……我们的剧作家……都已经为我们铺好了道路。但是路径是英国的和美国的,我们不是在通往曼德勒(缅甸城市)的路上前进……也不要指望我们会这样做。记住,欧洲和美国期望我们依然是我们自己。我想让我的追随者都热爱东方的一切事物……那里一切都好极了,我们可以了解它,承认它,景仰它,然后道声晚安。我们爱他们和他们的全部作品,正因为我们爱得如此真诚,我们走我们自己的路。"④在对待亚洲戏剧的态度上,克雷似乎敏锐地意识到历史、文化和民族条件对理解亚洲传统的重要性。这种意识和他反对盲目和机械模仿亚洲传统的立场,使克雷没有仿效当时的东方主义时尚,创作具有中国或日本情调的作品。关于理解东方的生活,克雷说:"要想身临其境感受它,我们就必须属于它……没有其他途径。"⑤在评述阿瑟·韦利《日本能乐剧本》的文章里,克雷说:要想完全理解能乐,"这人必须生来就是日本人,而且依然生活在日本,生活在那个我们认为依然是能剧的日本的日本",因为如果日本变成了一

---

① Ananda Coomaraswamy,"Notes on Indian Dramatic Technique," *The Mask*, Vol.6(1913-1914), p.123.
② Ibid.
③ *The Mask*, Vol.9, (1913-1914), p.81.
④ Gordon Craig, "Asia, American, Europe," *The Mask*, Vol.8(1918-1919), p.32.
⑤ Ibid., p.31.

个商业社会,产生能剧的日本不存在了,那么作为"日本灵魂的能剧"也就不复存在了①。上文提到,在1923年,克雷承认,他从未亲身体验过他景仰的高超、完美无瑕的中国戏剧和艺术。1935年访问苏联期间,可能由于原来的计划和访问日程太紧张,克雷无暇观看梅兰芳的演出。但是,田民认为,其实从20世纪30年代起克雷已经对亚洲戏剧不那么感兴趣了,或者他对亚洲戏剧的兴趣已经没有20世纪最初20年建构新的戏剧艺术理论时那样强烈了,那时亚洲戏剧是他用来与欧洲自然主义和写实主义戏剧抗衡的工具和同盟。前面提到,1935年访问苏联之后,克雷注意到自己在苏联失去观看梅兰芳表演的机会,表示将来如有机会就亲自到中国观看梅兰芳的表演,克雷的愿望从未实现。对克雷来说,为了恢复或发明欧洲戏剧的真正法则,或者为了按照他自己对欧洲现代主义的想象来建构戏剧艺术的普遍法则,有必要明智地考察亚洲戏剧传统。但由于对吸收亚洲传统的深刻怀疑和高度警惕,对亚洲戏剧存在及产生影响的历史、文化条件格外看重,克雷没有意识到从亚洲历史和文化的联系中充分理解亚洲戏剧传统的必然性,也没有使他像布莱希特和梅耶荷德那样在理论和实践中借鉴亚洲戏剧的经验。但克雷对中国和其他亚洲戏剧的兴趣仍然预示了西方当代跨文化戏剧理论和实践的发展倾向②。克雷援引梅兰芳的例子主要是把梅兰芳当作与西方演员形成差异的"他者",从而攻击和颠覆西方现实主义和自然主义的表演传统,彰显他的新戏剧艺术理论。在东西方戏剧关系上,克雷虽然在早期对中国及其他亚洲戏剧艺术表现出浓厚兴趣,但是他始终没有放弃欧洲中心主义的传统和立场。

基于文化交流中"事实的"(文化本体)中国古代戏剧,戈登·克雷呈现出"描述的"(文化变异体)中国古代戏剧形态。它在不同历史阶段,或相同历史阶段,抑或不同英国戏剧家那里,承担不同的社会功能(肯定或否定、批评或赞扬),这均不是"事实的"文化本体性价值,只能是"描述的"文化价值。中国古代戏剧对英国戏剧理论家来说与其说是一种真实的戏剧,不如说是他们想象描述的神话,

---

① *The Mask*, Vol.9(1923),p.34.
② 关于20世纪西方跨文化戏剧与中国戏剧的关系,参见田民 *The Poetics of Difference and Displacement:Twentieth-Century Chinese-Western Intercultural Theatre*, Hong Kong:Hong Kong University Press,2008。

是直接或间接激发他们追求自身戏剧理想的灵感和素材①。

任何一种文化的发展、维持,都有赖于另一种不同的、相竞争的"异己"(alter ego)存在。自我的构成最终都是某种建构,即确立自己的对立面和"他者",每一个时代和社会都在再创造自身的"他者"。在英国戏剧家眼里,中国古代戏剧也是"他者"。不管他们以何种途径来认识中国,从何种角度来观察中国,用何种心态来评价中国,都无一例外地把中国视为与自身相异的"他者",倾向于把中国想象为与西方不同的"文化构想物"。之所以一往情深地探寻中国文明、渴慕东方智慧,恰恰反映了他们认识自我的深层需要和欲望诉求。就像有些评论者所言:"中国这样一种奇怪的启示者,似乎想接近他而不触及自身是不可能的,现有作家能在处理中国题材时不流露内心的幻觉;在这个意义上,谈论中国的人讲的其实都是自己。"②克雷描述的中国古代戏剧使我们更多地了解英国戏剧而非中国古代戏剧。他对中国古代戏剧的兴趣并不为中国古代戏剧的历史现实所左右。中国古代戏剧的价值对克雷是作为"他者"的价值,而不是自身存在的价值。顾彬说得好,"西方人把视线移向东方的目的是想通过东方这个异者来克服自身的异化",从而回到"本真"的状态,寻找一种温馨的家园,一种"前文化阶段"没有异化的人。

---

① 葛桂录:《他者的眼光:中英文学关系论稿》,银川:宁夏人民教育出版社,2003年,第20~22页。
② 转引自孟华主编:《比较文学形象学》,北京:北京大学出版社,2001年,第262页。

附录一:《红楼梦》英语译文研究

一、外文期刊对《红楼梦》的评论

《红楼梦》作为中国四大名著之一,一面世就引起巨大反响。其刻印本、手抄本等影响深远。迄今为止,《红楼梦》有相对全面的四种英译本:第一种是裘里翻译,1892年出版的 *Hong Lou Meng*(前五十六回),杨宪益、戴乃迭于20世纪70年代翻译(1978—1980年出版)的 *A Dream of Red Mansions*,以及大卫·霍克思1973年以后陆续出齐的 *The Story of the Stone*。20世纪末,美国学者班索尔(B. S. Bonsall)又翻译了第四个英译本 *Red Dream Chamber*,虽然没有出版,但是不少大学图书馆保存有电子版本,也可以对照阅读。笔者通过西文过刊资料库查询,了解到英文资料中对《红楼梦》及其英译本评论的资料不多,按照时间顺序,查得的核心资料共有十余篇,下面将对这些评论的内容作简要介绍,借此力求从一个维度刻画《红楼梦》在英语世界传播的发展过程以及学术和文化方面的影响。

(一) 1976年王靖宇评论

霍克思英译的《红楼梦》第一部《荣华富贵的岁月》(*The Golden Days*)于1973

年在英国企鹅出版社刊行。1976年2月,有关该译本的第一篇英文评论由王靖宇①(John C.Y.Wang)撰写,发表在《亚洲研究》上。这篇评论相当全面,从各个方面和角度对《红楼梦》及其译文做了分析和评论。

首先,作者承认,对于影响深远的中文巨著《红楼梦》而言,此前没有一部完整的英语译文十分遗憾,如今,由汉学大师霍克思翻译出版全文的英译本的确算是一大幸事。随后,作者分析了这么伟大的小说英译本迟迟没有问世的原因。其一是该书部头庞大,不是一般有恒心和耐心的人能完成的。其二,这部书十分复杂,不仅语言艰深优美,而且主题意义隐晦,可能牵涉到意识形态方面的解读,因此该书和中国文化和文学之间有着密切而深厚的联系,可看作是中国文学传统的巅峰之作,代表了中国文化传统的最高成就。其三,翻译这部书,对译者挑战极大。译者不仅要谙熟中英两种语言,还要精通中国文学和文化。

提到翻译,也许人们总是很难避开直译和意译这两个范畴,但是霍克思做得很好。看上去,他在直译和意译之间达到了完美的和谐,即使把译文与原文一行一行地对照阅读,你也会惊叹译文的精致。霍克思做到了既能忠实于原文,又无须添加大量的解释性注释。也许能读懂原文的读者希望译文再直译一点,但霍克思心中是一般的读者,并非双语读者。从这一点而言,霍克思的译文富有想象力,流畅,而且成功地抓住了原作的精神。

当然,王靖宇还是指出了霍克思译文的一些不足之处。其一,是他不该用韵诗翻译小说中的原诗。由于中英文之间的巨大差异,例如中文是单音节,有很多同音字,想要原原本本译入英语,多是费力不讨好,这样会导致意象或意义简化,英语译文显得乏味,好像打油诗。另外,译文中还是出现了一些不该有的笔误,例如代词错误、人称错误、省译等,除此之外,还有编辑错误。总之,瑕不掩瑜,霍克思的译文非常好,应该尽快地出齐全书(该论文1976年发表,霍克思的《红楼梦》第二卷译本1977年出版)。

王靖宇对霍克思的治学态度也大加褒扬,认为他是在用学者的态度译书,不仅熟悉《红楼梦》的各种版本,精确地选取程乙本为底本,还参照其他版本,甚至

---

① John C.Y.Wang,"Review Works:*The Story of the Stone*(Vol.Ⅰ),'The Golden Days' by Cao Xueqin,David Haukes,"*The Journal of Asian Studies*,Vol.35,No.2(Feb.,1976),pp.302-304.

参照了胡适1927年发现的甲戌本,这使得他的译本资料充分,选取得当,在达到了一定艺术性的基础上还具备了很高的学术价值。

(二) 1980年刘绍铭评论

第二篇文章是刘绍铭(Joseph S. M. Lau)发表在《中国文学》[*Chinese Literature:Essays,Articles,Reviews*(CLEAR)]上的一篇短文①。这篇文章发表在霍克思《红楼梦》英译本第一卷和第二卷出版以后,这两卷是由印第安那大学出版社1979年出版的。刘绍铭介绍了这两本印第安那大学出版社的《红楼梦》有很多虽未说明但却是加以修订的地方。他列举了一个例子,就是《红楼梦》中的对联:

身后有余忘缩手

眼前无路想回头

这句楹联在1973年企鹅版的译文是:

If there is a sufficiency behind you, you may concentrate on going forward.

When there is no road in front of you, you should think about turning back.

(chapter 2, p.71.)

而在新版(印第安那大学出版社1979年)中,这句译文修订为:

As long as there is a sufficiency behind you, you press greedily forward.

It is only when there is no road in front of you that you think of turning back.

比较两种译文,可以看出修订后的译文更能表现原文的重心和语气,的确有所改进。

(三) 1980年戴乃迭评论

1980年,伦敦大学《亚非学院院刊》(*Bulletin of the School of Oriental and African Studies*)上刊登了一篇由戴乃迭撰写的书评②,评论由美国印第安那大学出版社再版的霍克思所译英文《红楼梦》(*The Story of the Stone*)第一卷和第二卷

---

① Joseph S. M. Lau, "Untitled," *Chinese Literature:Essays,Articles,Reviews*(CLEAR), Vol.2, No.2(Jul., 1980), p.300.
② Gladys Yang, "Untitled," *Bulletin of the School of Oriental and African Studies*, University of London, Vol.43, No.3(1980), pp.621–622.

(1979年出版;英国企鹅出版社的《红楼梦》第一卷和第二卷分别于1973年和1977年出版;第三卷在这篇文章刊登的同年1980年出版)。其实,戴乃迭和杨宪益夫妇自从20世纪60年代开始,就一直致力于《红楼梦》英译,1974年完成,并且由外文出版社于1978年至1980年陆续出版,共分三卷。自己的译文刚刚出版,读到别人翻译的《红楼梦》前两卷,戴乃迭执笔置评,也算是恰当其时。把自己的译文和别人的两相比较,既有自己的经验教训,又有别人的启发和参照,戴乃迭的评论非常有意义。

戴乃迭首先肯定了《红楼梦》在中国文学史上的地位,又慨叹其英文译本问世实在太晚,也间接指出了自己和丈夫《红楼梦》全译本已经问世的事实。因为当时霍克思译文仅仅出版了两卷,第三卷同年(1980)出版(翻译到第八十回),戴乃迭也许还未见到。戴乃迭指出,此前,《红楼梦》虽然也有一些译本,但都只能算作原作的拙劣影像,不能再现原文丰富的内涵和精微细致的人物刻画。

尽管有中国学者指出霍克思译文和中文的任何一个版本都对不上,算不上定本。但戴乃迭理解霍克思的苦衷。好多中国红学家都在拼凑《红楼梦》的各种版本,怎能如此苛求霍克思呢?霍克思依据的不过主要是高鹗修订的一百二十回本,并参照了其他版本,自有他的理由。虽然霍克思在版本文字和误译方面也存在问题,但总体说来,霍氏译本是学者式的优秀译本。

戴乃迭指出很多中国古典名著翻译起来都有诸多难题,例如中西方存在的巨大社会、历史和宗教背景差异,作品中超自然因素和现实描写往往混杂在一起,另外还有大量的让人混淆的名字和字号等。霍克思在前言和附录当中对此详细介绍,为西方读者阅读著作铺平了道路,这值得赞赏。霍克思对付人名的方法是把原文的名字意义翻译出来,比如把袭人翻译成 Aroma(香味)。戴乃迭提到,自己和丈夫在翻译《红楼梦》时,自己曾坚持与霍克思同样的策略,但是被同事们否决了。不过自己仍然认为这种方法要好些。

《红楼梦》难翻,另一个原因是文中有大量的典故、诗词引用、双关语等。西方读者难以理解。再者,诗词的翻译尤其困难。霍克思在这些方面显示了才能,他尽力保持了原文的韵味,虽然译文稍长于原文,但是避免了过多的注释。曾经在某个阶段,霍克思因为翻译《红楼梦》而自觉才力枯竭,转而求助于开始学习威尔士语。尽管如此,霍克思的译文当中看不出斧凿痕迹,呈现的都是对《红楼梦》

的热爱。

最后,戴乃迭总结道,鉴于《红楼梦》在中国的巨大影响,霍克思能够把这部书介绍给西方读者,真是贡献巨大。霍克思呈献给西方读者的英文版《红楼梦》语言优美(excellent),和霍氏译文相比,自己和丈夫的译文不过是依样画葫芦(crib)罢了。

(四) 1982 年卜立德评论

英国学者卜立德这篇文章①发表在 1982 年伦敦大学《亚非学院院刊》第三期上,是针对霍克思所翻译的《红楼梦》第三卷《警告之声》(The Warning Voice)所写。评论的版本是印第安那大学出版社 1981 年版,并非英国企鹅出版社 1980 年的第一版。

这篇文章很短,主要赞扬印第安那大学出版社的做法。认为这家出版社购得版权已属不易,在此基础上,还出版了精装本,远比企鹅版的《红楼梦》更加厚实,更加耐用。这也许是由于该出版社正在出版"中国文学译丛"吧。无论如何,这个译本质量很高,配得上这么好的装帧,和原文一样都是上佳的文学作品。翻译的基础既是学术研究,也是教育,两者同等重要。况且,版本越多,越利于作品的传播,后来人在二手书市场上越会有更多收获。文学作品的生命也会得以延续。

(五) 1986 年何古理评论

何古理这篇文章②发表在《中国文学》1986 年七月号上,评论对象是闵福德所译《红楼梦》第四卷《眼泪之债》(The Debt of Tears)和第五卷《梦者醒来》(The Dreamer Wakes)。这两卷初版是英国企鹅出版社 1982 年和 1986 年分别完成,印第安那大学出版社 1983 年和 1987 年再版的。

何古理首先认为到此为止《红楼梦》英译本出齐是一件可喜可贺的事情,借此汉学家们可以拿来向亲戚朋友展示一下中国古典小说的精华,教师们也可以在

---

① D. E. Pollard, "Untitled," *Bulletin of the School of Oriental and African Studies*, University of London, Vol.45, No.3(1982), p.645.
② Robert E. Hegel, "Untitled," *Chinese Literature: Essays, Articles, Reviews* (CLEAR), Vol.8, No.1/2(Jul., 1986), p.129.

西方课堂里进行中西文学比较研究了。虽然译本中有些文化元素仍嫌陌生,但原作中具有普遍价值的东西已经在最新的译本中得以呈现了。这个新译本超过了此前所有的英译本。不知道何古理的评论有没有包括1980年已经出齐的杨宪益、戴乃迭《红楼梦》英译本,不过在西方杨戴译本传播并不广,原因很复杂,此处暂不探讨。

何古理介绍道,《红楼梦》共一百二十回,大卫·霍克思翻译了前八十回,后四十回交给自己的女婿闵福德翻译。因为后人以为《红楼梦》后四十回是伪作,也有人认为后四十回是根据作者的手稿整理而成,但很多人都觉得后四十回的语气跟前八十回有天壤之别:后四十回读起来阴郁,近乎绝望。这也是霍克思放弃翻译后四十回的原因之一。

何古理认为,闵福德后四十回译文的质量还是很高的,是霍克思译文的很好延续:精确、细腻、流畅、优雅。唯一的例外是有些俚语和口语听起来有点刺耳,比如 a swarmy smile(第四卷,108页)、antiplease yeronner(第四卷,141页)等。此外还有一些过度英语化的表达法,例如 the shire of Innsite…the riverside hamlet of Rushford Hythe…(第五卷,92页),Zhucius(第五卷,332页)。当然,考虑到原文的口语化,闵福德在英语中利用这些表达方式也是合情合理的。

何古理最后提到了闵福德在两卷书中的前言。第四卷前言讲闵福德利用了大观园的一个模型,即北京的恭王府,以及后两卷修订者的情况。而第五卷前言里,闵福德讨论了小说的隐含意义,比如曹雪芹本人的一生的起起伏伏。小说虽然不是自传,但也反映了原作者的精神和情感追求。这样的巨著,虽然有语言障碍阻隔,但肯定会感动所有读者。

(六) 1988年魏爱莲评论

美国的中文教授魏爱莲在1988年《美国东方研究协会会刊》(*Journal of the American Oriental Society*)第四期上撰写文章①,主要对闵福德所译《红楼梦》第五卷进行评论。

---

① Ellen Widmer, "Untitled," *Journal of the American Oriental Society*, Vol.108, No.4 (Oct.–Dec., 1988), pp.650–652.

文章开篇，魏爱莲就指出，闵福德所译的《红楼梦》第五卷引出两个有趣的问题，其一是清朝的出版审查制度，其二是《红楼梦》叙事结构和此前中文小说结构的异同关系。而这两个问题又都联系到《红楼梦》后四十回的真伪问题，即前八十回和后四十回真的是一个作者所写吗？前后矛盾之处集中在前八十回的伏笔和后四十回情节的矛盾，后四十回似乎不能和前八十回的伏笔相对应，也很难连接在一起。

魏爱莲所举例证是探春。《红楼梦》第五回里，有对探春的预言，一幅图，画着两人放风筝，一片大海，一只大船，船中有一女子掩面泣涕之状，四句诗为：

才自精明志自高，生于末世运偏消。

清明涕送江边望，千里东风一梦遥。

而随后关于探春的唱词为：

一帆风雨路三千，把骨肉家园齐来抛闪。恐哭损残年，告爹娘，休把儿悬念。自古穷通皆有定，离合岂无缘？从今分两地，各自保平安。奴去也，莫牵连。

这两种预言都清楚地说明探春一去不返，结局暗淡，但后四十回里探春竟然回家，而且"出挑的比先前更好了，服采鲜明"。这显然与前八十回的伏笔不相符合。高鹗的续书结尾更圆满，更具喜剧色彩，也和原作的精神不符。难道是乾隆的文字狱逼迫高鹗美化了原作？

接下来，魏爱莲探讨了金圣叹和曹雪芹的关系。称也许金圣叹对曹雪芹有影响，或者说对高鹗影响很大。金圣叹对叙事结构的观点是要"对称"，全文要前后呼应，正如他评论《水浒传》中林冲和卢俊义的出逃方式极为相似一样。而高鹗的结尾也遵循了前后呼应这一原则，例如：秦氏在第十三回消失以后，到了第一百零一回又托梦给凤姐；宝玉第五回去了太虚幻境，而在第一百一十六回里再次梦到太虚幻境，这些都是前后呼应对称的例证。所以，按照金圣叹的理论，高鹗的续本应当算作完满的结局和结构。据此判断，高鹗续书中的改变或许是躲避文字狱的无奈之举。然而，从文学叙事结构来看，高鹗的续书却又贴合金圣叹推举的对称理论，是一种完善的结构。高鹗续书文字修辞上的不足之处，可以从结构上的圆满得以弥补，因此闵福德在《红楼梦》英译本第五卷序言中声称，他越来越相信高鹗的续书就是一个非常合适的结局。

最后魏爱莲对闵福德的译文质量进行评论,称其译文对得起经典这样的称呼。如果有什么需要探讨的,就是其中词语的过度英国化,例如 go skint(第 215 页)、chivvied(第 310 页),这些词语对美国人而言有点怪异。当然,瑕不掩瑜,霍克思和闵福德的译文已经非常好,把极为难译的中国名著传译到英文中,其译文水平完全对得起原作,而且放在一起也完全可以当作一个整体。

(七) 1989 年余国藩评论

1989 年 6 月,《哈佛亚洲研究》上刊登了美国芝加哥大学教授余国藩(Anthony C.Yu)的文章①"情僧之求索:《石头记》的佛家暗示"(The Quest of Brother Amor:Buddhist Intimations in *The Story of the Stone*)一文。作者依据的英文版《红楼梦》是霍克思译文,从文中的引文可以看出。该文是一篇颇有深度的红学论文,并不是一般意义上的译文批评。作者是人文教授,曾经翻译过《西游记》,是汉学造诣很深的学者。

文章开始,作者梳理了研究《红楼梦》的各个流派,例如索隐派等,认为迄今为止,学者们没有对小说中的道家、佛家等内容给予足够重视,也没有一部专著,甚至专文探讨《红楼梦》的宗教启示,这也是作者撰文的初衷。佛教,自汉朝以来就对中国文化带来了巨大影响。首先佛家经典被翻译,然后佛家词语进入日常语汇,据有人估算,中文里跟佛家有关的单字或词语竟达 35000 个之多。有些词语,例如欲界、大种、熏习等,可能已显得陌生,然而像色、空、法等,却已经融入中文,不好辨认了。即使是境界、情等中国化的词语也与佛教有着千丝万缕的联系。《红楼梦》中,有些核心词语都打上了佛家烙印,例如梦、幻、镜等。《红楼梦》的别名《情僧录》《风月宝鉴》也清楚地显示了佛学元素。据此种种,作者认为,佛家概念虽然并不是《红楼梦》的核心线索,却也一方面构筑了小说的情节和人物,并且证实和加强了小说的虚幻意识。

小说前五回的僧侣故事就是明证,而且中国此前的小说中无此做法。从此开始,佛家元素贯串小说始终。出家,儒家并不是十分认可的事情,在小说中显得是

---

① Anthony C.Yu,"The Quest of Brother Amor:Buddhist Intimations in *The Story of the Stone*", *Harvard Journal of Asiatic Studies*, Vol.49, No.1(Jun., 1989), pp.55-92.

一种解脱。在作者笔下,似乎脱离红尘是一种高于入世的境界。这不同于不孝有三无后为大的儒家理论。在尘世间遭遇难以解脱的障碍和困难时,遁入空门似乎是顺理成章的解决办法。对惜春、宝玉而言,生于富贵之家,反而成了出家离世的障碍。因此,宝玉从不更事、顽皮、反抗、顺从、幻灭到出家,这一条最终出家之路也是小说的线索之一。

第五回,宝玉梦游太虚幻境,接受点化却不能警醒,恰如《红楼梦》曲子所唱,"看破的,遁入空门;痴迷的,枉送了性命",然而未经世事的宝玉,自然不能超脱尘世诱惑,这是一个引子。宝玉第一次有了出家念头是在第三十回里,当时宝玉和黛玉发生争吵。他们这么互相爱慕却又矛盾重重的曲折让宝玉不堪其苦,萌生了"你死了,我做和尚!"的念头。随后第三十一回里,宝玉又对袭人提过,"你死了,我做和尚去"的话。而在第三十回当中,黛玉对宝玉说要做和尚的话的反应"想是你要死了,胡说的是什么!",却被霍克斯漏译了。这句话其实反映的是做和尚对普通人来说非常严重,这可是抛妻离子、断子绝孙的事情。在儿女婚事父母决定的封建社会,曹雪芹能够描写两个青年男女自由交往、相恋,这已经是突破前人的窠臼了。其中重要的元素就是"当不当和尚"。而宝玉和黛玉爱情的悲剧结尾,均出自木石前缘,这种命定的元素,也是佛家思想的一部分。《红楼梦》伟大之处也在于此。作者把神秘、宗教的东西现实化,让石头和草木都具备了感情,而这一点也曾经是中日佛学界讨论的热点之一。小说中的虚幻、真假等元素都和佛学有关系。

余国藩对中国文化经典和文学作品十分熟悉,文中也列举了相关的道家学说、列子观点等,随手拈来,恰到好处。这篇评论深度与广度兼备,是《红楼梦》译本批评和红学研究在西方传播的重要标志。

(八) 1994 年李葳仪 (Li Wai-yee) 的书评

这是一篇长文(16 页),是评论王瑾(Jing Wang)的著作《石头故事:互文性、古代中国石头传说以及〈红楼梦〉〈水浒传〉和〈西游记〉的石头象征》(*The Story of the Stone: Intertextuality, Ancient Chinese Stone Lore, and The Stone Symbolism in Dream of the Red Chamber, Water Margin, and The Journey to the West*),发表在 1994 年第二

期的《哈佛亚洲研究》上①。这篇文章所评并非《红楼梦》译文,实为一篇比较文学方面的评论文章。作者指出,专著从互文性出发,认为研究曹雪芹和《红楼梦》之间的关系意义有局限,这一点无疑很有创新意义。但我们在弱化作者和著作关联的同时,却容易忽视阅读过程中读者与原作者、叙述者以及人物的神交现象。Jing Wang 借助互文性理论对读者的重视在一定程度上忽略了阅读过程的复杂性。虽然 Jing Wang 关于互文性的论断言过其实和自相矛盾,但全书总的来看很有意思、信息丰富,而且富有创意。

(九) 1994 年卢庆滨 (Andrew Lo) 的书评

这也是一篇评论文章②,评论对象也是王瑾的上述著作,发表在伦敦大学亚非学院的期刊《中国季刊》(三月份)上。与李葳仪富有深度的批评不同,卢庆滨的文章很短,只有两页,仅仅体现了褒奖的态度。作者认为著作者能够从中国的石头文化出发,挖掘出三大名著中的石头文化内涵及其共性,的确算得上是学术上的一种突破,特别给人以启发。

(十) 1999 年苏源熙 (Haun Saussy) 的书评

这是美国耶鲁大学比较文学教授苏源熙就余国藩的著作《重读〈石头记〉:〈红楼梦〉中的欲望和小说创作》(*Rereading the Stone: Desire and the Making of Fiction in Dream of the Red Chamber*)所作的书评③。苏源熙提到,此前对《红楼梦》的解读往往把以大观园为代表的世界看作是脱离尘世的桃花源,是没有受到世俗污染的纯净世界和梦想之境。但余国藩的观点与之相左。余国藩的重点是《红楼梦》之情。这里的情不是"发乎情,止乎礼义",而是对这一传统的背离和反叛,是"情"对"礼"的颠覆。对余国藩而言,"情",或者欲望,是介于佛家出世和儒家入世之间的楔子,是这部小说及其一切解读的起点。苏源熙认为,余国藩的著作观点透彻,富有哲理和创新思想,能够帮助读者理解《红楼梦》和中国文化。

---

① Li Wai-yee, "Untitled," *Harvard Journal of Asiatic Studies*, Vol.54, No.2 (Dec., 1994), pp.590-604.
② Andrew Lo, "Untitled," *The China Quarterly*, No.137 (Mar., 1994), pp.282-283.
③ Haun Saussy, "Untitled," *Chinese Literature: Essays, Articles, Reviews* (CLEAR), Vol.21 (Dec., 1999), pp. 175-177.

（十一）2003 年余国藩的书评

这篇书评①发表在 2003 年《哈佛亚洲研究》（6 月份）上，全文长达 17 页，所评著作是萧驰（Chi Xiao）的《作为诗意桃花源的中国园林：〈石头记〉概论》（*The Chinese Garden as Lyric Enclave：A Generic Study of the Story of the Stone*）。余国藩对著作的内容作了简短总结，即明清时期，很多有学问的人并非专注于仕途，他们另有一个可以寄情托情的诗意世界，这些与历代前朝有所不同。当时日益兴盛的私家园林就是一个见证。园林文化的发展给了曹雪芹以灵感，所以他笔下的大观园是故事发生的舞台，也是故事发展的一部分。在萧驰看来，《红楼梦》恰恰是不得意的文人精心营造的理想世界，其大观园中的诸多女性主人公是作者自我的投射，形成和园外男人世界世俗社会的反差和背离。而大观园不可避免的荒废则意味着桃花源的崩坍。

不过余国藩并不完全同意萧驰的观点，尤其是在小说等同于曹雪芹自传方面。小说中的人物和故事不可能都是作者的亲历亲为，那些主人公也不可能都是作者自我的延伸和幻化。对小说进行作者自传式的解读是有局限性的。再者，大观园也不是完全脱离了红尘的真正桃花源，其间的人和事都或多或少与外部环境有着千丝万缕的联系。人为地将大观园界定为超凡脱俗有简化式阅读之嫌。解读《红楼梦》这样的巨著，还是见仁见智为好。

（十二）2004 年袁书菲（Sophie Volpp）的书评

袁书菲的文章②发表在《亚洲研究》2004 年第 4 期上，评论的也是萧驰的上述著作。袁书菲概括萧驰的观点，即《红楼梦》是明清才子佳人小说的延续和发展，是中国诗意叙事和思考的代表。而萧驰这篇著作的最有价值之处在于揭示了《红楼梦》在一种写作手法方面的继承和发展，即明代闲书的修辞传统。在余英时两个世界的理论基础上，萧驰还提出了第三世界的说法，即肮脏的物欲世界，其扩张不可避免地导致了桃花源的覆灭。但作者的一些判断有武断之嫌，把大观园的一

---

① Anthony C. Yu, "Untitled," *Harvard Journal of Asiatic Studies*, Vol.63, No.1(Jun., 2003), pp.316-331.
② Sophie Volpp, "Untitled," *The Journal of Asian Studies*, Vol.63, No.4(Nov., 2004), pp.1118-1119.

些场景简单地归结到唐诗或一些文学作品上。

这部著作的结构也有一些问题:前几章在梳理明清归隐思想时花费了大量笔墨,占用了很大篇幅,却和全书的主题偏离。到细读《红楼梦》的时候,论证却不是十分深透。全书借助的论证方法不太讲究逻辑,而是按照一种抒情美学来组织。结论不是建立在深入分析之上,更多的是感想和建议。另外,全书编辑不够精细,西方读者会感到无从下手。

(十三) 2004 年雷内·巴克 (Lene Bech) 的论文

巴克长达 22 页的论文①发表在《中国文学》2004 年 12 月号上,题目是"小说指向真理:《石头记》的捷径"(Fiction that Leads to Truth: *The Story of the Stone* as Skillful Means)。

巴克开篇表明观点,即《红楼梦》不应该当作作者自传或历史文献来看,有必要还原其为一部小说。而阅读《红楼梦》的方法之一就是从虚构中去思索真理,寻求"大道"。青埂峰下的顽石是小说的引线。最初,它央求茫茫大士和渺渺真人携带之游历红尘,在记录下一段人间奇遇之后,又请求空空道人把它所记的《石头记》传入红尘。小说本身是虚妄的,作为一种媒介,它指向真理,其本身不过是手段而已。《红楼梦》的两种叙事就是在红尘和幻境之间折返:由幻境始,经由红尘,最后归于幻境。巴克高明之处在于对空空道人的阐释。空空道人先是读过两遍《石头记》,随后将其携入红尘,但自己尚未参悟。原因是空空道人将石上所记信以为真了,这是误把手段当作大道了。他先是把名字改为"情僧",后来又回归空空道人,算是从空到空一个循环。等到全书收尾,道人把石上所记读了第三遍,又把《石头记》传于曹雪芹之际,经曹雪芹点化,方才超凡入圣。

巴克从一个不起眼的人物空空道人入手,将全篇联系起来,解读《红楼梦》的作者用心和诸多伏笔,读来让人耳目一新。不禁让人感慨这是一位心细如发,大胆假设并且踏实求证的学者。该文独具一格的视角和步步为营的推论,确实能给红学界人士很多启发。

---

① Lene Bech, "Fiction that Leads to Truth: *The Story of the Stone* as Skillful Means," *Chinese Literature: Essays, Articles, Reviews* (CLEAR), Vol.26(Dec., 2004), pp.1-21.

以上梳理了20世纪70年代至21世纪初西方英语期刊中对《红楼梦》及其英译本的分析和评论。鉴于各种关键词都不能囊括所有文献，所列文献算不上全部，只能算是代表作而已。但是从中仍然能够看出一些规律所在。

文学翻译是文学交流的先驱。在20世纪70年代之前，虽然有裘里等一些零散译本存在，但《红楼梦》远没有走进西方主流文学界。我们能够查阅的《红楼梦》英文评论绝大多数始自霍克思英译文发表之后。可见优秀的译本是文学传播的必由之路。按照时间顺序阅读这些评论文章，第一印象就是这方面的研究遵循着循序渐进、由浅入深的原则，一步步在扩展和深入。最初是对译文的批评，甚至是逐字逐句的评论。然后是思想、宗教、写作方法、叙事结构的研究。而外国学者对中国红学的掌握也日渐驾轻就熟，能够从国内外相关资料着手，在某一方面进行十分细致和发人深省的研究，写出具有相当深度和真知灼见的论文。比如余国藩从佛教文化对《红楼梦》的解读以及巴克从空空道人入手，富有新意地分析了《红楼梦》的叙事结构。这样的研究，无疑能够对世界范围内的红学研究起到很大的推进作用。

此外，以上所举十三篇论文当中，只有戴乃迭提到了杨氏夫妇自己的译本，其他论文多是从霍克思译文出发，或者是把霍氏译文当作参照，根本没有提及同期出版的杨氏译文。这一现象不能不引人深思。我们国内很多学者耗尽心力地把中文经典译入英文，却又有多少能被英文读者接受或者能引起外国同行的注意呢？如果译作不能被外国同行注意或被普通的英文读者阅读，那么这些翻译工作的意义又在哪里呢？其实和霍克思的译文相比，杨氏译本并非一无是处，有些地方甚至优于霍氏译本，比如对某些中国文化元素的如实传播方面。那么，是不是我们的翻译组织方式和发行渠道存在着问题，从而影响到同样有价值的译本不为人接受呢？如何利用翻译传播中国文化，或者说在当前背景下，中国文化如何走向世界才能更好地被世界接纳，是一个棘手且刻不容缓需要解决的问题。

二、霍克思与杨氏夫妇译文修辞风格对比研究

众所周知，《红楼梦》是中国文学史上的一个高峰，特别是其独到的语言艺术，历来为人称道。文字简洁就是《红楼梦》的语言风格之一。作者曹雪芹以简

驭繁,"一支笔作千百只用"(甲戌本第七回脂批),用极简省的并且多是白描式的文字,生动传神地刻画了众多栩栩如生的人物,成为千古绝唱。

要翻译这样高度艺术性的文学语言,并跨越英汉语言之间巨大的差异和障碍,难度之大可想而知。难得的是,目前可以供读者互相参照的《红楼梦》全文英译本有两个:杨宪益、戴乃迭夫妇的译本(后简称杨译)以及大卫·霍克思和约翰·闵福德的译本(后简称霍译)。

面对相同的精练优美的文字,不同的译者是如何下笔的呢?通过比较,一项统计数字十分耐人寻味,即杨译与霍译在英译文单词数上差异悬殊:《红楼梦》前八十回有586272个汉字,杨译为429475个英文单词,而霍译则为579548个英文单词,比杨译多出15万多个单词!(根据徐通锵①的观点,"字"是汉语句法结构的基本单位)仅仅从字与词的对应上看,霍译似乎更接近原著。但是两译本的文字繁简为何差距这样大,另外哪一个译本更能传达原著的精神与风格呢?先来看两个例子:

例1:雨村唯唯听命,心中十分得意。(第三回)

杨译:Yu-tsun promptly agreed with the greatest satisfaction, and…

霍译:Yu-cun accepted the suggestion with eager deference. Everything, he thought to himself, was turning out very satisfactory.

该句写到林如海让贾雨村陪女进京,顺便由贾政帮忙为其复职,所以贾雨村一面对林如海毕恭毕敬,一面心中得意。杨译把第二小句译为 with 短语,"唯唯听命"译为"promptly agreed"。译文是一个句子,然而原句的意义基本译出。而霍译把原文译为两句,第一小句加了宾语"suggestion",还有"唯唯"的译文"with eager deference"。霍译把原文的第二小句在译文中加了主语、插入语,还用了谓语"turn out"。霍译对原文的传达更详细,但其大意与杨译相差无几,只是字数多出一些。

例2:"我们阴间上下都是铁面无私的,不比你们阳间瞻情顾意,有许多的关碍处。"(第十六回)

杨译:"We shades are strictly impartial, not you immortals with all your soft-heart-

---

① 徐通锵:《基础语言学教程》,北京:北京大学出版社,2001年,第28页。

edness and favouritism."

霍译:"We ministers of the nether world, from the highest down to the lowest, all have unbending iron natures and—unlike the officials of the mortal world, who are always doing kindnesses and showing favours and inventing little tricks and dodges for frustrating the course of justice—we are incapable of showing partiality."

原句是秦钟死前向鬼判求情,鬼判回答他的话。两译文的繁简对比十分明显。杨译仍只用一句译出了原文大意,然而对比霍译,原文中强调范围的"上下",形象语言"铁面"以及"有许多的关碍处"杨译都未译出,简则简矣,恐怕有失准确。而霍译译出了"上下""铁面",并且用一个介词短语加定语从句译出了原文后两句,最后还加了一个照应句,明确地译出了原文表达的意思。

回顾以上两例,例1中两译文的繁简是由于表达方式不同,杨译简,霍译繁。而例2反映的则不只是表达方式的不同,主要的恐怕是对翻译的理解,或者说翻译的宗旨不同。杨宪益很少表明自己的翻译观,只说过类似自己实践内行,理论外行的话①。霍克斯则在《红楼梦》译本的序言中明确提出:"我始终遵循一条原则,即原作一字一句,都予翻译,双关语也不例外。"②许先生把"everything"译为"一字一句",其实霍克斯译的岂止是一字一句,而是一切,包括字里行间的语用意义——如例2的最后一句就是霍克斯为使译文易懂而加上去的原文的语用意义,即原句真正要表达的意义。

两译文差异巨大,那么如何评判它们的长与短、得与失、优与劣呢?

要衡量就要有标准,严复的"信、达、雅",虽经沈苏儒③(1998)的充分论证,似乎仍嫌不够明晰。而其他的一些中国译论由于观点不一,也不便于用在这里。尤金·奈达在1982年出版的《翻译意义》(*Translating Meaning*)一书中着重论述了意义的传达,恰好可作为参考。奈达④(第一章)从语言反映外部世界和人类经验出发,论述了所有语言都具有使表达清晰、有力、优美的修辞方法。这些修辞方法一方面具有符号学意义,另一方面构成文字的修辞意义。译文既要反映原文全部

---

① 单其昌:《汉英翻译技巧》,杨宪益校,北京:外语教学与研究出版社,1990年,第3页。
② 许国璋:《论语言和语言学》,北京:商务印书馆,2001年,第316页。
③ 沈苏儒:《论信达雅》,北京:商务印书馆,1998年。
④ E. A. Nida, *Translating Meaning*, San Dimas: English Language Institute, 1982, pp.1-27.

的词汇意义和思想意义,也要反映原文的修辞特征。为避免过多的由文化语言差异造成的翻译中的信息损失,译者会用注解或多余的文字等附加信息使读者欣赏到原文的精妙的文学典故、奇特的风俗和寓意丰富的文字游戏等。

从以上似乎可以看出霍克斯的译文更符合奈达的标准,即可以增加文字来翻译原文的一切。然而奈达在第二章又提出译者必须决定把多少原文中的隐含意义在译文中明确表达出来,既不要漏掉原文中的重要信息,也不要增加原文读者感觉不到的信息,奈达还在第五章中以《论语》为例指出像汉语等语言是以文字简洁为美的。由此看来,如果霍译与原文繁简之差距太大,也会损害译文质量,从而脱离原文的文字风格。

彼得·纽马克在《翻译问题探讨》①一书中提出了"交际翻译"和"语义翻译"的理论,恰好也涉及了翻译中的简与繁问题。交际翻译倾向于译文读者,语义翻译忠实于源语文化。交际翻译认为效果比信息内容重要,语义翻译重信息传达而轻效果。交际翻译更顺畅、简单、明白、直接、规范,对于难译的篇章常用概括笼统的语言,往往欠额翻译。而语义翻译更复杂、笨拙、详细、拘泥,注重思维过程而不是表达者的意图,往往超额翻译,比原文更具体详尽。非文学作品常用交际翻译法,而语言形式和内容同样重要的独具特色的语言文字常用语义翻译法。虽然纽马克没有明确提出这两种译法的高下,认为其取舍要因翻译的文体而定,但总体而言,纽马克稍微倾向于交际翻译,这从其措辞中也反映出来(例如顺畅相对于笨拙)。既然如此,杨译的简单文字就应属于交际翻译,而字数多的霍译则属于语义翻译。然而孰优孰劣仍然不好下定论。

由于没有现成的标准可以利用,笔者在本文中提出了三个标准来衡量杨译和霍译。首先是信息的传达。翻译的根本目的是让使用不同语言的人理解和交流,这样信息的传递就成为最重要的一环。原文的主要信息如果不能在译文中体现,翻译就失去了意义。其次是原文的文字风格,也就是奈达所说的修辞特征,是否在译文中得到了体现。如果原文简洁,译文繁丰,那么原文的文字风格就没有在译文中得到保留。再次是译文的可读性。即从英文读者的角度看,哪种译文更易懂,更生动传神。

---

① Peter Newmark, *Approaches to Translation*, Oxford: Pergamon Press Ltd., 1982, pp.38-70.

用以上的标准衡量,可以把杨译和霍译的繁简不同分为如下六类:

第一类:杨译简,霍译繁;杨译信息有缺失。

例3:当下雨村见了士隐,忙施礼陪笑道……(第一回)

杨译:Having greeted Shih-yin, Yu-tsun asked…

霍译:Yu-cun clasped his hands in greeting and smiled ingratiatingly.

如把杨译回译则为:雨村问候了士隐,然后问道。这样"陪笑"的信息在译文中就失去了,无法表现雨村极力讨好的神态。而且英文读者也不会联想到雨村是如何问候士隐的。霍译则传达了原文的全部信息和形象。

例4:看见秦氏的光景,虽未甚添病,但是那脸上身上的肉全瘦干了。(第十一回)

杨译:Although the invalid appeared no worse, she had grown very thin and wasted.

霍译:Qin-shi's sickness appeared to be no worse than previously, but the flesh on her face and body was pitifully wasted.

原文中的"光景"两译文都未直译,这不重要。但原文中"脸上身上"瘦的形象在杨译中没有保留,只有笼统的"消瘦"的含义。霍译则如实保留了原文形象。

例5:宝玉见莺儿娇憨婉转,语笑如痴,早不胜其情了,那更提起宝钗来!(第三十五回)

杨译:Pao-yu was enchanted by Ying-erh's charming manner and the sweet, innocent way she spoke of her mistress.

霍译:Oriole's mellifluous, lilting voice and the simple, artless way in which she talked and laughed had powerfully affected Bao-yu. It increased his pleasure to hear her speaking in this way now about her mistress.

原文紧凑简练,含义丰富,且文字工整,英文不易模仿。所以杨译只译出了大意。但是原文中的递进关系杨译改为并列关系,有失于忠实和信息的传达。霍译则相对完整地译出了全文,译文也地道流畅。

第二类:杨译简,霍译繁;杨译信息无缺失,霍译更生动传神。

例6:雨村低了半日头,方说道:"依你怎么样?"(第四回)

杨译:Yu-tsun lowered his head. After a long silence he asked, "What do you suggest?"

霍译：Yu-cun lowered his head in thought. After a very long pause he asked, "What do you think I ought to do?"

原文是描写雨村听了门子让他贪赃枉法的话，心中反复斟酌、十分矛盾的句子。"低了半日头"五个字，字字千斤，细致入微地刻画了雨村头脑中良心与私利的尖锐斗争，正是曹雪芹文笔简洁的典型例证。霍译加了"in thought"，"very"，而且问句更符合当时雨村不知该如何是好的神态：他要向手下的门子讨教，未免有些尴尬。而杨译"What do you suggest?"似乎太直接，语气也较生硬。该例也反映了东西方思维的差异，汉语强调"悟达"①，而英语重逻辑理念，所以汉语中没有"思考"二字，但霍译加了"in thought"。

例 7：淋的雨打鸡一般。（第三十回）

杨译：drenched as a drowned cock.

霍译：like a bedraggled hen with the water running off him in streamlets.

原文写的是宝玉被雨淋后的情景，杨译文字简洁，信息也没有减少，然而不如霍译更细致，更接近原文形象。

例 8：那贾政喘吁吁直挺挺坐在椅子上，满面泪痕，一叠声……（第三十三回）

杨译：Then Chia Cheng, panting hard, his cheeks wet with tears, sat stiffly erect in his chair. "Bring Pao-yu in!" he bellowed.

霍译：Jia Zheng entered it alone and sat down stiffly upright, in a chair. He was breathing heavily and his face was bathed in tears. Presently, when he had regained his breath, he barked out a rapid series of commands…

除"一叠声"外，杨译保留了原文的信息，即贾政在痛打宝玉前的状态。与杨译的一个句子相比，霍译用了三个句子，加了"when he had regained his breath"，更符合当时情景。而且"bathed in tears"比"wet with tears"更逼真。

第三类：杨译简，霍译繁；杨译信息无缺失，两译文表达方式不同。

例 9：贾瑞听了，身子已木了半边，慢慢地一面走着，一面回过头来看。（第十一回）

杨译：Half numbed by this tantalizing remark he walked slowly away, looking back

---

① 刘宓庆：《汉英对比研究与翻译》，南昌：江西教育出版社，1991 年，第 457 页。

at her over his shoulder.

霍译:Jia Rui was by now scarcely in command of his own person. Slowly, very slowly he walked away, frequently turning back to gaze at Xi-feng as he did so.

这里写的是贾瑞挑逗凤姐,反中凤姐奸计的事。杨译利用两个分词短语把原文简短地译出,保留了原作的风格。霍译为两句,表达方式不同,如"木了半边"的译法。霍译文字稍多,但所含信息与杨译大致相当。

例10:宝玉心中品度黛玉,越发出落得超逸了。(第十六回)

杨译:Pao-yu observed that Tai-yu was looking even more ethereal.

霍译:He recognized the same ethereal quality he had always known in her, but it seemed to have deepened and intensified during her absence.

黛玉葬父归来,宝玉心中惊叹她的变化。杨译把大意译出,只是"observed"稍嫌笼统。霍译更详细,加了一个从句"he had always known in her",把前后的对比关系明确译出,便于英文读者理解。

例11:宝玉听了不觉痴倒。(第二十七回)

杨译:Pao-yu, listening, was overwhelmed with grief.

霍译:All this was uttered in a voice half-choked with sobs; for the words recited seemed only to inflame the grief of the reciter—indeed, Bao-yu, listening on the other side of the rock, was so overcome by them that he had already flung himself weeping upon the ground.

听了黛玉的《葬花吟》,宝玉像失魂一般迷醉。杨译一句话完整地译出了原文的字面意思,而霍译却是一大段文字。霍译描述了黛玉哭诉的情态,诗文对双方的触动以及宝玉哭倒在地的结果。宝玉哭倒是在下一回里作者才写到的,霍译提前到这里有利于上下文的衔接。霍译这样做的目的是让读者充分理解原作,使译文更明白易懂。然而杨译的忠实译法似乎也无可指责。

例12:口里说着,忽一回身,只见黛玉坐在宝钗身后抿着嘴笑,用手指头在脸上画着羞他。(第二十八回)

杨译:Whirling back he caught sight of Tai-yu, who was behind Pao-chai, laughingly drawing one finger across her cheek to shame him.

霍译:As he turned, he happened to catch sight of Dai-yu, who was sitting behind

Bao-chai, smiling mockingly and stroking her cheek with her finger—which in sign-language means, "You are a great big liar and you ought to be ashamed of yourself."

黛玉画手指羞宝玉的动作中文读者当然理解,英文读者却未必。杨译传达了原文的字面信息,保持了文字的精简。霍译为使英文读者明白,加了一句解释,消除了可能因文化差异带来的障碍。表达方式的不同反映了两译者的出发点不同。

例13:贾母道:"如今你们大了,别提小名了。"(第三十一回)

杨译:"You're getting too big to go on calling each other by your pet names," said the lady Dowager.

霍译:"Perhaps now that you're getting older you had better stop using baby-names," said Grandmother Jia, reminded by the talk of betrothal that her babies were rapidly turning into grown-ups.

不再叫小名是成年人之间的做法,以示尊重,但西方人不一定明白。霍译加了解释,便于西方读者了解中国的这一习俗。

例14:宝玉道:"罢,罢,我也不敢称雅,俗中又俗的一个俗人,并不愿同这些人往来。"(第三十二回)

杨译:"Don't call me cultured," begged Pao-yu, "I'm the most vulgar of the vulgar herd, and I've no desire at all to mix with such people."

霍译:"I make no claim to being refined, thanks all the same," said Bao-yu. "I'm as common as dirt. And furthermore I have no wish to mix with people of his sort."

湘云夸奖宝玉,宝玉却自贬不已。两译文大致相当,只是霍译多了"thanks all the same"。因为按西方文化,面对别人的夸奖要有答谢。这一点正符合英语语用学的礼貌原则。霍译如此显然是为了使译文更符合英语文化。

另外两译文中还有多处对原文中的典故作了不同的处理。杨译多数是加注解,霍译多数是把解释融入正文中,这也是霍译正文文字多的原因之一。如对于"南柯梦"(第二十九回)和"东施效颦"(第三十回),杨译和霍译就分别采取了加注和融入正文的方式。

第四类:两译文繁简相当,表达方式不同。

霍译的总单词数比杨译多出不少,所以这类情况并不常见。

例15:宝玉道:"酸疼事小,睡出来的病大。我替你解闷儿,混过困去就好

了。"(第十九回)

杨译:"A few aches are nothing, but if you go on sleeping you'll really fall ill. Let me amuse you to keep you awake and then you'll be all right."

霍译:"Never mind how tired you are," said Bao-yu. "You'll do yourself much more harm by sleeping after a meal. I'll stay and amuse you to keep you awake if you feel sleepy."

去掉"said Bao-yu",霍译只比杨译多一词。两译文用不同的方式译出,异曲同工,效果相差无几。

例16:"……凭人怎么劝,都是耳旁风。"(第二十一回)

杨译:"But it's no use our talking, we just waste our breath."

霍译:"However, nothing I say makes any difference. It's just a waste of breath."

这是袭人劝宝玉的话。霍译仅比杨译多两词,文字及效果差异不大。

不同译者的译文字数如果相同当属巧合。人们思维的方式不同,所用言语不同,译文不可能完全相同。这里要研究的是,在不同的原则指导下,不同译者的译文究竟有何异同以及它们在传达信息和保持原作风格方面的优劣得失。在能实现译文与原文相对等效的前提下,同一原文的译文各不相同实属正常;而且多种佳译并存更有利于精益求精,促进翻译事业的发展和繁荣。

第五类:杨译繁,霍译简,表达方式不同。

对于个别文字杨译反比霍译单词数多。原因是杨译稍具体,霍译笼统些。

例17:平儿、丰儿等哭的泪天泪地。(第二十五回)

杨译:…where Ping-erh and Feng-erh gave way to a storm of weeping.

霍译:…where Patience and Felicity wept piteously.

杨译对"泪天泪地"的传达更具体生动一些,霍译只描述了大概的情况。从语言表达效果上看,具体的描写要比一般性的描写更佳。

例18:况才说话的语音,大似宝玉房里的红儿的言语。他素昔眼空心大,是个头等刁钻古怪东西。(第二十九回)

杨译:One of them sounded like that sly, conceited Hisao-hung who works for Pao-yu. She's a strange crafty creature if ever I saw one.

霍译:And one of those voices sounds like that proud, peculiar girl Crimson who works in Bao-yu's room.

这是宝钗的心里话。霍译采用了杨译常用的手法——变句为词,把"素昔眼空心大,是个头等刁钻古怪东西"简化为两个词"proud"和"peculiar",使译文十分简洁。而杨译则只把"素昔眼空心大"译为两个形容词融入前一句中,保留了两个句子的形式。两译文都传达了原文信息,只是繁简表达手法不同。

第六类:杨译和霍译都比原文简单。

这种情况十分罕见,即杨译和霍译都使用了概括性词语,将中文里的一些文字略去不译。正如纽马克所说的交际翻译,这样是更注重译文的效果而不是原文的信息传达。

例19:"大正月里,少信嘴胡说。这些没要紧的恶誓、散话、歪话,说给那些小性儿、行动爱恼的人、会辖治你的人听去!别叫我啐你!"(第二十二回)

杨译:"Stop talking such nonsense just after the New Year. Or go and rave if you must to those petty-minded creatures who are so quick to take offence, and who know how to manage you. Don't make me spit at you!"

霍译:"You are too glib with your ridiculous oaths," said Xiang-yun. "This is no time for swearing. You can keep that kind of talk for that sensitive, easily-upset person you were talking about. She knows how to handle you. Don't try it on me; it makes me thick!"

这是湘云挖苦宝玉的话。"没要紧的恶誓、散话、歪话"是一个语言繁丰的例子,充分表现了湘云"爱说话"(第三十一回)、口齿伶俐的特点。与之相对应,杨译用了一个词"rave",霍译用了"swearing"和"that kind of talk",都没有保留原文排比的形式。原文信息的传达基本无误,但是修辞方法却没有保留。就此例而言,裘里有一译文[1]可以参照:

"In this felicitous first month," Hsiang-yun remonstrated, "you shouldn't talk so much reckless nonsense! All these worthless despicable oaths, disjointed words, and corrupt language, go and tell for the benefit of those mean sort of people, who in everything

---

[1] Cao Xueqin, Gao E., *Hung Lou Meng*. Trans. H. Bencraft Joly. Hong Kong: Kelly & Walsh, limited, 1892, p.336.

take pleasure in irritating others, and who keeps you under their thumb! But mind don't drive me to spit contemptuously at you."

对于"没要紧的恶誓、散话、歪话",裘里的译法是"worthless despicable oaths, disjointed words, and corrupt language",保留了排比形式,与霍克思"翻译一切"的宗旨相符合。

通过以上分析,可以作如下总结:杨译相对简洁,对原作简洁风格保持较好,然而有时又失于简洁,造成信息缺失;另外原作的某些修辞特征、形象语言在杨译中也没有体现,所以译文有时可读性不强。霍译准确、具体,忠实于原作言内甚至言外的信息,可读性、趣味性强;但由于文字以及添加的解释偏多,原作简洁的风格有时没有保留。换言之,杨译对原作的文字形式比较忠实,霍译则更忠实于原作内容。杨译常能得到一些译界人士的赞赏,而霍译对西方读者可能更有吸引力。

再回到理论探讨方面。任何从事英汉互译的译者都回避不了传达原作的内容与形式这一矛盾。忠实于原作的内容,译文形式可能会偏离原文;忠实于原作的形式,原作的信息就不易全部得以保留。这是一个两难的选择。也许关键就在于一个"度"的问题。巴兹尔·哈蒂姆曾在《跨文化交际》①一书中论及"语篇彰显性的度"的问题。他认为英语相对于阿拉伯语是隐含性语言。如果某英语文本具有修辞意义,那么译成阿拉伯语时要尽量把修辞的形式译得明显些。因为英语中的修辞方法相对隐含,如按原样译出,该修辞方法在阿拉伯语中可能被弱化。与此相类似,汉语比英语更具有隐含性,"重直觉和悟性的思维风格必然导致语言的高度的简约化"②,所以在译成英语时似乎也应该强化一下修辞方法。从这个角度看,也许霍克斯倾向于解释的译法更有道理。然而如此一来,曹雪芹简约凝练的文字风格就很难较好地在英文中保留。设想如果杨译全篇都像有些词句一样既简约又能保留原作的意蕴,或者霍译既明白畅达又字句精练,那么读者拥有的就会是更完美的译文。这艰巨的任务也许有待于今后的译者来完成,给世人一个惊喜。

---

① Basil Hatim, *Communication across Cultures*, Shanghai: Shanghai Foreign Language Education Press, 2001, pp.99-107.
② 刘宓庆:《汉英对比研究与翻译》,南昌:江西教育出版社,1991年,第457页。

三、字面义和隐含义的翻译

《红楼梦》作为一部优秀的文学作品,语言的文学性极高。《红楼梦》的语言雅俗兼备,形象性强,显示出作者对于中文高超的驾驭能力。《红楼梦》的语言既简洁生动,又凝练含蓄,具有广泛而深刻的文化内涵。简言之,《红楼梦》的语言在字面上常常形象、典故迭出,而言近旨远、言有尽而意无穷,文字的后面常有作者的深意和苦心。如此一来,要把《红楼梦》译成英文,如何传递语言表面的具体形象和语言内里的"多义"呢?杨宪益、戴乃迭夫妇和霍克思用各自的方法处理了这一问题,本文拟就《红楼梦》中字面义和隐含义的翻译进行探讨。

(一) 文学语言的表与里

文学语言来源于日常生活语言,然而又高于日常生活语言,是经过提炼和加工的生活语言。科技语言、商务语言等专业语言力求准确、简洁,以完成交际为宗旨;而文学语言是"用生动的感性外观和丰富的理性内涵体现文学审美意味的意象语言。它的根本特点是能够唤起人们对具象的直感,同时又使语义不断扩展,最终通过共时的具体化和多义性使之与非文学语言拉开了明显的距离"[①]。因此文学语言就有语表的具体性和语里的多义性这样两个特点。语言的具体性是指文学语言会刺激读者的视听触嗅等感官,唤起读者对一些具体物象的联想。有些文学理论把文学语言的这一特性称为形象性,但是形象性容易让人仅仅联想到视觉形象,造成误解。实际上文学语言的具体性属于语言的及物性的表现之一。按照文艺心理学的说法,人脑对客观世界的反映可以分为感觉、知觉和表象。表象是人们对生活中接触过的事物,或经过某种联系了解到的事物,在事后通过回忆和想象在大脑中复现的某种具体物象[②]。文学作品是通过语言唤起读者的想象和表象思维的。例如《红楼梦》第五十二回中晴雯骂小丫头们道"那里钻沙去了",其中"钻沙"一词本来指鱼儿钻到沙里看不见,这里指小丫头们不知跑到哪

[①] 张永刚、董学文:《文学原理》,北京:北京大学出版社,2001年,第35页。
[②] 金开诚:《文艺心理学概论》,北京:北京大学出版社,1999年,第47~107页。

里去了。如果用日常用语表达,只说"都到哪儿去了"即可,然而这样就不能给人鱼儿钻沙的画面联想,没有具体的物象,只起到交际的作用,使语义趋于单一,因此在一定程度上显得单调乏味。当然交际语言由于功能单一具有一种简洁朴素的美,本文暂不论及。

《红楼梦》中香菱学诗一段颇有趣味,曹雪芹通过香菱之口发了一通诗学高论:"据我看来,诗的好处,有口里说不出来的意思,想去却是逼真的。有似乎无理的,想去竟是有理有情的。"①香菱还举出"大漠孤烟直,长河落日圆"的例子。王维的这一句诗写了两个场景:大漠中的孤烟和长河上的落日,栩栩如生,让人身临其境,有一种雄浑苍茫的感觉。读者感受到的可能是大自然的壮美,为之心情激荡;也可能会勾起某种苍凉的情怀,感慨万千。文字表面的形象背后,蕴含了丰富的意义和联想空间,很难用语言描述清楚。这种现象就是文学语言的另一特点——语里的多义性,即"在语表的具体性中潜藏着抽象思维难以穷尽的多种意义"②。

文学语言语表的具体性和语里的多义性是统一为一体的,相互依存,缺一不可。请看《红楼梦》中薛宝钗所作《忆菊》中的一句诗:"空篱旧圃秋无迹,冷月清霜梦有知。"空空的篱笆、破旧的花圃,见了才让人想起秋天已随菊花逝去;天上的冷月、地上的寒霜或许会触动情怀,让人在梦里再见到菊花。空篱、旧圃、冷月、清霜的形象构筑成一个凄冷的画面,让人惆怅,让人悲伤。回忆起来的,何止是粲然的菊花,或许还有满园的秋色、兴致勃勃的游伴、亲密的爱人或者是易逝的韶华。具体的物象会让读者产生无尽的遐想,领悟到人生的真谛;缺少了这些形象,只剩下一声慨叹,诗句就会失去感染力和审美价值。因此形象和语义在一定程度上是密不可分的。

然而从翻译的角度看,文学语言的表与里,即文字的形式和内容,在很多情况下不得不分开。根本而言,一种语言转换成另一种语言,语言的形式已经改变,传译的只是内容,这样语表与语里已经脱离。相对而言,一种语言的语言形式,如汉语"有一万个心眼子"(第六回)中的"心眼子",可以与英语中的"eyes in one's

---

① 曹雪芹、高鹗:《红楼梦》,北京:人民文学出版社,1982年,第665页。
② 张永刚、董学文:《文学原理》,北京:北京大学出版社,2001年,第36页。

heart"相对应,但各自所表示的内容也可能不同,这样实际上语言的表与里,或者形式与内容,也是分开了,或者说是相对脱离了。

至此,我们可以发现,文学语言本身要求文字形式和内容,即语表与语里的高度统一,而在文学语言的翻译中,语表与语里又面临着根本上的脱离与相对的脱离。那么如何区分文学语言的表与里以及如何在翻译中传译文学语言的表与里呢?

(二) 字面义与隐含义

着眼于翻译,我们可以把文学语言的文字意义分为字面义和隐含义。字面义是语言文字给读者的第一印象,反映到人们头脑中的基本意义。从语言作为社会的人进行交际的符号角度而言,字面义就是符号最初获得的抽象意义,是本义。随着语言运用范围的扩大,又产生了各种引申义。单个的字与词组成语句要遵守一定的规则,这样获得了语法意义。某些词语经常用在一定的场合,所以这些词语就容易跟这些场合联系起来,获得了联想义。当作者或言语的发送者在一定语境下利用某些词语特意表达某种意义时(往往不是该词语的本义),词语就有了语用义。除词语的本义外,经过引申出来的或者由语境决定的其他意义在本文中称为隐含义,尤其是针对文学翻译而言。隐含义是指文字背后由上下文或情景或民族文化传统所规定的或者是作者有意隐藏的意义,可以是一种或多种。字面义的表现形式可以是概念意义、形象、文化典故和文字游戏等。隐含义可能表现为语用义、文化含义以及多重视角等。下面让我们结合实例说明这些小项的意义。

(三) 字面义分析

概念意义　　概念意义是人们对事物进行概括和抽象所得的基本意义,也就是上文提到过的本义。"概念意义是在语言交际(包括口头的和书面的交际)中所表达出来的词语的基本意义。"[1]实际上概念意义同时也可能是形象、文化典故和文字游戏的基础意义,但也可能不包括这些意义,如"上、下、百、千"等词语基本的概念意义。本文为研究方便,把概念意义划定为不包括形象、文化典故和文字

---

[1]　伍谦光:《语义学导论》,长沙:湖南教育出版社,1988年,第134页。

游戏等语言的本义或字面意义。

例1：如今出挑的美人一样的模样儿，少说也有一万个心眼子。（第六回）

该例中"有一万个心眼子"的概念意义是"心上有一万个眼儿"（其实这也是形象语言），这有悖常理，所以不能按字面理解。"心眼儿多"是极言凤姐聪明，这种词语已经融入生活词汇，所以人们往往忽略其字面义（这里退化的是"心""眼"形象，总体传达一个概念，有形象，但不重要）。但是翻译时却不得不做出适当调整。

形象　形象语言，广义而言，就是指能刺激读者的感官，唤起读者对一些具体物象联想的语言。这里主要指一些能唤起读者视觉形象的语言，如描述事物名称、颜色、形状、大小等的语言。文化典故或文字游戏本身也可能包括形象语言，本文中对这几个概念的区分是针对它们的侧重面而言，严格讲它们是相互融合的。文字表面形象与文字实际表达的意义有时相差甚远，理解以及翻译时应加倍小心。

例2：宝玉听了，带着奶娘小厮们，一溜烟就出园来。（第七回）

"一溜烟"本是指炊烟的形象，此处也可引申为一路上尘土飞扬的意思，具体指宝玉等人前后相随，快步而行的样子。那么"一溜烟"的形象在译文中要不要保留呢？（这里"一溜烟"的形象意义比"心眼子"的形象意义重要）

文化典故　表示文化典故的语言既包括一些具有文化特色但不是典故的语言，又包括含有典故的语言。对于译入语的读者而言，不了解异域文化，就很难理解译文（直译）的意思。

例3：贾政听说，忙叩头哭道："母亲如此说，贾政无立足之地。"（第三十三回）

宝玉被责打以后，贾母质问贾政，说出暗讽他不孝的话。不孝在中国文化里是很严重的罪过，如背上这一骂名，贾政真的很难面对皇上、同僚和百姓，所以他自称会"无立足之地"，也就是没有颜面见世人了。这句话是具有中国文化特色的文字，是否按字面（没有站立的地方）翻译值得考虑。

例4：你也是个明白人，何必作"司马牛"之叹？（第四十五回）

这是宝钗劝慰黛玉的话。司马牛是孔子的学生，因为没有兄弟曾经感叹。黛玉也是因为没有父母兄妹而感伤。这样的典故如果按字面（司马牛的叹息）译入英语，恐怕无人能懂，可选择作注解或只译语用义。

文字游戏 根据文字自身的读音、字形、排列等手法表情达意的语言这里称作文字游戏。由于文字游戏与一种语言自身或语言表层的特点紧密相关,很难在另一种语言里找到对应(一般是语义对应,或者说语言深层对应),所以成为翻译中的难点,有时甚至无法翻译。

例5:凤姐笑道:"我又不会作什么湿的干的,要我吃东西去不成?"(第四十五回)

"湿的干的"是凤姐利用谐音双关说的笑话,指作诗。英语里的"poem"与"wet"不同音,不同形,前后搭配形式也不相同,翻译时只能寻求其他办法。

(四) 隐含义分析

如上所述,文学语言的特点之一就是语里的多义性,即文字表面背后隐含着不止一种意义。同样,由于文学艺术的媒介是文字,不同于绘画、雕塑、电影等艺术形式,读者通过阅读只能得到文学形象的大概印象,需要发挥自我的想象才能得到相对完整的印象,以此填补文字描述所留下的空白。因此伊塞尔认为"意义不确定性与意义空白就成了文本的基础结构或审美对象的基础结构"[①]。文学文本的不确定性和空白既是结果,也是目的。如中国画中的留白和音乐艺术中的休止符的价值一样,不确定性和空白使得文学语言具有了弹性,给读者留出了自由想象的空间,正是文学语言的特点和价值所在。

翻译时对待原文中的隐含义,同样要审慎而行。首先要透彻把握一种或几种可能的隐含义,然后要在顾及总体效果的前提下确定如何传译隐含义。下面先举例分析几种隐含义。

语用义 语用义就是作者真正要表达的意义。作者创作时往往言此及彼,那隐含在文字背后的作者用意就是语用义。翻译时是译字面义还是语用义,是仅仅把隐含义转为明示义,或者兼顾字面义,需要译者斟酌而定。

例6:你知道我一贫如洗,家里是没的积聚,纵有几个钱来,随手就光的,不如趁空儿留下这一分,省得到了眼前扎煞手。(第四十七回)

这是柳湘莲的话。其中"扎煞手"不能按照字面理解为手指张开的样子,而

[①] 张首映:《西方二十世纪文学史》,北京:北京大学出版社,1999年,第272页。

是没有钱两手摊开着急的形象,其隐含义就是没钱。译者通常会面临两种选择:把语用隐含义改为直接表达,即到时候没钱,或者在保留原文形象的同时传达语用义。

文化含义 某些具有中国文化特色的语言,由于受具体文化情景的约束,获得了特殊的意义。这种文化含义为中国所独有,一旦离开了文化语境,就很难被理解,译还是不译,要不要解释颇费思量。

例7:那婆子道:"哥哥儿,这是老太太泡茶的,劝你走了舀去吧,那里就走大了脚。"(第五十四回)

小丫头向一老婆子要她提着的开水,老婆子不给,就说出这番话。清朝时中国女人以小脚为美,裹足成风,所以如果走路干活太多脚变大了就会不美。大脚不美就是这里的文化含义,字面上看不出来。按照字面翻译"走大了脚"就需要加上必要的解释。

多重视角 文学作品,特别是小说中的叙事可以分为几种叙事角度:(1)全知视角,(2)内视角,(3)第一人称外视角,(4)第三人称外视角①。不同视角各有各的特点,然而有时一段文字(特别是中文)可以同时被理解为不同视角的叙述,这样"本文存在的多重视角本身就暗示了它需要一个综合过程,其内在的统一的连贯性靠读者的想象来完成"②。"读者正是通过游移视点才能穿越本文,从一个视点转向另一个视点,最后展开对相互联系各视点的复合的。"③多种可能视角的存在,使得文学作品的意义更丰富,给读者的想象空间更大,从而提升了文学作品的价值。

例8:此时黛玉虽不是嚎啕大哭,//然越是这等无声之泣,气噎喉堵,更觉得厉害。听了宝玉这番话,心中虽有万句言辞,只是不能说得。(第三十四回)

宝玉被责打,黛玉来看望,悲从中来,泣不成声。第一句的前半句可以看作是全知叙述和宝玉(第三人称外视角)叙述。而后半句话却可能有三个视角:全知视角、宝玉视角和黛玉视角(内视角),三视角各有不同的叙述效果。全知叙述相对客观冷静可靠,让读者身临其境,以旁观者的身份产生怜悯之情;宝玉视角出自

---

① 申丹:《叙述学与小说文体学研究》,北京:北京大学出版社,2001年,第203页。
② 金元浦:《接受反应文论》,济南:山东教育出版社,1998年,第166页。
③ 同上,第159页。

情人眼中,痛在心里,读者能体验到宝玉的深情;黛玉视角让读者仿佛钻入黛玉心中,感同身受,为宝玉伤感,痛不欲生。第二句可以看作是全知叙述和黛玉叙述。全知叙述让读者为黛玉的深情而感动,黛玉叙述让读者更深切地体会到欲诉无言的那种心境。这几种可能的视角同时存在,为读者提供了视点游移的空间,可以从多个侧面了解人物的性格和思想感情,扩展了文学作品的内涵和意义。

在翻译存在多重视角的叙述文字时,应尽可能保留多视角,以确保原文的想象空间和文学内涵,使人物形象和故事情节更真实动人。

(五) 字面义的翻译

上文提到的"钻沙"一词,按照概念意义翻译行不通,杨宪益、戴乃迭译文(以下简称杨译)为"Where have they all buried themselves?"霍克斯译文(以下简称霍译)为"Where have you lot all sneaked off to?"杨译"bury"一词保留了一点"钻"的形象,霍译"sneak off"短语译的也是躲起来的动作。两译文中虽然损失了"沙"的形象和鱼钻沙的文化内涵,仍不失为成功的翻译,因为形象缺损在翻译中常常难以避免。正如例1的译文一样:She's grown up a beauty too.Clever isn't the word for her!(杨译)She's grown up to be a real beauty too, has Mrs. Lian.But sharp!(霍译)两译文中的"心眼子"的形象没有了,只译出了词语整体概念意义"Clever"和"sharp",这已足够。相反,裘里把例1译为"To say the least, she has ten thousand eyes in her heart."[1]虽保留了形象(形象意义已经退化),却会让英文读者费解,使译文生涩难懂。

文学翻译中的形象缺损常常是不得不为之事,然而在很多情况下,为传译原文的形象美,保持文学语言语表的具体性,译者都要尽全力保留原文中的形象,力求避免译文无味的缺憾。上述诗句"空篱旧圃秋无迹,冷月清霜梦有知"的译文如下:

杨译:No sign is there of autumn by the bare fence round my plot,
　　　Yet I dream of attenuated blooms in the frost.

---

[1] Cao Xueqin, Gao E., *Hung Lou Meng*. Trans. H. Bencraft Joly. Hong Kong: Kelly & Walsh, limited, 1892, p.96.

霍译：But autumn's guest, who last year graced this plot,

　　　　Only, as yet, in dreams of night appears.

杨译贴近原文，保留了除冷月外的所有形象，诗句的含义也与原文相近。霍译较自由，没有保留"空篱""冷月""清霜"的形象，只译出了诗句的大概意义，可以回译为"秋天的客人，去年曾在花圃中盛开，现在只于夜梦中萦回"。没有了原诗形象的依托，霍译似乎少了些色彩和诗的意境。也许霍克思认为英语读者对这些形象的联想并没有中文里的意趣，传达不了原意。但笔者认为，对于以形象为生命的诗歌语言，形象的缺损无疑会削弱甚至阻碍语义的传达，尤其是诗的意境。没有了意境，也就没有了读者丰富的想象空间。

例2的英译文分别是：

杨译：Pao-yu rushed out like a streak of smoke, with his nurse and pages behind him.

霍译：Bao-yu streaked back towards the gate, a string of nurses and pages hurrying at his heels.

此处杨译文保留了"一溜烟"的形象，霍译则没有。然而在第二十三回中出现的句子"（宝玉）带着两个嬷嬷一溜烟去了"，杨译为"hurrying off"，霍译则为"shot off like a puff of smoke"，保留了形象。笔者认为，既然保留原文形象不妨碍语义的传达，就最好保留下来。而且应该把作者用到的几处"一溜烟"的形象全都保留，因为重复的文字有助于语篇的衔接。

例3中的"贾政无立足之地"的译文分别是"What place is there for me on earth"（杨译）和"Don't reject your own son"（霍译），杨译为字面义，不能完整地表达原文的文化含义，但是强于霍译。后者"不要嫌弃您自己的儿子"与原文表达的内涵差距太大。可见文化差异是翻译中的一大障碍。这样的障碍也许一时无法跨越，暂时不可译。

例4中的"司马牛之叹"的杨译为"lament your lack of a brother"，霍译为"go echoing Si-ma Niu's complaint:'All men have brothers, only I have none.'"杨译为语用义，简洁明了，然而典故在译文中消失，令人难以想见原文典故的特色。笔者倾向于霍译设法把典故传译的做法，这样一可以保持原文的风貌，二可以丰富译语文化，起到文化交流的作用。

文字游戏的翻译可以说是翻译中最大的难关,因为大多数情况下文字游戏充分利用源语文化自身的特点,是不可译的。请看例 5 的译文:

杨译:"I'm no hand at versifying,"His-feng answered."All I can do is come and join in the eating."

霍译:"I know nothing about poetry,"said Xi-feng."I couldn't compare a poem to save my life.I could come along to eat and drink with you if you like."

杨译把"作什么湿的干的"译为"versifying",霍译为"compose a poem"。原文中的谐音双关及其趣味只能无奈地在译文中消失了。为了弥补语气的不足,霍译加了"to save my life",权且当作一种补偿,不失为一种方法。下面再看一个文字游戏的译例:

晴雯道:"宝二爷今儿千叮咛万嘱咐的,什么'花姑娘''草姑娘',我们自然有道理。"

文中的"花姑娘"本来是指花袭人,晴雯故意利用多义的"花"字,将姓氏"花"理解为花草之"花"。这是修辞学中的换义修辞,不易在译文中体现。杨译为"Never mind about this 'Miss' or that 'Miss'",霍译为"I don't see that Miss Aroma—or Miss Sweetness or Miss Smellpots"。杨译只能勉强传达原文的一点味道,霍译却利用自己译文中人名翻译的优势(霍译中人名是意译,如 Aroma 意为香味),利用 Aroma 的语义,推衍出 Sweetness 和 Smellpots,与原文相比,可谓有异曲同工之妙。可见只要不畏艰难、用心用功,文字游戏同样可以翻译好。

(六) 隐含义的翻译

翻译时面对原文的隐含义,首先要考虑有无必要翻译(改为明示),其次要把握如何翻译。原文的隐含义如果只翻译字面义就能传达的就不需要译出,即使需要译隐含义也应尽量保留原文字面的形象。原文中可能存在的几种隐含义不应该在翻译过程中丢失或减少,更不能增加。钱冠连在《汉语文化语用学》[1]一书中提出了类似的观点,即对于原文中的隐含意图:(1)不能改为明示,(2)不能取消,(3)不能增加。

---

[1] 钱冠连:《汉语文化语用学》,北京:清华大学出版社,2002 年,第 252 页。

例6中的"扎煞手"杨氏夫妇译为"Be caught empty-handed",霍克斯译为"have to stretch my hands out helplessly"。两译文都准确地传达了语用隐含义"没钱着急",难能可贵的是,两译文既没有把语用隐含转为明示,又都保留了"手"的形象,实是大家手笔。反过来,如果译为"short of money",则效果有很大差别。

然而碰到例7,两个译者又都采取了无奈之举:只译语用义,放弃了文化含义的传达。杨译中"走大了脚"的译文是"It won't hurt you to walk a few steps",霍译为"Walking won't spoil your feet!"女子的脚以小为美,走大了就不美的文化含义在译文中失去(霍译也可以理解为增加了一个隐含义,即脚弄坏了可以是变大了,但英语读者很难解读出来),或许是因为如果加以解释译文会太过烦琐,或许是这一文化传统属于陋习,不太雅,不值得传译。无论如何,只译出原文中的语用义(或增加一个隐含义)都是译者一种无奈的选择,是不得已而为之。

下面是例8的两种译文:

杨译:Daiyu was not crying aloud. **She** swallowed **her** tears in silence till **she** felt as if **she** would choke. **She** had a thousand replies to make to Baoyu, but not one could **she** utter.

霍译:Daiyu's sobbing had by this time ceased to be audible; but somehow **her** strangled, silent weeping was infinitely more pathetic than the most clamorous grief. At that moment volumes would have been inadequate to contain the things **she** wanted to say to him. (黑体为笔者所加)

两译文中的第一句(霍译第一分句)都保留了原文的视角,即全知视角和宝玉视角。杨译的第二句和霍译的第二分句则损失了一个视角——黛玉的内视角,只保留了全知视角和宝玉的第三人称外视角。原因可能是汉语中省略了人称,而英语中习惯性地加了人称:she, her(杨译);her, she(霍译)。这样一来,少了黛玉的内视角,读者就与人物拉大了距离,不能从黛玉的角度体验无声之泣的厉害;结合下一句看,黛玉内视角的缺少不利于人物心理的描写。因为原文中的下一句很明显包含黛玉的内视角:"心中虽有万句言辞,只是不能说得。"杨译的第三句和霍译的第二句由于加了人称 she 使得原文的黛玉内视角缺失,只剩下全知视角叙述,把可能的黛玉心里话变为唯一的冷静客观的叙述,文字的感染力有所下降,从而损害了原文所达到的美学效果。原文的多维立体空间损失了几维,读者想象的

空白变少了,不能不说是遗憾。其实避免出现人称就能保留原文的多重视角和描写效果,笔者把霍克思译文改为:

Daiyu's sobbing had by this time ceased to be audible; but somehow the strangled, silent weeping was infinitely more pathetic than the most clamorous grief. At that moment volumes would have been inadequate to contain the things(…) to say to him.

通过把 her 改为 the,并去掉 she wanted,该译文保留了原文中的多重视角,从而尽可能最大限度地传译原文叙述的美学效果。

(七) 译者介入以及如何介入

换一个角度考虑,翻译时对字面义和隐含义的取舍,决定于译者的选择,选择的过程就是译者介入的过程。

译者是原文转换为译文的桥梁。原则上讲,译文应充分保留原文的特色,应该不多于也不少于原文所容纳的审美价值,无论是文学语言的语表或是语里。译者无权对原文加以增删。然而译者首先又是原文的读者,作为读者,译者对原文的理解无可避免地要打上译者自身的烙印。译者又是译文的作者,同样译文也体现着译者特有的语言风格。正如海德格尔所言:"个人的存在对其他一切存在居有优先地位,个人的存在是一切其他存在的根据;只有从个人存在出发,才能理解其他一切事物的存在。"[①]同时文学文本意义的生成,有赖于读者的创造性想象。没有译者作为读者的参与,原文只是一堆文字;也只有通过译者作为读者对原文的解读,原文才能获得意义和鲜活的形象,原文的不确定性和空白才能得以体现和填补。译文就是译者以自己的方式解读原文并用自己的语言加以表达的结果。所以译者的介入在翻译中不可避免。请看下面的例子:

例9:省得鸡声鹅斗,叫别人笑。(第二十一回)

这是袭人对宝玉说的话,"鸡声鹅斗"的语用义是争吵。译成英语时是保留原文形象还是只译语用义,须由译者决定。杨译是"to stop people laughing at our rows and rumpuses",霍译为"We'll have a bit less of all this bickering and making ourselves ridiculous in front of the others"。两译文都仅仅译出了语用义。而焦利的

---

① 张首映:《西方二十世纪文学史》,北京:北京大学出版社,1999 年,第 270 页。

译文是"to avoid fighting like cocks or brawling like geese",紧扣字面意义译出,但是这些用来比喻的形象可能会让英文读者觉得稍微有些奇怪。三个译者以不同方式介入了原文的理解和译文的表达过程,前两者译的是隐含义,后者译的是字面义。

然而译者介入并不是随意的,译者的不同选择也会产生不同的效果。把全文的分析概括起来,笔者认为从译者介入的角度考虑,翻译字面义与隐含义时应注意以下三点:

一、在保证读者理解的前提下,尽量保留字面义。原文的形象尤其不要在翻译时随意增删。面对《红楼梦》这样的经典作品,译者的主要目的是传达原文的审美价值,原文字面义的缺损(除非退化了的形象)往往会损害译文的美学效果。再者,译语读者对新鲜的异国风味的表达方式往往可以接受,这也是文化传播的作用(如例4)。所以要在最大程度上减少译者介入,从而把握好译者介入的度,让译文保留原文的原汁原味。如果实在不能传译原文的字面义,则应该设法补偿,以求获得与原文相似的美学效果(如例5)。

二、原文的隐含义不能随意增加、删减(如例7、例8)。原文的隐含义也尽量不要改为明示义(如例6),因为有时候通过上下文语境可以理解的隐含义如果在译文中明示出来或者翻译时无意中给减少了,反而缩小了读者的想象空间,降低了原文的审美价值。含蓄的表达,有时是多种解读方式的同时存在,是文学作品本身价值的一部分,如果改为直接表达,或压缩了解读空间,就是"取消了文学"①。

三、当原文的隐含义过于复杂,或两种语言间的文化障碍过大,不加解释不足以让读者理解的时候,译者的介入则成为必要(如例4中霍译加的解释)。

总之,译者的角色和作用并不如想象的那样容易把握,既不能机械地逐字对译,也不能随意决定原文语言材料和所表达意义(语表和语里)的取舍。字面义和隐含义翻译的难题总是时时困扰着译者,因此如何保持翻译时各方面的平衡,把原文的审美价值尽善尽美地传译,尤其是像《红楼梦》这样的巨著,永远是译者追寻的目标。

---

① 钱冠连:《汉语文化语用学》,北京:清华大学出版社,2002年,第253页。

四、《红楼梦》对联翻译点评

《红楼梦》全书共有二十四副对联,除几副曹雪芹假拟骚客之口所作外,大多对仗工整、含义隽永、意境深远。这些对联一方面非常切合书中的人物和场景,反映了相关人物的性格,点明了不同处所的特点,衬托了全书的主题;另一方面它们又可以独立成篇,即使脱离原文,其哲理和意境也有很高的鉴赏价值。杨宪益、戴乃迭夫妇以及霍克思的对联英译文也各有千秋,很值得我们从翻译的角度进行研究和学习。本文拟选出几副对联,从两个方面分析其英译文的得与失。

对联是汉语特有的语言艺术形式,一般对仗工整、平仄协调、合辙押韵,而且源远流长,精品众多。对联由于篇幅相对短小,对哲理性、文采要求很高,更重要的,其语言形式的严格也超出了一般文艺作品的要求。中国古代诗歌(如律诗)也要求对仗,但有时允许相对较松的对仗形式,对联的对偶形式一般变通的余地较小,即使宽对的文字形式也要受很大限制。由于对联语言形式的要求较高,所以一旦能做到形式与内容的统一,就会产生强烈的修辞效果,主要表现为"(1)形式整齐,结构匀称,给人以视觉匀称的美感;(2)凝练概括,把同一事物或事理的某一发展过程表现得集中而又比较鲜明,事物对立统一的辩证关系得到鲜明的揭示;(3)节奏鲜明,音韵和谐,读来上口,便于传诵记忆"[①]。这就给翻译带来了很大的麻烦。如何既能够考虑到英译文的形式工整,又能把原文中的意蕴、哲理和强烈的修辞美学效果传译到英文中呢?中文对联是用极其简练工整的形式传达了丰富深刻的意蕴,英译文如何才能做得更好,以接近原文的美学效果呢?下面是对《红楼梦》中五副对联及其两种英译文的比较分析,希望从研究当中对对联的翻译方法有所启发。

对联的英译文在形式上很难做到像汉语一样工整,但其内容则应尽量传达原文的语义和意境,其中包括拟人、对照等修辞效果。下面首先让我们从语序的变化与否来探讨一下三副对联的翻译。

什么是语序呢?潘文国在《汉英语对比纲要》一书中从微观和宏观两个方面

[①] 向宏业、唐仲扬、成传钧主编:《修辞通鉴》,北京:中国青年出版社,1991年,第600页。

对语序作了较为深入的研究,他给出的定义是①"所谓语序,就是各级语言单位在上一级语言单位的先后次序"。这是较笼统的语序的概念,适合于西方语言(如英语、法语、俄语)和汉语。徐通锵②则从汉语的角度研究语序,认为汉语句法是语义句法。"语义句法'前管后'的生成机制既涉及若干个小句的前后排列顺序,也涉及句内结构成分字、字组、语块的先后顺序,这种顺序是语义句法的一个重要组成部分,一般称之为语序。"徐通锵③还认为,主要适用于诗赋词曲的对仗韵律等规则以及多见于散文的排比对举等规则虽然与一般的散文不同,但也有字的先后排列顺序和句的先后顺序,"前"的语义信息是已知的,由它选择、组配"后"的未知信息。潘文国和徐通锵的理论都说明汉语中(包括对联的对偶形式)字与字的排列顺序十分重要,影响到信息的传达,同时语序本身也具有某种修辞方式的特征。同样的信息用不同的文字顺序表达,传达的意义也不完全一样。即使是翻译成另一种文字,原文的语序在译文中也不好随意变更。语言的表层结构在很大程度上影响到深层语义的表达。因此在翻译当中,译者应充分考虑语序的传译,不能轻易改变原文的顺序,否则可能会影响译文质量,使得原文当中含有的信息和达到的效果在翻译过程中丢失。英国的莫纳·贝克尔(Mona Baker)也认为"语序在翻译中极为重要,因为它在维持观点的连贯以及在篇章层次上引导信息方面都起着很大的作用"④。

其实,主位和述位的概念讲的也是语序问题。"在一个句子里,某些词语先说,某些词语后说。先说的是主位,是说话的出发点,后说的是述位,是围绕主位逐步展开的实际内容。"⑤那么主位化也恰恰反映了语序的重要性:"主位化:这样组织小句的起始[交际的起点],把信息接受者的注意力引向信息发送者要强调的部分。涉及到的关键成分就是主位和述位。"⑥读者的阅读是一种线性的过程,

---

① 潘文国:《汉英语对比纲要》,北京:北京语言文化大学出版社,1997年,第219页。
② 徐通锵:《基础语言学教程》,北京:北京大学出版社,2001年,第213页。
③ 同上,第186页。
④ Mona Baker, *In Other Words: A Coursebook on Translation*, Beijing: Foreign Language Teaching and Research Press, 2000, p.110.
⑤ 胡壮麟:《语篇的衔接与连贯》,上海:上海外语教育出版社,1994年,第136页。
⑥ R. T. Bell, *Translation and Translating: Theory and Practice*, Beijing: Foreign Language Teaching and Research Press, 2001, p.149.

从左到右,所以信息的摄入也先后分明。当然阅读过程中读者也可能要时不时地回过头来读,但阅读信息的基本摄入过程还是有先有后的。这样相对于后摄入的信息,先摄入的信息就是旧信息,而后摄入的信息就是新信息。作者可以利用文字信息摄入先后的这一特点,对文字的顺序精心安排,从而达到所追求的效果。主位和述位理论反映的也就是旧信息和新信息(或者说已知信息和未知信息)的安排问题。主位和述位在句中既然有如此大的作用,翻译中如果轻易改变它们的顺序就可能不足取。所以译者在保证译文符合译入语习惯的基础上,应该对原文的语序采取十分谨慎的态度,尽量维持原文的信息结构形式。

例1:嫩寒锁梦因春冷,芳气笼人是酒香。(第五回)

杨译:Coolness wraps her dream, for spring is chill;

A fragrance assails men, the aroma of wine.

霍译:The coldness of spring has imprisoned the soft buds in a wintry dream;

The fragrance of wine has intoxicated the beholder with imagined flower-scents.

原文是《海棠春睡图》两旁曹雪芹仿拟秦少游所作的对联,暗示秦可卿青春寂寥,堕落泥潭。诗句的大意是微微的寒气让人睡不着觉,因为春天里还有点冷;扑面而来的香气原是来自美酒。要注意的是上下两联中词语的顺序,都是先讲结果再讲原因,属倒叙手法:为什么无眠呢?初春有些寒意。香气从何而来?美酒。如果颠倒过来成为:初春的寒意让人无眠,美酒的香气阵阵传来,句法就显得平平无奇,毫无新意。杨译与霍译的主要差别就在这里。杨译保留了原文的语序和倒叙的手法,而霍译改换了语序,使译文句法恢复正常,但也丧失了原文中的意蕴。从文学的角度讲,正常语序的颠倒属于对标准语言的偏离:"在标准语言中,人们对表达手段已经习以为常,仅关注所表达的内容。而在文学语言中,通过对标准语言的偏离,作者又重新将注意力吸引于语言表达上。"[1]这里语言不只是起到传递信息的作用,更重要的,作者对语言的文字形式进行了精细的加工,使语言形式本身附着了言外之意。对事物先后顺序的刻意排列,是要强调此处要表达的逻辑顺序。然而这样的表达顺序也有其合理之处,即对于虚拟的人物而言,对外界的

---

[1] 申丹:《叙述学与小说文体学研究》,北京:北京大学出版社,2001年,第115页。

感觉也许就是这样不符合常规逻辑的顺序。更重要的,作者要引导读者沿着这样的顺序去读对联,信息的摄入顺序必然会影响读者的思维顺序,读者被作者牵着鼻子走,从而会出现理解上的困惑和阻断。困惑之后,读者又要重新思考诗句的意思,咀嚼诗句的韵味,还要问一下作者为什么要用这样的顺序写。读者理解的滞涩其实就是作者追求的效果,不能一下子理解原文必然引导读者注意文字的形式,进行猜测和推导,从而品味作者隐含的一些韵味。作者有些游戏意味的美学追求就这样实现了。因此,改变了原文语序的霍译尽管也很有诗意,仍然没有完整地再现原文的全部信息,更令人遗憾的是,原文所达到的委婉曲折的美学效果也丧失了。霍译对"嫩寒"的翻译"the soft buds",意为柔软的花蕾,也是不恰当的。

例2:春恨秋悲皆自惹,花容月貌为谁妍。(第五回)

杨译:They brought on themselves spring grief and autumn anguish;
　　　Wasted, their beauty fair as flowers and moon.

霍译:Spring grief and autumn sorrow were by yourself provoked;
　　　Flower faces, moonlike beauty were to what end disclosed?

这是太虚幻境里薄命司的一副对联,写的是规劝人们不要自寻烦恼,因为纵使花容月貌也不一定会获得圆满结局。同样地,原文的顺序与句意的传达息息相关。上联意为"一年四季常年的悲苦都是自己招惹的",下联意为"即使有美貌也不一定找到满意的归宿"。如果改为"自己招惹了常年悲苦"和"找不到归宿的花容月貌",随着语序的变更,句意也会发生很大的变化。"春恨秋悲"是一种客观情况的描述,并没有表明作者的态度。在往下看之前,读者并不知道作者的意图。等到读了后面的文字,才了解到作者的评判。如此一来,句子的重心就落在了"皆自惹"上,而不是前面的部分。霍译用"yourself"和被动句式把这一强调的意思表达了出来。而杨译调整了译文为主动句,就失去了对"自惹"的强调,语流更顺畅了,但语气有所减弱。下联读到"花容月貌"时,读者也不能猜测下文的方向。也许是称赞,也许是描写。但下文"为谁妍"有些出人意料。有花容月貌就能找到满意的归宿吗?这样有些意外的下文正好是上联的对应,使得阅读理解的节奏也上下呼应。通过刻意安排,这副对联既抒发了强烈的情感,又饱含哲理,具有讽刺意味。所以该对联的上下两联都可以从中间分开来细读,才能体会作者的情感和寓意。原文的语序是非常重要的表达手段,很好地传达了作者的思想。这一次杨译改变了原文语序,霍译则加以保留,其结果就是霍译比杨译更好地传达了原文的信息重点和修辞效果。在保留原文主位、述位的基础上,霍译把原文劝诫的语气传译得淋漓尽致。

例3:芙蓉影破归兰桨,菱藕香深写竹桥。(第三十八回)

杨译:Magnolia oars shatter the reflections of lotus;

Caltrops and lotus-root scent the bamboo bridge.

霍译:Lotus reflections shatter at the dip of a lazy oar-blade;

Lotus fragrances float up from the swirl round a bamboo bridge-pile.

这是藕香榭的一副对联,用词精妙,富有诗情画意。上联的语序对写景状物极其重要。芙蓉,即荷花。荷花的影子破碎了,为什么呢?原来是归来的小舟经过。兰桨,木兰做的船桨,代指小舟。先说荷花影子破碎,制造一种悬念,然后才见到小舟,这符合实际情景,有明确的时间顺序,宛如电影画面一样,读者先看到破碎的影子,感到迷惑不解,然后见到船桨,才恍然大悟。密集的菱藕散发出浓郁的清香,竹桥架在上面,恰似一幅图画。这样的描写顺序也不宜改动。杨译把上联改为"兰桨划破了荷花影",原文具有动作先后顺序的情景和动感荡然无存,好像是没有生命的桨自己把荷花影子打破了,既没有读者仿佛身临其境的观察,也没有让读者先蒙在鼓里,猜测一下的意趣;其下联"写"字的像图画一样的意义也没有译出。与之相对照,霍译忠实于原文语序,既保留了上联的悬念,又把下联的"写"字用"swirl"译得惟妙惟肖。

对联作为中国特有的语言艺术形式,在很多方面还反映了中国古典美学的思想。翻译时如能考虑到这一点,适当对原文的美学特征作些分析,会更好地理解原文,以利于把原文的美学特征也如实地传译到译文中,实现译文与原文更高层次上的对等。下面我们从中国古典美学的角度来分析一下在两副对联中杨译和霍译的得与失。

例4:宝鼎茶闲烟尚绿,幽窗棋罢指犹凉。(第十七回)

杨译:Still green the smoke from tea brewed in a rare tripod;

Yet cold the fingers from chess played by quiet window.

霍译:From the empty cauldron the steam still rises after the brewing of tea;

By the darkening window the fingers are still cold after the game of go.

这是有凤来仪处,即潇湘馆的对联。上下联都见不到竹子,实际上写的却是潇湘馆的幽幽翠竹。小说第三十五回有这样的句子,"窗户外竹影映入纱窗来,满屋内阴阴翠润,几簟生凉",便可为佐证。茶煮沸的时候,或可见到绿烟;下围棋时,捏着棋子的手指会觉得凉。然而茶不煮了,怀疑见到绿烟,那是翠竹掩映;棋下完了,指头仍觉凉,是幽竹的浓荫生凉。上下联不着一个"竹"字,而写的全是竹,这正符合中国传统美学的虚实观。就是描写事物不一定都要从实处入手,进行直接的描写。有时候间接的描写反而更有利于思想感情的表达。这样可以激发读者的想象力,给读者以顿悟的空间,增加阅读的情趣,让读者得到更多的审美享受。清代薛雪在《一瓢诗话》中讲"诗有从题中写出,有从题外写入;有从虚处实写,实处虚写;有从此写彼,有从彼写此;有从题前摇曳而来,题后迤逦而去,风云变幻,不一其态"①。宋代的沈义父在《乐府指迷》中更直接地讲到虚写的重要:"炼字下语最是紧要。如说桃,不可直说破桃,须用'红雨''刘郎'等字;如咏柳,不可直说破柳,须用'章台''灞岸'等字。"②杨宪益夫妇显然对此甚为了解,准确地译出了"green"和"cold",并且用倒装的语序强调了这两个形容词,基本上传达了原文的精神。而霍译的上联则不能不说是一处败笔:译文意为闲着的宝鼎煮完茶后仍然在冒着蒸汽。关键的"绿"字被漏译了,这样此句的描写对象就不是翠竹的"绿色"了,而是与主题无关的事物,原文的语义没有完全传译过去。这恐怕与霍克思不太了解中文以此写彼的手法有关。因此,对中国古典美学的了解成为传译此句的关键所在。另外,霍译用"darkening"译"幽窗"之"幽"也值得商榷。"幽窗"当是指竹影婆娑、幽深生凉的窗口,而不是指正在暗下来的天色。

例5:绕堤柳借三篙翠,隔岸花分一脉香。(第十七回)

杨译:Willows on the dyke lend their verdancy to three punts;

Flowers on the further-shore spare a breath of fragrance.

霍译:Three pole-thrust lengths of bankside willows green;

One fragrant breath of bankside flowers sweet.

---

① 胡经之:《中国古典文艺学丛编》(一、二),北京:北京大学出版社,2001年,第1卷,第268页。
② 同上,第265页。

这是沁芳闸的一副对联,写的是沁芳闸的水景。大意为:"水光澄碧,好像借来堤上杨柳的翠色;泉质芬芳,仿佛分得两岸花儿的香气。"①如果单写沁芳闸,反而难以下笔。如今是通过描写周围的景色入手,来映衬沁芳闸的美景。中国古代园林非常讲究景致的安排,这种用其他景物衬托某处风景的做法称作"借景"。明代计成在《园冶·借景》中说"扫径护兰芽,分香幽室;卷帘邀燕子,间剪轻风","夫借景,林园之最要者也。如远借、邻借、仰借、俯借、应时而借,然物情所逗,目寄心期,似意在笔先。庶几描写之尽哉!"②借景的妙处在于"境生于象外"③,也就是克服一处一景而容纳周围的景色,突破有限的空间而至于无限,这样建园设景才能左右逢源,给游览者更加丰富的美的感受。有名的例子当属北京颐和园的西山塔影。玉泉山上的宝塔虽不属于颐和园,但山和塔与园中的昆明湖融为一体,山依湖光,湖借塔影,形成交相辉映的美景。沁芳闸的这副对联就是以借景的手法,点明与沁芳闸形成一个整体的周围的景色。如果对此理解不深,就不易译出原文的意境。"三篙"既写水之深,又写绿色之浓,而"借"和"分"以拟人的修辞方法把周围的景色与沁芳闸结为一体,平添一分灵动。杨译把原文的语义和意境传达得较为完美,而霍译则是纯客观的景色:"岸边柳树三篙翠,隔岸花儿传芬芳。"没有了"借"和"分"拟人修辞方法的传译,霍译似乎少了些什么:没有了主景与借景统一的整体,缺少了灵动亲近的氛围,只有拒人于外的冷静的景物。因此霍译在美学特征上没有做到与原文等值。

　　以上从原文的语序和美学分析两个方面探讨了《红楼梦》中对联的翻译,其实归结为一点,就是要充分尊重原文,理解原文,认真分析原文所达到的美学效果,在此基础上才能进行译者的再创造。原文的语序,原文的美学特征都是原文信息整体的一部分,传译时不宜随意变更和删节,否则就会造成翻译过程中信息的缺失,使译文在某个方面贬值,达不到尽量使译文与原文等值的效果。

---

① 蔡义江:《红楼梦诗词曲赋评注》,北京:北京出版社,1979 年,第 106 页。
② 胡经之:《中国古典文艺学丛编》(一、二),北京:北京大学出版社,2001 年,第 1 卷,第 269 页。
③ 胡经之:《中国古典文艺学丛编》(一、二),北京:北京大学出版社,2001 年,第 2 卷,第 80 页。

五、意象的传译

英语中有这样一个成语"as cool as a cucumber",意思是像黄瓜一样凉,或者是非常冷静。但是汉语译文中似乎从来没有出现过"黄瓜"一词,因为通常译者认为"对于一些废弃不用或陈腐的意象在翻译时应该舍去意象,仅保留意义"①。那么"cucumber"在英语的该成语中已经废弃了吗?好像没有。那么用黄瓜比喻"冷静"的概念真的是陈腐的吗?至少对于汉语读者来说,是相当新鲜的。黄瓜对于中国人来说,也不能说没有凉的概念,否则怎么会有"凉拌黄瓜"(传统凉菜之一)这么一道菜呢?不同的是,我们只说"稳如泰山",不说"冷静如黄瓜"。在华语文化中,通常不用黄瓜比喻冷静,这是一种文化中对语言使用的习惯。然而黄瓜既然也有凉的概念,如果这个成语的译文是"冷静如黄瓜",中国人真的就会以为荒唐可笑而不可接受吗?如"牛奶路"(Milky Way)一样,是错误的吗?② 那么我们现在在报刊上经常出现的"抢眼"、"抢人眼球"(eye-catching)、"瓶颈"(bottleneck)等直译来的词语又如何解释呢?

语言作为人们交际的工具,既有社会性,又有个体性。广义的社会性可以指全球的大社会,广义的个体性可以指某个民族或某种文化。在一个小群体里起交际作用的语言放到别的群体或者大一级的群体里,可能就失去了交际作用。原因是多方面的。直接的原因就是另一个群体的人对于该语言符号不了解,或了解的方式不一样,如"cucumber"。所以如果要求持不同语言的社会群体的人达到相互了解,人们要么去学习别的语言,要么把别的语言转换成自己的语言,这第二种要求就使得翻译成为必要。那么,在翻译的过程中,原文中反映源语文化的意象语言,如"cucumber"之类,是否真的必须在译文中删去或者替换成相应的词语呢?

(一) 意象概念的源流

《红楼梦》第三十八回中有贾宝玉所作《访菊》一诗,里面有这两句:"霜前月

---

① 廖七一:《当代西方翻译理论探索》,南京:译林出版社,2000年,第222页。
② 谢天振:《译介学》,上海:上海外语教育出版社,1999年,第176页。

下谁家种？槛外篱边何处秋？"菊花在中华文化里有3000多年的历史,是花中君子,只因秋季冒寒而放,不畏风霜,品性高洁,孤标傲世,所以有"傲霜"的美称,常常让人联想起质洁、凌霜、不卑不亢的知识分子。自屈原《离骚》(夕餐秋菊之落英)起,菊花成为历代文人墨客吟咏的对象。更有陶渊明"采菊东篱下,悠然见南山"的千古名句。贾宝玉此诗写的就是文人墨客不顾寒冷病痛,出门访菊的雅事。两句诗中"霜前""月下""槛外""篱边"等意象是与菊花密切相关的自然环境,烘托了全诗的气氛,刻画了诗的意境,与描写对象菊花浑然一体,不可分割。那么这两句诗的英语译文如何呢？

  杨译:Who has planted this flower before the frost under the moonlight?

    Where springs this autumn glory by balustrade and fence?

  霍译:Some garden, where, before the frosts, was planted?

    The glory of autumn, being our destinaion.

  杨译与原诗大意基本相当,保留了"霜前""月下""槛外""篱边"等意象语言,仅有两点值得商榷。"before the frost"可以指菊花傲霜的情景,但也可以理解为严霜出现以前的时间,有一些歧义。如果把 before 改为 braving,要好一点。而 balustrade 意为栏杆,仅仅是"槛"的意义之一。"槛"也可以指门槛(threshold)。再者"槛外"之"外"没有译出。当然,考虑到韵律节奏,杨译已经算是理想的译文了。再看霍克思译文,"月下"没有了,"槛外""篱边"的具体形象成了"某个花园"(some garden),更遗憾的是"霜前"成了"霜冻出现以前"(before the frosts),"傲霜"的文化含义完全走了样。从中国古诗的审美观来看,霍译基本上没有传达原文的意象美和意境美。对原诗中意象语言的省略是译文缺憾的根本原因之一。

  什么是意象语言呢？意象语言是指那些能刺激读者的视听触嗅等感官,让读者有某种形象感的语言。意是作者的思想和感情,象是某种具体的形象,可能是大自然中的客观事物,也可能是人们根据感官的感觉经验想象而生成的某种形象。意象"是指熔铸了作者主观意识(包括情感)的事物映象,或是经过想象加工而在脑子里形成的事物形象,即心理学所说的'想象表象'"[①]。人脑对于客观世

[①] 金开诚:《文艺心理学概论》,北京:北京大学出版社,1999年,第49页。

界的事物先是反映,形成对事物个别属性的映象,这是感觉;而人们通过对个别事物映象的抽象加工,又会形成一类事物的整体映象,这是概念,也叫知觉;知觉以后,经过一段时间和距离,人脑回忆起以前的客观事物的映象,而客观事物不在现场,只存在于人脑中,这又形成了表象。比如当我们面前有一棵松树,为我们的大脑所反映的是这一棵具体有形的树,构成感觉;大脑经过判断,认定这是"树"的一种,"树"的概念构成知觉;时空转移后,大脑又回忆起这棵树,脑中该树的形象就是表象。这种表象可以通过语言"那棵松树"加以描述,而通过语言"那棵松树"我们脑中又会呈现出那棵树的形象——表象。意象语言就是利用人们大脑的这种思维功能用语言唤起读者大脑中某种具体可感的形象的语言。在文学作品中,融合了作者的感情或者哲理思考的能唤起具体可感的形象的语言叫意象语言,那些可感的形象是意象。

意象概念在中国历史上源远流长。最初的《周易·系辞》里讲:"圣人立象以尽意。"象,是能够唤起具体形象的语言。意,是人们的思想和感情。要用有具体形象的语言来表达人们的思想感情。后来南北朝的刘勰又提出了作为美学概念的意象:"独照之匠,窥意象而运斤。"到了唐朝,刘禹锡又把意象概念推进了一步,成为意境:"境生于象外。"意境不仅包括文学作品中能唤起具体可感形象的表意之象,而且包括意象周围的虚空:意象为实,虚空为虚,虚实合一,而成意境。审美意境是中国古典文学追求的主要目标之一。上文提到的"霜前""月下""槛外""篱边",想象中的访菊人以及周围的空间就构成了一个统一的审美意境。

西方美学中没有意境这个概念,而意象这一明确概念是托·厄·休姆①首先提出来的。20世纪初,以庞德为首的意象派诗人影响了整个西方文坛。庞德通过阅读欧内斯特·弗诺洛萨的文字认识到了意象的重要性。而赵毅衡认为,"东方诗歌(中国古典诗歌、日本古典诗歌)对意象派起了很大影响。……实际上,意象派受中国诗歌之惠远比受之于日本诗歌更为重要"②。由此可见,西方意象的概念是与中国的意象概念息息相关的。

庞德给意象下的定义是"在瞬息间呈现的一个理性和感情的复合体"③。即

---

① 殷国明:《20世纪中西文艺理论交流史论》,上海:华东师范大学出版社,1999年,第140页。
② 殷国明:《20世纪中西文艺理论交流史论》,上海:华东师范大学出版社,1999年,第140页。
③ 黄晋凯、张秉真、杨恒达:《象征主义·意象派》,北京:中国人民大学出版社,1989年,第132页。

意象所表现的是思想(理性)和感情,强调这是一瞬间的复合体。但这个定义忽视了解释意象的具体形象性,韦勒克①在《近代文学批评史》第五卷中指出了这一点。其实庞德在另一篇文章②中曾经提到,强烈的感情会在人的头脑中产生图式,这"图式"就是形象。不仅包括视觉形象,还有音色图式等其他感觉形象。

在西方,明确的意象概念提出的较晚,但是这并不等于20世纪以前的文学作品中没有意象语言的存在。随手翻开莎士比亚的作品,意象比比皆是,请看第18首十四行诗中的例子:summer(夏日)、rough winds(狂风)、buds(花蕾)、the eye of heaven(赤日)、gold complexion(金容)等。再看华兹华斯的《水仙花》,其中意象语言同样俯拾皆是:cloud(白云)、vales(山谷)、hills(小山)、golden daffodils(黄水仙)、lake(湖)、trees(树)、fluttering(颤动)、dancing(跳动)、breeze(微风)等。中国最早的诗歌总集《诗经》当中,意象也是主要的表现手法之一:如"关关雎鸠""在河之洲""窈窕淑女""荇菜""杨柳依依""雨雪霏霏"等。综上所述,意象语言在古今中外的文学作品中(不仅是诗歌)占有极为重要的地位。

(二) 意象的重要性

我们知道,意象语言是文学语言重要的组成部分,那么意象是如何增强文学作品的感染力的呢?没有了意象,文学语言会受到什么样的影响?再者,众所周知,文学作品能给予读者以美的享受,那么这美的享受又是如何产生的呢?什么是美的享受,什么是美呢?

下面让我们逐一分析和回答这几个问题。黑格尔在《美学》③中写道:"美就是理念的感性显现。"此处的理念是指概念和概念所代表的实在的完满的统一。实在是客观事物,概念是对客观事物的抽象意义上的认识,而当概念和实在达到完满的协调一致,成为一个整体,就是理念。理念以具体可感的形式表现出来,就是美。文学的媒介是语言,语言如何提供具体可感的形式呢?上文我们已经探讨过,语言能够描述人的大脑对于外界客观事物的感觉、知觉和表象,同样,语言也能够唤起人脑中客观事物的表象,而这些表象就是具体可感的形式。所以能唤起

---

① 赵毅衡:《新批评文集》,天津:百花文艺出版社,2001年,第245页。
② 黄晋凯、张秉真、杨恒达:《象征主义·意象派》,北京:中国人民大学出版社,1989年,第148页。
③ 黑格尔:《美学(第一卷)》,朱光潜译,北京:商务印书馆,1979年,第142页。

人们形象记忆的语言能够给人们带来美感,这样的语言就是意象语言。

在柏拉图的《文艺对话集》中,苏格拉底说,"真正的快感来自所谓美的颜色,美的形式,它们之中很有一大部分来自气味和声音"①,这是因为这些美的颜色和形式能够使人的感官感到满足,从而引起快感。而在康德看来,美是感性的,是"没有概念而普遍令人喜欢的东西"②。朱光潜曾经概括了康德的思想,认为康德所说的审美意象可以理解为理性概念的最完美的感性形象显现③。而朱光潜给美下的定义更是以意象为基础④:"美就是情趣意象化或意象情趣化时心中所感觉到的'恰好'的快感。"其中的情趣是人的思想情感,受外界事物的感发而生成,要表达出来,往往借助于各种意象。意象可以是听觉的,如音乐;或视觉的,如绘画、雕塑;或想象的,如文学;等等。朱光潜还特别举了陶潜的诗作为例证,即"采菊东篱下,悠然见南山"。朱光潜认为陶潜是由外界自然触发而生情感,由情感而形成意象,然后借助语言符号表达出来。而读者要欣赏这首诗,体验到美,就需要了解这些语言符号,在心中形成意象,从而体验到陶潜所传达的感悟与诗情。

以上分析表明,文学作品如果要打动读者,给读者以美的享受,具体可感的形象语言是不可或缺的。意象语言的作用,就在于能诉诸读者感官,激发读者的想象力,在大脑中形成具体可感的形象,给读者带来身心的愉悦。

反之,如果文学作品仅仅诉诸理性与抽象思维,加以逻辑推断,那无异于数学课本;如果仅仅流于空发议论,雄辩滔滔,那又等于哲学教义了。清代叶燮曾经评论道⑤:可以言说的道理,人人都可以说,又何必由诗人去说?可以证实的事情,人人都可以陈述,又何必让诗人去陈述?只有那不可言说的道理,不可陈述的事情,才会用意象的形式来表达,那么道理与事情就会清楚明白了。钱锺书⑥说过:"诗也者,有象之言,依象而成言;舍象忘言,是无诗矣,变象易言,是别为一诗甚且非诗矣。"英国诗人叶芝⑦谈到过彭斯的两句诗:"The white moon is setting behind

---

① 柏拉图:《文艺对话集》,朱光潜译,北京:人民文学出版社,1963年,第198页。
② 康德:《判断力批判》,邓晓芒译,北京:人民出版社,2002年,第54页。
③ 朱光潜:《西方美学史》,北京:人民文学出版社,1979年,第395页。
④ 朱光潜:《文艺心理学》,合肥:安徽教育出版社,1996年,第149页。
⑤ 胡经之:《中国古典文艺学丛编》(一、二),北京:北京大学出版社,2001年,第2卷,第92页。
⑥ 钱锺书:《钱锺书论学文集(一)》,广州:花城出版社,1990年,第67页。
⑦ 黄晋凯、张秉真、杨恒达:《象征主义·意象派》,北京:中国人民大学出版社,1989年,第85页。

the white wave,/ And Time is setting with me."他认为,如果去掉月亮和浪花的白色,这两行诗的美也就消失无踪了。这些表示声音、色彩和形式的词语组合在一起有一种力量,能引发读者丰富的联想,激起某种难以言传却实实在在的感情,这是用另外的方式无法达到的效果。

兰色姆①在谈到诗歌的时候,把诗分为两部分:一部分是逻辑构架(structure),另一部分是肌质(texture)。构架是诗的内容或者主题,是大概可以用日常语言解释清楚的部分。而肌质是诗的外表,是一些细节,是一些装饰性的物品,然而用普通语言却很难表述明白,只能在阅读这首诗的时候才可以体会出来。兰色姆这里所说的肌质的成分之一就是意象语言,如叶芝所讲,如果去掉诗的意象的外衣,诗的美也就不复存在。

(三) 文学作品的层次和欣赏

如上所述,文学作品的媒介是语言符号,读者欣赏文学作品也是从阅读语言符号开始的。那么,文学作品以及构成文学作品的语言符号,是如何与读者相互作用,达到其美学效果的呢?波兰现象学家英伽登②对文学作品进行了层次分类,认为文学作品分为文字的语音、文字的语义、再现的客体以及图式化观相层等四个层次。另外还可能存在第五个层次,即形而上学层,如文学作品的整体体现出的崇高、丑恶、神圣、悲剧性等。举上文《访菊》诗中的两句为例(霜前月下谁家种?槛外篱边何处秋?)。读者首先接触的是文字的读音,是整齐和谐的诗句。然后是每个字的意义,随之是这些字词所反映的客体,如"霜""月""槛""篱"等。之后读者利用这些客体在头脑中形成的表象,仿佛进入了一个由图式构成的世界,能想象到自己好像置身于"霜前月下""槛外篱边",从而体验作者所表达的思想情感。整首诗作为一个整体,又蕴含着一种醉情于自然,超脱世俗的清逸之气。

文学作品的诸层次中,最关键的一步是"图式观相层"。这里读者利用语言符号回忆而成的客体,经想象而仿佛进入到文学作品所描摹的世界。语言符号所形成的客体,也就是意象,与读者的想象共同构成"图式观相层"的两个基本要

---

① 赵毅衡:《新批评文集》,天津:百花文艺出版社,2001年,第108页。
② 蒋孔阳:《二十世纪西方美学名著选(下)》,上海:复旦大学出版社,1988年,第247~289页。

素。仅仅依靠意象是不够的,因为语言意象不能给读者提供一个实实在在的、看得见、摸得着的世界,只能是一些模糊的表象,存在着很多"不定点"①和"空白"②。这些"不定点"和"空白"是至关重要的,它们为读者的想象力提供了想象的基础和空间。读者利用自己的想象把文学作品的"不定点"和"空白"加以填补,就形成了文学作品的"图式观相层"。

而读者的想象也不是凭空而来的。读者要凭借自己的生活经验、知识水平以及在生活中积累的各种事物的表象,首先形成语言符号反映的客体的表象,然后利用自己的各种"先入之见",发挥想象而达到"图式观相层",进入自己想象而生成的文学作品的文本世界。个人对周围事物的理解要从"先入之见"出发,这是海德格尔③首先提出来的。他的学生加达默尔进一步发展了他的观点,认为人是历史的和有限的,总是带着自己的前见理解周围的事物。每一次理解都是具体的,不同于其他理解。在读者理解文本之前,文本只是一些半成品,只有读者利用自己的前见把半成品的文本加以具体化,文本世界才得以完成。读者的前见是理解文本的基础之一。所以不同读者的文本世界是千差万别的,原因就是读者各自的前见是不同的。每个读者理解的文本世界既有共通性,这基于共同的社会文化背景,又有鲜明的个性特点。语言的个体性和社会性其实也说明了这一点。

(四) 译文的欣赏和读者期待

文学作品的作者和读者如果具有相同的社会文化背景,不同读者理解的作品就会互相接近或者类似,读者通过作品也容易理解作者的思想感情。因为作者和读者达成理解的媒介——语言毕竟具有社会性,是能够起到交流作用的。不同读者对文本的理解尽管千差万别,但是各自的理解有共性,因为共同的语言符号反映的事物大致相当,作者的符号所指与读者理解的符号所指还是有相通的一面。但是如果读者面对的是译文,其作者是不同社会文化背景下的,那么译文反映的

---

① 路扬:《二十世纪西方美学经典文本(第二卷)·回归存在之源》,上海:复旦大学出版社,2000年,第731页。
② 胡经之、张首映:《西方二十世纪文论选(第三卷)·读者系统》,北京:中国社会科学出版社,1989年,第3页。
③ 海德格尔:《存在与时间》,陈嘉映、王庆节译,北京:生活·读书·新知三联书店,1999年,第176页。

事物就会不同于读者在译语情景下理解的事物,或者在读者的情景中根本不存在。如《访菊》中的菊花,在汉语里有"傲霜""清高"等丰富的联想意义,但英语中的"chrysanthemum"未必有。同样,"月下""槛外""篱边"的对应的英语词语对于英语读者来说,肯定也不会勾起"采菊东篱下,悠然见南山"的联想记忆,因此,霍克思把这几个意象删去了,大概出于这样的考虑。古德曼(Nelson Goodman, 1906—1998)曾经提到第一部优秀日本电影在西方放映的情况①。人们由于对于东方文化很不了解,即使有了译文配音仍然不能确定演员表达的是什么样的情感,因为面部的表情表现也是植根于不同的习俗与文化的。这说明文化距离可能是比语言更大的障碍:语言可以被转换为本族语,而文化的理解与沟通却需要更长的时间和更复杂的过程。

　　人们对事物的理解基于自己的前见,前见其实也是一种期待,构成理解的基础。姚斯②认为,以往阅读的记忆,会把读者置入一种情感态度中,使他们对阅读的文本(情节发展、风格等)产生一种期待,这就是期待视野。当事物超出了人们的期待,那么得到认可与理解就需要一个过程,但并不是永远不可理解的。恐怕现在西方人对日本的电影就比以前理解得更深刻透彻。让我们看一下西方人对中国的文化意象的理解情况。据考证③,18世纪时,英国人对绣着麒麟、龙、凤等图案的刺绣服装非常喜爱,认为是摩登的标志。他们觉得这些东方怪物的图案有一种"难以言状的美感"。这些异国的意象超出了英国人的日常期待,却达到了正面的效果,让他们好奇和喜爱。当然这与读者阅读文学作品所想象的意象不一样,这些图案是以视觉的直接方式诉诸受众的感官,赢得他们的喜爱。

　　与图画不同,文学作品需要借助于语言符号唤起读者的记忆表象,达到美学效果。一旦因为语言文化的差异,读者没有适当的前见和期待,不能形成某些事物的意象,文学的交际过程就会中断,达不到预期的效果。西方对于东方龙的意象的接受就经历了从不解到接受这样一个过程。英语中的"dragon"有一些不良的联想意义。其本义类似于蛇,是一种爬行动物。而西方神话中的龙象征邪恶,

---

① 朱立元等:《现代西方美学史》,上海:上海文艺出版社,1997年,第1000页。
② 姚斯:《走向接受美学:接受美学与接受理论》,周宁、金元浦译,沈阳:辽宁人民出版社,1987年,第29页。
③ 陈伟、王捷:《东方美学对西方的影响》,上海:学林出版社,1999年,第69页。

会飞翔,能喷火,往往被众神或者某位英雄击败。但是在东方,除了少数故事传说中有个别恶龙外,龙一般代表着皇权、富贵、吉祥,是中华民族的象征,与英语中"dragon"的象征意义差别很大。所以霍克思在翻译《红楼梦》里的《警幻仙姑赋》时,对于龙的意象有的删去有的保留(译"龙游曲沼"时保留了"dragon"的意象)。

比美人之态度兮,凤翥龙翔。(第五回)

杨译:And she bears herself like a phoenix or dragon in flight.

霍译:And I admire her queenly gait,

　　Like stately dance of simurgh with his mate.

原文中"龙"与"凤"的意象霍译中都没有,"凤"的意象被"simurgh"代替。"凤"是中国古代传说中的百鸟之王,羽毛美丽,雄的叫凤,雌的叫凰,象征着美好、才智。而英语中的"phoenix"却有不同的含义。在埃及传说里,凤凰的羽毛为红金二色,艳丽无比,叫声悦耳动听。每隔500年自焚一次,然后新生。霍克思所用的"simurgh"是波斯神话中的巨鸟,能思考,会说话。删去龙的意象,替换凤的意象,说明霍克思大概认为英语读者对这两种意象理解不了,这超出了读者的期待。

然而读者的期待是恒定不变的吗?姚斯[1]认为,一些文学作品往往打破读者的期待视野,给读者以新奇感。读者一开始可能不接受新的表现形式,但随着时间的推移,期待视野会发生改变,来适应新的文本。当新的期待视野形成后,又需要更新的文学作品来打破,如此往复不止。霍克思选择删去中国文化里特有的意象,在一定程度上低估了英语读者的接受能力,因为随着国际文化的频繁交流,西方人也逐渐意识到了东方人对龙的态度与他们不同。1998年版的《新牛津英文词典》(*The New Oxford Dictionary of English*)在原来的释义之外,加了这样的补充[2]:in the Far East it is usually a beneficent symbol of fertility, associated with water and the heavens。这个定义已经和中文里龙的意义很接近了。其实在此之前,1976年出版的《韦氏第三版新国际词典》(*Websters Third New International Dictiona-*

---

[1] 姚斯:《走向接受美学:接受美学与接受理论》,周宁、金元浦译,沈阳:辽宁人民出版社,1987年,第33页。

[2] Judy Pearsall, et al, *The New Oxford Dictionary of English*, Oxford: Oxford University Press, 1998, p.558.

ry)里面已经有了关于东方龙的解释①:"a beneficent supernatural creature in Chinese mythology connected with rain and flood"。到现在为止,一些中型的英语词典中对 dragon 的解释仍然以西方人的理解为主。但是大型的工具书,除词典外,各种百科全书当中的解释已经能够涵盖东方人的寓意。同样,我们可以预见到,东方人对于凤的态度也会慢慢地被西方人了解。当然,霍克思在20世纪六七十年代翻译《红楼梦》的时候,可能没有料到世界文化交流能有如此之快,我们也不能苛求于他。

(五) 译者退一步

时至今日,世界经济全球化的发展日新月异,全球文化也趋于融合。但是文化融合不等于民族文化的消亡,翻译在此担负着传播民族文化的重任。国外,以劳伦斯·韦努蒂为代表的翻译理论家,早已举起了异化式翻译的大旗;而国内,许多有识之士也看到了这一点。《中国翻译》2002年第5期就开设专题,讨论异化归化的问题。诚然,持归化式翻译观的也大有人在。客观而言,对一些具有特殊目的的翻译,如儿童文学、影视作品、通俗小说等,归化式翻译可能有利于吸引读者。但是,笔者要提醒的是,译者介入翻译行为的取舍时,应该经常退一步:也就是说,不要低估了译语读者的接受能力以及人类面对相似的客观世界的类似的认知能力;译者很多情况下照搬原文意象,完全可以让读者理解和接受。如唐述宗②把"forked lightning"和"sheet lightning"译成"叉状闪电"和"片状闪电"为人们接受一样。

翻译家傅雷的很多译文再版时都经过了多次修改,其修改的过程恰好说明了他对源语中意象语言的尊重。如巴尔扎克《高老头》中③形容伏盖太太的眼睛为"oeil de pie",直译就是"喜鹊眼"。喜鹊在英语、法语情景中都是令人讨厌的东西,但在中国文化里喜鹊却为人们喜爱,所以傅雷原译为"那双贼眼"。后来又经过两次修改,为了保留原文比喻意象的特色,傅雷最终改译为"那双喜鹊眼"。

---

① Merrian Company, *Websters Third New International Dictionary*, Massachusetts: Merriam Company Publishers, 1976, p.684.
② 唐述宗:《是不可译论还是不可知论》,《中国翻译》2002年第1期,第56页。
③ 金圣华:《傅雷与他的世界》,北京:生活·读书·新知三联书店,1996年,第184页。

庞德之所以关心中国和日本文化,就因为他认为文化具有相通性。世界上不同的语言各有短长,应该互相取长补短,才能丰富人类的表达手法,而世界上的语言也正处在不断进步和完善当中。庞德认为"历史的可译性就在于发现藏在原创作品中'世界性语言'(universal language)的秘密"①。中国自鸦片战争以来,在外部因素的刺激下,大量的旧词获得了新义以及新词语被创造出来或者从外语中直接借来,极大地提高了汉语的表现力。同样,科技的发展和文化的交流使得英语词汇更是成倍地增加。由此可见,世界文化(包括不同语言)之间的交流的大潮汹涌而来,不可遏止。在这样的大潮中,民族文化更应该保持自己相对的独立性,不能茫茫然迷失了自己。

让我们再回到文章开头提到的短语"as cool as a cucumber"。语言是约定俗成的,现在如果把这一短语的译法改为"像黄瓜一样冷静",恐怕为时已晚。然而大胆设想一下,如果该短语的第一个译者保留了黄瓜的意象,那么现在汉语当中就有可能多了一种表现手法。当然笔者不是在提倡不加区分的死译和不顾读者的直译,只想说明对于意象的传译,译者不妨时时小心一点,尽量做到保留原文的"肌质"和丰富译语文化。

---

① 殷国明:《20世纪中西文艺理论交流史论》,上海:华东师范大学出版社,1999年,第156页。

附录二：20 世纪中国古典文学英译出版年表

编选原则：该部分编年集中在 20 世纪，内容是中国古典文学作品的英译，包括诗词、小说、戏剧等，主要列举英国各家出版社出版的译作。其他英语国家（如美国、澳大利亚、加拿大等）以及中国香港和内地外文出版社亦出版了许多中国古典文学的英译，并收藏于英国各大图书馆，这无疑为中国文学作品在英国的传播起到了很大作用。另外，英国人或者旅居英国的人士个人藏书也应该算作在英国的传播，不过这方面难以统计，暂且不予列举。所列书目书名按照年份排列，相关内容部分均译成中文，并且有专有名称的英文相对照，以便于查找。编目时段为：1900—2000 年。

1900 年

德庇时翻译《汉宫秋》的译文收入威尔逊(Epiphanius Wilson, 1845—1916)的《中国文学》(*Chinese Literature*)。

1901 年

翟理斯所著《中国文学史》(*A History of Chinese Literature*)由伦敦威廉·海涅曼出版社刊行。

庄士敦(R. F. Johnston)《中国戏剧》(*The Chinese Drama*)由上海别发洋行出版

发行。

1905 年

豪厄尔从《今古奇观》中选译 6 篇，结集为《反复无常的庄夫人及其他中国故事》(*The Inconstancy of Madam Chuang and Other Stories from the Chinese*) 由上海别发洋行分别在上海、香港、新加坡出版。

1908 年

苏曼殊《文学因缘》由东京博文馆印刷，齐民社发行，收有汉诗英译。

1909 年

英国著名汉学家克莱默-宾格《玉琵琶：中国古代诗文选》(*A Lute of Jade*)，由伦敦约翰·默里出版公司出版。

1911 年

麦高恩从中文原作翻译《美人：一出中国戏剧》(*Beauty: a Chinese Drama*)，由伦敦莫里斯·塞西尔法院(E. L. Morice Cecil Court)出版社出版。

1912 年

伦敦约翰·默里出版公司刊行英国汉学家翟林奈编译的《道家义旨：〈列子〉译注》(*Taoist Teachings from the Book of Lieh Tzu*)。该译本省去了原书中专论杨朱的内容。同年出版的另一译本题为《杨朱的乐园》(安顿·福克译)，只译了《列子》里关于杨朱内容的部分，正好与翟林奈译本互为补充。后来，英国汉学家葛瑞汉完成了《列子》的第一部分全译本(1950)，又出版了《〈列子〉新译》(1960)。

1913 年

《西游记》最早英译本出版，由李提摩太翻译，书名《圣僧天国之行》(*One of the World's Literary Masterpieces, A Mission to Heaven*)。前七回为全译本，第八至一百回为选译本。由上海基督教文学会出版，共 363 页。

9月，英国诗人阿伦·厄普尔德在美国《诗刊》(Poetry: A Magazine of Verse)第2卷第6期上发表一组中国题材的诗《取自中国花瓶的香瓣》(Scented Leaves: from a Chinese Jar)，共29首。

1915 年

庞德根据费诺罗萨遗留的150首中国古诗笔记，在伦敦出版了由18首短诗歌组成的《神州集》(Cathay)。

同年，亨利·玉尔(Henry Yule)编译的著作《神州和道：中国中世纪注释集》(Cathay and the Way Thither: Being a Collection of Medieval Notices of China)在伦敦出版。

1916 年

阿瑟·韦利自费出版汉诗英译集《中国诗选》(Chinese Poems)，译诗52首，由伦敦Lowe兄弟公司出版发行。

1917 年

1月1日，伦敦大学亚非学院成立。2月份出版的《(伦敦大学)东方(亚非)学院学刊》(Bulletin of the School of Oriental Studies)创刊号发表了阿瑟·韦利翻译的《白居易诗38首》(Thirty-eight Poems by Po Chu-I)。

1918 年

阿瑟·韦利《汉诗170首》(A Hundred & Seventy Chinese Poems)由伦敦康斯太保公司出版。

佛来遮《英译唐诗选》由上海商务印书馆出版发行。

1919 年

阿瑟·韦利论文单行本《诗人李白》(The Poet Li Po)由伦敦东西方出版公司(East and West Ltd.)印行。同年韦利出版《中国文学译作续编》(More Translations from the Chinese)。

佛来遮在上海商务印书馆出版《英译唐诗选续集》。

耶茨（W. D. Yetts）编译《道家故事：焦山隐士》（*Taoist Tales：The Hermit of Chiao Shan*）载《中国新评论》1919 年第一期，其中选译《搜神记》第 10、12 则。

1920 年

马瑟斯（E. P. Mathers）有译著《清水园》（*The Garden of Bright Water*），由牛津大学出版社出版。

1921 年

翟林奈译著《唐写本搜神记》（*A T'ang Manuscript of the Sou Shen Chi*）载《中国新评论》1921 年第 3 期。

庄士敦著《中国戏剧》（*The Chinese Drama*）由上海别发洋行出版，魏泽（C.F. Winzer）为本书临摹了六幅插图。

1922 年

巴德译著《古今诗选》（*Chinese Poems*）在伦敦出版。

倭纳译著《中国神话与传说》（*Myths and Legend of China*）由伦敦乔治·哈拉普公司出版。

1923 年

日本翻译家小畑熏良英译《李白诗集》（*The Work of Li Po, the Chinese Poet*）由伦敦登特出版社刊行，书中收诗 124 首。

帕克斯·罗伯逊选译元代武汉臣所著的喜剧《老生儿》《刘员外》由伦敦切尔西出版公司出版。

1924 年

英国著名汉学家克莱默-宾格译著《灯宴》（*A Feast of Lanterns*）由伦敦约翰·默里出版公司出版。

1925 年

英国汉学家邓罗译《三国演义》(San Kuo Chih Yen I, or Romance of the Three Kingdoms)由上海别发洋行出版,为英文全译本,但原文中的诗歌多半被删去了。

美国马里兰大学比较文学教授祖克《中国戏剧》(The Chinese Theatre),在美国波士顿利特尔·布朗公司(Boston, Little Brown and Co)出版的同时,也在英国伦敦出版。

A. S. Lee 编译有《花影》(Flower Shadows, Translations from the Chinese)在伦敦出版。

伦敦沃纳·劳里有限公司再版豪厄尔《今古奇观》选译本,结集为《反复无常的庄夫人及其他中国故事》(The Inconstancy of Madam Chuang and Other Stories from the Chinese)。

1927 年

无名氏的《朱砂檐》科白摘译和简介及元代郑光祖《倩女离魂》和乔孟符的喜剧《两世姻缘》的梗概介绍,由倭纳据戴遂良(Dr. Leo Wieger)的法译文《中国古今宗教信仰史和哲学观》转译为英文(A History of the Religious Beliefs and Philosophical Opinions from the Beginninz to the Present Time),梁县出版社出版。

1929 年

王际真译《红楼之梦》(The Dream of the Red Chamber)由美国 Doubleday, Doran & Company 出版,为节译本。

英国汉学家杰弗里·邓洛普翻译 70 回英文节译本《水浒传》,书名《强盗与士兵》(Robbers and Soldiers)转译自德文节译本,由伦敦敦豪公司出版。

伦敦威廉·海纳曼公司出版了詹姆斯·拉弗根据阿尔弗雷德·亨施克的德文改编本转译的《灰阑记》(The Circle of Chalk: a Play in Five Acts)。

1930 年

海伦·赫斯节译的《佛国天路历程:西游记》(The Buddhist Pilgrim's Progress;

The Record of the Journey to the Western Paradise）由伦敦 John Murry 公司出版发行。此书为一百回选译本，105 页，列入"东方知识丛书"（Wisdom of the East Series）。

上海别发洋行出版了美国人阿灵顿的《古今中国戏剧》，由翟理斯为该书写了序言，并附有梅兰芳《三十年中国戏剧》，以舞台演出为主。其后，伦敦多布森出版社出版了陈伊范（Jack Chin）著《中国的戏剧》（The Chinese Theatre，1948），阿伦与昂汶公司出版斯各特（Adolphe Charence Scott）的《中国的古典戏剧》（The Classical Theatre of China，1957）。

1931 年

李高洁选译《苏东坡文选》（Selections from the Works of Su Tung Po），伦敦乔纳森·凯普（Jonathan Cape）公司出版。

1933 年

英国著名宋代诗词翻译家克拉拉·坎德林译著《信风：宋代诗词歌赋选》（The Herald Wind：Translations of Sung Dynasty Poems，Lyrics and Songs），由伦敦约翰·默里出版公司出版。全书选译宋代诗词歌赋共 79 篇，每位入选作家都有小传。译文生动优美，可读性强。

1934 年

熊式一花了 6 个星期把中国旧戏《红棕鬣马》改编为《王宝川》（Lady Precious Stream），由伦敦麦勋书局出版，很快销售一空。

瑞恰慈的《孟子论心》（Mencius on the Mind）在伦敦凯辛格出版社（Kessinger Publishing）出版。

上海商务印书馆出版了翟理斯、韦利翻译的《英译中国诗歌选》（Select Chinese Verses），由英国骆任廷爵士编选，中英文对照。

1935 年

熊式一在伦敦麦勋书局翻译出版了王实甫《西厢记》（The Romance of the Western

Chamber)①。翻译之前曾研究其多个中文版本,译文完全忠实于原文,但并不成功。

1936 年

伦敦米尔福德出版社、牛津大学出版社、加利福尼亚斯坦福大学出版社同时出版了亨利·哈特翻译的《西厢记:中世纪戏剧》(*The West Chamber: a Medieval Drama*),把原剧分为十折,附有译者注释。

1937 年

《诗经》由阿瑟·韦利重新译成英文:*The Book of Songs*,由伦敦艾伦与昂温出版公司印行。

阿克顿与美国的中国戏剧专家阿灵顿合作,把流行京剧三十三折译成英文,集为《中国名剧》(*Famous Chinese Plays*),由北平的出版商亨利·魏智法文图书馆刊行,后来又于 1963 年由纽约罗素公司(Russell & Russell, Inc.)出版,收有从春秋列国到现代的京剧折子戏。

初大告译《中国抒情诗选》(*Chinese Lyrics*),剑桥大学出版社出版。

初大告译《聊斋志异》单篇《种梨》《三生》《偷桃》,收入《中国故事集》(*Stories from China*),伦敦特吕布纳公司出版。

程修龄(Cecilia S. I. Zung)编著的《中国戏典》(*Secrets of the Chinese Drama*)由上海别发洋行出版,后来伦敦阿诺出版社(Arno)重印。

1938 年

英国著名汉学家翟理斯之子翟林奈的《仙人群像:中国列仙传记》(*A Gallery of Immortals: Selected Biographies Translated from Chinese Sources*)由伦敦约翰·默里出版公司发行。

阿瑟·韦利所译《论语》在伦敦出版。

---

① 1935 年 9 月,汤良礼在上海主编的《人民论坛报》(*The People's Tribune*)的第 5 号(第十期第 779~813 页)上发表了熊式一花费十一个月翻译的《莺莺传》,题作《西厢记》。

叶女士译著《中国唐代散文作品》(Chinese Prose Literature of the T'ang Period)由伦敦阿瑟·普洛普斯坦因公司出版,两卷,里面有《搜神记》中《蒋祠》及《太平广记》等。

哈特有译著《牡丹园》(The Garden of Peonies),在伦敦出版。

休斯编辑的《中国的骨与魂》(Chinese Body and Soul)一书收英尼斯·杰克逊(Innes Jackson)选译的李白诗数首,在伦敦出版。

翟林奈译《华佗传》(《三国演义》中华佗故事的摘译),收入他本人编的《中国的不朽长廊》,在伦敦约翰·默里出版公司出版。

1939 年

哈罗德·阿克顿翻译的《春香闹塾》(Ch'un hsiang Nao Hshueh)在第8卷4月号《天下月刊》发表。

由库恩的德文本转译的英文节译本《金瓶梅:西门与其六妻妾奇情史》(Chin Ping Mei: The Adventurous History of Hsi Men and His Six Wives),由伯纳德·米奥尔(Bernard Miall)翻译,伦敦约翰·莱恩出版社刊行。

克莱门特·埃杰顿在老舍协助下据张竹坡评点本译出的《金瓶梅》由伦敦路特里奇公司出版,改名为《金莲》(The Golden Lotus)。这是西方最早最完全的《金瓶梅》译本,1939年第一版,1953年、1955年、1957年、1964年又重印4次。第一版译文对小说中的诗词部分作了简化或删节,把一些所谓淫秽的章节译成拉丁文。直到1972年才出版完全的译本。

1941 年

伦敦金鸡(The Golden Cockerel)出版社印行了哈罗德·阿克顿与李义谢合译的故事集《胶与漆》(Glue & Lacquer),内含《醒世恒言》的四个话本小说。此书后来于1948年经伦敦约翰·莱曼出版社重印,改题为《四谕书》(Four Cautionary Tales),书中附译者注释及著名汉学家韦利所撰导言。

1942 年

阿瑟·韦利节译《西游记》英文本《猴》(Monkey)在伦敦由艾伦与昂温出版公

司印行，后多次重版，并被转译成多种文字，成为《西游记》英译本中影响最大的一个译本。《猴》全书共三十章，内容相当于《西游记》的三十回，约为原书篇幅的三分之一。

方重在香港商务印书馆刊行《陶渊明诗文选译》(*Gleanings from Tao Yuanming, Prose & Poetry*)。

1945 年

屈维廉编著的《中国诗选》(*From the Chinese*)，收诗 62 首，在牛津出版。

1946 年

格劳特·布雷德译著《范成大的黄金时代》(*The Golden Year of Fan Ch'-eng-ta*)，在剑桥出版。

1948 年

刘鹗《老残游记》由杨宪益、戴乃迭夫妇翻译成英文，由伦敦艾伦与昂温出版公司出版。此前(1947 年)，该英译本已由南京独立出版社出版。

1949 年

阿瑟·韦利关于唐代诗人白居易的传记《白居易的生平与时代》(*The Life and Times of Po Chu-i*)由伦敦艾伦与昂温出版公司刊行。韦利曾先后译出白居易各种诗歌 108 首，并随着他翻译的中国诗歌各种选集的再版而反复修订。他评价白居易诗歌给人印象最深刻的特点，是平实易懂，而他同时代人的诗作，却一味追求典雅，炫耀学问的渊博，或卖弄技巧上的花样。

陈依范所著《中国戏剧》(*The Chinese Theatre*)在伦敦由丹尼斯·多布森(Dennis Dobson)出版社出版。

1950 年

阿瑟·韦利的《李白的诗歌与生平》(*The Poetry and Career of Li Po*)由伦敦艾伦与昂温出版公司刊行。

1953 年

阿瑟·韦利的《中国古代思想中的三个"道"》(*Three Ways of Thought in Ancient China*)由伦敦艾伦与昂温出版公司刊行。

1955 年

庞德编译《孔子编订中国古诗选》(*The Classic Anthology Defined by Confucius*)由英国伦敦费柏公司出版发行。

阿瑟·韦利的研究性译著《九歌:中国古代巫术研究》(*The Nine Songs: A Study of Shamanism in Ancient China*),由伦敦艾伦与昂温出版公司刊行。译本省略了《礼魂》和《国殇》两篇,每篇除译文外,还加上一篇评注。

弗朗西斯·休姆由儒莲法译文《赵氏孤儿》转译的《不同血缘的两兄弟》(*Tse Hsiong Ti*, *The Two Brother of Different Sex, a Story from the Chinese*)在伦敦罗代尔出版社出版,Edy Legrand 为这本 51 页的书绘有插图。

康拉德·波特·艾肯译著的《李白的一封信及诗》在伦敦出版。

1956 年

阿瑟·韦利的第三本关于中国诗人的传记《十八世纪的中国诗人袁枚》(*Yuan Mei: Eighteenth Century Chinese Poet*)在伦敦由艾伦与昂温出版社刊行。

1957 年

埃利斯·厄尔文(Iris Urwin)翻译了戴纳·卡尔沃多娃(Dana Kalvodová)的《中国戏剧》(*Chinese Theatre*),由伦敦春天书屋(Spring House)出版公司出版。

1958 年

阿瑟·韦利的学生白之编译的《明代话本小说选》(*Stories from a Ming Collection*),由伦敦博得利出版社刊行,颇受欢迎。该译本选译了冯梦龙编选的《古今小说》里的七篇作品。

德国汉学家库恩的《红楼梦》德语译本 1932 年出版以后,英国的弗洛伦斯·

麦克休和伊萨贝尔·麦克休姐妹合作翻译为英文，书名为 *The Dream of the Red Chamber*，由劳特莱基与基根·保罗公司出版，书前有库恩的序言。

上海新艺术与文学出版社（New Art and Literature Pub.）出版英文版《关汉卿剧作选》(*Selected plays of Kuan Han-ching*)。

1959 年

英国汉学家大卫·霍克思的《楚辞:南方之歌》(*Ch'u Tz'u: The Songs of the South*)，由牛津大学出版社刊行。全书根据王逸《楚辞章句》的内容，翻译了楚辞18篇。这是译者1956年为写作博士论文《楚辞的创作年月及作者问题》所做工作的一部分。译本采取介于逐字逐句与自由翻译之间的中间道路。全书结尾部分的尾注则极为详细地讨论译者采用某一译法的理由，让专家们鉴别与判断。本书包括屈原、宋玉、东方朔、王褒、刘向等人的作品，实际上是一部《楚辞》全译本。

英国伦敦艾伦与昂温公司出版斯科特所著《中国戏剧入门》(*An Introduction to the Chinese Theatre*)，本书共59页。

1960 年

阿瑟·韦利翻译的《敦煌歌谣故事集》(*Ballads and Stories from Tun-Huang: an Anthology*)由伦敦艾伦与昂温公司出版。

谢利·布莱克译著《李白、杜甫及〈浮生六记〉》(*Poems by Tu Fu and Li Po & Chapters from a Floating Life*)，由伦敦牛津大学出版社出版。

理雅各编译《中国经典》(*The Chinese Classics*)第三版由香港大学出版社（Hong Kong University Press）出版，包括译文、批评和解释性注释等内容，该版是第二版的压缩影印版，其中有阿瑟·韦利为《孟子》所著的注释，单独为1960年版添加的内容及肖像，以及莱德博士的传记体注释及表格等。

1961 年

吴世昌（1908—1986）的英文著作《红楼梦探源》(*On the Red Chamber Dream: A Critical Study of Two Annotated Manuscrips of the 18th Century*)在牛津大学出版社出版。

1962 年

豪厄尔从《古今奇观》中选译 6 篇,结集为《归还新娘及其他故事》(*The Restitution of Bride and Other Stories from Chinese*),分别由伦敦布伦和塔诺的沃纳劳里有限公司出版。

阿瑟·韦利编译的《中国诗歌一百七十首》(*One Hundred & Seventy Chinese Poems*)由伦敦康斯太保公司出版。

1963 年

英国企鹅出版社出版刘殿爵翻译的《老子道德经》(*Lao Zi, Lao Tzu Tao Te Ching*)。

1964 年

牛津大学出版社出版了理查德·道森主编的《中国遗产》(*The Legacy of China*)。该书第 115~143 页中收入了韩南的《小说和戏剧的发展》一文。

1965 年

英国汉学家葛瑞汉的著作《晚唐诗》(*The Late T'ang Poetry*)在伦敦出版,为企鹅丛书之一。葛瑞汉说"翻译中国诗歌很难进行完美的再创造。古汉语的力量在于简洁具体,某些用字最精练的中国作品被译成英文之后,反而显得特别啰唆。最能流传广远的诗的因素当然是具体的形象,要做到形象的忠实就不能不完全抛开原诗的格律形式。严格的逐字对译既破坏英文句法,又不能使读者懂得汉语的句法;但在译文中保留原诗字字对应比照这种结构上的特点,却是完全必要的"。

伦敦路特里奇出版社出版艾兰·埃琳和艾兰·弗里德里克翻译的《中国抒情诗选》(*A Collection of Chinese Lyrics*)。

1966 年

王际真所撰《中国文学》(*Chinese Literature*)收入《钱伯斯百科全书》(*Chamber's Encyclopaedia*)第三卷(第 487~494 页),本年由牛津培格曼出版公司刊行。该词条概括介绍自先秦至20世纪的中国文学发展史。

1967 年

傅梅博与鲍吾刚合译的《恒娘》《葛巾》收入他们合作编译的中国短篇小说集《金合》(The Golden Casket),由伦敦企鹅出版社出版。

1968 年

杜威廉在英国剑桥大学发表博士论文《关汉卿和他的作品研究》(Kuan Han-Ching and Some Aspects of His Works)。

1969 年

伦敦路特里奇出版社出版艾兰·埃琳和艾兰·弗里德里克编译的《中国抒情诗选续篇》(A Further Collection of Chinese Lyrics, and Other Poems)。

1970 年

英国企鹅出版社出版刘殿爵翻译的《孟子》(Mencius)。

杜德桥翻译的《西游记》(The Hsi-yu-chi)在剑桥大学出版社出版。

沃森译著《寒山诗百首》(Cold Mountain: 100 Poems by the T'ang Poet),在伦敦出版。

1972 年

伦敦翰林出版公司刊行谢利·耶罗斯拉夫编译的《龙王的女儿:一个中国传统神话》(The Dragon King's Daughter: a Traditional Chinese Fairy Tale)。

剑桥大学出版社出版了时钟雯的译著《对窦娥的不公平:〈窦娥冤〉研究与翻译》[Injustice to (Tou O yüan): a study, and Translation]。这本书被列入"普林斯顿–剑桥中国语言研究"丛书(Princeton-Cambridge Studies in Chinese Lingustics)出版。

英国企鹅出版社出版的"企鹅丛书"(Penguin Books),收入 Liu Jung-en 翻译的长达 285 页的《元杂剧六种》(Six Yüan Plays: Translated with an Introduction)。

该书包括《连环计》(A Stratagem of Interlocking Rings)、马致远的《汉宫秋》(Autumn in Han Palace)、李好古的《张生煮海》(Chang Boils the Sea)、关汉卿的《窦娥冤》(The Injustice Done to Tou Ngo)、纪君祥的《赵氏孤儿》(The Orphan of Chao)和郑德辉的《倩女离魂》(The Soul of Ch'ien-nu Leave Her Body)。

剑桥赫弗出版社和伦敦威森出版社刊行Josephine Huang Hung主编的《儿童梨园》(Children of the Pear Garden: Five Plays from the Chinese Opera, Translated and Adapted from the Chinese)。本书收有京剧《梅龙镇》(The Price of Wine)、京剧《九更天》(One Missing Head)、京剧《玉堂春》(The Faithful Harlot)、京剧《鸿鸾喜》(Twice a Bride)、京剧《凤仪亭》(Two Men on a String)。

1973 年

英国企鹅出版社刊行霍克思翻译的《红楼梦》,书名《石头记》(The Story of A Stone)。

英尼斯·赫登(Innes Herdan)译著《唐诗三百首》(Three Hundred Poems of the T'ang Dynasty),在英国出版。

由赖恬昌(T. C. Lai)和艾德·贾玛瑞肯(Ed Gamarekian)合译的《西厢记》(The Romance of the Western Chamber),由香港海纳曼教育书局出版。

约翰·斯柯特编译《凌蒙初〈好色学究〉及其他故事》(The Lecherous Academician and Other Tales by Master Ling Meng Chu)由伦敦拉普及惠廷出版社出版。

阿瑟·韦利节译本《西游记》(Monkey)由企鹅出版社出版。

伦敦出版《陆游诗歌散文选》(The Old Man Who Does as He Pleases: Selections from the Poetry and Prose of Lu Yu)。

企鹅出版社刊行《王维诗选》(Poems of Wang Wei)。

英国爱丁堡大学出版社出版张心沧《中国文学:通俗小说与戏剧》(Chinese Literature: Popular Fiction and Drama)。本书同年也由美国的芝加哥阿尔定出版公司刊行。

香港中文大学出版《英美学人论中国古典文学》一书,其中美国著名汉学家海陶玮在《中国文学在世界文学中的地位》一文中提到熊式一翻译的《西厢记》,

认为译文基本忠实于原作，但从韵文角度要求，译者最多只表达出原作内容的四分之三。

伦敦米特雷出版社出版艾伦（Alan L. Wong）根据 Chang Chi Juen 的改编本《赵氏孤儿》翻译的英译本，题为《中国孤儿：五幕戏剧》（*The Orphan of China: Play of Five Acts and Prologue*）。

白之在第 36 卷第 2 号的伦敦大学《东方与非洲学院学报》上发表了《明初戏曲中的悲剧与音乐剧》（*Tragedy and Melodrama in Early Ch'uan-Chi Plays: Lute Song and Thorn Hairpin Compared*），运用西方戏剧概念对高明《琵琶记》与朱有燉《诚斋乐府》里的一些剧作作了文类上的研究与介绍。

马克林在《中国季刊》（*China Quarterly*）第 55 卷上发表文章《"文革"后的中国戏曲（1970—1972）》[Chinese Opera after "the Cultural Revolution" (1970-1972)]。

1975 年

由艾伦（Alan L. Wong）编译的《中国诗选》（*Shih: Poems and Translations*）在伦敦出版。

译诗集《向日葵辉煌：三千年中国诗》（*Sunflower Splendor: Three Thousand Years of Chinese Poetry*）在伦敦出版。

1976 年

多瑞特·郝兹曼《诗歌与政治：阮籍的生平与创作》（*Poetry and Politics: The Life and Works of Juan Chi*），剑桥大学出版社出版。

本杰明·贾的译著《蒲松龄神怪故事集》（*P'u Sung-ling: Chinese Tales of Supernatural*），由牛津大学出版社刊行。

杜威廉编译《冯梦龙〈美女错〉及其他故事》（*The Perfect Lady by Mistake & Other Stories by Feng Meng Lung*），伦敦保罗·艾莱克公司出版。

杰克逊的 70 回节译本《水浒》（*The Water Margin*）在剑桥重印（原书于 20 世纪 30 年代由上海商务印书馆出版）。

塔夫斯大学中国语言文学系副教授陈丽莉（Chen Li-li）翻译的《董解元西厢记》（*Master Tung's Western Chamber Romance*），由伦敦梅尔本出版公司在伦敦、纽约同时刊行,列为"剑桥中国历史、文学与风俗研究丛书"之一。

白之整理陈世骧与哈罗德·阿克顿合译的 41 出戏剧《桃花扇》(*The Peach Blossom Fan = T'ao-hua-shan*)由伯克莱加利福尼亚大学出版社出版。

杜威廉的著作《中国戏剧史》(*A History of Chinese Drama*)由英国伦敦埃里克公司(P.Elek)出版。

加利福尼亚大学出版社同时在伯克莱和伦敦出版《中国诗歌:主要体裁》(*Chinese Poetry:Major Modes and Genres*)。

马丁·布思(Martin Booth)编译《玉茎:中国译文》(*Talks of Jade:Renderings from the Chinese*)在伦敦莫纳德出版社(The Menard Press)刊行。

1977 年

爱丁堡大学出版社(Edinburgh University Press)刊行中国诗选《自然诗歌》(*Nature Poetry*)。

伦敦艾伦·兰恩(Allen Lane)公司出版《企鹅禅诗》(*The Penguin Book of Zen Poetry*)。

企鹅出版社刊行《晚唐诗选》(*Poems of the Late T'ang*) 及《元剧六篇》(*Six Yuan Plays*)。

英国汉学家龙彼得《中国戏曲仪式渊源考》(*Les Origins Rituelles du Theatre Chinois*)发表在《亚洲杂志》(*Journal Asiatique*)第 265 卷的第 141~167 页。

1978 年

霍克思《杜诗初阶》(*A Little Primer of Tu Fu*),牛津大学出版社出版。

英国《东方和亚洲研究院通报》第 41 卷第 1 期发表杜威廉论文《中国傀儡戏的起源》。

杜威廉的《中国古今八剧》(*Eight Chinese Plays from the Thirteenth Century to the Present*)由美国哥伦比亚大学出版社(Columbia University Press)出版。其中包括院本《双医斗》、南戏《宦门子弟错立身》(*Grandee's Son Takes the Wrong Career*)、元杂剧《秋胡戏妻》(*Qiu Hu Tries to Seduce His Own Wife*)、《浣纱记》第七出、王九思的杂剧《中山狼》(*Wolf of Mount Zhong*)、《买胭记》(*Buying Rouge*)、《霸

王别姬》和川剧《评雪辨踪》(Identifying Footprints in the Snow)。

1979 年

《中国古典散文：唐宋八大家》(Chinese Classical Prose：the Eight Masters of the T'ang-Sung Period)在伦敦、香港等地出版。

《中国狂放散文》(Rhapsodic Essays from the Chinese)由香港别发洋行出版。

1980 年

罗宾逊(G. W. Robinson)翻译的《王维诗选》(Wang Wei：Poems)，由企鹅出版社出版。

莫里斯(J. R. Morris)所著《中文英译书目》(English Translations from the Chinese：with a Short Bibliography of Sources for the Study of Chinese Literature for the Non-specialist)在伦敦出版。

1981 年

香港联合出版公司出版《懒龙：明朝中国故事》(Lazy Dragon：Chinese Stories from the Ming Dynasty)。

英国企鹅出版社再版《企鹅禅诗》(The Penguin Book of Zen Poetry)。

1982 年

伦敦昂温平装本刊行《中国诗歌》(Chinese Poems)。

伦敦艾伦与昂温公司出版《玉台新咏：早期中国爱情诗选》(Yu Tai Xin Yong：New Songs from a Jade Terrace：an Anthology of Early Chinese Love Poetry)。

香港联合出版公司刊行《中国古代寓言百则》(One Hundred Allegorical Tales from Traditional China)。

1983 年

牛津大学讲师杜德桥《李娃传(校订版)：九世纪一篇中国小说的研究》在伦敦伊萨卡出版社出版。

梅尔(V. H. Mair)译本《敦煌通俗故事》(Tun-huang Popular Narratives)由剑桥大学出版社出版。

伦敦企鹅出版社出版由 Leonard Pratt and Chiang Su-hui 翻译的沈复《浮生六记》(Six Records of a Floating Life)英文版。

爱丁堡出版社刊行杜威廉的译著《中国古典楚辞》(Chinese Classical Ch'u Poetry)、《中国近代诗歌》(Chinese Poetry of Recent Ages)、《中国叙事诗》(Chinese Story-poems)、《中国元剧》(Chinese Yuan Dramas)、《早期中国诗歌集》(Early Chinese Poetry：an Anthology)、《唐宋诗歌选》(Poems of the Tang and Sung)等。另有《京剧》(Peking Operas)、《13世纪的剧作家白朴》(Bai Pu：13th Century Playwright)、《中国戏剧之父：关汉卿生活及著作概述》(Father of Chinese Drama：a Sketch of the Life and Works of Guan Han-quing)等，也得以刊行。

伦敦登特公司出版林语堂的《中国短篇故事名篇》(Famous Chinese Short Stories)。

夏威夷大学出版社出版了马科林的《中国戏剧：从起源到现今》(Chinese Theater：from its Origins to the Present Day)。其中该书第一章"中国早期戏剧和剧场"(Early Chinese Plays and Theater)及第二章"元代戏剧"(Yuan Drama)由杜威廉所撰写。

1984 年

艾朗诺的译著《欧阳修文学作品选》(The Literary Works of Ou-yang Hsiu)在剑桥出版。

爱丁堡出版杜威廉的《中国经典趣闻逸事小品短文选》(Classical Chinese Anecdotes，Jokes，Sketches and Short Essays)。另他的《王实甫》(Wang Shih-fu)，也于该年出版。

1985 年

企鹅出版社刊行屈原的诗集《南方之歌：中国古诗选》(The Songs of the South：an Ancient Chinese Anthology of Poems)。

1986 年

企鹅出版社再版《玉台新咏：早期中国爱情诗选》(Yu Tai Xin Yong：New Songs from a Jade Terrace：an Anthology of Early Chinese Love Poetry)。

爱丁堡出版社出版杜威廉的《元剧〈生金阁〉完整词汇编》(A Full Concurrent Vocabulary of the Yuan Drama Sheng-jin ge)、《关汉卿戏剧版本的比较研究》(Editions of Kuan Han-Ching's Plays：a Comparative Study)、《关汉卿：一个详细的研究》(Kuan Han-ching：a Detailed Study)，并翻译钟嗣成的《录鬼簿》序言(Preface to Ghost Register)。

1988 年

华裔学者周子平《袁宏道与公安派》(Yuan Hung-tao and the Kung-an School)在剑桥出版。

旅英华裔学者张心沧编译《中国神怪故事集》(Tales of the Supernatural)，由爱丁堡大学出版。

伦敦昂温·海曼(Unwin Hyman)公司出版《中国汉代流行歌谣集》(Popular Songs and Ballads of Han China)。

1989 年

戴维·亨顿编译的《杜甫诗选》(Selected Poems of Tu Fu)由 New Directions Publishing Corporation 出版。

1990 年

杜威廉翻译的《苏武牧羊》("Gazing Homewards"：One Scene from a Traditional Chinese Play)在《戏剧学刊》(Theatre Journal)发表。

1992 年

龙彼得出版《闽南古典戏曲和诗歌》(The Classical Theatre and Art Song of South Fukien)。

1993 年

龙彼得的《法事戏初探》("Liturgical Drama in Southeast China")发表在台北王秋桂主编的《民俗曲艺》上。

剑桥大学出版社出版了詹姆斯·布兰登(James R. Brandon)和马丁·班汉姆(Martin Banham)合著的《剑桥亚洲戏剧导读》(*The Cambridge to Asian Theatre*)。本书第 26~59 页介绍了中国大陆戏剧、第 60~64 页介绍香港戏剧。

1994 年

杜威廉在《亚洲戏剧杂志》第 11 卷发表论文"Some Mysteries and Mootings about the Yuan Variety Play"和"Actors' Miseries and the Subversive Stage: A Chinese Tract against the Theatre"。

1995 年

企鹅出版社出版《中国爱情诗歌:玉台新咏》(*Chinese Love Poetry: New Songs from a Jade Terrace: a Medieval Anthology*)。

1996 年

伦敦铁毡出版社(Anvil Press)刊行《李白诗选》(*The Selected Poems of Li Po*)。

1997 年

杜威廉翻译王实甫的《苏小卿月夜贩茶船》为"'Tea-trading Ship' and the Tale of Shuang Chien and Su Little Lady"(《贩茶船:双渐和苏小姐的爱情故事》)。

1999 年

伦敦人人图书馆(Everyman's Library)出版《禅诗》(*Zen poems*)。

2000 年

英美同时出版《白居易诗选》(*Po Chu-I: Selected Poems*)。

参考书目

【说明】中文文献以著者姓氏音序排列,英文文献以著者姓氏首字母顺序排列。

一、中文文献

(一)著作(含译著)

A

埃斯卡皮:《文学社会学》,王美华、于沛译,合肥:安徽文艺出版社,1987年。
安旗、薛天纬:《李白年谱》,济南:齐鲁书社,1982年。
[法]安田朴:《中国文化西传欧洲史》,耿升译,北京:商务印书馆,2000年。

B

白之:《白之比较文学论文集》,微周等译,长沙:湖南文艺出版社,1987年。
柏拉图:《文艺对话集》,朱光潜译,北京:人民文学出版社,1963年。
布莱希特:《布莱希特论戏剧》,丁扬忠等译,北京:中国戏剧出版社,1990年。

C

蔡义江:《红楼梦诗词曲赋评注》,北京:北京出版社,1979年。

曹广涛:《英语世界的中国传统戏剧研究与翻译》,广州:广东高等教育出版社,2009年。

曹雪芹、高鹗:《红楼梦》,北京:人民文学出版社,1982年。

陈国球:《文学史书写形态与文化政治》,北京:北京大学出版社,2004年。

陈鹏翔:《主题学研究论文集》,台北:东大图书公司,1983年。

陈平原:《文学史的形成与建构》,南宁:广西教育出版社,1999年。

陈平原辑:《早期北大文学史讲义三种》,北京:北京大学出版社,2005年。

陈寿:《三国志》,郑州:中州古籍出版社,1996年。

陈受颐:《中欧文化交流史事论丛》,台北:台湾商务印书馆,1970年。

陈伟、王捷:《东方美学对西方的影响》,上海:学林出版社,1999年。

陈伟:《西方人眼中的东方戏剧艺术》,上海:上海教育出版社,2004年。

崔令钦:《教坊记》,中国戏曲研究院编校《中国古典戏曲论著集成》(一),北京:中国戏剧出版社,1959年。

D

戴燕:《文学史的权力》,北京:北京大学出版社,2002年。

董解元:《西厢记诸宫调》,侯岱麟校订,北京:文学古籍刊行社,1955年。

都文伟:《百老汇的中国题材与中国戏曲》,上海:上海三联书店,2002年。

杜平:《想象东方:英国文学的异国情调和东方形象》,上海:上海外语教育出版社,2007年。

段安节:《乐府杂录》,北京:中华书局,1985年。

段成式:《酉阳杂俎》,北京:中华书局,1981年。

段怀清、周俐玲编著:《〈中国评论〉与晚清中英文学交流》,广州:广东人民出版社,2006年。

段怀清:《传教士与晚清口岸文人》,广州:广东人民出版社,2007年。

F

范存忠:《中国文化在启蒙时期的英国》,上海:上海外语教育出版社,1991年。

范圣宇:《〈红楼梦〉管窥——英译、语言与文化》,北京:中国社会科学出版社,2004年。

范晔撰,〔唐〕李贤等注:《后汉书》,北京:中华书局,1965年。

冯契主编:《中国历代哲学文选》,上海:上海古籍出版社,1991年。

冯庆华:《红译艺坛——〈红楼梦〉翻译艺术研究》,上海:上海外语教育出版社,2006年。

冯庆华:《母语文化下的译者风格——〈红楼梦〉霍克思与闵福德译本研究》,上海:上海外语教育出版社,2008年。

G

〔宋〕高承撰,〔明〕李果订,金圆、许沛藻点校:《事物纪原》,北京:中华书局,1989年。

葛桂录:《雾外的远音:英国作家与中国文化》,银川:宁夏人民出版社,2002年。

葛桂录:《他者的眼光:中英文学关系论稿》,银川:宁夏人民教育出版社,2003年。

葛桂录:《中英文学关系编年史》,上海:上海三联书店,2004年。

葛桂录:《跨文化语境中的中外文学关系研究》,上海:上海三联书店,2008年。

葛桂录:《经典重释与中外文学关系新垦拓》,北京:人民出版社,2014年。

葛桂录:《比较文学之路:交流视野与阐释方法》,上海:上海三联书店,2014年。

葛桂录:《含英咀华:葛桂录教授讲中英文学关系》,北京:中央编译出版社,2014年。

葛桂录:《中外文学交流史·中国—英国卷》,济南:山东教育出版社,

2015年。

葛桂录:《雾外的远音:英国作家与中国文化》(修订增补本),福州:福建教育出版社,2015年。

葛桂录:《中英文学交流史(14—20世纪中叶)》,台北:万卷楼书局,2015年。

葛校琴:《后现代语境下的译者主体性研究》,上海:上海译文出版社,2006年。

龚敏:《黄人及其小说小话之研究》,济南:齐鲁书社,2006年。

故宫博物院明清档案部,福建师大历史系编:《清季中外使领年表》,北京:中华书局,1985年。

顾伟列主编:《20世纪中国古代文学国外传播与研究》,上海:华东师范大学出版社,2011年。

H

海岸:《中西诗歌翻译百年论集》,上海:上海外语教育出版社,2007年。

海德格尔:《存在与时间》,陈嘉映、王庆节译,北京:生活·读书·新知三联书店,1999年。

韩子满:《文学翻译杂合研究》,上海:上海译文出版社,2005年。

何培忠:《当代国外中国学研究》,北京:商务印书馆,2006年。

何寅、许光华主编:《国外汉学史》,上海:上海外语教育出版社,2002年。

黑格尔:《美学》,朱光潜译,北京:商务印书馆,1979年。

洪湛侯:《诗经学史》,北京:中华书局,2002年。

侯锦:《百年对话——欧美文学与中国》,海口:海南出版社,1993年。

胡忌:《宋金杂剧考》,上海:上海古典文学出版社,1957年。

胡经之:《中国古典文艺学丛编》(一、二),北京:北京大学出版社,2001年。

胡文彬、周雷:《香港红学论文选》,天津:百花文艺出版社,1982年。

胡勇:《中国镜像——早期中国人英语著述里的中国》,苏州:苏州大学出版社,2012年。

胡优静:《英国19世纪的汉学史研究》,北京:学苑出版社,2009年。

胡壮麟:《语篇的衔接与连贯》,上海:上海外语教育出版社,1994年。

黄长著等编:《欧洲中国学》,北京:社会科学文献出版社,2004年。

黄晋凯、张秉真、杨恒达:《象征主义·意象派》,北京:中国人民大学出版社,1989年。

黄鸣奋:《英语世界中国古典文学之传播》,上海:学林出版社,1997年。

黄人著,江庆柏、曹培根整理:《黄人集》,上海:上海文化出版社,2001年。

J

伽达默尔:《语言在多大程度上规范思想》,曾晓平译,严平编选:《伽达默尔集》,上海:上海远东出版社,2003年。

江岚:《唐诗西传史论——以唐诗在英美的传播为中心》,北京:学苑出版社,2009年。

姜其煌:《欧美红学》,郑州:大象出版社,2005年。

蒋孔阳:《二十世纪西方美学名著选》,上海:复旦大学出版社,1988年。

蒋天枢:《楚辞校释》,上海:上海古籍出版社,1989年。

金开诚:《文艺心理学概论》,北京:北京大学出版社,1999年。

金圣华:《傅雷与他的世界》,北京:生活·读书·新知三联书店,1996年。

金元浦:《接受反应文论》,济南:山东教育出版社,1998年。

K

康德:《判断力批判》,邓晓芒译,北京:人民出版社,2002年。

L

老子:《老子》,王弼注,上海:上海古籍出版社,1989年。

乐黛云等编选:《欧洲中国古典文学研究名家十年文选》,南京:江苏人民出版社,1998年。

李昉等撰:《太平御览》,北京:中华书局,1960年。

李强:《中西戏剧文化交流史》,北京:人民音乐出版社,2002年。

李盛平主编:《中国近现代人名大辞典》,北京:中国国际广播出版社,1989年。

李时岳:《李提摩太》,北京:中华书局,1964年。

李奭学:《中西文学因缘》,台北:联经出版事业公司,1991年。

李玉良:《〈诗经〉英译研究》,济南:齐鲁书社,2007年。

利奇温:《十八世纪中国与欧洲的文化接触》,朱杰勤译,北京:商务印书馆,1962年。

梁燕丽:《20世纪西方探索剧场理论研究》,上海:上海三联书店,2009年。

廖七一:《当代西方翻译理论探索》,南京:译林出版社,2000年。

廖七一等编著:《当代英国翻译理论》,武汉:湖北教育出版社,2001年。

廖七一:《胡适诗歌翻译研究》,北京:清华大学出版社,2006年。

林本椿主编:《福建翻译家研究》,福州:福建教育出版社,2005年。

林庚:《诗人李白》,上海:上海古籍出版社,2000年。

林煌天主编:《中国翻译词典》,武汉:湖北教育出版社,1997年。

林健民:《中国古诗英译》,北京:中国华侨出版公司,1989年。

林以亮:《文思录》,沈阳:辽宁教育出版社,2001年。

林以亮:《〈红楼梦〉西游记·细评〈红楼梦〉新英译》,台北:联经出版事业公司,2007年。

刘宓庆:《汉英对比研究与翻译》,南昌:江西教育出版社,1991年。

刘士聪编:《红楼译评:〈红楼梦〉翻译研究论文集》,天津:南开大学出版社,2004年。

刘昫等撰:《旧唐书》,北京:中华书局,1975年。

刘正:《海外汉学研究:汉学在20世纪东西方各国研究和发展的历史》,武汉:武汉大学出版社,2002年。

刘正:《图说汉学史》,桂林:广西师范大学出版社,2005年。

龙彼得:《中国戏剧源于宗教遗典考》,王秋桂、苏友贞译,王秋桂编:《中国文学论著译丛》,台北:台湾学生书局,1985年。

龙彼得辑,泉州地方戏曲研究社编:《明刊闽南戏曲弦管选本三种》,北京:中国戏剧出版社,1995年。

陆润棠、夏写时编:《比较戏剧论文集》,北京:中国戏剧出版社,1988年。

逯钦立辑校:《先秦汉魏晋南北朝诗》(上、中、下),北京:中华书局,1983年。

逯钦立遗著:《汉魏六朝文学论集》,西安:陕西人民出版社,1984年。
罗锦堂:《从赵氏孤儿到中国孤儿》,台北:联经出版事业公司,1977年。
吕叔湘编著:《中诗英译比录》,北京:中华书局,2002年。

M

马嘎尔尼:《乾隆英使觐见记》,刘半农译,上海:中华书局,1917年。
马庆红、殷凤娟:《英美文学中的中国文化》,北京:中国戏剧出版社,2010年。
马祖毅、任荣珍:《汉籍外译史》,武汉:湖北教育出版社,1997年。
孟华主编:《比较文学形象学》,北京:北京大学出版社,2001年。
莫东寅:《汉学发达史》,上海:上海书店出版社,1989年。

P

潘文国:《汉英对比纲要》,北京:北京语言文化大学出版社,1997年。
潘重规:《红学六十年》,台北:三民书局,1991年。

Q

钱冠连:《汉语文化语用学》,北京:清华大学出版社,2002年。
钱锺书:《钱锺书论学文集》,广州:花城出版社,1990年。

R

任半塘:《唐戏弄》(上、下),北京:作家出版社,1958年。
荣广润,姜萌萌,潘薇:《地球村中的戏剧互动:中西戏剧影响比较研究》,上海:上海三联书店,2007年。
阮元校刻:《十三经注疏附校勘记》,北京:中华书局,1980年。

S

萨本仁、潘兴明:《20世纪的中英关系》,上海:上海人民出版社,1996年。
萨莫瓦约:《互文性研究》,邵炜译,天津:天津人民出版社,2003年。
沙枫:《中国文学英译絮谈》,香港:大光出版社,1976年。

申丹:《叙述学与小说文体学研究》,北京:北京大学出版社,2001年。

沈福伟:《西方文化和中国(1793—2000)》,上海:上海教育出版社,2003年。

沈福伟:《中西文化交流史》(第2版),上海:上海人民出版社,2006年。

沈苏儒:《论信达雅》,北京:商务印书馆,1998年。

沈岩:《船政学堂》,北京:科学出版社,2007年。

施建业:《中国文学在世界的传播与影响》,济南:黄河出版社,1993年。

施叔青:《西方人看中国戏剧》,台北:联经出版事业公司,1976年。

史景迁:《文化类同与文化利用——世界文化总体对话中的中国形象》,廖世奇、彭小樵译,北京:北京大学出版社,1990年。

宋柏年主编:《中国古典文学在国外》,北京:北京语言学院出版社,1994年。

孙歌、陈燕谷、李逸津:《国外中国古典戏曲研究》,南京:江苏教育出版社,2000年。

孙景尧:《沟通——访美讲学论中西比较文学》,南宁:广西人民出版社,1991年。

孙希旦撰:《礼记集解》,北京:中华书局,1989年。

T

谭树林:《马礼逊与中西文化交流》,杭州:中国美术学院出版社,2004年。

谭载喜:《西方翻译简史》,北京:商务印书馆,1991年。

唐敬杲选注:《列子》,北京:商务印书馆,1926年。

陶宗仪等编:《说郛三种》,上海:上海古籍出版社,1988年。

W

汪榕培、王宏:《中国典籍英译》,上海:上海外语教育出版社,2009年。

王国强:《〈中国评论〉与西方汉学》,复旦大学博士学位论文,2007年。

王国维撰,叶长海导读:《宋元戏曲史》,上海:上海古籍出版社,1998年。

王宏印:《〈红楼梦〉诗词曲赋英译比较研究》,西安:陕西师范大学出版社,2001年。

王骥德:《曲律》,中国戏曲研究院编:《中国古典戏曲论著集成(四)》,北京:中国戏剧出版社,1957年。

王丽娜编著:《中国古典小说戏曲名著在国外》,上海:学林出版社,1988年。

王绍祥:《西方汉学界的"公敌"——英国汉学家翟理斯(1845—1935)研究》,福建师范大学博士学位论文,2004年。

王拾遗:《白居易生活系年》,银川:宁夏人民出版社,1981年。

王遐举、金耀章:《戏曲切末与舞台装置》,北京:中国戏剧出版社,1960年。

王晓路:《西方汉学界的中国文论研究》,成都:巴蜀书社,2003年。

王琰:《汉学视域中的〈论语〉英译研究》,上海:上海外语教育出版社,2012年。

王毅:《皇家亚洲文会北中国支会研究》,上海:上海书店出版社,2005年。

王英志:《袁枚评传》,南京:南京大学出版社,2002年。

王运熙、李宝均:《李白》,上海:上海古籍出版社,1979年。

威妥玛著:《语言自迩集:19世纪中期的北京话》,张卫东译,北京:北京大学出版社,2002年。

韦勒克、沃伦:《文学理论》,刘象愚等译,北京:生活·读书·新知三联书店,1984年。

魏尔特:《赫德与中国海关》,陈羖才等译,厦门:厦门大学出版社,1993年。

乌尔利希·韦斯坦因:《比较文学与文学理论》,刘象愚译,沈阳:辽宁人民出版社,1987年。

吴伏生:《汉诗英译研究:理雅各、翟理斯、韦利、庞德》,北京:学苑出版社,2012年。

吴戈:《中美戏剧交流的文化解读》,昆明:云南大学出版社,2006年。

吴光耀:《西方演剧史论稿》,北京:中国戏剧出版社,2002年。

吴结平:《英语世界里的〈诗经〉研究》,成都:四川大学出版社,2008年。

吴世昌著,吴令华编:《吴世昌全集》,石家庄:河北教育出版社,2002年。

吴自牧编:《梦粱录1—3卷》,北京:商务印书馆,1939年。

伍谦光:《语义学导论》,长沙:湖南教育出版社,1988年。

X

奚永吉:《文学翻译比较美学》,武汉:湖北教育出版社,2000年。

夏康达、王晓平:《二十世纪国外中国文学研究》,天津:天津人民出版社,2000年。

夏写时、陆润棠编:《比较戏剧论文集》,北京:中国戏剧出版社,1988年。

香港中文大学编:《英美学人论中国古典文学》,香港:香港中文大学出版社,1973年。

向宏业、唐仲扬、成传钧主编:《修辞通鉴》,北京:中国青年出版社,1991年。

萧子颐:《南齐书》(第二册),北京:中华书局,1972年。

谢天振:《译介学》,上海:上海外语教育出版社,1999年。

谢天振主编:《翻译研究新视野》,青岛:青岛出版社,2003年。

熊式一:《王宝川》,北京:商务印书馆,2006年。

熊文华:《英国汉学史》,北京:学苑出版社,2007年。

许国烈编:《中英文学名著译文比录》,西安:陕西人民出版社,1985年。

许国璋:《论语言和语言学》,北京:商务印书馆,2001年。

许渊冲译:《楚辞·汉英对照》,北京:中国对外翻译出版公司,2008年。

徐通锵:《基础语言学教程》,北京:北京大学出版社,2001年。

徐学:《英译〈庄子〉研究》,上海:复旦大学出版社,2008年。

Y

阎振瀛:《理雅各氏英译论语之研究》,台北:台湾商务印书馆,1971年。

颜之推撰,赵曦明注,卢文弨补注:《颜氏家训》,北京:中华书局,1985年。

杨宪益:《汉英翻译技巧》,单其昌著,杨宪益校,北京:外语教学与研究出版社,1990年。

杨宪益主编:《我有两个祖国——戴乃迭和她的世界》,桂林:广西师范大学出版社,2003年。

姚斯:《走向接受美学:接受美学与接受理论》,周宁、金元浦译,沈阳:辽宁人民出版社,1987年。

殷国明:《20 世纪中西文艺理论交流史论》,上海:华东师范大学出版社,1999 年。

尹锡康、周发祥编:《楚辞资料海外编》,武汉:湖北人民出版社,1986 年。

于曼玲编:《中国古典戏曲小说研究索引》,广州:广东高等教育出版社,1992 年。

余石屹:《汉译英理论读本》,北京:科学出版社,2008 年。

俞平伯:《红楼梦研究》,上海:复旦大学出版社,2004 年。

约翰·麦高恩:《近代中国人的生活掠影》,李征、吕琴译,南京:南京出版社,2009 年。

岳峰:《架设东西方的桥梁:英国汉学家理雅各研究》,福州:福建人民出版社,2004 年。

Z

詹庆华:《全球化视野——中国海关洋员与中西文化传播(1854—1950 年)》,北京:中国海关出版社,2008 年。

张德彝:《欧美环游记(再述奇)》,长沙:湖南人民出版社,1981 年。

张庚、郭汉城编:《中国戏曲通史》,北京:中国戏剧出版社,1980 年。

张弘:《中国文学在英国》,广州:花城出版社,1992 年。

张首映:《西方二十世纪文学史》,北京:北京大学出版社,1999 年。

张西平编:《欧美汉学研究的历史与现状》,郑州:大象出版社,2005 年。

张西平:《传教士汉学研究》,郑州:大象出版社,2005 年。

张西平:《马礼逊研究文献索引》,郑州:大象出版社,2008 年。

张星烺编注,朱杰勤校对:《中西交通史料汇编》,北京:中华书局,1977 年。

张永刚、董学文:《文学原理》,北京:北京大学出版社,2001 年。

张芝联主编:《中英通使二百周年学术讨论会论文集》,北京:中国社会科学出版社,1996 年。

赵毅衡:《新批评文集》,天津:百花文艺出版社,2001 年。

郑振铎:《郑振铎古典文学论文集》(上、下),上海:上海古籍出版社,1984 年。

郑振铎:《中国文学史》,北京:团结出版社,2006 年。

中国社会科学院:《世界中国学家名录》,北京:社会科学文献出版社,1994年。

中国社会科学院近代史研究所翻译室编:《近代来华外国人名辞典》,北京:中国社会科学出版社,1981年。

中国社会科学院外国文学研究所外国文学研究资料丛书编辑委员会编,童道明编选:《梅耶荷德论集》,上海:华东师范大学出版社,1994年。

周珏良:《数百年来的中英文化交流》,《周珏良文集》,北京:外语教学与研究出版社,1994年。

周宁:《想象与权力:戏剧意识形态研究》,厦门:厦门大学出版社,2003年。

周贻白选注:《明人杂剧选》,北京:人民文学出版社,1958年。

周贻白:《中国戏曲论集》,北京:中国戏剧出版社,1960年。

朱安博:《归化与异化:中国文学翻译研究的百年流变》,北京:科学出版社,2009年。

朱栋霖、范培松主编:《中国雅俗文学研究》(第一辑),上海:上海三联书店,2007年。

朱光潜:《西方美学史》,北京:人民文学出版社,1979年。

朱光潜:《文艺心理学》,合肥:安徽教育出版社,1996年。

朱杰勤、黄邦和主编:《中外关系史辞典》,武汉:湖北人民出版社,1992年。

朱立元等:《现代西方美学史》,上海:上海文艺出版社,1997年。

邹霆:《永远的求索——杨宪益传》,上海:华东师范大学出版社,2001年。

(二)论文

B

白之:《一个戏剧题材的演化〈白兔记〉诸异本比较》,人大复印资料《戏曲研究》1985年第9期。

白之:《西施的戏剧潜力:〈浣纱记〉和〈蕉帕记〉》,《白之比较文学论文集》,微周等译,长沙:湖南文艺出版社,1987年。

白之:《明传奇的几个课题与几种方法》,《白之比较文学论文集》,微周等译,长沙:湖南文艺出版社,1987年。

白之:《元明戏剧的翻译与移植:困难与可能性》,《白之比较文学论文集》,微周等译,长沙:湖南文艺出版社,1987年。

C

曹广涛:《文化距离与英语国家的中国戏曲研究》,《理论月刊》2007年第8期。

陈多、谢明:《先秦古剧考略——宋元以前戏曲新探之一》,《戏剧艺术》1978年第2期。

陈广宏:《黄人的文学观念与19世纪英国文学批评资源》,《文学评论》2008年第6期。

陈宏薇、江帆:《难忘的历程——〈红楼梦〉英译事业的描述性研究》,《中国翻译》2003年第5期。

陈怀宇:《英国汉学家艾约瑟的"唐宋思想变革"说》,《史学史研究》2011年第4期。

陈可培:《沟通中西文化的有益尝试:论大卫·霍克思译〈红楼梦〉几首诗词》,《红楼梦学刊》2001年第3期。

陈可培:《译者的文化意识与译作的再生——论David Hawkes译〈红楼梦〉的一组诗》,《天津外国语学院学报》2003年第1期。

陈可培:《误读,误译,再创造:读霍克思译〈红楼梦〉札记》,《外语与翻译》2004年第2期。

陈平原:《晚清辞书视野中的"文学"——以黄人的编撰活动为中心》,《北京大学学报》2007年第2期。

陈受颐:《十八世纪欧洲文学里的〈赵氏孤儿〉》,《岭南学报》第1卷第1期,1929年。

陈受颐:《鲁滨逊的中国文化观》,《岭南学报》第1卷第3期,1930年6月。

陈受颐:《〈好逑传〉之最早欧译》,《岭南学报》第1卷第4期,1930年9月。

陈受颐:《十八世纪欧洲之中国园林》,《岭南学报》第2卷第1期,1931年7月。

陈尧圣:《英国的汉学研究》,见《世界各国汉学研究论文集》第一辑(陶振誉等编),台北:中国文化研究所,1962年。

陈友冰:《英国汉学的阶段性特征及成因探析——以中国古典文学研究为中心》,台北《汉学研究通讯》2008年第3期。

程代熙:《〈红楼梦〉与十八世纪的欧洲文学》,《红楼梦学刊》1980年第2辑。

程钢:《理雅各与韦利〈论语〉译文体现的义理系统的比较分析》,《孔子研究》2002年第2期。

程章灿:《魏理的汉诗英译及其与庞德的关系》,《南京大学学报》2003年第3期。

程章灿:《阿瑟·魏理年谱简编》,《国际汉学》第11辑,郑州:大象出版社,2004年。

程章灿:《魏理与布卢姆斯伯里文化圈交游考》,《中国比较文学》2005年第1期。

程章灿:《想象异邦与文化利用:"红毛番"与大清朝——前汉学时代的一次中英接触》,《南京审计学院学报》2004年第2期。

程章灿:《魏理眼中的中国诗歌史——一个英国汉学家与他的中国诗史研究》,《鲁迅研究月刊》2005年第3期。

程章灿:《东方古典与西方经典——魏理英译汉诗在欧美的传播及其经典化》,《中国比较文学》2007年第1期。

程章灿:《魏理文学创作中的"中国体"问题——中国文学在异文化语境中传播接受的一个案例》,张宏生、钱南秀编《中国文学:传统与现代的对话》,上海:上海古籍出版社,2007年。

程章灿:《魏理及一个"恋"字》,《读书》2008年第2期。

程章灿:《汉诗英译与英语现代诗歌——以魏理的汉诗英译及跳跃韵律为中心》,《江苏行政学院学报》2003年第3期。

D

邓云乡:《英国汉学家霍克思教授》,《云乡琐记》,石家庄:河北教育出版社,2004年。

丁宏为:《叶芝与东方思想》,《北京大学学报》专刊,1990 年。

董守信:《翟理斯和他的〈华英字典〉》,《津图学刊》2002 年第 2 期。

都文伟:《英语文本中的中国戏曲》,《中华戏曲》第 21 辑。

段怀清:《理雅各〈中国经典〉的翻译缘起及体例考略》,《浙江大学学报》2005 年第 3 期。

段怀清:《理雅各与儒家经典》,《孔子研究》2006 年第 6 期。

F

范存忠:《孔子与西洋文化》,《国风》第 3 期,1932 年。

范存忠:《十七八世纪英国流行的中国戏》,《青年中国季刊》第 2 卷第 2 期,1940 年。

范存忠:《十七八世纪英国流行的中国思想》(上、下),《中央大学文史哲季刊》第一卷第 1、2 期,1941 年。

范存忠:《琼斯爵士与中国》,《思想与时代》第 46 期,1947 年 6 月。

范存忠:《〈赵氏孤儿〉杂剧在启蒙时期的英国》,《文学研究》1957 年第 3 期。

范存忠:《中国的思想文物与哥尔斯密斯的〈世界公民〉》,《南京大学学报》1964 年第 1 期。

范存忠:《中国的人文主义与英国的启蒙运动》,《文学遗产》1981 年第 4 期。

范存忠:"Chinese Poetry and English Translations",《外国语》1981 年第 5 期。

范存忠:《中国文化在英国发生影响的开端》,《外国语》1982 年第 6 期。

范存忠:《中国园林和十八世纪英国的艺术风尚》,《中国比较文学》1985 年第 2 期。

范存忠:《中国的思想文化与约翰逊博士》,《文学遗产》1986 年第 2 期。

范存忠:《威廉·琼斯爵士与中国文化》,《南京大学学报》1989 年第 1 期。

范存忠:《珀西的〈好逑传及其他〉》,《外国语》1989 年第 5 期。

范圣宇:《浅析霍克思译〈石头记〉中的版本问题》,《明清小说研究》2005 年第 1 期。

方豪:《十七八世纪来华西人对我国经籍之研究》,《思想与时代》第 19 期,1943 年 2 月。

方重:《十八世纪的英国文学与中国》,《文哲季刊》第 2 卷第 1~2 期,1931 年。

傅勇:《剑桥汉学管窥》,《中国文化研究》2004 年第 2 期。

G

高雷:《论汉诗英译的目的性视角》,广西大学硕士学位论文,2003 年。

葛桂录:《英国文学里的中国形象及其文化阐释》,《中国比较文学教学与研究》2004 年卷。

葛桂录、刘茂生:《奥斯卡·王尔德与中国文化》,《外国文学研究》2004 年第 4 期。

葛桂录:《"中国不是中国":英国文学里的中国形象》,《福建师范大学学报》2005 年第 5 期。

葛桂录:《论哈罗德·阿克顿小说里的中国题材》,《外国文学研究》2006 年第 1 期。

葛桂录:《托马斯·柏克小说里的华人移民社会》,《贵州师范大学学报》2006 年第 2 期。

葛桂录:《欧洲中世纪一部最流行的非宗教类作品——〈曼德维尔游记〉的文本生成、版本流传及中国形象综论》,《福建师范大学学报》2006 年第 4 期。

葛桂录:《中英文学关系研究的历史进程及阐释策略》,《四川外语学院学报》2006 年第 4 期。

葛桂录:《"中国画屏"上的景象——论毛姆眼里的中国形象》,《英美文学研究论丛》第 6 辑,2007 年。

葛桂录:《I. A. 瑞恰慈与中西文化交流》,《福建师范大学学报》2009 年第 2 期。

葛桂录:《西方的中国叙事与帝国认知网络的建构运行——以英国作家萨克斯·罗默塑造的恶魔式中国佬形象为中心》,《文学评论丛刊》2010 年第 1 期。

葛桂录:《Shanghai、毒品与帝国认知网络——带有防火墙功能的西方之中国叙事》,《福建师范大学学报》2010 年第 3 期。

龚世芬:《关于熊式一》,《中国现代文学研究丛刊》1996 年第 2 期。

顾卫星:《马礼逊与中西文化交流》,《外国文学研究》2002 年第 4 期。

H

韩辉:《"音美再现"——析 H. A. Giles 译〈秋声赋〉》,《广西大学学报》2008 年第 1 期。

郝稷:《霍克思与他的〈杜诗初阶〉》,《杜甫研究学刊》2010 年第 3 期。

郝稷:《英语世界中杜甫及其诗歌的接受与传播》,《中国文学研究》2011 年第 1 期。

何贵初:《〈国外研究中国戏曲的英语文献索引〉补》,《戏曲研究》第 27 辑。

红楼梦学刊编委会:《沉痛哀悼霍克思先生》,《红楼梦学刊》2009 年第 5 期。

洪涛:《〈红楼梦〉英译与东西方文化的语言》,《红楼梦学刊》2001 年第 4 期。

洪涛:《论〈石头记〉霍译的底本和翻译评论中的褒贬——以〈浅析霍克思译石头记中的版本问题〉为中心》,《明清小说研究》2006 年第 1 期。

洪涛:《英国汉学家与〈楚辞·九歌〉的歧解和流传》,《漳州师范学院学报》2008 年第 1 期。

胡文彬:《〈红楼梦〉在西方的流传与研究概述》,《北方论丛》1980 年第 1 期。

胡优静:《英国汉学家伟烈亚力的生平与学术交往》,《汉学研究通讯》2006 年总第 98 期。

黄鸣奋:《近四世纪英语世界中国古典文学之流传》,《学术交流》1995 年第 3 期。

黄鸣奋:《英语世界中国先秦至南北朝诗歌之传播》,《贵州社会科学》1997 年第 2 期。

黄鸣奋:《二十世纪英语世界中国近代戏剧之传播》,《中华戏曲》1998 年第 21 辑。

霍克思:《西人管窥〈红楼梦〉》,《红楼梦学刊》1980 年第 1 期。

霍克思:《读吴世昌先生七绝〈扑蝶〉学生霍克思次韵》,《红楼梦学刊》1980 年第 4 期。

J

冀爱莲:《翻译、传记、交游:阿瑟·韦利汉学研究策略考辨》,福建师范大学博士论文,2010年。

江帆:《他乡的石头记——〈红楼梦〉百年英译史研究》,复旦大学博士论文,2007年。

江枫:《译诗:应该力求形神皆似——〈雪莱诗选〉译后追记》,《外国文学研究》1982年第2期。

江岚、罗时进:《唐诗英译发轫期主要文本辨析》,《南京师大学报》2009年第1期。

江岚、罗时进:《早期英国汉学家对唐诗英译的贡献》,《上海大学学报》2009年第2期。

江上行:《英语演京剧的回忆》,《六十年京剧见闻》,上海:学林出版社,1986年。

姜其煌:《〈红楼梦〉西文译本序跋谈》,《文艺研究》1979年第2期。

姜其煌:《〈红楼梦〉霍克思英文全译本》,《红楼梦学刊》1980年第1期。

姜其煌:《〈红楼梦〉西文译本一瞥》,《读书》1980年第4期。

蒋林、余叶盛:《浅析阿瑟·韦利〈九歌〉译本的三种译法》,《中国翻译》2011年第1期。

蒋秀云:《20世纪中期英国对中国古典戏剧的杂合翻译》,《琼州学院学报》2011年第1期。

蒋秀云:《英国汉学家杜威廉对中国古典戏剧的研究》,《安徽文学》2012年第8期。

蒋秀云:《沉迷中国戏剧寻找精神家园——英国汉学家哈罗德·阿克顿翻译中国戏剧》,《安徽文学》2012年第9期。

K

阚维民:《剑桥汉学的形成与发展》,《国际汉学》第10辑,郑州:大象出版社,2004年。

柯大翊:《评霍克思英译〈红楼梦〉前八十回》,《北方论丛》1981 年第 5 期。

L

赖瑞和:《追忆杜希德教授》,《汉学研究通讯》2007 年第 4 期。

李冰梅:《韦利创意英译如何进入英语文学——以阿瑟·韦利翻译的〈中国诗歌 170 首〉为例》,《中国比较文学》2009 年第 3 期。

李冰梅:《冲突与融合:阿瑟·韦利的文化身份与〈论语〉的翻译研究》,首都师范大学 2009 年度博士学位论文。

李倩:《翟理斯的〈中国文学史〉》,《古典文学知识》2006 年第 3 期。

李奭学:《从巧夺天工到谐和自然——中国园林艺术对西方文学的影响》,《当代》(台湾)第 59 期,1991 年 3 月。

李新德:《约翰·巴罗笔下的中国形象》,《温州大学学报》2011 年第 5 期。

李贻荫:《霍克斯英译〈楚辞〉浅析》,《外语与外语教学》1992 年第 4 期。

李贻荫:《翟理斯巧译〈檀弓〉》,《中国翻译》1997 年第 3 期。

李以建:《中国传统戏剧在西方》,人大复印报刊资料《戏曲研究》1984 年第 10 期。

李占鹏:《英国汉学家龙彼得发现的三种戏曲文献》,《甘肃广播电视大学学报》2009 年第 1 期。

李兆强:《十八世纪中英文学之接触》,《南风》第 4 卷第 1 期,1931 年 5 月。

梁家敏:《阿瑟·韦利为中国古典文学在西方打开一扇窗》,《编辑学刊》2010 年第 2 期。

廖峥:《阿瑟·韦利与中国古典诗歌翻译》,《国际关系学院学报》2000 年第 4 期。

刘绍铭:《〈桃花扇传奇〉英译》,《文字岂是东西》,沈阳:辽宁教育出版社,1999 年。

刘文峰:《中国戏曲在港澳和海外年表》,《中华戏曲》,第 22 辑,第 23 辑,第 25 辑。

刘岩:《雷克斯罗思的杜甫情结》,《广东外语外贸大学学报》2004 年第 3 期。

刘以鬯:《我所认识的熊式一》,《文学世纪》2002 年第 6 期。

龙彼得:《中国戏剧源于宗教仪典考》,王秋桂、苏友贞译,《中国文学论著译丛》(下),台北:学生书局,1985年。

龙彼得:《泉腔目连戏》,施炳华译,《民俗曲艺》2001年第9辑。

龙彼得:《朱文〈闽南皮影戏〉》,卢丽译,《东南传播》2007年第3期。

M

毛发生:《马礼逊与〈圣经〉汉译》,《中国翻译》2004年第4期。

梅光迪:《卡莱尔与中国》,《思想与时代》第46期,1947年6月。

P

潘家洵:《十七世纪英国戏剧与中国旧戏》,《新中华》复刊号,1943年1月。

Q

钱林森、葛桂录:《异域文化之镜:他者想象与欲望变形——关于英国作家与中国文化关系的对话》,《中华读书报·国际文化》2003年9月3日。

秦寰明:《中国文化的西传与李白诗——以英、美及法国为中心》,《中国学术》2003年第1期(总第13辑)。

秋叶:《英国离中国有多远?——漫谈访问英国的几位中国先驱》,《中华读书报·国际文化》2003年6月18日。

秋叶:《"野蛮"和"文明"之争——英国早期游记的中国形象考察:综述》,《中华读书报·国际文化》2003年10月8日。

秋叶:《丹皮尔对中国的现实主义观察——试析〈新环球航海记〉建构的中国形象》,《中华读书报·国际文化》2003年10月22日。

秋叶:《文化在冲突中能起多大作用——〈彼得·芒迪欧洲亚洲旅行记:1608—1667〉的中国形象》,《中华读书报·国际文化》2003年11月5日。

裘小龙:《卞之琳与艾略特》,《中州文坛》1986年第1~2期。

R

冉利华:《钱锺书的〈17、18世纪英国文学中的中国〉简介》,《国际汉学》第11

辑,郑州:大象出版社,2004年。

任显楷:《包腊〈红楼梦〉前八回英译本考释》,《红楼梦学刊》2010年第6期。

S

帅雯霖:《英国汉学三大家》,阎纯德主编,《汉学研究》第5辑,2002年。

孙轶旻:《翟理斯译〈聊斋志异选〉的注释与译本的接受》,《明清小说研究》2007年第2期。

T

覃莉:《论中国戏剧的写意性》,《美与时代》2005年第11期。

唐述宗:《是不可译论还是不可知论》,《中国翻译》2002年第1期。

田玲:《从霍克斯的〈红楼梦〉英译本看翻译中的语用等值》,陕西师范大学博士论文,2004年。

田民:《戈登·克雷、梅兰芳与中国戏剧》,《文艺研究》2008年第5期。

W

王次澄:《伦敦大学亚非学院的传统中国学研究》,《国外社会科学》1994年第2期。

王国强:《〈中国评论〉与19世纪末英国汉学的发展》,《汉学研究通讯》2007年总第103期。

王辉:《理雅各与〈中国经典〉》,《中国翻译》2003年第2期。

王际真:《〈红楼梦〉英文节译本序言(1929年)》,《红楼梦学刊》1984年第3期。

王丽娜:《〈红楼梦〉外文译本介绍》,《文献》1979年第1期。

王丽娜:《〈金瓶梅〉在国外》,《河北大学学报》1980年第2期。

王丽娜:《〈西游记〉外文译本概述》,《文献》1980年第4期。

王丽娜:《〈西厢记〉的外文译本和满蒙文译本》,《文学遗产》1981年第3期。

王丽娜:《〈儒林外史〉在国外》,《儒林外史研究论文集》,1982年。

王丽娜:《英国汉学家德庇时之中国古典文学译著与北图藏本》,《文献》1989

年第 1 期。

王丽娜:《元曲在国外》,吕薇芬选编,《名家解读元曲》,山东人民出版社,1999 年。

王丽娜:《欧阳修诗文在国外》,《河北师大学报》2003 年第 3 期。

王丽耘:《大卫·霍克思汉学年谱简编》,《红楼梦研究》2011 年第 4 期。

王丽耘:《"石头"激起的涟漪究竟有多大?——细论〈红楼梦〉霍译本的西方传播》,《红楼梦学刊》2012 年第 4 期。

王燕:《英国汉学家梅辉立〈聊斋志异〉译介刍议》,《蒲松龄研究》2011 年第 3 期。

卫咏诚:《伦敦"宝川夫人"观演记》,《良友》1936 年 7 月号 118 期。

魏思齐:《英国汉学研究的概况》,《汉学研究通讯》2008 年第 2 期。

吴世昌:《〈红楼梦〉的西文译本和论文》,《文学遗产》1962 年增刊第 9 辑。

X

解玉峰:《20 世纪中国戏剧研究重要文著索引》,《中华戏曲》第 31 辑。

熊式一:《〈王宝川〉在伦敦》,《新时代》1937 年第 4 期。

熊式一:《欧美演剧的经过》,《江西教育》1937 年第 26 期。

熊文华:《伟烈亚力及其〈中国之研究〉》,阎纯德主编,《汉学研究》第 6 辑,2002 年。

许浩然:《英国汉学家杜德桥对〈广异记〉的研究》,《史学月刊》2011 年第 7 期。

许浩然:《英国汉学家杜德桥与〈西游记〉研究》,《中南大学学报》2012 年第 1 期。

许浩然:《英国汉学家杜德桥与〈李娃传〉研究》,《海南大学学报》2012 年第 4 期。

许渊冲:《谈唐诗的英译》,《翻译通讯》1983 年第 3 期。

薛维华:《〈17、18 世纪英国文学中的中国〉与汉学研究》,《华中师范大学研究生学报》2010 年第 4 期。

Y

鄢秀:《淡泊平生,孜孜以求——记阿瑟·韦利与霍克思》,《明报月刊》2010年第6期。

杨畅、江帆:《〈红楼梦〉英文译本及论著书目索引(1830—2005)》,《红楼梦学刊》2009年第1期。

杨凤林:《18世纪英国文学"汉风"的文化反思》,《四川外语学院学报》2008年第6期。

杨国桢:《牛津大学中国学的变迁》,《中国史研究动态》1995年第8期。

叶隽:《伦敦大学亚非学院及其汉学研究》,《国际汉学》第11辑,郑州:大象出版社,2004年。

银春花:《〈鲁滨逊漂流记〉中的中国想象》,《内蒙古师范大学学报》2006年第5期。

尹慧民:《近年来英美〈红楼梦〉论著评价》,《红楼梦研究集刊》1980年第3辑。

于俊青:《英国汉学的滥觞——威廉·琼斯对〈诗经〉的译介》,《东方丛刊》2009年第4期。

袁锦翔:《评 H. A. Giles 英译〈醉翁亭记〉》,《中国翻译》1987年第5期。

岳峰:《架设东西方的桥梁——英国汉学家理雅各研究》,福建师范大学博士学位论文,2003年。

Z

曾婳颖:《从意识形态的视角看翟理斯对〈聊斋志异〉的重写》,华中师范大学硕士学位论文,2007年。

张国刚:《剑桥大学中国学的历史与现状》,《中国史研究动态》1995年第3期。

张国刚:《关于剑桥大学中国学研究的若干说明》,《中国史研究动态》1996年第3期。

张隆溪:《〈17、18世纪英国文学中的中国〉中译本序》,《国际汉学》第11辑,郑州:大象出版社,2004年。

张敏慧:《韦利及其楚辞研究》,云林科技大学汉学资料整理研究所硕士论文,2007年。

张西平:《树立文化自觉,推进海外汉学(中国学)的研究》,《学术研究》2007年第5期。

张西平:《在世界范围内考察中国文化的价值》,《中国图书评论》2009年第4期。

张轶东:《中英两国最早的接触》,《历史研究》1958年第3期。

张振先:《莎士比亚与京剧》,《争鸣》1957年第3期。

赵冰:《译者的文化身份与译作风貌——以霍克思和杨宪益为例》,北京航空航天大学博士论文,2007年。

赵沨:《中国古典戏剧在欧洲的旅行演出》,《戏剧报》1956年第2期。

赵武平:《英国采访札记:"我不在乎别人的意见"——〈红楼梦〉英译者霍克思的访谈》,《中华读书报》2001年1月17日。

郑锦怀:《〈红楼梦〉早期英译百年(1830—1933)——兼与帅雯雯、杨畅和江帆商榷》,《红楼梦学刊》2011年第4期。

郑振铎:《评Giles的中国文学史》,《郑振铎古典文学论文集》,上海:上海古籍出版社,1984年。

冶子:《十九世纪前中国小说对欧洲文学的影响》,《新作品双月刊》1967年1月。

周发祥:《〈诗经〉在西方的传播和研究》,《文学评论》1993年第6期。

周珏良:《读霍克斯英译本〈红楼梦〉》,《红楼梦研究集刊(第三辑)》,上海:上海古籍出版社,1980年。

周珏良:《数百年来的中英文化交流》,周一良主编:《中外文化交流史》,郑州:河南人民出版社,1987年。

周宁、宋炳辉:《西方的中国形象研究——关于形象学学科领域与研究范例的对话》,《中国比较文学》2005年2月。

朱炳荪:《读Giles的唐诗英译有感》,《外国语(上海外国语大学学报)》1980年第2期。

朱伟明:《英国学者杜为廉教授访谈录》,《文学遗产》2005 年第 3 期。

庄群英、李新庭:《英国汉学家西里尔·白之与〈明代短篇小说选〉》,《长春理工大学学报》2011 年第 7 期。

邹振环:《麦都思及其早期中文史地著述》,《复旦学报》2003 年第 5 期。

二、英文文献

(一)著作

A

Acton, Harold. *Peonies and Ponies*. Oxford University Press, 1941.

——. *Memories of an Aesthete*. London: Methuen, 1948.

——. *More Memoirs of an Aesthete*. London: Hamish, 1986.

Acton, Harold & Ch'en Sh'ih Hsiang. *Modern Chinese Poetry*. London: Duckworth, 1936.

Acton, Harold & Lewis Charles Arlington. *Famous Chinese Plays*. Peiping: Henri Vetch, 1937.

Alexander, Robert. *Teaou-Shin: A Drama from the Chinese*. London: Ranken and Company, Drury House, ST. Mary-Le-Strand, 1869.

Appleton, William W. *A Cycle of Cathay: The Chinese Vogue in English during the Seventeenth and Eighteenth Centuries*. New York: Columbia UP, 1951.

Arlington and Harold Acton, tr. and ed. *Famous Chinese Plays*. Peiping: Henri Vetch, 1937.

Ayscough, Forence and Lowell, Amy. *Fir-Flower Tablets, Poems Translated from the Chinese*. Boston and New York: Houghton Mifflin Company, 1921.

B

Baker, Mona. *In Other Words: A Coursebook on Translation*. Beijing: Foreign Language Teaching and Research Press, 2000.

Barrow, John. *Travels in China*. London: Cadell & Davis, 1804.

Beckson, Karl. *The Oscar Wilde Encyclopedia*. New York: AMS Press, 1998.

Bell, R.T. *Translation and Translating: Theory and Practice*. Beijing: Foreign Language Teaching and Research Press, 2001.

Birch, Cyril. *Stories from a Ming Collection*. London: Bodlay Head, 1958.

Birch, Cyril ed. *Anthology of Chinese Literature from Earliest Times to the Fourteenth Century*. Harmondsworth: Penguin Books Ltd., 1967.

Birch, Cyril & Keene, Donald. *Anthology of Chinese Literature: Volume I: From Early Times to the Fourteenth Century*. New York: Grove Press, 1994.

Bodde, Derk. *Chinese Thought, Society and Science: The Intellectual and Social Background of Science and Technology in Pre-modern China*. Honolulu: University of Hawaii Press, 1991.

Brewitt-Taylor, Charles Henry, tr. *Chats in Chinese. A Translation of the T'an Lun Hsin Pien*. Peking: The Pei-T'ang Press, MCMXXV (1901).

Brewitt-Taylor, Charles Henry tr. *San Kuo, or Romance of the Three Kingdoms Vol. I*. Shanghai, Hong Kong, Singapore: Kelly & Walsh, Limited, 1925.

Buss, Kate. *Studies in the Chinese Drama*. Boston: The Four Seas Company, 1922.

C

Cannon, Isidore Cyril. *Public Success, Private Sorrow: The Life and Times of Charles Henry Brewitt-Taylor (1857–1938), China Customs Commissioner and Pioneer Translator*. Hong Kong: Hong Kong University Press, 2009.

Chan, Leo Tak-hung ed. *One into Many: Translation and the Dissemination of Classical Chinese Literature*. Amsterdam: New York, 2003.

Ch'ien, Hsiao. *A Harp with a Thousand Strings*. London: Pilot Press Ltd., 1944.

Chu Chia Chien. *The Chinese Theatre*. London: John Lane, The Bodley Head, 1922.

Clark, T. Blake. *Oriental England: A Study of Oriental Influences in Eighteenth Century England as Reflected in the Drama*. Shanghai: Kelly & Walsh, 1939.

Cohen, J. M. *English Translators and Translations*. London: Longmans, Green, 1962.

Craig, Gordon.*Henry Irving*.New York：Longmans, Green and Co., 1930.

——.*The Theatre Advancing*.New York：Benjamin Blom,1963.

Cranmer-Byng, Launcelot.*A Lute of Jade：Being Selections from the Classical Poets of China*.New York：E.P.Dutton,1909.

Crump, James Irving. *Chinese Theater in the Days of Kublai Khan*. Tucson：University of Arizona Press,1980.

D

Davis, John Francis.*Laou-Seng-Urh, or, An Heir in His Old Age*.London：John Murray,1817.

——.*Chinese Novels*.London：John Murray,1822.

——.*Hien wun shoo*.London：John Murray, Albemarle Street,1823.

——.*Hao Chiu Chuan, The Fortunate union, a romance*.London：J. Murray,1829.

——.*The Fortunate Union, a Romance Translated from the Chinese Original with Notes and Illustrations to Which is Added a Chinese Tragedy*.London：Oriental Translation Fund,1829.

——.*The Chinese：A General Description of the Empire of China and Its Inhabitants*.London：Charles Knight,1836.

——.*Poetry and Criticism*.London：Bradbury and Evans,1850.

——.*The Chinese：General Description of China and Its Inhabitants*.London：C.Cox, 12, King William Street, Strand,1851.

Davis, John Francis.*China：A general Description of That Empire and Its Inhabitants*.London：J.Murray,1857.

——.*Chinese Miscellanies；A Collection of Essays and Notes*.London：J.Murray,1865.

——.*Chinese Miscellanies Essays and Notes*.London：John Murray, Albemarle Street,1865.

——.*The Poetry of the Chinese*.London：Asher and Co., Bedford Street,1870.

——.*The Poetry of the Chinese*, London：Asher and Co., 1870.

Davis, J.F.*On the Poetry of the Chinese*.New and augmented edition.Bedford Street：

Asher and Co., 1870.

——.*A History of Chinese Drama*.London：Elek Books Limited，New York：Harper & Row Publishers，1976.

——.*Eight Chinese Plays from the Thirteenth Century to the Present*.Columbia：Columbia University Press，1978.

Dawson，Raymond.*The Legacy of China*.Oxford：Clarendon Press，1964.

——.*The Chinese Chameleon：An Analysis of European Conceptions of Chinese Civilization*.London：Oxford UP，1967.

Dickinson，Goldsworthy Lowes.*Letters from John Chinaman*.London：J.M.Dent & Sons，Ltd.，1913.

Dolby，William.*Eight Chinese Plays from the Thirteenth Century to the Present*.Columbia：Columbia University Press，1978.

Du Halde，J.B.*Description of the Empire of China and Chinsese Tartar*.London，1738.

E

Eifring，Halvor ed.*Love and Emotions in Traditional Chinese Literature*.Leiden/Boston：Brill，2004.

Eliade，Mircea.*Shamanism*.London：Routledge and Kegan Paul，1970.

Eoyang，Eugene Chen.*The Transparent Eye：Reflections on Translation，Chinese Literature and Comparative Poetics*.Honolulu：University of Hawaii Press，1993.

Even-Zohar，Itamar.*Polysystem Studies*.Durham NC：Duke University Press，1990.

F

Fletcher，W.J.B.translated into English verse，with comparative passages from English literature.*More Gems of Chinese Poetry*.Shanghai：Commercial Pr.Ltd.，1923.

G

Giles，H.A. *A Dictionary of Colloquial Idioms in the Mandarin Dialect*.Shanghai：A.H.de Carvalho，1873.

——.*Synoptical Studies in Chinese Character*.Shanghai:Printed by A. H.de Carvalho,and sold by Kelly & Co., 1874.

——.*China Sketches*. London:Trübner & Co., Ludgate Hill. Shanghai:Kelly & Co., 1875.

——.*A Glossary of Reference on Subjects Connected with the Far East*.Hong Kong:Lane,Crawford & Co., Shanghai & Yokohama:Kelly & Walsh Ltd., London:TrRbner & Co.

——.*Chinese Sketches*.London:TrRbner & Co., 1876.

——.*From Swatow to Canton:Overland*.London:TrRbner & Co., Shanghai:Kelly & Walsh,1877.

——.*Handbook of the Swatow Dialect,with a Vocabulary*.Shanghai:Kelly & Walsh, 1877.

——.*A Short History of Koolangsu*,1878.Amoy:A. A. Marcal.

——.*On Some Translations and Mistranslations in Dr.Williams' Syllabic Dictionary of the Chinese Language*.Amoy,1879.

——.*Strange Stories from a Chinese Studio*.London:Thos.De La Rue & Co., 1880.

——.*Freemasonry in China*.Amoy:A. A. Marcal.1880.

——.*Historic China and Other Sketches*.London:Thos.De la Rue & Co., 1882.

——.*Gems of Chinese Literature*.London:Bernard Quaritch,15,Piccadilly.Shanghai:Kelly & Walsh,1884.

——.*Chuang Tzu,Mystic,Moralist and Social Reformer*.London:Bernard Quaritch, 1889.

——.*A Chinese-English Dictionary*.Shanghai:Kelly & Walsh,1892.

——.*A Catalogue of the Wade Collection of Chinese and Manchu Books in the Library of the University of Cambridge*.London:Cambridge University Press,1898.

——.*A Chinese Biographical Dictionary*.London:Bernard Quaritch,1898.

——.*Chinese Poetry in English Verse*.London:Bernard Quaritch.Shanghai:Kelly & Walsh,1898.

——.*A Catalogue of the Wade Collection of Chinese and Manchu Books in the Library of the University of Cambridge, Cambridge University Press, 1898.

——.A History of Chinese Literature.New York：D.Appleton and Company,1901.

——.China and the Chinese.New York：Columbia University Press,1902.

——.Religions of Ancient Chin.London：Archibald Constable & Co., 1905.

——.Chinese without a Teacher：Being a Collection of Easy and Useful Sentences in the Mandarin Dialect with a Vocabulary.Shanghai/Hong Kong/Yokohama/Singapore：Kelly & Walsh, Limited, 1901, Fifth and Revised Edition.

——.An Introduction to the History of Chinese Pictorial Art, With Illustrations. Shanghai：Kelly & Walsh Ltd., 1905.

——.A History of Chinese Literature.New York：D. Appleton and Company,1909.

——.A Chinese-English Dictionary, Second Edition, Revised & Enlarged.Shanghai, Hong Kong, Singapore, & Yokohama：Kelly & Walsh, London：Bernard Quaritch,1912.

——.China and the Manchus.Cambridge：Cambridge University Press,1912.

——.China and the Chinese.New York：The Columbla University Press,1912.

——.China and the Manchus.London：Cambridge University Press,1912.

——.Adversaria Sinica, Series Ⅱ, No.1.Shanghai：Kelly & Walsh,1915.

——.A Supplementary Catalogue of the Wade Collection of Chinese and Manchu Books in the Library of the University of Cambridge.Cambridge University Press,1915.

——.The Hundred Best Characters.Shanghai：Kelly & Walsh Co., 1919.

——.Some Truths about Opium.Cambridge：W. Heffer & Sons Ltd., 1923.

——.Gems of Chinese Literature(verse).Shanghai：Kelly & Walsh, Ltd., 1923.

——.Gems of Chinese Literature(prose).Shanghai：Kelly & Walsh, Ltd., 1923.

——.A History of Chinese Literature.New York and London：D. Appleton and company,1923.

——.Gems Of Chinese Literature.London：Kelly & Walsh,1923.

——.Chaos in China：A Rhapsody.Cambridge：W.Heffer & Sons,1924.

——.Translated and annotated. San Tzu Ching, Elementary Chinese. Republished revised second edition.New York：Frederick Ungar Publishing Co., 1963.

——.A History of Chinese Literature.Rutland, Vermont & Tokyo, Japan：Charles E.

Tuttle Company, 1973.

——.*The Journey of Herbert A. Giles From Swatow to Canton*. Shanghai: Fudan University Press, 2006.

Graham, Augus Charles, tr. *Poems of the Late T' ang*. Harmondsworth: Penguin, 1965.

Gruchy, John Walter. *Orienting Arthur Waley: Japonism, Orientalism, and the Creation of Japanese Literature in English*. Honolulu: University of Hawaii Press, 2003.

H

Hatim, Basil. *Communication across Cultures*. Shanghai: Shanghai Foreign Language Education Press, 2001.

Hawkes, David. *Ch'u Tz'u: The Songs of the South*. Cambridge UP, 1959.

——. tr. *Ch'u Tz'u, the Songs of the South: An Ancient Chinese Anthology*. London/Boston: Oxford University Press/Beacon Press, 1959/1962.

——. tr. *A Little Primer of Tu Fu*. Oxford: the Clarendon Press, 1967.

Hawkes, David tr. *The Story of the Stone*. Volume 1-3. Harmondsworth: Penguin Books, 1973-1980.

——. tr. *The Songs of the South: An Ancient Chinese Anthology of Poems by Qu Yuan and Other Poets*. Harmondsworth: Penguin Books, 1985.

——. John Minford & Siu-kit Wong, eds. *Classic, Modern and Humane Essays in Chinese Literature*. Hong Kong: The Chinese University Press, 1989.

——. *Classical Modern and Humane*, Edited by John Minford Siu-kit Wong. Hong Kong: The Chinese University Press, 1989.

——. *The Story of the Stone: A Translator's Notebooks*. Hong Kong: Centre for Literature and Translation, Ling Nan University, 2000.

——. tr. *Liu Yi and the Dragon Princess*. Hong Kong: The Chinese University Press, 2003.

——. *Letters from a Godless Grandfather*. Hong Kong, Christmas 2004.

Higgins, Iain Macleod. *Writing East: The "travels" of Sir John Mandeville*. Philadelphia: Pennsylvania UP, 1997.

Honey, David B. *Incense at the Altar: Pioneering Sinologists and the Development of Classical Chinese Philology*. New Haven: American Oriental Society, 2001.

Honour, Hugh. *Chinoiserie: The Vision of Cathay*. London: J. Murray, 1961.

Hsia, Adrian, ed. *The Vision of China in the English Literature of the Seventeenth and Eighteenth Centuries*. Hong Kong: The Chinese University Press, 1998.

Hsiao, Ch'ien, ed. *A Harp with a Thousand Strings*. London: Pilot Press Ltd., 1944.

Hsiung, S. I. trans. *The Romance of the Western Chamber*. London: Methuen, 1935.

Hung, William. *Tu Fu, China's Greatest Poet*. Cambridge: Harvard University Press, 1952.

I

Impey, Oliver. *Chinoiserie: The Impact of Oriental Styles on Western Art and Decoration*. London, 1977.

J

Johns, Francis A. *A Bibliography of Arthur Waley*. Rutgers University Press, 1968.

K

K, Rexroth. *An Autobiographical Novel*. New York: New Directions, 1964.

Koss, Nicholas. *The Best and Fairest Land: Images of China in Medieval*. Taipai: Bookman Books, Ltd., 1999.

L

Lach, Donald F. and Edwin J. Van Kley. *Asia in the Making of Europe*, Vol.3, Book Four: East Asia. Chicago UP, 1993.

LaFargue, Michael. *The Tao of the Tao Te Ching: A Translation and Commentary*. Albany, N.Y.: State University of New York Press, 1992.

Lee, Thomas H. C., ed. *China and Europe, Images and Influences in Sixteenth to Eighteenth Centuries*. Hong Kong: The Chinese University Press, 1991.

Lefevere, André. *Translation, Rewriting and the Manipulation of Literary Fame*. London & New York: Routledge, 1992.

Legge, James. *The Chinese Classics: The Shi King*. Hong Kong: Hong Kong University Press, 1960.

Liu, James J.Y. *The Interlingual Critic: Interpreting Chinese Poetry*. Bloomington: Indiana University Press, 1982.

M

Macgowan, John. *Sidelights on Chinese Life*. London: Kegan Paul, Trench, Trübner & Co., Ltd.

Macgowan, Rev. J. *Beauty: A Chinese Play*. London: E. L. Morice, 1911.

Mackerras, Colin. ed. *Chinese Theater from Its Origins to the Present Day*. Honolulu: University of Hawaii Press, 1983.

Mair, Victor H. ed. *The Shorter Columbia Anthology of Traditional Chinese Literature*. New York: Colombia University Press, 2000.

Mandeville, John. *The Travels of Sir John Mandeville: An Abridged Version*. London: William Collins Sons & Co. Ltd., 1973.

Maugham, W. Somerset. *On a Chinese Screen*. London: Heinemann, 1922.

May, Rachel & John Minford ed. *A Birthday Book for Brother Stone: For David Hawkes, at Eighty*. Hong Kong: The Chinese University Press, 2003.

Mayers, William Frederick. *The Chinese Reader's Manual: A Handbook of Biographical, Historical, Mythological, and General Literary Reference*. Shanghai: American Presbyterian mission press, 1874.

Minford, John & Joseph S. M. Lau, eds. *Classical Chinese Literature: An Anthology of Translations* (Vol.1). New York/ Hong Kong: Columbia University Press & The Chinese University of Hong Kong, 2000.

Morris, Ivan. *Madly Singing in the Mountains: An Appreciation and Anthology of Arthur Waley*. New York: Walker and Company, 1970.

N

Needham, Joseph. *Science and Civilisation in China*. Vol.6. London: Cambridge Univ. Press, 1996.

Newmark, Peter. *Approaches to Translation*. Oxford: Pergamon Press Ltd., 1982.

Nida, E. A. *Translating Meaning*. San Dimas: English Language Institute, 1982.

P

Paper, Jordan D. *Guide to Chinese Prose*. Second version. Boston: G.K. Hall & Co., 1984.

Pearsall, Judy. et al., *The New Oxford Dictionary of English*. Oxford: Oxford University Press, 1998.

Percy, Thomas. *Hau Kiou Choaan; or, The Pleasing History. A Translation from the Chinese Language*. London, 1761.

——. *Miscellaneous Pieces Relating to the Chinese*. London, 1762.

Purcell, V.W.W.S. *The Spirit of Chinese Poetry*. Shanghai: Kelly & Walsh, Ltd., 1929.

Puttenham, George. *The Arte of English Poesie*. Edited by Gladys Doidge Willcock & Alice Walker, Cambridge UP, 1936.

Q

Qian Zhongshu. "China in the English Literature of the Seventeenth Century." *Quarterly Bulletin of Chinese Bibliography*, I (1940), pp.351–384.

——. "China in the English Literature of the Eighteenth Century." *Quarterly Bulletin of Chinese Bibliography*, II (1941), pp.7–48; 113–152.

R

Reichwein, Adolf. *China and Europe: Intellectual and Artistic Contacts in the Eighteenth Century*. London: Routledge, 1925.

Reiss, K., E. F Rhodes tr. *Translation Criticism: The Potentials & Limitations*,

Shanghai: Shanghai Foreign Language Education Press, 2004.

Rexroth, Kenneth. *An Autobiographical Novel.* New York: New Directions, 1964.

——. *Love and the Turning Year: One Hundred More Poems from the Chinese.* New York: New Directions, 1970.

Reynolds, Frank E. *Guide to Buddhist Religion.* Boston, Mass.: G. K. Hall & Co., 1981.

Robert Kennaway Douglas, *Chinese Stories.* Edinburgh and London: W. Black Wood and Sons, 1893.

Ropp, Paul S. & Timothy Hugh Barrett ed. *Heritage of China: Contemporary Perspectives On Chinese Civilization.* Berkley: University of California Press, 1990.

Rose, Jonathan and Anderson, Patricia J. ed. *Dictionary of Literary Biography. Vol. 112: British Literary Publishing Houses, 1881–1965.* Detroit, London: Gale Research Inc, 1991.

Russell, Bertrand. *The Problem of China.* London: George Allen& Unwin Ltd., 1922.

S

Said, Edward. *Beginning: Intentions and Method.* New York: Basic Books, 1975.

Staunton, George. *An Authentic Accountic Account of an Embassy from the King of Great Britain to the Emperor of China*, 2 vols. London: Stockdale, 1797.

Staunton, George Thomas. *Narrative of the Chinese Embassy to the Khan of the Tourgouth Tartars, in the Years 1712, 1713, 1714, & 1715.* London: J. Murray.

Sullivan, Michael. *An Introduction to Chinese Art.* Berkeley and Los Angeles: University of California Press, 1961.

T

Temple, William. *The Works of Sir William Temple.* London, 1814.

V

Venuti, Lawrence. *The Scandals of Translation: Towards an Ethics of Difference.* New York: Rutledge, 1998.

——.*The Translation Studies Reader*.London:Routledge,2000.

W

Waley,Arthur.*Chinese Poems*.Lowe Bros.High Holborn:London W.C., 1916.

——.*A Hundred & Seventy Chinese Poems*.London:Constable and Co.Ltd., 1918.

——.*Japanese Poetry:The Uta*.Oxford:The Clarendon Press,1919.

——.*The Poem Li Po A.D.701-762*.London:East and West Ltd., 1919.

——.*More Translations from the Chinese*.London:George Allen & Unwin,1919.

——.*The Temple and Other Poems*.London:George Allen & Unwin Ltd., 1923.

——.*Poems from the Chinese*.London:Ernest Benn Ltd., 1927.

——.*A Catalogue of Paintings Recovered from Tun-huang by Sir Aurel Stein*.London:The British Museum,1931.

——.*The Book of Songs*.London:Allen & Unwin,1937.

——.*The Analects of Conucius*.London:George Allen & Unwin Ltd., 1938.

——.*Three Ways of Thought in Ancient China*.London:George Allen & Unwin Ltd., 1939.

——.*Translations from the Chinese*.New York:Alfred A.Knopf,1941.

——.*Monkey*.London:Allen & Unwin,1942.

——.*The Great Summons*.Honolulu:The White Knight Press,1949.

——.*The Life and Time of Po Chu-I,772-846 A.D.*London:George Allen & Unwin Ltd., 1949.

——.*The Poetry and Career of Li Po 701-762 A.D.*London:George Allen & Unwin Ltd., 1950.

——.*The Nine Songs,a Study of Shamanism in Ancient China*.London:George Allen and Unwin Ltd., 1955.

——.*Yuan Mei:Eighteen Century Chinese Poet*.London:George Allen & Unwin Ltd., 1956.

——.*Ballads and Stories from Tun-Huang;an Anthology*.London:Allen & Unwin,1960.

——.*The Secret History of the Mongols*.London:George Allen & Unwin Ltd.,1963.

Wang,Chi-Chen tr.*Dream of the Red Chamber*.New York:Twayne Publishers,1958.

Watson,Burton.*The Columbia Book of Chinese Poetry:From the Early Times to the 13th Century*.New York:The Columbia University Press,1984.

Winks,Robin W.& James R.Rush.*Asia in Western Fiction*.Manchester University Press,1990.

Y

Yang Hsien-yi & Gladys Yang tr.*The Li Sao and Other Poems of Ch'ü Yüan*.Peking:Foreign Languages Press,1953.

——.tr. *A Dream of Red Mansions*, Vol.1–3.Beijing:Foreign Languages Press,1978–1980 in hardback,1994 1st edition.

Yang Xianyi. *White Tiger:An Autobiography of Yang Xianyi*. Hong Kong: The Chinese University of Hong Kong,2002.

——.*White Tiger:An Autobiography of Yang Xianyi*.Beijing:Chinese University Press,2002.

Yip, Wai-lim.*Diffusion of Distances:Dialogues between Chinese and Western Poetics*.Berkeley:The Regents of the University of California Press,1993.

Z

Zung,Cecilia S. L.*Secrets of the Chinese Drama*.Shanghai:Kelly and Walsh,1937.

(二)论文

A

Acton,Harold."Ch'un-Hsiang Nao Hsueh." *Tien Hsia Monthly*,4(1939).

C

Chan,Connie."Appendix:Interview with David Hawkes." *The Story of the Stone's*

Journey to the West：A Study in Chinese-English Translation History.Conducted at 6 Addison Crescent,Oxford.Date：7th December,1998：299-335.

Chen Shouyi."Daniel Defoe,China's Severe Critic." *Nankai Social and Economic Quarterly*,8(1935),pp.511-550.

——."John Webb：A forgotten Page in the Early History of Sinology in Europe ." *The Chinese Social and Political Science Review*,19(1935-1936),pp.295-330.

——."The Chinese Garden in Eighteen Century England." *T'ien Hsia Monthly*,2(1936),pp.321-339.

——."The Chinese Orphan：A Yuan Play.Its Influence on European Drama of the Eighteen Century." *T'ien Hsia Monthly*,4(1936),pp.89-115.

——."Thomas Percy and His Chinese Studies." *The Chinese Social and Political Science Review*,20(1936-1937),pp.202-230.

——."Oliver Goldsmith and His Chinese Letters." *T'ien Hsia Monthly*,8(1939),pp.34-52.

Cuadrado,Clara Yu."Cross-cultural Currents in the Theatre：China and the West." *The Sketch*,Vol.9(1913).

D

Dobson,W.A.C.H."(Untitled Review) Ch'u Tz'u；The Songs of the South；An Ancient Anthology,Chinese By David Hawkes."Reviews of Books,*Journal of the American Oriental Society*,Apr.-Jun.,1959,79(2)：144-146.

Dolby,William."The Origins of Chinese Puppetry,"*Bulletin of the School of Oriental and African Studies*,University of London,Vol.41,No.1(1978).

——."Tea-trading Ship and the Tale of Shuang Chien and Su Little Lady,"*School of Oriental and African Studies*,Vol.60,No.1(January 1990).

——."Gazing Homewards：One Scene from a Traditional Chinese Play,"*Asian Theatre Journal*,Vol.7,No.1(Spring,1990).

——."Some Mysteries and Mootings about the Yuan Variety Play,"*Asian Theatre Journal*,Vol.11,No.1(April 1994).

E

Elvin, Mary. "Life of Tu Fu, the Poet, A.D.712-770." *Chinese Recorder and Educational Review* (*Foochow*). 1899, 30: 585-588.

F

Fan Cunzhong. "Chinese Culture in England from Sir William Temple to Oliver Goldsmith." *Harvard University Summaries of Ph.D. Theses*. 1931, pp.223-226.

——. "Dr. Johnson and Chinese Culture." *Quarterly Bulletin of Chinese Bibliography*, V (1945), pp.1-17.

——. "Percy and Du Halde." *The Review of English Studies*, XXI (Oct., 1945), pp.326-329.

Fan Cunzhong. "Sir William Jones's Chinese Studies." *The Review of English Studies*, XXII (Oct., 1946), pp.304-314.

——. "Chinese Fables and Anti-Walpole Journalism." *The Review of English Studies*, XXV (April., 1949), pp.141-151.

——. "Chinese Poetry and English Translation." *Waiguoyu*, 5 (1981).

——. "The Beginning of the Influence of Chinese Culture in England." *Waiguoyu*, 6 (1982), pp.2-13.

G

Giles, H. A. "A Poet of the 2nd Cent B. C." *The New China Review*, Vol. II, 1920, No.1, Feb.

——. "The *Tzu Erh Chi*: Past and Present." *The China Review*, XVI.

——. "Lockhart's Manual of Chinese Quotations." *The China Review*, Vol. xxi, pp.405-412.

——. "Mr. Lockhart's Manual of Chinese Quotations." *The China Review*, Vol. xxii, pp.547-551.

——. "The Hsi Yuan Lu, or Instructions to Coroners." *The China Review*, Vol. III.,

1874,pp.30-38,92-99,157-172.

——."Mr. Balfour's 'Chuang Tsze'." *The China Review*,Vol.11,No.1,1882.

——."The Remains of Lao Tzu:Re-Translated," *The China Review*, XVI,1885-1886.

——."Dr. Edkins on the 'Tao Te Ching'." *Journal of the China Branch of the Royal Asiatic Society*,Vol.xxi,nos.5 & 6,1886.

——."Notice of A Record of Buddhistic Kingdom, by Dr.Legge, Oxford, 1886." *Journal of the China Branch of the Royal Asiatic Society*,1886.

——."Dr. Legge's Crtical Notice of the Remains of Lao Tzu." *The China Review*, xvi,1888.

——." Notes," *The China Review*, XVI,1888.

——."Chinese Poetry in English Verse." *The Nineteenth Century*,Jan.1894.

——."Confucianism in the Nineteenth Century." *The North American Review*,Vol.171,issue 526,Sep.1900.

——."The Opium Edict and Alcohol in China." *The Nineteenth Century and After*, Dec.1907.

——."A Poet of the 2nd Cent.B.C." *The New China Review*,Vol.II,No.1,Feb,1920.

——."A Re-Translation." *The New China Review*,Vol. II ,No.4,August,1920.

——."Mr. Waley and 'the Lute Girl's Song'." *The New China Review*,Vol. III, No.4,August 1921.

——."The Caps and Belts." *The New China Review*,Vol.IV.,No.5,Oct.,1922.

H

Hanan,Patrick."The Development of Fiction and Drama." in Raymond Dawson eds., *The Legacy of China*,Oxford:Oxford University Press,1964.

Hawkes,David."Obituart of Dr.Arthur Waley."*Asia Major*,Volume 12,part 2,1966.

Hegel,Robert E."Reviewed works: *The Story of the Stone*; Vol. 4, *The Debt of Tears*; Vol.5, *The Dreamer Wakes*." *Chinese Literature:Essays,Articles,Reviews*(CLEAR), Jul.,1986,8(1/2):129.

Hegel, Robert E. "Untitled." *Chinese Literature: Essays, Articles, Reviews* (CLEAR), Vol.8, No.1/2 (Jul., 1986).

Hervouet, Yves. "David Hawkes, Ch'u Tz'u, The Songs of the South, an Ancient Chinese Anthology." *T'oung Pao*, 1959, 47: 84–97.

Hightower, James R. "Foreword." David Hawkes. *Ch'u Tz'ǔ: The Songs of the South*. Boston: Beacon Press, 1962: v–vi.

Hsu, Kai-Yu. "(Untitled Review) A Little Primer of Tu Fu. By David Hawkes." Book Reviews. *The Journal of Asian Studies*, Nov., 1968, 28(1): 154–155.

H.T.P., "On to China and to Stage Simplicities: To 'the Yellow Jacket' for Quaintness, Fantasy, and Illusion," *Boston Evening Transcript*, 20 February 1934.

J

Jonker, D.R. "David Hawkes: 'A little primer of Tu Fu' (Book Review)." Bibliographie. *T'oung Pao*, 1970, 56: 303–305.

L

Lau, Joseph S.M. "(Untitled Review) Cao Xueqin. The Story of the Stone. Volume 1 and 2. Translated by David Hawkes. Bloomington and London: Indiana University Press, 1979." Reviews. *Chinese Literature: Essays, Articles, Reviews* (CLEAR), Jul., 1980, 2(2): 300.

Li Wai-yee, "Untitled." *Harvard Journal of Asiatic Studies*, Vol.54, No.2 (Dec., 1994).

Lo, Andrew, "Untitled." *The China Quarterly*, No.137 (Mar., 1994).

Loewe, Dr. Michael. "The Origins and Growth of Chinese Studies in the U.K." *European Association of Chinese Studies Survey No.7*, 1998.

M

Monroe, Habrriet. "Chinese Poetry." *Poetry*, September, 1915.

Morris, Ivan. "Arthur Waley." *Encounter*, December, 1966.

P

Parker, E.H. "Chinese Poetry: Two translations of Tu Fu's poems." *The China Review, or, Notes & Queries on the Far East*, Nov., 1887, 16(3): 162.

Pollard, D.E. "Untitled." *Bulletin of the School of Oriental and African Studies*, University of London, Vol.45, No.3(1982).

Pym, Anthony. "Venuti's Visibility." *Target 8*, 1996(1): 165-177.

Q

Quennell, Peter. "Arthur Waley." *History Today*, August 1966.

R

Redman, Vere. "Arthur Waley, the Disembodied Man." *Asahi Evening News*, August, 1966.

Roberts, Rosemary. "Chinese Literature Translation Workshop." *Asian Studies Review*, 1995, 18(3): 134-135.

S

Shadick, Harold. "(Untitled Review) Ch'u Tz'u, The Songs of the South. An Ancient Chinese Anthology. By David Hawkes." Book Reviews. *The Journal of Asian Studies*, Nov. 1959, 19(1): 78-79.

Smith, C.G. "Only-A Note by C.G.Smith." *The Mask*, Vol.13(1927).

T

Teele, Roy E. "(Untitled Review) David Hawkes. *A Little Primer of Tu Fu*." Asia and Africa: China, *Books Abroad*, Winter 1969, 43(1): 151.

W

Waley, Arthur D. "A Chinese Picture." *Burlington Magazine*, Vol. XXX, 1917.

——."Note on The 'Lute-Girl's Song'." *The New China Review*, Vol. II, 1920, No.6.

——."Our Debt to China." *The Asiatic Review*, July 1940, 36(127):554-557.

——."Hymn to the Fallen." *Chinese Poems Selected from 170 Chinese Poems*. London: George Allen and Unwin Ltd., 1946:35.

——."Chinese Poet." *The Times Literary Supplement*, Friday, January 30, 1953:76.

——."(Untitled Review) Ch'u Tz'u, The Songs of the South. An Ancient Chinese Anthology. By David Hawkes." Reviews of Books. *Journal of the Royal Asiatic Society of Great Britain and Ireland*, Apr. 1960(1/2):64-65.

Wang, John C.Y. "Untitled." *The Journal of Asian Studies*, Vol.35, No.2 (Feb., 1976).

Widmer, Ellen. "Reviewed work: The Story of the Stone, Volume 5: The Dreamer Wakes." *Journal of the American Oriental Society*, Oct.-Dec., 1988, 108(4):650-652.

——."Untitled." *Journal of the American Oriental Society*, Vol.108, No.4 (Oct.-Dec., 1988).

Whitaker, K.P.K. "(Untitled Review) David Hawkes(tr.): Ch'u Tz'u, the Songs of the South: an Ancient Chinese Anthology." Reviews. *Bulletin of the School of Oriental and African Studies*, University of London, 1960, 23(1):169-170.

Williams, W.C. "Two New Books by Kenneth Rexroth." *Poetry*, June, 1957, XC:180.

Y

Yang, Gladys. "(Untitled Review) David Hawkes(tr.): *The Story of the Stone. A Novel in Five Volumes by Cao Xueqin. Vol. I: The Golden Days. Vol. II: The Crab-flower Club*. Bloomington, Ind.: Indiana University Press, 1979." Reviews. *Bulletin of the School of Oriental and African Studies*, University of London, 1980, 43(3):621-622.

——."Untitled." *Bulletin of the School of Oriental and African Studies*, University of London, Vol.43, No.3 (1980).

Z

Zucker, A.E. "China's 'Leading Lady'." *Asia*, Vol. XXIV, No.8, 1924.

索　引

一、人名索引

中文人名索引（以姓氏拼音字母顺序排列）

A

阿庇亚（Adolphe Appia）　　482,495,496,504,508

阿裨尔（Clarke Abel）　　408

阿尔托（Antonin Artaud）　　483,497,516

阿克顿,哈罗德（Harold Acton）　　12,159,181,274,396,402-415,421-427,434-435,452-459,470-493,578,588,608,610

阿连壁（Clement F.R.Allen）　　289,290

阿灵顿（L.C.Arlington）　　403,410,413,415,422,578,579

阿伦特（Carl Arendt）　　296

阿马格罗贝里（Sergei Amaglobeli）　　507

爱森斯坦（Sergei Eisenstein）　　507,508,510,512,513

埃杰顿,克莱门特（Clement Egerton）　　273-274,580

埃克,威廉（William Acker）　　161-164

埃林,艾兰(Alan Ayling)　　367-369

埃伦施泰因(Albert Ehrenstein)　　272

埃斯卡皮(Robert Escarpit)　　401

埃斯库,弗洛伦斯(Florence Ayscough)

艾布拉姆斯(M.H.Abrams)　　96,103,472

艾皓德(Halvor Eifring)　　383

艾朗诺(Ronald Egan)　　383,590

艾略特(T.S.Eliot)　　181,182,472

艾伦(Alan L.Wong)　　176,180,221,224,228,274,281,406,503,579-583,587-589

艾约瑟(Joseph Edkins)　　13-15,72,76

安德逊(Aeneas Anderson)　　407

安文思(Gabriel de Magalhaes)　　32

奥顿(W.H.Auden)　　12

B

巴德(Charles Budd)　　173,576

巴尔巴(Eugenio Barba)　　483

巴尔福(Frederic Henry Balfour)　　66,119

巴克(Lene Bech)　　531,532

巴里(James Matthew Barrie)　　411

巴罗,约翰(John Barrow)　　406-407,611

巴斯,凯特(Kate Buss)　　510-513

白晋(Joachim Bouvet)　　47

白之(Cyril Birch)　　19,242,274,275,279,280,285,370,400,404,410,422,465-467,470,474,479-481,582,587,588

班扬(John Bunyan)　　277

班索尔(B.S.Bonsall)　　315-317,520

鲍吾刚(Wolfgang Bauer)　　585

贝克莱(George Berkeley)　8

本里莫(J.H.Benrimo)　514

毕尔(Samuel Beal)　13,15-17

毕欧(Edouard Biot)　17,115

裨治文(Elijah Coleman Bridgman)　72

宾纳,威特(Witter Bynner)　144-146,153,159,180,257

宾扬,劳伦斯(Laurence Binyon)　178-179

波伏娃(Simone de Beauvoir)　205

波拉(Edward Charles Bowra)　76

波斯纳特(Hutcheson Posnet)　102

伯特顿夫人(Mrs.Betterton,Mary Saunderson Betterton)　53

伯希和(Paul Pelliot)　141,224,272

柏应理(Philippe Couplet)　32,34,47

勃顿(Robert Burton)　6

勃特勒(Samuel Butler)　360

博奥(Augusto Boal)　482

博顿利(Gordon Bottomley)　405,438

卜舫济(Francis Lister Hawks Pott)　296

卜朗特(J.Brandt)　292

卜立德(D.E.Pollard)　382,524

卜正民(Timothy Brook)　22

布贝尔,马丁(Martin Buber)　291

布莱克,谢利(Shirley M.Black)　583

布莱希特(Bertolt Brecht)　435,482,483,496-498,500,506,507,513,516,518

布雷德,格劳特(Gerald Bullett)　581

布雷特奈德(Emil Bretschneider)　17

布鲁克(Peter Brook)　483,498,502,504,513

布思比,盖伊(Guy Boothby)　11

C

晁德莅（Angelo Zottoli） 223

陈康妮（Connie Chan） 318,350

陈荔荔（Chen Li-li） 405

陈世骧（Chen Shih-hsiang） 159,403,404,410,413,422,470,588

陈依范（Jack Chin） 507,581

陈智诚（Plato Chan） 283

陈智龙（Christina Chan） 283

程修龄（Cecilia S.I.Zung） 579

程荫（Dorothy Yin Cheng Liu） 374

初大告（Chu Ta-kao） 174,176,291,293,579

楚辅彦（Robert Travelyan） 21

D

戴何都（Robert des Rotours） 17

戴乃迭（Gladys Yang） 240,274,279,285,326,355,369,377,381,520,522-525,532,533,543,549,555,581

戴遂良（Dr.Léon Wieger） 401,402,577

戴维斯（A.R.Davis） 165,166

丹钦柯（Nemirovich-Dancheko） 507

道格拉斯（Robert Kennaway Douglas） 15,17,77

道森,雷蒙（Raymond Dawson） 406,439

德庇时（John Francis Davis） 14,38,50-59,74,86,174,397,408,421,422,433,472,492,573

德利斯尔（Jean Delisle） 419

德莫朗（Georges Soulié de Morant） 292,293

邓罗（Charles Henry Brewitt-Taylor） 77,78,272,294,297-302,305-311,577

邓洛普,杰弗里（Geoffrey Dunlop） 272,577

邓肯（Isadora Duncan） 367,502

狄百瑞（Theodore de Bary） 169

狄更斯（Charles Dickens） 10,344,360,377

迪金森（Lowes Dickinson） 178

笛福（Daniel Defoe） 8,9,32

颠地（Lancelot Dent） 205

丁尼生（Alfred Tennyson） 10,36,181,361

杜德桥（Glen Dudbridge） 19,22,233,585,589

杜赫德 32,33,35,36,74,75,465

杜威廉（William Dolby） 400,402,404,406,409,410,415-418,427-430,439,440,442-444,446-450,453-455,457,460-474,477-479,484,488-491,585,587,588,590-592

杜希德（Denis Crispin Twitchett） 17,19,233

E

厄普尔德,阿伦（Alan Upward） 575

鄂多立克（Friar Odoric） 3

F

费诺罗萨（Ernest F.Fenollosa） 174,575

弗莱,罗杰（Roger Fry） 434

弗勒,劳埃（Roy Fuller） 180-181

弗雷泽（James Frazer） 234

弗米尔,汉斯（Hans Vermeer） 305,321

伏尔泰（Voltaire,François-Marie Arouet） 36,465

佛来遮（William John Bainbridge Fletcher） 135-140,153,575

福克,安顿（Anton Forke） 574

福纳罗（Carlo de Fornaro） 292

傅梅博（Herbert Furnke） 585

傅海波(G.Herbert Franke)　　17

G

冈特,玛丽(Mary Gaunt)　　11
高尔恩,老沃尔特(Walter Gorn Old)　　176
高克毅(George Kao)　　279
戈蒂耶,柔迪特(Judith Gautier)　　181
戈斯(Edmund W.Gosse)　　83,296
哥尔斯密(Oliver Goldsmith)　　7,8,36,607
格罗斯比,瓦尔特·德(John Walter de Grucby)　　181
格洛托夫斯基(Jerzy Grotowski)　　483,496-498
葛浩文(Howard Goldblatt)　　381
葛兰言(Marcel Granet)　　207-208,223
葛锐(Ronald Gary)　　386
葛瑞汉(Angus Charles Graham)　　175,232,574,584
古德曼(Nelson Goodman)　　569
顾赛芬(Seraphin Couvreur)　　205,207
桂五十郎(Isoo Katsura)　　190
郭实腊(Karl Friedrich August Gützlaff)　　288

H

哈代,托马斯(Thomas Hardy)　　131,411
哈克卢特(Richard Hakluyt)　　5,6
哈特,亨利(Henry H.Hart)　　403,422,579
哈扎德,埃莉诺(Eleanor Hazard)　　284
哈佐尔顿(George C.Hazelton)　　514
海德(Thomas Hyde)　　34,553,568
海德-威廉斯(Richard Hodder-Williams)　　34,553,568
海特,威廉(William Hayter)　　20,398-400,435

海斯（Helen M.Hayes） 281,285,287

韩南（Patrick Hanan） 288,400,439-442,452,453,459,460,465-467,472,473,475,477-479,486,487,490,491,584

韩献博（Bret Hinsch） 383

豪厄尔（E.B.Howell） 272,574,577,584

合信（Benjamin Hobson） 39

何古理（Robert E.Hegel） 382,524,525

赫伯特,乔治（George Herbert） 367

赫德（Robert Hart） 36,299,300

赫登,英尼斯（Innes Herdan） 586

赫里克,罗伯特（Robert Herrick） 367

赫斯（Helen M.Hayes） 577

亨顿,戴维（David Hinton） 591

亨施克,阿尔弗雷德（Alfred Henschke） 403,577

华兹生（Burton Watson） 169-173,323

黄国彬（Laurence K.P.Wong） 344,371-373,376

黄琼玖（Josephine Huang Hung） 405

霍布恩（Brian Holton） 27,384

霍尔,巴兹尔（Basil Hall） 408

霍古达（Gustav Haloun） 18

霍克思,大卫（David Hawkes） 130,181,192,232-269,312-393,520-570

J

基德牧师（Samuel Kidd） 73

基尔歇（Athanasius Kircher） 6

吉尔伯特（W.S.Gilbert） 101

江亢虎（King Kang-Hu） 144,145,258

杰米森（C.A.Jamieson） 297

金尼阁（Nicolas Trigault） 30,47

居里克(Robert H.van Gulik)　　17

K

卡莱尔(Thomas Carlyle)　　10,64-66,83,100,122

卡内蒂(Elias Canetti)　　12

卡彭特(Frances Carpenter)　　292,293

凯夫(Edward Cave)　　33,36,465

康同璧(K'ang T'ung-pi)　　414

考狄(Henry Cordier)　　174

考特沃尔(Robert Kotewall)　　165,166,168

柯大卫(David Collie)　　223

柯勒律治(Samuel Coleridge)　　4,9,30

科伯(Jacques Copeau)　　482,483,496

科尔布鲁克(Henry Thomas Colebrooke)　　15

克拉克,巴雷特(Barrett H.Clark)　　290

克莱贝尔格,拉尔斯(Lars Kleberg)　　506

克莱默-宾格(J.L.Cranmer-Byng)　　71,130-135,146-147,152,257

克莱默-宾格(J.L.Cranmer-Byng M.C.,小宾格)　　131

克雷,戈登(Edward Gordon Craig)　　482,495,496,502,504,505-519

克里格尔,维克多丽娜(Victorina Kriger)　　507

孔子(Confucius)　　6,7,10,21,32,33,39,40,42-44,47,48,50,52,56,64,67,68,75,94,99,101,115,117,119,120,131,144,161,165,183,198,206,222,223,447,450,546,582

库柏,阿瑟(Arthur Cooper)　　324

邝如丝(Rose Quong)　　291

昆西,德(Thomas De Quincey)　　9

L

拉弗,詹姆斯(James Laver)　　4,12,34,228,273,277,360,402,403,421,

577,592

 拉雷（Walter Raleigh）　　4,5

 莱伯,麦克西姆（Maxim Lieber）　　290

 赖恬昌（T.C.Lai）　　586

 兰金（Mary Backus Rankin）　　384

 兰陀（Walter Savage Landor）　　7,10

 雷迪斯（Betty Radice）　　318,323,324

 雷恩,埃伦（Allen Lane）　　320

 雷慕沙（Jean Pierre Abel Rémusat）　　59,85,106,121

 雷孝思（Jean-Baptise Regis）　　47

 李高洁（Cyril Drummond Le Gros Clark）　　175,578

 李明（Louis-Daniel Le Comte）　　32,36

 李提摩太（Timothy Richard）　　280,285,287,574

 李葳仪（Li Wai-yee）　　528,529

 李义谢（Lee Yi-hsieh）　　274,580

 李约瑟（Jeseph Needham）　　17,19,234

 里欧（Emile Victor Rieu）　　320,321,323,324

 理雅各（James Legge）　　13-16,19,38-44,46-50,58,59,66,67,70,84,85,87,91,113-115,118,119,126,140,188,191,205-208,222-225,253,312,458,583

 利玛窦（Matteo Ricci）　　13,30,38,40,54,207

 刘殿爵（D.C.Lau）　　229,230,584,585

 刘绍铭（Joseph S.M.Lau）　　375,376,522

 刘陶陶（Tao Tao Sanders）　　374

 柳存仁（Liu Ts'un-yan）　　391

 龙彼得（Pier van der Loon）　　19,232,400,401,404,427,440,442,444,445,451,455-457,464,471,472,475-477,479,588,591,592

 罗伯聘（Robert Thom）　　76

 罗伯逊,帕克斯（Pax Robertson）　　421,576

 罗默,萨克斯（Sax Rohmer）　　11,608

罗慕士（Moss Roberts） 297,307,308,311

罗溥洛（Paul S.Ropp） 5,382

罗素（Bertrand Russell） 21,414,579

罗伊（Roy Earl Teele） 31,260

骆任廷（James Haldance Stewart Lockhart） 174,578

雒魏林（W.Lockhart） 72

卢庆滨（Andrew Lo） 529

鲁惟一（Michael Loewe） 233

M

马顿斯（Frederick Herman Martens） 278,285,287,292,297

马多克斯,福特（Ford Madox） 180

马克林（Colin Mackerras） 587

马礼逊,罗伯特（Robert Morrison） 73,87,289,408,600

马瑟斯（E.P.Mathers） 576

马什曼（Joshua Marshman） 222,408

麦都思（Walter Henry Medhurst） 13,617

麦高恩（John Macgowan） 421,422,451,452,461,574

麦金托什,邓肯（Duncan Mackintosh） 367,502

麦克劳德（John Macleod） 408

麦克莫兰,伊恩（Ian McMorran） 232

麦克休,弗洛伦斯（Frorence McHugh） 372,386,583

麦克休,伊萨贝尔（Isabel McHugh） 372,386,583

曼德维尔（John Mandeville） 3,4,13,22

曼斯菲尔德（John Masefield） 361

毛姆（William Somerset Maugham） 11,69,411

梅辉立（William Frederick Mayers） 14,65,122,289

梅瑞狄斯（George Meredith） 10

梅耶荷德（Vsevolod Emilievich Meierkholid） 482,496,507,508,516,518

蒙罗,哈丽特(Harriet Monroe)　　413

米奥尔,伯纳德(Bernard Miall)　　273,580

米怜(William Milne)　　13,40,408

密尔斯(Isabella Mears)　　176

闵福德(John Minford)　　26,27,316,318,324-327,329,341,373,376,377,380,382,383,385,392,524-527,533

莫尔,奥布里(Aubrey Moore)　　67

莫里斯,阿瑟(Arthur Maurice)　　227

莫里斯,威廉(William Morris)　　420,433

穆尔(George Moore)　　434

穆勒(Fredrich Max Müller)　　14,39

N

奈达,尤金(Eugene Nida)　　321,534-535

匿克尔斯(William Nichols)　　8

纽霍夫(Johan Nieuhoff)　　6

纽曼,弗朗西斯(Francis Newman)　　420

诺弗特纳(Zdena Novotna)　　282

O

奥斯本(Dorothy Osborne)　　31

P

帕尔格雷夫(Francis Turner Palgrave)　　258

帕克,彼得(Peter Parker)　　20,398,400,435

帕斯顿,约翰(John Pasden)　　385

潘子延(Z.Q.Parker,Pan Tze-yen)　　291,293

庞德(Ezra Pound)　　173,179-181,564,565,571,572,575,582

裴玄德(Jordan D.Paper)　　380

皮姆,安东尼(Anthony Pym) 321

平托(Fernando Mendez Pinto) 31

珀切斯,萨缪尔(Samuel Purchas) 30

珀西,托马斯(Thomas Percy) 34-37

普多夫金(Vsevolod Pudovkin) 507

普赖斯(James Price) 323-325

普劳德富特(William Jardine Proudfoot) 407

Q

钱伯斯(Willian Chambers) 36,37,584

钱锺书(Ch'ien Chung-shu) 6,34,174,379,383,460,566

乔叟(Geoffrey Chauer) 4

乔伊斯(James Joyce) 12,360

琼斯,威廉(William Jones) 36-37

琼斯,约翰(John Christopher Jones) 387-391

裘里(H.Bencraft Joly) 78,372,520,532,541,542,549

屈维廉(R.C.Trevelyan) 159,160,581

R

儒莲(Stanislas Aignan Julien) 40,59,72,86,106,121,403,582

瑞恰慈(I.A.Richards) 12,414,578

S

赛思,维克拉姆(Vikram Seth) 263

瑟内尔(George Theiner) 282,285

沈福宗(Michel Shen Fo-Tsoung) 34

施莱尔马赫(Friedrich Schleiermacher) 420

施耐德(Laurence A.Schneider) 245

时钟雯(Shih Chung-wen) 405,472,478,585

索　引　649

史超活（Frederick Stewart）　39

史密斯（Norman L.Smith）　165,166,168,409,415

司登得（G.C.Stent）　77,295

斯当东,伦纳德（George Leonard Staunton）　9,14,407,408

斯当东,托马斯（George Thomas Staunton,小斯当东）　14,15,73,397,407,408

斯卡伯勒（Earl Scarborought）　20,252,398-400

斯科特（Adolphe Clarence Scott）　178,405,583

斯坦顿,威廉（William Stanton）　78-79

斯坦尼斯拉夫斯基（Stanislavski）　481-484,495,496,504,507,508

斯坦因（Aurel Stein）　199

斯悌尔（John Clendinning Steele）　297

宋淇（Stephen C.Soong）　336,374,375,379

苏慧廉（William Edward Soothill）　222

苏源熙（Haun Saussy）　529

T

塔伊罗夫（Aleksandr Tairov）　507,508,514

泰勒,爱德华（Edward Taylor）　62

泰勒,兰德尔（Randal Taylor）　32

泰纳（Hippolyte Taine）　102,104

坦普尔,威廉（William Temple）　6,7,8,31

汤姆斯（Peter Perring Thoms）　16,74,75,294,295

特利季亚科（Sergei Tretyakov）　508,510,513

W

瓦茨（John Watts）　33,465

瓦格纳（Wilhelm Richard Wagner）　496,506

瓦西里耶夫（B.Vassiliev）　509,510

王尔德,奥斯卡(Oscar Wilde)　　10,67,69,413,608

王际真(Chi-chen Wang)　　272,273,279,285,287,315,354,355,386,577,584

王靖宇(John C.Y.Wang)　　375,520,521

威尔金逊(James Wilkinson)　　35

威尔逊(Epiphanius Wilson)　　573

威廉姆斯,布兰奇(Blanche Colton Williams)　　290

威廉斯,爱德华(Edward Thomas Williams)　　403

威斯,库尔特(Kurt Wiese)　　283

威妥玛(Thomas Francis Wade)　　14,16,71-73,82,84,91,106,149,309,417,422,423,428

韦伯(John Webb)　　6

韦尔,詹姆斯(James Ware)　　277-279,285-287,577,592

韦尔斯(Herbert Wells)　　411

韦利(Arthur Waley)　　17,19-21,24-26,58,71,82,84,98,99,130,153,159-164,169,172-174,178-201,203-234,236,241,253,254,259,266,272-275,281-283,285-287,312,314,367,374,398,404,458,517,575,578-584,586

韦利,艾利森(Alison Waley)　　283

韦廉臣(Alexander Williamson)　　13

韦努蒂(Lawrence Venuti)　　396,419,420,571

伟烈亚力(Alexander Wylie)　　76,91,100

卫方济(Francois Noel)　　406

卫匡国(Martinus Martini)　　6

卫礼贤(Richard Wilhelm)　　206,278,292,297

卫三畏(Samuel Wells Williams)　　72,76,78,288,295

魏爱莲(Ellen Widmer)　　382,525-527

倭纳(Edward Theodore Chalmers Werner)　　278,279,285,290,401,402,576,577

沃顿,威廉(William Wotton)　　7-8

索　引　651

沃兹,阿兰(Alan W.Watts)　152

吴板桥(Samuel I.Woodbridge)　78,276,280,285,286

吴经熊(John C.H.Wu)　174-176

吴燕娜(Wu Yenna)　377

伍兹沃斯(Judith Woodworth)　419

X

希尔顿,詹姆斯(James Hilton)　4,12

西门华德(Walter Simon)　19

禧在明(Walter Caine Hillier)　15,291,292

夏志清(C.T.Hsia,Hsia Chih-tsing)　279,285,329

萧伯纳(Bernard Shaw)　411,412

谢弗尔,彼得(Peter Shaffer)　27,502-503

谢扶利(Gelfery)　39

谢克纳(Richard Schechner)　483

熊式一(S.I.Hsiung,Hsiung Shih-I)　252,404-406,410-412,422,433,435,467,473,578,579,586

休姆,弗朗西斯(Frances Hume)　181,403,422,582

Y

亚当斯,乔治(George Adams)　78,397

亚历山大,罗伯特(Robert Alexander)　76,397,472

燕卜荪(William Empson)　12,313,414

耶茨(W.D.Yetts)　576

叶女士(Evangeline Dora Edwards)　159,177,301,403,580

叶维廉(Wai-lim Yip)　376

叶芝(William Butler Yeats)　12,182,566,567

伊礼士(Henry Ellis)　407

伊懋可(Mark Elvin)　19,232

依修伍德(Christopher Isherwood)　　12

余国藩(Anthony C.Yu)　　282,285,286,329,376,527-530,532

袁书菲(Sophie Volpp)　　530

约翰逊(Samuel Johnson)　　33,37

Z

曾德昭(Alvarez Semedo)　　31

渣甸(William Jardine)　　205

翟理斯(Herbert Allen Giles)　　14,16,24,25,38,50,52,58-73,82-127,130,131,133,140,152,159,173,174,182,187-191,196,197,205,206,217,253,260,261,276,277,285-287,290,291,295,296,299,312,317,401,403,417,421,437,438,440,442,450,458,474,573,578,579

翟林奈(Lionel Giles)　　50,140,141,143,175-176,228-230,574,576,579,580

詹姆斯(Edwin Oliver James)　　227

詹宁斯(Roger Soame Jenyns)　　152-155,157-159,257

湛约翰(John Chalmers)　　39,118

周锡瑞(Joseph Esherick)　　384

庄士敦(R.F.Johnston)　　177,573,576

庄延龄(Parker,Edward Harper)　　77,236

祖克(A.E.Zucker)　　402,511,577

二、专有名词索引

B

巴黎中国学院(法兰西学院汉学研究所)(Institut des Hautes Etudes Chinoises de Paris)　　317

北京北堂出版社(Peking Pei-T'ang Press)　　296,302

《北京东方学会杂志》(简称 *JPOS*)(*Journal of the Peking Oriental Society*)　　296

索　引　653

北平亨利·魏智法文图书馆(Henri Vetch)　　403,579

波士顿豪尔公司(G.K.Hall & Co.)　　380

不列颠及爱尔兰皇家亚洲学会　　26(Royal Asiatic Society of Great Britain and Ireland)　　15,16,37,40,51,55,72,141,253,299

布莱克伍德父子出版公司(W.Black Wood and Sons)　　77

布鲁姆斯伯里文化圈(The Boomsbury Group)　　398,435

C

查尔斯·耐特出版公司(Charles Knight & Co.)　　58

超自然剧(supernatural plays)　　459,472,477

纯文学(pure literature)　　1-79,82-127,130,132,134,136,138,140,142,144,146,148,150,152,154,156,158,160,162,164-166,168-170,172,174-180,182-190,192-194,196-198,200,202,204-208,210,212,214,216,218-220,222,224-226,228,230,232-238,240,242-254,256-258,260,262-266,268,270,272-280,282,284-290,292-296,298,300,302,304-306,308,310,312-318,320-330,332,334,336,338,340-342,344,346,348,350-352,354,356-358,360,362-364,366-388,390,392,396-406,408-410,412-422,424-428,430-444,446-448,450-458,460,462,464,466,468,470-472,474,476-482,484,486,488-490,492,494,496,498,500,502,504,506,508,510-512,514,516,518-526,528-536,538,540,542-550,552-554,556-558,560,562,564-592

D

《大不列颠及爱尔兰皇家亚洲学会会刊》(Journal of the Royal Asiatic Society of Great Britain and Ireland)　　15,16,37,40,51,55,72,141,253,299

《大学》(Ta Hio;The First of the Four Books)　　32,39,42,43,73,116

《大雅》(Ta-ya)　　56

《淡江评论》(Tamkang Review)　　375

《道德经》(Too Teh King)　　47,49,68,89,90,118,119,121,162,176,177,223,227-229,231,232

《东方圣书》(The Sacred Books of the East)　14,39,46-50

东方和亚非研究学院(The School of Oriental and African Studies)　399

东方研究学院(The School of Oriental Studies)　399

东京讲谈社(Kodansha International)　283

"对立面"(antithesis)　67

F

反基督教诗(anti-Christian lyrics)　61

福建船政学堂(The Naval Dockyard School)　298-299,306

G

格拉斯哥布莱基出版社(Blackie Academic and Professional)　283

《国风》(Kwoh foong, or the Manner of Different States)　56

H

《哈佛亚洲研究》(Harvard Journal of Asiatic Studies)　27,376,527,529,530

《海特报告》(The Hayter Report)　20,398,400,435

《忽必烈汗》(Kubla Khan)　4,9,30

《花笺记》(Chinese Courtship: In Verse)　74,75

《华英字典》(Chinese-English Dictionary)　13,16,60,71-73,317,417

《皇家亚洲学会华北分会会刊》(Journal of the North-China Branch of the Royal Asiatic Society)　15,16,37,40,51,55,72,141,253,299

《皇家亚洲学会会议纪要》(Transactions of the Royal Asiatic Society of Great Britain and Ireland)　15,16,37,40,51,55,72,141,253,299

《霍德-威廉斯报告》(The Hodder-Williams Report)　20,398,400,435

《霍克思文库》(The David Hawkes Collection)　328,338

J

基督圣体会(Guild of Corpus Chrisi)　15

基督圣体学院（Corpus Christi College） 15

剑桥赫弗出版公司（W.Heffer and Sons） 405,586

《剑桥评论》（The Cambridge Review） 188-189

蒋经国基金会（Chiang Ching-kuo Foundation） 400

经史子集（Classics；History；Philosophers；Belles-lettres） 91,93

K

《坎特伯雷故事集》（The Canterbury Tales） 4

克诺普夫出版公司（Knopf Publishing Group） 272

凯辛格出版社（Kessinger Publishing） 578

L

《雷伊报告》（The Reay Report） 398-400

《礼记》（The Li Ki or Books of Rites） 33,39,49

《聊斋志异选》（Strange Stories from a Chinese Studio） 60-63,70,82,100,101,121,290

《伦敦大学东方与非洲研究院学报》（Bulletin of the School of Oriental and African Studies） 275

《论语》（The Confucian Analects） 32,37,39,41-44,68,161,162,184,207,223-226,231,232,398,535,579

拉特兰郡查理斯·塔特尔出版社（Charles E.Tuttle Co.） 83

蓝登书屋（Random House） 177

兰肯公司（Ranken and Company） 76

朗文杂志（Longman's Magazine） 434

利特尔·布朗出版公司（Little Brown and Company） 577

伦敦阿瑟·普洛普斯坦因公司（Arthur Probsthain） 177,200,580

伦敦埃里克公司（P.Elek Publisher） 402,588

伦敦保罗·哈姆林出版社（Paul Hamlyn & Co.,Ltd.） 282

伦敦伯纳德·夸里奇公司（Bernard Quaritch Company Ltd.） 70,296

伦敦大学学院(University College, London) 73

伦敦丹尼斯·多布森出版社(Dennis Dobson) 578,581

伦敦德·拉·鲁公司(De La Rue & Co., Ltd.) 63-65,101,121-123,294-295

伦敦东方翻译基金会(Oriental Translation Fund) 54

伦敦东西方出版公司(East and West Ltd.) 220,575

伦敦哈拉普出版公司(George G.Harrap & Co.Ltd.) 278,290

伦敦杰拉德·豪公司(Gerald Howe & Co.Ltd.) 272

伦敦金鸡出版社(The Golden Cockerel Press) 274,580

伦敦康斯太保公司(Constable Company Ltd.) 575,584

伦敦路特里奇出版社(Routledge & Kegan Paul, Ltd.) 584,585

伦敦罗代尔出版社(London, Rodale Press) 403,582

伦敦洛瓦特·迪金森和托马逊出版公司(Lavot Dickson & Thompson, Ltd.) 7,11,21,179

伦敦麦勋书局(Methuen Publishing) 578

伦敦米特雷出版社(Mitre Press) 406,587

伦敦乔纳森·凯普公司(Jonathan Cape Ltd.) 149,578

伦敦乔治·艾伦与昂温出版公司(George Allen & Unwin Ltd.) 177,180,221,224,228,274,281,406,503,579-583,587-589

伦敦乔治·路特里奇父子公司(George Routledge &Sons, Ltd.) 272-273

伦敦特吕布纳公司(K.Paul, Trench, Trubner & Co., Ltd.) 579

伦敦托马斯·沃纳·劳里出版公司(T.Werner Laurie Ltd.) 272

伦敦威廉·海涅曼出版公司(William Heinemann & Unwin Ltd.) 83,276,295

伦敦威廉·霍奇出版公司(William Hodge and Company) 302

伦敦威森出版社(Vision Press) 405,586

伦敦约翰·莱恩出版社(John Lane Company) 580

伦敦约翰·莱曼出版公司(J.F.Lehman & Company) 274

伦敦约翰·默里出版公司(John Murray Company Ltd.) 130,133,176

M

《曼德维尔游记》(*The Travels of Sir John Mandeville*)　3,4,13,22

《民族生活与民族性》(*National Life and Character: a Forecast*)　10

美国《诗刊》(*Poetry: A Magazine of Verse*)　575

《美国东方研究协会会刊》(*Journal of the American Oriental Society*)　382,525

美国哥伦比亚大学出版社(University of California Press)　404,588

N

《纽约书评》(*The New York Review of Books*)　380

牛津大学博德利图书馆(Bodleian)　34

牛津大学出版社(Oxford University Press)　14,159,160,275,315,320,322,324,325,377,403,576,579,583,584,587,588

牛津培格曼出版公司(Pergamon Press)　584

纽约阿尔夫雷德·克诺普夫出版社(Alfred A. Knopf)　272

纽约阿普尔顿出版公司(D. Appleton & Company)　106

纽约布伦塔诺出版公司(Brentano's Publishers)　290

纽约丛树(格罗夫)出版社(Grove Press; Frederick Ungar Publishing Co.)　83,106

纽约达顿出版社(E. P. Dutton & Company)　281

纽约弗雷德里克·斯托克出版公司(Frederick A. Stokes Co.)　278,292,297

纽约哈柏和罗出版公司(Harper & Row Publishers)　386

纽约惠特莱锡出版社(Campbell-Whittlesey House)　283

纽约科沃德-麦卡恩出版社(Coward-McCann, Inc.)　279

纽约麦格劳-希尔图书公司(McGraw-Hill Book Company)　283

纽约万神殿图书公司(Pantheon Books Inc.)　291

纽约约翰·戴公司(或称"庄台公司")(The John Day Company)　281

O

欧洲中国学协会(European Association of Chinese Studies)　399

P

《帕克报告》(The Parker Report)　20,398,400,435

《评论季刊》(Quarterly Review)　54

《珀切斯游记》(Purchas His Pilgrimage)　30

Q

企鹅丛书(Penguin Books)　176,405,584,585

《企鹅中国诗选》(The Penguin Book of Chinese Verse)　165,166

全苏对外文化关系协会(VOKS-The All-Union Society for Cultural Relations with Foreign Countries)　509

S

《三字经》(A Translation of San Tsi King; the Three-character Classic)　55,59,73,86,174,261,262

商务印书馆(Commercial Press, Limited)　4,20,94,107,135,138,174,186,274,283,291,410-412,424,425,433,436,437,453,462,494,534,565,575,576,578,581,587

上海北华捷报社(N.C.Herald)　277

上海别发洋行(Kelly & Walsh)　70,87,175,272,296,573,574,576-579

上海基督教文学会(Christian Literature Society)　574

上海美华书馆(Presbyterian Mission Press)　297

上海文理学会(Shanghai Literary and Scientific Society)　15,72

上海新艺术与文学出版社(Shanghai New Art and Literature Pub.)　583

《尚书》(The Shoo King)　33,39,43,48

《诗经》(Shi' King)　14,15,26,33,37,39,48,55,56,71,74,75,99,103,

104,113-115,130,131,134,153,159-161,165,166,174,175,183-185,192-196,198,202,204,206-209,211,232,234,251,398,425,443,565,579

《十九世纪》(The Nineteenth Century) 78,397

《世界公民》(Letters from a Citizen of the World, to His Friends in the East) 7

《斯卡伯勒报告》(The Scarborough Report) 20,253,398-400

《颂》(Soong) 56

神智出版社(Theosophical Publishing House) 177

圣母玛利亚会(Guild of the Blessed Virgin Mary) 15

诗言志(emotion expressed in words) 101,184

俗讲变文(Mandala texts) 446

T

塔夫斯大学(Tufts University) 405,587

台北汉光出版公司(Hilit Pub.Co.) 282

《泰晤士报》(The Times) 380

泰晤士与哈德逊公司(Thames and Hudson & Unwin Ltd.) 161

唐传奇(marvel tales;chuanqi) 446,474

《天下月刊》(T'ien Hsia Monthly) 175,177,209,402,403,410,580

W

外文出版社(Foreign Languages Press) 282-284,297,326,523,573

《望江亭》(Curing Fish on the Banks of the River in Autumn) 74,397

维吉尔研究社(Virgil Society) 320

威利-普特南公司(Wiley & Putnam) 288

威妥玛-翟理思拼音法(Wad-Giles Romanization) 14,16,71-73,82,84,91,106,149,309,417,422,423,428

《文汇》(Encounter) 374

文学(literature) 1-79,82-127,130,132,134,136,138,140,142,144,146,148,150,152,154,156,158,160,162,164-166,168-170,172,174-180,182-190,

192-194,196-198,200,202,204-208,210,212,214,216,218-220,222,224-226,
228,230,232-238,240,242-254,256-258,260,262-266,268,270,272-280,282,
284-290,292-296,298,300,302,304-306,308,310,312-318,320-330,332,334,
336,338,340-342,344,346,348,350-352,354,356-358,360,362-364,366-388,
390,392,396-406,408-410,412-422,424-428,430-444,446-448,450-458,460,
462,464,466,468,470-472,474,476-482,484,486,488-490,492,494,496,498,
500,502,504,506,508,510-512,514,516,518-526,528-536,538,540,542-550,
552-554,556-558,560,562,564-592

《文学杂志》(Literary Magazine)　33

X

《孝经》(The Hsiao King)　39,48,73
《小评论》(Little Critic)　180
《小雅》(Seaon-ya)　56
相对论(relativity)　67
香港大学出版社(Hong Kong University Press)　298,583
香港《译丛》(Renditions)　320
《新中国评论》(The New China Review)　190,191
熊猫丛书(Panda Books)　279
《袖珍朗文作家字典》(The Longman Pocket Writer's Companion)　384
《学术提要》(The Works of the Learned)　33

Y

《亚东杂志》(简称EAM)(East of Asia Magazine)　285
《亚洲评论》(The Asiatic Review)　273
亚洲学会(Asiatick Society)　15,16,37,40,51,55,72,141,253,299
《亚洲研究》(Journal of Asian Studies)　27,375,521,530
《亚洲杂志》(Asiatic Journal)　54,75,294,295,588
《一个中国官员的来信》(Letters from a Chinese Official)　7

异己（alter ego） 503，519

《易经》（The Yi King, or Books of Changes） 2，33，39，47，207

英格兰高等教育资金委员会中国评估小组（HEFCE Review Group on Chinese Studies） 20

英国皇家文学社（Royal Society of Literature） 320

英国皇家学会（Royal Academy） 398

英国中国学协会（the British Association of Chinese Studies） 399

盂兰盆会（Avalambana Festival） 456，475，476

元杂剧（Yuan Drama or Variety Drama） 27，54，76，402，404，405，437，440，446，448-450，457，460，465-467，470，472，477-479，488-490，585，588

《约翰中国佬的来信》（Letters from John Chinaman） 7

Z

《政治家》（The Statement） 190

《中国丛报》（Chinese Repository） 76，87，90，288，295

《中国概览》（China Sketches） 60

《中国话》（The Chinese Speaker） 76

《中国季刊》（China Quarterly） 27，400，529，587

《中国经典》（The Chinese Classics） 38-43，46，48，50，59，85，115，583

《中国评论》（The China Review） 66，76-78，87，88，90，118，289，295，300，301

《中国神话故事》（Chinese Fairy Tales） 126

《中国圣书》（The Sacred Books of China） 38-40，46

《中国文学》（Chinese Literature: Essays, Articles, Reviews） 27，279，285-287，382，479，522，524，531，573

《中国笑话选》（Quips from a Chinese Jest-book） 126，127

中国研究会（Chinese Studies） 399

《中国杂志》（The China Magazine） 76

中国展望出版社（Prospect Pub. House）　282

《中国哲学家孔子》（*The Morals of Confucius, A Chinese Philosopher*）　32

《庄子》（*Chuang Tzu, Mystic, Moralist and Social Reformer*）　60,66-69,120

后　记

　　经过全体合作者的数年努力，《20世纪中国古代文学在英国的传播与影响》的出版书稿全部完成，心中的一块大石头稍稍落下，颇感欣慰。自20世纪90年代中期开始，我把主要学术方向放在中英文学与文化关系领域，陆续出版了十种著作，受到了学界同行的热情鼓励。其中，中国文学在英国的流播与接受作为中英文学关系研究的重要一环，近七八年来成为我重点投入精力的研究领域之一，也是我指导博士生、硕士生学位论文选题的重要取向。首先感谢张西平教授，承张教授厚爱，邀请我参加他任首席专家的"20世纪中国古代文化经典在域外的传播与影响研究"学术团队，申报教育部人文社科重大攻关项目并如愿立项。接受主持承担"20世纪中国古代文学在英国的传播与影响"子课题的任务后，我即根据现有研究基础、研究条件及学术研究现状，经过几番考虑，确定了本书的写作体例，并组织科研团队，分工合作，共同来完成这一有学术价值与现实意义的研究工作。

　　全书撰写分工情况如下：

　　葛桂录负责策划、草拟大纲、设计总体写作框架、约稿及全书的合成、通稿与文字修改润色、定稿等工作。

　　总论——葛桂录

　　第一章——葛桂录

第二章——葛桂录、徐静

第三章——第一节：吴文安、葛桂录；第二节：冀爱莲；第三节：王丽耘

第四章——第一节：葛桂录、郑锦怀；第二节：郑锦怀；第三节：王丽耘

第五章——蒋秀云

附录一：吴文安；附录二：吴文安、葛桂录

参考书目、索引——葛桂录、蔡干

在项目书稿写作框架的设计过程中，北京外国语大学翻译系吴文安副教授积极参与，提出了一些有益建议。他为了完成承担的任务，两度赴英国访学，搜集英国图书馆收藏的汉学资料，花了四个月时间，整理完成了23部重要的汉诗英译选集的介绍工作，约5万余字；并初步编制了20世纪中国古代文学在英国译介出版的书目索引。吴博士还提供了有较高学术价值的"《红楼梦》英语译文研究"文稿，最后通稿时出于综合考虑，放在附录中，与第四章第三节"大卫·霍克思《红楼梦》英译全本考察"互为补充，以供研究《红楼梦》英译的读者参考。

本书其他执笔者大都是我指导过的博士、硕士毕业生。当初他们在确定毕业论文选题时，我就通盘考虑涉及英国汉学研究方向，并纳入这一项目的总体研究框架之中。

福建师范大学冀爱莲副教授多年来致力于英国著名汉学家阿瑟·韦利的研究工作，目前主持着关于阿瑟·韦利研究的国家社科基金项目、教育部人文社科规划项目等。她的博士论文《翻译、传记、交游：阿瑟·韦利汉学研究策略考辨》曾受到评审答辩专家的好评，并获得了福建省优秀博士学位论文奖。

王丽耘副教授现供职于江西上饶师范学院外语学院，她撰著的40余万字的博士毕业论文《中英文学交流语境中的汉学家大卫·霍克思研究》，曾得到评审专家的高度评价。目前她承担着关于霍克思研究的国家社科基金项目及江西省社科研究课题，并出版了专著《文学交流中的大卫·霍克思》(燕山大学出版社2013年版)。本书稿中涉及霍克思的内容就是她的研究收获。在研究过程中，美国汉学家艾瑞克(Eric Abrahamsen)先生慷慨转赠其手中珍藏的霍克思限量版书信体散文集；远在英伦的中国诗人刘洪彬为其解答诸多疑问而打来越洋电话；香港城市大学郑培凯、鄢秀伉俪，两位老师不仅给予其选题热情鼓励，并在电邮中答疑及馈寄最新研究成果。八十五岁高龄的威尔士科学设计师约翰·琼斯(John

Christopher Jones)不惮烦扰,多次回复她的邮件并惠赠相关资料。

我指导过的两位优秀硕士毕业生蒋秀云、徐静,她们的毕业论文均获得福建师范大学的优秀研究生学位论文一等奖,分别涉及中国古典戏剧在20世纪英国的传播与接受、英国汉学家翟理斯研究等。她们也顺利完成了本书稿相关章节的初稿写作工作,最后由我删改、调整、增添、润色定稿,收入本书之中。其中,蒋秀云从中国人民大学获得比较文学与世界文学专业的博士学位后,继续从事海外汉学研究。

郑锦怀供职于福建泉州师范学院图书馆,发表数篇涉及海外汉学研究的考辨文章,颇见功力,并有译著出版。几年前他来报考我的博士研究生,面试考核中发现他在汉学研究中很重视资料搜集中的考证环节,且多有所得,这是个硬功夫,值得赞赏。他受我之邀撰写关于英国汉学家邓罗《三国演义》英文全译本考察等章节,并顺利完成了任务。

本书是张西平教授主持的2007年度教育部哲学社会科学研究重大课题攻关项目"20世纪中国古代文化经典在域外的传播与影响研究"(项目批准号:07JZD0036)的结题成果之一,经过专家评审顺利结项之后,整套成果又由大象出版社以"20世纪中国古代文化经典域外传播研究书系"为题申报2014年度国家出版基金项目,并如愿立项。为提高学术质量,在修订完善出版书稿的过程中,书系总主编张西平先生邀请一批专家给每一卷审稿。承担本卷审稿工作的是北京外国语大学中国海外汉学研究中心杨慧玲教授。杨教授在百忙之中仔细审读完本书稿后,提出了详细的修订意见,为本书稿的完善作出了辛勤努力,在此谨向杨慧玲教授致意,感谢她的精心把关与不吝赐教。在本书后期修订完善中,我所指导的在读博士生蔡干在核查书稿里的中英文史料信息及补充编订全书索引方面,做了不少工作,这也为他继续研究英国汉学积累了必要的经验。

本书也是我所主持的国家社科基金一般项目"中英文学关系史料学研究"(项目批准号:10BWW008)和福建省社科规划基地重大项目"中国文学在英国的传播与影响系年"(项目批准号:2014JDZ015)的阶段性成果之一。

在本书完成之际,衷心感谢张西平教授、杨慧玲教授,大象出版社大象书局总编辑张前进先生、责编耿晓谕先生,以及参与本书撰著的这些勤勉好学的合作者,还要感谢在撰著过程中提供过各种帮助的诸多学界同人,不一一列出。我们在研究过程中,越来越明白"20世纪中国古代文学在英国的传播与影响"这一课题可供拓展的学术空间非常大,本书只是该领域的一个初步研究成果,不足之处敬请专家读者批评指教,并祈望跟海内外同道一起协同攻坚,进一步深化该领域的学术研究工作,为中英文化交流贡献一份力量。

葛桂录

2015年5月18日于福建师范大学寓所

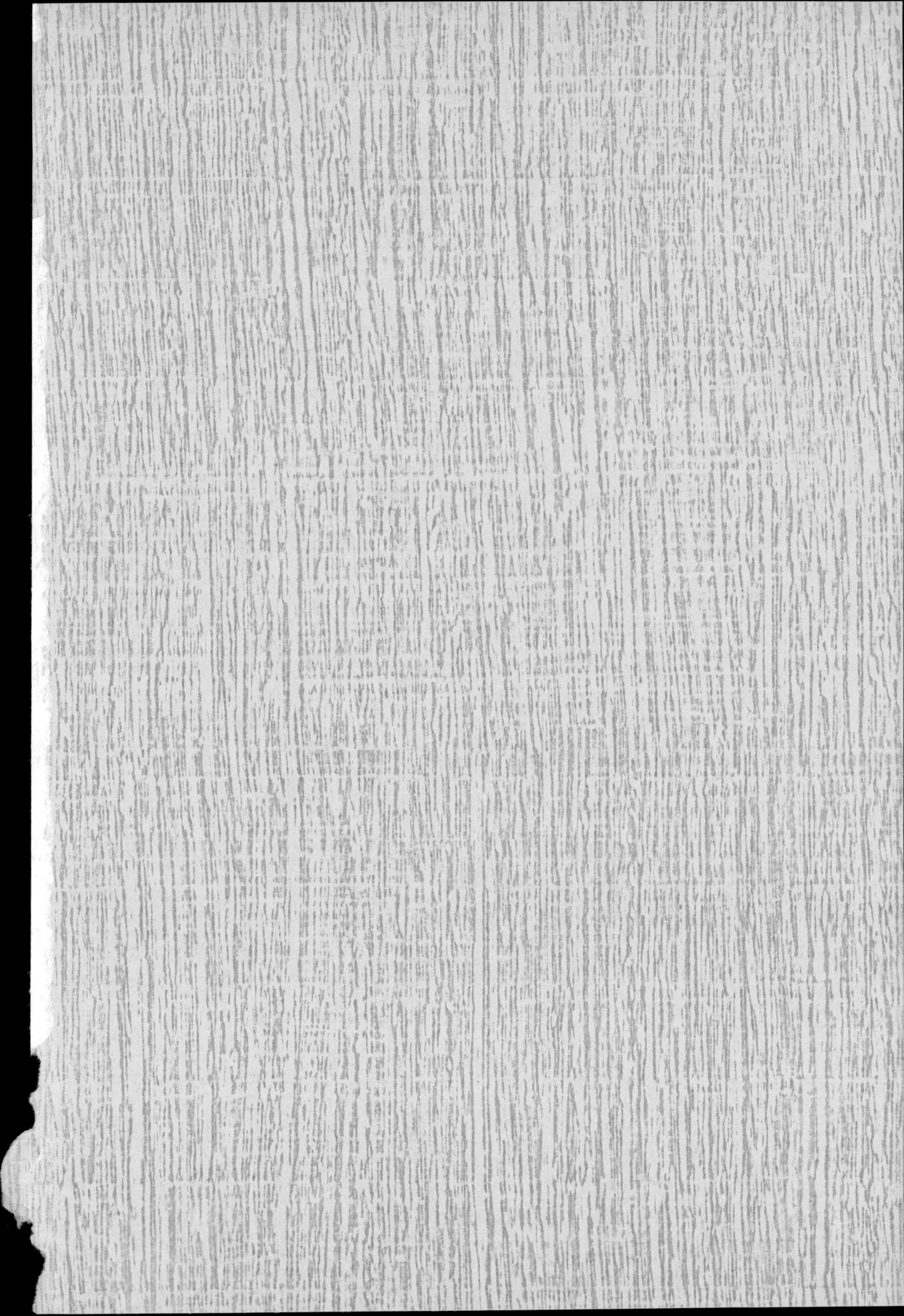